KB175814

《몬테크리스토 백작》 포스터 쥘 루프 서점에서 제작한 포스터. 파리, 국립도서관

몬테크리스토성 (본관)

몬테크리스토성에서 바라보이는 별관 뒤마는 서재로 썼던 이 별관을 '이프성'이라 불렀다.

▲〈아우스터리츠 전투에서의 나폴레옹
1세〉 프랑수아 제라르. 1810. 베르사유
전쟁갤러리

1805년 10월, 나폴레옹은 트라팔가르 해
전에서 영국 해군에 패하였으나, 그해
12월, 아우스터리츠 전투에서 오스트리
아·러시아 연합군을 격파하였다. 1812년
러시아 원정에 나섰으나 실패하고, 1813
년 프로이센 동맹군에게 또다시 패한 뒤
1814년 퐁텐블로에서 항복과 더불어 엘
바섬으로 유배되었다. 1815년 2월, 엘바
섬을 빠져나온 나폴레옹은 워털루 전투
에서 패해 세인트헬레나섬으로 유배되
어 그곳에서 생을 마쳤다.

◀〈퐁텐블로에서 작별인사를 하는 나
폴레옹〉 오라스 베르네. 19세기. 퐁텐블
로 성 소장

▲〈엘바섬의 포르토페라리오에 유배된 나폴레옹〉

▶〈엘바섬을 떠나는 나폴레옹 보나파르트〉 조제프 봄. 1836. 앙티브, 나폴레옹박물관

〈루이 18세 대관식 초상〉 프랑수아 제라르. 19세기
1814년 나폴레옹이 실각하자, 망명 중이던 루이 18세가 복고왕정을 수립하였다. 그러나 1815년 엘바섬을 탈출한 나폴레옹이 북상하자 벨기에로 피신했다가 나폴레옹이 워털루 전투에서 끝을 맺자 다시 왕위를 유지할 수 있었다.

〈튈르리 궁전〉 테오도르 호프바우어. 1869.
나폴레옹이 황궁으로 사용하였고, 부르봉 왕가 루이 18세 복고 이후에도 황궁으로서 지위를 누렸다. 그 뒤 1871년 화재로 불타 없어졌다.

〈1814년 4월 24일 부르봉 왕가 귀환 이야기〉 루이 필리프 크레팽. 1814. 파리, 베르사유 궁전

〈마르세유 항 어귀〉 조제프 베르네. 1754. 파리, 루브르박물관

마르세유 옛 항구 토마스 슈타이너

〈에스타크와 이프성 풍경〉 폴 세잔. 1883~85. 영국, 피츠윌리엄박물관(케임브리지 대학교)
에스타크는 마르세유 항 북서쪽의 작은 어촌 마을이고, 수평선 아래 오른쪽에 보이는 섬이 이프성이다.

이프성(전체)

이프성(부분)

이프성 감옥 안쪽 마당

몬테크리스토섬 이탈리아 티레니아 해 토스카나 제도, 엘바섬 남쪽 40km 지점

몬테크리스토섬 항공사진

몬테크리스토섬의 성 마밀리아노 수도원 유적

몬테크리스토섬에 서식하는 산양

Edmond Dantès.

에드몽 당테스
주인공 에드몽 당테스, 그는 투옥되기 전 모렐 상선의 일등항해사였다.

세계문학전집059
Alexandre Dumas père
LE COMTE DE MONTE–CRISTO

몬테크리스토 백작 I

알렉상드르 뒤마/이희승맑시아 옮김

동서문화사

몬테크리스토 백작 I II III

차례

몬테크리스토백작 I

마르세유 도착 … 25

아버지와 아들 … 37

카탈루냐 마을 … 46

음모 … 61

약혼 피로연 … 70

검사보 … 87

심문 … 99

이프 성채 … 114

약혼식 날 저녁 … 128

튈르리 궁의 작은 서재 … 137

코르시카의 식인귀 … 147

아버지와 아들 … 158

백일천하 … 167

성난 죄수와 미친 죄수 … 179

34호와 27호 … 194

이탈리아인 학자 … 216

신부의 감방 … 229

보물 … 253

세 번째 발작 … 271

이프 성채의 묘지 … 284

티불랑 섬 … 292

밀수업자들 … 308

몬테크리스토 섬 … 318

눈부심 … 329

낯선 사내 … 341

가르 다리. 주막 … 350

이야기 … 366

수감기록부 … 384

모렐 상회 … 393

9월 5일 … 410

이탈리아─선원 신드바드 … 429

깨어나서 … 459

로마의 산적들 … 466

밤파 … 493

모습을 드러내다 … 509

박살형(撲殺刑) … 536

로마의 사육제 … 555

산세바스티아노 성당 지하 묘지 … 581

다시 만날 약속 … 603

오찬에 참석한 손님들 … 612

몬테크리스토백작 Ⅱ

오찬회 … 637

소개 … 653

집사 베르투치오 … 671

오퇴유 저택 … 677

피의 복수 … 686

피를 뒤집어쓰게 된 경위 … 718

무제한 대출 … 734

점박이 회색 말 … 750

관념론 … 766

하이데 … 782

모렐 가족 … 788

피라무스와 티스베 … 800

독물학 … 813

악마 로베르 … 834

주식의 등락 … 855

카발칸티 소령 … 869

안드레아 카발칸티 … 883

알팔파 텃밭 … 899

누아르티에 드 빌포르 씨 … 913

유언 … 924

전신중계탑 … 936

복숭아 갉아먹는 들쥐 걱정에서 정원사를 벗어나게 해주는 법 … 948

유령 … 961

만찬 … 972

거지 … 986

부부 싸움 … 997

점찍어 둔 결혼상대 … 1009

검사총장실 … 1021

여름날 무도회 … 1036

정보 … 1046

무도회 … 1060

빵과 소금 … 1072

생메랑 후작 부인 … 1079

약속 ··· 1093

빌포르 집안 지하 납골당 ··· 1128

의사록(議事錄) ··· 1141

아들 카발칸티의 순조로운 진출 ··· 1158

하이데 ··· 1171

몬테크리스토백작Ⅲ

자니나발(發) 기사 ··· 1201

레모네이드 ··· 1223

고발 ··· 1238

은퇴한 빵집 주인의 방 ··· 1246

불법침입 ··· 1270

신의 손길 ··· 1288

보상 ··· 1296

여행 ··· 1305

심판 ··· 1320

도전 ··· 1338

모욕 ··· 1346

밤 ··· 1359

결투 ··· 1370

어머니와 아들 ··· 1387

자살 ··· 1395

발랑틴 ··· 1408

고백 ··· 1418

아버지와 딸 ··· 1433

혼인서약 ··· 1443

벨기에로 가는 길 … 1457

초인종과 술병 여관 … 1465

법률 … 1481

헛것들 … 1494

로쿠스타 … 1503

발랑틴 … 1511

막시밀리앙 … 1520

당글라르의 서명 … 1532

페를라셰즈 묘지 … 1546

분배 … 1564

사자굴 … 1584

재판관 … 1594

중죄 재판 … 1607

기소장 … 1615

속죄 … 1624

출발 … 1637

과거 … 1655

페피노 … 1672

루이지 밤파의 메뉴 … 1686

용서 … 1696

10월 5일 … 1704

알렉상드르 뒤마의 생애와 문학 … 1723

알렉상드르 뒤마 연보 … 1795

마르세유 도착

1815년 2월 24일, 노트르담들라가르드 망루에서 스미르나, 트리에스테, 나폴리를 거쳐 들어오는 세 돛 범선 〈파라옹〉 호가 보인다는 신호를 보내왔다.

여느 때처럼 연안의 도선사(導船士)는 곧바로 항구를 출발하여, 이프 성채*¹를 스칠 듯이 지나 모르지옹 곶과 리옹 섬 사이로 해서 선박에 다가갔다.

그동안, 여느 때와 다름없이 생장 요새 전망대는 이내 호기심 많은 구경꾼들로 가득 찼다. 배가 항구에 들어오는 일은 마르세유에서는 언제나 큰 구경거리였다. 더욱이 파라옹 호처럼 이 유서 깊은 마르세유 조선소에서 설계되어 의장을 갖추고 선적했을 뿐만 아니라, 선주가 이 마을 사람일 때는 더 말할 것도 없었다.

그러는 동안에도 배는 계속 다가와, 이제는 별 어려움 없이 칼라자레뉴 섬과 자로스 섬 사이 화산성 지진으로 생긴 해협을 빠져나와 포메그 곶을 돌고 있었다. 세 개의 중간돛, 앞돛대의 커다란 삼각돛, 뒷돛대의 사각돛을 활짝 펼치고 나아가는데도 속도가 너무 느린 데다 무거운 분위기가 감돌아, 구경꾼들은 불행이 감지되는 어떤 예감으로 배에 무슨 일이 일어난 건 아닌가 서로 수군거렸다. 그러나 항해 전문가의 눈으로 볼 때는 무슨 일이 일어났다 해도 배 자체의 문제는 아니라는 걸 알 수 있었다. 왜냐하면 배는 어디도 고장난 데 없이 잘 조종되고 있었기 때문이었다. 닻은 내려져 있고, 제1사장(斜檣)의 용총줄도 풀려 있었다. 그리고 좁은 마르세유 항 입구로 배를 인도하려는 도선사 옆에서, 씩씩한 눈빛에 동작이 민첩한 한 젊은이가 배의 움직임을 지켜보며 도선사의 명령을 하나하나 되풀이하며 소리 높이 외치고 있었다.

군중들 사이에 감돌고 있던 막연한 불안감은 생장 전망대에 나와 있던 사람들 가운데 어느 한 사람의 마음을 특별히 더 초조하게 만들었다. 그는 배가

---

*¹ 마르세유 항 밖 섬에 설치된 요새. 그 무렵 정치범을 수용하는 감옥.

항구에 들어올 때까지 마냥 기다릴 수가 없었다. 그가 곧 작은 보트에 뛰어올라 파라옹 호를 향해 저어가라고 지시하자, 보트는 곧 레제르브 만 앞에 있던 배에 다가갈 수 있었다.

그의 모습을 보고 젊은 선원은 도선사 옆 자신의 정위치를 떠나, 모자를 벗어 들고 뱃전에 몸을 기댔다.

열여덟에서 스무 살쯤 되어 보이는 청년은 키가 크고 늘씬하며, 아름답고 검은 눈매에 머리카락은 칠흑 같았다. 얼핏 그 모습에서는 어릴 때부터 위험과 맞서는 데 익숙한 사람들 특유의 침착한 태도와 결연한 기색이 엿보였다.

"오, 당테스, 자네군!" 보트 안의 남자가 소리쳤다. "그런데 무슨 일이지? 배 전체에 감도는 이 침울한 기색은 도대체 뭔가?"

"모렐 씨, 아주 불행한 일이 있었습니다!" 청년이 대답했다. "특히 저에게는

말할 수 없이 슬픈 일입니다. 치비타베키아 앞바다에서 그 용감하신 르클레르 선장님을 잃었어요."

"뱃짐은 어떻게 됐나?" 선주가 다급하게 물었다.

"무사합니다. 그 점에 대해서는 만족하시리라고 생각합니다. 하지만 선장님께서……"

선주는 눈에 띄게 안도한 기색으로 다시 물었다. "어쩌다가? 그 용감한 선장에게 대체 무슨 일이 일어난 거지?"

"돌아가셨습니다."

"바다에 빠진 건가?"

"아닙니다. 뇌막염에 걸려 몹시 고생하시다가 숨을 거두셨습니다." 이렇게 말한 청년은 다시 부하들을 향해 소리쳤다. "어이! 정박할 테니 각자 제 위치로!"

여남은 명의 선원들이 청년의 명령에 따랐다. 순식간에 저마다 아딧줄로, 활대로, 용총줄로, 또 어떤 자는 뱃머리 삼각돛의 아딧줄로, 그리고 나머지는 돛줄임줄로 달려갔다.

청년은 작업이 시작되는 것을 힘없이 지켜보다 자신의 명령이 제대로 실행되는 것을 확인하자, 다시 선주 쪽으로 돌아왔다.

"그래, 도대체 어쩌다가 그렇게 된 건가?" 선주는 아까 청년이 하다 만 이야기를 물었다.

"예, 정말이지 생각지도 못한 일이었습니다. 르클레르 선장님은 항구 사령관과 뭔가 한참 동안 얘기를 나눈 뒤 몹시 화가 난 기색으로 나폴리를 출발하셨는데, 하루가 지난 뒤에 열이 나기 시작하더니 사흘 만에 그만 돌아가셨습니다……. 저희는 늘 하던 대로 장례를 치렀습니다. 선장님은 해먹에 잘 싸여서 발과 머리에 36근짜리 추를 하나씩 달고, 엘지그리오 섬 앞바다 한가운데 잠들어 계십니다. 홀로 남은 미망인을 위해 훈장과 칼을 가지고 왔습니다. 생각할수록 기막힌 일입니다." 청년은 씁쓸한 미소를 지으면서 말을 이었다. "영국 사람들을 상대로 10년이나 싸우시고도 결국은 보통 사람들과 뭐 하나 다를 바 없이 자신의 침대에서 숨을 거두셨습니다."

"허! 자네 무슨 소릴 하는 건가, 에드몽 군." 선주는 점점 안정을 되찾는 것으로 보였다. "인간은 누구나 다 한 번은 죽게 마련이야. 선배가 후배에게 자리를 내주는 건 하나도 이상한 일이 아니지. 그렇지 않다면 승진 같은 건 있을 수 없지 않은가. 게다가 자네 말에 따르면 뱃짐은……."

"예, 무사합니다, 모렐 씨. 걱정 마십시오. 하지만 이렇게 2만5천 프랑도 못 버는 항해는 안 하느니만 못한 것 같습니다."

그때 원탑을 지나친 것을 깨달은 청년이 다시 소리쳤다.

"중간돛, 이물 삼각돛, 고물 사각돛! 줄을 감아라! 단단히 감아!"

명령은 마치 군함에서처럼 신속하게 이루어졌다.

"모든 돛을 내리고, 돛줄을 당겨!"

이 마지막 명령에 따라 모든 돛이 내려졌다. 배는 남아 있는 동력으로 매우 천천히 나아가고 있었다.

"그럼, 모렐 씨. 배로 올라오시죠." 몹시 초조해하는 기색의 선주를 보더니 청년이 말했다. "마침 회계담당인 당글라르 씨도 선실에서 나와 있으니 궁금한 얘기를 더 들으실 수 있을 겁니다. 저는 이제부터 정박하는 것을 감독한 뒤 배에 상장(喪裝)을 달도록 하겠습니다."

선주는 두말없이 그 말에 따랐다. 그는 당테스가 던져준 밧줄을 붙잡고, 뱃사람과 다름없는 능숙한 솜씨로 휘어진 배 옆구리에 고정되어 있는 사다리를 타고 올라갔다. 그동안 배에서는 아마 당글라르라고 불렸던 사내가 선실에서 막 나와 선주 쪽으로 걸어오고 있었다. 당테스는 그 사나이에게 이야기를 양보하고, 자신은 일등 항해사의 위치로 돌아갔다.

거기에 새롭게 등장한 사나이는 스물대여섯 살 정도 되어 보이는 나이에 꽤 어두운 인상을 갖고 있었다. 선원들은 모두 당테스를 잘 따르는 데 비해 이 당글라르는 대체로 멀리했는데, 거기에는 그가 선원들이 일반적으로 싫어하는 회계담당인 탓도 있었지만, 윗사람에게는 아부하고 아랫사람에게는 거만한 그의 못된 성미 탓이 더 컸다.

"어서 오십시오, 모렐 씨. 얘기는 들으셨죠? 정말 안타까운 일이었습니다." 당글라르가 말했다.

"들었네. 정말 안된 일이야. 용감하고 선량한 사람이었는데."

"게다가 하늘과 바다 사이에서 늙어간, 정말 비할 데 없이 훌륭한 뱃사람이었지요. 모렐 상회 같은 훌륭한 상사의 일을 하는 데는 정말 적임자였습니다." 당글라르가 대답했다.

선주는 닻을 내릴 위치를 찾고 있는 당테스한테서 눈을 떼지 않은 채 말했다. "하지만 선장일을 해내는데 꼭 그렇게 나이가 많을 필요는 없지. 저기 있는 에드몽 좀 보게나, 누구에게도 물어보지 않고 자기가 할 일을 너끈히 해내고 있는 것 같지 않은가?"

"그렇습니다." 당글라르는 당테스를 곁눈으로 힐끗 보았다. 그의 눈에 증오의 불꽃이 빛나고 있었다. "그렇습니다. 젊지요. 그래서 뭘 모르기도 하고요. 선장님이 돌아가시자, 누구와도 의논하지 않고 바로 배를 지휘하기 시작하더니, 곧장 마르세유로 돌아오지 않고 엘바 섬에서 하루하고도 반나절이나 시간을 까먹었지요."

"배를 지휘하는 것으로 따지면," 선주가 말했다. "그거야 일등 항해사가 당연히 할 일이지. 하지만 엘바 섬에서 하루 반이나 허비하다니, 그건 좀 이해할 수 없군. 배를 수리해야 할 사정이 있었다면 몰라도."

"배는 저와 마찬가지로, 또 제가 늘 건강하시기를 바라는 모렐 씨처럼 아무 탈도 없었습니다. 더구나 그 하루 반이라는 시간은 터무니없는 변덕으로 낭비된 셈이죠, 즉 상륙하고 싶은 기분을 즐기기 위해서 말입니다."

"당테스! 이리 좀 와 보게." 선주는 청년을 향해 몸을 돌리며 불렀다.

"죄송합니다, 곧 가겠습니다." 그는 그렇게 말하고 선원 쪽을 향해 소리쳤다. "닻을 내려라!"

닻이 물속에 내려지자 쇠사슬이 시끄러운 소리를 내며 미끄러져 들어갔다. 도선사가 있는데도 당테스는 이 마지막 작업이 끝날 때까지 자신의 자리를 지키고 있었다. 그런 다음 당테스는 외쳤다.

"반기(半旗) 위치에 조기 게양! 활대는 십자로 교차!"

"보셨죠." 당글라르가 말했다. "제가 말씀드렸듯이 이미 선장이라도 된 것처럼 굴지 않습니까?"

"하지만 사실 선장은 선장이지." 선주가 말했다.

"그렇습니다. 모렐 씨와 동업자이신 모렐 씨 아버님의 서명만 없을 뿐이죠."

"흠! 하지만 저 청년에게 선장을 맡겨서 안 될 게 뭐 있나. 물론 나이는 좀 젊지만 모든 일에 대해 잘 알고 있는 것 같군. 경험도 꽤 있고 말이야."

당글라르의 얼굴에 한 줄기 어두운 그림자가 스치고 지나갔다.

"죄송합니다, 모렐 씨." 당테스가 다가오면서 말했다. "닻도 내렸으니 이제 무슨 말씀이든 들을 수 있습니다. 절 부르셨지요?"

당글라르는 한 걸음 뒤로 물러섰다.

"사실 한 가지 묻고 싶은 것이 있네. 자네는 왜 엘바 섬에 정박했나?"

"그건 저도 모릅니다. 그 섬에 들른 건 선장님의 마지막 명령을 수행하기 위해서였습니다. 선장님은 돌아가시기 직전에 저에게 베르트랑 대원수님에게 보내는 꾸러미를 하나 맡기셨습니다."

"그래서 만났나?"

"누구 말입니까?"

"대원수님 말이야."

"예."

모렐은 주위를 살펴보았다. 그리고 당테스의 소매를 끌고 한쪽으로 가서 조급하게 물었다.

"폐하*²께서는 어떻게 지내고 계시던가?"

"건강하게 잘 계십니다. 제가 보는 눈이 틀림없다면 말입니다."

"그럼 폐하도 만나 뵈었단 말인가?"

"제가 원수님과 같이 있을 때 그곳에 들어오셨습니다."

"그래서 얘기도 해봤나?"

"폐하 쪽에서 먼저 저에게 말을 거셨습니다." 당테스는 미소 지으면서 대답했다.

"뭐라고 하시던가?"

"배에 대한 것과 배가 언제 마르세유를 떠났는지, 지금까지 지나온 곳, 싣고 있는 화물 등 여러 가지를 물으셨습니다. 만약 배가 비어 있고 제가 배 주인이었다면 배를 사고 싶어 하시는 눈치였습니다. 하지만 저는 단지 일등 항해사일 뿐이고, 배는 모렐 상회의 소유라고 말씀드렸습니다. 그러자 폐하께서는, '아, 그 상회에 대해서는 나도 알고 있네. 모렐 집안은 조상 대대로 선주였지. 그 가운데 발랑스의 병영시절에 나와 같은 연대에 있었던 사람이 한 사람이 있네' 하고 말씀하시더군요."

"그래, 맞았어!" 선주는 몹시 기쁜 듯이 소리를 질렀다. "그건 우리 큰아버님이신 폴리카르 모렐이야, 대위였지……당테스. 큰아버님을 만나면 폐하께서 큰아버님을 기억하고 계시더라고 말씀드려야겠군. 그러면 큰아버님은 눈물을 줄줄 흘리며 감격하실 거야. 오, 정말이지!" 선주는 청년의 어깨를 친근하게 두드리면서 말했다. "선장의 명령에 따라 엘바 섬에 들르길 정말 잘했네, 당테스. 하지만 원수님에게 물건을 전하고 폐하와 얘기한 것을 사람들이 알면 자네 신상이 위험해질지도 모르네."

"어째서요?" 당테스가 말했다. "저는 제가 무엇을 전했는지도 모릅니다. 또 폐하께서도 그저 누구에게나 할 수 있는 평범한 질문밖에 하지 않으셨는데요. 아, 죄송합니다." 당테스는 말을 계속했다. "검역관과 세관원이 찾아왔군요. 잠시 실례해도 되겠습니까?"

"어서 가보게, 당테스 군."

청년이 저쪽으로 가자, 이번에는 당글라르가 옆으로 다가왔다.

---

*2 나폴레옹을 가리킴.

"뭐라고 하던가요? 포르토페라이오에 정박한 것에 대해 뭔가 그럴싸한 이유를 대는 것 같던데요."

"오. 그럴만한 이유가 있었더군, 당글라르."

"그렇다면 다행이군요. 어쨌든 친구가 의무를 어기는 행위를 하는 걸 보는 건 말할 수 없이 괴로운 일이니까요."

"당테스는 자신이 해야 할 일을 한 것뿐이네. 뭐, 더 말할 것도 없어. 르클레르 선장의 명령에 따른 일이었으니까."

"아참, 르클레르 선장님의 편지를 드리지 않던가요?"

"누가?"

"당테스 말입니다."

"나에게 말인가? 주지 않았는걸! 당테스가 편지를 맡아두고 있었나?"

"뭔지 몰라도 르클레르 선장님이 무슨 꾸러미와 함께 편지 한 통을 맡기시는 것 같던데요."

"꾸러미? 무슨 꾸러민가, 당글라르?"

"당테스가 포르토페라이오에 들러서 전해주고 온 것 말입니다."

"그런데 자네는 당테스가 포르토페라이오에 전할 꾸러미를 가지고 있는 건 어떻게 알았나?"

당글라르는 얼굴을 붉혔다.

"반쯤 열려 있던 선장실 문 앞을 지나가다가 선장님이 꾸러미와 편지를 당테스에게 주는 것을 보았습니다."

"나에게는 아무 말도 하지 않았네. 편지를 가지고 있다면 틀림없이 줬을 텐데."

당글라르는 잠시 생각에 잠겼다.

"그럼 부탁드립니다만, 당테스에게는 아무 말도 하지 말아 주십시오. 제가 잘못 본 건지도 모르니까요."

그렇게 말하고 있을 때 청년이 돌아왔다. 당글라르는 그 자리를 떠났다.

"당테스, 이제 일이 끝난 건가?" 선주가 물었다.

"예."

"생각보다 빨리 끝났군."

"예, 세관원에게 수하물표를 주었습니다. 수하물 보관소 일은, 도선사와 함께 그쪽 사람이 왔기에 그 사람한테 서류를 주었고요."

"그럼 이제 여기 일은 다 끝난 셈이군?"

당테스는 재빨리 주위를 둘러보았다.

"예, 전부 끝났습니다."

"그럼, 함께 저녁을 먹으러 가지 않겠나?"

"죄송합니다만 모렐 씨, 맨 먼저 아버지부터 찾아가 뵈어야 해서요. 호의는 감사합니다만 아버지께도 인사를 드려야 하거든요."

"아, 그렇군. 암 그래야지. 자넨 본디 효자였으니까."

"저어……." 당테스가 잠시 주저하면서 물었다. "제 아버지는 건강하게 잘 계시겠지요?"

"만나 뵙진 못했지만 아마 그럴 걸세."

"그렇겠지요. 아버지는 언제나 좁은 방 안에서 한 걸음도 밖으로 나오지 않으시니까요."

"그게 자네 아버님이 자네가 없는 동안 아무 탈 없이 잘 계신다는 증거겠지."

당테스는 미소를 지었다.

"아버지는 자긍심이 강한 분입니다. 뭔가 불편한 것이 있어도, 오직 하느님을 제외하고는 누구에게도 뭔가 부탁하는 일은 하지 않으시거든요."

"그래, 그럼 그 맨 먼저 해야 할 일이 끝나면 우리 집에 와 주겠지?"

"허락을 한 번 더 부탁드려야겠군요. 실은 아버지를 찾아뵌 뒤, 한 군데 더 마음에 걸리는 곳을 방문해야 해서요."

"그렇군, 당테스. 내가 깜박했네, 카탈루냐 마을에 자네 아버님 못지않게 자네가 돌아오기를 손꼽아 기다리고 있는 사람이 있었지, 참. 그 예쁜 아가씨 메르세데스."

당테스의 얼굴에 미소가 떠올랐다.

"그래, 그 처녀가 파라옹 호 소식을 물으러 세 번이나 나를 찾아올 만도 해. 이런! 에드몽, 자넨 참 복도 많군. 그렇게 아름다운 애인을 두다니!"

"애인이 아닙니다." 청년은 단호하게 말했다. "그녀는 제 약혼녀예요."

"약혼녀이기도 하고 애인이기도 한 경우도 있지 않나." 선주가 웃으면서 말했다.

"하지만 우리는 그렇지 않습니다." 당테스가 대답했다.

"그래, 알았네. 더는 자네를 붙잡진 않겠네. 날 위해 많은 일을 해주었으니, 이제부터는 안심하고 자네 볼일을 보게나. 그래, 돈은 필요하지 않은가?"

"예, 항해 중에 받은 봉급을 그대로 가지고 있습니다. 그럭저럭 석 달치 급료가 있습니다."

"자넨 정말 착실하고 믿음직한 청년이야, 에드몽."

"가난한 아버지가 계시니까요, 모렐 씨."

"그래, 자네는 정말 효자야. 자, 어서 아버님을 만나러 가보게. 나도 아들이 하나 있네만, 그 애가 석 달 동안 여행을 하고 돌아왔는데 누가 그 녀석을 붙잡고 놔주지 않는다면 나라도 원망하고 싶어질 걸세."

"그럼 이만 실례해도 될까요?" 청년은 고개를 숙이면서 말했다.

"물론이지, 더 할 얘기가 없다면."

"이젠 없습니다."

"르클레르 선장이 죽기 전에 나에게 무슨 편지 같은 것 맡기지 않던가?"

"편지를 쓰고 싶어도 쓸 수 없는 상태였습니다. 아참, 그러니까 생각이 나는데, 한 2주일 정도 휴가를 얻고 싶습니다만."

"결혼 때문인가?"

"먼저 그 일도 있고, 또 파리에 다녀왔으면 해서요."

"좋지, 좋아. 쉬고 싶은 만큼 푹 쉬게나. 뱃짐을 내리는 것만으로도 6주는 걸릴 거고, 거의 석 달 동안은 배를 움직일 일이 없을 테니까. 하지만 석 달이 지나면 돌아와야 하네." 이렇게 말하면서 선주는 청년의 어깨를 두드렸다. "선장이 없으면, 파라옹 호가 출범할 수 없지 않겠나?"

"선장이라고요!" 당테스는 기쁨으로 눈을 빛내면서 소리쳤다. "그게 정말입니까? 사실 마음속으로 기대는 하고 있었습니다만. 그럼 저를 파라옹 호 선장으로 임명하신다는 말씀입니까?"

"만약 나 혼자서 결정할 일이라면 자네에게 손을 내밀며 벌써 결정되었다고 말했을 걸세. 그런데 내게는 동업자가 한 사람 있다네. 자네도 '동료가 있는 것은 상전을 둔 것과 같다'는 이탈리아 속담을 알고 있겠지. 하지만 반은 결정된 거나 마찬가지네. 두 표 가운데 한 표는 이미 자네의 것이니까. 나머지 한 표에 대해서도 모두 나에게 맡기게. 내가 최대한 힘써 볼 테니."

"오, 모렐 씨!" 청년은 눈물을 가득 글썽이면서 선주의 손을 꼭 잡고 소리쳤다. "모렐 씨, 아버지와 메르세데스의 이름으로 감사드립니다."

"그래그래, 정직한 사람들을 위해서 하느님이 계시지 않은가. 이제 어서 아버님을 만나러 가보게. 그리고 메르세데스도 만나야지. 그런 다음 우리 집에 와주게나."

"하지만 육지까지 모셔다 드리지 않아도 될까요?"

"괜찮으니까 걱정 말게. 난 여기 남아서 당글라르와 계산을 마쳐야지. 그런데 항해하는 동안 당글라르와는 잘 지냈나?"

"그건 물으시는 의미에 따라 다릅니다. 만약 사이좋은 친구라는 의미에서라면 아니라고 대답하겠습니다. 그 이유는, 우리 두 사람이 사소하게 다툰 뒤에, 제가 어리석게도 배를 잠깐 몬테크리스토 섬에 대고 그 싸움에 결말을 내자고 말한 적이 있었습니다. 아무래도 그때부터 그가 저를 싫어하는 것 같습니다. 그런 말을 한 것도 원인을 따지면 저에게 잘못이 있으니, 그 사람으로서는 그걸 거절한 것은 당연한 일이었습니다. 그런데 회계담당으로서 물으시는 거라면 별로 말씀드릴 것이 없습니다. 그가 한 일에 대해서는 아마 만족하실 거라고 생각합니다."

"하지만 당테스. 만약 자네가 파라옹 호의 선장이 된다면 당글라르를 기꺼이 자네 밑에 둘 수 있겠는가?"

"선장으로서든 일등 항해사로서든, 저는 배의 소유주가 신용하시는 사람이라면 절대적으로 존경을 표할 겁니다."

"그래, 됐네, 당테스. 아무리 봐도 자넨 정직한 청년이야. 이젠 정말 더 이상 붙잡지 않겠네. 어서 가보게. 아무래도 초조해지기 시작한 것 같으니."

"그럼 이만 가 봐도 되겠습니까?" 당테스가 물었다.

"그래, 어서 가보게."

"혹시 저 보트를 타고 가도 될까요?"

"그렇게 하게나."

"그럼 이만 실례하겠습니다. 정말 감사합니다."

"잘 가게. 축하하네!"

청년은 작은 보트에 뛰어내려 뱃머리에 앉은 뒤, 칸느비에르로 가자고 일렀다. 두 사람의 사공이 곧 노 위로 몸을 구부렸다. 그러자 작은 보트는 재빠르게 미끄러지며 좁은 통로를 막고 있는 수많은 작은 배들 한가운데로 움직여서 양쪽에 줄지어 있는 배들 사이를 지나, 항구 입구에서 오를레앙 부두를 향해 갈 수 있었다.

선주는 미소를 지으면서 배가 기슭에 닿을 때까지 청년을 바라보았다. 그리고 그가 부두의 포석 위로 뛰어올라 형형색색의 군중 사이로 사라져 가는 것을 지켜보았다. 아침 5시부터 밤 9시까지 이 유명한 칸느비에르 거리는 그런 온갖 군중으로 가득 들끓고 있었다. 바로 이 거리가 최근에 마르세유 사람들에게는 커다란 자랑거리여서, 그들은 자못 진지한 표정과 그럴듯한 어조로 이런 말까지 하는 것이었다. "만약 파리에 이 칸느비에르 거리만 있다면, 파리도 작은 마르세유라고 할 수 있을 텐데 말이야."

문득 뒤를 돌아본 선주의 눈에 그곳에 서 있는 당글라르의 모습이 들어왔다. 마치 선주의 명령을 기다리고 있었던 것 같지만, 사실 선주와 마찬가지로 그 청년의 모습을 뒤쫓고 있었던 것이다.

다만, 같은 한 사람을 쫓으면서도 두 사람의 눈빛에는 커다란 차이가 있었다.

아버지와 아들

악마와 한통속이 되어 뭔가 음험하고 사악한 말을 선주의 귀에 불어넣으려 하고 있는 당글라르는 잠시 제쳐두고, 지금은 당테스의 뒤를 좇기로 하자. 칸 느비에르 거리를 빠져나간 뒤 노아이유 거리에 들어서면, 멜랑 골목 왼쪽에 작 은 집이 한 채 있다. 그곳으로 들어간 그는 어두컴컴한 사다리꼴 계단을 단숨 에 5층까지 뛰어올라가, 한쪽 손을 난간에 짚고 다른 한쪽 손으로는 두근거리 는 가슴을 누르면서, 조금 열려 있는 문 앞에서 걸음을 멈췄다. 문 밖에서 작 은 방 안이 훤히 들여다보였다.

이 방이 바로 당테스의 아버지가 살고 있는 방이다.

파라옹 호가 도착했다는 소식은 아직 노인의 귀에 들어가기 전이었다. 노인 은 의자 위에 올라서서 떨리는 손으로, 창살을 감고 올라가는 클레마티스 꽃 과 한련을 섞어 난간을 장식하는 중이었다.

그런데 갑자기 노인은 누군가 자기를 끌어안는 것을 느꼈다. 그리고 이내 귀 에 익은 목소리가 등 뒤에서 들려왔다.

"아버지, 아버지!"

노인은 자기도 모르게 소리를 지르며 뒤돌아보았다. 노인의 눈에 아들의 모 습이 들어왔다. 노인은 몸을 떨며 새파랗게 질린 얼굴로 아들의 품에 안겼다.

"왜 그러세요, 아버지?" 청년이 걱정스러운 듯이 물었다. "어디가 아프신 거 아니에요?"

"아니다, 아니야, 에드몽. 설마 네가 돌아오리라고는 생각지도 못했는데…… 이렇게 느닷없이 네 얼굴을 보니 반갑기도 하고, 너무 놀라서 이대로 죽을 것 만 같구나!"

"진정하세요, 아버지. 저예요, 에드몽이에요! 기쁜 일로는 탈이 나지 않는다 고들 하잖아요. 그래서 아무 소식도 없이 돌아온 거예요. 자, 그렇게 놀란 눈 으로 보지 마시고 이젠 좀 웃어 보세요. 제가 돌아왔어요. 이제부터 행복하게 살 수 있으니 아무 걱정 마시고요."

아들의 말에 노인이 대답했다.

"그래, 그래, 정말 잘됐구나. 하지만 어떻게 행복해진다는 거냐? 이제부터 쭉 내 곁에 있을 거냐? 어서 그 행복해진다는 이유를 들려다오!"

"다른 사람의 죽음이 제 행복이 되는 것을 하느님께서 용서해 주시기를!" 청년이 말했다. "하지만 하느님께선 제가 그것을 바라고 있었던 것이 아님을 아시겠지요. 다만 이렇게 된 이상, 저로서는 마냥 슬퍼만 하고 있을 수는 없잖아요. 아버지, 그 용감한 르클레르 선장님이 돌아가셨어요. 그리고 모렐 씨의 호의로 제가 아마 그 뒤를 잇게 될 것 같아요. 아시겠어요, 아버지? 스무 살에 선장이 되는 거예요! 봉급은 1백 루이, 게다가 이익의 몫도 받을 수 있어요! 어때요, 저 같은 신출내기로서는 감히 바랄 수도 없는 일 아니에요?"

"그게 정말이냐? 애야. 정말 큰 행운이구나."

"그래서 전 돈을 버는 대로 맨 먼저 아버지에게 작은 집을 지어 드릴 생각이에요. 클레마티스 꽃과 한련과 인동덩굴을 심을 수 있는 정원이 딸린 집을요……. 어? 아버지, 왜 그러세요, 몸이 좋지 않으세요?"

"아니다, 난 괜찮다." 그렇게 말하면서도 힘이 빠진 노인은 뒷걸음을 치며 휘청거렸다.

"아니에요, 아버지. 포도주를 한 잔 드셔야겠어요. 틀림없이 기운이 날 거예요. 포도주는 어디 있어요?"

"필요 없다. 찾지 않아도 돼. 마시고 싶지 않아." 노인은 아들의 소매를 잡으면서 말했다.

"아니에요, 아버지, 있는 곳을 가르쳐주세요."

그렇게 말하면서 그는 두세 개의 찬장문을 열어보았다.

"그럴 필요 없대도…… 포도주는 없어."

"네? 포도주가 없다고요?" 이번에는 당테스의 얼굴빛이 변했다. 그는 뺨이 푹 꺼지고 창백한 노인의 얼굴과 텅 빈 찬장을 번갈아 바라보았다. "네? 포도주가 없다니! 아버지 돈이 떨어졌어요?"

"부족한 건 아무것도 없다, 무엇보다 네가 이렇게 돌아와 주었으니."

"하지만……." 당테스는 얼굴의 땀을 닦으면서 말했다. "석 달 전에 떠날 때 200프랑을 드리고 갔잖아요?"

"그래, 그랬지, 에드몽. 그런데 넌 이웃집 카드루스에게 빚이 좀 있는 것을 잊어버렸더구나. 그 사람이 재촉해서 말이야. 내가 너 대신 갚지 않으면 모렐 씨에게 받으러 가겠다고 해서. 얘야, 이해하겠지. 그 일이 혹시 네게 지장을 줄까 봐……."

"그래서요?"

"내가 갚았단다."

"하지만 전 카드루스에게 140프랑을 빌렸는데요!"

"그랬지." 노인은 웅얼거리면서 말했다.

"그럼 아버진 제가 두고 간 200프랑에서 그 돈을 전부 갚았단 말이에요?"

노인은 그렇다고 고개를 끄덕였다.

"그럼 아버진 석 달 동안 60프랑으로 사신 셈이군요."

청년은 낮은 목소리로 중얼거렸다.

"어쨌든 난 적은 돈으로도 충분히 살 수 있다."

"오, 용서해 주세요, 아버지!" 에드몽은 노인 앞에 몸을 던졌다.

"왜 그러느냐, 애야?"

"그 이야기를 들으니 제 가슴이 찢어지는 것 같아요."

"괜찮다! 이렇게 네가 돌아와 주었잖느냐." 노인은 얼굴에 웃음을 띠면서 말했다. "이제는 이도 저도 다 잊어버렸다. 모든 게 잘됐어."

"그래요, 저에게는 지금 화려한 미래와 약간의 돈이 생겼어요. 보세요, 아버지. 아버지께 드릴게요. 이 돈으로 뭐든지 필요한 걸 사세요."

에드몽은 테이블 위에 호주머니의 돈을 모두 꺼내놓았다. 금화 열두어 닢, 5프랑짜리 은화가 대여섯 닢, 그리고 잔돈이 조금 있었다. 노인의 얼굴이 환하게 빛났다.

"이게 다 누구 돈이냐?" 노인이 물었다.

"제 돈이에요! ……아버지 거예요!……우리 두 사람의 돈이에요!……자, 어서 넣어두세요. 이걸로 먹을 것을 사시고 이제 제발 편히 사세요. 내일이 되면 더 가져올 테니까요."

"애야, 그러지 말고," 노인은 미소 지으면서 말했다. "네 허락을 받고 조금씩 네 돈을 쓰마. 내가 한꺼번에 많은 물건을 사들이면, 사람들이 네가 돌아오기 전에는 나에게 돈이 없어서 물건을 사지 못한 줄 알지 않겠니."

"네, 아버지 마음대로 하세요. 우선 하녀부터 한 사람 구하세요. 이제부터는 아버지를 혼자 둘 수 없으니까요. 선창 안의 작은 상자 속에 밀수입한 커피와 고급 담배가 있어요. 내일 그걸 가지고 올게요. 쉿! 누가 온 것 같아요."

"카드루스가 네가 돌아온 걸 안 모양이다. 무사히 잘 돌아왔다고 축하하러 온 거겠지."

"어휴, 이곳에도 마음에 없는 소릴 하려는 사람이 있군." 에드몽은 중얼거렸다. "하지만, 뭐 어쩔 수 없지. 그래도 예전에는 우리 집을 돌봐주기도 했으니 반갑게 맞아줘야지."

아니나 다를까, 에드몽이 막 그 말을 낮게 중얼거리고 났을 때, 층계참의 문에 턱수염을 기른 카드루스의 검은 얼굴이 나타났다. 나이는 스물대여섯쯤, 손에 나사 천을 들고 있었다. 양복점을 하고 있는 그는 그것을 안감으로 쓸 궁리를 하던 중이었다.

"여어, 자네가 돌아왔군." 카드루스가 강한 마르세유 사투리로 말하면서 활짝 웃었다. 상아처럼 새하얀 이가 드러났다.

"보시는 대롭니다. 제가 뭐 도와드릴 일이 있다면 뭐든지 말씀하십시오."

친절하게 말하기는 했지만, 역시 그 이면의 차가운 마음을 숨기지 못하고 당테스가 대답했다.

"고맙네. 하지만 덕분에 도움이 필요한 일은 없네. 오히려 다른 사람이 나에게 도움을 청하면 모를까. (당테스의 표정이 굳어졌다) 아니, 자네가 그렇다는 말은 아니야. 난 자네에게 돈을 빌려줬어. 자네는 돌려주었고. 좋은 이웃끼리 당연한 일 아닌가. 그것도 완전히 끝난 일이고."

"하지만 신세를 진 것에 대해선 아직 끝났다고 할 수 없지요. 돈은 갚았어도 은혜가 남아 있으니까요."

"무슨 소릴 그렇게 하나! 끝난 일은 끝난 일이야. 자, 자네가 무사히 돌아온 일이나 얘기해 주게. 글쎄, 짙은 갈색 나사를 장만하려고 항구에 나갔다가 당글라르를 만났지 뭔가. '아니, 마르세유에 있었나?' 했더니 그렇다고 하더군. '난 스미르나에 있는 줄 알았는데.' '그랬지. 사실 그곳에서 돌아오는 길이야.' '그래, 에드몽은? 어디 있나?' '당연히 아버지한테 갔겠지.' 당글라르가 그렇게 말하기에 만사 제쳐놓고 친구의 손을 잡고 싶어서 기쁜 마음으로 달려온 거네."

"친절한 카드루스 씨." 노인이 말했다. "우리를 이렇게까지 생각해 주시다니."

"당연한 일이죠. 전 아저씨를 좋아합니다. 그리고 많이 존경하고 있고요. 사실 정직한 사람이 많지 않은 세상이니까요. 그런데 자네는 부자가 된 것 같군 그래?"

그는 당테스가 테이블 위에 둔 한 줌의 금화와 은화를 곁눈으로 보면서 말을 이었다. 청년은 그 검은 눈 속에서 번뜩이는 탐욕을 보았다.

"아, 이런!" 당테스는 별 것 아니라는 듯이 말했다. "이건 제 것이 아닙니다. 사실은 아버지께 제가 없는 동안 돈이 없어서 난처하지 않으셨냐고 여쭸더니, 저를 안심시킬 생각으로 테이블 위에 지갑을 털어서 보여주신 겁니다. 자, 자, 아버지, 돈은 저금통 속에 넣어두세요. 물론 카드루스 씨가 필요하다고 하신다면 얘기는 달라지지만요. 그때는 기꺼이 도움이 되어 드리죠."

"뭘," 카드루스가 말했다. "나는 별로 필요하지 않네. 다행히 직업이라는 것이 사람을 먹고 살게 해주니까 말이야. 넣어두게. 돈이 남아돌아서 나쁠 거 뭐 있나. 그렇게 말해준 것만으로도 고맙게 생각하네."

"전 순수한 마음으로 한 말입니다."

"물론 그럴 테지. 그런데 자네는 모렐 씨하고는 사이가 괜찮은가? 그런 면에서는 언제나 빈틈이 없겠지만."

"모렐 씨는 언제나 친절하게 대해 주십니다." 당테스가 대답했다.

"그렇다면 그 사람의 식사 초대를 거절한 건 잘못한 일이야."

"뭐? 그분의 식사 초대를 거절했다고?" 노인이 끼어들었다. "그럼 넌 그 분한 테서 식사 초대까지 받았단 말이냐?"

"예." 당테스는 자신에게 주어진 분에 넘친 영광이 아버지를 그토록 놀라게 한 것을 생각하고 웃으면서 대답했다.

"그래, 왜 거절한 것이냐?" 노인이 물었다.

"먼저 아버지가 계신 집으로 돌아오려고요. 한시라도 빨리 아버지를 보고 싶어서요."

"모렐 씨의 기분을 상하게 했을지도 몰라." 카드루스가 말을 이었다. "선장이 되고 싶다면 선주의 비위를 거스르는 건 금물이니까."

"하지만 실례를 범하는 이유를 다 말씀드렸습니다. 모렐 씨도 이해해 주셨을 겁니다."

"아, 하지만 무엇보다 선장이 되고자 한다면 조금은 선주의 비위를 맞춰 두는 게 좋을 걸세."

"전 그런 일을 하지 않고 선장이 되고 싶습니다."

"물론 그러면 좋지! 옛 친구들에게 얘기해 주면 모두들 기뻐할 거야. 그리고 그 생니콜라 요새 뒤쪽에서도 이 소식을 듣고 기뻐할 사람이 있을 테고."

"메르세데스 말인가?" 노인이 말했다.

"맞아요, 아버지." 당테스가 말했다. "아버지가 허락해 주신다면, 이렇게 아버지를 만나 뵈어서 잘 계시는 것도 알았고, 또 아무것도 부족한 것이 없다는 것도 알았으니, 이제부터 잠깐 카탈루냐 마을에 다녀오고 싶어요."

"갔다 오려무나." 노인이 말했다. "내가 자식운이 좋은 것처럼, 너도 처복이 있기를 바란다."

"처라니요!" 카드루스가 말했다. "그건 좀 너무 이르지 않을까요. 아직 아드님의 아내가 된 것도 아니지 않습니까!"

"그야 아직은 아니지요. 하지만 거의 틀림없이 제 아내가 될 겁니다." 당테스가 대답했다.

"그래, 상관없지. 상관없어. 어쨌든 자네가 일찍 돌아온 건 잘한 거야." 카드루스가 말했다.

"무슨 말씀입니까?"

"왜냐하면 메르세데스는 아주 예쁜 아가씨니까. 예쁜 아가씨에게는 언제나 사내들이 쫓아다니게 마련이잖아. 그 아가씨도 쫓아다니는 사내가 한 다스는 될 걸."

"그런가요?"

당테스는 웃으면서 말했다. 그러나 그 뒤에는 가벼운 불안이 비쳤다.

"그렇고말고. 게다가 꽤 조건이 좋은 자들도 있으니까. 하지만 무엇보다 자네는 이제 곧 선장이 될 것 아닌가. 퇴짜 맞거나 하는 일은 없겠지!"

"그 말은," 당테스는 여전히 웃는 얼굴로 말했다. 그러나 그 뒤에 숨겨진 불안을 감출 수가 없었다. "만약 제가 선장이 되지 못한다면……."

"뭐라고?" 카드루스가 말했다.

"아니에요. 저는 일반적으로 여자를, 특히 메르세데스를 당신이 생각하는 것보다 훨씬 믿고 있으니까요. 그리고 선장이 되든 안 되든, 그녀는 언제나 저만 생각해 줄 거라고 믿습니다."

"암, 그래야지." 카드루스가 말했다. "아내를 얻을 때는 믿음이 가장 중요하니까 말이야. 그건 그렇고, 자, 우물거리지 말고 자네가 돌아온 것을 빨리 알려주는 게 좋을 거야. 그리고 앞날에 대한 희망에 대해서도 얘기해 줘야 하잖나."

"네, 그럼 다녀오겠습니다." 당테스가 말했다.

그는 아버지에게 입을 맞추고 카드루스에게는 목례를 한 뒤 밖으로 나갔다. 카드루스는 잠시 더 머물다가 노인에게 인사를 하고 아래층으로 내려가, 그 길로 세나크 거리 모퉁이에서 기다리고 있는 당글라르에게 갔다.

"그래, 만났나?" 당글라르가 물었다.

"방금 헤어지고 오는 길이야." 카드루스가 말했다.

"그 녀석, 자기가 선장이 될 거라고 지껄이지는 않던가?"

"벌써 선장이 된 것처럼 굴던데?"

"두고 보라지." 당글라르가 말했다. "녀석은 지금 마음이 급해. 아무래도 난 그렇게 보이는군."

"흠! 아무래도 그 일은 모렐 씨와 벌써 얘기가 되어 있는 눈치였어."

"그래서 놈이 그렇게 신이 난 거로군?"

"눈에 뵈는 게 없는 모양이야. 자기가 대단한 출세라도 한 것처럼 뭐 도와줄 일이 없느냐는 말까지 하더군. 마치 은행가라도 된 것처럼 나에게 돈을 빌려 주겠다고 큰소리치더라고."

"그래서 거절했나?"

"당연하지. 하긴 쉽게 받아들일 수도 있었지. 하지만 녀석에게 처음으로 번쩍번쩍 빛나는 은화를 쥐여준 건 바로 나였다고. 그래도 이제부터는 당테스 씨도 남에게 신세지지 않아도 되겠더군. 이제 곧 아들이 선장님이 될 테니까 말이야."

"흥! 아직 된 건 아니야."

"정말 그렇게 되면 안 되는데. 선장이라도 되어 봐, 녀석에게 말도 제대로 붙일 수 없게 될 거야."

"무슨 소리, 자칫하다가는 우리만 닭 쫓던 개 꼴이 될 텐데 뭘. 어쩌면 지금보다 더 어려운 처지에 놓이게 될 걸."

"뭐라고?"

"아무것도 아니야. 그냥 나 혼자 하는 얘기야. 그래 놈은 여전히 그 여자를 좋아하고 있던가?"

"목을 매고 있더군. 지금도 거기 갔어. 하지만 내가 잘못 본 건지도 모르지만, 어쩌면 뭔가 안 좋은 일이 일어날 것 같아."

"얘기해봐!"

"얘기하면 어쩔 건데?"

"이건 생각보다 중대한 문제야. 자넨 당테스를 싫어하지?"

"난 건방진 놈은 좋아하지 않아."

"좋아, 그럼 그 카탈루냐 여자에 대해 자네가 알고 있는 걸 죄다 말해봐."

"뭐 확실한 걸 알고 있는 건 아니야. 다만 아무래도 내가 보기에, 아까도 잠깐 말했지만, 미래의 선장이 비에유앵피르메리로 오가는 길목에서 좋지 않은 일을 당하게 될 것 같아서 말이야."

"도대체 뭘 보고 그러는 건데, 응?"

"자, 들어봐. 메르세데스가 시내에 나올 때마다 언제나 꽤 괜찮은 카탈루냐 젊은 놈이 하나 따라오거든. 검은 눈에 피부는 구릿빛이고 옅은 밤색 머리인데 힘깨나 쓰는 놈 같아. 그 여자는 그놈을 '우리' 사촌 오빠라고 부르더군."

"오, 그래? 그래서 그 사촌 오빠란 놈이 여자에게 수작을 걸고 있단 말이지?"

"그럴 거야. 스물두 살 사내가 열일곱 살의 예쁘장한 처녀에게 그것밖에 할게 뭐 있어?"

"그래, 당테스는 카탈루냐 마을에 갔나?"

"나보다 한 발 먼저."

"우리도 거기 가보자고! 레제르브로 가서 라말그 포도주나 마시면서 소식을 기다리기로 하지."

"누가 소식을 들려준단 말인가?"

"우리가 중간에서 기다리는 거야. 당테스의 얼굴만 보면 무슨 일이 있었는지 한눈에 알 수 있을 테니."

"그러지 뭐. 하지만 술값은 자네가 낼 거지?"

"두말하면 잔소리지."

당글라르가 대답했다.

두 사람은 서둘러 그곳을 향해 걸어갔다. 그리고 도착하자마자 술 한 병과 잔 두 개를 주문했다. 팡필 영감이 당테스가 지나가는 것을 본 지 채 10분도 되지 않았다고 얘기해 주었다. 당테스가 카탈루냐 마을에 간 것이 분명해지자, 두 사람은 새잎이 나기 시작한 플라타너스와 단풍나무 그늘 밑에 앉았다. 나뭇가지 사이에서 새들이 즐거운 듯 아름다운 초봄을 노래하고 있었다.

카탈루냐 마을

두 남자가 시선을 지평선 쪽으로 향하고 귀를 세운 채 거품이 이는 라말그 포도주를 들이켜고 있는 곳에서 백 보쯤 떨어진 곳, 태양과 미스트랄*1에 시달려 벌거숭이가 된 언덕 뒤에 카탈루냐 사람들의 마을이 있었다.

어느 날, 이상한 이주민 한 무리가 에스파냐를 출발하여, 지금 그들이 살고 있는 반도에 찾아왔다. 어디서 온 사람들인지도 알 수 없는 그들은 사람들이 모르는 언어를 구사하고 있었다. 우두머리 가운데 프로방스어를 할 줄 아는 한 사람이 마르세유 시청에 가서, 마치 옛날의 선원들처럼 몇 척의 배를 끌고 상륙한 이 불모의 벌거숭이 곳을 부디 자기들에게 넘겨달라고 요청했다. 그 소망은 이루어졌다. 그로부터 석 달 뒤, 바다의 떠돌이들이던 그들이 타고 온 12척에서 15척의 배들을 중심으로 그곳에 작은 마을이 하나 조성되었다.

무어풍과 에스파냐풍이 반씩 섞인, 이국적이고 아름다운 양식으로 건설된 그 마을이 바로 오늘날 그들의 자손들이 현재 살고 있는 곳으로, 그곳 주민들은 조상의 언어를 그대로 쓰고 있었다. 3, 4세기 전부터 자신들이 마치 한 무리의 바닷새처럼 내려앉은 이 작은 곳을 그들은 매우 소중하게 지켜왔다. 그들은 마르세유 사람들과는 전혀 교류하지 않고 혼인도 자기네들끼리 했으며, 언어와 마찬가지로 모국의 풍속과 관습도 그대로 지키고 있었다.

독자들은 지금, 우리와 함께 이 작은 마을에 나 있는 유일한 길을 따라가 우리와 함께 그곳에 있는 한 집 안으로 들어갈 것이다. 집들은 바깥쪽은 햇빛에 의해 이곳 특유의 아름다운 낙엽색으로 바래어 있고, 내부는 온통 에스파냐 여관의 유일한 장식인 그 하얀 도료로 칠해져 있었다.

흑옥 같은 검은 머리에, 사슴을 연상시키는 맑은 눈을 가진 아름다운 처녀가 벽에 몸을 기대고 서 있었다. 그녀는 고풍스러운 그림 같은 가는 손가락으

---

*1 프랑스 남부지방에 부는 한랭한 북풍, 또는 동북풍.

로 히스 꽃 한 다발을 들고 꽃잎을 하나하나 떼어내고 있었고, 바닥에는 그렇게 떼어낸 꽃잎들이 흩어져 있었다. 팔꿈치까지 드러난 팔은 햇볕에 그을리기는 했지만 아를르의 비너스를 본떠서 만들어진 것만 같았다. 그 팔이 열에 들뜬 것처럼 초조하게 떨고 있었다. 그녀는 유연하게 구부린 한쪽 발끝으로 바닥을 살짝살짝 차고 있었다. 그럴 때마다 회색과 푸른색으로 테를 두른 붉은 무명 양말 속에 갇혀 있는 그녀의 다리가 흠잡을 데 없이 완벽하고, 오만하고, 대담하기까지 한 모습으로 언뜻언뜻 드러났다.

그녀한테서 세 걸음 정도 떨어진 곳에는 스물한두 살로 보이는 체격이 큰 청년이 좀이 슨 낡은 탁자 위에 팔꿈치를 짚고, 앉아 있는 의자를 초조한 듯이 흔들면서 불안과 원망이 뒤섞인 듯한 눈빛으로 그녀를 지켜보고 있었다. 그 눈은 뭔가 캐묻고 있는 것도 같았다. 그러나 단호하게 응시하는 처녀의 눈길은 상대 남자를 완전히 위압하고 있었다.

"이봐, 메르세데스." 청년이 말했다. "다시 부활제가 다가오고 있어. 결혼하기 딱 좋은 때잖아? 대답해 줘!"

"난 지겨울 만큼 대답했어요, 페르낭. 그런데도 아직 그런 걸 묻다니, 오빠야 말로 정말 스스로 자기 처지를 나쁘게 만들고 있네요."

"좋아! 얼마든지 말해 줘. 부탁이야, 내가 믿을 수 있도록 다시 한 번 말해 줘. 네 어머니도 허락해 주신 이 사랑을 네가 거절한다고 말이야. 자, 다시 한 번 말해 줘. 네가 내 행복을 무시하고 있다는 것을 내가 알게 해 줘. 내가 살든 죽든 네게는 아무 일도 아니라고 알게 해 줘. 아, 아, 이럴 수가, 너와 맺어지는 걸 10년 동안이나 꿈꾸어 왔는데, 일생에 단 하나뿐인 내 소망이 이대로 무너져버리다니!"

"하지만 내가 그런 희망을 갖게 한 건 아니잖아요." 메르세데스가 말했다. "난 오빠에게 마음이 있는 듯한 말을 한 기억이 없는 걸요. 난 언제나 말했어요. 오빠를 남매로서 사랑하고 있다고, 그러니 제발 남매의 애정 말고는 아무것도 원하지 마세요. 내 마음은 다른 사람에게 가 있다고 늘 말했잖아요, 페르낭!"

"그래. 나도 잘 알고 있어. 넌 나에게 너무 솔직담백한 것이 사람을 얼마나 잔인하게 괴롭히는지 알게 해 주었지. 하지만 넌 카탈루냐 사람들은 같은 카탈루냐 사람하고만 결혼한다는 깨지 못하는 불문율이 있다는 것을 잊진 않았겠지?"

"그건 오빠가 잘못 생각하고 있는 거예요, 페르낭. 그건 불문율이 아니에요, 그저 습관일 뿐이죠. 제발 그런 습관 따위를 이유로 내세울 생각일랑 마세요. 오빠는 징집될 거잖아요. 오빠가 지금 자유롭게 있을 수 있는 건 다만 유예를 받은 것일 뿐이죠. 언제 소집될지 모르잖아요. 군인이 되면, 오빤 날 어떻게 할 거예요? 이 불쌍한 고아를? 가진 거라고는 다 떨어진 그물 하나와 금방이라도 무너질 것 같은 오두막 한 채뿐인 이 가난한 고아를. 아버지가 어머니에게, 그리고 어머니가 물려준 그런 빈약한 재산밖에 없는 나를요. 어머니가 돌아가신 뒤 1년 동안, 페르낭, 생각 좀 해봐요, 난 거의 마을사람들의 도움으로 살아가고 있단 말이에요! 오빠는 이따금 내가 마치 오빠를 필요로 하는 것처럼 행동했지요. 그건 오빠의 수입을 나에게 나눠줄 권리를 가지기 위해서였죠. 그래

도 난 그걸 받았어요, 페르낭. 오빠는 우리 큰아버지의 아들이고 우리는 함께 자랐으니까요. 또 그보다 더 큰 이유는, 만약 내가 필요 없다고 말하면 오빠가 섭섭해 할 거라고 생각해서였어요. 하지만 오빠가 준 생선을 팔아서 번 돈으로 실을 자을 삼(麻)을 사오는 것이, 나로서는 동정을 받는 것 같아서 견딜 수가 없었어요."

"메르세데스, 만약 네가 가난하고 외롭다면 너는 마르세유에서 첫째가는 선주나 가장 부유한 은행가의 딸보다 더 내게 잘 어울리는 여자야! 나에게 필요한 아내는 착하고 살림을 잘 꾸려주는 여자야. 그 두 가지를 만족시키는 사람은 너 말고는 아무도 없어."

"페르낭." 메르세데스는 고개를 저으면서 대답했다. "여자는 자기 남편이 아닌 다른 사람을 마음에 품고 있으면 살림도 엉망이 되고 정직할 수도 없어요.

친구로서의 우정으로 남도록 해요, 우리. 다시 한 번 말하지만, 그것이 내가 약속할 수 있는 전부예요. 난 확실하게 줄 수 있는 것이 아니면 약속할 수 없어요."

"알겠어. 넌 너 자신의 가난은 견딜 수 있지만 내가 가난한 것은 두려운 거구나. 메르세데스, 네가 사랑해 준다면 난 한 재산 만들어 보여줄 수 있어. 네가 행운을 가져다줄 거야. 그러면 난 부자가 되겠지. 더욱 열심히 고기를 잡겠어. 지배인이 되어 상점에도 들어갈게. 난 상인도 될 수 있단 말이야!"

"오빠는 그 어느 것도 될 수 없어요. 오빠는 군인이잖아요. 오빠가 이곳에 있을 수 있는 건 전쟁이 없기 때문이에요. 그러니 그냥 어부로 있어요. 인생이 더 괴로워지는 꿈 따윈 꾸지 말고 친구의 우정으로 만족하세요. 난 그것 말고는 줄 게 없으니까요."

"그래, 네 말이 맞아, 메르세데스. 난 선원이 되겠어. 네가 경멸하는 조상들의 옷을 버리고, 번쩍거리는 모자, 줄무늬 셔츠, 그리고 단추에 닻이 그려진 푸른 윗도리를 입겠어. 그래, 네 마음에 들려면 그런 옷을 입어야겠지?"

"무슨 소리예요?" 메르세데스는 험악한 눈초리로 반문했다. "무슨 말을 하는 거죠? 이해할 수가 없네요."

"메르세데스, 난 네가 그런 옷을 입은 누군가가 오기를 기다리고 있고, 그래서 이렇게 매몰차게 구는 거라는 말을 하고 싶었어. 하지만 네가 기다리고 있는 그 사람은 믿을 수 없는 사람이야. 만일 그 사람은 그렇지 않다 해도, 그 사람에겐 바다가 믿을 수 없는 존재이지."

"페르낭!" 메르세데스가 소리쳤다. "난 오빠를 선량한 사람이라고 생각했어요. 하지만 그건 나의 착각이었나 보군요. 페르낭, 질투심 때문에 신의 분노를 살 말을 하다니, 오빠는 정말 나쁜 사람이에요! 난 숨기는 짓 따위는 하지 않아요. 맞아요, 난 오빠가 말한 그 사람을 기다리고 있어요. 난 그 사람이 좋아요. 만일 그 사람이 돌아오지 않는다 해도, 난 오빠가 말한 것처럼 그 사람이 내 믿음을 저버린 것을 비난하진 않을 거예요. 그 사람은 틀림없이 나를 사랑하면서 죽어간 거라고 자신 있게 말할 수 있어요."

그러자 청년은 몹시 분개하는 태도를 보였다.

"알았어요, 페르낭. 오빠는 내가 오빠를 좋아해주지 않는다고 그 사람을 원망하고 있어요. 오빠는 그 카탈루냐 비수로 그 사람의 단도와 싸울 생각이군요. 그게 무슨 소용이 있다고 생각하세요? 오빠가 지면 오빠는 나의 우정마저 잃어버리게 되고, 오빠가 이긴다 해도 내 우정은 증오로 바뀔 뿐이잖아요. 안 그래요? 다른 사람을 좋아하고 있는 여자의 마음에 들기 위해 그 사람을 상대로 싸우는 건 정말 어리석은 방법이에요. 그만두는 게 좋을 걸요, 페르낭. 그런 어리석은 생각일랑 그만둬요. 날 아내로 얻는 대신, 그냥 친구나 누이동생으로 만족하세요. 그리고," 그녀는 눈물이 글썽거리는 눈을 깜박거리면서 이렇게 덧붙였다. "내 말 좀 들어봐요, 페르낭. 아까 오빠도 말한 것처럼 바다는 믿을 게 못 돼요. 그 사람이 나간 지 벌써 넉 달이 지났어요. 그 넉 달 동안 폭풍우가 몇 번이나 있었으니까요!"

고개를 돌린 페르낭은 메르세데스의 뺨에 흐르는 눈물을 닦아주려고도 하지 않았다. 그녀의 눈물 한 방울을 위해서라면 자신의 피를 컵에 가득 담아 줘도 아깝지 않았다. 그러나 그것은 지금 다른 남자를 위해 흘리고 있는 눈물이었다.

페르낭은 일어나서 집 안을 한 바퀴 걸었다. 그리고 다시 돌아와 침통한 눈빛으로 두 주먹을 쥐고 메르세데스 앞에 섰다.

"메르세데스. 다시 한 번 말해 줘. 그게 마지막 결정이니?"

"난 에드몽 당테스를 사랑해요." 처녀는 단호하게 말했다. "에드몽 아닌 다른 남자하고는 결혼할 마음이 없어요."

"그럼 영원히 그 남자만 좋아할 거란 말이지?"

"목숨이 있는 한."

페르낭은 절망한 듯이 고개를 떨어뜨리더니 신음처럼 한숨을 내쉬었다. 그러나 곧 얼굴을 든 그는 이를 악물고 콧구멍을 부풀리면서 말했다.

"하지만 만약 그자가 죽는다면?"

"나도 따라 죽을 거예요."

"만약 그자가 널 잊는다면?"

그때 집 밖에서 기쁨에 찬 목소리가 들려왔다.

"메르세데스! 메르세데스!"

"아!" 처녀는 벌떡 일어나 반가움에 폴짝 뛰면서 소리쳤다. "그 사람은 나를 잊지 않았어. 보세요, 이렇게 왔잖아요!"

그녀는 문으로 달려가 소리가 나도록 열었다.

"여기예요, 에드몽! 저 여기 있어요."

페르낭은 안색이 변해 몸을 떨면서 마치 뱀을 만났을 때처럼 뒷걸음질 쳤다. 그리고 의자에 몸이 닿자 그 자리에 무너지듯 주저앉았다.

에드몽과 메르세데스는 서로를 얼싸안았다. 불타는 듯한 마르세유의 태양이 문으로 비쳐들어 두 사람을 빛의 물결로 감쌌다. 지금 두 사람의 눈에는 자신들의 주위에 무엇이 있는지 아무것도 보이지 않았다. 두 사람은 크나큰 행복에 휩싸여 세상과 동떨어져 있었다. 그리고 벅찬 기쁨으로 펄쩍 뛰면서, 마치 괴로워하는 것처럼 더듬더듬 말을 주고받았다.

곧 에드몽의 눈에, 어둠 속에 떠오른 페르낭의 위협하는 듯한 창백하고 음산한 얼굴이 들어왔다. 페르낭은 자기도 모르게 허리에 찬 단도 위에 손을 대고 있었다.

"아, 실례했군요." 당테스 쪽에서도 미간을 좁히면서 말했다. "누가 와 계신 줄은 몰랐습니다."

그리고 메르세데스를 향해 물었다.

"이분은?"

"당신의 좋은 친구가 될 사람이에요. 내 친구이자 우리 사촌 오빠 페르낭이에요. 당신 다음으로 내가 세상에서 가장 좋아하는 사람. 기억 안 나요?"

"아, 그래, 맞아!" 에드몽이 말했다.

그는 한 손은 메르세데스의 손을 그대로 잡은 채, 다른 한 손을 친밀감을 담아 페르낭에게 내밀었다.

그러나 페르낭은 그런 친밀감 담긴 행동에 응하지도 않고 아무 말도 없이 석상처럼 미동도 하지 않았다.

에드몽은 뭔가 탐색하는 듯한 눈길을, 흥분하여 몸을 떨고 있는 메르세데스에게서 위협하는 듯이 음울한 페르낭 쪽으로 옮겨갔다. 그는 한눈에 모든 것을 알아차렸다. 그의 이마가 분노로 타올랐다.

"난 서둘러 당신에게 달려왔어. 그런데 메르세데스, 설마 이렇게 적을 보게 될 줄은 몰랐군."

"적이라니요!" 메르세데스는 화난 눈길로 사촌 오빠를 보면서 소리쳤다. "내 집에 적이 있다고요? 그게 사실이라면, 난 당신 품에 안겨 이대로 마르세유로 가버리겠어요. 그리고 이런 집에는 두 번 다시 돌아오지 않을 거예요!"

페르낭의 눈이 번쩍 빛났다.

"그리고 에드몽, 만약 당신 몸에 무슨 나쁜 일이라도 생긴다면," 그녀는 단호하고 냉정하게 말을 이었다. 페르낭은 자신의 불길한 생각이 속속들이 간파당한 것을 알았다. "만약 나쁜 일이라도 생긴다면, 난 모르지옹 곶에 올라가 바위를 향해 거꾸로 몸을 던지겠어요."

페르낭은 무서우리만치 창백해져 있었다.

"하지만 에드몽, 당신은 잘못 생각하고 있어요. 이곳에 적 따윈 없어요. 이곳에 있는 건 우리 사촌 오빠인 페르낭뿐인 걸요. 마음을 허락한 친구에게 하듯이 당신 손을 잡으려 하고 있잖아요."

이렇게 말한 그녀는 명령하는 듯한 얼굴로 엄하게 페르낭을 바라보았다. 그러자 페르낭은 그 눈빛에 위압당한 것처럼 조용히 에드몽 쪽으로 걸어와서 손을 내밀었다.

불길처럼 타오르던 증오는 힘을 잃은 파도처럼 여자의 힘 앞에 쉽사리 부서지고 말았다. 자신의 손이 에드몽의 손에 닿은 순간, 그는 이제 자신의 힘으로 할 수 있는 일은 다했다는 기분이 들었다. 그는 후다닥 집 밖으로 뛰쳐나갔다.

"아!" 그는 달리면서 미치광이처럼 두 손으로 머리를 쥐어뜯으며 소리쳤다. "아! 누가 저자를 나한테서 멀리 보내버릴 사람이 없을까? 난 이제 어떻게 해야 하지?"

그때 누군가가 부르는 소리가 들려왔다.

"이보게, 친구! 이봐, 페르낭! 어딜 그렇게 가고 있나?"

청년은 걸음을 멈췄다. 주위를 둘러보니 지붕처럼 우거진 나무 그늘 아래 당글라르와 함께 앉아 있는 카드루스의 모습이 눈에 들어왔다.

"어이!" 카드루스가 불렀다. "이리 와서 좀 앉지 그래? 친구에게 인사할 틈도 없을 만큼 그렇게 바쁜가?"

"게다가 그 친구 앞에는 아직 술이 꽤 많이 남아 있는 술병이 있는데." 당글라르가 이렇게 덧붙였다.

페르낭은 어리둥절해서 두 남자를 바라보기만 하고 아무 대답도 하지 않았다.

"정신이 좀 나간 것 같군." 당글라르가 무릎으로 카드루스를 찌르면서 말했다. "우리가 잘못 본 건가. 생각했던 것과는 반대로 당테스 쪽이 우세한 것 같은데?"

"흥! 기다려 봐." 그리고 카드루스는 청년 쪽을 돌아보면서 물었다. "어때, 페르낭, 이제 결심이 섰나?"

페르낭은 이마의 땀을 닦은 뒤 조용히 나무 그늘 속으로 들어갔다. 나무 그늘이 어느 정도 흥분을 가라앉혀 주고, 시원한 공기가 그의 지친 몸을 조금 편안하게 해주는 것 같았다.

"안녕하세요. 나를 불렀나요?"

이렇게 말하면서, 페르낭은 앉는다기보다 쓰러지듯이 테이블 주위에 있던 의자 하나에 털썩 앉았다.

"불렀지. 꼭 실성한 사람처럼 뛰어가기에 투신이라도 하러 가는 건 줄 알고." 카드루스가 웃으면서 말했다. "이런, 제길! 친구한테 술이나 한 잔 사주면 되는

게 전부가 아니라니까. 가끔은 그 녀석이 물 서너 되를 통째로 퍼마시러 가는 것도 말려야 할 때도 있거든."

페르낭은 흐느끼는 듯한 신음 소리를 냈다. 그리고 탁자 위에 양쪽 손목을 겹쳐 얹더니, 그 위에 맥없이 머리를 묻었다.

"어때, 까놓고 말해볼까, 페르낭." 카드루스는 일단 호기심이 발동하면 눈치코치 아랑곳하지 않는 하층사회 특유의 야만성을 드러내며 얘기를 계속했다. "이건 마치 감쪽같이 배신당한 정부 같은 꼴이군 그래!"

이렇게 농담을 건넨 카드루스가 낄낄대고 웃었다.

"설마!" 당글라르가 받아쳤다. "이렇게 잘생긴 사내가 사랑 문제로 괴로워한다는 게 말이 되는 소린가. 헛소리 집어치워, 카드루스."

"아니야. 이 친구가 한숨짓고 있는 걸 봐. 자, 자, 페르낭. 고개를 들고 대답

좀 해보게. 건강이 어떤지 묻는 친구에게 대답하지 않는 건 실례라네."

"건강은 괜찮아요." 페르낭은 두 주먹을 쥐면서 고개를 들고 말했다.

"거봐, 당글라르." 카드루스는 친구에게 눈짓을 하면서 말했다. "잘 봤지? 여기 있는 이 친구 말이야. 정직하고 용감한 카탈루냐인인데다가 마르세유에서도 솜씨 좋기로 유명한 어부 페르낭은 메르세데스라는 예쁜 아가씨에게 반해버렸다네. 그런데 운도 나쁘지, 그 아가씬 아무래도 파라옹 호의 일등 항해사에게 빠져 있는 것 같단 말이야. 그 파라옹 호는 바로 오늘 항구에 들어왔고. 이제 알겠나?"

"아니, 이해가 안 되는데." 당글라르가 말했다.

"그러니까 불쌍한 페르낭이 퇴짜를 맞았다는 얘기야."

"그게 어쨌단 말입니까?" 고개를 든 페르낭은 자신의 분노를 발산할 상대를 찾으려는 듯이 카드루스를 노려보면서 말했다. "메르세데스는 누구의 것도 아닙니다. 그 여자가 누구든 자기 마음에 드는 남자를 사랑하는 게 뭐 어떻단 말입니까?"

"물론 자네가 그렇게 생각하고 있다면 얘기는 달라지지!" 카드루스가 말했다. "난 자네를 카탈루냐 사람이라고 생각했거든. 사람들이 하는 말로는, 카탈루냐 사람은 상대에게 한 방 먹으면 절대로 그냥 물러서지 않는다고 하던데. 게다가 보복에 있어서는 페르낭은 특히 무서운 사내라더군."

페르낭은 처량하게 웃으며 말했다.

"사랑에 빠진 남자는 결코 무서운 사람이 될 수 없지요."

"가엾은 친구!" 당글라르는 진심으로 청년을 동정하는 것처럼 말했다. "이봐, 이 친구는 당테스가 이렇게 갑자기 돌아올 줄 몰랐을 거야. 아마 죽어버렸거나, 아니면 마음이 변했을 거라고 생각했겠지. 게다가 이런 일은 느닷없이 찾아올수록 그만큼 더 충격을 받는 법이거든."

독한 라말그 포도주를 마시고 갑자기 취기가 올라 기분이 몹시 좋아진 카드루스가 대꾸했다.

"아무튼 당테스에게 좋은 일이 생겨서 난처해진 사람은 페르낭뿐만이 아닌 것 같은데, 안 그래, 당글라르?"

"그렇고말고, 자네 말이 맞아. 그러니 안 될 말이겠지만 놈의 신상에 나쁜 일이 일어날 것 같아."

"염려 말라고. 어쨌든 그 녀석은 곧 메르세데스, 그 예쁜 메르세데스를 얻게 될 테니까. 물론 녀석도 그걸 위해 돌아온 거지만."

카드루스는 페르낭에게 한 잔 따라 주고, 자기 잔에도 술을 채우며 말했다. 당글라르가 이제 겨우 술잔에 입을 댄 정도인데 비해 그는 벌써 여남은째 잔을 비우고 있었다.

당글라르는 날카로운 눈길로 청년을 바라보고 있었다. 청년의 가슴 위에 카드루스가 한 말이 끓어오르는 납처럼 흘러내렸다.

"그래, 결혼식은 언제라던가?" 카드루스가 물었다.

"흥! 그건 아직 먼 이야깁니다." 페르낭이 중얼거리듯이 대답했다.

"그럴 테지. 하지만 언젠가 하는 것만은 확실해. 당테스가 파라옹 호 선장이 되는 것과 마찬가지로 확고부동한 일이지. 안 그런가, 당글라르?"

생각지도 않던 말에 깜짝 놀란 당글라르는 카드루스를 돌아보며 그가 일부러 교묘하게 그런 말을 한 게 아닌가 하고 상대의 얼굴을 살폈다. 하지만 이미 술기운이 몹시 오른 얼굴에서는 부러워하는 듯한 기색만 읽을 수 있었다.

"자!" 그는 모두의 잔을 채우면서 말했다. "아름다운 카탈루냐 아가씨의 신랑 에드몽 당테스 선장을 위해 건배하자고!"

카드루스는 떨리는 손으로 술잔을 입에 가져가서 단숨에 마셔버렸다. 페르낭은 자신의 잔을 집어 들더니 느닷없이 땅바닥에 집어던져 박살을 내고 말았다.

"어, 어!" 카드루스가 소리쳤다. "저게 뭐야, 저기 저 언덕, 카탈루냐 마을 쪽에서 보이는 게? 저길 보게, 페르낭. 자네가 눈이 더 밝을 테니까. 아무래도 내 눈엔 벌써 헛것이 보이는 모양이야. 게다가 이 술이란 놈이 배신자 같아서 말이야. 연인끼리 손을 잡고 몸을 딱 붙이고 걸어오는 것 같은데? 아니 저런! 두 사람 다 이쪽에서 보고 있는 줄은 모르는 모양이야. 오! 두 사람이 입을 맞췄어!"

당글라르는 페르낭이 괴로워하는 모습을 하나도 놓치지 않았다. 청년의 얼굴은 순식간에 변해 있었다.

"저 두 사람을 알겠나, 페르낭?" 당글라르가 물었다.

"예," 청년이 낮은 목소리로 대답했다. "에드몽과 메르세데스입니다."

"역시 그랬군!" 카드루스가 말했다. "그 사람들을 내가 몰라보다니! 어이, 당테스! 이봐요, 아가씨! 이리로 좀 오지 않겠나. 그리고 언제쯤 결혼식을 올릴 건지 알려 주게. 여기 페르낭이 있지만 아무리 물어도 가르쳐 주질 않는군."

"그만하지 그래!" 당글라르는 주정을 부리듯이 정자 밖으로 몸을 내밀고 있는 카드루스를 짐짓 말리는 척하면서 말했다. "가만히 좀 있어. 서로 좋아하는 사람들끼리 조용히 연애나 하게 내버려 둬. 저 페르낭을 좀 봐. 저 친구를 보고 좀 배우라고. 페르낭은 말귀를 좀 알아듣는단 말이야."

참다못한 페르낭은 마치 창을 든 투우사의 도전을 받은 소처럼 흥분하여 여차하면 달려들 기세였다. 그는 이미 자리에서 반쯤 일어나 자신의 연적에게 달려들 자세를 취하고 있었다. 하지만 환하게 미소 지으며 사랑스러운 얼굴을 우아하게 치켜들고 있던 메르세데스가 맑게 빛나는 눈으로 그들을 바라보았다. 그러자 페르낭은 아까 그녀가 위협하던 말, 만약 당테스가 죽으면 자신도 죽을 거라고 한 말을 떠올리고 다시 의자에 주저앉았다.

당글라르는 두 남자를 번갈아 바라보았다. 술에 취한 남자와 사랑에 번민하는 남자를.

"어휴, 이런 바보들은 도무지 믿을 수가 있어야지." 그는 혼잣말을 중얼거렸다. "이런 주정뱅이와 겁쟁이 사이에 앉아 있다간 좋은 일이 없겠는걸. 한쪽은 원한의 독주에 취해 있어야 할 때 그저 술에 취해 시기나 하고 있는 얼간이, 한쪽은 아름다운 여자를 코앞에서 뺏기고 어린애처럼 투정하고 울기만 하는 바보니! 그래도 이 사내의 눈빛만은 제대로 복수할 줄 아는 에스파냐 사람이나 시칠리아, 칼라브리아 사람답게 불타고 있군. 일격에 소머리도 갈라놓을 것 같은 주먹도 가지고 있고. 결국 당테스의 운이 더 강했던 거지. 놈은 그 예쁜 아가씨를 얻고 선장이 되어 우리를 우습게 볼 게 분명해. 다만……." 당글라르의 입술에 음험한 미소가 떠올랐다. "다만, 내가 조금만 머리를 쓰면 얘기는 달라지지."

"어이!" 카드루스는 반쯤 몸을 일으키더니 두 주먹을 탁자 위에 놓으면서 소리쳤다. "어이! 에드몽! 자네 눈엔 이제 친구도 보이지 않나? 아니면 잘난 척하느라 우리하고는 말도 섞지 않겠다는 건가?"

"그렇지 않습니다." 당테스가 대답했다. "잘난 척하다니요. 난 그저 기뻐하고 있을 뿐입니다. 기쁜 감정이 잘난 척하는 것보다 훨씬 더 사람의 눈을 멀게 하는 모양입니다."

"맞아! 멋진 말이야." 카드루스가 말했다. "아, 안녕하시오, 당테스 부인."

메르세데스는 새침하게 인사했다.

"전 아직 당테스 부인이 아니에요. 우리 고장에서는 결혼 전인 여자를 약혼자의 이름으로 부르면 불행이 온다고 믿고 있어요. 그러니 메르세데스라고 불러 주세요."

"당신이 좋은 이웃인 카드루스 씨를 이해해드려. 사소한 걸 착각하시는 거니까." 당테스가 말했다.

"그럼 곧 결혼하게 되는 건가, 당테스?" 당글라르는 두 사람에게 인사하면서 말했다.

"가능하면 빨리 하고 싶습니다. 오늘 아버지께 인사를 드리고, 내일이나 늦어도 모레, 여기 레제르브에서 약혼식을 올릴 생각입니다. 친구들도 초대하려고 합니다. 당신과 당글라르 씨, 그리고 카드루스 씨도 초대하겠습니다."

"페르낭은?" 카드루스가 히죽히죽 웃으면서 물었다. "페르낭도 초대할 건가?"

"내 아내의 오빠는 나에게도 형제니까요. 이런 때 우리 곁에 없으면 메르세데스도 나도 진심으로 섭섭할 겁니다."

페르낭은 그 말에 대답하려고 입을 열었다. 하지만 말은 목구멍에서 걸린 채 한마디도 밖으로 나오지 않았다.

"오늘 인사를 드리고 내일이나 모레 약혼식이라……어이쿠, 선장님, 어지간히 급하셨군 그래."

"하하, 당글라르 씨도 참." 당테스가 웃으며 대답했다. "저도 아까 메르세데스가 카드루스 씨에게 말한 것처럼 말하고 싶군요. 아직 그렇게 되지도 않았는데 그렇게 부르지는 말아 주십시오. 행여 나쁜 일이라도 생기면 안 되니까요."

"오, 실례. 난 다만, 자네가 굉장히 서두르고 있다는 걸 말하고 싶었을 뿐이야. 아직 시간은 충분하잖아? 파라옹 호는 석 달 안에는 출항하지 않을 테니까."

"행복 앞에서는 누구나 마음이 조급해지는 모양입니다. 오랫동안 고생한 뒤에는 행복이 좀처럼 믿어지지 않기 때문이지요. 물론 그래서만은 아닙니다. 사실 파리에 가야 해서요."

"응? 파리에? 파리에 가는 건 처음인가?"

“예.”

“무슨 일로?”

“제 일로 가는 것이 아닙니다. 르클레르 선장님이 마지막으로 지시한 일이 있어서요. 이해해 주시겠죠, 이건 신성한 일이니까요. 그리고 걱정할 일은 없습니다. 잠시 다녀올 뿐이거든요.”

“물론 이해하고말고.” 당글라르는 큰 소리로 그렇게 말했다.

그리고 이어서 낮은 소리로 중얼거렸다. “파리에 간다는 건 대원수의 편지를 전하는 일일 테지. 흥! 그 편지 얘기를 들으니 생각이 하나 떠오르는군. 묘안이 떠올랐어! 이봐, 당테스, 자네는 어쩌면 파라옹 호의 선원 명부에 1번*² 으로 이름을 올릴 수 없을 걸세!”

그는 조금 떨어져 서 있는 에드몽 쪽을 돌아보면서 말했다.

“그럼 조심해서 다녀오게.”

“감사합니다.” 에드몽도 그쪽으로 머리를 돌리면서 친근한 몸짓으로 대답했다.

두 연인은 마치 하늘로 올라가도록 선택받은 사람들처럼 즐겁고 평온한 모습으로 가던 길을 계속 걸어갔다.

---

*2 선장이 되는 것을 말함.

음모

당글라르는 당테스와 메르세데스가 생니콜라 요새의 모퉁이를 돌아갈 때까지 눈으로 두 사람을 좇고 있었다. 돌아보니, 여전히 창백한 얼굴로 의자 위에서 몸을 떨고 있는 페르낭의 모습이 눈에 들어왔다. 한편, 카드루스는 뭔가 술꾼의 노래를 흥얼거리고 있었다.

"이것 참!" 당글라르는 페르낭에게 말했다. "아무래도 이 결혼이 누구에게는 그리 행복한 일이 되지 않을 것 같군."

"난 절망에 빠지고 말았습니다." 페르낭이 말했다.

"흠, 자네는 메르세데스를 좋아했군 그래?"

"미칠 듯이 좋아했습니다!"

"오래전부터?"

"처음 알게 되었을 때부터 줄곧 그녀를 사랑했어요."

"그러면서 손써 볼 길은 찾지도 않고 그저 머리만 쥐어뜯고 있단 말인가! 어이없는 친구로군, 자네 나라 사람들이 설마 그럴 줄은 몰랐어."

"그럼 어떻게 하란 말입니까?" 페르낭이 물었다.

"그걸 내가 어떻게 아나? 아무 상관도 없는 남인데. 메르세데스에게 마음이 있는 건 내가 아니라 자네 아닌가. 성경 말씀에도 있잖아. 구하라, 그러면 얻으리라."

"하지만 이미 얻었습니다."

"무슨 소린가?"

"나는 저 사내를 칼로 찔러 죽일 생각이었습니다. 그런데 메르세데스는 만약 약혼자에게 무슨 일이 생기면 자기도 죽겠다고 하더군요."

"어허! 입으로야 무슨 말인들 못해. 하지만 절대로 그렇게 하진 못할 걸."

"그건 메르세데스를 몰라서 하는 소립니다. 저 여자는 한 번 말한 것은 반드시 실천하니까요."

"멍청한 녀석!" 당글라르는 혼잣말을 중얼거렸다. "여자가 자살을 하든 말든 내 알 바가 아니지. 당테스가 선장이 되지 않기만 하면 돼."

"그리고 메르세데스가 죽기 전에," 페르낭은 흔들리지 않는 결연한 태도로 말을 이었다. "내가 먼저 죽고 말 겁니다."

"그래! 그게 바로 진짜 사랑이라는 거야!" 카드루스는 갈수록 술에 취한 목소리로 말했다. "그렇게 나오지 않는다면 그건 사랑을 모르는 거지!"

"이봐." 당글라르가 말했다. "자네는 아주 선한 사람인 것 같군. 내가 자네를 그 괴로움에서 구해주고 싶네, 그저……."

그때 카드루스가 끼어들었다.

"그래, 어서 시작해 보게."

"이 친구." 당글라르가 말했다. "벌써 어지간히 취했군 그래. 어서 병을 비워. 그러면 가슴속까지 취해버릴 테니까. 마시라고. 그리고 우리가 하는 일에 끼어들지 마. 우리가 하는 일은 정신이 말짱하지 않으면 안 되니까 말이야."

"내가 취했다고? 농담하는 건가? 이따위 향수병만 한 것 가지고? 앞으로 네 병은 더 마실 수 있어! 팡필 영감, 술 가져와, 술!" 그리고 그 말을 증명하듯이 술잔으로 탁자를 두드렸다.

"그런데 아까 그 이야기는 뭔데요?" 중단된 얘기를 듣고 싶어서 안달이 난 페르낭이 물었다.

"무슨 말을 했더라? 생각이 안 나는군. 이 주정뱅이 카드루스 녀석 때문에."

"얼마든지 마셔주지. 술을 무서워하는 놈은 불쌍한 놈이야! 놈들은 마음에 나쁜 생각을 품고 있어서 술을 마시고 실수로 입을 잘못 놀릴까 봐 두려워하는 거라고."

카드루스는 그즈음 한창 유행하던 노래의 마지막 두 소절을 부르기 시작했다.

나쁜 놈들은 모두 물 마시는 놈들,
물*1에 당한 놈들을 보면 알 수 있다네.

---

*1 성경의 창세기에 나오는 대홍수를 가리킴.

"당신은 나를 괴로움에서 구해주고 싶다고 말했어요." 페르낭이 말했다. "그리고 그 뒤에 '그저'라고 말했잖아요."

"아, 그래, '그저'라고 덧붙였지……. 자네를 괴로움에서 구하려면, 자네가 좋아하는 여자를 당테스가 채가지 못하게 하면 되는 거 아닌가? 당테스가 죽진 않더라도 그 결혼을 확실히 못하게 만들어 버리면 되지."

"죽지 않는 한 절대로 그 둘을 떼어놓을 수 없을 걸요."

"바보 같은 소리!" 카드루스가 말했다. "이제부터 이 빈틈없고 영리한 데다 속 깊은 친구인 당글라르가, 자네가 잘못 생각하고 있다는 걸 알게 해줄 거야. 자, 어서 가르쳐 줘, 당글라르. 모든 건 내가 다 알아서 할 테니까, 당테스가 죽지 않아도 되는 이유를 말해 주란 말이야. 누가 뭐래도 당테스는 좋은 녀석이야. 난 당테스가 좋아. 어이, 당테스! 자네의 건강을 위하여!"

페르낭은 더 이상 견딜 수가 없어 일어섰다.

"내 얘길 좀 들어보게." 당글라르가 청년을 붙잡으면서 말했다. "저렇게 술에 취해 있긴 하지만, 크게 틀린 말은 하지 않는 녀석이야. 당사자만 사라져 버리면 죽은 것과 마찬가지로 두 사람은 헤어질 수밖에 없지 않은가. 예를 들면, 에드몽과 메르세데스 사이에 감옥의 벽이라도 가로막고 있다면 말일세. 두 사람은 묘비로 갈라져 있는 것과 마찬가지로 헤어져야 하게 되는 거지."

"맞아, 하지만 언젠간 감옥에서 나올 것 아닌가." 카드루스는 조금 남아 있던 의식으로 끈질기게 이야기에 끼어들었다. "감옥에서 나왔다고 치자. 만약 그자가 에드몽 당테스라면 반드시 복수하고 말걸."

"무슨 상관이람!" 페르낭이 중얼거렸다.

"게다가 당테스를 무슨 수로 감옥에 처넣을 수 있다는 건가? 남의 것을 훔치지도 않았고, 살인도 하지 않고, 강도질을 한 것도 아닌데."

"입 닥쳐!" 당글라르가 말했다.

"입 못 닥쳐! 왜 당테스를 감옥에 처넣으려는 건지 난 그 이유를 알고 싶어. 난 당테스가 좋아. 당테스, 자네의 건강을 위하여!" 카드루스는 다시 한 잔을 들이켰다.

당글라르는 흐릿하게 풀린 상대의 눈 속에 점점 취기가 도는 것을 지켜보았다. 그런 다음 페르낭을 돌아보면서 말했다.

"알겠지? 놈을 죽일 필요는 없어."

"예. 아까 말한 것처럼 당테스를 감옥에 처넣을 수 있는 방법만 있다면요. 하지만 무슨 방법으로?"

"찾아보면 있을 거야. 하지만 도대체 내가 왜 이런 일에 끼어드는 거지. 나하고 무슨 상관이 있다고?"

"상관은 없지만," 페르낭이 그의 팔을 잡으면서 말했다. "하지만 제가 알고 있는 건 당신도 당테스를 뭔가 특별히 미워하고 있다는 겁니다. 같은 감정을 가진 사람들끼리는 서로가 잘 보이는 법이거든요."

"내가? 당테스를 미워하고 있다고? 그럴 리가 있나. 난 다만 자네의 불행을 동정하고 있을 뿐이야. 하지만 내가 나 자신을 위해 그러는 것처럼 보인다면 난 손을 떼겠어. 혼자서 잘 해보게."

당글라르는 당장에라도 일어서려는 기색이었다.

"아닙니다." 페르낭이 그를 붙잡았다. "잠깐만요! 당신이 당테스를 미워하든 안 하든 그런 건 아무래도 상관없습니다. 나는 놈을 미워하고 있습니다. 솔직하게 털어놓는 겁니다. 그러니 뭔가 방법을 찾아주십시오. 사람을 죽이지 않아도 된다면 무슨 일이든 하겠습니다. 아무튼 메르세데스는 만약 당테스가 죽는다면 자기도 따라죽겠다고 말했으니까요."

그때 테이블 위에 고개를 처박고 있던 카드루스가 이마를 들었다. 그리고 그 둔하고 흐릿한 눈을 뜨고는 페르낭과 당글라르의 얼굴을 번갈아 쳐다보면서 말했다. "당테스를 죽인다고? 누구야, 당테스를 죽인다고 말한 게? 녀석을 죽이는 건 내가 반대야, 내가. 그 녀석은 내 친구라고. 녀석은 내가 전에 내 돈을 나눠 준 것처럼, 오늘 아침 나에게 돈을 나눠 쓰자고 말했어. 당테스를 죽여선 안 돼."

"누가 당테스를 죽인다고 했다는 건가, 이 바보 같은 녀석! 그냥 농담으로 말한 것뿐이야. 그 녀석의 건강을 위해 한 잔 하게." 그는 카드루스의 잔을 채워주면서 말을 이었다. "그리고 우릴 방해하지 말아주게."

"그래, 당테스의 건강을 위하여!" 카드루스는 그렇게 말하면서 잔을 비웠다. "녀석의 건강을 위하여……녀석의 건강을 위해서 말이야! ……건배!"

"그래서 그 방법은요?……그 방법이라는 것이 대체 뭡니까?"

"그건 자네가 찾아야지."

"하지만, 당신이 알아서 하겠다고 하지 않았습니까?"

"참, 그랬지." 당글라르가 말했다. "프랑스 사람이 에스파냐 사람에 비해 그 점에서 뛰어난 건 사실이야. 다시 말해, 에스파냐인은 언제나 궁리만 하느라 시간을 다 보내지만, 프랑스인은 곧바로 그것을 생각해내거든."

"그러니까 생각해 주십시오." 페르낭이 애가 타는 듯이 말했다.

"이봐, 여기!" 당글라르가 소리쳤다. "펜과 잉크와 종이!"

"펜과 잉크와 종이?" 페르낭이 중얼거렸다.

"그래, 난 회계담당이야. 펜과 잉크와 종이, 그것들이 내 도구란 말이지. 도구가 없으면 난 아무것도 못해."

"펜과 잉크와 종이!" 페르낭도 소리쳤다.

"저기 저 테이블 위에 있습니다." 종업원이 손가락으로 가리키면서 말했다.

"그러니까 그걸 이리 가져오란 말이야!"

종업원은 종이와 잉크와 펜을 가져와 테이블 위에 놓았다.

카드루스가 손을 종이 위에 올리면서 말했다. "밤에 적을 공격하려고 숲길에 잠복하는 것보다 더 확실하게 죽여 버릴 수 있는 방법이 있어! 칼이나 권총 같은 것보다 펜 한 자루와 잉크 한 병, 그리고 종이 한 장이 훨씬 더 무섭다고 나는 늘 생각해 왔지."

"이 녀석, 보기보다 취하지 않은 것 같군." 당글라르가 말했다. "페르낭, 술을 더 먹이게."

페르낭은 카드루스의 잔에 술을 채웠다. 그러자 워낙 술고래인 카드루스는 이내 종이 위에서 손을 들어 잔으로 가져갔다. 페르낭은 카드루스가 이 새로운 한 잔으로 완전히 곯아떨어져서, 술잔을 탁자 위에 놓는 게 아니라 거의 떨어뜨릴 때까지 가만히 그 거동을 지켜보았다. 그리고 마침내 카드루스에게 남아 있던 의식이 그 마지막 한 잔으로 끊어지는 것을 보고 상대를 재촉했다.

"그래서요?"

"그러니까 말이야, 당테스가 그 항해 동안 나폴리와 엘바 섬에 들른 사실을 알리고, 누군가가 그자는 보나파르트파라고 검사에게 고발하기만 하면 돼."

"내가 고발하겠어요, 내가!" 청년이 기세 좋게 말했다.

"좋아. 그런데 그러려면 자네는 그 고발장에 서명을 해야 해. 그러면 자네는 자네가 고발한 사람과 대질하게 될 거야. 물론 난 자네의 고발을 뒷받침할 만한 자료를 제공해 주겠어. 난 그걸 잘 알고 있으니까. 하지만 당테스가 영원히 감옥에 갇혀 있게 되지는 않을 거야. 언젠가 한 번은 나올 텐데, 그러면 놈은 자신을 감옥에 처넣은 사람을 가만 두지 않을 걸."

"오! 내가 원하는 건 오직 하나, 그자가 나에게 싸움을 걸어오는 겁니다."

"그래? 하지만 메르세데스는 어떻게 하지? 사랑하는 에드몽의 살가죽에 살짝 생채기만 내도 자넨 틀림없이 그녀의 원한을 사게 될 텐데."

"그야 물론 그렇겠지요."

"그건 곤란한 일이지. 그만한 결심이라면, 차라리 내가 이렇게 하는 것처럼, 펜에 잉크를 묻혀서 누구의 필적인지 알 수 없도록 왼손으로 이렇게 짧은 고소장을 쓰는 것이 현명하지 않을까?"

그렇게 말하면서 당글라르는 시범을 보여주듯이, 왼손으로 평소 그의 필체와는 전혀 다르게 다음과 같은 문구를 써서 페르낭에게 넘겨주었다. 페르낭이 그것을 낮은 목소리로 읽었다.

"존경하는 검사 각하. 저는 왕실에 충성을 다하고 성실하게 신앙을 지켜온 자로서 알려드릴 것이 있습니다. 나폴리와 포르토페라이오에 기항한 뒤 오늘 아침에 스미르나에서 돌아온 범선 파라옹 호의 일등 항해사 에드몽 당테스는, 뮈라가 찬탈자*²에게 전하는 편지를, 그리고 다시 그 찬탈자가 파리의 보나파르트 일당에게 전하는 편지를 위탁받은 사실을 알려드리는 바입니다. 그가 죄를 지었다는 증거는 그를 체포하면 드러날 겁니다. 그리고 그 편지는 당사자나 그 아버지의 집, 또는 파라옹 호에 있는 그의 선실에서 찾을 수 있을 것입니다."

"됐어, 그거야." 당글라르는 말을 이었다. "그렇게 하면 아주 교묘하게 복수할 수 있을 거야. 왜냐하면 자네가 지목받을 염려 없이 일이 순조롭게 풀려 나갈 테니까. 그리고 편지를 이렇게 접어서 위에 '검사님께'라고 쓰기만 하면 돼. 그러면 모든 게 끝나는 거야."

당글라르는 필체를 바꿔서 주소를 썼다.

"그래, 그렇게 하면 모든 게 끝나지." 카드루스가 소리쳤다. 마지막으로 남

---

*2 왕당파가 나폴레옹을 일컫는 명칭.

아 있던 약간의 의식을 짜내어 편지 읽는 소리를 듣고 있던 카드루스는, 곧 본능적으로 그 고발이 어떤 불행을 불러오게 될지 똑똑히 깨달은 것이다. "그래, 그러면 만사가 끝장나지. 하지만 이건 파렴치한 짓이야."

카드루스는 편지를 집으려고 팔을 뻗었다.

"그런데," 당글라르는 그의 손이 닿지 않는 곳으로 편지를 밀어내면서 말했다. "그런데 말이야, 지금까지 내가 한 말과 행동은 모두 장난이었으니 어떡한다? 첫째로 당테스, 그 친절한 당테스의 신변에 무슨 일이 일어난다면 난 정말 견딜 수 없을 것 같거든. 그래서 이렇게……."

그는 편지를 집어 들고 두 손으로 구긴 뒤 뜰 한구석에 던져버렸다.

"잘했어, 잘했어." 카드루스가 말했다. "당테스는 내 친구야. 녀석의 신상에 해로운 일은 하지 말아줬으면 좋겠어."

"도대체 무슨 생각을 하는 거야, 해를 끼치다니! 나도 그렇고 페르낭도 그렇고 어떻게 그런 생각을 할 수 있단 말인가?" 당글라르는 그렇게 말하면서 자리에서 일어섰다. 그러면서 의자에 앉은 채 곁눈으로 방금 구석에 던져버린 고발장을 뚫어지게 바라보고 있는 청년을 보았다.

"좋아, 그렇다면" 카드루스가 말했다. "술을 가져와. 에드몽과 예쁜 아가씨 메르세데스의 건강을 위해 한 잔 더 마셔야겠어."

"이 주정뱅이, 이미 실컷 마셨잖아. 더 마시다간 이제 다리도 못 가누고 여기서 밤을 보내야 할걸."

"내가 말인가!" 카드루스는 취한 사람 특유의 터무니없는 허세를 보이면서 일어섰다. "내가 다리를 가눌 수 없다고? 내기를 해도 좋아, 난 아쿨르 종각에도 올라갈 수 있어, 비틀거리지 않고 말이야!"

"좋아. 내기하세. 하지만 그건 내일 할 일이고, 오늘은 그만 돌아가자고. 자, 내 팔을 잡고 나가세."

"그럼 그러지 뭐. 하지만 자네 팔 따윈 필요 없어. 페르낭, 자넨 안 가나? 같이 마르세유로 가지 않겠나?"

"난 가지 않겠어요." 페르낭이 말했다. "난 카탈루냐 마을로 돌아가야죠."

"그러면 안 돼. 같이 마르세유로 가자니까."

"마르세유에는 볼일도 없고 가고 싶지도 않아요."

"가고 싶지 않다고? 좋아, 마음대로 하게! 모두 멋대로 하면 되는 거야! 가세, 당글라르. 이쪽은 카탈루냐 마을로 돌아가겠다고 하는군. 그러니까 내버려둬."

카드루스 쪽에서 그렇게 말한 것을 기회로, 당글라르는 그를 마르세유 쪽으로 데려가려고 했다. 그리고 페르낭이 더 빠르고 편한 길을 갈 수 있도록, 자신들은 리브뇌브 강가로 돌아가는 대신 생빅토르 문을 선택했다. 카드루스는 휘청거리면서 그의 팔에 매달려 따라갔다.

스무 걸음쯤 갔을 때 당글라르는 뒤를 돌아보았다. 그러자 페르낭이 종이쪽지 쪽으로 급히 달려가서 그것을 호주머니에 집어넣는 것이 눈에 들어왔다. 청년은 담장을 빠져나가 피용 쪽으로 돌아갔다.

"응? 저 친구 왜 저러는 거야?" 카드루스가 말했다. "놈이 우리를 속였어. 아까는 카탈루냐 마을로 간다고 해놓고선 시내 쪽으로 가고 있는데? 어이, 페르낭! 우릴 바보로 아나?"

"자네가 잘못 본 거야." 당글라르가 말했다. "똑바로 비에유앵피르메리 쪽으로 걸어가고 있잖아."

"어, 그렇군! 난 또 오른쪽으로 도는 줄 알았지. 정말 술이 웬수다, 웬수."

"됐어, 됐어." 당글라르가 혼잣말을 중얼거렸다. "이만하면 모든 게 잘 됐어. 이젠 돌아가는 꼴이나 구경하면 되겠군."

약혼 피로연

이튿날은 눈부시도록 화창한 날씨였다. 태양은 마을 구석구석까지 환하게 비추면서 하늘 높이 떠 있고, 거품이 일고 있는 물마루는 붉은 햇빛을 받아 루비처럼 찬란하게 반짝이고 있었다.

피로연은 어제와 같은 레제르브 식당 2층에 마련되어 있었다. 그곳의 정자는 이미 우리도 알고 있다. 피로연 장소는 대여섯 개의 창문을 통해 햇살이 쏟아지는 중앙홀로, 그 창문들 위에는 저마다(이건 또 무슨 아이디어인지!) 프랑스의 대도시 이름이 적혀 있었다.

이 집의 다른 부분과 마찬가지로, 모든 창문에는 나무로 만든 발코니가 딸려 있었다.

식사는 정오로 예정되어 있었다. 하지만 벌써 11시부터 기다리다 못한 사람들이 발코니에 모여들어 있었다. 그들은 휴가 중인 파라옹 호 선원들과 당테스의 친구인 군인들 몇 명이었다. 모두들 두 약혼자에게 경의를 표하기 위해 나름대로 가장 멋지게 차려입고 있었다.

이제 곧 손님으로 참석할 사람들 가운데 파라옹 호의 선주도 이 일등 항해사의 약혼식에 참석할 거라는 소문이 퍼져 있었다. 하지만 모두들 그런 일은 있을 수가 없다며 아마도 너무 생색낸 탓에 그런 말까지 떠도는 것이 아닌가 미심쩍어했다.

하지만 카드루스와 함께 찾아온 당글라르가 그 소문이 맞다는 것을 증명해주었다. 그는 그날 아침 모렐 씨를 만나고 왔는데, 모렐 씨가 레제르브 식당의 오찬에 참석하러 올 거라고 말했다는 것이다.

정말 그들이 오고 얼마 지나지 않아서 모렐 씨가 모습을 드러내자, 파라옹 호 선원들은 일제히 박수와 환호로 그를 환영했다. 선주가 참석했다는 것은 당테스가 선장에 임명될 거라는 지금까지의 소문을 뒷받침하는 것이었다. 배의 선원들은 모두 당테스를 좋아하고 있었으므로, 그들은 선주의 선택이 뜻밖

에 자신들의 희망과 일치한 것을 기쁘게 생각했다. 모렐 씨가 들어오자, 사람들은 한결같은 목소리로 당글라르와 카드루스에게 어서 신랑에게 갔다 오라고 말했다. 당테스에게 이렇게 커다란 감격을 불러일으킨 중요한 인물이 도착했음을 알려 서둘러 오도록 재촉하게 하려는 것이었다.

당글라르와 카드루스는 곧장 뛰어나갔다. 그러나 그들이 채 백 걸음도 가기 전에, 이쪽으로 오고 있는 작은 무리의 모습이 보였다.

메르세데스와 에드몽이 팔짱을 낀 채로 걷고 있었고, 약혼녀 뒤로는 그녀의 친구인 카탈루냐의 젊은 처녀 네 명이 뒤따르고 있었다. 약혼녀 옆에는 당테스의 아버지가 나란히 걸음을 맞추고 있었으며, 그들 뒤에는 페르낭이 악의가 담긴 미소를 지으면서 따라오고 있었다.

메르세데스도 당테스도 페르낭의 악의 담긴 미소를 눈치채지 못하고 있었다. 두 사람은 행복에 겨워서 그저 그들 자신과 그들을 축복해 주는 이 맑고 아름다운 하늘 말고는 아무것도 눈에 들어오지 않았다.

당글라르와 카드루스는 훌륭하게 사자 역할을 했다. 그들은 에드몽과 친밀함을 담은 힘찬 악수를 나눈 뒤, 당글라르는 페르낭 옆에, 카드루스는 사람들의 관심을 한 몸에 받고 있는 당테스 노인 옆에 가서 각자 대열에 끼어들었다.

노인은 도드라진 줄무늬가 들어 있는 얇은 호박단 옷을 입고 있었는데, 표면을 보석면처럼 각지게 다듬은 커다란 강철 단추가 그 훌륭한 옷을 장식하고 있었다. 가늘지만 튼튼한 두 다리 밑으로는 자잘한 별이 수놓인, 한눈에도 영국에서 밀수입한 것임을 알 수 있는 고급 면양말이 눈에 띄었다. 세 군데 각을 잡은 모자에는 하얗고 푸른색의 리본이 늘어져 있었다.

그는 나무를 배배 꼬아 위쪽을 고대 신화 속에 나오는 지팡이처럼 구부린 지팡이에 몸을 의지하고 있었다. 그것은 마치 1796년에 새롭게 개장한 뤽상부르와 튈르리 정원에서 열병식을 했던 멋 부린 왕당파 같은 모습이었다.

노인 옆에는 아까 말한 것처럼 카드루스가 살짝 끼어들어 있었다. 카드루스는 맛있는 요리를 먹을 수 있다는 생각에 이 일을 받아들이긴 했지만, 머릿속에는 마치 아침이 되면 어렴풋이 생각나는 간밤의 꿈처럼 어제의 기억이 희미하게 남아 있었다.

페르낭 옆에 다가간 당글라르는 이 얼빠진 듯한 실연자를 가만히 바라보았다. 페르낭은 두 사람의 약혼자 뒤에서 걷고 있었지만, 메르세데스에겐 안중에도 없는 존재가 되어 있었다. 그녀는 청춘의 이기심과 사랑의 기쁨으로 에드몽 밖에는 눈에 들어오지 않았기 때문이었다. 페르낭의 무섭도록 창백한 얼굴은 문득 생각난 듯이 확 붉어졌다가 이내 또다시 전보다 더욱 하얗게 질린 얼굴로 돌아가곤 했다. 그는 이따금 마르세유 쪽을 바라보았다. 그리고 그럴 때마다 자기도 모르게 신경질적인 경련이 일어나 온몸을 와들와들 떨었다. 뭔가 엄청난 사건이 일어나기를 기다리는 듯한, 적어도 그것을 예상하고 있는 듯한 모습이었다.

당테스는 간소한 차림을 하고 있었다. 상선의 선원인 그는 군복과 평복의 중간쯤 되는 옷을 입고 있었다. 그런 차림을 한 그의 훌륭한 용모는 신부의 기쁨에 찬 아름다운 모습으로 더욱 돋보여 흠잡을 데 없이 완벽했다.

메르세데스는 흑단 같은 눈, 산호 같은 입술을 가진 키프로스나 키오스의

그리스 여인처럼 아름다웠다. 그녀는 아를르의 여인이나 안달루시아 여인들처럼 쾌활하고 자유로운 걸음걸이로 걷고 있었다. 만약 시내의 보통 여자였다면 아마 그 기쁨을 베일 속이나, 적어도 벨벳 같은 눈꺼풀 속에 감추려고 애썼을 것이다. 그러나 메르세데스는 미소를 지으면서 자신을 에워싼 모든 사람들에게 눈길을 던지고 있었다. 그 미소와 눈길은 명백하게, '여러분이 내 친구라면 부디 저와 기쁨을 함께해 주세요. 왜냐하면 저는 지금 말할 수 없이 행복하니까요'라고 말하고 있는 것 같았다.

약혼자들과 그들을 따라가는 사람들이 레제르브 식당 앞에 나타나자, 모렐 씨는 같이 있던 선원들과 군인들을 거느리고 2층에서 내려와 자신도 그들 앞으로 다가갔다. 르클레르 선장의 후임이 당테스가 될 거라는, 당테스에겐 이미 했던 그 말을 선원들과 군인들에게도 해 놓은 상태였다. 그를 본 에드몽은 신부의 팔을 모렐 씨의 팔로 넘겨주었다. 선주와 처녀는 앞장서서 이미 오찬 준비가 되어 있는 중앙홀로 이어진 나무 계단을 올라갔다. 계단은 5분 남짓한 시간 동안 내빈들의 무게를 견디느라 삐걱대며 신음하고 있었다.

"아버님." 메르세데스가 빙 둘러싼 탁자들 가운데 서서 말했다. "아버님은 제 오른쪽에, 제 왼쪽에는 제 사촌오빠가 앉아주셨으면 해요."

그 다정한 목소리가 마치 단검처럼 페르낭의 가슴을 깊게 도려냈다. 그의 입술은 새파랗게 질려 있었다. 그리고 그 남자다운 구릿빛 얼굴에서 핏기가 점점 사라지더니, 그것이 곧 심장 쪽으로 몰려가고 있는 것이 눈에 보이는 듯했다.

그러는 동안, 당테스도 마찬가지로 자리를 정하고 있었다. 자기 오른쪽에는 모렐 씨, 왼쪽에는 당글라르를 앉힌 다음, 손을 들어 모두에게 자유롭게 자리에 앉아달라고 신호를 보냈다.

식탁에는 벌써 옅은 갈색에 향이 진한 아를의 소시지, 껍질이 반짝거리는 새우, 분홍색 껍데기의 대합, 따끔따끔한 바늘에 싸인 밤을 연상시키는 성게, 남프랑스의 식도락가들이 북쪽의 굴보다 훨씬 낫다고 치는 무명조개 등이 차려져 있었다. 이 맛있는 전채요리는 모두 파도에 밀려 모래밭 위로 올라온 것으로, 어부들은 그것들을 바다의 열매라고 불렀다.

"아니, 왜 이렇게 다들 말이 없으신가?" 노인은 방금 팡필 영감이 직접 메르세데스 앞에 두고 간, 노란 토파즈 빛 포도주를 음미하면서 말했다. "이 자리에 있는 서른 명가량의 사람들이 그저 웃기만 하고 있으니, 다들 왜 그러시는 거요?"

"아니, 신랑이라고 언제나 즐겁기만 한 것은 아니죠." 카드루스가 말했다.

"그건," 당테스가 대답했다. "지금 저는 야단법석을 떨기엔 너무나 행복해서 즐거움을 느끼지 못하겠습니다. 그런 의미에서 한 말이라면 당신의 말이 맞을 겁니다. 기쁨은 때때로 묘한 결과를 가져옵니다. 괴로울 때처럼 가슴의 통증을 느끼게 하거든요."

당글라르는 페르낭을 바라보고 있었다. 감수성 예민한 페르낭은 하나하나의 감동을 그대로 받아들이고, 그것을 또 밖으로도 드러내고 있었다.

"그게 무슨 소린가, 뭘 두려워하는 거야? 모든 게 원하는 대로 될 텐데!"

"그게 두려운 겁니다." 당테스가 말했다. "인간이 그렇게 쉽게 행복해질 수 있다는 게 믿어지지가 않아서요! 행복은 용이 입구를 지키고 있는 마법에 걸린 섬의 궁전 같은 거예요. 행복을 얻으려면 싸워서 이겨야 하죠. 그런데 나를 보십시오, 도대체 어떻게 메르세데스의 남편이 되는 행복을 얻게 되었는지 도무지 모르겠어요."

"남편? 남편이라고?" 카드루스가 웃으면서 말했다. "아직 남편이 된 건 아니네, 선장. 어디 남편 노릇 조금만 해보게. 어떤 대접을 받는지 한번 보세."

메르세데스의 얼굴이 빨개졌다. 페르낭은 의자에 앉아 생각에 잠겨 있었다. 그는 조그만 소리에도 소스라치게 놀라곤 했다. 그리고 소낙비가 쏟아지기 전에 후두둑 떨어지는 빗방울처럼 이따금 이마에서 흘러내리는 구슬 같은 땀을 닦고 있었다.

"아, 카드루스 씨. 그런 말로 저를 놀리시면 곤란합니다. 물론 메르세데스는 아직 아내는 아니지만……(그는 시계를 꺼내 보았다) 하지만 이제 한 시간 반만 지나면 내 아내가 되니까요!"

아직은 고른 치열을 보이면서 함박웃음을 띠고 있는 당테스의 아버지를 빼고는 모든 사람이 놀라 탄성을 질렀다. 메르세데스도 미소 짓고 있었다. 그녀는 이제 얼굴을 붉히지도 않았다. 페르낭은 마치 경련이라도 하듯이 단도 자루에 손을 갖다 댔다.

"한 시간 반만 지나면?" 당글라르도 얼굴색이 변해서 물었다. "어떻게?"

"그렇습니다. 아버지 다음으로 세상에서 가장 신세를 지고 있는 모렐 씨의 신용 덕분에 어려운 일들이 다 해결되었거든요. 그래서 우리는 결혼 공시*1의 권리를 얻을 수 있었지요. 그리고 2시 반에는 마르세유 시장님이 시청에서 우리를 기다리시기로 되어 있습니다. 지금이 1시 15분, 앞으로 한 시간 반 뒤에 메르세데스는 당테스 부인이 된다고 해도 틀린 말은 아닐 겁니다."

페르낭은 눈을 감았다. 뜨거운 불꽃이 그의 눈시울을 달구는 것 같았다. 그는 정신을 잃지 않으려고 식탁에 몸을 기댔지만, 그런 노력도 소용없이 낮은 신음 소리가 새어 나오고 말았다. 그러나 그 소리는 모두의 웃음과 축하의 말소리에 묻히고 말았다.

"정말 신속하게 잘했구나." 당테스의 아버지가 말했다. "이래도 시간을 낭비

---

*1 옛 프랑스에서는 결혼하려는 사람은 미리 시청 게시판에 그 내용을 공시할 것을 요청하여, 정해진 기간 안에 이의 신청이 없는 것을 확인한 뒤에 비로소 결혼이 성립되었다.

한다고 할 수 있을까? 어제 아침에 도착해서 오늘 3시에 결혼을 하다니, 선원이니까 이렇게 빈틈없이 준비할 수 있었던 게지."

"하지만 다른 절차는?" 당글라르가 조심스럽게 물었다. "계약서와 서류 같은 것 말이네."

"계약서요?" 당테스가 웃으면서 대답했다. "계약서는 이미 다 되어 있습니다. 메르세데스에게는 재산이 없고, 나 역시 마찬가지니까요! 즉 부부 공동재산제로 결혼하는 거지요. 그래서 이렇게! 계약서를 작성하는 데 그리 많은 시간이 걸리지 않았고, 따라서 수수료도 적게 들었습니다."

이 농담에 다시 한 번 환호성이 그 자리를 뒤흔들었다. "그렇다면 약혼 피로연으로 알고 먹은 것이 그대로 결혼 피로연이 되는 셈이군." 당글라르가 말했다.

"그렇지는 않으니 안심하십시오, 손해를 보시게 하지는 않을 테니까요. 저는 내일 아침 파리로 떠납니다. 가는 데 나흘, 돌아오는 데 나흘. 그리고 제가 맡은 심부름을 마치는 데 하루가 필요하니 3월 1일 돌아올 겁니다. 따라서 3월 2일에는 진짜 결혼 피로연을 열겠습니다."

곧 다시 잔치가 있다는 소리에 모두들 또 한 번 환성을 질렀다. 식사가 시작될 때 모두들 입을 다물고 있는 것이 마음에 들지 않았던 당테스의 아버지도, 지금은 모든 사람이 시끄럽게 떠드는 가운데, 이제 곧 부부가 될 두 사람을 위해 앞날의 행복을 기원하는 덕담을 하려고 괜한 신경을 쓰고 있었다.

당테스는 아버지의 마음을 알아채고, 따뜻한 정이 넘치는 미소로 거기에 화답했다. 메르세데스는 방 안에 걸려 있는 뻐꾸기시계를 올려다보기 시작하더니 에드몽을 향해 넌지시 신호를 보냈다.

테이블 주위에는 신분이 낮은 사람들이 식사를 마친 뒤에 흔히 그러듯이, 시끄럽게 웃고 떠들면서 각자 제멋대로 자유롭게 행동하기 시작했다. 자신의 자리에 불만이었던 사람은 식탁에서 일어나 다른 사람들이 있는 곳으로 갔다. 모두들 한꺼번에 잡담을 시작했다. 그리고 모두 상대가 자신에게 무슨 말을 하는지는 들으려고도 하지 않고, 그저 자신이 하고 싶은 말만 떠들어대고 있었다.

페르낭의 나쁜 안색은 이제 당글라르의 이마 위에도 옮겨 가 있었다. 페르낭은 이미 살아 있는 사람이 아니라 마치 불꽃의 호수에 빠진 망령 같은 모습

이었다. 그는 벌써 자리에서 일어서는 사람들과 함께 일어나서, 노랫소리와 술잔을 부딪치는 소리에서 멀어지려고 홀 안을 이리저리 걷기 시작했다.

카드루스가 그에게 다가왔을 때, 그가 애써 피하려 했던 당글라르도 홀 한쪽에서 그에게 오고 있었다.

카드루스는 당테스의 친절한 배려와 특히 팡필 영감 가게의 맛있는 술 덕분에, 당테스가 생각지도 못한 행운을 손에 넣은 것에 대해 지금까지 마음에 싹틔우고 있던 미움의 씨앗을 이제 완전히 날려버린 상태였다. "당테스는 정말 귀여운 친구란 말이야. 녀석이 신부 옆에 앉아 있는 것을 보니, 자네들이 어제 꾸민 장난은 아무래도 좋지 않은 것 같은 생각이 들더군."

"나도 마찬가지야." 당글라르가 말했다. "자네도 알듯이 어디까지나 거기서의 일이었을 뿐이야. 가엾은 페르낭이 완전히 제정신이 아니어서 나도 처음에 걱정한 건 사실이야. 하지만 일단 마음을 정하고 연적의 결혼식에, 더구나 첫 번째 들러리로 참석했으니, 이제 더는 아무 말도 하지 않겠지."

카드루스는 페르낭 쪽을 바라보았다. 페르낭의 얼굴은 새파랗게 질려 있었다.

"상대가 미인인 만큼 고통도 컸던 거야." 당글라르가 말을 이었다. "정말이지, 다음에 우리 배의 선장이 될 녀석은 정말 억세게 운 좋은 사내 아닌가? 단 하루라도 좋으니, 당테스라는 이름으로 불려봤으면 좋겠군."

"이제 나갈까요?" 메르세데스의 상냥한 목소리가 들려왔다. "벌써 2시예요. 2시 15분 약속이잖아요."

"그래, 나갑시다!" 당테스가 기세 좋게 일어서면서 말했다.

"나갑시다!" 연회 참석자들이 일제히 반복했다.

바로 그때 당글라르는, 창문턱에 앉아 있던 페르낭이 갑자기 겁에 질린 눈을 크게 뜨고 마치 경련하듯이 일어서는가 싶더니, 다시 창턱에 쓰러지듯 쓰러져 앉는 모습을 놓치지 않고 보았다. 그와 동시에 이상한 소리가 바깥의 계단에서 낮게 울려 퍼졌다. 무거운 발소리, 무기가 부딪치는 소리와 함께 웅성거리는 목소리를 들은 손님들은 지금까지 꽤 큰 목소리로 떠들고 있었음에도 무슨 일인가 하고 일제히 귀를 기울였다. 홀 안은 이내 불안한 침묵에 빠져들었다. 소리가 가까이 다가오더니, 곧 문을 세 번 두드리는 소리가 들려왔다. 사람들은 놀라서 서로 옆 사람의 얼굴을 마주보았다.

"당국에서 나왔소!" 쩌렁쩌렁한 목소리가 울려 퍼졌다. 아무도 대답하는 사람이 없었다.

곧 문이 열렸다. 어깨에 현장을 두른 경관 하나가 하사관이 지휘하는 무장 병사 네 명을 뒤에 거느리고 홀 안으로 들어왔다.

불안은 어느새 공포로 변해 있었다.

"무슨 일로 그러시오?" 선주가 평소에 안면이 있는 경관에게 다가가서 물었다. "뭔가 잘못 알고 오신 것 같소만."

"잘못 안 거라면, 모렐 씨," 경위가 대답했다. "바로 밝혀질 겁니다. 전 다만 체포장을 가지고 왔을 뿐입니다. 유감이지만, 직무상 어쩔 수 없는 일입니다. 에드몽 당테스가 누굽니까?"

사람들의 시선이 일제히 청년에게 쏠렸다. 그는 몹시 놀라면서도 품위를 잃지 않고 한 걸음 앞으로 나서면서 말했다.

"접니다. 무슨 일로 그러십니까?"

"에드몽 당테스." 경위가 말했다. "법률의 이름으로 당신을 체포하겠소!"

"저를 체포한다고요!" 에드몽의 얼굴빛이 살짝 바뀌었다. "무슨 일로 체포하는 겁니까?"

"그건 나도 모르오. 아마 제1차 심문에서 알게 되겠지."

모렐 씨는 지금으로서는 어쩔 수 없는 상황인 만큼 아무리 항변해도 소용없다고 판단했다. 현장을 두른 경찰관, 그것은 이미 인간이 아니었다. 귀도 들리지 않고 말도 하지 않는 차가운 법률의 인형이나 다름없으니까.

그것과는 반대로 노인은 경관 쪽으로 달려갔다. 부모의 심정으로는 도저히 수긍할 수가 없었던 것이다.

노인은 간청에 간청을 거듭했다. 그러나 눈물도 애원도 아무 소용이 없었다. 아버지의 절망을 본 경관은 마음이 움직이지 않을 수 없었다.

"영감님, 진정하십시오. 아드님은 아마도 세관이나 검역 절차를 잊어버린 걸 겁니다. 그러니 틀림없이 필요한 조사만 하고 곧 풀어줄 겁니다."

"이게 도대체 어떻게 된 일이야?" 카드루스는 미간을 찌푸리고 놀라는 척하고 있는 당글라르에게 물었다.

"내가 그걸 어떻게 아나? 자네나 나나 모르긴 마찬가지야. 이런 일이 일어나다니, 뭐가 뭔지 하나도 모르겠군. 나도 어리둥절해."

카드루스는 눈으로 페르낭을 찾았다. 그러나 그는 벌써 자취를 감춘 뒤였다. 지금 카드루스의 머릿속에는 어제의 일이 무서우리만치 선명하게 떠오르고 있었다. 지금 일어나고 있는 일을 보니, 어제의 숙취 때문에 자신과 자신의 기억 사이에 쳐져 있던 장막이 순식간에 걷히는 느낌이었다.

"어이구 맙소사!" 그는 낮고 굵은 목소리로 말했다. "당글라르, 자네들이 간밤에 얘기했던 장난의 결과가 바로 이거로군? 이런 일을 꾸민 놈들은 저주를 받아 마땅해. 장난치고는 지나치잖아."

"무슨 소릴 하는 거야!" 당글라르가 소리쳤다. "내가 종이를 구겨버리는 건 자네도 다 봤잖아."

"하지만 찢어버리진 않았지. 구석에 내던지기만 했지."

"닥쳐. 확실히 보지도 못했으면서! 자넨 그때 술에 취해 있었어."

"페르낭은 어디 갔나?"

"낸들 아나. 무슨 볼일이라도 있어서 나간 거겠지. 그보다 가서 저 딱한 사람들이나 도와줘야겠어."

그들이 이런 대화를 주고받는 동안, 당테스는 미소 띤 얼굴로 친구들과 악수를 나누며 인사하고 있었다.

"걱정 말게. 뭔가 오해가 있는 모양인데 곧 밝혀질 거야, 설마 감옥에 가는 일이야 없겠지."

"당연하지. 그건 내가 확실하게 장담하네." 그 순간 당글라르가 그들 쪽으로 다가오며 말했다.

당테스는 경위를 따라 병사들에게 에워싸여 계단을 내려갔다. 마차가 문을 열어둔 채 식당 문 앞에서 기다리고 있었다. 그는 거기에 올라탔다. 병사 둘과 경관도 그를 따라 마차에 올랐다. 문이 닫혔다. 마차는 마르세유를 향해 출발했다.

"다녀와요, 당테스! 빨리 다녀와야 해요!"

메르세데스가 발코니 위로 몸을 내밀고 소리쳤다. 죄수의 귀에 약혼자의 가슴을 찢는 듯한 이 마지막 외침이 흐느낌처럼 들려왔다. 그는 마차 문으로 머리를 내밀고, "금방 다녀올게, 메르세데스!" 하고 높이 소리쳤다. "금방 다녀올게, 메르세데스!"

그리고 마차는 생니콜라 요새의 모퉁이를 돌아 사라졌다.

"여기서 기다리고들 있게." 선주가 말했다. "내가 마차를 잡는 대로 마르세유에 갔다 오겠네. 거기서 어떻게 된 일인지 알아가지고 오지."

"다녀오십시오!" 사람들이 한 목소리로 외쳤다. "다녀오십시오! 기다리고 있겠습니다."

그렇게 두 번째로 사람을 보낸 뒤, 남아 있는 사람들 사이에 두렵고 허탈한 순간이 찾아왔다.

노인과 메르세데스는 한동안 각자 자기 자신의 고통에 사로잡혀 혼자가 된 기분으로 서 있었다. 그러다가 이윽고 두 사람의 눈과 눈이 서로 마주쳤다. 그러자 동시에 불행을 당한 희생자가 된 두 사람은 서로를 부둥켜안았다.

바로 그때 페르낭이 돌아와서 물을 한 잔 마시더니 의자에 앉았다.

공교롭게도 그곳은 노인에게서 떨어진 메르세데스가 앉은 옆자리였다. 페르낭은 본능적으로 자신의 의자를 뒤로 물렸다.

"저놈이 그랬어." 그한테서 눈을 떼지 못하고 있던 카드루스가 당글라르에게 말했다.

"그럴 리가 없어. 저 녀석은 그럴 정도로 영리하지 못해. 어쨌든 이런 일을 저지른 녀석은 반드시 혹독한 대가를 치러야 할 거야."

"그러는 자네는 그런 놈을 충동질한 자에 대해선 아무 할 말도 없나?"

"흥! 별 생각 없이 한 농담에 일일이 책임을 질 순 없잖아."

"별 생각 없이 한 농담이 남을 불행에 빠뜨려도 말인가?"

그러는 동안, 사람들은 삼삼오오 모여서 이 일에 대해 여러 해석을 내놓고 있었다.

"이보게, 당글라르." 누군가가 말을 걸어왔다. "자네는 이 일에 대해 어떻게 생각하나?"

"저 말입니까?" 당글라르가 대답했다. "전 당테스가 무슨 밀수품이라도 들여온 게 아닐까 하는데요."

"하지만 그렇다면 회계인 자네가 당연히 그것을 알고 있을 텐데."

"그렇긴 합니다. 하지만 회계는 신고가 들어온 화물밖에 모르니까요. 면이 실려 있었던 것은 알고 있습니다. 하지만 그뿐입니다. 알렉산드리아의 파스토레 상회와 스미르나의 파스칼 상회에서 물건을 실었습니다. 그 이상은 묻지 말아 주십시오."

"오! 그러니까 생각이 나는군." 가련한 아버지는 그 말을 듣자 문득 어떤 생각이 떠올랐는지 중얼거렸다. "어제 아들이 나를 위해 차 한 통과 담배 한 상자를 가져왔다고 했어."

"거 보십시오. 바로 그겁니다. 우리가 없는 동안 세관이 파라옹 호를 임검하고 그것을 찾아낸 모양입니다."

메르세데스는 그런 말에는 주의를 기울이지 않았다. 그래서 그때까지 참고 참았던 고통이 한꺼번에 폭발한 듯 흐느껴 울기 시작했다.

"얘야, 희망을 가지자꾸나!" 자신도 무슨 말을 하는 건지 모르면서 당테스의 아버지가 그렇게 말했다.

"맞습니다, 희망을 가져야 합니다!" 당글라르도 똑같은 말을 되풀이했다.

"희망을," 페르낭도 그렇게 중얼거리려고 했다. 그러나 말보다 숨이 먼저 막

혀왔다. 그의 입술이 떨리고 있었다. 그리고 그 입에서는 아무런 소리도 나오지 않았다.

"여러분!" 난간 위에서 지켜보고 있던 손님 하나가 외쳤다. "여러분, 마차가 오고 있어요! 아, 모렐 씨예요. 기운을 냅시다, 기운을 내자고요! 틀림없이 좋은 소식을 가지고 오셨을 겁니다."

메르세데스와 노인은 선주를 맞이하기 위해 문으로 달려나갔다. 모렐 씨는 얼굴빛이 몹시 좋지 않았다.

"어떻게 됐습니까?" 모두가 약속이라도 한 듯이 똑같이 물었다.

"그게 말입니다, 여러분!" 선주는 고개를 저으면서 대답했다. "사건은 우리가 생각한 것보다 훨씬 중대합니다."

"아, 모렐 씨!" 메르세데스가 외쳤다. "그이는 아무 죄도 없어요!"

"나도 그렇게 생각해요, 메르세데스 양. 하지만 그는 고발당했소……"

"무슨 일로 고발을……" 노인이 물었다.

"보나파르트 파의 첩자라는 혐의입니다."

독자들 가운데 이 이야기의 시대 배경을 알고 있는 사람은, 방금 모렐 씨의 입을 통해 나온 고발이 그 무렵 얼마나 무서운 것이었는지 짐작할 수 있을 것이다. 메르세데스는 비명을 질렀고 노인은 의자에 털썩 주저앉았다.

"오!" 카드루스가 말했다. "당글라르, 날 속였군. 농담이 기어코 일을 만들었어. 난 이 노인과 아가씨가 고통에 빠져 있는 것을 그냥 보고만 있을 순 없어. 내가 모든 걸 알려줄 거야."

"잠자코 있어!" 당글라르는 카드루스의 손을 붙잡으면서 소리쳤다. "안 그러면 자네의 안전도 보장할 수 없을 테니까. 당테스가 정말 죄를 저지르지 않았다고 누가 장담할 수 있겠나! 배는 분명히 엘바 섬에 들렀고 당테스가 그 섬에 내렸단 말이야. 그리고 포르토페라이오에 만 하루 동안 있었다고. 만약 녀석이 뭔가 위험한 편지라도 가지고 있었던 것이 드러나면 두둔하는 자까지 한패로 취급받게 돼."

카드루스는 약삭빠른 이기심의 직감으로 그 말에도 일리가 있음을 간파했다. 그는 공포와 고통으로 흐릿해진 눈을 들어 당글라르의 얼굴을 보았다. 그리고 모처럼 한 발 앞으로 내밀었던 발을 두 걸음 뒤로 물렀다.

"그렇다면 잠시 상황을 지켜보는 게 나을 것 같군."

"그래, 일단 상황을 지켜보는 거야. 만약 무죄라면 틀림없이 석방되겠지. 하지만 유죄라면 공연히 반역자 편을 들어 자기 신세까지 망칠 필요는 없지 않겠어?"

"그럼 그만 돌아가세. 난 더는 여기 있고 싶지 않아."

"그래, 가자고." 당글라르는 함께 갈 사람이 생겨서 다행이라고 생각했다. "가자고. 다른 사람들은 알아서 하게 두고."

다른 사람들도 이윽고 모두 돌아가기로 했다. 다시 메르세데스에게 팔을 빌려주게 된 페르낭은 그녀의 손을 잡고 카탈루냐 마을로 돌아갔다. 당테스의 친구들은 이젠 거의 정신을 잃다시피 한 노인을 부축하여 멜랑 골목을 따라 돌아갔다.

이윽고 마을에는 당테스가 보나파르트 당원이라는 혐의로 체포되었다는 소문이 자자하게 퍼졌다.

"도대체 그런 말을 자네는 믿을 수 있나, 당글라르?" 회계담당인 당글라르와 카드루스를 뒤따라온 모렐 씨가 말했다. 그는 에드몽에 대해, 어느 정도 안면이 있는 검사 대리 빌포르 씨한테서 직접 뭔가를 알아내려고 서둘러 시내로 가는 중이었다. "도대체 그걸 믿을 수 있느냔 말이야."

"글쎄요." 당글라르가 대답했다. "당테스가 아무 이유도 없이 엘바 섬에 정박했었다고 제가 말씀드렸었지요. 사실 그 정박이 조금 수상하다고는 생각했습니다."

"그런 의심을 자네는 나 말고 다른 사람에게 말한 적이 있나?"

"어떻게 그런 짓을 할 수 있겠습니까?" 당글라르는 목소리를 낮춰서 말했다. "사실 나폴레옹의 부하였던 선주님의 큰아버님, 뭐든지 생각한 대로 거리낌 없이 말씀하시는 폴리카르 모렐 씨 때문에 선주님이 지금도 나폴레옹에게 미련이 있다고 생각하는 사람들이 있습니다. 저는 에드몽이나 선주님에게 해가 되는 말은 늘 조심하고 있었습니다. 아랫사람의 도리로서, 선주님께는 말씀드려도 다른 사람에게는 반드시 비밀로 해야 할 일이 있는 법이니까요."

"좋아, 당글라르, 잘했어! 자네는 좋은 청년이야. 그래서 난 당테스를 파라옹 호 선장으로 임명할 경우, 누구보다도 자네에 대해 생각했다네."

"무슨 말씀이신지."

"난 맨 먼저 당테스에게 자네에 대해 어떻게 생각하느냐고 물어봤네. 그리고 자네를 지금의 자리에 계속 둬도 괜찮겠느냐고 물었지. 왜냐하면 나로서는 왜 그런지 확실히는 모르겠지만, 자네들 두 사람 사이가 냉담한 것처럼 보여서 말이야."

"그래서 당테스는 뭐라고 대답했습니까?"

"자세한 사정은 말하지 않았지만, 자네와의 사이에 뭔가 좋지 않은 일이 있었다, 하지만 선주님이 신뢰하는 사람이라면 자기도 그 사람을 신뢰한다고 대답하더군."

'위선자 같으니!' 당글라르는 입속으로 중얼거렸다.

"가엾은 당테스!" 카드루스가 말했다. "그것만으로도 선량한 사람인 걸 알 수 있는데."

"그렇다네. 그런데," 모렐 씨가 말했다. "당분간 파라옹 호에 선장이 없게 된다네."

"무슨 말씀을요!" 당글라르가 말했다. "희망을 가지십시오. 어쨌든 석 달 안에는 출범하지 않을 테니까요. 그때까지는 당테스도 석방될 겁니다."

"물론 그래야지. 하지만 그때까지 어떻게 한다?"

"그때까지라면 제가 있지 않습니까? 선주님도 아시겠지만 저도 웬만한 원양 항해를 하는 선장만큼은 일할 수 있습니다. 또 저를 시키시면 편리한 점도 있을 겁니다. 에드몽이 석방되는 날, 선주님은 누구에게도 감사 인사를 할 필요가 없을 테니까요. 당테스는 그대로 자신의 위치로 돌아가고, 저는 저대로 본디 자리로 돌아가면 됩니다. 그러면 모든 것이 정리되는 거지요."

"고맙네, 당글라르. 그러면 모든 게 잘 해결되겠군. 그럼 자네에게 지휘를 부탁하네. 내가 허락할 테니까. 그리고 하역작업을 감독해주게. 선원들에게 무슨 일이 일어나든 그것이 일에 지장을 주어서는 안 되네."

"걱정 마십시오. 그런데 에드몽과는 면회라도 할 수 있을까요?"

"그건 나중에 알려줌세. 빌포르 씨에게 얘기해서 당테스를 위해 애써 달라고 부탁할 생각이야. 그 사람은 열성적인 왕당파긴 하지만 상관없어! 왕당파라 해도, 또 왕의 검사보라 해도 인간인 건 틀림없으니까. 나쁜 사람은 아닐 거야."

"물론 그럴 테지요. 하지만 상당한 야심가라는 말을 들었습니다. 나쁜 사람과 야심가는 서로 통하는 데가 있어서 말입죠."

"어쨌든," 모렐 씨는 한숨을 내쉬며 말했다. "두고 보세. 자네는 일단 배에 가 있게, 나도 나중에 갈 테니까."

이렇게 두 남자와 헤어진 그는 재판소로 향했다.

"거봐." 당글라르가 카드루스에게 말했다. "일은 이렇게 돌아가고 말았어. 이래도 당테스를 변호할 생각인가?"

"아니. 하지만 농담 하나로 이렇게 일이 커지다니 너무나 무서운 세상이야."

"흥! 누가 한 일인데? 자네도 나도 아니야, 그렇지 않느냐고. 이건 페르낭이 한 짓이야. 자네도 알고 있겠지만 난 그 종이를 버렸어. 그리고 아마 찢어버린 것 같은데."

"아니. 난 분명히 기억하고 있어. 그냥 구겨서 나무 그늘 한구석에 버렸을 뿐이야. 지금도 틀림없이 있을걸!"

"글쎄, 네가 그랬다면, 뭐, 그랬겠지. 그건 페르낭이 주워갔어. 녀석은 그것을 자기가 베끼거나 남에게 베끼게 했겠지. 아니, 페르낭은 그런 수고조차 하지 않았을지도 몰라. 어쩌면……내가 쓴 그대로 부쳐버렸을지도 모르고! 다행히 필체는 교묘하게 바꿔서 썼지만."

"하지만 자넨 페르낭이 음모를 꾀하려 한 것을 알고 있었나?"

"내가? 난 아무것도 몰라. 아까도 말했지만, 그저 장난이었을 뿐이야. 그뿐이라고. 뭐, 결국은 어릿광대처럼 웃음 뒤에 진실을 얘기한 셈이군."

"어느 쪽이든 마찬가지야. 어떻게든 일이 커지지 않도록, 그렇지 않다 해도 그런 일에 조금이라도 연루되지 않도록 할 수 있는 일은 다 해봐야지. 우리도 엉뚱한 재난을 당하지 않으려면, 당글라르!"

"재앙을 당한다면 그 범인이 당하겠지. 그리고 그 범인은 페르낭이지 우리가 아니라고. 우리에게 무슨 재난이 닥쳐온다는 건가? 우리는 한마디도 하지 않고 그저 얌전하게 있으면 되는 거야. 그러면 벼락같은 것도 맞지 않고 폭풍은 지나가 버릴 테니까."

"아멘!" 카드루스는 이렇게 말하면서 당글라르에게 헤어지자는 시늉을 하더니, 꺼림칙한 일이 있는 사람들이 그러듯이 고개를 절레절레 흔들고 뭔가 혼잣말을 하면서 멜랑 골목을 향해 걸어갔다.

"됐어!" 당글라르가 혼자 말했다. "이것으로 모든 게 내 생각대로 되었어. 이제 당분간 선장 대리가 되는 거야. 이제 저 멍청한 카드루스만 입을 나불거리지 않으면 진짜 선장님이 될 수 있어. 그런데 나머진 재판장이 당테스를 석방했을 때의 문제야. 하지만," 그는 미소를 지으면서 덧붙였다. "그래도 재판은 재판, 이젠 재판만 믿는 수밖에."

보트에 뛰어오른 당글라르는 사공에게 파라옹 호로 가자고 명령했다. 앞에서 얘기했듯이, 거기서 선주와 만날 약속이 되어 있었기 때문이다.

검사보

그랑쿠르 거리의 메두사 분수 앞, 퓌제가 지은 오래된 귀족풍 저택에서도 같은 날 같은 시간에 약혼 피로연이 열리고 있었다.

다만 다른 점은, 한쪽 피로연에 참석한 사람들이 모두 서민층으로서 선원이나 병사들이었던 것에 비해, 이쪽 피로연에 참석한 사람들은 마르세유에서 상류층에 속하는 사람들이었다. 그들은 나폴레옹의 세상이 된 뒤 자리에서 물러났던 옛 사법관들, 프랑스 군대를 떠나 콩데 군에 들어간 옛 무관들이었다.

모두들 식탁에 둘러앉아 열띤 대화를 나누고 있었다. 그 열기는, 이 남프랑스 지방에서 50년 전 종교적 증오가 정치적 증오로 발전한 이래 더욱 치열해져서 맹렬한 집요함마저 보이고 있었다.

황제는 1천2백만 명의 국민들이 저마다 다른 10가지 언어로 '나폴레옹 만세!'를 외쳤던 세계의 일부에 군림했지만, 지금은 불과 5, 6천 명의 인구를 지배하는 엘바 섬의 왕이 되어 있었다. 그리고 이 자리에 모인 사람들은 그를 프랑스에서, 또 황제의 자리에서 영원히 사라진 사람으로 취급하고 있었다. 사법관들은 그의 정치적 실책을 하나하나 들춰냈고, 군인들은 모스크바와 라이프치히에서 치렀던 싸움에 대해 얘기했다. 또 여자들은 황제와 조세핀의 이혼문제를 화제에 올리고 있었다. 바로 이러한 세 부류의 사회에서는, 황제의 실각보다는 이념의 붕괴라는 의미에서 환희와 승리의 기분이 고조되고 있었다. 사람들은 이제야 비로소 악몽에서 깨어나 새로운 인생이 시작된 듯한 느낌을 받았다.

생루이 훈장을 가슴에 단 한 노인이 천천히 일어나더니, 손님들을 향해 루이 18세 폐하의 건강을 축복하자고 제안했다. 생메랑 후작이었다.

또한 이 축배는 하트웰에서 귀양살이하고 있는 사람*¹과 평화를 사랑하는 프랑스 왕*²을 마음속에 떠오르게 했다. 그들은 환호성을 지르며 술잔을 영국

---

*1 루이 18세를 가리킴.
*2 마찬가지로 루이 18세.

식으로 높이 쳐들었고, 여자들은 꽃다발을 풀어서 테이블보 위에 꽃잎을 뿌렸다. 그야말로 극적인 감격이었다.

"그 사람들이 있다면 그 혁명가들도 생각하는 바가 있겠지요." 차가운 눈에 입술이 얇고 거동이 유난히 귀족적인 생메랑 후작부인이 입을 열었다. 쉰 살이나 되는 나이에도 여전히 아름다움을 잃지 않고 있는 부인이었다. "그 사람들은 우리를 몰아낸 자들이지만, 공포정치 시절에 빵 한 조각으로 우리한테 사들인 낡은 성 안에서 조용히 음모를 꾸미든 말든 당분간 내버려 둡시다. 그 사람들도 깨닫지 않겠어요? 정말로 충성한 것은 우리였다는 것을. 우리는 무너지려고 하는 왕조를 끝까지 외면하지 않았으니까. 하지만 그들은 한창 떠오르는 태양을 향해 절을 하면서, 우리가 재산을 잃는 동안 한 재산 모았잖아요. 우리의 진정한 왕이 추앙받는 자 루이였다는 것을 알 거예요. 그와 반대로, 그 사람들의 왕은 지탄받는 자 나폴레옹에 지나지 않았으니까요. 안 그래요, 빌포르?"

"예?……아, 죄송합니다, 사실 부인의 얘기를 잘 못 들었습니다."

"그 애들을 그냥 내버려둬요." 바로 전에 건배를 청했던 노인이 말했다. "이제 곧 결혼할 사람들이니 정치문제보다는 다른 이야기를 하고 싶을 거요."

"어머니, 죄송해요." 금발머리에 진줏빛이 감도는 물 위에 떠 있는 벨벳 같은 눈을 한 젊고 아름다운 처녀였다. "이젠 빌포르 씨를 돌려드리겠어요. 제가 잠깐 붙들고 얘기하고 있었거든요. 빌포르 씨, 어머니가 당신한테 하실 말씀이 있나 봐요."

"다시 한 번 말씀해 주시면 기꺼이 대답해드릴 준비가 되어 있습니다." 빌포르가 말했다.

"용서해 주마, 르네." 후작부인은 그 메마른 얼굴에 놀랍도록 사랑이 넘치는 미소를 지으면서 말했다. 여자의 마음이란 약간 토라지거나 격식을 차릴 필요가 있을 때는 감정이 메말라 버리지만, 그러면서도 늘 어딘가 한쪽에 풍부한 사랑을 간직하고 있다. 그것이 바로 신이 모성애에 부여한 일면이다.

"이해하고말고……. 실은 빌포르, 보나파르트파 사람들에게는 우리와 같은 확신도 감동도 없고, 또 목숨을 버릴 마음도 없다고 말하던 중이었네."

"오, 부인. 하지만 그 사람들에게는 적어도 그것을 대신하는 것이 있습니다. 즉 열광적인 감정이지요. 나폴레옹은 서양의 마호메트입니다. 신분이 낮기는 하지만 불타는 야심을 품고 있는 사람들에게 그는 단순한 입법자나 군주가 아니라 하나의 화신, 즉 평등을 표상하는 화신이라고까지 생각하고 있습니다."

"평등이라고?" 후작부인이 소리쳤다. "나폴레옹 그 사람이 평등의 화신이라고? 그럼 로베스피에르는 뭐라고 생각하나? 어쩐지 자네는 로베스피에르의 지위를 빼앗아 그 코르시카 사람*3에게 줘버릴 것처럼 보이는군. 왕위를 빼앗은 사람, 그렇게 말하는 것만으로 그 사람에게는 충분할 것 같은데?"

"아닙니다, 부인. 저는 다만 모든 사람들을 저마다의 위치에 놓고 생각해 봤을 뿐입니다. 로베스피에르는 루이 15세 거리*4에서 단두대에 올랐습니다. 한편, 나폴레옹은 방돔 광장에서 기념비 위에 올라갔지요. 한쪽이 평등을 낮춘 데 비해 한쪽은 평등을 높이 끌어올렸습니다. 한 사람이 왕들을 단두대까지 끌어내린 것에 비해, 다른 한 사람은 평민을 왕위와 같은 높이까지 끌어올렸지요. 그렇다고," 빌포르는 웃으면서 덧붙였다. "두 사람이 경멸해야 할 혁명가가 아니었다는 얘기는 아닙니다. 또 테르미도르*5 9일*6과 1814년 4월 4일*7이 프랑스에 있어서는 불행한 날들이고, 입헌군주제와 체제의 추종자들이 축하할 수 없는 날들이라는 것에는 변함없습니다. 그렇다 해도 나폴레옹이 몰락한 지금, 아마 다시는 부활할 길도 없을 것이고, 또 그렇지 않기를 바라지만, 그런데도 그의 추종자가 왜 남아 있는지 그 이유를 설명하는 데 충분할 거라고 생각합니다. 안 그렇습니까, 부인? 크롬웰은 나폴레옹의 반도 따라가지 못하는데도 여전히 추종자를 가지고 있으니까요."

"빌포르, 자네의 말을 듣고 있으니 마치 혁명가 같은 느낌이 드는군. 하지만 용서해 주겠어요. 아무래도 지롱드 당원의 아들인 자네에게 그 지방 냄새를 씻어내기를 바라는 것은 무리인 것 같으니까."

빌포르의 얼굴이 확 붉어졌다.

"제 아버지는 지롱드 당원이었습니다. 네, 그건 사실입니다. 하지만 아버지는 왕의 처형에 찬성하지 않았습니다. 아버지는 여러분을 추방한 것과 똑같은 법

---

*3 나폴레옹.
*4 광장.
*5 프랑스 혁명력의 '뜨거운 달', 11월.
*6 로베스피에르가 몰락한 날, 1794년 7월 27일.
*7 나폴레옹이 퇴위하고 엘바섬에 유배된 날.

률에 의해 추방되어, 하마터면 부인 아버님의 목을 달아나게 했던 단두대에 올라갈 뻔했습니다."

"그랬지." 후작부인은 그런 피비린내 나는 추억담을 들으면서도 얼굴빛 하나 변하지 않았다. "하지만 두 사람이 나란히 단두대에 올라갔었다고 하더라도 이유는 완전히 반대였겠지. 왜냐하면 우리 집안은 언제나 왕의 편이었는데, 자네 아버님은 금세 새로운 정부 편에 서지 않았나. 그리고 지롱드당의 시민*8 누아르티에 씨가 되신 뒤 누아르티에 백작님은 원로원 의원이 되셨지."

"어머니, 어머니," 르네가 말했다. "이제 그런 좋지 않은 지난 얘기는 그만하시겠다고 약속하셨잖아요."

"부인," 빌포르가 대답했다. "저도 따님과 마찬가지로 이제 지난 일은 부디 잊어주셨으면 합니다. 그건 신의 뜻으로도 안 되는 일입니다. 이제 와서 뭐라 한들 무슨 소용이겠습니까? 신은 미래를 바꿀 수 있지만 과거에 대해서는 어쩔 수가 없습니다. 우리가 과거를 부정할 수 없다면, 하다못해 그 위에 베일만이라도 덮읍시다. 그리고 저는 아버지와는 견해가 전혀 다르고, 아버지의 이름도 완전히 버렸습니다. 아버지는 보나파르트파였고, 아마 지금도 보나파르트파일 겁니다. 그리고 누아르티에라는 이름을 쓰고 있습니다. 그런데 저는 왕당파이고, 드 빌포르라는 이름을 쓰고 있지요. 혁명의 수액은 부디 오래된 나무 둥치 속에 묻어둡시다. 그리고 다만 아무 힘도 없이 줄기에서 멀어지기 시작한 어린 새싹이라고, 둥치에서도 완전히 튕겨져 나온 새싹이라고 부디 여겨주시길 바랍니다."

"빌포르, 브라보! 잘했어." 후작이 말했다. "아주 훌륭한 얘기였네. 나도 아내에게 과거는 잊어버리라고 언제나 말하고 있네만, 도무지 말을 들어야 말이지. 자네도 얘기했으니 이제는 부디 들어줬으면 하네."

"알았어요." 후작부인이 말했다. "과거는 잊기로 하죠. 잊을 수만 있다면 그보다 좋은 일은 없을 테니까. 약속하겠어요. 그런데 앞으로의 일에 대해서는 어쨌든 확실히 해 둬야겠어요. 빌포르, 잊어버리면 곤란하네, 우리는 폐하께 자네에 대해 책임을 지겠다고 말씀드렸으니까. 그리고 폐하께서도 우리의 추천을 들으시고(이렇게 말하면서 부인은 그에게 손을 내밀었다) 방금 자네가 부

---

*8 혁명 당시에 개인을 부르던 말.

탁한 대로 내가 잊기로 한 것과 마찬가지로 전부 잊어주셨어. 그 대신, 만약 자네가 음모자를 체포했을 때는 자네 집안이 음모가들과 관계있다고 의심받고 있는 만큼 특별히 주목받는다는 걸 명심해야 하네."

"부인, 불행하게도 저의 직업과 특히 지금 같은 시대가 저에게 준엄할 것을 요구하고 있습니다. 저도 그렇게 할 생각이고요. 지금까지 여러 가지로 처리해야 할 정치적 고발을 받았습니다. 그리고 그 덕분에 제 결백을 증명할 수 있었지요. 하지만 문제는 이제부터라고 생각합니다."

"그렇게 생각해요?" 후작부인이 말했다.

"전 두렵습니다. 엘바 섬의 나폴레옹은 단적으로 말해 프랑스 가까이, 엎어지면 코 닿을 곳에 있습니다. 프랑스 해안의 바로 눈앞에 있다는 것이 그 동지들에게 희망을 주고 있는 것이지요. 마르세유는 휴직 장교로 가득 차 있습니다. 그들은 매일같이 하찮은 것을 꼬투리로 왕당파에게 싸움을 걸고 있는 실정입니다. 상류사회 사람들 사이에서 툭하면 결투가 벌어지고, 서민들의 사회에서 아무 거리낌 없이 살인이 행해지는 것도 다 그 때문입니다."

"맞아요." 생메랑 씨의 오랜 친구이자 아르투아 백작*9의 시종관인 살비외 백작이 말했다. "맞는 말이오. 그런데 아시겠지만, 그자*10는 신성동맹에서 내쫓기게 생겼어요."

"맞아, 우리가 파리를 떠날 때 그 일이 문제가 되고 있었지." 생메랑 씨가 말했다. "하지만 도대체 어디로 보낸다는 거요?"

"세인트헬레나요."

"세인트헬레나? 거기가 어디죠?" 후작부인이 물었다.

"여기서 2천 해리나 떨어진 적도 저편에 있는 섬이지요." 백작이 대답했다.

"잘 됐군요! 빌포르도 말했지만, 그런 남자를 그 사람 고향인 코르시카와 그 매제가 지금도 왕 노릇을 하고 있는 나폴리 사이에, 그자가 자기 아들을 위해 왕국을 만들어 주려고까지 한 이탈리아의 바로 코앞에 두는 건 정말이지 미친 짓이에요."

"그런데 불행히도 1814년의 조약이 있습니다." 빌포르가 말했다. "나폴레옹에게 손을 대면 아무래도 그 조약에 저촉됩니다."

---

*9 당시 국왕 루이 18세의 동생.
*10 나폴레옹.

"무슨 상관이람. 조약 따위는 신경 쓸 필요 없소이다." 살비외 씨가 말했다. "그 불쌍한 당기엥 후작을 총살시켰을 때, 나폴레옹이 조약을 염두에 두었던 가요?"

"그래요." 후작부인이 말했다. "그러니까 이렇게 되는 셈이군요. 신성동맹은 유럽을 나폴레옹의 손에서 구출하고, 빌포르는 마르세유를 나폴레옹당의 손에서 해방시키는 거지요. 왕은 군림하거나 군림하지 않거나 어느 한쪽이에요. 군림하게 된 이상, 폐하의 정부는 강한 힘을 가져야 하고, 그 대표자들은 강직해야만 해요. 그래야만 악을 막을 수 있어요."

"유감이지만," 빌포르가 미소를 띠면서 말했다. "검사는 언제나 악이 발생한 뒤에야 얼굴을 내밀게 되어 있어서요."

"그렇다면 그런대로 검사는 그 악을 바로잡아야 해요."

"다시 한 번 말씀드리면 우리는 악을 바로잡는 자가 아니라는 겁니다. 우리가 하는 일은 악에 대해 복수하는 것뿐입니다."

그때 젊고 아름다운 여자의 목소리가 들려왔다.

"오! 빌포르 씨." 살비외 백작의 딸이자 생메랑 양의 친구였다. "전 아직 중죄재판이라는 것을 한 번도 본 적이 없어요. 무척 재미있다고 하더군요."

"물론 상당히 재미있다고 할 수 있지요." 검사보가 말했다. "지어낸 비극과는 달리 이건 진짜 연극이고, 허구의 고통이 아니라 실제의 고통이니까요. 거기에 끌려나온 사람은, 그날의 마지막 막이 내려지면 집에 돌아가서 가족과 함께 저녁을 먹고 내일을 생각하면서 조용히 침대 속에 들어가는 것이 아니라, 사형집행인이 있는 감옥으로 돌아가야 하니까요. 뭔가 가슴이 뛰게 하는 자극을 찾는 신경질적인 사람들에게 그보다 좋은 구경거리는 없을 겁니다. 기다리십시오. 기회만 있으면 꼭 안내해 드리죠."

"그런 끔찍한 말을…… 웃으면서 하시다니!" 얼굴빛이 변한 르네가 말했다.

"그렇다고 달리 어떻게 말하겠소. 다시 말해 그건 일종의 결투요. 지금까지 정치범과 그 밖의 피고들에게 사형을 대여섯 번 구형했어요……. 그런 나를 향해 지금도 뒤에서 칼을 갈고 있거나 이미 나를 향해 칼을 겨누고 있는 자가 아무도 없다고 누가 장담할 수 있겠소?"

"어머나!" 르네의 얼굴이 점점 어두워졌다. "진심으로 하는 말이에요, 빌포르 씨?"

"진심이고말고요." 젊은 법무관은 미소를 지으면서 대답했다. "아가씨는 호기심으로 보고 싶어하는 재판, 나로서는 자신의 야망을 위해 꼭 다루고 싶은 그런 재판, 실은 그래서 일이 더욱 심각해집니다. 예를 들면, 적을 향해 맹목적으로 돌진하도록 훈련받은 나폴레옹의 병사들도 총을 쏘거나 칼을 들고 돌진할 때, 일일이 생각하면서 그렇게 하지는 않습니다. 적을 죽일 때, 아직 한 번도 만난 적이 없는 러시아 사람, 오스트리아 사람, 또는 헝가리 사람을 죽일 때보다 좀더 생각해 줄 거라고 보십니까? 또 그렇게 하면 안 됩니다. 그렇게 하면 우리의 직업은 성립되지 않으니까요. 나 역시 피고의 눈 속에서 분노의 불꽃이 번뜩이는 것을 보면 이내 투지가 솟아나고 흥분하게 됩니다. 그러면 그건 이미 재판이 아니라 격투입니다. 나와 상대의 싸움이란 말이지요. 저쪽에서 덤벼들면 나도 달려들어요. 그리고 모든 격투와 마찬가지로, 그 격투도 이기느냐 지느냐 둘 중 하나입니다. 그것이 바로 소송이라는 겁니다! 위험은 사람을 웅변가로 만듭니다. 내 말을 듣고 피고가 미소를 지으면 내가 서투른 말을 했구나, 내 말이 약하고 힘이 없어서 충분하지 않았구나 생각하게 되지요. 반대로 나의 벼락같은 웅변과 움직일 수 없는 증거에 압도되어 새파랗게 질려 있는 범인을 보면, 피고의 유죄를 확신하는 검사로서 얼마나 의기양양해지는지 아십니까. 피고의 고개가 푹 꺾입니다. 그리고 그 목이 달아나는 거지요."

르네가 가벼운 비명을 질렀다.

"훌륭한 웅변이었소." 한 손님이 이렇게 말하자 또 다른 사람이 말했다.

"이 시대에 없어서는 안 될 사람이오."

"그렇습니다." 제3의 남자가 말했다. "빌포르 씨, 지난번 사건에서는 정말 대단했어요. 그 아버지를 죽인 사내 말이오. 그는 사형집행인의 손에 넘어가기 전에 이미 당신에게 초죽음을 당했지요."

"네? 자기 부모를 죽였다고요!" 르네가 말했다. "그런 사람들에게는 어떤 형벌을 내려도 무섭지 않아요. 하지만 그 불쌍한 정치범들은……!"

"그건 더욱 악질이에요, 르네. 왜냐하면 폐하는 국민의 아버지시니까요. 폐하를 전복시키려 하거나 죽이려 하는 것은 곧 3천2백만 명의 사람을 죽이는 것과 같으니까요."

"오, 그런 건 아무래도 상관없어요, 빌포르 씨. 당신은 내가 부탁하는 사람들에게는 관대하게 처리하겠다고 약속해 주실 수 있죠?"

"염려마세요." 빌포르는 더없이 부드러운 미소를 지으면서 말했다. "둘이서 같이 논고를 작성하기로 합시다."

"르네," 후작부인이 나섰다. "넌 벌새나 스패니얼, 옷 같은 것이나 걱정하면 돼. 남편은 자신의 일을 할 수 있게 해야지. 지금은 이미 군인들이 일을 안 해서 재판관이 없으면 안 되는 세상이 되었어. 그런 걸 두고 말한 의미심장한 라틴어가 있는데."

〈군정은 이제 시민들의 정치에 자리를 내주어야 할 때다*11〉" 빌포르가 가볍게 고개를 숙이면서 말했다.

"난 도저히 라틴어를 입에 올리고 싶은 기분이 아니었다네." 후작부인이 대답했다.

"난 당신이 의사였더라면 더 좋았을 것 같아요." 르네가 말했다. "아무리 천사라 해도 살육의 천사는 무서워요."

"정말 귀여운 말을 하는군요!" 빌포르는 처녀에게 사랑스러운 눈길을 보내면서 말했다.

"애야," 후작이 말했다. "빌포르는 바로 이곳의 정신적이고 정치적인 의사라고 할 수 있다. 정말 훌륭한 역할이지."

"그게 곧 아버님의 잘못을 속죄하는 길도 되고 말이야." 후작부인이 집요하게 말을 받아넘겼다.

"부인," 빌포르는 슬픈 미소를 지으면서 말했다. "아버지가 자신의 지난 잘못에서 돌아선 것은 아까도 말씀드렸습니다. 적어도 저는 그렇게 생각하고 있습니다. 게다가 아버지는 종교와 체제의 열렬한 지지자가 되었습니다. 어쩌면 저보다 더한 왕당파일지 모른다고도 말씀드렸고요. 왜냐하면 아버지는 지난 잘못을 속죄하고 왕당파를 택하신 데 비해 저는 단순히 열의에 의해 결정하게 된 거니까요." 이렇게 완곡하게 말한 뒤 빌포르는 자신의 웅변이 거둔 효과를 확인하려고 좌중을 둘러보았다. 그것은 그가 검사로서 법정을 둘러볼 때와 같았다.

"그렇소! 빌포르 씨." 살비외 백작이 입을 열었다. "그저께 튈르리 궁전에서 내가 궁내 대신에게 대답한 것도 바로 그거였소. 지롱드 당원의 아들과 콩데

---

*11 키케로가 한 말.

군 무관의 딸이 맺어진 이색적인 인연에 대해 물어보시기에 그렇게 대답했더니 잘 이해해 주시더군. 루이 18세가 원한 것도 바로 이런 융합 정책이었으니까. 그런데 우리가 전혀 눈치채지 못하는 동안 그 이야기를 다 들으신 폐하께서 우리 이야기에 끼어들어 이렇게 말씀하셨소. '빌포르는,' 하고 폐하께서는 누아르티에라는 이름을 말하지 않고 빌포르라는 이름에 힘을 실어주시더군. '빌포르는 반드시 출세할 거야. 매우 훌륭한 청년인 데다 내 편이지. 생메랑 후작 부부가 그 사람을 사위로 맞는다던데, 정말 반가운 소식이야. 그쪽에서 그 허락을 청하러 오지 않으면 내 쪽에서 이 결혼을 권할 생각이었으니까.'"

"폐하께서 그런 말씀을 하셨단 말입니까?" 빌포르가 기쁨에 넘치는 목소리로 말했다.

"난 폐하의 말씀을 그대로 전했소. 그리고 솔직히 말한다면, 방금 한 이야기는 꼭 6개월 전에 후작님이 따님과 당신의 결혼에 대해 폐하께 말씀드렸을 때, 폐하께서 말씀하신 것과 일치한다는 것을 후작도 인정하실 거요."

"그렇다네." 후작이 말했다.

"오! 그러고 보면, 전 그 고마우신 폐하께 하나부터 열까지 은혜를 입은 셈이군요. 전 그분을 위해서라면 무슨 일이든지 하겠습니다."

"잘 생각했네." 후작부인이 말했다. "내가 자네를 얼마나 마음에 들어 하는지 아는가? 바로 이런 때 음모를 기도하는 자가 나오면 좋겠군, 내가 본때를 보여 주게."

"하지만 어머니," 르네가 말했다. "전 하느님이 그런 소원을 들어주시지 않기를 기도하고 있어요. 빌포르 씨에게는 하찮은 절도범이나 금액이 크지 않은 파산자, 마음 약한 사기꾼 같은 사람들만 보내주시기를 기도하고 있어요. 그래야만 저도 편히 잠잘 수 있을 거예요."

"그건," 빌포르가 웃으면서 말했다. "곧 의사가 편두통이나 홍역을 앓거나 벌에 쏘인 사람, 다시 말해 살갗에만 탈이 난 환자만 찾아오기를 원하는 것과 같군요. 당신이 내가 검사가 되기를 바란다면, 그것과는 반대로 의사의 명예가 되는 끔찍한 환자들을 원해야 할 텐데."

바로 이때, 마치 그 바람을 들어주겠다는 듯이, 마치 빌포르의 입에서 그 말이 나오기를 기다렸다는 듯이, 하인 하나가 들어와서 그의 귀에 대고 뭔가 속삭였다. 빌포르는 양해를 구하고 식탁을 떠났다가 잠시 뒤 환한 얼굴로 미소를 지으면서 돌아왔다.

르네는 그를 황홀한 듯이 바라보았다. 푸른 눈, 침착한 표정, 그 얼굴을 감싸고 있는 검은 구레나룻, 참으로 빼어난 미남이었다. 그녀는 어서 그의 입에서 잠시 자리를 비운 까닭이 흘러나오기를 기다리면서, 온 마음을 기울여 그의 입술을 바라보았다.

"당신은," 빌포르가 말했다. "아까 남편이 의사였으면 좋겠다고 말했지? 아마 나도 그 아스클레피오스*¹²의 제자들*¹³과 적어도 이 점만은 닮은 모양이군. 결코 자기만의 시간을 가지지 못한다는 것. 그래서 이렇게 당신 곁에 있을 때도, 심지어 약혼 피로연에서도 곧 불려 나가야 하니 말이오."

"무슨 일이에요?" 처녀는 가벼운 불안을 느끼면서 물었다.

"그게 말이오, 아무래도 완전히 손쓸 시기를 놓친 중환자인 모양이오. 사안이 매우 중대해서 병상에서 단두대까지 단 한 걸음을 남겨두고 있는 자요."

"어머나!" 르네가 얼굴빛이 변해서 소리를 질렀다.

"설마!" 그 자리에 모여 있던 사람들은 한목소리로 말했다.

"보나파르트당이 꾸민 작은 음모사건이 발각되었어요."

"정말인가?" 후작부인이 말했다.

"이것이 그 고발장입니다."

빌포르가 그것을 읽기 시작했다.

"존경하는 검사 각하. 저는 왕실에 충성을 다하고 성실하게 신앙을 지켜온 자로서 알려드릴 것이 있습니다. 나폴리와 포르토페라이오에 기항한 뒤 오늘 아침에 스미르나에서 돌아온 범선 파라옹 호의 일등 항해사 에드몽 당테스는, 뮈라가 찬탈자에게 전하는 편지를, 그리고 다시 찬탈자가 파리의 보나파르트 일당에게 전하는 편지를 위탁받은 사실을 알려드리는 바입니다. 그가 죄를 지었다는 증거는 그를 체포하면 드러날 겁니다. 그리고 그 편지는 당사자나 그 아버지의 집, 또는 파라옹 호에 있는 그의 선실에서 찾을 수 있을 것입니다."

"하지만," 르네가 말했다. "이 편지는 익명이고, 게다가 검사보인 당신이 아니

*12 의술의 신.
*13 의사.

라 검사 앞으로 쓴 거잖아요?"

"맞아요. 그런데 검사는 지금 여기 없소. 그래서 이 편지는 편지를 뜯어보는 일을 하는 비서관의 손에 넘어갔어요. 비서가 편지를 뜯어보고 나를 찾았지만 나도 자리를 비운 바람에 그대로 체포명령을 내렸소."

"그래서 그 범인이 붙잡혔다는 거군." 후작부인이 말했다.

"범인이 아니라 용의자죠." 르네가 말했다.

"그렇습니다, 부인. 그래서 방금 르네에게 말했듯이 문제의 편지만 발견되면 그때는 정말로 중환자가 되는 거지요."

"그 사람 지금 어디 있어요?" 르네가 물었다.

"내 집에 있소."

"어서 다녀오게나." 후작부인이 말했다. "폐하를 위해서 해야 할 일이 기다리고 있는데, 우리와 같이 있느라 의무를 소홀히 하면 안 되지. 어서 가보게."

"빌포르 씨." 르네가 두 손을 모으면서 말했다. "관대하게 봐주세요. 오늘은 우리가 약혼한 날이잖아요."

빌포르는 식탁을 한 바퀴 돌아 처녀가 앉은 의자로 다가갔다. 그리고 등받이에 몸을 기대면서 말했다.

"걱정하지 않도록 최선을 다해 그렇게 하리다. 하지만 만약 증거가 확실하고 고발에 거짓이 없다면, 이 보나파르트당의 병든 풀포기는 결국 베어내야 할 거요."

'베어낸다'는 말을 듣고 르네는 흠칫 몸을 떨었다. 베어내야 하는 그 풀은 목을 가지고 있는 인간이기 때문이었다.

"애도, 참!" 후작부인이 말했다. "빌포르, 이 아이가 하는 말은 신경 쓰지 말게. 곧 익숙해질 테니까."

그렇게 말하면서 부인은 빌포르 쪽으로 여윈 손을 내밀었다. 빌포르는 부인의 손에 입을 맞추면서 르네를 가만히 응시했다. 그 눈은 이렇게 말하고 있었다.

'지금 내가 키스하고 있는 것은, 그리고 키스하고 싶은 것은 바로 당신의 손이오.'

"아, 왠지 슬픔의 전조 같아요!" 르네가 중얼거리듯이 말했다.

"저런 저런!" 후작부인이 말했다. "너도 정말 난처한 철부지로구나. 너의 그

감상적인 섬세한 인정도 좋지만, 나라 걱정도 조금은 하는 게 어떻겠니?"

"아이 참, 어머니도!" 르네가 중얼거렸다.

"부인, 이 불성실한 왕당파 아가씨를 용서해 주십시오. 전 검사보로서의 직책을 다할 생각이니까요. 무섭도록 준엄하게 처리하겠습니다."

후작부인에게는 그렇게 말하면서 남몰래 자신의 약혼녀에게 흘깃 눈길을 주었다. 그 눈길은 이렇게 속삭이는 듯했다.

'걱정 말아요, 르네. 당신의 사랑에 걸고 관대하게 할 테니까.'

그 눈길에 대해 르네는 더할 수 없는 부드러운 미소로 답했다. 빌포르는 가슴에 천국을 품고 밖으로 나갔다.

심문

식당 밖으로 한 걸음 나가자, 빌포르는 즐거워하던 이제까지의 모습이 아니라, 동포의 생명까지 좌우하는 선언을 내리는 중대한 임무를 띤 사람답게 근엄한 모습으로 돌아가 있었다. 그는 지금까지 마치 뛰어난 배우가 하듯 수없이 거울 앞에 서서 이렇게 저렇게 얼굴 바꾸는 연습을 했었다. 그러나 오늘만은 눈초리에 주름을 잡고 얼굴에 그늘을 드리우는 게 참으로 쉽지 않은 일이었다. 사실 그는 아버지의 정치노선에 대한 기억, 자신이 거기서 완전히 몸을 빼지 않으면 장래를 망칠 수도 있다는 그런 기억 말고는 이제 그가 바랄 수 있는 가장 행복한 신분이 되어 있었다. 재산도 있고 스물일곱 살에 벌써 법조계의 높은 지위를 차지한 데다, 사랑하는 아름다운 처녀와 곧 결혼까지 하게 된다. 물론 그것은 열정에서 나온 사랑이 아니라, 검사다운 이성에서 나온 사랑이었다. 약혼자인 생메랑 양은 아름다운 용모는 말할 것도 없고, 거기에 그 시절 궁정에서도 세력 있는 집안의 딸이었다. 자식이라곤 그녀 하나뿐이어서 행세깨나 하는 부모의 위엄과 권위는 모두 사위에게 쏠릴 것이 분명했고, 신부는 5만 에퀴의 지참금까지 가지고 시집올 예정이었다. 게다가 기대금액이라고 하는, 중매인들이 만들어낸 이 잔인한 말의 덕을 본다고 생각한다면 어느 날엔가 50만 에퀴의 유산이 추가될 수도 있었다.

이러한 모든 요소가 하나되어, 빌포르에게는 눈부신 행복의 덩어리가 되어 빛나고 있었다. 마음속으로 자기 생활의 내면을 한참 동안 들여다보면 태양의 흑점이 보일 것 같은 정도였다.

밖으로 나간 그는 자기를 기다리고 있던 경위를 만났다. 이 음침한 느낌의 사내를 보자, 그는 그때까지 구름 위 세계에서 대번에 지금 우리가 살고 있는 물질세계로 곤두박질치고 말았다. 그는 조금 전처럼 근엄한 표정을 지으면서 경위 쪽으로 걸어갔다.

"편지는 읽어보았네. 체포하길 잘했어. 그래, 그 남자와 음모사건에 대해 조사한 것을 내게 전부 얘기해 줬으면 하는데."

"음모에 대해서는 아직 아무런 단서도 없습니다. 그자한테서 압수한 서류는 한데 묶어 봉해서 책상 위에 두었습니다. 피고는 고발장에서도 보신 것처럼 세 돛대 범선 파라옹 호의 일등 항해사로, 알렉산드리아, 스미르나에서 면 거래에 종사했고, 마르세유의 모렐 부자 상회 소속입니다."

"상선을 타기 전에 해군에 있었나?"

"아닙니다, 아직 어린 청년입니다."

"몇 살인데?"

"열아홉, 많아 봤자 스무 살일 겁니다."

빌포르가 그랑드뤼를 지나 콩세유 거리 모퉁이에 접어들었을 때, 마치 그가 오기를 기다리고 있었던 것처럼 한 남자가 그에게 다가왔다. 모렐 씨였다.

"아, 빌포르 씨!" 그는 검사보의 모습을 보자마자 말을 걸었다. "마침 잘 만났습니다. 정말 어이없고 가당치도 않은 오해가 생겨서 말입니다. 내가 소유한 배의 일등 항해사 에드몽 당테스라는 청년이 느닷없이 체포되었습니다."

"알고 있습니다." 빌포르가 말했다. "그렇잖아도 그 일 때문에 가는 중입니다."

"그러시군요!" 모렐 씨는 청년에 대한 우정에 흥분해서 말을 이었다. "검사보님은 고발당한 그 청년에 대해 잘 모르시겠지만, 저는 아주 잘 알고 있습니다. 무척 착하고 정직할 뿐만 아니라 상선에서 일하는 자신의 위치에 대해서도 잘 분별하고 있는 청년이지요. 빌포르 씨, 진심으로 간곡하게 그 청년에 대해 부탁드리고 싶습니다."

빌포르는 지금까지 본 것처럼 마르세유의 귀족사회에 속해 있었다. 그리고 모렐이 속한 것은 평민 사회였다. 더욱이 전자가 급진적인 왕당파인데 비해, 후자는 은근히 보나파르트파로 의심받고 있었다. 빌포르는 경멸하는 눈빛으로 모렐 씨를 바라보았다. 그리고 냉정한 태도로 대답했다.

"잘 아실 거라고 생각합니다만, 사생활에서 온화하고, 거래에서는 정직하며, 직무에서 유능한 자라 해도, 정치적으로는 대죄인일 수 있으니까요. 그렇지 않습니까, 모렐 씨?"

이렇게 말한 그는 마치 그 말을 선주 본인에게까지 적용할 것처럼 특별히 마지막 말에 힘을 주었다. 그리고 탐색하는 듯한 눈길로, 자기 자신이나 잘 봐

달라고 부탁해야 할 남자가, 지금 남을 위해 애쓰고 있는 그 대담하기 짝이 없는 마음속까지 꿰뚫어보려고 했다. 모렐 씨는 얼굴이 확 붉어졌다. 정치상의 견해에 있어 자기가 그다지 결백하다고는 생각하지 않았기 때문이다. 게다가 원수와 면회했던 일, 황제가 직접 자신에 대해 몇 마디 말을 했다는 것을 당테스가 솔직하게 말했을 때, 마음이 어느 정도 동요되었던 것도 양심에 걸렸다. 그러나 그는 필사적으로 이렇게 덧붙였다.

"부탁드립니다, 빌포르 씨. 늘 그렇듯이 공정하고 친절하고, 또 관대하게 처리해 주실 것을 부탁드립니다. 그 가엾은 당테스를 하루빨리 우리에게 돌려보내 주십시오!"

우리에게 돌려보내 달라는 이 말이 검사보의 귀에는 혁명적인 의미로 들렸다.

'뭐라고!' 그는 마음속으로 혼잣말을 했다. '우리에게 돌려보내 달라……. 고용주가 무의식적으로 그런 집단적인 호칭을 쓰는 점에서 보면, 그 당테스라는 자는 카르보나리당 일파에도 속해 있는 것이 아닐까? 경위가 분명히 무슨 술집에서 체포했다고 했는데. 동료들도 많이 있었다고 했어. 그럼 거기가 카르보나리당의 집회소가 되겠군.'

그는 큰 소리로 대답했다. "걱정 마십시오. 만약 피고가 무죄라면 제 판결에 대해서는 아무 호소도 할 필요가 없습니다. 반대로 피고가 죄를 지은 게 사실이라면, 무엇보다 지금과 같이 어지러운 세상에 죄지은 자를 처벌하지 않는다는 건 매우 나쁜 선례가 됩니다. 결국 저로서는 제 직무를 다할 수밖에 없습니다."

이렇게 말했을 때 마침 그는 재판소와 등을 맞대고 있는 자신의 집 문 앞에 이르렀다. 빌포르는 차가운 태도로 의례적인 인사를 한 뒤 거만한 모습으로 집 안으로 들어갔다. 가련한 선주는 그 자리에 화석이 된 것처럼 서 있었다.

대기실은 헌병과 경관들로 가득 차 있었다. 그 중앙에는 체포된 청년이 그들의 감시와 불타는 듯한 증오의 눈길을 받으면서 꼼짝도 하지 않고 침착하게 서 있었다.

빌포르는 현관을 지나가면서 곁눈으로 당테스를 흘끗 바라보았다. 그리고 경관이 건네준 서류 뭉치를 받아들고는, "그자를 데리고 오게" 하고는 사라졌다. 그 눈길은 참으로 재빨랐지만, 빌포르가 이제부터 심문하려는 사내에 대한 인상을 포착하기에는 충분했다. 넓게 탁 트인 이마에는 총명함이 엿보였고, 두껍고 약간 느슨한 입매에는 순수한 마음이 나타나 있었다. 그 입술 사이로 상아처럼 새하얀 두 줄의 치아가 보였다.

이 첫인상은 당테스에게 매우 유리한 것이었다. 그러나 빌포르는 아무리 첫인상이 좋아도 금세 마음을 움직여서는 안 된다는, 정치적 통찰력이 담긴 말을 지금까지 수없이 들어왔다. 그래서 그는 그 두 구절의 말에 들어 있는 차이는 생각하지도 않고, 자기가 받은 인상에 그 교훈을 적용했다. 그는 먼저 자기 마음속에 들어와 머릿속으로 옮겨가려는 선량한 본능을 억눌렀다. 그리고 거울을 향해 위엄 있는 표정을 지은 뒤, 신경질적이고 위압할 듯한 표정으로 책상 앞에 앉았다.

잠시 뒤 당테스가 들어왔다. 청년은 여전히 창백한 얼굴이었지만 침착하게

미소 짓고 있었다. 그는 당당하고 예의 바른 태도로 재판관에게 인사를 한 다음, 마치 선주인 모렐 씨의 집 객실에 들어온 것처럼 눈으로 의자를 찾았다.

당테스는 그때 처음으로 빌포르의 어두운 눈길과 마주쳤다. 그것은 바로 자기가 무슨 생각을 하는지 상대에게 들키지 않으려는 듯한, 재판관 특유의 반투명한 유리 같은 눈이었다. 그 눈길을 보고, 그는 비로소 자기가 음침한 사법권 앞에 서 있다는 사실을 깨달았다.

"직업과 이름은?" 빌포르는 아까 들어올 때 경관이 건네준 서류를 넘기면서 물었다. 그 서류는 한 시간 사이에 매우 방대한 양으로 불어 있었다. 그 정도로 부패한 간첩제도란 피고로 불리는 사람의 신상파악에 재빨리 이용된다.

"이름은 에드몽 당테스입니다." 청년은 침착하고 낭랑한 목소리로 대답했다. "모렐 씨 부자의 파라옹 호에서 일등 항해사로 일하고 있습니다."

"나이는?" 빌포르가 계속 물었다.

"만 열아홉." 당테스가 대답했다.

"체포되었을 때는 무엇을 하고 있었나?"

"약혼식 피로연을 하던 중이었습니다." 대답하는 당테스의 목소리가 가볍게 떨리고 있었다. 그때의 기쁨과 지금의 음울한 광경의 대조가 그에게는 너무나 괴롭게 생각되었던 것이다. 그런 만큼 빌포르 씨의 어두운 얼굴을 보고 있으니 그때의 메르세데스의 눈부신 얼굴이 생생하게 떠오르며 그녀의 모습이 한껏 빛을 발하며 반짝이고 있는 것처럼 느껴졌다.

"약혼식 피로연 중이었다고?" 검사보는 자기도 모르게 전율했다.

"그렇습니다. 3년 전부터 사랑하고 있는 아가씨와 결혼할 예정입니다."

평소에는 극히 감정이 메마른 빌포르도 이 우연한 일치에 놀라지 않을 수 없었다. 그리고 행복의 절정에 있는 순간 붙잡혀온 당테스의 감정이 북받치는 목소리를 듣자 마음속에 동정심이 일기 시작했다. 자기도 지금 결혼을 앞두고 있고, 자신 또한 행복했다. 그리고 그 행복은 한 남자 때문에 방해를 받았고, 그 남자도 자기와 마찬가지로 이제 막 행복에 손이 닿으려던 찰나, 역시 그 일로 기쁨이 허물어졌다.

그는 이 이상한 유사점이야말로, 자기가 생메랑 씨의 살롱으로 돌아갔을 때 틀림없이 극적인 효과를 나타낼 거라고 생각했다. 당테스가 다음 질문을 기다리는 동안, 그는 미리 마음속으로 마치 연설가들이 박수를 받기 위해 자신의 야심찬 웅변을 돋보이게 하는 데 사용하는 획기적인 문구를 생각해 보았다.

그런 연설을 마음속으로 구상한 뒤, 빌포르는 그 효과를 상상하고 미소 지으면서 다시 당테스의 문제로 돌아갔다.

"계속하게."

"뭘 계속하라는 겁니까?"

"법정에서 하고 싶은 자네의 솔직한 해명 말이네."

"하지만 법정이 어떤 점에 대해 솔직한 해명을 원하고 있는지, 그것을 말씀해 주십시오. 그러면 알고 있는 한 다 말씀드리지요. 하지만," 이번에는 당테스 쪽이 미소를 지으면서 말을 이었다. "미리 말씀드려 두지만, 전 별로 아는 것이 없습니다."

"자네는 나폴레옹 밑에서 군에 복무한 적이 있나?"

"제가 막 해군에 입대하려고 할 때 나폴레옹이 몰락했습니다."

"자네의 정치적 견해가 과격하다는 얘기를 들었네만." 빌포르가 말했다. 그러나 그는 사실 누구한테서도 그런 말을 들은 적이 없었다. 그런데도 그는 마치 검사가 기소장을 읽듯이 태연하게 물었다.

"제 정치상의 견해 말입니까? 이런 제가……. 정말 말씀드리기 부끄러운 일이지만, 저는 지금까지 견해라고 할 만한 것을 가진 적이 없습니다. 아까도 말씀드렸지만, 저는 올해 겨우 열아홉 살입니다. 저는 아는 것이 아무것도 없습니다. 특별히 잘하는 것도 없고요. 현재의 제 위치, 또 이제부터의 지위, 즉 제가 원하는 지위에 오를 수 있다면 그것은 순전히 모렐 씨 덕분이라 생각하고 있습니다. 따라서 저 자신의 견해라고 해야, 물론 그건 정치적인 견해가 아니라 저 자신에 대한 생각입니다만, 아버지를 사랑하고 모렐 씨를 존경하고 메르세데스를 사랑한다는 것, 이 세 가지밖에 없습니다. 제가 법정에서 밝힐 수 있는 견해는 그것뿐입니다. 그다지 도움이 되지 않을 거라고 생각합니다."

빌포르는 당테스 이야기에 귀를 기울이면서, 지극히 온화하고 밝은 그의 얼굴을 바라보았다. 빌포르는 마음속으로, 이 남자에 대해 아무것도 모르면서도 미리 그에게 피고에게 관대할 것을 부탁하던 르네의 말을 떠올리고 있었다. 그는 범죄와 범인에 대한 지금까지의 경험에서, 당테스의 한 마디 한 마디에서 그가 무죄라는 증거를 보았다. 실제로 이 청년, 아니 차라리 이 소년은—단순하고 솔직하며, 또 쉽게 찾아볼 수 없는 진심에서 나온 웅변을 하고 있으며, 자신이 행복하기 때문에, 그리고 그 행복이 악인마저 선인으로 보이도록 하기 때문에 모든 사람에게 애정을 품고 있는 이 청년은, 자신의 마음에서 넘쳐흐르는 온화한 성정을 이렇게 자신을 재판하려는 사람에게까지 쏟아붓고 있었다. 자기를 심문하고 있는 빌포르의 거칠고 준엄한 태도에도 당테스는 그 눈빛과 목소리와 몸짓 속에 오로지 선량함과 호의만을 담고 있었다.

'아주 괜찮은 청년인데?' 빌포르는 생각했다. '덕분에 무리하지 않고도 르네의 첫 번째 부탁을 들어주면서 르네를 내게 오게 할 수 있겠어. 그러면 모두가 보는 앞에서 그녀와 다정하게 악수를 하고, 구석에 가서 기쁨의 입맞춤도 할 수 있을 거야.'

이 즐거운 희망에 빌포르의 얼굴이 환하게 밝아졌다. 빌포르가 그렇게 생각하면서 당테스에게 시선을 옮겼을 때, 재판관의 표정이 변하는 것을 하나도 놓치지 않고 있던 당테스도 어느새 따라서 빙긋 웃고 있었다.

"자네는 적을 둔 적이 있나?"

"적이라고요? 다행인지 저는 보잘것없는 사람이라서 지위 때문에 적이 생긴 일은 없습니다. 저는 성격이 조금 다혈질이긴 하지만, 아랫사람에게는 언제나 그것을 참아 왔습니다. 제 밑에는 열 명에서 스무 명의 선원들이 있습니다. 그들에게 물어보십시오. 아버지라고 하기에는 너무 어리지만, 형처럼 저를 사랑하고 잘 따르고 있다고 말씀드릴 수는 있습니다."

"하지만 적은 없을지 몰라도 자네를 시기하는 자는 있겠지. 자네는 열아홉 살 나이에 선장이 될 예정이야. 자네 나이에는 대단한 지위지. 또 사랑하는 아가씨와도 곧 결혼할 거고. 그건 이 세상을 통틀어서 좀처럼 얻기 힘든 행복이야. 이렇게 행운이 겹쳤으니 시기하는 자가 있는 것도 당연해."

"맞습니다, 옳은 말씀입니다. 하지만 만일 친구들 중에 그렇게 시기하는 자가 있다 해도, 저는 그게 누군지 알고 싶지 않습니다. 알게 되면 틀림없이 미워하게 될 테니까요."

"그건 잘못된 생각인 것 같군. 자기 주변에 있는 사람은 언제나 되도록 정확하게 보지 않으면 안 되네. 그리고 사실 자네는 아주 훌륭한 청년으로 보이는군. 그래서 나는 법정의 정해진 규칙을 떠나서, 자네를 내 앞에 오게 만든 고발장을 보여주고, 자네가 사실을 밝혀내도록 도와주려고 하네. 이것이 그 고발장인데 누구 필체인지 알겠는가."

빌포르는 호주머니에서 편지를 꺼내 당테스 앞에 내밀었다. 당테스는 눈을 크게 뜨고 그것을 보았다. 한 가닥 어두운 그림자가 얼굴에 서늘하게 나타났다. 그가 말했다.

"아닙니다, 처음 보는 필체군요. 필체를 바꾼 것 같습니다. 그렇지만 아주 거침없이 썼군요. 아무리 봐도 이것을 쓴 사람은 아주 달필인 것 같습니다. 저는 당신 같은 분을 만난 걸 무척 행운으로 생각합니다." 그는 감사의 마음을 담아 빌포르를 바라보면서 덧붙였다. "왜냐하면 저를 시기하고 있는 이자야말로 틀림없는 나의 진짜 적일 테니까요."

이 말을 하는 청년의 눈 속에서 번쩍 빛나는 섬광을 본 빌포르는 처음에 느꼈던 온화함 뒤에 강한 힘이 숨어 있음을 깨달았다.

"그럼 이제부터 한 가지 솔직하게 대답해 줄 것이 있네. 재판관에 대한 피고로서가 아니라, 위험한 입장에 있는 사람이 자기를 걱정해 주는 사람에게 대답한다고 생각하게. 이 익명의 고발장에서 어느 부분이 사실인가?"

이렇게 말하면서 빌포르는 자못 불결하다는 듯이 당테스가 돌려준 편지를 테이블 위에 내던졌다.

"모든 것이 사실인 동시에, 또 모든 것이 거짓입니다. 진정한 사실이라고 하면 우선 이런 점입니다. 그것은 선원인 제 명예와 메르세데스에 대한 나의 사랑, 또 아버지의 생명을 걸고 맹세합니다."

"얘기해보게." 빌포르가 목소리를 높였다. 그러더니 목소리를 낮춰서 혼잣말을 중얼거렸다. '만약 르네가 이것을 본다면 틀림없이 좋아할 거야. 또 앞으로는 나를 사형집행인이라고 부르는 일도 없겠지.'

"사실은 이렇게 된 겁니다. 나폴리를 떠난 뒤 르클레르 선장님은 뇌막염에 걸려 자리에 눕게 되었습니다. 그런데 배에는 의사도 없었고, 선장님은 한시라도 빨리 엘바 섬에 가려는 생각에 연안 어디로도 기항하는 것을 원치 않으셨습니다. 그래서 병세는 점점 깊어졌죠. 사흘째 저녁에는 본인도 이제 마지막이 왔다는 걸 알고 저를 부르시더니 이렇게 말씀하셨습니다. '당테스, 자네 명예를 걸고 이제부터 내가 하는 말을 들어주겠다고 맹세해 주게. 이건 매우 중대한 일이네.' 그래서 저는 맹세한다고 대답했지요. '사실 내가 죽으면, 이 배의 지휘권은 일등 항해사인 자네 손에 들어가게 돼. 자네가 이 배를 지휘하게 된다는 얘기네. 그러니 자네는 배를 엘바 섬으로 몰고 가서 포르토페라이오에서 상륙한 뒤, 총사령관을 만나 이 편지를 전해주기 바라네. 아마 저쪽에서도 편지를 줄 것이네. 그리고 자네에게 어떤 사명을 내릴 거야. 내가 맡고 있는 그 사명을 당테스 자네가 대신하는 걸세. 그리고 모든 명예도 자네가 지게 될 것이네.' '알겠습니다, 선장님. 하지만 생각하시는 것만큼 쉽게 총사령관 곁에 가까이 갈 수 있을까요?' '여기 반지가 있네. 이 반지를 보여주면 될 거야. 그러면 별 문제없이 안내해 줄 걸세.' 이렇게 말한 뒤 선장님은 반지를 하나 주셨습니다. 그러고 나서 두 시간 뒤에 선장님은 혼수상태에 빠졌고 이튿날 돌아가시고 말았습니다."

"그래서 자네는 어떻게 했나?"

"시키는 대로 했습니다. 저 같은 입장이 되면 누구라도 그렇게 했을 거라고 생각합니다. 어떤 경우든 죽어가는 사람한테서 받은 부탁은 신성한 거니까요.

특히 선원은 윗사람의 명령을 반드시 이행하도록 되어 있습니다. 그래서 저는 엘바 섬을 향해 돛을 올렸습니다. 이튿날 그곳에 도착하자, 모든 선원들은 배에 있게 하고 저 혼자 상륙했습니다. 예상했던 대로 총사령관을 만나는 일은 쉽지 않았습니다. 하지만 신분증명서를 대신하는 그 반지를 전해드리자 곧 문을 열어주더군요. 총사령관은 저를 보자 불행한 르클레르 선장님의 마지막 모습에 대해 물으셨습니다. 그리고 선장님이 말씀하신 것처럼 한 통의 편지를 주면서 저보고 파리에 가져가달라고 부탁하셨습니다. 저는 그것을 승낙했습니다. 그것은 선장님의 마지막 뜻을 이뤄드리기 위해서였습니다. 저는 상륙한 뒤 배에서 해야 할 모든 일을 신속하게 마쳤습니다. 그런 다음 약혼자를 만나러 달려갔지요. 그녀는 전보다 더욱 아름답고 사랑스러운 모습이었습니다. 모렐 씨 덕분에 번거로운 종교상의 절차도 모두 무사히 마칠 수 있었습니다. 그러고 나서 아까 말씀드렸듯이 약혼식 피로연을 열었습니다. 그리고 한 시간 뒤에 결혼을 마치고, 내일은 파리로 출발하려고 생각하고 있던 바로 그때, 당신도 저와 마찬가지로 대수롭지 않게 생각하신 그 고발장 때문에 이렇게 체포된 것입니다."

"음, 그렇게 된 거로군." 빌포르는 중얼거렸다. "모든 게 사실로 보이네. 만약 자네에게 죄가 있다 하더라도, 그건 부주의 때문일 거야. 또 아무리 부주의했다 해도 선장의 명령을 실행한 것이니 정당한 이유가 성립돼. 그런데 엘바 섬에서 받았다는 편지를 좀 보여주게. 그리고 소환하면 즉시 출두하겠다고 맹세해주게나. 그런 다음 친구들에게 돌아가도 좋아."

"그럼 이제 풀려나는 겁니까!" 당테스는 뛸 듯이 기뻐하며 소리쳤다.

"그렇네. 그 편지를 보여주기만 하면 되네."

"그건 검사님 바로 앞에 있을 겁니다. 다른 서류와 함께 압수해 갔으니까요. 그 다발 속에 서류가 몇 통 보이는데요."

"기다리게." 검사보는 장갑과 모자를 집으려는 당테스에게 말했다. "기다려. 그건 누구 앞으로 되어 있나?"

"파리 코케롱 거리의 누아르티에 씨입니다."

설령 날벼락이라 해도 이렇게 빠르고 이렇게 느닷없이 빌포르 위에 떨어질 수는 없을 것이다. 그는 안락의자 속으로 몸을 다시 묻었다. 그런 다음 반쯤 몸을 일으키더니, 당테스한테서 압수한 서류 다발에 손을 뻗어, 미친 듯이 뒤졌다. 그러고는 그 치명적인 편지를 빼내어 뭐라 말할 수 없는 공포의 눈길로 그것을 바라보았다. "코케롱 거리 13번지, 누아르티에 씨." 점점 새파랗게 질려 가는 얼굴을 하고 그가 중얼거렸다.

"그렇습니다." 당테스가 놀라면서 말했다. "아시는 분입니까?"

"아니야." 빌포르는 단호하게 말했다. "폐하께 충실한 사람은 반역자 따위는 알지 못해."

"그럼, 그건 반역에 대한 일인가요?" 당테스가 물었다. 자유의 몸이 될 거라고 생각한 것도 잠시, 당테스는 전보다 더 큰 공포에 사로잡혀 있었다. "어쨌든 아까도 말씀드린 것처럼 저는 가지고 온 편지의 내용은 전혀 모르고 있습니다."

"그래." 빌포르는 무거운 목소리로 말했다. "하지만 자네는 그 편지의 수신인 이름은 알고 있지 않나!"

"편지를 전하려면 받는 사람이 누군지 알아야 하니까요."

"그래서 자네는 이 편지를 다른 사람에게 보여주지는 않았나?" 빌포르는 편지를 읽으면서, 그리고 읽어갈수록 더욱 새파랗게 질려서 물었다.

"아무에게도 보여주지 않았습니다. 맹세할 수 있습니다."

"그럼 자네가 엘바 섬에서 누아르티에 씨에게 보내는 편지를 맡아가지고 있는 것은 아무도 모른다는 거지?"

"아무도 모릅니다. 알고 있는 건 그 편지를 저에게 준 사람뿐입니다."

"큰일 났군. 그것만으로도 이미 큰일 났어!" 빌포르는 그렇게 중얼거렸다.

편지를 읽어내려 갈수록 빌포르의 표정은 어둡게 흐려졌다. 핏기가 가신 입술, 떨리는 손, 불타는 듯한 눈. 그것을 지켜보고 있는 당테스는 도무지 불안해서 견딜 수가 없었다. 편지를 다 읽은 빌포르는 고개를 푹 꺾더니 두 손으로 머리를 감쌌다. 그리고 한참 동안 몹시 괴로워했다.

"아, 도대체 왜 그러십니까?" 당테스가 조심스럽게 물었다.

빌포르는 대답하지 않았다. 하지만 잠시 뒤, 그 새파랗게 변한 얼굴을 들고 다시 한 번 편지를 읽었다.

"그래, 자네는 이 편지의 내용을 모른다고 했지?"

"맹세합니다. 맹세코 저는 모릅니다. 하지만 도대체 왜 그러십니까? 몸이 안 좋으신 것 같은데, 초인종을 누를까요? 사람을 부를까요?"

"아니야." 빌포르는 벌떡 일어서면서 말했다. "그냥 있게, 아무 말도 하지 말고. 여기서 명령을 할 수 있는 건 나뿐이네. 자네가 아니야."

"저는……." 당테스가 무안해하며 말했다. "도움이 필요할 것 같아서요. 다른 뜻은 없었습니다."

"아무것도 할 필요 없네. 잠시 현기증이 났을 뿐이니까. 나보다 자네 일에나 신경 써. 자, 내가 묻는 말에 대답해 보게."

당테스는 지시대로 심문을 기다리고 있었지만 소용없었다. 빌포르가 안락의자 깊숙이 몸을 다시 파묻고, 땀이 흐르는 이마를 얼음장같이 식은 손으로 훔치면서 다시 편지를 읽기 시작했던 것이다.

"아, 만약 이 편지에 적혀 있는 내용이 알려지기라도 하면," 그는 중얼거렸다. "그리고 그 누아르티에가 이 빌포르의 아버지라는 사실이 드러나면 난 마지막이다, 끝장이야, 영원히!"

그는 이따금 에드몽의 기색을 살폈다. 그 눈빛은 마치 마음속에 간직하고 입 밖에 꺼내지 않는 비밀을 감춘, 보이지 않는 장벽을 부수기라도 할 것 같았다.

"그래, 더 이상 의심하는 것은 그만두세나!" 그가 갑자기 그렇게 외쳤다.

"하늘에 맹세하겠습니다!" 그 불행한 젊은이가 소리쳤다. "만약 저를 의심한다면, 그리고 뭔가 수상하다고 생각하신다면 부디 심문해 주십시오. 뭐든지 대답할 테니까요."

빌포르는 열심히 노력한 끝에 최대한 침착하도록 보이면서 이렇게 말했다. "자네를 심문하던 중에 매우 중대한 혐의가 드러났네. 그래서 아까 생각했던 것처럼 이 자리에서 바로 풀어주는 건 나로서는 불가능해졌어. 그런 조치를 하려면 먼저 예심판사의 의향을 물어봐야 하네. 하지만 어쨌든 내가 자네를 위해 어떻게 행동했는지 자네도 잘 알겠지."

"예!" 당테스가 외쳤다. "감사하게 생각합니다. 당신은 저에게 재판관이 아니라 친구처럼 대해 주셨으니까요."

"그럼 이제부터 한동안 자네는 이 재판소에 갇혀 있어야 할 거야. 하지만 되도록 빨리 나갈 수 있게 애써보겠네. 그런데 자네 혐의에 있어 가장 중요한 것이 바로 이 편지라네. 잘 보게……." 빌포르는 난로로 다가가 편지를 불 속에 던져 넣었다. 그리고 그것이 완전히 재가 되기를 기다렸다. "잘 보게. 이것으로

편지는 완전히 없어진 거네.”

“오!” 당테스가 소리쳤다. “당신은 올바르다고 표현하는 것만으로는 부족한 분입니다. 당신은 친절 그 자체십니다!”

“자,” 빌포르가 말을 이었다. “이런 일까지 했으니, 이제 나를 신용할 수 있다는 걸 알았겠지?”

“예, 알고말고요. 명령만 하십시오. 뭐든지 따르겠습니다.”

“아니야,” 빌포르는 청년에게 다가가서 말했다. “나는 명령하려는 게 아니네. 이건 내 충고인데…….”

“말씀하십시오. 명령이든 뭐든 따를 테니까요.”

“난 자네를 저녁까지 이 재판소에 잡아둘 생각이네. 그리고 아마 다른 사람이 와서 자네를 신문할 거야. 그러면 나에게 얘기한 그대로 모든 걸 얘기하게.

단, 편지에 대해서만은 반드시 비밀로 해야 하네."

"약속하겠습니다."

간청하듯이 보인 것은 오히려 빌포르였고, 피고는 재판관을 달래고 있었다.

"알았지?" 그렇게 말하면서 빌포르는 난로의 재를 흘끗 보았다. 거기에는 아직 종이의 형태가 남아 있었다. 재가 불꽃 위에서 춤을 췄다. "이제 편지는 없어졌네. 그게 있었다는 사실을 알고 있는 건 자네와 나 우리 둘뿐이네. 그리고 두 번 다시 자네의 눈앞에는 나타나지 않을 걸세. 따라서 편지에 대해 묻거든 부인해야 하네. 최대한 부인해야 해. 그러면 자네는 살 수 있어."

"부인하겠습니다. 걱정 마십시오." 당테스가 말했다.

"꼭 그렇게 하게!" 빌포르는 그렇게 말하면서 초인종의 끈으로 손을 뻗었다. 그리고 잠시 손을 멈추더니 물었다. "편지는 이거 한 통뿐인가?"

"그것뿐입니다."

"맹세하나?"

당테스는 손을 내밀었다. "맹세합니다."

빌포르가 초인종을 울리자 경위가 들어왔다. 빌포르는 경위에게 다가가서 귀에 대고 뭔가 속삭였다. 경위가 고개를 끄덕였다.

"이 사람을 따라가게." 빌포르가 말했다.

당테스는 머리를 숙였다. 그리고 빌포르에게도 한 번 감사의 눈길을 던진 뒤 나갔다. 그의 뒤로 문이 닫히는 것을 보는 순간, 빌포르의 온몸에서 모든 힘이 빠져나가고 말았다. 그는 거의 정신을 잃은 것처럼 의자에 털썩 몸을 던졌다.

한참 뒤 그는 '오!' 하고 중얼거렸다. '인생도 그렇고, 운명도 그렇고, 그것들은 과연 누구의 손에 달려 있는 것인가!⋯⋯만약 검사가 마르세유에 있었더라면, 만약 나 대신 예심판사가 이 일을 맡았더라면, 난 꼼짝없이 파멸해 버렸을 것이다. 난 이 편지, 이 저주받을 편지 때문에 심연 속으로 굴러 떨어질 뻔했어. 아, 아버지, 아버지, 당신은 이 세상에서 도대체 언제까지 제 행복을 방해하실 생각이십니까? 저는 평생토록 당신의 과거와 싸우지 않으면 안 되는 겁니까?'

그 순간 생각지도 않던 한 줄기 빛이 그의 마음속에 비쳐든 것 같은 기분이 들었다. 그의 얼굴이 환하게 빛나며 일그러진 입술에 엷은 미소가 떠올랐다. 매섭게 번들거리는 그의 눈이 하나의 생각에 고정되었다.

'그래, 하마터면 나를 파멸시킬 뻔한 그 편지가 오히려 나를 행복으로 이끌어줄지도 모른다. 자, 빌포르, 당장 일을 시작해!'

피고가 현관에서 나간 것을 확인한 뒤, 검사보는 자기도 그곳을 나가 힘찬 걸음으로 약혼녀의 집을 향해 걸어갔다.

이프 성채

대기실을 지나가면서, 경위는 두 사람의 헌병에게 신호를 보냈다. 그러자 한 사람은 당테스의 오른쪽에 또 한 사람은 왼쪽에 따라붙었다. 검사 방에서 법정으로 통하는 문이 열렸다. 그러고는 그곳을 지나가는 사람을 떨게 만드는, 아니 이유도 없이 떨게 되는, 그런 컴컴하고 긴 복도가 잠깐 이어졌다. 빌포르의 방이 법정과 연결되어 있는 것처럼 법정은 감옥으로 이어져 있었다. 법정과 이어진 그 어두운 건물을, 바로 앞에 있는 아쿨르 종각에 달린 모든 창문들이 눈을 크게 뜬 것 같은 모양으로 신기한 듯이 바라보고 있었다.

복도를 몇 번이나 돌아간 끝에, 당테스는 작은 철창이 달린 문이 열리는 것을 보았다. 경위는 쇠망치로 그 문을 세 번 두드렸다. 당테스에게는 그것이 자신의 심장을 때리는 소리처럼 들렸다. 문이 열렸다. 두 명의 헌병이 잠시 머뭇거리고 있는 그 죄수를 가볍게 밀었다. 당테스가 그 무서운 문턱을 넘어서자, 뒤에서 큰 소리와 함께 문이 닫혔다. 그는 지금까지와는 다른 공기를 호흡했다. 악취 나는 무거운 공기. 그는 감옥 속에 들어온 것이다.

철창이 있고 빗장이 질러져 있기는 하지만 제법 깨끗한 방으로 들어오게 되었다. 그래서 방의 겉모습만으로는 그다지 공포가 느껴지지 않았다. 게다가 당테스의 귀에는 무척이나 호의적으로 들렸던 검사보의 말이 기쁜 희망을 약속하고 있는 것처럼 울려오고 있었다.

당테스가 그 방에 들어왔을 때는 벌써 네 시가 되어 있었다. 앞에서도 말했듯이 그날은 3월 1일이어서 이내 밤이 찾아왔다.

시각이 사라져가는 대신 청각이 예민해졌다. 어디서 조그만 소리만 들려와도 그는 자기를 풀어줄 사람이 온 것으로 착각하고, 벌떡 일어나서 문 쪽으로 한 걸음 다가갔다. 그러나 곧 그 소리는 다른 곳으로 멀어져갔다. 그리고 당테스는 다시 나무 의자에 털썩 앉았다.

밤 10시쯤 되어 이제 당테스가 오늘은 틀렸다고 생각하기 시작했을 때, 또 다른 소리가 들려왔다. 이번에는 진짜로 자기 방을 향해 오는 것 같았다. 아니나 다를까, 발소리가 복도에 울려 퍼지더니 그가 있는 방문 앞에서 멈췄다. 열쇠구멍 속에서 열쇠가 돌아가는 소리가 들리고 빗장이 소리를 내며 벗겨졌다. 그리고 무거운 떡갈나무 문이 열리더니, 갑자기 어두운 방 안에 두 개의 횃불에서 눈부신 빛이 흘러들어왔다.

당테스는 그 횃불 뒤로 네 명의 헌병이 가진 칼과 화승단총이 빛나는 것을 보았다.

두어 걸음 앞으로 나간 당테스는 그 자리에서 그대로 굳어버렸다.

"나를 데리러 오셨습니까?" 당테스가 물었다.

"그렇소." 헌병 한 사람이 대답했다.

"검사보가 보내셨군요?"

"아마 그럴 거요."

"좋습니다. 따라가지요."

빌포르 씨의 지시를 받고 자기를 데리러 온 거라고 생각한 청년은 모든 공포가 사라지는 걸 느꼈다. 그는 마음을 가라앉히고, 발걸음도 가볍게 앞으로 걸어가서 스스로 호송대 속에 들어가서 섰다.

마차 한 대가 문 앞에서 기다리고 있었다. 마부 옆에 경위가 한 사람 앉아 있었다.

"내가 타고 갈 마찹니까?" 당테스가 물었다.

"그렇소." 헌병 한 사람이 대답했다. "어서 타시오."

당테스는 좀더 확인하고 싶었다. 그러나 곧바로 마차 문이 열리더니 누군가가 등을 떠밀었다. 저항 같은 건 할 수도 없거니와 할 생각도 없었다. 그는 곧 그 마차 안에서 헌병 두 사람 사이에 끼어 있는 자신의 모습을 발견했다. 다른 두 사람은 맞은편 의자에 앉았다. 묵직한 마차가 불길한 소리를 울리면서 움직이기 시작했다.

죄수는 창문을 바라보았다. 모두 쇠창살이 끼워져 있었다. 감옥이 또 다른 감옥으로 바뀌었을 뿐이었다. 다만 이것은 움직이고 있는 감옥이어서, 움직이면서 그를 알 수 없는 곳으로 데려가고 있었다. 겨우 손이 드나들 수 있는 정도의 철창 사이로, 당테스는 자기가 지금 케스리 거리를 지나가고 있으며, 생로랑 거리와 타라미스 거리를 지나 부두를 향해 가고 있다는 것을 알 수 있었다.

이윽고 마차의 철창과 지금 그 바로 앞까지 와 있는 건물의 철창을 통해 수위실 불빛이 보였다. 마차가 멈춰 섰다. 경위가 마차에서 내려 수위에게 다가갔다. 열두어 명의 병사들이 나와 줄지어 섰다. 당테스는 강변의 가로등 불빛을 통해 그들의 총이 번쩍이고 있는 것을 보았다.

'군인들이 이렇게 깔려 있는 것이 나 때문일까?' 그는 마음속으로 질문을 던졌다.

열쇠로 굳게 잠긴 문을 연 경위는 이 질문에 아무 대답도 하지 않았지만, 그 질문의 대답은 주어져 있었다. 당테스는 두 줄로 늘어선 병사들 사이로, 마차에서 부두까지 자신을 위한 길이 나 있는 것을 본 것이다.

먼저 맞은편에 앉아 있던 헌병 두 명이 내렸다. 그리고 당테스가 내리자, 그의 양쪽에 앉았던 자들이 따라 내렸다. 일행은 세관원이 쇠사슬로 부두 가까이 매어둔 한 척의 보트 쪽으로 걸어갔다. 병사들은 당테스가 지나가는 것을 얼빠진 표정으로 이상하다는 듯이 지켜보고 있었다. 그는 곧 보트의 고물에 앉혀졌다. 주위에는 여전히 헌병 넷과 경위가 이물 쪽에 자리를 잡고 있었다. 보트는 심하게 한 번 흔들린 뒤 해안을 떠났다. 네 명의 사공이 힘차게 필롱 쪽을 향해 노를 저어갔다. 보트에서 소리를 지르자 항구를 가로막고 있던 쇠사슬이 풀렸다. 잠시 뒤 당테스는 이른바 프리울 군도에, 즉 항구 바깥쪽에 있었다. 당테스가 맨 먼저 느낀 것은 바로 기쁨의 감정이었다.

대기는 거의 자유 그 자체 같았다. 그는 지금, 밤과 바다의 알 수 없는 향기를 날개에 실은 싱그러운 미풍을 가슴 가득 들이마셨다. 그러나 그는 이내 한숨을 내쉬고 말았다. 지금 그는 레제르브 앞을 지나가는 중이었다. 그곳은 바로 오늘 아침, 체포되기 전까지 그가 그토록 행복을 느꼈던 곳이었다. 환하게 불이 켜진 그곳 창문을 통해 떠들썩하게 춤을 추는 소리가 그의 귀에도 들려왔다.

당테스는 두 손을 모았다. 그리고 하늘을 우러러보며 기도를 올렸다.

보트는 계속 나아갔다. 테트드모르도 지나서 이제 파로 만(灣)의 바로 앞까지 와 있었다. 보트는 계속 속력을 높이고 있었다. 당테스로서는 도무지 이해할 수 없는 일이었다.

"도대체 나를 어디로 데려가는 겁니까?" 그는 헌병에게 물어보았다.

"곧 알게 될 거야."

"하지만……."

"우린 아무 설명도 못하게 되어 있어."

선원인 당테스도 반은 군인이나 마찬가지였다. 얘기해서는 안 된다고 명령 받은 하급자에게 자꾸 묻는 것이 어리석은 일로 여겨져 그는 입을 다물었다. 그때 막연하고도 터무니없는 생각이 머리를 스쳤다. 이런 보트로 그리 먼 길 은 갈 수도 없고, 게다가 나아가는 방향에 정박하고 있는 배도 보이지 않는 걸 로 보아, 틀림없이 자기를 해안에서 멀리 떨어진 곳으로 데려가서 이제 당신 은 자유라고 말해 줄 모양이라는 생각이 들었다. 그들은 그를 결박하지도 않 았고 수갑을 채울 기색도 없었다. 그는 그것을 좋은 징조로 해석했다. 게다가 그렇게 친절하게 대해준 검사보도, 그 무서운 누아르티에라는 이름만 입 밖에 내지 않으면 걱정할 것 없다고 말하지 않았던가? 또 빌포르 씨는 자기가 보는 앞에서 그 위험한 편지, 자기에게 있어서 단 하나의 증거물인 편지까지 불태우지 않았던가? 그는 묵묵히 생각에 잠겨 기다리고 있었다. 그리고 어둠에 적응되어 있고 넓은 장소에 익숙한 선원의 눈으로, 이 어둠을 꿰뚫어보려고 애썼다. 보트는 등대의 불빛이 켜져 있는 라토노 섬을 오른쪽에 두고 해안을 따라 달리면서, 지금은 카탈루냐 마을 앞에 있는 만의 정면을 향해 접어들고 있었다. 거기까지 오자, 죄수는 눈에 더욱 힘을 주었다. 그곳은 바로 메르세데스의 집이 있는 곳이었다. 그는 자꾸만 그 어두운 해안에 한 여자의 어렴풋한 모습이 보일 것 같은 기분이 들었다.

메르세데스가 어떤 예감을 느끼고, 지금 자기 연인이 겨우 3백 걸음 정도 떨어진 곳을 지나가고 있음을 느끼지 않는다고 누가 장담할 수 있겠는가?

단 한 점의 불빛이 카탈루냐 마을에서 반짝이고 있었다. 당테스는 그 빛의 위치로 보아, 그것이 자기 약혼자의 방을 비추고 있는 불빛이 틀림없다고 생각했다. 그 작은 마을에서 지금 깨어 있는 것은 메르세데스뿐이다. 소리 높이 외치면 약혼자의 귀에까지 목소리가 들릴 것이다.

그는 왠지 부끄러운 마음이 들어 그렇게 하지 않았다. 미친 사람처럼 소리 지르는 것을 들으면, 보트 안의 사람들이 어떻게 생각할까? 그는 아무 말 없이 불빛만 열심히 지켜보았다.

보트는 계속 나아갔다. 그러나 죄수는 보트에 대해서는 까맣게 잊어버리고 메르세데스만 생각하고 있었다.

방향이 달라지자 그 불빛은 더 이상 보이지 않았다. 당테스는 뒤를 돌아보고 나서야 보트가 이미 앞바다로 나온 것을 알았다.

그가 생각에 골몰하면서 바라보는 동안 노는 돛으로 바뀌어 있었다. 보트는 지금 바람을 타고 달리고 있었다.

다시 새로운 질문을 하고 싶지는 않았지만, 당테스는 헌병에게 다가갔다. 그리고 그의 손을 잡으면서 말했다.

"이보시오, 당신의 양심과 당신이 군인이라는 자격에 두고 부탁합니다. 제발 날 가엾이 여기고 대답 좀 해주시오. 나는 당테스 선장이오. 나는 도대체 무슨 말인지도 모르는 반역범으로 고발당했는데, 난 선량하고 충실한 프랑스 사람일 뿐이오. 나를 어디로 데려가는 건지 말해주시오. 그러면 나도 내 의무를 다

하고 운명에 따를 것을 선원으로서 맹세하겠소."

헌병은 귀를 긁적이면서 동료를 돌아보았다. 그러자 동료는 여기까지 왔으니 이제 괜찮지 않겠느냐는 듯한 몸짓을 했다. 헌병은 당테스 쪽으로 몸을 돌렸다.

"당신이 마르세유 사람이고, 게다가 선원이라면서 지금 나한테 어디로 가느냐고 묻는 거요?"

"그렇소. 맹세코 말하지만, 난 모르겠소."

"뭔가 눈치채지 못했단 말이오?"

"아무것도요."

"그럴 리가 없소!"

"이 세상에 내가 가진 가장 신성한 것을 두고 맹세하겠소. 제발 부탁이니 대답해 주시오."

"하지만 명령은 어떻게 하고?"

"명령이라고 해도, 앞으로 10분, 30분, 길어도 한 시간 뒤면 알게 될 일을 약간 일찍 알려줄 뿐인데 곤란할 게 뭐가 있소. 당신은 이제부터 그때까지의 내 기나긴 불안을 없애줄 수 있소. 난 당신을 친구로 생각하고 부탁하는 것이오. 보시오, 난 반항하려고도 달아나려고도 하지 않았잖소. 게다가 그런 일은 할 수도 없소. 도대체 이렇게 해서 어디로 가는 거요?"

"눈가리개를 하고 있거나 마르세유 항에서 한 번도 밖으로 나간 적이 없는 자가 아닌 한, 어디로 가는지 정도는 알 수 있을 텐데."

"난 모르겠소."

"그렇다면 주위를 둘러보시오."

당테스는 일어서더니, 보트가 나아가는 것으로 보이는 방향을 바라보았다. 그리고 눈앞 2백 미터쯤 떨어진 곳에 검고 험준한 바위가 깎아지른 듯이 솟아 있는 것을 보았다. 그 바위 위에는 이프 성채가 암울하게 우뚝 서 있었다.

그 기괴한 모습, 깊은 공포가 주위를 감싸고 있는 이 감옥, 3백 년 전부터 음산한 전설을 통해 마르세유를 유명하게 만들고 있는 이 성은, 그때까지 아무것도 생각하지 않았던 당테스의 눈앞에 홀연히 모습을 드러냈다. 그것은 마치 단두대를 보았을 때의 사형수 같은 기분을 불러일으켰다.

"앗!" 그는 소리쳤다. "이프 성채! 도대체 저곳으로 우리가 뭐 하러 간다는 말이오!"

헌병이 웃었다.

"설마 날 저곳에 가두려고 데려가는 건 아니겠지?" 당테스는 말을 이었다. "이프 성채는 중대한 정치범만 수용하는 정부 감옥인데, 난 아무것도 죄를 지은 기억이 없어. 이프 성채에 예심판사나, 아니면 누구든 재판관이 있는 거겠지?"

"내가 알기론 없소." 헌병이 말했다. "아마도 교도소장에 간수, 주둔부대, 그리고 철통같은 벽 말고는. 자, 자, 그렇게 놀라는 시늉을 할 필요는 없소. 친절에 대한 보답으로 나를 놀리는 것처럼 보이니까."

당테스는 으스러뜨릴 것처럼 헌병의 손을 꽉 잡았다. "그럼 나를 가두기 위해 이프 성채로 데리고 간다는 거요?"

"그런 것 같소. 하지만 그렇게 손을 세게 잡는다고 뭐가 달라지나."

"아무런 취조도 하지 않고 말이오? 아무런 절차도 밟지 않고?"

"절차는 다 밟았어. 취조도 마쳤고."

"그럼 그 빌포르 씨와의 약속도 무시하고?"

"빌포르 씨와 약속이 있었는지 어쨌는지 내 알 바 아니오. 내가 알고 있는 건 지금 이프 성채로 가고 있다는 것뿐이오. 앗, 뭐하는 짓이야! 도와줘! 모두들 이리로 좀 와줘!" 당테스는 재빨리 바다로 뛰어들려고 했으나, 노련한 헌병의 눈은 그 움직임을 이미 감지하고 있었다. 뱃전에서 뛰어내리려는 순간, 건장한 네 개의 팔이 그를 꽉 붙들었다. 그는 분노로 미친 듯이 소리를 지르면서 바닥에 쓰러졌다.

"훌륭하군!" 헌병은 한쪽 무릎으로 그의 가슴을 누르면서 소리쳤다. "훌륭해! 선원의 약속은 이런 건가? 이제 꿈틀하기만 해봐, 머리에 총알을 한 방 먹이고 말테니까. 내가 한 번은 명령을 어겼지만 분명히 말해두겠어. 두 번 다시 어기는 일은 없을 거야."

그리고 그는 실제로 소총을 당테스에게 겨누었다. 당테스는 총구가 자신의 관자놀이에 닿는 것을 느꼈다.

한 순간 그는 차라리 반항하여, 이 뜻하지 않은 불행, 자기에게 달려들어 자신을 송두리째 독수리의 발톱 속에 밀어 넣은 이 불행을 끝장내 버릴까 했다. 그러나 그 불행은 그가 꿈에도 생각지 못했던 것인 만큼 오래 계속되지는 않

으리라 생각되었다. 게다가 빌포르 씨와의 약속도 떠올랐다. 또 이렇게 헌병의 손에 걸려 배 안에서 죽는 건 너무나 비참하고 꼴사나운 일이라고 여겨졌다. 그는 분노를 억제하지 못해 신음을 지르고 자기 손을 물어뜯으면서 다시 바닥에 쓰러졌다. 그와 동시에 보트가 무언가에 세게 부딪쳐서 크게 흔들렸다. 선원 한 사람이 뱃머리를 부딪친 그 바위 위로 뛰어올랐다. 도르래에서 풀려나오는 밧줄 소리가 들려왔다. 당테스는 마침내 도착해서 보트를 매고 있다는 것을 알았다.

조금 전까지 그의 어깨를 제압한 채 옷자락을 붙잡고 있던 자들이 그를 일으켜 세워 강제로 상륙시켰다. 그리고 성문으로 올라가는 돌계단을 향해 끌고 갔다. 검이 달린 화승단총으로 무장한 경감이 그를 뒤따랐다.

당테스도 부질없는 저항은 하지 않았다. 걸음이 느린 것은 저항하기 위해서가 아니라 무기력했기 때문이었다. 그는 넋이 나간 듯이, 마치 술에 취한 것처럼 비틀거리고 있었다. 그의 눈에, 가파른 비탈에 늘어서 있는 병사들의 모습이 들어왔다. 그리고 자신의 발이 오르고 있는 돌계단을 느끼며, 문을 하나 지나친 뒤에 그 문이 등 뒤에서 닫혀 버린 것을 깨달았다. 그러나 모든 것이 기계적이었고, 확실한 실체를 알지 못한 채 안개 속을 통해 보고 있는 것 같았다. 이제 그의 눈에는 바다도 들어오지 않았다. 이제 그것은, 죄수들에게 이 공간에서 벗어날 수 없다는 무서운 공포를 불러일으켜, 바라보면 깊은 고뇌만을 느끼게 하는 것일 뿐이었다.

그들은 잠시 걸음을 멈췄다. 그는 그 사이에 생각을 정리하려고 주위를 둘러보았다. 그가 서 있는 곳은 네모난 안마당이었다. 사방이 높은 벽으로 에워싸여 있고, 초병이 걸어 다니는 느리고 규칙적인 발소리가 들려왔다. 그들이 성 안에서 불빛 몇 개가 벽을 비추고 있는 곳을 가로지를 때마다, 그들의 총대가 번쩍이는 것이 눈에 들어왔다.

그곳에서 거의 10분이나 기다렸다. 당테스가 이제는 달아나지 못할 거라고 생각한 헌병들은 그를 자유롭게 풀어주었다. 그들은 명령을 기다리고 있는 듯했다. 명령이 내려졌다.

"죄수는 어디 있나?" 누군가가 물었다.

"여기 있습니다." 헌병들이 대답했다.

"따라오라고 해. 독방으로 데려다 줄 테니."

"자, 따라가게." 헌병이 당테스를 밀면서 말했다.

죄수는 안내자 뒤에서 거의 지하실이나 다름없는 한 방, 벽은 벗겨지고 습기가 차서 눈물을 흘리고 있는 것 같은 방으로 데리고 들어갔다. 나무 의자 위에는 역한 냄새가 나는 기름 속에 심지가 박힌 초롱 같은 것이 놓여 이 끔찍한 방의 번들거리는 벽을 비추고 있었다. 그 불빛에 방금 당테스를 안내해 온 사내의 모습이 드러났다. 하급 간수로 보이는 그자는 허름한 옷에 비천한 얼굴을 하고 있었다.

"여기가 오늘 밤 네가 잘 곳이다." 사내가 말했다. "밤이 늦어서 소장님은 이미 주무실 거다. 내일 아침에 일어나서 너에 대한 보고서를 보신 뒤에, 아마 방을 바꿔 줄 거야. 그동안에는 빵이 여기 있고 물은 저 항아리 속에 있다. 깔고 잘 짚은 저쪽 구석에 있어. 죄수한텐 그게 다야. 그럼 잘 자게."

　당테스가 대답하려고 입을 열기도 전에, 간수가 그 빵을 어디에 놔뒀는지 확인하기도 전에, 그 물 항아리가 있다는 곳을 보기도 전에, 또 침대를 대신할 짚이 준비되었다는 구석 쪽으로 눈을 돌리기도 전에, 간수는 초롱을 들고 나가 문을 쾅 닫아버리고 말았다. 그나마 지금까지 이 감옥의 물기 흥건한 벽을 한 줄기 미광처럼 비추고 있던 희끄무레한 빛을 죄수한테서 걷어가 버린 것이다.

　이제 당테스는 암흑과 침묵 속에 혼자 남았다. 그와 똑같이 어둠 속에서 말 없는 둥근 천장은 그의 화끈거리는 이마 위로 얼음 같은 냉기를 내려 보내고 있었다.

　여명의 희미한 빛이 이 굴속으로 찾아들 때쯤, 간수가 다시 찾아오더니 죄수를 그대로 두라는 명령을 받았다고 전했다. 당테스의 자리는 전혀 바뀌지 않았다. 강철로 된 손이 간밤에 잠시 들렀던 바로 그 장소에 자신을 못 박아 버린 것 같았다. 한쪽 눈은 눈물 때문에 통통 부어오른 눈꺼풀 밑에 깊이 박혀 있었다. 그는 꼼짝도 하지 않고 바닥을 응시했다.

밤새도록 선 채 한숨도 자지 않은 것이다.

이프 성채 간수는 그에게 다가가 그의 주위를 한 바퀴 돌았다. 그러나 당테스는 그것조차 깨닫지 못하는 눈치였다. 간수가 당테스의 어깨를 두드렸다. 그는 소스라치게 놀라 몸을 떨며 고개를 돌렸다.

"잠을 자지 않았나?" 간수가 물었다.

"모르겠소." 당테스가 대답했다.

간수는 놀라서 그를 바라보았다.

"배가 고프지 않나?" 간수가 말을 이었다.

"모르겠소." 당테스가 대답했다.

"뭔가 원하는 것이라도?"

"소장을 만나고 싶소."

간수는 어깨를 으쓱 추켜올리면서 나갔다.

당테스는 그를 지켜보고 있었다. 그리고 반쯤 열린 문 쪽으로 손을 뻗었으나 문은 그대로 닫혀버렸다.

그는 가슴이 쥐어뜯기는 것 같은 기분에 오래도록 흐느꼈다. 가슴에 넘치고 있던 눈물은 이제 두 줄기의 강물처럼 흘러내리고 있었다. 이마를 땅에 대고 엎어졌다. 그리고 마음속으로 지금까지의 삶을 떠올리면서, 이렇게 젊은 나이에 이토록 잔인한 형벌을 받다니 도대체 무슨 죄를 저질렀기 때문인가 생각하며 오래도록 기도를 올렸다.

그날은 그렇게 지나갔다. 그는 빵을 겨우 서너 번 베어 먹고, 물을 몇 모금 마셨을 뿐이었다. 그리고 때로는 앉은 채 생각에 골몰하고, 때로는 감옥 속을 마치 쇠창살에 갇힌 야수처럼 걸어 다녔다.

특히 한 가지 생각만 하면 그는 발을 동동 구르고 싶은 심정이었다. 그것은 배를 타고 어디로 끌려가는지도 모른 채 그토록 조용하고 얌전히 있었을 때, 만약 바다에 뛰어들려고 마음만 먹었더라면 얼마든지 기회가 있었다는 생각 때문이었다. 일단 물에 뛰어들기만 하면, 헤엄은 자신 있는 데다 마르세유에서 손꼽히는 잠수 실력으로 바닷속 깊이 자취를 감춘 뒤, 호송자의 눈을 피해 해안까지 헤엄쳐가서 도주를 계속하다가 인적 없는 후미 같은 곳에 몸을 감추고, 제노바나 카탈루냐 배가 오기를 기다렸다가 이탈리아나 스페인으로 건너가서 메르세데스에게 편지를 보내 그리로 오게 할 수도 있었다. 어디에 가든 훌륭한 선원은 그리 흔치 않을 테니 생활면에서는 크게 걱정할 것이 없었다. 그는 토스카나 출신처럼 이탈리아어를 할 줄 알았고, 옛 카스티유 사람같이 스페인어도 유창했다. 틀림없이 자유롭고 행복하게 살 수 있었을 것이다. 메르세데스와, 그리고 아버지와. 그렇다, 아버지도 같이 오시게 하면 된다. 그런데 지금 그는 한낱 죄수로 빠져나갈 수 없는 이프 성채 속에 갇혀, 아버지가 어떻게 되었는지 메르세데스가 어떻게 하고 있는지도 모르고 있는 것이다. 그것은 또 빌포르의 말을 믿었기 때문이었다. 생각만 해도 미칠 것 같은 심정이었다. 당테스는 간수가 가져온 새 짚 위에서 괴롭게 몸부림쳤다.

이튿날 같은 시간에 간수가 또 들어왔다.

"어떤가!" 간수가 물었다. "어제보다 마음이 진정되었나?"

당테스는 아무 대답도 하지 않았다.

"이봐! 기운 좀 내지 그래! 뭐든 내가 해줄 수 있는 일이 있으면 말해 봐."

"소장을 만나서 얘기를 하고 싶소."

"뭐라고?" 간수는 딱하다는 듯이 말했다. "그건 안 되는 일이라고 말했잖아."

"왜 그건 안 되는 거요?"

"감옥에는 규칙이 있어. 죄수에게 그런 요구는 허락되지 않아."

"그럼 도대체 뭐가 허락되는데?" 당테스가 물었다.

"돈을 내고 좀더 나은 식사를 제공받는 것, 운동을 하는 것, 그리고 이따금 책을 읽는 것."

"책 따위 필요 없소. 운동도 하고 싶지 않아. 식사도 이거면 충분해. 내가 원하는 건 단 한 가지, 소장을 만나는 거요."

"만날 똑같은 말을 되풀이하게 해서 귀찮게 굴면, 이제부턴 식사도 갖다 주지 않을 거야." 간수가 말했다.

"마음대로 하시오! 먹을 것을 갖다 주지 않으면 굶어 죽으면 그뿐이니까."

이런 당테스의 태도에 간수는 그가 정말 죽을 수도 있겠다 싶었다. 그리고 속으로 주판을 튕겨, 죄수 한 사람당 10수 정도의 수입이 된다는 사실을 떠올렸다. 그는 당테스가 죽음으로써 생기는 손해를 떠올리고는 목소리를 누그러뜨리며 이렇게 말했다.

"이봐, 자네가 하는 말은 되지도 않을 소리야. 이제 그런 걸 바라는 건 그만 두지 그래. 그동안 죄수의 요구에 소장이 죄수의 감방까지 온 적은 한 번도 없으니까 말이야. 그냥 얌전히 있는 게 좋을걸. 그러면 운동은 허락해 줄 수 있어. 자네가 운동하고 있을 때 언젠가 소장이 지나갈지도 몰라. 그때 물어보는 거야. 그렇다고 소장님이 대답해 줄지 어떨지는 순전히 소장님 마음에 달려 있지만."

"하지만 그때까지 난 얼마나 기다려야 하는 거요?"

"글쎄…… 한 달, 석 달, 반년, 아니, 한 일 년쯤?"

"그건 너무 길어. 난 당장 만나고 싶다고요."

"이런, 이런……, 그런 되지도 않을 소린 그만두라니까. 안 그러면 2주일도 되기 전에 미쳐버리고 말 테니까."

"흥, 그렇게 생각하시오?"

"그래, 미쳐버린다고. 미치기 전에는 꼭 이렇게 시작한다니까. 이 방에서도 한 번 그런 일이 있었지. 자네보다 먼저 이 방에 있었던 어떤 신부는 자기를 풀어주면 소장에게 1백만 프랑을 주겠다고 밤낮 지껄이더니 끝내 미쳐버렸어."

"그 사람은 언제 이 방에서 나갔소?"

"2년 전에."

"석방되어 나갔소?"

"아니, 암굴로 끌려갔지."

"이보시오, 난 신부가 아니오. 미치광이는 더더욱 아니고. 하지만 어쩌면 미쳐버릴지도 모르지. 다만 불행하게도 지금은 정신이 말짱하단 말이오. 그래서 당신한테 다른 부탁을 하고 싶은데."

"뭔데?"

"난 1백만 프랑을 주겠다는 말은 하지 않겠어. 아무리 그래도 그런 돈은 없으니까. 하지만 다음에 마르세유에 갈 때, 카탈루냐 마을에 가서 메르세데스라는 아가씨에게 편지를 한 통 전해주면 백 에퀴를 드리지. 편지라고 할 것도 없소, 단 두 줄이면 되니까."

"하지만 그 두 줄의 편지를 가지고 가다가 들키기라도 해봐. 그러면 난 모가지가 달아나게 되는데? 부수입하고 먹는 건 치지 않더라도 1년에 적어도 1

천 리브르야. 어떤 바보가 3백 리브르를 벌자고 1천 리브르를 놓치는 짓을 하겠나?"

"좋소! 잘 들으시오. 만약 당신이 메르세데스에게 두 줄짜리 편지를 전해주거나, 하다못해 내가 이곳에 있다는 사실만이라도 알려주기 싫다면, 언젠가 문 뒤에 숨어 있다가 당신이 들어올 때 이 의자로 대갈통을 부숴 주겠어."

"협박인가!" 간수는 한 걸음 뒤로 물러나더니 방어하는 자세를 취하면서 소리쳤다. "확실히 머리가 돌아버렸군. 신부도 처음에는 자네 같았지. 사흘만 지나면 자네도 그놈처럼 미쳐버릴 걸. 하지만 다행히 이프 성채엔 암굴이 많이 있지."

당테스는 나무 의자를 잡고 머리 위로 높이 쳐들었다.

"알았네, 알았어! 정 그렇다면 소장에게 말해보지."

"좋아!" 당테스는 의자를 내려놓고 그 위에 앉으면서 말했다. 고개는 축 늘어지고 눈에는 핏발이 선 것이 정말로 미쳐버린 듯한 모습이었다.

간수가 나갔다. 그리고 한참 뒤 병사 네 명과 하사관 한 명을 데리고 돌아왔다.

"소장의 명령이다, 죄수를 한 층 아래로 내려 보내!" 간수가 말했다.

"그럼 암굴로?" 하사관이 말했다.

"암굴로. 미치광이는 미치광이끼리 둬야지."

네 명의 병사가 당테스를 붙들었다. 그는 무기력한 상태로 아무 저항도 하지 않고 병사의 뒤를 따라갔다.

그는 열다섯 계단 아래로 끌려갔다. 그리고 암굴 문이 열리자 "암, 미치광이는 미치광이끼리 둬야지" 하고 중얼거리면서 방 안으로 들어갔다.

문이 다시 닫혔다. 당테스는 똑바로 손을 뻗어 벽이 닿는 곳까지 걸어갔다. 그리고 구석에서 미동도 하지 않고 앉아 있었다. 눈이 어둠에 점점 익숙해짐에 따라 주위의 물체가 어렴풋이 보이기 시작했다. 간수가 말한 그대로였다. 당테스는 이제 조금만 더 있으면 미치광이가 되고 말 것이었다.

약혼식 날 저녁

앞에서도 말했듯이, 빌포르는 그랑쿠르 광장으로 가는 길로 다시 접어들었다. 그리고 생메랑 부인의 저택으로 돌아갔을 때는, 아까 식탁 앞에 앉아 있던 손님들이 마침 응접실로 자리를 옮겨 차를 마시는 중이었다.

르네는 초조하게 그를 기다리고 있었다. 그 자리에 있는 다른 사람들의 마음도 마찬가지였다. 그들은 환성으로 그를 맞이했다.

"오, 사형의 명수, 나라의 기둥, 왕당파의 브루투스,*1 어서 오게!" 한쪽에서 외쳤다. "무슨 일이던가?"

"또다시 공포 시대*2가 시작된 건가?" 다른 쪽에서 누군가가 물었다.

"코르시카의 식인귀*3가 동굴에서 기어 나오기라도 했소?" 세 번째 남자가 물었다.

"후작부인," 빌포르는 장차 자신의 장모가 될 부인 곁에 다가가면서 말했다. "그렇게 자리를 떠서 죄송합니다……. 그리고 후작님, 특별히 드릴 말씀이 몇 마디 있습니다."

"그렇다면 정말 중요한 일이라도 일어난 모양이지?" 빌포르의 얼굴에서 한 줄기 검은 그림자를 본 후작이 말했다.

"매우 중대한 일입니다. 아마 며칠 동안 뵙지 못하게 될 것 같습니다. 이렇게 말씀드리면," 그는 르네를 돌아보면서 말을 이었다. "일이 얼마나 중대한지 알 수 있으시겠지요."

"떠나신다고요?" 르네가 높은 목소리로 물었다. 이 뜻밖의 말을 들은 그녀는 자신의 감정을 감출 수가 없었다.

"정말 유감이오. 하지만 어쩔 수가 없군요."

---

*1 카이사르를 쓰러뜨린 브루투스를 말함.
*2 프랑스 혁명 당시를 일컬음.
*3 나폴레옹.

"그래, 어디를 가는가?" 후작부인이 물었다.

"그건 재판상의 비밀입니다, 부인. 하지만 이곳에 누군가 파리에 볼일이 있는 분이 있으시다면, 제 친구 하나가 오늘 밤 파리로 가서 기꺼이 도와 드릴 겁니다."

모두들 서로 얼굴을 마주보았다.

"나하고 할 얘기가 있다고 하지 않았나?" 후작이 말했다.

"그렇습니다, 죄송하지만 방으로 함께 가주셨으면 합니다."

후작은 빌포르의 팔을 잡고 함께 응접실을 나갔다.

"그래," 서재에 들어가자마자 후작이 물었다. "대체 무슨 일인가? 얘기해 보게."

"제 생각으론 매우 중대한 일입니다. 그래서 곧 파리로 출발할 예정인데, 후작님, 무례한 질문일지 모르지만 혹시 국채 가지고 계신 것 있습니까?"

"재산은 모두 기명증권으로 되어 있네. 약 6, 70만 프랑은 될 걸세."

"그렇다면 후작님, 그것을 파십시오. 안 그러면 파산하게 될 겁니다."

"하지만 지금 어떻게 판단 말인가?"

"여기 드나드는 중개인이 있겠지요?"

"있지."

"그럼 그 사람에게 보내는 편지를 써서 저에게 주십시오. 한시도 지체하지 말고 즉시 팔아야 합니다. 어쩌면 제가 도착했을 때는 이미 늦어버릴지도 모릅니다만."

"이런! 당장 써야겠군."

그는 테이블 앞에 앉아서 중개인 앞으로 편지를 썼다. 가격은 상관없이 무조건 팔라는 명령이었다.

"이 편지에 이어서," 빌포르는 그것을 정중하게 봉투 속에 넣으면서 말했다. "편지를 한 통 더 써주셨으면 합니다."

"누구 앞으로 말인가?"

"폐하껍니다."

"폐하께?"

"그렇습니다."

"하지만 내가 어떻게 폐하께 직접 편지를 쓸 수 있단 말인가?"

"그러니까 후작님께서 쓰시라는 게 아닙니다. 그것을 살비외 씨에게 부탁해 주셨으면 합니다. 귀중한 시간을 허비하지 않기 위해 알현에 대한 여러 절차를 생략하고 제가 폐하 곁에 갈 수 있도록 편지를 써주시는 겁니다."

"하지만 자네는 튈르리 궁전에 자유롭게 출입할 수 있는 법무장관을 알고 있지 않은가? 그자의 소개로 자네는 밤이고 낮이고 마음대로 폐하를 뵐 수 있을 텐데?"

"그건 그렇습니다. 하지만 저는 제 손에 들어온 정보의 공을 남과 나눠갖고 싶지 않습니다. 이해하시겠죠? 법무장관은 아마 저를 자기 뒤로 놓고 공을 가로채 갈 겁니다. 후작님, 한 가지만 말씀드리겠습니다. 사실 제가 맨 먼저 튈르리 궁에 달려가면, 그것만으로도 제 일생은 보장되는 거나 마찬가집니다. 왜냐하면 폐하께 평생 잊지 못할 충성을 바치게 될 테니까요."

"그렇다면 어서 가서 준비하게, 난 살비외를 부르겠네. 그래서 자네에게 통행증이 되어줄 편지를 쓰게 하지."

"알겠습니다. 시간을 지체해선 안 됩니다. 15분 뒤에는 역마차를 타야 하니까요."

"집 앞에 마차를 잡아두게."

"후작부인께는 후작님이 잘 말씀드려 주십시오. 르네 양에게도 이런 날, 이런 식으로 헤어지는 것을 깊이 유감으로 생각하고 있다고, 사죄의 말을 전해 주십시오."

"두 사람 다 내 서재에 불러두겠네. 자네가 인사를 할 수 있도록."

"감사합니다. 그럼 폐하 앞으로 보내는 편지 잘 부탁드리겠습니다."

후작이 벨을 울리자 하인이 나타났다.

"살비외 백작에게 내가 기다리고 있다고 전하게." 그리고 빌포르를 돌아보면서 말했다. "자, 자네는 어서 가보게."

"그럼 곧 다녀오겠습니다."

빌포르는 밖으로 달려 나갔다. 그러나 문까지 간 그는 검사보가 조급하게 걷는 것을 사람들이 본다면 도시의 평화가 깨질지도 모른다고 생각했다. 그는 다시 평소처럼 엄숙하게 걸었다.

그는 자기 집 문 앞에서 어두운 그늘 속에 선 채 움직이지 않는 하얀 유령 같은 것을 보았다. 다름 아닌 아름다운 카탈루냐 처녀 메르세데스였다. 당테

스의 소식을 모르는 그녀는, 파로 만(灣)에 해가 지기를 기다렸다가 마을을 빠져나와 애인이 잡혀간 이유를 알아내려고 직접 찾아온 것이다.

빌포르가 다가오는 것을 본 그녀는 지금까지 기대고 있던 벽을 떠나, 그의 앞길을 가로막았다. 당테스한테서 약혼했다는 이야기를 들은 검사보는 메르세데스의 말을 기다릴 것도 없이 그녀가 바로 그 약혼자임을 알아보았다. 그는 그녀의 아름다움과 왠지 모를 범접할 수 없는 위엄을 느끼고 깜짝 놀랐다. 그리고 그녀가 자기 애인의 안부를 물었을 때, 그는 자기가 피고이고 그녀가 재판관이 된 듯한 기분이 들었다.

"당신이 말하는 그 남자는," 빌포르는 쌀쌀하게 말했다. "큰 범죄를 저지른 사람입니다. 나로서는 어쩔 수가 없습니다, 아가씨."

메르세데스의 입에서 흐느끼는 소리가 새어나왔다. 그대로 지나치려고 하는 빌포르를 다시 가로막고 그녀가 물었다.

"하지만 어디로 가면 그분의 생사를 알 수 있을까요?"

"난 모르오. 이미 내 손에서 떠나버렸으니까."

그 부드러운 눈빛과 애원하는 듯한 태도에 당혹한 그는 메르세데스를 밀어젖히고, 지금 자신 앞에 나타난 괴로움을 집 안까지 가지고 들어가지 않으려는 듯이 기세 좋게 문을 닫아버렸다.

그러나 그런 식으로 괴로움을 쫓아낼 수는 없는 법이다. 베르길리우스[*4]가 말한 독화살처럼, 상처 입은 사람은 그 화살을 자기 몸에 지니고 있다. 집 안으로 들어간 그는 문을 닫았다. 그러나 응접실에 들어서자마자 이내 다리가 후들거렸다. 그는 흐느낌과 비슷한 한숨을 내쉬며 쓰러지듯 안락의자 속에 몸을 묻었다.

그때 그의 병든 가슴속에 치명적인 상처가 첫 싹을 틔웠다. 자신의 야망 때문에 희생된 남자, 자신의 아버지가 지은 죄의 제단 위에 제물로 바쳐진 결백한 희생자가 위협하는 듯한 창백한 얼굴로, 똑같이 창백한 얼굴을 한 약혼자와 손을 잡고 나타나더니, 그 다음에는 양심의 가책이 뒤따라 나왔다. 그것은 고대의 숙명적인 비극으로 미쳐 날뛰는 사람들처럼 사람을 느닷없이 펄쩍 뛰게 하는 고통이 아니라, 어느 순간 가슴을 후려쳐 지나간 행위의 기억을 멍들게 하고, 그 뼈에 사무치는 고통이 점점 깊어져서 마침내 죽음에까지 이르게 하여 죄악의 자책 속으로 깊이 파고 들어가는 먹먹하고 괴로운 울림이었다.

남자는 잠시 주저하지 않을 수 없었다. 이미 지금까지 그는 종종 재판관 대 피고의 격투라는 기분만으로 피고에게 사형을 구형해 왔다. 그리고 법관과 배심원들의 마음을 휘두르는 천둥 같은 그의 웅변에 따라 사형에 처해진 그 피고들이 그의 표정에 어두운 그림자를 드리우는 일은 한 번도 없었다. 왜냐하면 그 피고들은 모두 죄를 지은 자들이고, 적어도 빌포르가 유죄로 인정한 자들이었기 때문이다.

그러나 이번 경우는 완전히 달랐다. 그는 무고한 한 남자, 이제부터 꿈같은 행복을 누리려던 한 청년에게 종신 금고형을 부과하여 자유를 박탈했을 뿐만 아니라, 그 행복까지 빼앗고 만 것이다. 그런 그는 이미 재판관이 아니라 한낱

[*4] 로마의 시인.

냉혹한 사형집행인에 지나지 않았다.

그런 것에 생각이 미치자, 그는 앞에서 말한 먹먹한 울림, 지금까지 경험한 적 없는 그러한 울림이 마음속에 울려 퍼지면서 알 수 없는 불안이 가슴을 가득 채우는 것을 느꼈다. 상처받은 자는 본능적인 강렬한 고통이 시키는 대로, 그 상처가 아물 때까지 벌어져서 피가 배어나오는 상처 위에 떨리는 손가락을 대지 않을 수가 없다.

하지만 빌포르가 받은 상처는 절대로 아물지 않는 상처였다. 그것은 일단 아문다 해도 전보다 더욱 피가 배어나와 더 큰 고통을 동반하며 다시 입을 벌리게 될 상처였다.

만약 이때 그의 귓전에 사면을 청하는 르네의 부드러운 목소리가 울려 퍼졌다면 어땠을까? 만약 아름다운 메르세데스가 들어와서, "우리를 굽어보시고 우리를 심판하시는 주의 이름으로, 제발 제 약혼자를 돌려보내 주세요." 하고 말했으면 어땠을까? 그렇다, 명백한 사실 앞에 이미 반쯤 숙이고 있던 그의 머리는 그대로 완전히 엎드리고 말았을 것이다. 그리고 자기 신상에 일어날 결과에 대해서는 생각하지 않고, 그 얼음장 같은 손으로 당테스를 석방하라는 명령에 서명했을 것이 틀림없었다. 그러나 정적에 잠긴 그 방 안에는 아무 소리도 들리지 않았다. 그리고 방문이 열리더니 하인이 들어와서 마차가 준비되었음을 알려왔다.

빌포르는 자기 내면과의 싸움에서 승리한 것처럼 일어났다. 아니 차라리 펄쩍 뛰어올랐다고 해야 맞을 것이다. 그는 책상으로 가서 서랍 속의 금화를 전부 꺼내 호주머니에 넣은 다음, 이마에 손을 대고 영문 모를 말을 중얼거리면서 한동안 안절부절못하는 기색으로 방 안을 돌아다녔다. 그런 다음, 하인이 어깨에 외투를 걸쳐준 것을 깨닫자 밖으로 나가 마차에 뛰어오른 뒤, 그랑쿠르 거리의 생메랑 씨 집으로 가자고 짤막하게 명령했다.

이것으로 가련한 당테스는 완전히 선고를 받은 셈이었다.

생메랑 후작이 약속한대로, 빌포르는 그곳 서재에서 후작부인과 르네를 볼 수 있었다. 르네의 모습을 보고 빌포르는 몸을 떨었다. 그녀가 다시 당테스의 사면을 요구할 것이 틀림없다고 생각했기 때문이다. 그러나 우리의 이기심이 수치스럽다고 말할 수밖에. 아름다운 소녀의 마음속에는 빌포르가 떠난다는 생각 말고 다른 것은 안중에도 없었다.

그녀는 빌포르를 사랑하고 있었다. 그 빌포르가 자기의 남편이 되려는 지금, 갑자기 떠나려하는 것이다. 빌포르는 언제 돌아올지 약속할 수가 없었다. 르네는 당테스의 신상을 동정하기는커녕, 그 남자가 저지른 죄 때문에 빌포르와 떨어지게 된 것만 생각하고, 오히려 그를 저주했다.

이것을 알면 메르세데스는 뭐라고 말할까!

가련한 그녀는 로주 거리 길모퉁이에서 자신을 따라오는 페르낭의 모습을 발견했다. 그녀는 카탈루냐 마을로 돌아갔다. 그리고 죽음과 같은 절망에 빠져 침대에 몸을 던졌다. 침대 앞에는 페르낭이 무릎을 꿇고 있었다. 그는 뿌리칠 기력도 없는 메르세데스의 차가운 손을 잡고 타는 듯한 입술로 키스를 퍼부었다. 그러나 메르세데스는 그것조차 느끼지 못했다.

그녀는 그렇게 하룻밤을 보냈다. 기름이 떨어지자 등불도 꺼졌다. 빛이 눈에 들어오지 않는 것과 마찬가지로, 어둠 역시 그녀에게는 보이지 않았다. 그리고 날이 밝았다. 그러나 그것도 그녀의 눈에는 들어오지 않았다.

고통으로 눈이 가려진 그녀에게는 오직 당테스밖에 보이지 않았다.

"아니, 당신 거기 있었어요?" 그녀가 페르낭을 돌아보면서 말했다.

"어제부터 쭉 곁에 있었어." 페르낭은 괴로운 한숨과 함께 대답했다.

모렐 씨는 그것으로 끝났다고는 생각하지 않았다. 그는 신문이 끝난 뒤 당테스가 감옥에 끌려간 것을 알았다. 그래서 그는 친구란 친구는 모조리 찾아갔다. 그리고 세력 있는 마르세유 사람들도 찾아다녔다. 그러나 이미 당테스가 보나파르트 당원으로 체포되었다는 소문이 퍼져 있었다. 그 무렵에는 아무리 무모한 사람이라도 나폴레옹이 다시 제위에 오르는 것은 꿈 같은 일이라고 생각했으므로, 가는 곳마다 냉담과 공포, 그렇지 않으면 거절로 그를 맞이했다. 그는 실망하여 집으로 돌아왔다. 그러나 이제는 사건이 중대한 만큼 아무도 손 쓸 방도가 없을 거라 생각했다.

한편, 카드루스는 더없이 마음 아파하며 괴로워하고 있었다. 그러나 그는, 물론 가능한 일도 아니지만 모렐 씨처럼 밖에 나가 당테스를 위해 한 팔 걷어붙이는 대신, 구스베리 술병을 두 병 끌어안고 집 안에 틀어박혀 불안한 마음을 술로 달래려 애썼다. 그러나 그런 그의 양심을 잠재우기에 두 병의 술은 너무 적었다. 그렇다고 술을 더 구하러 가기에는 너무 취해 있었고, 취기를 빌려 기억을 지우기에는 아직 충분히 취해 있지 않았다. 그는 건들거리는 탁자 위에

놓인 두 개의 빈 병 앞에서 팔꿈치를 괴고 그저 망연하게 앉았다. 그리고 심지가 길게 뻗은 촛불 속에서 검은 그을음이 기괴한 모습으로 너울거리는 것을 보았다. 그것은 환상작가 호프만[5]이 언제나 펀치에 절어 있던 자신의 원고에 뿌려 넣곤 했던 그 유령들 같은 것이었다.

  당글라르만은 괴로워하지 않았다. 그는 오히려 기뻐하고 있었다. 자기의 적에게 복수를 했을 뿐만 아니라, 하마터면 잃을 뻔한 파라옹 호에서의 지위도 보장되었기 때문이었다. 그는 귀에 펜을 꽂고 심장에는 잉크를 담고 태어난 계산가였다. 그에게 있어서 이 세상의 모든 것은 가감승제(加減乘除)에 지나지 않았다. 한 사람이 전체 액수를 줄일 가능성이 있는 반면 한 숫자가 전체

---

[5] 19세기 독일 낭만파 소설가.

액수를 늘릴 가능성이 있다면, 그는 그 숫자를 사람보다 훨씬 소중하게 생각했다.

당글라르는 평소와 똑같은 시간에 잠자리에 들어 조용하게 잠들었다.

빌포르는 살비외 씨의 편지를 받자 르네의 양 볼에 키스하고 생메랑 부인의 손에 입을 맞춘 뒤, 후작과 악수를 나누고 곧장 액스행 도로로 역마차를 달렸다.

당테스의 아버지는 고뇌와 걱정 때문에 초죽음이 되어 있었다.

당테스에 대해서라면, 우린 그가 어떻게 되었는지 이미 알고 있다.

튈르리 궁의 작은 서재

세 번이나 마차를 바꿔 타면서 길을 서두르고 있는 빌포르는 파리행 도로 위에 잠시 남겨두고, 우리는 그가 당도하기 전에 미리, 튈르리 궁에 있는 응접실 두셋을 지나 작은 서재 안으로 살짝 들어가 보기로 하자. 아치형 창문이 있는 그 방은 나폴레옹과 루이 18세가 즐겨 사용한 서재로 유명했지만, 오늘날에는 루이 필립이 사용하고 있다.

그 서재 안에서 국왕 루이 18세는 하트웰에서 가져온 호두나무 탁자 앞에 앉아 있다. 그 탁자는 신분이 높은 사람들에게서 흔히 볼 수 있는 습관처럼 그가 유난히 애지중지하는 것이었다. 머리는 반백이지만 귀족적인 용모에 아주 단정한 옷차림을 한, 쉰에서 쉰둘쯤으로 보이는 남자 하나가 얘기하고 있고, 국왕은 그리 탐탁지 않은 기색으로 그 남자가 하는 얘기를 들으면서 호라티우스[1]의 책 여백에 주석을 달고 있었다. 그 책은 귀한 대접을 받는 것치고는 비교적 불확실한 그리피우스 판(版)으로, 이 폐하께서 언급하는 대부분의 명민한 문헌학적 소견은 대부분 거기서 인용된 것이었다.

"뭐라고 그랬지?" 왕이 물었다.

"아무래도 걱정이 된다고 말씀드렸습니다, 폐하."

"사실은 자네가 꿈에 살찐 소 일곱 마리와 여윈 소 일곱 마리라도 봤다는 것인가?"

"그렇지 않습니다. 폐하. 그렇다면 그건 7년의 풍작과 7년의 기근을 알려주는 것에 불과합니다. 게다가 총명하신 폐하께서 계시는 한 기근 같은 거야 하나도 두려워할 일이 아닙니다."

"그럼 그것 말고 어떤 재난이 있다는 건가, 블라카스?"

"폐하, 제가 믿는 바로는 분명히 남프랑스 지역 쪽에서 폭풍의 전조가 보이

---

[1] 고대 로마 시인.

고 있습니다."

"아, 그건, 공작," 루이 18세가 대답했다. "자네가 받은 보고가 잘못된 거라고 생각하네. 나는 그것과는 정반대로, 그쪽 날씨가 아주 쾌청하다고 알고 있네만."

기지가 풍부한 사람은 아니었지만, 루이 18세는 이런 실없는 익살도 즐길 줄 알았다.

"폐하," 블라카스가 말했다. "충실한 한 사람의 신하를 안심시켜 주시기 위해 랑그독과 프로방스, 도피네 지방에 확실한 인물을 보내서, 이 세 지방의 인심에 대한 보고라도 받는 것이 어떻겠습니까?"

"우린 귀머거리 앞에서 노래하나니……." 왕은 호라티우스 책에 계속 주석을 달면서 대답했다.

"폐하," 신하는 그 베노사 출신 시인의 시구를 어느 정도 이해하는 것처럼 보이기 위해 애써 웃음 지으며 대답했다. "폐하께서 프랑스의 올바른 정신에 믿음을 두시는 건 지당한 일이라고 생각합니다. 그러나 제가 어떤 무서운 계획을 두려워하는 것도 반드시 틀린 일은 아닐 겁니다."

"그렇다면 그게 누구란 말인가?"

"보나파르트입니다. 아니면 적어도 그의 일파겠지요."

"블라카스, 자네는 자신의 걱정거리를 늘어놓아 내 공부를 방해하고 있네."

"폐하, 폐하의 그 태평함이 제 수면을 방해하고 있습니다."

"잠깐 실례, 기다려 주게. 방금 '양치기를 끌고 가면'에 대해 멋진 주석이 떠올랐어. 기다려 주게, 그러고 나서 계속해 주게나."

잠시 침묵이 이어졌다. 그동안 루이 18세는 최대한 작은 글씨로 호라티우스의 책장 여백에 새로운 주석을 적어 넣었다.

주석이 끝나자 왕은 남의 사상에 주석을 덧붙인 것을, 마치 자기가 하나의 사상을 새로 세우기라도 한 것처럼 만족스러운 기분을 느끼면서 말했다. "계속하게나, 들을 테니."

"폐하," 블라카스는 잠깐 빌포르의 공적을 가로챌 수 있을지도 모른다고 생각하면서 말했다. "말씀드리기 송구한 일이기는 하지만, 제가 염려하고 있는 것은 근거 없는 뜬소문이 아닙니다. 제가 전적으로 믿고 있는, 참으로 사려 깊은 한 사람에게 남프랑스를 감시하라 명령해 두었는데(공작은 그렇게 말하면서

잠시 주저했다), 그가 역마차를 타고 와서 폐하의 신상에 큰 위험이 닥쳤다고 말했습니다. 그래서 이렇게 달려온 것입니다."

"그대는 훈조를 집으로 인도하도다." 루이 18세가 여전히 주를 달면서 말했다.

"그럼, 이제 이 일에 대해서는 아무 말도 하지 말라는 말씀이십니까?"

"그렇지는 않네. 하지만 잠깐 거기에 손을 뻗어 보게."

"어느 쪽 손 말씀입니까?"

"어느 쪽이든 상관없어. 그래, 그 왼쪽."

"여기 말입니까, 폐하?"

"내가 왼쪽이라고 말하는 데 자네는 오른쪽을 찾고 있군. 내 왼쪽이라는 얘기야. 거기, 거기. 어제 날짜의 경시총감의 보고가 있을 거야……아, 바로 그 당드레가 온 모양이군……그렇지? 당드레지?" 왕은 말을 끊고, 그곳에 들어온 신하를 향해 말했다. 정말 경시총감이 왔다는 전갈이었다.

"그렇습니다, 폐하, 당드레 남작입니다." 신하가 대답했다.

"그랬군. 역시 남작이었어." 루이 18세는 희미한 웃음을 지으면서 말했다. "어서 들어오게. 그리고 자네가 최근에 보나파르트에 대해 알고 있는 것을 공작에게 얘기해 주게나. 아무리 중대한 일이라도 우리에게 사태를 숨겨서는 안 되네. 자, 엘바 섬은 분화산이던가? 거기서 불을 뿜는 전쟁이 터질 것 같던가? '전쟁, 그것도 무서운 전쟁'이?"

당드레 씨는 안락의자 등받이에 두 손을 걸치면서 우아하게 몸의 균형을 잡고 말했다.

"폐하께서는 어제의 보고를 보셨습니까?"

"보았지, 보았어. 지금 그걸 공작에게 찾게 했네만 모르고 있더군. 그 보고 가운데 하나를 얘기해 주게나. 보나파르트가 섬 안에서 어떻게 지내고 있는지 상세히 얘기해 주란 말일세."

"프랑스 신민들은 곧 엘바 섬에서 우리 손에 들어온 보고에 틀림없이 박수치게 될 겁니다. 보나파르트는……."

당드레는 루이 18세 쪽을 바라보았다. 왕은 주석을 다는 데 열중해서 고개도 들지 않았다.

"보나파르트는," 남작은 계속해서 말했다. "매우 무료하게 지내고 있습니다. 그는 매일 포르토롱곤 광부들이 일하는 것을 구경하면서 하는 일 없이 세월을 보내고 있습니다."

"그리고 마음을 달래기 위해 몸을 긁고 있지." 왕이 말했다.

"몸을 긁는다고요?" 공작이 말했다. "아니, 방금 뭐라고 말씀하셨습니까?"

"그렇다네, 공작. 자네는 잊었는가. 그 위대한 사람, 그 영웅, 반신 같은 그자는 피부병에 걸려 몸이 좀 먹히고 있다네. 가려움 발진 말이야."

"그뿐만이 아닙니다, 공작님," 경시총감이 말을 이었다. "얼마 안 있으면 그자는 분명히 미치광이가 될 겁니다."

"미치광이?"

"그렇습니다. 두뇌의 작용이 쇠약해지고 있습니다. 어떤 때는 하염없이 눈물을 흘리는가 하면 어떤 때는 숨이 넘어가도록 웃어댑니다. 또 어떤 때는 해안으로 나가 바닷속에 돌을 던지며 시간을 보내는데, 돌이 대여섯 번 물수제비를 뜨면 마치 마렝고 전투나 오스테를리츠 전투에서 승리한 것처럼 무척 의기양양해합니다. 어떻습니까, 이제 아시겠지요. 이게 바로 미쳐가고 있다는 증거가 아니고 뭐겠습니까?"

"그건 총명하다는 증거일지도 모르네, 남작. 총명하다는 증거." 루이 18세는 웃으면서 말했다. "옛날 위대한 대장들은 바다에 돌을 던지면서 운동을 했다고 하니까. 플루타르코스의 영웅전을 읽어보게, 특히 아프리카인인 스키피오전(傳)을."

블라카스 씨는 이 자신만만한 두 사람 사이에서 생각에 잠겨 있었다. 사실 빌포르는 자기가 가진 비밀의 공훈을 남에게 몽땅 빼앗기지 않으려고 모든 이야기를 털어놓지 않았던 것이다. 그러나 그것만으로도 블라카스 씨를 깊은 불안에 사로잡히게 하는 데는 충분했다.

"이보게, 당드레." 루이 18세가 말했다. "블라카스는 아직 납득이 가지 않는 모양이야. 보나파르트의 개종에 대해 얘기해 주지 그러나."

경시총감은 머리를 숙였다.

"보나파르트의 개종?" 공작은 왕과 당드레가 마치 베르길리우스에 나오는 두 사람의 목자처럼 번갈아 말을 주고받는 것을 바라보면서 이렇게 소리쳤다. "보나파르트가 개종했습니까?"

"틀림없습니다."

"올바른 사상으로 돌아선 거지. 남작, 설명해 주게나."

"공작님, 이렇게 된 겁니다." 총감은 매우 진지한 태도로 얘기하기 시작했다. "바로 얼마 전에 나폴레옹이 군대를 정렬하고 병사들의 사기와 훈련 상태를 살핀 적이 있습니다. 그때 그의 옛 병사 두세 명이 프랑스로 돌아가고 싶다고 말했다고 합니다. 그러자 그는 그 병사들에게 휴가를 주면서 이제부터 왕에게 충성하라고 훈계했다는 겁니다. 이건 그 자신의 입에서 직접 나온 말입니다. 공작님, 매우 확실한 사실입니다."

"어떤가, 블라카스, 이에 대해 어떻게 생각하나?" 왕은 앞에 펼쳐진 두꺼운 주석본을 더듬던 손길을 잠시 멈추고 의기양양한 듯이 말했다.

"폐하. 경시총감 아니면 저, 이 두 사람 중 누군가의 주장이 잘못된 것이 틀림없습니다. 그런데 폐하의 수호를 맡고 있는 경시총감이 실수할 리는 없겠지요. 아마 제가 잘못 안 모양입니다. 하지만 폐하, 폐하를 대신해서 제가 말씀드린 사람에게 여러 가지를 물어보고 싶습니다. 부디 그런 영광을 그자에게 허락해 주시기 바랍니다."

"그러게나. 자네의 청이라면 누구든 접견하겠네. 하지만 빈틈없이 무장한 뒤에 접견해야겠어. 총감, 그보다 더 새로운 보고는 없나? 아무튼 이건 2월 20일 자인데 오늘은 벌써 3월 3일이 아닌가!"

"없습니다. 사실 새로운 보고가 오기를 시시각각 기다리고 있습니다. 저는 오늘 아침부터 나와 있었으니 아마 제가 없는 사이에 보고가 들어왔을지도 모릅니다."

"그렇다면 경시청에 가 보게. 만약 없다면," 루이 18세는 웃으면서 말을 이었다. "하나 만들어내지 그래. 어차피 늘 그런 식으로 하고 있을 테니까!"

"오, 폐하! 이 일에 대해서는 아무것도 꾸며낼 필요가 없습니다. 저희 책상 위에는 매일같이 아주 상세하게 적힌 고발장이 수북이 쌓여 있습니다. 그것은 모두 밥줄이 끊어진 가련한 자들이 보내는 것인데, 그들은 지금의 직무 때문이 아니라 이제부터의 직무를 목표로 어떻게든 눈에 들고 싶어서 애쓰고 있는 무리지요. 그들은 우연을 기대하고 있습니다. 그러다가 뜻하지 않은 사건이 일어나 자신들이 말한 것이 현실이 되기를 기다리고 있는 겁니다."

"알았네. 다녀오게." 루이 18세가 말했다. "내가 기다리고 있다는 걸 잊지 말고."

"금방 돌아오겠습니다. 10분이면 됩니다."

"저는," 블라카스 씨가 말했다. "저는 제게 정보를 전해준 사람을 불러오겠습니다."

"잠깐 기다리게, 잠깐만." 루이 18세가 말했다. "실은 말일세, 블라카스, 난 자네의 휘장 도안을 바꿔 주고 싶네. 날개를 펼친 독수리 한 마리가 발톱 사이에서 달아나려고 헛되이 몸부림치고 있는 먹잇감을 꽉 움켜잡고 있는 건데, 거기에 TENAX*2라는 글을 새겨 넣을 생각이네만."

"예." 블라카스 씨는 애가 타는 듯이 주먹을 깨물었다.

"이 부분을 어떻게 생각하는지 자네에게 물어보고 싶은데 말이야. '무기력하

---

*2 파악.

게 헐떡이며 달아난다.' 자네도 알다시피 늑대에게 쫓겨 달아나는 사슴에 대한 말이네. 자네는 수렵가인데다가 훌륭한 늑대사냥꾼이 아닌가? 이 '무기력하게 헐떡이며'라는 두 번 수식한 지문을 어떻게 생각하는가?"

"훌륭하다고 생각합니다. 그런데 제 심부름꾼이 바로 그 사슴처럼 역마차를 타고 2천 리 길을 달려 왔습니다. 그것도 단 사흘 만에 말입니다."

"그건 사서 고생하고 근심하는 것 같군. 지금은 서너 시간밖에 걸리지 않는 전보라는 것이 있어서 숨을 전혀 헐떡거릴 필요가 없는데 말이야."

"폐하, 그토록 먼 곳에서 오로지 중대한 사건을 알려 드리고자하는 마음으로 달려온 자에 대해 너무 무정하신 말씀 같습니다. 하다못해 그 청년을 소개해준 살비외 씨의 얼굴을 봐서라도 흔쾌히 만나주시면 감사하겠습니다."

"살비외라면 내 동생의 시종을 지낸 사람 아닌가?"

"맞습니다."

"그래, 그 사람은 마르세유에 있었지."

"거기서 그가 편지를 보내왔습니다."

"그래, 역시 그 음모에 대해 쓴 것인가?"

"아닙니다, 다만 그 빌포르라는 사람을 소개했을 뿐입니다. 그 청년을 폐하께 소개해달라고 저에게 부탁해 왔습니다."

"빌포르?" 왕이 소리쳤다. "그 사자의 이름이 빌포르라고 했나?"

"그렇습니다."

"그자가 마르세유에서 왔다고?"

"직접 찾아왔습니다."

"진작 이름을 말해주지 그랬나!" 왕은 얼굴에 약간 불안한 기색을 띠면서 말했다.

"폐하, 저는 폐하께서 모르실 거라고 생각했습니다."

"알고말고, 암 알고말고지. 블라카스, 그자는 진지하고 교양 있고, 특히 커다란 야망을 품고 있는 자야. 자네도 그자의 아버지 이름은 알고 있을 텐데?"

"아버지라고 하시면?"

"그 누아르티에 말이네."

"지롱드 당의 누아르티에? 원로원 의원 누아르티에에 말씀입니까?"

"그렇다네."

"폐하께서 그런 자의 아들을 채용하셨다는 말씀입니까?"

"블라카스, 자네는 모르고 있군. 난 빌포르가 야심을 품은 남자라고 말했네. 자기의 성공을 위해서는 어떤 사람이라도 희생시키고 뒤돌아보지 않을 사람이야. 자기 아버지마저도."

"그럼 폐하, 그자를 부를까요?"

"당장 부르게. 어디 있나?"

"저 아래 마차 안에서 기다리고 있을 겁니다."

"데리고 오게."

"다녀오겠습니다."

공작은 청년처럼 활기차게 나갔다. 왕에 대한 열렬한 충성심이 그에게 20대 같은 젊음을 주고 있었다.

루이 18세는 혼자 남아 펼쳐둔 호라티우스 책으로 눈길을 옮기면서 중얼거렸다. '마음이 올바르고 그 뜻이 의연한 자.'

블라카스 씨는 내려갔을 때와 같은 속도로 올라왔다. 그러나 대기실에 들어서자 왕의 권위를 생각하지 않을 수 없었다. 빌포르의 먼지투성이 옷, 궁중의 복장에는 전혀 어울리지 않는 옷차림이 드 브레제 씨의 신경을 자극했던 것이다. 드 브레제 씨는 이 청년이 그런 복장으로 왕 앞에 나서려는 것을 보고 무척 놀랐다. 그러나 공작은 '왕의 뜻'이라는 권위 있는 한마디로 모든 난관을 물리쳤다. 그리고 그 의전관이 규율에 대한 충성심으로 이리저리 도와주려는 것도 뿌리치고 빌포르를 왕궁 안으로 안내했다.

왕은 아까 공작이 나갔을 때와 같은 자리에 앉아 있었다. 문을 열자, 빌포르는 바로 왕의 정면에 있었다. 그는 일단 거기서 걸음을 멈췄다.

"들어오게, 빌포르." 왕이 말했다. "들어오게나."

빌포르는 인사를 하고 몇 걸음 앞으로 나아가서 왕의 질문을 기다렸다.

"빌포르," 루이 18세가 말했다. "여기 있는 블라카스 공작의 말로는, 자네가 중대한 사실을 알리러 왔다고 하더군."

"폐하, 공작님이 말씀하신 대로입니다. 폐하께서도 그 점을 인정해 주셨으면 합니다."

"우선 자네는 그 불상사가 내가 지금까지 들어왔던 것만큼 중대한 일이라고 생각하나?"

"폐하, 저는 그것이 절박한 문제라 생각하고 있습니다. 하지만 제가 일찍감치 손을 써두었으므로 완전히 돌이킬 수 없는 상태는 아니라고 생각합니다."

"그렇다면 어디 천천히 얘기해 보게." 왕이 말했다. 블라카스 씨의 얼굴빛을 변하게 하고 빌포르의 목소리를 바꾸게 한 이 중대사에, 왕도 아무래도 전염된 것 같았다. "얘기해보게, 처음부터. 난 무슨 일에나 순서를 중시하거든."

"폐하," 빌포르가 말했다. "전 폐하께 충실한 보고를 드리고 싶습니다. 하지만 지금은 머릿속이 너무 혼란스러워서 말에 두서가 없더라도 용서해 주시기 바랍니다."

이런 전제를 두어 주의를 끈 뒤, 왕을 재빨리 쳐다본 빌포르는 이 존엄한 청자의 관대함에 일단 마음을 놓고 천천히 이야기를 시작했다.

"폐하, 제가 이토록 급히 파리에 온 것은, 그야말로 진정한 반역, 왕위를 위협하는 폭풍의 전조를 발견하고 그 사실을 폐하께 알려드리기 위해서입니다. 이는 관할업무를 취급하던 중에, 날이면 날마다 그곳 하층사회나 군대에서 꾀하려는 별것 아닌 하찮은 음모와는 다릅니다. 폐하, 그 찬탈자가 함선 세 척을 준비해 두었습니다. 그는 뭔가 계획을 꾸미고 있습니다. 물론 어리석은 계획이겠지만, 아무리 어리석다 해도 우려할 만한 일임에는 틀림없습니다. 지금쯤은 아마 엘바 섬에서 출발했을 겁니다. 거기서 어디로 갈 작정인지, 그건 모릅니다. 하지만 나폴리, 토스카나 해안, 또는 프랑스에까지 상륙하려는 게 아닌가 짐작하고 있습니다. 폐하께서도 알고 계시겠지만, 사실 엘바 섬의 군주[*3]는 아직도 이탈리아, 프랑스와 관계를 끊지 않고 있습니다."

"그래, 그건 나도 알고 있네." 왕은 마음이 크게 동요하는 것을 느끼면서 말했다. "바로 얼마 전에도 생자크 거리에서 보나파르트 당원의 집회가 열렸다고 하더군. 얘기를 계속해보게. 어떻게 상세한 내용을 알아냈는가?"

"한 마르세유 남자를 심문하여 알아냈습니다. 폐하, 실은 오래전부터 제가 감시해 오던 사람이었는데, 제가 출발하던 그날 체포했습니다. 이 남자는 거친 선원으로서, 저는 그가 보나파르트당인 것 같은 낌새를 느끼고 전부터 주목하고 있었습니다. 그런데 그자가 비밀리에 엘바 섬에 다녀온 것이었습니다. 거기서 그자는 대원수를 만나 파리의 보나파르트 당원에게 구두로 사명을 전달

---

*3 나폴레옹.

하는 임무를 맡았습니다. 하지만 상대의 이름은 끝까지 실토하지 않았습니다. 그 사명이라는 것은, 파리의 보나파르트 당원에게 지시하여 제정복귀(폐하, 조서대로 말씀드리는 겁니다), 즉 가까운 장래에 제정으로 복귀하는 날을 위해 민심을 다져두라는 내용이었습니다."

"그자는 지금 어디에 있나?" 루이 18세가 물었다.

"감옥에 있습니다."

"그래, 자네 생각엔 사안이 중대하단 말이지?"

"아주 중대하다고 생각합니다. 그래서 실은 집안의 경사인 제 약혼식도 미루고, 약혼자도 친구도 모두 그 자리에 둔 채, 이 불안한 마음과 충성을 폐하께 알리고자 이렇게 달려온 것입니다."

"그랬군. 그런데 자네와 생메랑의 딸 사이에 혼인 얘기가 오가지 않았나?"

"예, 폐하의 가장 충실한 신하의 딸입니다."

"그래그래, 다시 음모 이야기로 돌아가기로 하지."

"폐하, 저는 이것이 단순한 음모 이상의 것이라고 생각합니다. 어쩌면 반역으로 이어지지 않을까 두렵기도 합니다."

"하지만 지금과 같은 시기에 반역이라는 건," 왕은 미소 지으면서 말했다. "생각하기는 쉽지만, 목적한 바까지 이루는 데는 엄청난 어려움이 뒤따르지. 왜냐하면 나는 바로 얼마 전에 조상으로부터 왕위를 이어받았기 때문에, 과거와 현재 그리고 미래에 걸쳐 모든 걸 훤히 보고 있거든. 지난 10월부터 대신들은 지중해 연안을 엄중하게 감시하기 위해 경비를 배로 늘렸어. 보나파르트가 나폴리에 상륙한다 해도, 그가 피옴비노에 도착하기도 전에 동맹 측에서 이내 들고일어날 테고, 토스카나에 상륙하면 그건 적지에 발을 들여놓는 거나 마찬가지지. 프랑스에 상륙한다 해도 인원이 얼마 되지 않을 것이고, 국민들도 그토록 미워하고 있는 사람이니 쉽게 진압할 수 있을 거네. 그러니 안심하게. 어쨌든 왕으로서 내가 감사하게 생각하는 마음만은 잘 기억해 두게."

"오! 당드레 씨가 오는군요!" 블라카스 공작이 소리쳤다. 입구의 문어귀에 새파래진 얼굴로 온몸을 떨면서, 마치 벼락이라도 맞은 것처럼 당황한 눈빛을 한 경시총감이 모습을 드러냈다.

빌포르는 그곳을 나가려고 한 걸음 물러섰다. 그러나 블라카스 씨에게 손이 잡혀 그대로 멈춰 섰다.

코르시카의 식인귀

루이 18세는 당황한 총감의 얼굴을 보자마자 앞에 있던 탁자를 거칠게 밀어내며 소리쳤다. "남작, 대체 어찌 된 일인가? 몹시 당황하고 있는 것 같은데, 혹시 블라카스가 알려준 사실, 그리고 빌포르가 확인해준 이야기와 관련이 있는 건가?"

한편, 블라카스 씨는 기세등등하게 남작 쪽으로 다가갔다. 그러나 신하로서의 두려움에서 이 정치가의 자존심을 건드는 행위는 주저하고 있었다. 사실 이런 경우에 그로서는, 이런 사건으로 경시총감에게 수치를 주기보다는 오히려 자신이 총감에게 당하는 편이 이로웠다.

"폐하……." 남작이 중얼거리듯이 말했다.

"어떻게 된 건가?"

루이 18세가 소리치자 총감은 절망한 빛을 감추지 못하고 왕의 발밑에 와서 푹 엎드렸다. 왕은 눈썹을 찌푸리며 한 걸음 뒤로 몸을 비켰다.

"얘기해 보라니까."

"오, 폐하! 무서운 일이 일어나고 말았습니다! 세상에 저같이 비참한 놈은 없을 겁니다! 도저히 돌이킬 수 없는 일이 일어나고 말았습니다!"

"총감, 명령이야. 얘기를 하게."

"폐하, 황송합니다. 보나파르트가 2월 28일에 엘바 섬을 빠져나가 3월 1일에 상륙했습니다."

"어디로?" 왕이 애타게 물었다.

"프랑스에 상륙했습니다. 앙티브 부근 쥐앙 만의 작은 항구입니다."

"보나파르트가 프랑스에 와서 앙티브 부근 쥐앙 만, 파리에서 겨우 2,500리 떨어진 지점에 지난 3월 1일 상륙했다고! 그 소식을 자네는 겨우 오늘, 3월 3일이 되어서야 들었다는 건가! ……자네가 한 얘기는 있을 수가 없는 일이야. 보고가 잘못됐겠지. 그렇지 않으면 자네가 정신이 돌았거나."

"폐하, 불행하게도 사실이옵니다!"

루이 18세는 분노와 공포에 사로잡혀 아무 말도 나오지 않는 기색이었다. 왕은 가슴과 얼굴을 갑자기 얻어맞기라도 한 것처럼 벌떡 자리에서 일어났다.

"프랑스에 왔다고!" 왕이 소리쳤다. "왕위를 빼앗은 자가 프랑스에 왔단 말이지! 그자를 감시하고 있지 않았던가? 아니면 그자와 내통이라도 하고 있었던 건가?"

"오, 폐하." 블라카스 공작이 소리쳤다. "다른 사람은 몰라도 당드레 씨만은 배신할 사람이 아닙니다. 폐하, 저희는 모두 눈이 멀었던 것입니다. 그리고 총감도 저희와 마찬가지로 눈이 멀었던 것일 뿐입니다."

"하지만……" 빌포르가 말하려다가 바로 입을 다물었다. "아닙니다, 폐하, 용서해주십시오." 그는 머리를 조아리면서 말했다. "생각에 빠져 저도 모르게 그만 무례를 범했습니다. 폐하, 부디 용서해 주십시오."

"얘기하게, 대담하고 확실하게 얘기해봐." 왕이 말했다. "이런 불행을 미리 알려준 건 자네뿐이었어. 그 선후책을 강구하기 위해서도 자네의 지혜를 빌려야겠네."

"폐하, 보나파르트는 남프랑스에서 외면당하고 있습니다. 그래서 만약 그가 남프랑스 쪽으로 들어온다면, 프로방스와 랑그독 지방을 일어서게 하여 쉽사리 그와 싸우게 할 수 있을 겁니다."

"그렇습니다, 그야 물론이지요." 총감이 말했다. "하지만 그는 가프와 시스트롱을 지나 전진해 오고 있습니다."

"전진해 오고 있다, 전진해 오고 있다." 루이 18세가 말했다. "그럼 파리를 향해 오고 있다는 말인가?"

총감은 대답이 없었다. 그것만으로도 충분히 그 사실을 뒷받침한 셈이었다.

"도피네 지방은 어떤가?" 왕은 빌포르에게 물었다. "그곳도 프로방스와 마찬가지로 일어서게 할 수 있을까?"

"폐하, 유감이지만 불행한 사실을 말씀드리지 않을 수 없습니다. 도피네의 민심은 프로방스와 랑그독의 민심과는 완전히 다릅니다. 그 산지 주민들은 모두 보나파르트 편입니다."

"저런!" 루이 18세는 중얼거렸다. "놈이 그걸 다 알고 있었던 거군. 그가 가진 병력은 얼마나 되나?"

"폐하, 그건 알 수 없습니다." 총감이 말했다.

"뭐, 모른다고? 이런 사정을 조사하는 걸 잊고 있었다는 건가? 그럴 테지, 어차피 대수로운 일도 아닐 테니까." 왕은 신랄한 미소를 지으면서 그렇게 덧붙였다.

"폐하, 조사할 길이 없었습니다. 공문에는 다만 그가 상륙했다는 것과 그가 향한 길밖에 적혀 있지 않았습니다."

"하지만 그 공문은 어떻게 자네 손에 들어왔나?"

총감은 고개를 떨어뜨렸다. 그의 이마가 시뻘겋게 물들었다. "전신으로 받았습니다." 그는 입안으로 우물우물 대답했다.

루이 18세는 한걸음 앞으로 나아가더니 나폴레옹이 하는 것처럼 팔짱을 꼈다.

"그래." 왕은 분노로 새파랗게 질려서 말했다. "7개국의 군사가 힘을 합쳐서 그자를 쓰러뜨렸다. 난 25년 동안 망명한 끝에 하늘이 주신 기적에 의해 다시 선조들의 왕위를 이어받을 수 있었어. 그 25년 동안 난 언젠가는 내 것이 될 이 프랑스와 프랑스 국민에 대해 연구조사하고 자세히 분석했어. 그런데 내 염원이 마침내 이루어지고 나니, 지금 내 손에 쥐고 있던 힘이 어느새 분열하여 나를 무너뜨리려 하고 있군!"

"폐하, 이건 운명의 장난이옵니다." 총감은 이러한 타격이 설령 운명 앞에는 하잘것없는 것일지라도 한 사람을 무너뜨리기에는 충분하다고 생각하면서 그렇게 중얼거렸다.

"적들이, 아무것도 배우는 것 없이 오로지 과거에만 연연하고 있다고 나에 대해 말하는 것이 역시 당연한 일이었던가? 만약에 내가 그자처럼 남에게 배신당한 거라면 그래도 참을 수 있어. 그런데 이건, 나로 말미암아 현직에 발탁된 사람들, 나를 자기 자신들보다 더 소중하게 지켜주어야 하는 사람들, 내 운명이 곧 자신들의 운명이고, 내가 있기 전에는 자기들도 없으며, 내가 없어지면 같이 없어질 그런 사람들이 날 보호하지 못한 무능과 무기력 때문에 이렇게 비참하게 멸망하다니! 오, 그래. 자네가 한 말이 맞았어. 이건 분명히 운명의 장난일 게야."

이 무서운 저주의 말을 총감은 꼼짝도 하지 않고 고개만 숙인 채 듣고 있었다. 블라카스 씨는 이마에 번진 땀을 닦았다. 빌포르는 속으로 미소 지었다. 자신의 위세가 커지는 것을 느꼈기 때문이었다.

"무너지다니," 왕은 지금 왕정이 직면해 있는 그 심연을 눈앞에 보면서 말을 이었다. "무너지다니, 게다가 그 몰락을 전보로 전해 듣다니! 아! 세상의 웃음거리가 되어 이런 식으로 왕궁의 계단을 내려가느니 차라리 형님인 루이 16세처럼 단두대에 올라가는 편이 훨씬 행복할 거야……. 세상의 웃음거리가 된다는 게 프랑스에서 무엇을 의미하는지 그대들은 모를 거야. 그걸 그대들이 알아야 하는 건데."

"폐하, 폐하." 총감이 말했다. "부디 용서해 주십시오……."

"이리 오게, 빌포르." 왕은 뒤쪽에 선 채 미동도 하지 않고 있는 젊은이에게 계속해서 말했다. 그는 한 왕국의 운명이 한 척의 배처럼 요동치는 이 대화의 방향을 주시하고 있었다. "이쪽으로 오게. 그리고 이 사람이 모르고 있던 것을

자네가 어떻게 미리 알 수 있었는지, 이 사람에게 얘기해 주게나."

"폐하, 그자가 숨기고 있던 계획을 미리 알아내는 건 절대로 불가능한 일이 었습니다."

"절대로 불가능하다고! 그래, 그건 정말 엄청난 말이라고 해야겠군. 불행하게 도 세상에는 위대한 인물이 있는 것처럼 또 엄청난 말이라는 것이 있지. 난 그 걸 재어봤지. 기관 하나를 가지고, 사무실과 부하, 밀정, 첩자 그리고 150만 프 랑의 비자금도 가지고 있는 총감이, 프랑스 해안에서 60해리 떨어진 곳에서 무슨 일이 일어나고 있는지, 그걸 아는 게 절대로 불가능하다는 말이지? 좋아, 잘 보게, 여기 있는 이 청년은 아무런 수단도 없는 사람이네. 한낱 사법관에 지나지 않아. 그런 사람이 모든 경찰력을 쥐고 있는 자네보다 더 잘 알고 있었 어. 자네처럼 전보를 이용할 수 있는 권력이 있었더라면 아마 내 왕위까지 구해 주었을 걸."

왕의 말에 총감은 깊은 원망을 담은 눈길로 빌포르를 바라보았다. 빌포르는 우쭐함에서 나온 겸손한 태도로 머리를 숙였다.

"이건 블라카스, 자네에게 하는 소리는 아니네." 루이 18세는 말을 이었다. "비록 아무것도 발견하지는 못했지만, 자네는 자네의 의심을 계속 주장했어. 다른 사람이었으면 아마 빌포르의 보고를 아무 쓸모도 없는 것, 또는 금전상의 야심에서 나온 것쯤으로 처리하고 말았겠지." 그것은 바로 한 시간 전에, 경시총감이 그토록 자신만만하게 했던 말을 넌지시 빗대어 말한 것이었다.

빌포르는 왕의 심술궂은 마음을 간파했다. 다른 사람 같았으면 아마 이 칭찬의 말에 도취해버렸을 것이다. 그러나 그는 총감이 지위를 잃게 되리라고 거의 확신하면서도, 총감을 평생의 적으로 돌리는 것은 두려워하고 있었다. 총감은 충분한 권력을 가지고도 나폴레옹의 비밀을 알아내지는 못했지만, 궁지에 몰려 필사적인 힘을 발휘하면 빌포르의 비밀은 얼마든지 캐낼 수 있는 것이다. 그것은 당테스를 심문하기만 해도 충분한 일이었다. 그렇게 생각한 그는 총감을 그 숨막히는 자리에서 구해주기로 했다.

"폐하!" 빌포르가 말했다. "사건의 급속한 진전으로 판단하건대, 이러한 폭풍을 막을 수 있는 건 하느님 말고는 없을 것으로 사료됩니다. 폐하께서 저를 높이 평가하시는 것도 실은 그저 우연에 지나지 않습니다. 저는 폐하의 충성스런 종으로서 그 우연의 덕을 보았을 뿐입니다. 공적도 없는 저를 더 이상 치하하지 말아 주십시오, 폐하, 나중에 생각해 주신 만큼의 기대에 못 미칠까봐 두렵습니다."

총감은 감동한 눈빛으로 청년에게 감사의 마음을 표시했다. 빌포르는 자기의 목적이 이루어졌다고 생각했다. 즉 그는 한편으로는 왕의 총애를 잃지 않고, 또 한편으로는 만일의 경우 도움을 얻을 수 있는 사람을 친구로 얻은 것이다.

"좋아." 왕은 블라카스 씨와 총감 쪽을 돌아보면서 말했다. "이제 그대들은 용무가 끝났으니 그만 물러가게. 이제부터는 육군대신의 관할이니까."

"다행히도 폐하," 블라카스 씨가 말했다. "우리에게는 신뢰할 수 있는 훌륭한 군대가 있습니다. 아시다시피, 모든 보고서는 군대가 우리 정부에 얼마나 충실한지 말해 주고 있습니다."

"이제 보고 이야기는 그만두지. 공작, 이번에야말로 보고가 얼마나 믿을 만한 것인지 확실히 알게 되었으니까. 아, 그런데 보고라고 하니 공작, 그 생자크 거리의 사건에 대해 뭔가 새로운 단서는 없었나?"

"생자크 거리 사건!" 빌포르는 자기도 모르게 소리를 지르지 않을 수 없었다. 그러나 곧 목소리를 죽이고 말했다.

"용서해 주십시오, 폐하. 폐하의 신변이 염려된 나머지, 폐하에 대한 존경심, 그러니까 제 가슴속에 너무도 깊이 새겨져 있는 존경심에도 불구하고, 자꾸만 예의범절을 잊어버리게 되는군요."

"그럴 것 없네." 루이 18세가 대답했다. "자네는 오늘 질문할 권리가 있으니까."

"폐하," 총감이 말했다. "사실 폐하께서 그 쥐앙 만의 놀라운 사건에 주의를 기울이고 계실 때, 저는 그 사건에 대해 새로운 정보를 드리고 싶었습니다. 그러나 그 정보가 지금은 아무런 관심거리가 되지 않을 것 같습니다만."

"그렇지 않네, 그렇지 않아. 난 아무래도 그 사건이 지금 우리가 당면한 사건과 직접적인 관계가 있다고 생각되는군. 케넬 장군의 죽음이 아마 국내에서 일어나고 있는 커다란 음모를 밝혀줄지도 몰라."

케넬 장군이라는 이름을 듣고 빌포르는 몸서리를 쳤다.

"지당하신 말씀입니다." 총감이 대답했다. "모든 사정을 고려해보면, 장군의 죽음은 처음에 생각했던 것처럼 자살이 아니라 암살에 의한 것입니다. 케넬 장군이 자취를 감춘 건 아무래도 보나파르트 클럽에서 나왔을 때인 것 같습니다. 그날 아침, 모르는 사내가 장군의 집으로 찾아와 생자크 거리에서 만나자고 약속을 했습니다. 유감스럽게도 그 사내가 방에 들어갔을 때, 마침 장군의 머리를 손질하고 있던 하인은 생자크 거리라는 말만 듣고 번지를 미처 듣지 못했다고 합니다."

총감이 루이 18세에게 그렇게 보고하는 동안, 빨려들 것처럼 그 입술을 쳐다보던 빌포르의 얼굴은 처음에는 빨갛게 타오르다가 다시 새파랗게 변했다. 왕은 그가 있는 쪽을 돌아보았다.

"어떤가. 자네도 나와 같은 의견 아닌가, 빌포르. 보나파르트 쪽이라고 생각했던 케넬 장군이 사실 내 편이었기 때문에 보나파르트 당에 암살당한 거라고 생각하지 않나?"

"그런 것 같습니다." 빌포르가 대답했다. "하지만 그 이상은 아무것도 아는 것이 없습니까?"

"만나기로 약속한 남자에 대해서는 단서가 있소."

"단서가요?" 빌포르가 되물었다.

"그렇소. 하인이 그 사내의 인상을 얘기해 줬습니다. 나이는 쉰에서 쉰둘, 머리는 갈색, 굵은 눈썹 밑에 가려진 눈은 검은색이고, 수염을 기르고 있었소. 또 푸른색 프록코트를 입고, 단춧구멍에는 레지옹도뇌르 훈장의 장식을 달고 있었다고 했는데, 어제 마침 그 인상과 똑같은 남자를 미행하다가 쥐시엥 거리와 코케롱 거리 모퉁이에서 그만 놓치고 말았답니다."

빌포르는 안락의자 등받이에 몸을 기댔다. 총감의 얘기를 듣는 동안 다리가 후들거려 왔기 때문이었다. 그러나 그 모르는 사내가 뒤를 밟는 경관을 따돌렸다는 말을 들은 순간, 그는 안도의 한숨을 내쉬었다.

"그 사내를 찾아내야 해." 왕이 총감에게 말했다. "현재 우리에게 매우 필요한 존재인 케넬 장군이 정말 우리가 생각한 대로 암살당한 거라면, 그가 보나파르트 당원이든 아니든 상관없이 범인을 매우 엄하게 처벌할 생각이네."

빌포르는 왕의 이 명령을 듣고 충격을 받았지만, 그것을 겉으로 드러내지 않기 위해 가능한 한 냉정을 가장해야 했다.

"도무지 알 수가 없군!" 왕은 심기가 불편한 듯이 말을 이었다. "살인사건이 일어났다'는 말만으로 경찰은 할 말을 다 했다 생각하고, '단서를 찾았다'는 말로 할 일을 다 했다고 여긴단 말이야."

"폐하, 적어도 이 일에 대해서는 만족하실 수 있도록 최선을 다할 생각입니다."

"좋아. 기대하고 있겠네, 남작. 더 이상 자네를 붙잡아 두진 않겠어. 빌포르, 긴 여행으로 피곤할 텐데 그만 가서 쉬게나. 그런데 자네는 아마도 아버지 집에 묵겠지?"

빌포르는 눈앞이 아찔했다.

"아닙니다, 폐하. 투르농 거리의 마드리드 호텔에 묵을 겁니다."

"아버지는 만났나?"

"폐하, 저는 곧장 블라카스 공작님 댁부터 갔습니다."

"그래도 아버지는 만날 생각이겠지?"

"만나지 않을 생각입니다."

"아, 그거 잘 생각했네." 루이 18세는 생각이 있어서 그렇게 꼬치꼬치 캐물은 것이라는 듯이 미소를 지으며 말했다. "자네와 누아르티에의 사이가 나빴다는 것을 까맣게 잊고 있었군. 그것도 왕가를 위해 치른 희생이지. 그러니 내가 보상해 주어야겠군."

"폐하, 폐하의 그 호의만으로도 이미 분에 넘치는 보상입니다. 저로서는 더 바랄 것이 없습니다."

"그래, 자네에 대해선 잊지 않을 테니 안심하게. 어쨌든(왕은 평소 푸른 윗도리에 매단 '생루이 훈장' 옆, '갈멜 산과 생라자르의 노트르담 훈장' 위에 붙이고 있던 레지옹도뇌르 훈장을 떼어냈다), 어쨌든 이것을 받아두게."

"폐하, 이건 잘못 주신 것 같습니다. 이건 무관 훈장이군요."

"아, 그렇군. 하지만 먼저 이거라도 받아두게. 다른 것을 가져오게 할 시간이 없으니. 블라카스, 빌포르에게 훈장을 받았다는 증서를 수여하도록 부탁하네."

빌포르의 눈은 자랑스러운 기쁨의 눈물로 젖어 있었다. 그는 훈장을 받아들고 거기에 입을 맞췄다.

"그런데," 그는 물었다. "저는 이제부터 무엇을 하면 될까요?"

"가서 푹 쉬도록 하게. 파리에서 일하지는 않더라도 마르세유에서 힘껏 활약해주는 것을 잊지 말도록."

"폐하," 빌포르는 고개를 숙이면서 말했다. "한 시간 뒤에 파리에서 출발하겠습니다."

"그렇게 하게. 내가 잊어버리는 일이 있더라도 '왕이라는 사람은 아무튼 잘 잊어버리니까' 사양하지 말고 기억을 일깨워주게나. 남작, 육군대신에게 오라고 전해주게. 블라카스, 자네는 이곳에 남아 있도록."

"오!" 총감은 왕궁을 나가면서 빌포르에게 말했다. "당신은 영광의 문으로 들어갔군. 이제 당신은 운이 트인 거요."

빌포르는 운이 다한 것으로 보이는 총감에게 인사한 뒤, 숙소로 돌아갈 마차를 눈으로 찾으면서 중얼거렸다.

"과연 이게 얼마나 오래갈까?"

마차 한 대가 강변을 지나가는 것을 보고 빌포르는 신호를 보냈다. 그리고 행선지를 말한 뒤, 마차 안에 몸을 싣고 대망의 꿈을 차례차례 그려보았다. 10분 뒤, 그는 숙소에 도착했다. 그리고 두 시간 뒤에 마차를 준비하라 지시하고 점심을 가져오게 했다.

막 식탁에 앉으려 할 때 초인종이 요란하게 울렸다. 하인이 문을 열어주러 나간 뒤 곧 빌포르는 누군가가 자기 이름을 말하는 소리를 들었다.

"내가 여기 있는 걸 누가 알고 있는 거지?"

빌포르가 그렇게 생각하고 있는데 하인이 돌아왔다.

"무슨 일인가? 초인종을 울린 건 누구였지? 누가 날 만나러 왔나?"

"이름은 말씀하지 않았는데, 모르는 분입니다."

"뭐라고! 모르는 사람인데 이름을 말하지 않는다고? 그래, 무슨 용건이라고 하던가?"

"그냥 만나고 싶다고만 하셔서."

"나를?"

"예."

"내 이름을 대던가?"

"분명히 말했습니다."

"어떻게 생겼던가?"

"그게, 한 쉰 살쯤 되어 보이는 분입니다."

"체격은?"

"나리만 합니다."

"머리는 갈색이던가 금발이던가?"

"갈색입니다. 아주 짙은 갈색에 머리와 눈, 눈썹도 까만 분입니다."

"복장은?" 빌포르는 날카롭게 물었다. "어떤 옷을 입고 있던가?"

"위에서 아래까지 단추가 달려 있는 푸른색의 커다란 프록코트를 입고 레지옹도뇌르 훈장을 달고 계셨습니다."

"그 양반이군." 빌포르는 얼굴빛이 변해 중얼거렸다.

"이게 무슨 경우냐!" 벌써 인상착의가 두 번이나 설명된 당사자가 문 앞에 나타나며 말했다.

"무슨 절차가 그리 복잡해. 아비를 문밖에서 기다리게 하는 건 마르세유에서 배운 법도냐?"

"아버지!" 빌포르가 소리쳤다. "역시 그랬군요……틀림없이 아버지일 거라고 생각했어요."

"아비라는 걸 알면서도," 방에 들어온 사람은 한쪽 구석에 지팡이를 세워놓고 의자 위에 모자를 내려놓으면서 말했다. "이렇게 기다리게 하는 건 별로 좋지 않다고 말해도 되겠니, 제라르."

"나가보게, 제르맹." 빌포르가 말했다.

하인은 어리둥절한 표정으로 방에서 나갔다.

아버지와 아들

누아르티에 씨, 방에 들어온 것은 정말 그 사람이었다. 그는 하인이 문을 닫을 때까지 눈으로 지켜보았다. 그리고 대기실에서 엿듣고 있지는 않은지 걱정스러운 듯 그가 나갔던 문을 다시 한 번 열어보았다. 그런 조심성이 아주 쓸데없는 행동은 아니었던 것이, 제르맹 영감이 재빨리 자리를 뜨고 있었다. 다만 재빠르다는 그의 동작이, 언제나 발각되어 유죄선고를 받았던 우리 조상들의 과오에서 조금도 탈피하지 못했다는 것을 입증하고 있었을 뿐이었다. 누아르티에 씨는 직접 하인 대기실의 문을 닫으러 갔다. 그리고 돌아오자 침실 문을 닫고 빗장을 지른 뒤, 빌포르 옆에 와서 손을 내밀었다. 빌포르는 그 일거일동을 놀란 눈으로 지켜보면서 여전히 그 상태에서 깨어나지 못하고 있었다.

"어떻게 된 거냐! 제라르." 누아르티에 씨는 뭐라 표현할 수 없는 미소를 띤 채 빌포르를 바라보면서 말했다. "나를 만난 게 그다지 반갑지 않은 눈치 같은데."

"그럴 리가요, 아버지." 빌포르가 말했다. "기쁩니다. 하지만 찾아오실 줄은 몰랐기 때문에 조금 놀랐을 뿐입니다."

"그건," 누아르티에 씨는 의자에 앉으면서 말했다. "나도 마찬가지다. 하지만 이게 어찌된 일이냐! 2월 28일에 마르세유에서 약혼식을 한다더니 3월 3일에 파리에 있으니?"

"제가 온 건," 제라르는 누아르티에 씨 옆에 가까이 다가가서 말했다. "기뻐해 주십시오, 그건 아버지를 위해섭니다. 저의 이번 여행 덕분에 아버지는 구명받을 거예요."

"오호," 누아르티에는 앉아 있던 안락의자 속에서 아무렇게나 몸을 뻗으면서 말했다. "그래, 어디 한 번 얘기해 봐라, 우리 법관 아들, 궁금하구나."

"아버지, 생자크 거리의 보나파르트당 클럽에 대해 들으셨겠지요?"

"53번지 말이냐? 알다마다, 내가 거기 부회장인 걸."

"아버지가 그렇게 태연히 말씀하시는 걸 들으니 온몸에 소름이 돋는군요."

"그게 뭐 어때서 그러냐, 아들아. 산악당원에게는 추방당하고 건초 실은 마차에 숨어서 파리를 탈출한 뒤, 보르도 들판에서 로베스피에르의 첩자들에게 쫓겨 다닌 내가 아니냐. 무슨 일이 난들 끄떡이나 할 줄 아느냐. 얘기를 계속해 봐. 그래, 그 생자크 거리 클럽에서 무슨 일이 있었지?"

"케넬 장군이 그곳에 불려갔습니다. 그리고 밤 9시에 그곳을 나간 장군은 이튿날 센 강에서 시체로 발견되었습니다."

"그런 얘기를 누구한테서 들었느냐?"

"폐하께 직접 들었습니다."

"그럼 네가 해준 얘기에 대한 보답으로 한 가지 사실을 알려주마."

"전 아버지가 말씀하시려는 것을 이미 알고 있을지도 모릅니다."

"그래? 황제폐하가 상륙하신 것을 알고 있단 말이냐?"

"조용히 하세요, 아버지. 아버지를 위해섭니다. 또한 저 자신을 위한 것이기도 하고요. 예, 전 그 소식을 알고 있었어요. 게다가 아버지보다 먼저 알고 있었지요. 왜냐하면 사흘 전부터 걱정이 되어 견딜 수 없는 그 사실을 2천 리 밖에서 알려줄 수가 없어 발을 동동 구르면서, 마르세유에서 파리까지 마차를 달리고 또 달려왔으니까요."

"사흘 전이라고! 그럴 리가! 사흘 전이라면 황제는 배를 타기도 전이야."

"그런 건 아무래도 상관없어요. 저는 그 계획을 알고 있었어요."

"어떻게?"

"엘바 섬에서 아버지한테 보내는 편지로 알았습니다."

"나에게?"

"네, 아버지에게요. 제가 그 심부름꾼의 가방 속에 있던 편지를 발견했어요. 만약 그 편지가 다른 사람의 손에 들어갔더라면 아마 아버진 지금쯤 총살당하셨을 거예요."

누아르티에는 웃음을 터뜨렸다.

"하하, 복고 왕정은 아무래도 제정에서 일을 잽싸게 처리하는 법을 배운 모양이로구나. 총살! 무슨 소릴 하는 거냐! 그리고 그 편지라는 건 어디에 있지? 널 잘 아니까 하는 소린데 또 어디다가 빠뜨리고 다니진 않았는지 불안하구나."

"태워버렸어요. 한 조각이라도 남겨두어선 안 된다고 생각해서요. 그 편지는 아버지에게는 사형선고나 마찬가지니까요."

"그리고 네 미래에 있어서도 그렇고." 누아르티에가 냉소적으로 대꾸했다. "그래, 나도 알고 있다. 하지만 난 아무것도 두렵지 않아. 무엇보다 네가 보호해주고 있지 않니."

"전 그 이상의 일을 하고 있어요. 아버지를 구해냈으니까요."

"저런, 제법 극적이로구나. 그런데 그건 또 무슨 소리냐?"

"다시 생자크 거리의 클럽에 대한 얘기로 돌아가 보죠."

"아무래도 클럽이 경관들의 신경을 몹시 건드리고 있는 모양이군. 그렇다면 왜 좀더 깊이 캐내지 못했을까? 금방 찾아냈을 텐데?"

"찾아내지 못했어요. 하지만 단서만은 잡고 있지요."

"만날 하는 소리지. 알고 있어. 경관놈들, 놓치고 나서는 으레 단서를 잡았다고 말하니까. 그리고 정부가 얌전하게 기다리고 있으면, 이윽고 경찰은 꼬리를 내리고 찾아와서 그 단서를 놓쳤다고 말하거든."

"그렇긴 하죠. 그런데 시체가 발견되었어요. 케넬 장군은 살해되었습니다. 그런 건 어느 나라에서나 다 살인으로 통하니까요."

"살인이라고? 하지만 장군이 살해되었다는 증거가 있니? 센 강에서는 날이 면 날마다 세상을 비관하여 몸을 던지는 사람들, 헤엄을 못 쳐 익사한 사람들이 발견되고 있어."

"아버지, 장군이 비관하여 투신한 것이 아니라는 건 아버지도 잘 알고 계시잖아요. 게다가 1월에 센 강에서 헤엄치는 사람이 어디 있겠어요. 아니요, 착각하지 마세요. 그건 분명히 살인이에요."

"누가 그렇게 결정짓더냐?"

"폐하께서요."

"왕이? 왕은 한가락 하는 철학자라서, 정치 세계에 살인 같은 건 존재하지 않는다는 것쯤은 알고 있을 줄 알았는데. 정치 세계는 너도 알겠지만 사람의 문제가 아니라 사상의 문제야. 감정이 아니라 이해관계지. 정치 세계에서는 사람을 죽이지 않고 다만 방해물만 제거할 뿐이지. 너는 지금까지의 사정을 알고 싶겠지. 좋아, 얘기해 주마. 사실 우리는 케넬 장군을 신뢰할 수 있는 사람이라 생각하고 있었다. 엘바 섬에서 그분이 추천해서 보냈으니까. 그래서 우리 가운데 한 사람이 그자의 집에 가서 생자크 거리의 모임에 오라고 권유했어, 친구도 있다고 하면서. 그는 찾아왔지. 우리는 엘바 섬 출발과 상륙 예정에 대한 모든 계획을 설명해 주었다. 그는 얘기를 다 듣고 나서 더 들을 것이 없게 되자, 자기는 왕당파라고 말했어. 모두 서로 얼굴을 마주보았지. 우리는 그자에게 맹세를 시켰어. 그자도 맹세했지. 그런데 그것이 도무지 마지못해 하는 기색이더란 말이야. 그런 맹세를 하는 건 신을 시험하는 거지. 하지만 그래도 우리는 꾹 참았고, 장군은 자유롭게, 완전히 자유롭게 밖으로 나갔어. 그런데 집에는 돌아가지 않았지. 그게 어쨌다는 거냐? 우리 모임에서는 돌아갔어. 아마 길이라도 잘못 든 거겠지. 다만 그뿐이야. 그걸 살인이라고 하다니 어처구니가 없구나. 검사보라는 네가 그런 빈약한 증거만으로 사건을 꾸며내다니. 지금까지 네가 왕당파로서의 임무를 다해 우리 동료의 목을 베게 했을 때, 내가 한번이라도 '아들아, 넌 살인을 했구나!' 하고 말한 적이 있느냐? 난 오히려 이렇게 말했다. '잘했다, 제법 잘 싸웠어. 하지만 내일이면 복수할 것이다'라고 말이다."

"하지만 아버지, 조심하십시오, 그 복수를 우리가 하게 되면 무서운 일이 될 테니까요."

"무슨 소리를 하는 건지 모르겠구나."

"아버지는 나폴레옹이 돌아올 거라 믿고 계십니까?"

"그렇다."

"말도 안 돼요, 아버지. 그는 프랑스 안으로 백 리도 들어오기 전에 들짐승처럼 쫓겨 달아나다가 붙잡히고 말 겁니다."

"아들아, 황제는 지금 그르노블을 향하고 계신다. 10일이나 20일에는 리옹에 도착하고, 20일이나 25일쯤에는 파리에 입성할 거야."

"국민들이 일어날 겁니다……."

"환영하기 위해서겠지."

"그에게는 동조자들이 얼마 안 돼요. 그들에게 많은 군대를 보낼 겁니다."

"그 군대가 황제를 모시고 파리로 돌아오게 될 거다. 정말이지 넌 아직 어린 애야. 넌 황제가 상륙하신 지 사흘 뒤에 '나폴레옹이 부하 몇을 이끌고 칸에 상륙, 현재 추적 중'이라는 전보를 받고, 그것으로 충분한 보고를 받은 것처럼 생각하고 있어. 그런데 황제가 어디에 계시고 무엇을 하고 계시는지 아무것도 모르고 있잖니. 알고 있는 건 '추적 중'이라는 것뿐이지. 그렇게 총알은 한 발도 쏘지 못하고 파리까지 추적만 하게 되는 거지."

"그르노블과 리옹은 충성심 강한 도시입니다. 혹독한 관문이 될 걸요."

"그르노블은 환호성을 지르면서 문을 열어줄 거다. 리옹도 모조리 환영하러 나오고말고. 내 얘길 잘 들어라. 우리 쪽에도 너희만큼이나 정확한 보고가 들어오고 있어. 그리고 우리 경관들도 너희 경관들 못지않아. 증거를 하나 보여줄까? 이를테면, 넌 이번 여행을 나에게 비밀로 하려고 했어. 그런데 네가 파리에 들어선 지 30분 만에 난 이미 네가 온 것을 알고 있었어. 넌 마부에게 번지를 말했을 뿐이었어. 그런데 어떠냐, 난 네 번지를 알고 있지 않느냐? 그 증거는 내가 이렇게 정확히 네가 막 식사를 하려할 때 찾아왔다는 사실이지. 초인종을 울려서 내 식사도 가져오게 하려무나, 같이 먹게."

"그렇군요." 빌포르는 놀란 얼굴로 아버지를 쳐다보았다. "정말 아주 자세히 알고 계신 건 같군요."

"흥! 사실 이런 일은 아무것도 아니야. 너희같이 권력을 쥔 자들은 돈으로 살 수 있는 수단밖에 가지고 있지 않아. 그런데 권력을 노리고 있는 우리에게는 헌신이라는 수단이 있단다."

"헌신이라고요?" 빌포르가 웃으면서 말했다.

"그래, 헌신. 희망으로 불타는 야망을 점잖은 말로 그렇게 부르지."

누아르티에는 아들이 하인을 부르려 하지 않는 것을 보고, 자기가 초인종 끈으로 손을 뻗었다. 빌포르가 그 손을 제지하면서 말했다.

"잠깐만요, 아버지. 한 마디만 더."

"말해 봐라."

"왕당파 경관들이 그렇게 무능할는지는 몰라도, 그래도 한 가지 두려운 사실을 알고 있어요."

"뭔데?"

"케넬 장군이 자취를 감춘 날 아침, 장군의 집에 간 사내의 인상착의요."

"응? 그걸 알고 있다고, 경관들이? 그래, 그 인상착의는?"

"가무잡잡한 얼굴. 머리, 수염, 눈은 검은색. 턱밑까지 단추가 달린 푸른 프록코트. 단춧구멍에는 레지옹도뇌르 훈장 장식, 차양 넓은 모자에 등나무 지팡이."

"아니, 그걸 알고 있단 말이냐? 그렇다면 왜 그 사내를 붙잡지 못하는 거지?"

"왜냐하면 어제였는지 그제였는지, 코케롱 거리 길모퉁이에서 놓치고 말았거든요."

"그래서 내가 너희 경찰을 멍청이들이라고 하지 않더냐."

"맞아요. 하지만 며칠 안에 틀림없이 찾아낼 겁니다."

"그래," 누아르티에는 태평한 태도로 주위를 둘러보면서 말했다. "그렇겠지, 만약 그자가 모른다면. 그런데 이미 알아버렸어. 그러니," 그는 미소 지으면서 말을 이었다. "이제부터 얼굴과 옷을 바꿔야겠구나."

그렇게 말하자마자 그는 일어나서 프록코트와 넥타이를 벗어던지고, 아들에게 필요한 물건이 완벽하게 갖춰져 있는 탁자로 걸어갔다. 그러고는 면도칼을 집어 들고 얼굴에 비누를 칠한 뒤 자못 침착한 동작으로, 경관들에게 그토록 소중한 단서였던 위험한 구레나룻을 말끔히 깎아버렸다. 빌포르는 공포와 감탄의 시선으로 그것을 지켜보았다.

구레나룻을 깎고 난 누아르티에는 이번엔 머리 모양을 바꿨다. 검은 넥타이 대신, 열려 있는 트렁크 맨 위에 있던 색깔 있는 넥타이를 하나 골랐다. 푸른 단추가 달린 프록코트 대신, 이제는 빌포르의 커다란 밤색 프록코트를 입었다. 그리고 거울 앞에 가서, 빌포르의 차양이 말려 올라간 모자를 쓰고는 그것이 잘 어울리는 것을 보고 만족한 눈치였다. 등나무 지팡이는 그대로 벽난로 구석에 세워두고, 작은 대나무 지팡이를 마디가 굵은 손 안에 쥐고 윙윙 소리를 내며 돌려보았다. 그것은 멋쟁이 검사가 화사한 풍채를 꾸미는 데 도움이 되었던 물건이었다.

"어떠냐!" 변장이 끝나자 아들을 돌아보면서 그가 말했다. "이래도 경찰이 알아 볼 수 있을까?"

"아뇨, 아버지." 빌포르는 우물거리면서 말했다. "적어도 그러지 않기를 바랍니다."

"제라르 이제," 누아르티에는 말을 이었다. "여기에 둔 물건들은 네가 주의해서 다른 사람 눈에 띄지 않도록 처분해다오."

"걱정 마세요."

"그래, 네 말이 맞는다는 걸 이제야 알겠구나. 넌 분명히 내 생명을 구해 주었어. 하지만 염려마라. 곧 신세를 갚을 테니까."

빌포르는 고개를 저었다.

"믿어지지 않는 게냐?"

"아버지 생각이 틀리기를 바라는 겁니다."

"너, 다시 왕을 만날 거냐?"

"아마 그럴 겁니다."

"넌 왕에게 예언자로 보이고 싶진 않느냐?"

"불행을 예고하는 예언자라는 건 궁정에서는 아무래도 환영받지 못할 것 같아서요."

"하긴 그렇지. 하지만 곧 정의가 실현되는 날이 오면, 그렇지, 제2 왕정복고의 날이 오면 넌 위대한 인물이 되는 거다."

"그런데 폐하께 뭐라고 말씀드리라는 겁니까?"

"이렇게 말하는 거지. '폐하, 폐하께서는 프랑스의 상황과 도시의 사상, 군대의 정신 등에 대해 완전히 속고 계십니다. 파리에서 폐하께서 코르시카의 식인귀라 부르시는 그 남자, 느베르에서 지금도 왕위를 빼앗은 자라 불리고 있는 그자는, 이미 리옹에서는 보나파르트, 그르노블에서는 황제라 불리고 있습니다. 폐하께서는 그가 추적당하고 쫓겨다니면서 달아나고 있다 생각하고 계시지만, 그는 그가 가지고 돌아오고 있는 깃발 속 독수리처럼 눈부신 속도로 전진해 오고 있습니다. 굶주림에 시달리고 지칠 대로 지쳐서 탈주할 기회만 노리고 있다고 폐하께서 믿고 계시는 병사들은 눈덩이처럼 점점 불어나고 있습니다. 폐하, 프랑스를 진정한 주인에게 돌려주시고 떠나십시오. 프랑스를 금전으로 사지 않고, 정복하여 획득한 사람에게 돌려주십시오, 폐하. 쓸데없는 위험을 무릅쓰지 마십시오. 적은 은혜를 베풀 만큼 아주 강합니다. 다만, 아르코레, 마렝고, 오스테를리츠 전투의 승리자[1]한테 목숨을 빚지게 되면, 성(聖) 루이 왕의 자손에겐 모욕적이긴 할 겁니다.' 이렇게 말하지 않는다면 차라리 아무 말도 하지 않는 편이 좋아. 네 여행에 대해서는 비밀로 해 두어라. 파리에 온 것, 파리에서 무엇을 했는지 아무 말도 하지 않는 거다. 그리고 네 임무로 돌아가도록 해. 서둘러 달려왔으면 이번에는 서둘러 돌아가는 거다. 마르세유에는 밤이 된 뒤에 들어가는 게 좋아. 집에도 뒷문으로 들어가고. 가능하면 얌전하고 겸손하게 굴고, 나서지 마라. 특히 남을 해치는 건 금물이다. 왜냐하면 맹세코 이번에는 가차없이 매섭게 행동할 테니까 말이다. 자, 이제 가도록 해라. 그리고 제라르, 이 아비의 명령을 따른다면, 아니 그보다 한 친구로서의 충고를 순순히 받아준다면, 지금 너의 위치는 그대로 두마. 그래야," 누아르티에는 미소 지으면서 덧붙였다. "다음에 다시 정계의 판도가 바뀌어 네가 위, 내가 아래가 되었을 때, 다시 한 번 네 도움을 받을 수 있게 될 테니까. 그럼, 다음에 또 파리에 올 때는 집으로 오너라."

이렇게 말한 누아르티에는 그 복잡한 이야기를 하는 동안에도 결코 잃지 않았던 평온한 모습 그대로 밖으로 나갔다.

빌포르는 새파래진 얼굴과 복잡한 마음으로 창가로 달려가 커튼을 살짝 젖

---

[1] 나폴레옹.

혔다. 그리고 현관의 돌 말뚝들 뒤와 길모퉁이 등에 숨어서, 아마도 검은 구레나룻과 푸른 프록코트, 차양 넓은 모자를 찾으려는 듯한, 인상이 험상궂은 몇 명의 사내들 사이를, 아버지가 침착하고 태연하게 걸어가는 것을 지켜보았다.

빌포르는 아버지가 뷔시 네거리로 사라질 때까지 두근거리는 가슴으로 그대로 서 있었다. 그런 다음 아버지가 남기고 간 물건들 쪽으로 달려갔다. 검은 넥타이와 푸른 프록코트는 트렁크 맨 밑에 넣고, 모자는 말아서 서랍장 바닥에 집어넣었다. 그리고 등나무 지팡이는 세 조각으로 부러뜨려 불 속에 던져버렸다. 그런 다음 그는 여행 모자를 쓰고, 하인을 불러 뭔가 묻고 싶어 하는 그를 눈빛으로 제지하면서 호텔 계산을 마친 뒤, 모든 준비를 끝내고서 기다리고 있던 마차에 뛰어올랐다. 그리고 가는 도중 리옹에서 보나파르트가 그르노블에 들어갔다는 소식을 접했다. 그는 가는 곳마다 술렁거리고 있는 불안한 공기 속을 지나서 마르세유에 도착했다. 야망과 최초의 권세로 그의 가슴속은 온통 흥분에 휩싸여 있었다.

백일천하

누아르티에 씨는 훌륭한 예언자였다. 모든 상황은 그가 말한 대로 착착 진행되었다. 엘바 섬에서의 귀환, 그 기적적이고 신비로운 귀환에 대해서는 누구나 다 알고 있다. 그것은 과거에도 볼 수 없었을 뿐만 아니라, 아마 앞으로도 유례를 볼 수 없을 것이다.

루이 18세는 이 무서운 충격을 물리치려고 애써보았지만 무력할 뿐이었다. 사람을 그다지 신용하지 않았던 그는, 이런 사건으로 완전히 믿음을 잃어버린 것이다. 그가 가까스로 재건한 왕국, 아니 왕권정치는 아직 기초를 튼튼히 세우기도 전에 뒤흔들리고 말았다. 고풍스러운 편견과 새로운 사상을 그저 아무렇게나 혼합시킨 데 지나지 않은 그 체계는 황제의 일격에 완전히 무너지고 말았다. 따라서 빌포르가 왕에게서 받은 것이라고 하면, 지금은 아무 쓸모가 없을 뿐만 아니라 오히려 위험하기까지 한 왕의 감사와 레지옹도뇌르 무관 훈장뿐이었다. 블라카스 씨는 왕이 분부한 대로 정중하게 그에게 그 증서를 보내주었다. 그러나 그는 그 훈장이 사람들의 눈에 띄지 않도록 조심했다.

만약 누아르티에의 비호가 없었더라면 나폴레옹은 틀림없이 빌포르를 파면시켰을 것이다. 누아르티에는 그때까지 겪어온 수많은 위험과 지금까지 바쳐온 충절 덕분에 백일천하의 궁정에서 절대적인 세력을 떨쳤다. 그리하여 1793년에는 지롱드 당원이었고, 1806년에는 원로원 의원이었던 그는, 이미 빌포르에게 약속한 대로, 전에는 자신이 비호를 받았지만 지금은 그를 비호해줄 수 있었다.

나폴레옹의 두 번째 몰락도 그리 예견하기 어렵지는 않았지만, 무엇보다 제정 부활기 동안 빌포르가 온 힘을 기울인 것은, 당테스가 누설할 염려가 있는 비밀을 봉쇄하는 것이었다.

검사 혼자만 면직되었다. 보나파르트파에 대한 충성이 미온적이었다는 혐의였다.

그런데 황제의 권력이 다시 확립되자마자, 즉 루이 18세가 달아난 튈르리 궁전에 황제가 자리를 잡고, 우리가 빌포르의 뒤를 따라 독자 여러분을 안내했던 그 작은 서재에서 수많은 명령을 사방으로 내렸다. 그 호두나무 책상 위에는 루이 18세의 담배함이 담배가 반쯤 담긴 채 아직 열려 있는데, 마르세유에서는 내란의 불똥이 다시 타오르기 시작했다. 사법관들의 강경책에도, 여전히 남프랑스에는 불티가 살아 있었던 것이다. 복수의 감정이 고조되면서, 집 안에 틀어박힌 왕당파들에 대한 소요 사태와 목숨 걸고 집 밖으로 나돌아다니는 자들에 대한 욕설비방으로 번져 자칫하면 폭발할 기세였다.

형세가 뒤바뀐 당연한 결과로서, 이미 말한 파라옹 호의 선주, 서민계급의 한 사람인 모렐 씨는, 이번 기회에 엄청난 권력을 쥐었다고는 할 수 없었고(오랜 세월 동안 거래를 통해 근면하게 재산을 이룬 사람들이 누구나 그렇듯이, 그는 매우 신중하고 조금은 소심했다), 또 과격한 보나파르트파 사람들로부터 온건파라는 이름으로 불리면서 따돌림을 받고는 있었지만, 그래도 한 가지 청원을 할 만한 힘은 가지고 있었다. 그 청원이란, 쉽게 짐작할 수 있겠지만, 물론 당테스에 관한 것이었다.

빌포르는 자기 상관이 지위를 잃었는데도 여전히 자기 지위를 지키고 있었다. 그리고 결혼 문제는 약속되어 있는 상태로, 좀더 좋은 시절이 올 때까지 연기하기로 했다. 만약 황제가 제위에 오래 머문다면 빌포르는 다른 결혼 상대를 찾아야 할 터였다. 그렇게 되면 아버지가 알아서 새로운 신붓감을 찾아줄 것이다. 그런데 만약 또다시 왕정복고가 이루어져서 루이 18세가 다시 프랑스로 돌아오게 되면, 생메랑 씨의 세력은 그 자신의 세력과 마찬가지로 배가될 것이고, 따라서 이 결혼은 더할 나위 없이 이상적인 결혼이 될 터였다.

그리하여 검사보는 한때 마르세유에서 상석(上席) 검사의 지위에 올라 있었다. 그러던 어느 날 아침, 그의 방문이 열리더니 하인이 모렐 씨가 방문했다는 것을 알려왔다.

이런 경우, 아마 다른 사람 같았으면 얼른 선주를 맞아들였을 것이다. 그리고 서둘러 그의 비위를 맞춤으로써 자신의 약점을 드러냈을 것이 틀림없다. 그런데 빌포르 씨는 매우 영리한 인물이었다. 모든 일에 경험은 많지 않지만 직감을 가지고 있었다. 그는 다른 손님이 없음에도, 검사란 모름지기 사람을 기다리게 해야 한다는 이유만으로, 왕정복고 시대와 마찬가지로 모렐 씨를 기다

리게 했다. 그는 몇 가지 신문을 훑어보면서 15분쯤 보낸 뒤에, 비로소 선주를 들여보내라고 지시했다.

한편 모렐 씨는 빌포르가 의기소침해 있을 거라고 생각했다. 그런데 빌포르는 6주 전에 만났을 때와 조금도 달라져 있지 않았다. 즉 침착하고, 꼿꼿하고, 예의바르면서도 차가운 태도로, 상류층 사람과 서민을 구분하는 가장 넘어서기 어려운 벽을 두고 사람을 대했다.

그는 빌포르가 자신의 모습을 보면 어김없이 벌벌 떨 거라고 확신하면서 방 안에 들어섰다. 그런데 사무용 책상 위에 팔꿈치를 괴고 그를 기다리고 있던 검사를 보자, 오히려 자기가 완전히 오그라들어 몸을 떨었다. 그는 문 앞에서 걸음을 멈췄다. 빌포르는 누군지 생각나지 않는다는 듯이 선주를 쳐다보았다. 선주가 손 안에서 모자를 만지작거리고 있는 동안, 잠시 말없이 빤히 쳐다본 뒤, 이윽고 입을 열었다.

"아, 모렐 씨군요?"

"그렇습니다, 모렐입니다." 선주가 대답했다.

"이쪽으로 오시죠." 검사보는 거만한 태도로 손짓하면서 말을 이었다. "무슨 일로 오셨습니까?"

"짐작이 가지 않으십니까?" 모렐 씨가 물었다.

"미안합니다. 하지만 어쨌든 제 권한에 속하는 일이라면 뭐든지 도와드리겠습니다."

"순전히 당신의 관할에 속하는 일입니다."

"그럼 말씀해 보십시오."

"실은," 일단 얘기를 시작하자 선주는 다시 침착한 태도로 돌아갔다. 그는 자신의 청원이 정당하고 입장이 명백하다는 점에 힘을 실었다. "기억하실 줄 압니다만, 황제 폐하의 상륙이 알려지기 며칠 전, 한 사람의 가엾은 청년, 제가 소유한 배의 일등 항해사인 선원을 위해 사면을 청하러 온 적이 있었습니다. 기억하시겠지만, 엘바 섬과의 관계로 기소당한 사람입니다. 당시에는 범죄였던 그 관계가 오늘은 오히려 찬양받을 만한 행위가 되었습니다. 검사님은 그때 루이 18세를 섬겼으니 그 사람을 용서해 주지 않은 것은, 당신으로서 당연한 의무였습니다. 하지만 지금 당신은 나폴레옹 황제에게 충성을 바치고 있습니다. 그러니 이제는 그 남자를 비호해 주는 일이 당신의 의무라고 생각합니다. 저는 그 사람이 어떻게 되었는지 알아보러 왔습니다."

빌포르는 자제하려고 고통스럽게 노력하면서 물었다.

"그자의 이름이? 이름을 말해 보십시오."

"에드몽 당테스입니다."

빌포르로서는 그 이름을 이렇게 바로 코앞에서 듣는 것보다, 차라리 결투 신청을 받고 스물다섯 걸음 떨어진 저편에서 상대의 총알을 받는 것이 훨씬 더 마음이 편했을 것이다. 그러나 그는 눈썹 하나 까딱하지 않고 생각했다.

'이런 식이면 그 청년을 체포한 것도 개인문제 때문이었다는 비난을 받지 않아도 되겠군.'

"당테스?" 그는 앵무새처럼 되풀이했다. "에드몽 당테스라고 하셨습니까?"

"그렇습니다."

빌포르는 옆에 있는 서류함 속에서 커다란 장부를 꺼내 펼치더니, 탁자로 갔다가 다시 소송기록이 있는 곳으로 옮겨갔다. 그리고 선주 쪽을 돌아보면서 말했다.

"분명히 잘못 생각하신 건 아니겠지요?" 빌포르가 너무나 태연하게 물었다.

만약 모렐이 더욱 영리하고, 또한 이 사건에 대해 좀더 눈이 열려 있었다면, 검사보가 자신의 관할과는 상관없는 이 사건에 대해 답변하려는 것을 보고 수상하다고 의심했을지도 모른다. 그리고 빌포르가 왜 죄수명부를 보러 가라고 말하지 않는지, 왜 감옥 소장이나 지사에게 물어보라고 말하지 않는지, 조금은 이상하게 생각했을 터였다. 그러나 모렐은 빌포르의 얼굴에서 헛되이 공포의 빛만 찾고 있다가 그것은 전혀 찾지 못하고, 어떤 공포심도 없는 그의 얼굴에서 거만함만 보았을 뿐이었다. 빌포르의 작전은 감쪽같이 성공한 셈이었다.

"예," 모렐이 말했다. "잘못 안 것이 아닙니다. 그 사람은 벌써 10년 전부터 알고 있었고, 저에게 와서 일한 지도 4년이나 됩니다. 기억하실지 모르지만, 6주일 전에도, 지금 이렇게 정당하게 일을 처리해 주십사고 찾아온 것과 마찬가지로 그 사람을 위해 관대한 처리를 부탁하러 온 적이 있었습니다. 그때 당신은 무척 냉담하게 대하시면서 퉁명스럽게 대답하시더군요. 아, 물론 그때는 왕당파들이 나폴레옹 당원을 아주 가혹하게 대했으니까요!"

"아," 빌포르는 민첩하게 침착한 표정으로 돌아가 거기에 대답했다. "그렇군요, 부르봉 왕가가 다만 정당한 왕위 계승자일 뿐 아니라, 한편으로는 국민으로부터 선출된 자라고 믿어 의심치 않았던 시대에는 저도 왕당파 쪽에 섰지요. 그러나 우리가 이 눈으로 본 것처럼, 황제폐하께서 기적적으로 제위에 복귀하신 지금, 저는 제 생각이 잘못되었다는 것을 알았습니다. 나폴레옹 황제의 천재가 승리를 거둔 겁니다. 정당한 군주란 바로 사랑받는 군주이지요."

"그럼요!" 모렐은 평소와 같이 성품 좋은 사람 특유의 담백함으로 대답했다. "그렇게 말씀하시니 저도 기쁩니다. 그래서 에드몽의 신상에도 좋은 운이 찾아올 테니까요."

"잠깐만 기다려 보십시오." 빌포르는 다른 장부를 넘기면서 말했다. "여기 있군요. 선원이군요, 카탈루냐 마을의 처녀와 약혼했다고? 맞아요, 이제야 생각이 나네요. 매우 중대한 사건이었지요?"

"무슨 말씀이신지요?"

"알고 계실 줄 아는데, 그는 여기서 나가자마자 재판소 감옥에 끌려갔습니다."

"그랬지요. 그 다음엔요?"

"그래서 전 파리에 보고를 하고 그자가 지니고 있던 서류를 보냈습니다. 저로서는 그렇게 하지 않을 수 없었으니까요……. 그런데 체포된 지 1주일 뒤에 죄수는 납치당하고 말았습니다."

"납치를 당했다고요?" 모렐이 소리쳤다. "도대체 그 사람을 납치해서 어떻게 할 작정이었을까요?"

"아, 안심하십시오. 아마 생마르그리트 제도의 피뉴롤에 있는 프네스트렐로 데려갔을 겁니다. 이른바 국외추방이라고 하는 것이죠. 아마 얼마 안 있어 당신 배의 선장이 되기 위해 불쑥 돌아올 게 분명합니다."

"언제든지 돌아오기만을 기다리고 있습니다. 그의 자리는 그대로 비워 둘 겁니다. 하지만 아무리 그렇다 쳐도 어째서 아직도 돌아오지 않는 것일까요? 보나파르트당 재판소가 가장 먼저 해야 할 일은 왕당 재판소에 의해 투옥된 사람들을 구해내는 일 아닙니까?"

"너무 그렇게 비난하지는 말아 주십시오, 모렐 씨. 모든 것은 합법적으로 이루어져야 합니다. 수감 명령은 위에서 내려진 것이었습니다. 따라서 석방 명령도 위에서 내려오지 않으면 안 됩니다. 그런데 나폴레옹 황제가 돌아오신 지 불과 2주일밖에 되지 않았습니다. 그래서 사면장도 이제 겨우 발송될까 말까 한 단계니까요."

"어쨌든 승리는 우리 손에 들어왔으니, 어떻게 빨리 절차를 밟을 방법이 없을까요? 세력 있는 사람들 가운데 제가 아는 사람도 있습니다. 그러니 판결 취소를 요구할 수도 있는데요."

"판결이라는 게 없었습니다."

"그럼 수감자 명부라도?"

"정치적인 사건에 대해서는 수감자 명부도 없습니다. 정부는 흔히 필요상 흔적을 전혀 남기지 않고 한 사람을 말살하는 일이 있습니다. 수감자 명부에 기록이 되어 있으면 나중에 재조사가 가능하기 때문입니다."

"물론 부르봉 왕조 시대에는 그런 일도 있었겠지요. 하지만 지금은……."

"아닙니다, 그건 어느 시대에나 마찬가집니다, 모렐 씨. 정부는 자꾸 바뀌지만 다 비슷비슷하거든요. 루이 14세 시절에 마련된 감옥 제도는, 다만 바스티유 감옥이 사라졌을 뿐, 나머지는 오늘날까지 그대로 이어지고 있습니다. 감옥 규정에 대해서는 오히려 황제 폐하가 루이 14세보다 더욱 엄격하셨습니다. 장부에 흔적을 남기지 않고 수감된 사람의 수는 헤아릴 수 없이 많습니다."

아무리 악의적으로 생각하려는 사람도 이렇게 친절한 응대 앞에서는 넘어가지 않을 수 없을 터였다. 하물며 모렐은 완전히 의심의 끈을 놓고 있었다.

"그럼 빌포르 씨, 당테스를 빨리 돌아오게 하려면 어떻게 하면 좋을까요?"

"단 한 가지 방법이 있습니다. 사법대신에게 탄원서를 내는 겁니다."

"탄원서에 대해서는 잘 알고 있습니다. 사법대신은 탄원서를 하루에 2백통이나 받는데, 그 가운데 네 건도 읽지 않는다고 하더군요."

"그렇습니다. 하지만 내가 직접 보낸 탄원서라면 아마 읽어 주실 겁니다. 추천서도 한 장 써드리지요."

"그럼, 그 탄원서를 보내는 걸 맡아주시겠습니까?"

"기꺼이 해드리겠습니다. 당테스는 그때 유죄였습니다. 그러나 지금은 무죄입니다. 내 의무로 투옥한 사람을 자유롭게 풀어주는 것, 그것 또한 내 의무일 테니까요."

그리하여 빌포르는 설마 그럴 리는 없다고 생각하면서도, 어쩌면 받게 될지도 모르는 조사, 만일 그렇게 된다면 자기가 완전히 궁지에 몰리게 될 조사를 피하기 위해 선수를 친 것이다.

"그런데 대신에게 뭐라고 쓰면 좋을까요?"

"우선 여기 앉으십시오, 모렐 씨." 빌포르는 지금까지 자기가 앉아 있던 자리를 선주에게 내주면서 말했다. "내가 불러드리는 대로 쓰시면 됩니다."

"그런 호의를 베풀어주시겠습니까?"

"물론입니다, 지체할 시간이 없어요. 이미 많은 시간을 허비했으니까요."

"맞습니다. 기다리다 지쳐 아마 고통과 절망에 빠져 있을 그 가엾은 청년을 생각한다면 말입니다."

빌포르는 그 죄수가 침묵과 암흑 속에서 자기를 저주하고 있을 것을 생각하니 온몸에 소름이 끼쳤다. 그러나 여기까지 온 이상 물러설 수도 없는 일이었다. 당테스는 바로 그의 야심의 톱니바퀴 사이에 끼어 만신창이가 되려 하고 있었다.

"그럼 불러주십시오." 선주는 빌포르의 의자에 앉아 손에 펜을 쥐면서 말했다.

빌포르는 탄원서를 받아쓰게 했다. 거기에는 물론 훌륭한 동기에서 나온 당테스의 애국심, 보나파르트를 위해 진력해온 공로들이 과장되게 나열되어 있었다. 탄원서 속에서 당테스는 나폴레옹 복위에 가장 많이 힘쓴 한 사람이 되어 있었다. 그러한 탄원서를 받고, 만약 그때까지 보상이 되어 있지 않다면, 대신이 그 자리에서 당테스를 풀어주라고 결단을 내릴 것은 불 보듯 뻔한 일이었다.

탄원서가 완성되자, 빌포르는 그것을 큰 소리로 읽은 뒤 이렇게 말했다.

"됐습니다. 이제는 저에게 모든 걸 맡겨 주십시오."

"탄원서는 곧 발송될 수 있겠지요?"

"오늘 곧바로 보내겠습니다."

"검사님의 추천서도 첨부해서 말이죠?"

"제가 쓸 수 있는 가장 좋은 추천서는 당신이 지금 쓰신 이 글이 모두 진실이라고 증명하는 것입니다." 이렇게 말하면서, 이번에는 자기가 의자에 앉아 탄원서 한구석에 자신의 증명을 덧붙였다.

"그럼 이제부터 어떻게 하면 되는 겁니까?" 모렐이 물었다.

"기다리는 거지요. 제가 전적으로 책임을 지겠습니다."

이 보증된 약속이 모렐의 마음에 희망을 불어넣었다. 그는 기쁜 마음으로 검사보의 집을 나섰다. 그리고 당테스의 늙은 아버지에게 가서, 아들의 얼굴을 보게 될 날도 그리 멀지 않았음을 알려 주었다.

한편, 빌포르는 그 탄원서를 파리에 보내는 대신, 그것을 소중하게 자기 손 안에 챙겨두었다. 현재 유럽의 정세와 사건의 동향에서 헤아리건대, 다시 말해 제2의 왕정복고가 가까워졌음을 생각할 수 있는 이상, 이 탄원서는 당테스 한 사람을 구하는 대신 자신의 미래를 완전히 위험에 빠뜨리게 되는 것이었다.

그리하여 당테스는 계속해서 옥에 갇혀 있었다. 지하 감옥의 독방 바닥에서 잊힌 존재가 된 그에게는, 루이 18세가 왕위에서 추락하는 무서운 소리도 들리지 않았고, 그보다 더욱 무서운, 제국이 무너지는 소리도 들리지 않았다.

그러나 빌포르는 모든 움직임에 대해 그 민첩한 눈을 빛내며 주의 깊게 귀를 기울이고 있었다. '백일천하'라 불리는 그 짧은 제정시대에, 모렐은 빌포르를 두 번이나 찾아가서 당테스의 석방을 간청했다. 그러나 그때마다 빌포르는 약속을 하거나 희망을 안겨주어 달래곤 했다. 이윽고 워털루 전투[*1]가 일어났다. 모렐은 그때 이후 빌포르 앞에 나타나지 않았다. 그는 당테스를 위해 인간으로서 할 수 있는 모든 일을 했다. 그러나 이제 제2 왕정복고의 세상이 되자, 구명운동을 더 이상 계속하는 것은 쓸데없이 자신을 위험에 빠뜨리는 일일 뿐이었다.

루이 18세가 다시 왕위에 올랐다. 마르세유의 추억이 깊은 회한으로 남아 있던 빌포르는 자진해서 툴루즈에 공석으로 있던 검사 자리를 손에 넣었다. 그는 근무지에 도착한 지 2주일 뒤 르네 드 생메랑 양과 결혼했다. 신부의 아버지는 어느 때보다 더욱 궁정에서 위세를 떨치고 있었다.

그리하여 당테스는 백일천하와 워털루 전투 사이의 기간 동안, 인간으로부터는 몰라도 적어도 신으로부터 잊혀 옥중에서 계속 신음해야 했다.

당글라르는 나폴레옹이 프랑스로 돌아오는 것을 보고, 자신이 당테스에게 준 타격이 어떤 파장을 일으켰는지 간파했다. 그의 밀고는 본의 아니게 정곡을 찔렀던 것이다. 그리고 나쁜 짓에는 뛰어난 재간을 가지고 있는 사람도 일상생활에서는 그다지 머리가 돌아가지 않는 것처럼, 그는 이 이상한 우연의 일치를 단지 '신의 뜻'이라고 불렀다.

그러나 나폴레옹이 파리로 돌아오고, 그의 목소리가 당당하고 힘차게 울려 퍼지는 것을 듣자, 당글라르는 어쩐지 두려운 생각이 들었다. 그는 당테스, 모든 것을 알고 있는 당테스, 모든 일에 복수하기 위해 무섭고 힘차게 다가오는 당테스의 모습을 끊임없이 생각했다. 그리하여 그는 모렐 씨에게 해상 근무를 그만두고 싶다는 뜻을 전했다. 그리고 모렐 씨의 소개로 어느 에스파냐 상인을 만나, 3월 말 가까이에는, 즉 나폴레옹이 튈르리 궁전으로 돌아온 지 열흘 내지 열이틀 뒤에는 영업담당자로 그 상회에서 근무하기로 했다. 그리고 마드리드에 간 뒤 그대로 소식이 끊어지고 말았다.

페르낭은 아무것도 모르고 있었다. 그에게는 당테스가 사라졌다는 것만으로 충분했다. 당테스가 대체 어떻게 되었는지 그는 그런 것에 대해서는 전혀

[*1] 나폴레옹이 몰락하게 된 전투.

알려고 하지 않았다. 단지 그는 당테스가 사라진 틈을 타서 여러 가지를 궁리해 볼 뿐이었다. 당테스가 자취를 감춘 동기에 대해 메르세데스를 속여 볼까 생각하기도 하고, 이주나 납치 계획을 세워보기도 했다. 또 가끔은 그의 일상에 어두운 시간이 찾아오기도 했다. 그는 마르세유와 카탈루냐 마을이 한눈에 내려다보이는 파로 곶 끝에 앉아 있곤 했다. 그 아래를 마치 맹금류처럼 꼼짝 않고 앉아 슬픈 눈길로 바라보며, 저 두 갈래 길 중 하나에서, 만만치 않은 복수의 사자가 된 잘생긴 젊은이 하나가 고개를 높이 쳐들고 자유분방한 걸음걸이로 돌아오는 것을 보게 되지는 않을까 하고 생각하는 것이었다. 그럴 때, 페르낭의 계획은 이미 정해져 있었다. 그는 총 한 방으로 당테스의 머리를 뚫어버리고, 그 살인을 아름답게 장식하기 위해 자신도 뒤따라 자살해 버릴 결심이었다. 그러나 그것은 페르낭의 과장된 생각이었다. 그는 자살 같은 건 도저히 할 수 없는 사람이었다. 왜냐하면 그는 언제나 희망의 끈을 놓지 않고 있었기 때문이다.

그러는 동안 갖가지 심각한 변화가 일어나, 제국은 마지막 군대를 모집했고, 총을 들 수 있는 남자는 모조리 우렁찬 황제의 목소리에 응해 프랑스 국외로 달려나갔다. 페르낭 역시 자신이 나간 뒤, 연적이 돌아와서 사랑하는 그녀와 결혼해버리는 것이 아닐까 하는 암울하고 두려운 생각에 시달리면서, 다른 남자들과 마찬가지로 메르세데스를 두고 떠났다.

페르낭이 정말 자살할 마음이 있었다면 아마 메르세데스를 두고 떠날 때 실행에 옮겼을 것이다.

그의 메르세데스의 대한 배려, 그녀의 불행에 보내는 동정의 감정, 그녀의 조그만 바람도 금방 헤아려주는 자상함, 그런 것들은, 겉으로 보이는 친절이 마음씨 착한 사람들에게 쉽게 불러일으키는 결과를 그녀에게도 불러일으켰다. 그렇지 않아도 메르세데스는 페르낭을 늘 우정어린 마음으로 사랑하고 있었다. 그리고 그 우정에는 좀더 다른 감정, 즉 그에 대한 감사의 마음이 담겨 있었다.

"오빠," 그녀는 군인 배낭을 페르낭의 어깨에 매어 주면서 말했다. "오빠. 나의 단 하나뿐인 친구, 제발 죽지 말고 돌아와요. 이 세상에 홀로 남겨지면 난 어떡해요. 그럼 난 언제나 울고 지낼 거예요. 오빠마저 없으면, 난 진짜 외톨이가 되는 걸요."

　출발할 때 들었던 이 말이 페르낭에게 약간의 희망을 안겨주었다. 만약 당테스가 돌아오지 않는다면, 메르세데스는 언젠가 자기 여자가 되어 줄 것이 틀림없었다.

　메르세데스는 홀로 그 헐벗은 대지 위에 서 있었다. 지금까지 대지가 그처럼 황량하게 보인 적은 없었다. 수평선 쪽으로 다만 광활한 바다가 있을 뿐이었다. 무서운 이야기 속에 나오는 미친 여자처럼, 그녀가 눈물에 젖은 채 끊임없이 카탈루냐 마을 주위를 헤매고 다니는 모습이 자주 보였다. 그녀는 어떤 때는 남프랑스의 뜨거운 태양 아래 마치 동상처럼 꼼짝도 하지 않고 서서 마르세유 쪽을 바라보았다. 또 어떤 때는, 바닷가에 앉아서 자신의 고뇌처럼 그칠 줄 모르는 바다의 신음 소리에 귀를 기울이다가, 아무 희망도 없이 그저 애타게 기다리는 고통에 시달릴 바에는, 차라리 이대로 몸을 앞으로 기울이다가 몸무게에 끌려 심연에 빠져들어가 그 속에 잠겨버리는 편이 낫겠다는 생각마저 들었다.

메르세데스가 그렇게 하지 않은 것은 용기가 없어서가 아니었다. 그녀를 도와 그녀를 자살에서 구한 것은 다름 아닌 신앙이었다.

카드루스도 페르낭과 마찬가지로 소집되었다. 그러나 그는 페르낭보다 여덟 살이나 많고 결혼한 몸이었기 때문에, 제3차 소집 대상으로 돌려져 해안지방으로 가게 되었다.

당테스 노인은 단 한 가닥의 희망에만 의지하고 있었는데, 그 희망도 지금은 황제의 몰락과 함께 사라지고 말았다. 아들과 헤어진 지 꼭 다섯 달째 되던 날, 그리고 아들이 체포되었을 때와 거의 같은 시간에, 메르세데스의 품에 안겨 마지막 숨을 거두었다. 장례비용은 모렐 씨가 전부 부담해 주었다. 그리고 병중에 노인이 진 약간의 빚도 다 갚아주었다.

그렇게까지 돌봐주는 데는 친절 이상의 그 무언가가 있어야 했다. 그것은 용기였다. 당시 남프랑스에는 한창 정치의 거센 바람이 몰아치고 있었다. 비록 죽음을 앞두고 있는 사람이기는 하지만, 당테스처럼 위험한 보나파르트 당원의 아버지를 돕는 것은 그야말로 범죄였다.

성난 죄수와 미친 죄수

루이 18세가 복위한 지 약 1년 뒤, 교도소에 검찰관의 순시가 있었다.

당테스는 자기 암굴 안에서 그 순시 준비를 위한 온갖 소리를 듣고 있었다. 그 소리는 위에서는 상당히 크게 들리겠지만, 지하에 있으면 밤의 정적 속에 거미가 거미줄을 치는 소리와 암굴 천장에 한 시간 동안 맺혀 있던 물방울이 때가 되어 떨어지는 소리까지 들을 수 있는 죄수가 아니면 거의 들을 수 없을 정도였다.

그는 틀림없이 저 살아 있는 인간들의 세계에 뭔가 특별한 일이 있는 거라고 짐작했다. 이제 이 무덤 속에서 살게 된 지 상당히 오래되어서, 그에게는 자기가 이미 죽은 사람처럼 생각되었다.

검찰관이 방과 감방, 암굴 등을 하나하나 시찰하고 다녔다. 그리고 죄수 몇 명에게 질문을 던졌다. 그 죄수들은 유순함보다는 어리석음 때문에 간수들의 눈에 든 자들이었다. 검찰관은 음식은 어떤지, 뭔가 요구할 것은 없는지 물어보았다. 그들은 모두 약속이나 한 것처럼 음식이 지독하게 형편없으며, 그저 풀려나게만 해달라고 말했다.

검찰관은 그 밖에 요구할 것이 없느냐고 물었다. 그러나 모두들 고개를 저었다. 죄수에게 자유를 구하는 것 말고 달리 무슨 소망이 있을 것인가? 검찰관은 미소 지으며 소장을 돌아보았다.

"도대체 무엇 때문에 이런 무익한 순회를 명령한 걸까요? 죄수 한 사람만 만나봐도 백 사람을 만난 것과 같고, 한 사람에게만 물어봐도 백 사람에게 물은 것과 같은데 말이오. 음식이 형편없다, 그리고 자기는 무죄다, 언제나 같은 말뿐이지 않소. 다른 죄수는 없소?"

"예, 위험인물이라고 할까, 미치광이라고 할까, 암굴 속에 갇혀 있는 죄수가 있습니다."

"그럼," 검찰관은 몹시 피곤한 기색으로 물었다. "할 수 있는 데까지 임무를 마칩시다. 암굴로 내려가 볼까요?"

"잠깐만요." 소장이 말했다. "병사를 둘이라도 부르는 게 어떨까요? 죄수들은 사는 데 지쳐서 얼른 사형선고를 받고 싶어선지, 이따금 쓸데없이 절망적인 행동을 할 때가 있어서요. 무슨 봉변을 당할지 모릅니다."

"그럼 소장의 생각대로 하시오."

병사 두 명이 불려왔다. 한 발을 내딛자마자 썩은 냄새와 습기로 눈과 코의 숨이 한꺼번에 콱 막히는 것 같았다.

"이런!" 검찰관은 계단 중간에서 멈춰 서서 소리를 질렀다. "이런 데서 도대체 누가 살고 있는 거요?"

"극히 위험한 반역자입니다. 무슨 일을 저지를지 모르기 때문에 특별한 주의가 필요한 인물이지요."

"한 사람이오?"

"물론입니다."

"언제부터 여기 있었소?"

"그럭저럭 1년쯤 됩니다."

"그럼 들어오자마자 바로 이 암굴에 들어간 거요?"

"아닙니다. 그자의 방에 식사를 갖다 주는 간수를 죽이려고 한 일이 있었습니다."

"간수를 죽이려 했단 말이오?"

"예. 지금 발아래를 등불로 비춰주고 있는 이 사람입니다. 그렇지 앙투안?"

"그놈이 저를 죽이려고 했습죠." 간수가 대답했다.

"그래? 그럼 그자는 미친놈이겠군?"

"미친 정도가 아니라 완전히 악마입니다." 간수가 대답했다.

"상부에 보고할까요?" 검찰관이 간수에게 물었다.

"그럴 필요까지는 없습니다. 이미 충분히 대가를 치르고 있으니까요. 게다가 지금은 거의 미치광이나 다름없습니다. 지금까지의 경험으로 생각하건대, 앞으로 1년도 지나지 않아서 진짜 미쳐버리고 말 겁니다."

"그자에게는 차라리 그게 낫겠군. 완전히 미치광이가 되어버리면 고통을 느끼지도 못할 테니까."

보시다시피 이 검찰관은 인간미가 철철 넘쳐 박애적인 그의 임무를 수행하는 데 참으로 적격인 인물이었다.

"맞는 말씀입니다." 소장이 말했다. "그 말씀을 들으니, 틀림없이 이 방면에 대해 충분히 연구하신 것 같군요. 실은 이 암굴에서 20자쯤 떨어진 곳에 다른 계단으로 연결된 암굴이 하나 있는데, 거기에 늙은 사제가 한 사람 갇혀 있습니다. 옛날 이탈리아에서 무슨 당의 당수를 지냈다는 사람인데, 이곳에는 1811년에 들어왔습니다. 그런데 1813년 말부터 머리가 이상해져서 완전히 딴사람처럼 되고 말았습니다. 울고 있는가 하면 금세 웃기 시작하고, 여윈 것 같다가도 이내 뚱뚱하게 살이 쪄 있지요. 아까 말한 그자 대신 이 사람을 보시는 게 어떨까요? 상당히 재미있는 미치광이라서요, 기분이 그다지 우울해지지는 않을 겁니다."

"양쪽 다 만나봅시다." 검찰관이 대답했다. "직무는 충실하게 이행해야 하니까."

검찰관에게는 이번이 첫 순시였다. 그는 상사에게 자신에 대해 좋은 인상을 심어주고 싶었다.

"그럼, 우선 이리로 들어갑시다." 그가 말했다.

"알겠습니다." 소장이 대답했다.

소장이 간수에게 신호를 보내자 이내 문이 열렸다.

육중한 자물쇠가 삐걱거리는 소리, 굴대 위를 돌아가는 녹슨 돌쩌귀 소리가 들리자 당테스는, 쇠창살로 가로막힌 좁은 환기창에서 비쳐드는 한줌 햇살만이 겨우 위안을 주는 암굴 한구석에 웅크리고 있다가 문득 고개를 들었다. 그곳에 처음 보는 남자가 두 명의 간수가 들고 있는 횃불 빛 속에 서 있었다. 소장이 모자를 손에 들고 그 남자에게 얘기하고 있고, 그 남자는 두 병사의 호위를 받고 있었다. 당테스는 대뜸 무슨 일인지 짐작했다. 이제야 상급 관리에게 호소할 수 있는 절호의 기회가 찾아왔다고 생각한 그는 두 손을 맞잡고 벌떡 일어났다.

두 명의 병사는 당장 총검을 교차시켜 그를 막았다. 틀림없이 죄수가 악의를 품고 검찰관에게 달려드는 것으로 생각했던 것이다. 검찰관도 한 걸음 뒤로 물러섰다.

당테스는 자신이 두려운 인물로 소개되었다는 것을 깨달았다. 그래서 그는 할 수 있는 한 온 마음을 다해 눈빛에 온화함과 공손함을 담고, 듣는 사람이 깜짝 놀랄 정도의 정중한 언변으로 자신을 찾아온 사람의 마음을 움직여 보려고 했다.

검찰관은 당테스가 하는 말을 끝까지 들었다. 그런 다음 소장을 보며 작은 목소리로 말했다.

"이 사람은 틀림없이 신앙을 회복할 수 있을 거요. 감정도 상당히 안정되어 있어요. 보시오, 벌써 무서운 것도 알고 있지 않소. 총검을 내밀자 뒤로 물러섰으니 말이오. 만약 미쳤다면 무엇을 들이대어도 물러서지 않았을 거요. 그것에 대해서는 샤랑통*1에서 여러 가지 재미있는 사실들을 경험했지요." 이렇게 말하면서 그는 죄수를 돌아보며 물었다. "그런데 뭔가 바라는 것이 있는가?"

"저는 제가 도대체 무슨 죄를 저질렀는지 알고 싶습니다. 재판을 받고 싶습니다. 제 소송을 심판해 주십시오. 그리고 만약 유죄라면 총살해도 좋습니다. 그 대신 무죄라는 게 드러났을 때는 자유의 몸으로 풀어주시기 바랍니다."

"음식은 어떤가?"

"예, 좋다고 생각합니다, 잘 모르겠지만. 그건 중요한 문제가 아닙니다. 중요한 건, 불행한 죄수인 저뿐만 아니라, 재판과 관련이 있는 모든 관리님들, 동시에 우리를 다스리고 계시는 왕을 위해서라도 죄 없는 사람을 비열한 고발의 희생물로 만들어, 자기를 괴롭힌 자를 저주하면서 감옥에서 몸부림치며 죽어가게 해서는 안 된다는 것입니다."

"오늘은 제법 얌전하군요." 소장이 말했다. "늘 이렇지는 않습니다. 언젠가 간수를 죽이려 했을 때의 말투는 오늘과 상당히 달랐으니까요."

"그렇습니다." 당테스가 말했다. "이분에게는 진심으로 사죄를 드립니다. 저를 늘 친절하게 대해 주셨지요……하지만 도저히 어쩔 수가 없었습니다. 전 미치광이가 되어 있었습니다, 화가 나서 미친 듯이 날뛰었지요."

"지금은 괜찮은가?"

"괜찮습니다. 하지만 감옥살이가 저를 망가뜨리고 말았습니다. 이런 곳에 너무 오랫동안 갇혀 있었으니까요!"

"너무 오래되었다고? 그럼 자네는 언제 체포되었단 말인가?" 검찰관이 물었다.

---

*1 파리 근처, 유명한 정신병원이 있는 곳.

"1815년 2월 28일, 오후 2시입니다."

검찰관은 헤아려 보았다.

"오늘은 1816년 7월 30일인데, 무슨 소린가? 자네는 이곳에 들어온 지 겨우 17개월밖에 되지 않잖아?"

"17개월밖에 안 된다고요! 아, 당신은 감옥살이 17개월이 어떤 건지 모르시는군요. 17년과 같습니다, 아니, 17세기와 같습니다! 저처럼 코앞에 있는 행복에 손이 닿으려던 남자, 저처럼 사랑하는 여자와 막 결혼하려던 남자, 눈앞에 빛나는 인생이 펼쳐져 있었던 남자에게서 모든 것이 한순간에 사라지고 말았습니다. 눈부시게 밝았던 대낮에서 당장 깊은 어둠의 나락 속에 떠밀려 버려, 제 인생은 엉망이 되고, 저를 사랑했던 여인이 과연 지금도 저를 사랑하고 있는지 어떤지, 또 늙으신 아버지가 살아 계신지 어떤지, 그것조차 모르고 있습니다. 바닷바람에, 선원이 누렸던 자유로운 생활에, 공간에, 넓이에, 무한이라는 것에 익숙해져 있던 남자에게 17개월의 감옥살이란! 그 17개월의 감옥살이는, 인간의 언어로 표현할 수 있는 한, 가장 흉악한 범죄에도 너무 길다고 생각됩니다. 저에게 인정을 베풀어주십시오. 저는 저 자신을 위해 관용을 바라는 것이 아니라 올바른 것을 원하는 것입니다. 은혜가 아니라 재판을 원하는 것입니다. 저는 그저 재판관을 만날 수 있게 해주기를 바랄 뿐입니다. 피고에게 재판관을 거절하실 수는 없겠지요."

"좋네." 검찰관이 말했다. "생각해보지." 검찰관은 소장을 돌아보면서 말했다. "정말 안됐군. 지상으로 올라가면 이 사람의 수감자 명부를 보여주시오."

"알겠습니다. 하지만 이자에 대해서는 무서운 사실이 기록되어 있습니다."

"검찰관님," 당테스가 말을 이었다. "검찰관님 혼자만의 판단으로 저를 석방할 수 없다는 건 잘 알고 있습니다. 하지만 검찰관님은 제 청원을 상부에 전달해 주실 수는 있을 겁니다. 조사를 받게 해 주실 수 있을 겁니다. 그리고 저를 재판에 회부해 주실 수도 있을 겁니다. 제가 바라는 건 오직 재판뿐입니다. 저는 저 자신이 어떤 죄를 저질렀는지, 어떤 형에 처해져 있는지, 그것을 알고 싶습니다. 뭐가 뭔지 모르고 있는 것은 모든 고통 가운데 가장 괴로운 고통이니까요."

"등불을 비춰주시오." 검찰관이 말했다.

"검찰관님," 당테스가 소리쳤다. "목소리를 들으니 당신이 저를 동정해 주고 계시는 것을 알 수 있습니다. 검찰관님, 희망을 가지라고 말씀해 주십시오."

"그건 말할 수 없네." 검찰관이 대답했다. "다만 자네에 대한 기록을 조사하겠다는 것만은 약속하지."

"오! 그렇다면 저는 반드시 석방될 수 있습니다. 저는 살아날 수 있습니다."

"자네는 누구에게 체포되었나?" 검찰관이 물었다.

"빌포르 씨입니다. 그분을 만나 주십시오. 그리고 그분과 의논해 주십시오."

"빌포르 씨는 1년 전부터 마르세유에 없네. 지금은 툴루즈에 가 있어."

"그렇습니까! 그렇다면 제가 이렇게 계속 갇혀 있는 것도 이상할 것이 없군요." 당테스는 중얼거리듯이 말했다. "저를 비호해 주셨던 단 한 분이 멀리 가 버렸으니."

"빌포르 씨에게 혹시 자네를 미워할 만한 이유라도 있었나?"

"전혀 없습니다. 미워하기는커녕 그분은 정말 친절하게 대해 주셨습니다."

"그렇다면 그 사람이 자네에 대해 남긴 의견이나, 그 사람이 나에게 얘기해 주는 의견을 전적으로 신용해도 되겠군그래?"

"물론입니다."

"좋아. 그럼 기다려보게."

당테스는 바닥에 무릎을 꿇었다. 두 손을 높이 쳐들고 입으로는 기도를 외면서, 지금 자기가 있는 감방으로 내려와 준 사람을, 마치 지옥에 떨어진 영혼을 구해 줄 구세주라도 되는 듯이 신께 축복을 빌었다. 문은 다시 닫혔다. 그러나 검찰관이 가져다준 희망은 당테스의 감방 안에 그대로 남았다.

"바로 수감자 명부를 보시겠습니까, 아니면 사제의 감방에 가보시겠습니까?" 소장이 물었다.

"이왕 내려왔으니 감방을 다 둘러봅시다." 검찰관이 대답했다. "지상 위 밝은 곳으로 나간 뒤에는 이 괴로운 직무를 계속할 마음이 사라지고 말 테니까."

"이번 죄수는 아까 그 사내와는 전혀 달라서, 이 미치광이는 시끄럽게 따지는 옆방 죄수에 비해 별로 불쾌하지는 않으실 겁니다."

"도대체 어떻게 미쳤나요?"

"참 묘한 미치광이입니다. 아무튼 자기가 막대한 보물을 가지고 있다고 믿고 있는 모양입니다. 투옥된 첫해에는 만약 정부가 자기를 풀어주면 정부에 1백만 프랑을 바치겠다고 제안하더군요. 그러더니 2년째에는 2백만 프랑, 3년째에는 3백만 프랑, 그런 식으로 점점 금액을 올리는 겁니다. 올해로 5년째인데, 아마 검찰관님께도 은밀하게 할 얘기가 있다면서 5백만 프랑을 바치겠다고 제안할 겁니다."

"거참 재미있군. 그래, 그 백만장자의 이름은?"

"파리아 신부라고 합니다."

"27호!" 검찰관이 말했다.

"여기로군, 자 열어보게, 앙투안."

간수가 지시대로 문을 열었다. 호기심에 불타는 검찰관의 시선이 '미치광이 신부'의 감방 안으로 쏠렸다. 모두들 그 죄수를 그렇게 부르고 있었다.

방 한가운데, 벽에서 떨어진 회반죽 한 조각으로 바닥에 그린 둥근 원 속에 거의 알몸이라 해도 좋을 넝마를 입은 한 남자가 누워 있었다. 남자는 그 원

안에 매우 선명한 기하학적인 선을 몇 줄 그리고, 바로 마르켈루스의 병사에게 살해되었을 때의 아르키메데스처럼, 어떤 문제를 풀려고 무아지경 속에 있었다. 그래서 감방문이 열리는 소리를 듣고도 미동도 하지 않고, 다만 익숙지 않은 횃불의 불빛이 자기가 일하고 있는 축축한 흙 위를 비췄을 때, 비로소 잠에서 깨어난 듯한 기색이었다. 그는 뒤를 돌아보았다. 그리고 놀라서 눈을 크게 뜨고 자기 감방에 내려온 많은 사람들을 쳐다보았다.

그는 벌떡 일어나더니 남루한 침대 자락에 던져두었던 이불을 잡아당겼다. 그리고 이 낯선 사람들 앞에서 위신을 세우려는 것처럼 서둘러 그것을 몸에 감았다.

"뭔가 바라는 것이 있소?" 검찰관이 같은 말을 되풀이했다.

"나 말이오?" 신부는 놀란 기색으로 말했다. "아무것도 없소."

"모르는 모양이군." 검찰관이 말했다. "난 정부의 관리이고, 감옥에 와서 죄수의 희망사항을 듣는 일을 하고 있소."

"오, 그렇다면 얘기는 달라지지." 신부는 힘차게 소리를 질렀다. "한 가지 의논하고 싶은 것이 있는데."

"보십시오." 소장이 목소리를 낮춰 말했다. "아까 말씀드린 대로지요?"

"이보시오." 죄수는 말을 계속했다. "난 로마 출신의 파리아 신부라고 하는 사람이오. 20년 동안 로스필리오시 추기경의 비서로 일했는데, 1811년 초에 이유도 모른 채 체포되었소. 그때부터 난 이탈리아와 프랑스 당국에 자유를 계속 요구하고 있소."

"프랑스 당국이라고 하시면?" 소장이 물었다.

"난 피옴비노에서 체포되었거든. 밀라노, 피렌체와 마찬가지로, 피옴비노도 지금은 틀림없이 프랑스 어느 주의 주도(州都)가 되어 있을 테니 말이오."

검찰관과 소장은 웃으면서 얼굴을 마주보았다.

"유감이지만," 검찰관이 말했다. "당신의 이탈리아 지식은 그리 새로운 것은 아니군요."

"그건 내가 붙잡혔을 때의 지식이오." 파리아 신부가 말했다. "황제폐하[2]가 바로 그 무렵 태어난 황자를 위해 로마왕국을 건설하셨으니까, 아마 정복을

─────────────

*2 나폴레옹.

계속하여 이탈리아를 치시고, 통일된 왕국을 건설하려던 그 마키아벨리와 체사레 보르자*3의 꿈을 실현하셨을 거라고 짐작하오."

"그런데," 검찰관이 말했다. "하늘이 도와선지, 당신이 열심히 지지하는 그 터무니없는 대 계획은 다행히 실패로 끝나고 말았어요."

"이탈리아를 강력하고 행복한 독립 국가로 만들 생각이라면 그것이 유일한 방법인데." 신부가 말했다.

"그럴지도 모르지요." 검찰관이 대답했다. "그러나 난 이탈리아의 정책을 토론하려고 당신에게 온 것이 아니오. 아까도 잠깐 물었지만, 음식이나 잠자리에 대해 뭔가 요구사항이 없는지 그것을 물으러 왔소."

"음식은 어느 감옥이나 다 마찬가지지. 정말 끔찍하다오. 잠자리는 보시는 것처럼 습기가 차서 건강에 좋지 않소. 하지만 암굴이란 게 다 그렇지 뭐. 문제는 그런 것이 아니오. 정말 중대하고 흥미로운 일이 있는데, 그것을 정부에 알려주고 싶소."

"드디어 시작되었군요." 소장이 낮은 목소리로 속삭였다.

"그래서 실은 지금, 잘되면 뉴턴의 법칙마저 뒤집게 될 매우 중요한 계산을 하고 있는데, 당신이 들어온 것이오. 어쨌든 당신을 만날 수 있어서 매우 기쁘군." 신부는 말을 이었다. "잠깐 둘이서만 얘기했으면 하는데?"

"거 보십시오, 제가 뭐라고 했습니까?" 소장이 말했다.

"과연 잘 관찰하고 있었군." 검찰관은 미소를 지으면서 말했다. 그리고 다시 파리아 신부에게 말했다. "그런데 그건 원하는 대로 해줄 수 없는데요."

"정부에 막대한 금액, 이를테면 5백만 프랑의 거금이 들어온다 해도 말이오?"

"과연," 이번에는 검찰관이 소장 쪽을 돌아보면서 말했다. "금액까지 정확하게 맞췄군."

"이봐요," 사제는 검찰관이 나가려는 것을 보고 말했다. "꼭 우리 둘만 있어야 하는 건 아니오. 소장님이 있어도 괜찮은데."

"실은," 소장이 말했다. "안됐지만, 우린 당신이 말하려는 것을 이미 훤히 다 알고 있소. 또 그 보물 이야기 아니오?"

---

*3 마키아벨리 군주론의 모델로 알려진 15세기 정치가.

파리아는 자기를 조롱하는 그 남자를 바라보았다. 그러나 만약 공정한 관찰자라면, 그의 눈 속에서 틀림없이 이성과 진실의 빛이 빛나고 있는 것을 볼 수 있었을 것이다.

"물론 그것 말고 무슨 할 얘기가 있겠소?"

"검찰관님." 소장이 계속해서 말했다. "저는 신부가 하고 싶어 하는 말을 똑같이 말씀드릴 수 있습니다. 지난 4, 5년 동안 귀에 딱지가 앉도록 들었으니까요."

"그렇다면 소장님," 신부가 말했다. "당신도 그 성서 속에 적혀 있는 것처럼, 눈이 있어도 보지 못하고 귀가 있어도 듣지 못하는 사람이구려."

"이보시오, 프랑스 정부는 돈이 많아요." 검찰관이 말했다. "그래서 당신 돈은 받지 않아도 된단 말이오. 당신이 출옥할 때를 대비해 간직해 두지 그러시오?"

신부는 번쩍 눈을 크게 떴다. 그는 검찰관의 손을 잡았다.

"하지만 내가 이 감옥에서 나가지 못할 때는 어떻게 되는 거요? 정의를 짓밟고 언제까지나 이 감옥에 갇힌 채, 내 비밀을 누구에게도 전하지 못하고 죽어버리면, 내 보물은 그대로 잃어버려야 하는 것 아니오? 그렇게 되니 정부도 그것을 이용하고, 나도 그것을 이용하는 편이 좋지 않겠소? 6백만 프랑까지 내겠소. 그래, 6백만 프랑 내지. 만약 나를 자유의 몸으로 해준다면 난 그 나머지만으로 만족하리라."

"진심에서 하는 소린데," 검찰관은 목소리를 낮춰서 말했다. "처음부터 미치광이라는 말을 듣지 않았더라면 저자의 그럴싸한 말솜씨에 정말이라고 생각했을 거요."

"난 미치지 않았소. 난 진실을 말하고 있단 말이오." 파리아 신부는 죄수 특유의 매우 예민한 청각으로, 방금 한 검찰관의 말을 한마디도 놓치지 않았다. "방금 얘기한 보물은 실제로 존재하고 있소. 당신에게 약속하리다. 내가 말하는 곳까지 데려다 주시오. 보고 있는 앞에서 보물을 파낼 테니까. 만약 내가 한 말이 거짓말이고, 거기서 아무것도 나오지 않는다면, 또 모두가 말한 것처럼 내가 정말로 미쳤다면, 다시 한 번 이 감옥으로 끌고 와도 좋소. 그리고 영원토록 이곳에 있으면서, 당신들에게도 또 다른 누구에게도 영원토록 탄원 같은 건 한 마디도 하지 않고 죽겠소."

　소장은 웃음을 터뜨렸다. 그리고 물었다. "그런데 그 보물은 무척 먼 곳에 있
나요?"

　"이곳에서 약 1천 리 정도 떨어진 곳에 있소."

　"제법 그럴듯하게 궁리하셨군. 모든 죄수들이 간수를 1천 리 밖까지 산책시
키려 들고, 간수들도 그런 산책을 할 마음이 든다면, 그거야말로 틈을 보아 달
아날 수 있는 절호의 기회가 되겠지. 오래 걷다보면 그런 기회가 틀림없이 생
길 테니까."

　"흔히 하는 수작이지." 검찰관이 말했다. "저자는 그나마 창의성조차 없군."
검찰관은 신부를 돌아보고 물었다. "음식은 어떠냐고 물었소만?"

　"이보시오, 만약 내가 말한 것이 사실이라면 나를 풀어주겠다고 하느님께 맹
세만 해 주시오. 그러면 난 그 보물이 묻혀 있는 곳을 가르쳐 드리리다."

"음식은 어떻소?" 검찰관이 되풀이해서 물었다.

"그렇게만 하면 위험할 것은 아무것도 없지 않소. 내가 달아날 기회를 만들기 위해 그런다고도 생각하지 않을 것이고. 모두들 보물을 찾으러 간 동안 나는 감옥에 있을 테니까."

"묻는 말에나 대답하시오." 검찰관이 짜증을 내면서 말했다.

"당신도 내 부탁에 대답하지 않았잖소!" 신부가 소리쳤다. "그럼, 당신도 내 말을 믿지 않은 다른 어리석은 자들과 마찬가지로 저주를 받을 거요! 내 돈이 필요 없다면 역시 내가 보관하는 수밖에. 내게 자유를 주지 않겠다는 거지? 그건 하느님이 내려 주실 거요. 자, 나가주시오. 난 이제 아무것도 할 말이 없으니까."

신부는 이불을 걷어차고는 회반죽 조각을 다시 집어 들고, 또다시 원 속에 가서 앉아 선과 계산에 몰두했다.

"저 사람은 도대체 뭘 하고 있는 것이오?" 나가면서 검찰관이 물었다.

"보물을 계산하는 거겠지요." 소장이 대답했다. 이 조롱의 말을 듣고 파리아는 강렬한 모멸의 시선을 던졌다.

일동이 나가자 뒤에서 간수가 문을 닫았다.

"뭔가 보물을 가지고 있는 건 틀림없는 모양이군." 검찰관이 계단을 올라가면서 말했다.

"적어도 가지고 있다고 상상한 것 같기는 합니다만." 소장이 대답했다. "그러다가 다음날 눈을 뜨자마자 미치광이가 된 거겠지요."

"그렇겠군. 정말 부자라면 이렇게 감옥에 오지 않을 수도 있었을 텐데." 검찰관의 말은 뇌물이 거래되고 있음을 단적으로 자백한 것이라고 할 수 있었다.

파리아 신부에 대한 방문은 이렇게 끝났다. 신부는 그 뒤에도 암굴에 갇혀 있었다. 이 방문이 있은 뒤로 그가 재미있는 미치광이라는 평판은 더욱 높아졌다.

만약 고대의 칼리굴라나 네로 황제처럼 보물이라면 눈에 불을 밝히는 사람들, 불가능을 찾아 헤매는 사람들이라면, 아마 이 가련한 신부의 말에 이내 솔깃해져서, 그가 그토록 원하는 신선한 공기와 공간을 주고, 그토록 비싼 대가를 치르려 하는 자유를 주었을 것이 틀림없다. 그러나 오늘날의 왕들은, 안전하다고 생각되지 않으면 한 걸음도 밖으로 내딛으려 하지 않고, 대담한 의지

따위는 아예 가지고 있지도 않았다. 그들은 자기가 내리는 명령을 듣는 귀를 두려워하고 자기의 행동을 지켜보는 눈을 두려워하고 있었다. 그들은 더 이상, 신성이 부여한 자기들의 우월한 권리 따위는 느끼려고 하지 않았다. 그저 머리에 관을 쓰고 있는 사람일 뿐이다. 옛날의 그들은 스스로 제우스의 아들이라고 믿고, 적어도 그렇게 생각하면서, 하늘에 있는 아버지 같은 위용을 가지고 있었다. 구름 위의 일에 대해서는, 사람들은 그렇게 쉽사리 이런저런 비판을 하지 않는 법이다. 그런데 오늘날은 어떤가? 왕은 손쉽게 인간들의 손이 닿는 곳까지 끌려 내려오고 말았다. 그래서 전제정부는 감옥이나 고문의 결과를 공개하기를 꺼려하고 있다. 심문의 희생자 가운데 뼈가 부러지고 상처에서는 피를 철철 흘리면서라도 옥에서 풀려나는 예는 거의 없었다. 미치광이도 마찬가지여서, 정신적인 고문의 결과 감옥의 진구렁 속에서 발생하는 그러한 궤양도 대부분 그것이 발생한 장소에 그대로 묻혀버린다. 설령 밖으로 나간다 해도 어느 어두컴컴한 병원에 갇히고, 그곳의 의사들은 넌더리내는 간수의 손에서 넘어온 넝마 같은 인간에게서 그 사람의 진정한 모습도 정신도 식별하지 못하는 것이다.

파리아 신부는 옥중에서 미쳤고, 그 미쳤다는 것 때문에 종신금고형을 선고 받은 셈이었다.

한편, 당테스에 대해서는 검찰관은 약속을 지켰다. 소장실로 돌아간 그는 수감자 명부를 꺼내오도록 했다. 문제의 죄수에 대해서는 다음과 같이 적혀 있었다.

〈에드몽 당테스 : 과격한 보나파르트 당원, 황제가 엘바 섬을 탈출하는 데 적극 협조한 자임. 엄중한 감시 아래 극비리에 감금할 것〉

이 기록은 다른 부분과는 다른 잉크 다른 필적으로 적혀 있었다. 그것으로 보아 당테스가 수감된 뒤에 추가된 것이 분명했다.

죄상이 지극히 명백한 이상, 그것을 뒤집을 수 있는 방도가 없다고 생각한 검찰관은 괄호 밑에 〈재고의 여지 없음〉이라고 써넣었다.

그러나 검찰관의 방문은 당테스에게 힘을 주었다. 암굴에 들어간 이래 날짜를 헤아리는 일을 잊고 있었는데, 검찰관이 새로이 날짜를 알려준 것이다. 당

테스는 그 날짜를 기억해 두었다. 그는 자기 뒤의 벽에, 천장에서 떨어진 회반죽 조각으로 1816년 7월 30일이라고 썼다. 그날 이후 그는 매일 홈을 하나씩 파서 시간 계산을 잊지 않도록 애썼다.

며칠이 지났다. 그 다음 1주일이 지나고, 다시 한 달이 지났다. 당테스는 줄곧 기다리고 있었다. 그는 자유롭게 풀려날 때까지 일단 2주일이라는 시간을 예상했다. 검찰관이 그때의 반만큼이라도 관심을 가지고 자기를 생각해 준다면 2주일이면 충분할 거라고 생각했다. 하지만 2주일이 지나자, 그는 검찰관이 파리로 돌아가기 전에 자기 일을 처리해줄 거라고 생각한 것이 잘못이었다고 다시 생각했다. 그는 사찰이 완전히 끝나기 전에는 파리로 돌아가지 않을 것이다. 그 사찰은 한 달이나 두 달이 걸릴 것이다. 그래서 이번에는 2주일 대신 석 달이라는 기한을 마음속으로 정했다. 그런데 그 석 달이 지나자, 다시 새로운 다른 이유를 생각해냈다. 그리고 이번에는 6개월로 정했다. 그러나 하루하루를 헤아려 그 6개월마저 지나버리자, 모두 10개월 반이나 기다린 것을 깨달았다. 그 10개월 동안 감옥의 규정은 아무것도 변한 것이 없었다. 마음의 위로가 되는 소식도 아무것도 없었다. 물어봐도 간수는 늘 그렇듯이 입을 다물고 말하지 않았다. 당테스는 자기의 감각을 의심하기 시작했다. 자기가 지금까지 기억이라고 생각했던 것도, 실은 머릿속의 환각에 지나지 않은 것이 아닌가, 암굴에 나타나 위로해 주었던 그 천사도 실은 단지 꿈이라는 날개를 타고 내려온 것에 지나지 않은 것이 아닌가 하는 생각이 들기 시작한 것이다.

그로부터 1년 뒤 소장이 바뀌었다. 암므 요새의 소장으로 전임한 것이다. 그는 많은 부하들, 특히 당테스를 담당하던 간수도 데리고 가버렸다. 새로운 소장이 왔다. 죄수의 이름을 일일이 기억하는 것이 귀찮았는지, 그는 죄수들에게 번호를 붙였다. 가구가 딸려 있는 이 무시무시한 호텔 안에는 약 50개의 방이 있었다. 그곳에 사는 자들은 모두 자기 방의 번호로 불리게 되었다. 우리의 불행한 청년은 에드몽이라는 이름이나 당테스라는 성 대신 그냥 34호로 불리게 되었다.

34호와 27호

당테스는 암굴 안에서 잊힌 죄수가 겪는 모든 불행의 단계를 경험했다.

처음에 그는 오만한 태도를 취했다. 그것은 희망의 연속이었고, 무죄를 믿는 마음이었다. 이윽고 그는 그 무죄라는 사실에 의심을 품기 시작했다. 그것은 정신착란이라는 소장의 생각과 상당히 일치하는 것이었다. 마침내 그는 오만의 절정에서 추락했다. 그는 기도했다. 그러나 그것은 아직 신에 대한 기도는 아니었다. 인간에 대해서였다. 신이야말로 가장 마지막에 의지하는 존재이니까. 그러나 불행한 사람은, 가장 먼저 하느님에게 의지해야 함에도, 언제나 어김없이 다른 모든 희망이 완전히 사라진 뒤에나 하느님한테서 희망을 찾는 법이다.

당테스는 제발 이 암굴을 나가서, 설령 더 어둡고 더 깊은 곳이라도 어딘가 다른 감옥으로 가게 해달라고 청원했다. 변화, 그것은 아무리 불이익을 당하더라도 변화임에는 틀림없다. 그리고 하다못해 며칠 동안만이라도 기분을 달래 줄 것이 분명했다. 그는 산책, 신선한 공기, 책, 도구 등을 허락해 달라고 요구했다. 그러나 그 어느 것도 허락되지 않았다. 그는 뜻을 굽히지 않고 계속 요구했다. 새로 온 간수에게도 말을 걸기 시작했다. 그런데 그는 전의 간수에 비해 더욱 입이 무거운 사람이었다. 하지만 당테스에게는 설령 상대가 벙어리라 해도 말을 거는 것 자체가 또 하나의 즐거움이었다. 당테스는, 그러니까 자기 자신의 목소리를 듣기 위해 말을 하고 있었던 셈이다. 그는 혼자 있을 때 말을 해보려고 했다. 그러나 그것은 오히려 무서움만 더해줄 뿐이었다.

당테스는 전에 자유로운 몸이었을 때, 죄수의 감방을 생각하고 몸서리를 친 적이 가끔 있었다. 거기서는 부랑자와 강도, 살인자들이 천박한 즐거움을 위해 이유도 없이 소동을 부리거나 무시무시한 교제를 하고 있다고 생각했다. 그러나 지금의 그는 차라리 그런 방에 내던져지는 편이 나을 것 같았다. 그러면 도무지 입을 열 생각도 하지 않는 무감각한 간수가 아닌 사람의 얼굴을 볼 수 있다. 그는 수치스러운 옷을 입고, 발에는 쇠사슬을 차고, 어깨에는 낙인이 찍힌 유형수(流刑囚)들이 부러웠다. 적어도 그들은 동료와 함께 있을 수 있다. 그리고 대기를 호흡하고 하늘을 볼 수 있었다. 유형수는 참으로 행복하다고 할 수 있었다.

어느 날, 그는 간수에게 누구든 동료가 한 사람 있으면 좋겠다, 설령 소문에 듣던 그 미치광이 신부라도 상관없다고 부탁했다. 간수라는 무정한 가면을 쓰고는 있지만, 그 속에도 어느 정도 인정은 숨어 있게 마련이다. 이 간수도 얼굴에 드러내지는 않았지만, 마음속으로는 괴로운 죄수 신세가 된 당테스를 늘 안됐다고 동정하고 있었다. 그래서 그는 34호의 요구를 소장에게 전해주었다. 그러나 소장은 자기가 무슨 정치가라도 되는 것처럼, 분명히 당테스가 죄수들을 포섭해서 뭔가 음모를 기도하고, 동료의 도움을 빌려 탈옥을 기도하려는 것이 틀림없다고 생각하고 그 요구를 거절해 버렸다.

이제 당테스는 인간으로서 바랄 수 있는 모든 희망을 완전히 잃어버리고 있었다. 그리하여 그는 앞에서도 말했듯이, 신을 향해 얼굴을 돌리게 된 것이다.

이 세상에 널려 있는 온갖 경건한 생각, 운명에 시달리는 불행한 사람들이 주워 모으는 그런 생각들이 지금 그의 마음속에 새로운 힘을 불어넣었다. 그는 옛날에 어머니가 가르쳐준 기도를 기억해 내어, 거기에서 지금까지 깨닫지 못했던 의미를 찾아냈다. 행복한 사람에게 기도는 그저 단조롭고 의미 없는 말의 집합에 지나지 않지만, 때가 오면 고통은 불운한 자들을 찾아와 신과 얘기할 수 있게 도와주는 이 숭고한 언어를 이해시켜주기 때문이다.

그는 기도했다. 열심히, 아니, 미친 듯이 기도했다. 소리 높이 기도할 때는 더이상 자신의 말이 두렵지 않았다. 그리고 일종의 황홀경에 빠져드는 것이었다. 그는 그 한 마디 한 마디에서 빛나는 신의 모습을 발견했다. 그는 지금까지 비천하고 보잘것없었던 삶의 모든 행위도 모두 전능하신 신의 의지에 의한 것으로 생각하고, 그것을 자신의 교훈으로 삼아 이제부터 해야 할 노력을 생각했다. 그리고 기도할 때마다, 그 끝에는 신을 향한 것이 아니라 오히려 인간을 향한 자신의 소원을 끼워 넣었다.

'우리가 남을 용서하는 것처럼 우리의 죄도 용서해 주십시오.'

그렇게 열렬한 기도에도 당테스는 여전히 수인(囚人)의 몸이었다.

이제 그의 마음은 어두워져 갔다. 눈앞에는 검은 구름이 깊게 드리워졌다.

당테스는 단순하고 교육을 받지 못한 사람이었다. 그에게 과거는 학문만이 거
둬줄 수 있는 어두운 장막으로 덮여 있었다. 감옥의 고독과 사상의 황무지 속
에서 지나간 시대를 되살리고, 멸망한 민족을 소생시키며, 고대의 도시를 다
시 재건하는 것은 그에게 상상도 할 수 없는 일이었다. 단지 상상력이 자라나
고 미화되어, 마치 드 마르틴이 그린 바빌론 왕국처럼, 하늘이 내려주는 빛을
통해 장대하고 빛나는 장면이 눈앞에 떠오를 뿐이었다. 그런데 그에게 과거는
너무나 짧고, 현재는 너무나 어두우며, 미래 또한 너무나 암담했다. 밝은 빛 속
에서 보낸 19년의 생활을 이제부터는 영원한 어둠 속에서 생각하지 않으면 안
된다! 거기서는 무엇 하나 위안이 되는 즐거움이라고는 찾을 수가 없었다. 힘
이 넘치는 그의 마음, 다가올 미래의 비약을 무엇보다 기다리고 있던 그의 마
음은 이제 새장 속의 독수리처럼 갇힌 것이 되고 말았다. 그는 오직 하나의 생
각에만 매달려 있었다. 그것은 뚜렷한 이유도 없이 말도 안 되는 운명에 의해
짓밟힌 행복에 대한 생각이었다. 그는 그 생각에 달려들어 그것을 온갖 방향
으로 뒤집고 또 뒤집으면서, 마치 단테의 지옥 속에서 잔인하고 가혹한 우골
리노가 로제 대주교의 머리를 물어뜯은 것처럼 곰곰이 곱씹어 보았다. 당테스
의 지금까지의 신앙은 힘을 기초로 한 그저 스쳐지나가는 것에 불과했다. 그
리고 사람들이 성공하면 그것을 잃어버리는 것과 마찬가지로, 그 또한 그것을
잃어버리고 있었다. 다만 그에게 있어서 다른 점은 그것을 이용하지 않았다는
것뿐이었다.

　고통 뒤에는 분노가 찾아왔다. 에드몽은 너무나 두려워서 간수마저 뒷걸음
치게 하는 저주의 말을 토해내고, 자기 몸을 암굴 벽에 마구 부딪치기도 했다.
모래 한 알, 지푸라기 하나, 약간의 바람, 그런 아무것도 아닌 것을 불쾌하게
생각한 그는 자기 주변에 있는 모든 것에 대해, 특히 자기 몸에 대해 분풀이를
했다. 그때였다, 그의 뇌리에 자기가 본 고발장, 빌포르가 그에게 보여주고 그
가 손으로 만졌던 그 고발장이 떠올랐다. 그 한 줄 한 줄은 마치 바빌로니아
벨사살 왕의 일화에 나오는 "세어놓고, 달아놓고, 나누다"*1처럼 벽 위에서 불
타올랐다. 그는 자기가 이러한 심연 속에 가라앉게 된 것은 신의 복수에 의한
것이 아니라 인간들의 증오에 의한 것이라고 생각했다. 그는 누군지도 모르는

───────────

*1 다니엘서 5장.

그 인간들에게 불타오르는 머릿속에서 생각할 수 있는 최대한의 형벌을 가하고 싶었다. 그에게는 아무리 무서운 고통도 그런 놈들에게는 너무나 가볍고 너무 짧은 것처럼 생각되었다. 왜냐하면 고통 뒤에는 죽음이 올 것이고, 죽음은 설령 안식은 얻을 수 없을지 몰라도 적어도 안식과 비슷한 무감각한 상태이기 때문이다.

적에게 죽음을 준다는 것, 그것은 평안을 주는 것을 의미한다. 그러므로 잔혹하게 벌을 주려 한다면, 죽음이 아닌 다른 수단을 선택해야 한다. 이렇게 마음속으로 생각하는 동안, 그는 그 음울한, 흔들리지 않는 자살의 상념 속에 빠져들었다. 불행의 언덕을 올라가면서 그러한 어두운 생각에 발목이 잡히는 것이야말로 진정한 불행이라 하지 않을 수 없다! 그것이 바로 죽음의 바다다. 푸르고 맑디맑은 물색을 보여주고는 있지만, 거기서 헤엄치는 자는 점점 발이 진구렁 속에 빠지는 것처럼 느끼고, 점점 그쪽으로 끌려가다가 마침내 그 속에 매몰되고 만다. 한번 그렇게 매몰되면 신의 구원의 손길이 내려오지 않는 한 모든 것이 끝나고 만다. 그리고 애를 쓰면 쓸수록 더욱더 깊은 죽음 속에 빠져드는 것이다.

그러나 그러한 마음의 고통은 그 전에 오는 고통이나, 어쩌면 그 뒤에 올 형벌에 비해 그다지 무서운 것은 아니다. 그것은 현기증을 불러일으키는 일종의 위안이며, 눈앞에 입을 쩍 벌리고 있는 심연을 보여주고는 있지만 그 심연의 바닥에는 허무가 있다. 생각이 여기까지 미치자 에드몽은 거기서 어떤 위안 같은 것을 느꼈다. 모든 고통, 모든 고뇌, 그 뒤에 오는 모든 환상의 행렬은, 지금 죽음의 천사가 가만히 숨어들어온 이 감방 구석에서 완전히 사라져 버린 것 같았다. 당테스는 마음을 가라앉히고 지금까지의 생활을 돌이켜 보았다. 그리고 이제부터의 생활을 공포의 눈으로 생각하고, 자신에게 있어서 하나의 안식처로 생각되는 그 중간의 한 점을 선택하기로 했다.

그는 생각했다. '먼 항해길에 올랐을 때, 내가 아직 한 사람의 인간으로서, 자유롭고 힘이 있는 인간으로서, 다른 사람들에게 명령을 내리고 그것이 실행되었던 그 무렵에, 하늘에 금방 구름이 몰려오고, 바다는 으르렁거리며 전율하며, 마치 커다란 독수리가 양쪽 날개를 들어 광활한 수평선을 때리는 것처럼 순식간에 하늘 끝에서 폭풍우가 이는 것을 본 적이 있었지. 그때 나는 내 배가 얼마나 약하고 의지할 수 없는 것인지를 생각했다. 배는 마치 거인의 손 안에 있는 깃털처럼 가볍게 바르르 떨고 있었기 때문이다. 이윽고 성난 파도 소리와 함께 날을 벼린 듯한 바위의 모습이 나에게 죽음을 연상시켰다. 나는 죽음을 생각하고 몸을 떨었다. 온 힘을 다해 죽음을 피하려고 했다. 그리고 신과 싸우기 위해 인간이 가진 모든 힘과 선원이 가진 모든 머리를 짜냈다……. 그것은 그때 내가 행복했기 때문이다. 목숨을 되찾는 것은 바로 행복을 되찾는 것이었기 때문이다. 즉 그 죽음은 내가 원한 것이 아니었고, 또 내가 선택한 것도 아니었기 때문이다. 해초와 자갈 바닥 위에 눕는 것이 고통스럽게 생각되었기 때문이다. 신의 모습을 본떠서 창조되었다고 믿고 있었던 나는, 내가 죽은 뒤에 갈매기와 독수리의 먹이가 되는 것이 분해서 견딜 수가 없었기 때문이다. 그러나 지금은 완전히 문제가 다르다. 나로 하여금 목숨이 아깝다고 생각하게 하는 것은 모조리 사라졌다. 죽음은 아기를 재우는 유모처럼 미소를 보내고 있다. 그리고 지금 나는 스스로 죽을 생각을 하고 있다. 절망과 분노 속에 저무는 저녁, 방 안을 삼천 번, 다시 말해 삼만 걸음, 즉 약 100리 길을 걸은 뒤에 잠드는 것처럼 축 늘어져서 쓰러지듯이 잠들어 버리려고 생각하고 있다.'

그런 생각이 마음에 싹튼 뒤부터 그는 지금까지보다 더욱 얌전해지고 더욱 기분이 좋아보였다. 그는 딱딱한 침대와 검은 빵에 대해서도 더 이상 불평하지 않았다. 먹는 양을 줄이고 잠을 자지 않았다. 닳아빠진 헌옷이라도 버리는 것처럼 아무 때고 마음만 먹으면 생명을 내던져버릴 수 있다고 생각하자, 이렇게 연명하는 생활도 아주 견딜 수 없는 것은 아니라고 생각되었다.

죽는 데는 두 가지 방법이 있었다. 하나는 손수건을 창살에 매어 거기에 목을 매는 가장 간단한 방법. 다른 하나는 먹는 척하면서 단식하여 죽는 방법이었다. 첫 번째 방법은 마음에 들지 않았다. 그는 지금까지 해적을 무섭게 생각하며 자랐다. 그런데 그 해적들은 모두 배의 활대에 매달아 처형한다. 그래서 목을 매는 건 명예롭지 못한 형벌로 생각되어, 그것을 스스로 결행한다는 건 생각도 할 수 없었다. 그리하여 두 번째 방법을 선택하기로 했다. 그리고 그날부터 실천에 옮겼다.

하지만 이러저러하는 사이에 벌써 4년의 세월이 지나 있었다. 그 2년째 마지막 날부터 당테스는 날짜를 헤아리는 것을 그만두었다. 그리하여 예전에 한 검찰관 덕분에 그곳에서 되살아났던 시간은 다시 망각 속으로 사라져버리고 말았다.

당테스는 말했다. "나는 죽고 싶다." 그리고 죽는 방법을 선택했다. 그는 그 죽는 방법을 골똘히 생각했다. 힘들게 한 이 결심을 결코 번복하지 않으리라고 굳게 마음에 맹세했다. 그는 아침저녁으로 간수가 식사를 가져올 때마다, 그것을 창밖으로 내던지고 다 먹은 척하겠다고 마음먹었다.

그는 결심한 대로 결행했다. 하루에 두 번씩, 하늘밖에 보이지 않는 작은 철창을 통해 음식을 버렸다. 처음에는 유쾌한 기분으로 그것을 해치웠다. 그러나 곧 잠시 생각한 뒤에 버리게 되고, 나중에는 무척이나 아까운 마음으로 버리게 되었다. 그 무서운 계획을 계속하기 위해서는 언제나 맹세를 떠올리지 않으면 안 되었다. 이윽고 전에는 그토록 보기 싫었던 음식이, 이제는 날카로운 이빨을 드러낸 굶주림 때문에 정말 먹음직스러운 것처럼 보였고 참으로 견딜 수 없는 냄새로 느껴졌다. 어떤 때는 그는 한 시간 동안 음식 접시를 손에 든 채, 썩은 살점 또는 고약한 냄새가 나는 생선 토막, 축축한 검은 빵을 뚫어지게 바라보았다. 그것은 바로 삶에 대한 마지막 본능이 마음속에서 싸우고 있었기 때문이었다. 그것은 이따금 그의 결심을 무너뜨릴 것 같았다. 자신의 처지도 전과 같이 절망적인 것으로 생각되지 않기 시작했다. 그는 아직 젊었다. 아마 스물대여섯 살쯤 되었을 것이다. 어쩌면 아직 50년은 더 살 수 있을지 모른다. 다시 말하면 지금까지 살아온 세월의 두 배인 것이다. 그 긴 세월 동안 갑자기 어떤 사건이 일어나, 이 문이 열리고 이프 성채의 벽이 무너져서 자유의 몸이 되지 말란 법도 없지 않은가! 그는 음식을 입으로 가까이 가져갔다. 그러나 그는 스스로 탄탈로스*2가 되어 그것을 멀리했다. 맹세의 기억이 마음에 되살아 났기 때문이다. 그리고 맹세를 어기면서까지 자신을 비천하게 만드는 것이 두려웠기 때문이다. 그리하여 그는 용감하고 비정하게, 자기 안에 아주 약간 남아 있는 생명을 깎아먹고 있었다. 그러다가 어느 날이 되자 이젠 간수가 들여보내준 저녁식사를 철창으로 버리려고 해도 일어설 힘조차 없게 되었다.

이튿날이 되자 눈이 보이지 않았다. 겨우 귀가 들릴 뿐이었다. 간수는 그가 중병에 걸린 거라고 생각했다. 에드몽 자신도 이제 곧 죽을 수 있겠거니 하고 생각했다.

그날은 그렇게 지나갔다. 에드몽은 뭔가 정체를 알 수 없는 마비 같은 상태 속에서도 어쩐지 마음이 편안해지는 것을 느꼈다. 지금은 신경질적인 위경련도 완전히 가라앉았고 끔찍한 갈증도 멎어 있었다. 눈을 감으면 밤에 늪지 위를 날아다니는 도깨비불처럼 번쩍이는 무수한 등불이 보였다. 그것은 죽음이라 불리는 미지의 나라에서 새어나오는 황혼의 희미한 빛, 바로 그것이었다. 그날 밤 9시쯤, 그는 자기가 기대고 있는 벽에서 갑자기 둔한 소리가 울리는 것을 느꼈다.

감옥 속에서는 온갖 기분 나쁜 동물들이 와서 내는 소리가 들려오곤 했다. 에드몽도 이제 그런 사소한 소리 때문에 잠을 설치는 일도 없었다. 그런데 이번만은, 어쩌면 단식에 의해 감각이 예민해졌기 때문인지, 아니면 소리가 평소보다 컸기 때문인지, 그것도 아니면 이렇게 마지막 순간이 되자, 주위의 모든

---

*2 영원한 굶주림의 형벌을 받은 신화 속 왕.

것이 중요하게 생각되었기 때문인지, 에드몽은 그 소리를 알아들으려고 머리를 들지 않을 수 없었다.

그것은 규칙적으로 뭔가를 긁는 소리로, 커다란 손톱이나 강한 이 같은, 뭔가 도구 같은 것이 돌에 부딪치는 듯한 소리였다.

그 기능이 상당히 약해졌음에도, 죄수의 뇌리에서 늘 떠나지 않는 생각, 즉 자유라는 생각이 젊은이의 뇌리를 번뜩 스치고 지나갔다. 그의 귀에서 모든 소리가 사라지려는 바로 그 순간에 그런 소리가 들려온 것은, 신이 이제야 그의 고통을 가련하게 여기고, 비틀거리는 그의 다리를 무덤 앞에서 멈추게 하기 위해 그 소리를 보내 주었기 때문이라고 여겨졌다. 친구 중에 한 사람, 그가 죽도록 골똘히 생각하고 또 생각한 사람 중에 하나가 지금 그를 위해 서로의 사이에 놓여 있는 거리를 줄이기 위해 노력하고 있는 것이 아니라고 누가 말할 수 있겠는가?

아니, 그럴 리가 없다. 에드몽이 분명히 착각하고 있는 것이다. 이것은 죽음의 문턱에서 떠도는 하나의 꿈에 지나지 않는다. 그러면서도 에드몽은 여전히 그 소리에 귀를 기울였다. 그것은 약 세 시간 정도 계속되었다. 그 뒤에 뭔가가 무너지는 듯한 소리가 들려왔다. 그리고 소리가 딱 멎었다.

몇 시간이 지났을 때, 소리는 전보다 강하고 더욱 가까운 곳에서 들려왔다. 에드몽은 이제는 완전히 귀에 익숙해진 그 소리에 흥미를 느꼈다. 그때 갑자기 간수가 들어왔다.

죽을 결심을 한 지 약 1주일 동안, 그리고 그것을 실행에 옮긴 뒤의 나흘 동안, 그는 간수에게 한마디도 말을 걸지 않았다. 어디가 아프냐고 물어도 대답하지 않고, 상대가 유심히 바라보면 벽 쪽으로 휙 돌아누웠다. 그런데 오늘은 그 낮은 소리가 간수의 귀에 들어갈지도 몰랐다. 그리고 수상하게 여기고 그 소리를 멈추게 함으로써, 그 뭔지 모를 희망, 생각만 해도 당테스의 마지막 순간이 즐거워지는 그 소리를 빼앗아갈지도 몰랐다.

간수가 아침을 가져온 것이었다.

침대에서 일어난 당테스는 큰 소리를 지르면서, 가져온 식사가 형편없다느니, 감방 안이 추워서 견딜 수 없다느니 하면서 온갖 트집을 잡아, 마치 그렇게 떠들어야 할 이유가 있는 것처럼 보이기 위해 투덜대기도 하고 호통을 치기도 했다. 그리하여 그날 아픈 죄수를 위해 일부러 고기 수프와 새로 구운 빵을 부탁하여 갖다 준 간수의 기분을 상하게 하고 말았다.

다행히 간수는 당테스가 헛소리를 하고 있는 것으로 생각했다. 그는 평소처럼 뒤뚱거리는 허름한 탁자 위에 음식을 놓고 돌아갔다.

혼자가 된 에드몽은 설레는 마음으로 다시 귀를 기울이기 시작했다. 이제는 소리가 똑똑하게 들려와서 이 젊은이가 애를 쓰지 않아도 쉽게 알아들을 수 있었다. 그는 이제 의심할 여지가 없다고 생각했다. '이 소리가 낮에도 계속 들려오는 것으로 보아, 이것은 분명히 나처럼 불행한 처지에 있는 죄수가 탈출하기 위해 뭔가 하고 있는 것이 틀림없다. 오! 가까이 있다면 나도 기꺼이 도와줄 텐데!'

그런 동시에, 늘 불행에 익숙해져 있어서 인간 세상의 기쁨에 쉽게 다가설 수 없는 그의 머릿속에는, 그러한 희망의 여명 위에 한 줄기 어두운 그림자가 움직이고 있었다. 어쩌면 그것은 소장의 명령으로 옆 감방을 수리하고 있는 일꾼이 내는 소리일지도 모른다는 생각이 머리를 스치고 지나갔다.

그것을 확인해보는 건 어렵지 않았다. 그러나 일부러 물어보거나 하는 위험을 왜 무릅쓰겠는가? 물론, 간수가 오기를 기다렸다가 이 소리를 듣게 하고 어떤 표정을 하는지 보는 것이 쉬운 일이었다. 그러나 그런 만족을 구한다는 건, 결국 조그만 만족을 위해 귀중한 이익을 잃는 일이 아닐까? 텅 빈 거울 같은 에드몽의 머릿속에는 불행하게도 단 한 가지 생각만이 메아리치고 있었고, 그 때문에 귀머거리처럼 되어 있었다. 쇠약해질 대로 쇠약해진 그의 머릿속은 연기처럼 몽롱하여 하나의 생각에 주의를 집중할 수가 없었다. 지금은 확실하게 생각하고 분명하게 판단하기 위해서는 단 한 가지 방법밖에 없었다. 에드몽은 간수가 테이블 위에 두고 간, 아직 김이 오르고 있는 수프 쪽으로 시선을 돌렸다. 그리고 침대에서 일어나 그쪽으로 비틀비틀 걸어가서 그릇을 입으로 가져 갔다. 그리고 무척 맛있게 수프를 쭉 들이켰다.

그러나 그는 그것만으로 그만두었다. 그는 배를 주리고 있다가 구원받은 난파선의 조난자들이 갑자기 허겁지겁 먹다가 그대로 목숨을 잃은 이야기를 들은 적이 있었다. 에드몽은 거의 입에 가져갔던 빵을 테이블 위에 내려놓고, 다시 침대로 돌아갔다. 그에게는 이제 죽을 마음이 사라지고 없었다.

이윽고 머릿속에 뭔가 밝은 빛이 비쳐든 것 같은 기분이 들었다. 모든 생각이 막연하고 거의 몽롱한 상태더니 이내 신비한 체스 판처럼 원래 자리로 돌아와 자리를 잡았다. 어쩌면 거기에 있는 하나 이상의 칸이 인간을 동물보다 탁월한 이성을 발휘하도록 만들지도 모른다. 그는 그 이성을 통해 생각하면서 생각을 확고하게 다질 수 있었다.

그는 이렇게 생각했다. '시험해 보자. 그러나 누구에게도 피해가 가서는 안 된다. 만약 상대가 그냥 일꾼이라면 난 벽을 두드려 보기만 하면 될 것이다. 그러면 저쪽도 일손을 멈추고 도대체 누가 두드렸는지, 무슨 목적으로 두드렸는지 생각할 것이 틀림없다. 그런데 그런 일꾼이 하는 일이란 위에서 명령한 공공연한 것이니 아마 다시 일을 계속할 것이다. 그런데 죄수였을 경우에는, 내 소리를 듣고 겁을 먹어 일손을 멈춘 뒤, 모두가 잠든 밤을 노려서 다시 일을 시작할 것이다.'

에드몽은 다시 일어났다. 이번에는 다리도 후들거리지 않고 어지럽지도 않았다. 그는 감방 한구석으로 걸어가서 습기에 썩어가는 돌을 하나 주워들었다. 그리고 돌아와서, 벽에서 소리가 가장 잘 울릴 것 같은 곳을 두드려 보기로 했다.

그는 벽을 세 번 두드렸다. 한번 두드렸을 때 이미 소리는 마법처럼 멎어버렸다.

에드몽은 모든 신경을 귀로 보냈다. 한 시간이 지났다. 벽 저쪽은 쥐 죽은 듯이 조용했다.

희망에 차서 빵을 몇 조각 뜯어먹고 물도 몇 잔 마신 에드몽은, 타고난 강한 체력 덕분에 지금은 거의 전처럼 몸이 회복되어 있었다.

그날은 그대로 지나갔다. 여전히 침묵이 계속되었다.

밤이 와도 그 울림은 두 번 다시 들려오지 않았다. '죄수였어.' 에드몽은 말할 수 없이 기뻤다.

그때부터 그의 머리는 불타올랐다. 그리고 생명력은 그것을 열정적으로 쓴 덕분에 맹렬한 기세로 되살아났다.

밤은 아무 소리도 없이 그대로 지나갔다.

에드몽은 밤새도록 잠을 자지 못했다.

이튿날이 되었다. 간수가 식사를 가지고 들어왔다. 전날의 음식을 다 먹은 에드몽은 그날 들어온 것도 다 먹어버렸다. 그리고 두 번 다시 들려오지 않는 소리에 귀를 기울이면서, 이제 이대로 멎어버리는 것이 아닐까 걱정하며 암굴 안을 100리, 120리나 걸어 다니는 몇 시간 동안, 환기창의 창살을 흔들어보고, 오랫동안 잊고 있었던 운동을 하여 팔다리에 탄력과 힘을 되찾아주면서, 마치 경기장에 들어가기 전의 격투자가 팔을 뻗고 몸을 기름으로 문지르듯이, 자기의 운명과 격투하기 위한 준비를 게을리하지 않았다. 그는 그러한 열정적인 활동 사이사이에, 혹시 다시 소리가 들려오지 않을까하고 귀를 기울였다. 그는 그 상대방의 조심성이 너무도 안타까웠다. 그 사람은 자기가 자유를 얻기 위해 하고 있던 그 일을 방해한 사람도 그 못지않게 자유를 갈망하는 한 명의 죄수라는 사실을 눈치채지 못하고 있는 것이다.

사흘 낮 사흘 밤 동안, 일 분 일 분을 헤아리는 죽을 만큼 괴로운 72시간이 흘러갔다.

이윽고 저녁이 되어 간수가 그날의 마지막 방문을 마치고 돌아간 뒤, 당테스도 마지막이라고 생각하며 다시 벽에 귀를 갖다 댔다. 그러자 조용한 돌에 대고 있는 머리 속으로 거의 알아들을 수 없을 만큼 희미한 울림이 대답하는 것 같은 느낌이 들었다.

당테스는 어지러운 머릿속을 정돈하려고 벽에서 물러나, 방 안을 몇 번이나 걸어 다닌 뒤 다시 그 자리에 머리를 갖다 댔다. 의심할 여지가 전혀 없었다. 저쪽에서 분명히 뭔가 하고 있는 것이다. 상대 죄수는 지금까지의 방법에 위험을 느껴, 이번에는 다른 방법으로 더욱 안전하게 일을 계속하려고 끌 대신 지렛대를 사용하고 있는 것 같았다.

이 발견으로 기운을 얻은 에드몽은 그 지칠 줄 모르는 일꾼에게 힘을 보태주기로 결심했다. 그는 그 일꾼이 아무래도 침대 뒤쪽 어딘가에서 일하고 있는 것 같아 우선 자기의 침대를 움직여보았다. 그리고 주위를 둘러보면서 뭔가, 벽을 부수고, 습기 찬 시멘트를 걷어내고, 돌을 하나 떼어내는 데 도움이 될 만한 것을 찾기 시작했다. 그러나 아무것도 보이지 않았다. 작은 칼도 없고, 날이 붙은 것이라고는 아무것도 없었다. 있는 것이라고는 쇠창살에 끼워진 철봉뿐이었다. 그것도 무척 단단하게 끼워져 있다는 것을 지금까지 종종 경험을 통해 알고 있었기 때문에 새삼스럽게 흔들어볼 것도 없었다.

가구라고 해야 침대, 의자, 탁자, 물통, 그리고 물항아리뿐. 침대에는 쇠막대가 끼워져 있지만 그것은 나사로 나무에 단단하게 박혀 있었다. 그 나사를 풀어서 쇠막대를 떼어내려면 아무래도 드라이버가 필요했다.

탁자와 의자에서는 아무것도 발견되지 않았다. 물통에는 전에 손잡이가 달려 있었지만 그것도 지금은 떨어져 나가고 없었다.

당테스에게는 단 하나의 수단밖에 없었다. 그것은 물항아리를 깨뜨리는 것이었다. 그 사기 조각을 뾰족하게 만들어 일을 시작하는 것이다. 그는 물병을 돌바닥 위에 떨어뜨렸다. 물병은 산산조각 났다.

당테스는 두세 개의 뾰족한 조각을 골라서 짚방석 밑에 숨겨두고, 다른 조각들은 모두 바닥에 흩어진 채 두었다. 물병이 깨지는 것은 충분히 있을 수 있는 일이어서 의심받을 염려가 없었다.

에드몽은 밤새도록 일을 할 수 있었다. 그러나 어둠 속에서 하는 일이라 일의 진척이 느렸다. 손으로 더듬어 가면서 하는 데다, 한참 하다 보니 딱딱한 사암에 부딪쳐 단단하지 않은 도구는 금방 끝이 무뎌졌다. 그는 침대를 원래 위치대로 돌려놓고 밤이 새기를 기다렸다. 희망이 살아나자 그에게는 인내심도 돌아와 있었다.

그는 밤새도록 귀를 기울이며, 미지의 갱부가 지하에서 일을 계속하고 있는 소리를 듣고 있었다.

날이 밝자 간수가 왔다. 당테스는 간밤에 물을 마시려다가 항아리를 그만 놓쳐서 깨버렸다고 얘기했다. 간수는 투덜투덜 잔소리를 하면서, 깨진 항아리 조각은 그대로 두고 새 항아리를 가지러 갔다.

한참 뒤 돌아온 간수는 앞으로는 조심해서 다루라고 말하고 그대로 나갔다.

당테스는 자물쇠의 삐걱거리는 소리를 말할 수 없는 기쁨을 가지고 들었다. 예전에는 그 문이 닫힐 때마다 언제나 가슴 죄는 기분을 맛보아야 했던 소리였다. 그는 발소리가 멀어져 가는 것을 듣고, 이윽고 완전히 사라지자 침대로 뛰어가서 그것을 한쪽으로 치워 놓았다. 하지만 암굴 안에 비쳐드는 희미한 빛으로 간밤의 일이 헛일이었음을 알았다. 돌 주위를 단단하게 다져주고 있는 회반죽을 벗긴다는 것이 실은 돌 자체를 밤새도록 긁고 있었던 것이다.

감방의 습기가 회반죽을 무르게 하고 있었다.

당테스는 가슴을 두근거리면서 회반죽이 조각조각 떨어지는 것을 보았다. 그 조각들은 거의 가루에 가까웠다. 그래도 한 시간쯤 지나자 거의 한줌 정도 떨어져 나왔다. 수학적으로 계산해 보니, 앞으로 2년만 이 일을 계속하면 중간에 바위가 나타나지 않는 이상, 아마 사방 두 자, 깊이 스무 자쯤 되는 굴을 파낼 수 있었다.

이제야 죄수는 해를 거듭할수록 점점 더 느리게 흘러갔던 그 긴 세월, 희망과 기도와 절망 속에 헛되이 보냈던 그 세월을 왜 이 일에 이용하지 않았던가 하고 후회했다.

감옥에 갇힌 지 거의 6년, 아무리 진전이 느리다 해도, 하려고만 들면 무슨 일이든 할 수 있다! 그렇게 생각한 그는 훨씬 더 기운을 얻었다.

사흘 뒤, 그가 놀라운 집중력으로 시멘트를 완전히 벗겨내자 마침내 돌이 맨몸을 드러냈다. 벽은 자연석으로 쌓여 있고, 그 속에 군데군데 튼튼하게 하기 위해 견칫돌이 사용되어 있었다. 그는 지금 그러한 견칫돌을 거의 드러낸 것이다. 그리고 이제 남은 건 다만 그것이 박혀 있는 구멍 속에서 그것을 흔들

기만 하면 된다.

　당테스는 손톱을 이용해 그것을 흔들어 보았다. 그러나 손톱으로는 어림도 없었다. 항아리 조각을 틈새에 끼워 넣고 해봤지만, 그것을 지렛대처럼 쓰려고 한 순간 부러지고 말았다. 이리저리 한 시간이나 헛된 노력을 계속한 끝에, 그는 이마에 땀과 고뇌의 빛을 띠면서 몸을 일으켰다.

　그렇다고 시작한 지 얼마 되지도 않아서 중단해 버려도 될 것인가. 그리고 벽 저쪽에 있는 남자, 어쩌면 저쪽에서도 지쳐버렸을지 모르는 그 사람이 완전히 일을 완성할 때까지 아무런 도움도 주지 못한 채 팔짱만 끼고 기다리기만 해도 되는 것일까! 그때 한 가지 생각이 머리를 스쳤다. 그는 우뚝 선 채 미소 지었다. 땀에 젖은 그의 이마는 어느새 자연히 말라 있었다.

　간수는 매일 당테스의 수프를 양철 냄비에 담아서 가져왔다. 그 냄비 속에는 그의 수프와 함께 다음 죄수의 수프도 들어 있었다. 당테스는 간수가 식사를 배급할 때, 그에게 먼저 가져오는가 아니면 그의 동료에게 먼저 가져가는가에 따라, 어떤 때는 냄비 속이 가득 차 있기도 하고 어떤 때는 반만 들어 있다는 것을 알고 있었다. 냄비에는 철 손잡이가 달려 있었다. 당테스가 노린 것은 바로 그 철 손잡이였다. 그것을 손에 넣을 수 있다면, 설령 그 대가로 10년의 목숨과 맞바꾼다 해도 전혀 아깝지 않았다.

간수가 냄비 속에 들어 있는 수프를 당테스의 접시에 부어 주었다. 나무 숟가락으로 수프를 다 먹은 당테스는 매일 유용하게 쓰는 그 접시를 씻어두었다.

그날 저녁, 당테스는 접시를 문과 탁자 사이의 바닥에 놓아두었다. 그러자 간수가 들어오다가 그 접시를 발로 차서 산산조각을 내고 말았다. 이번에는 당테스에게 아무런 불평도 할 수 없었다. 물론 접시를 밑에 둔 것은 당테스의 잘못이었다. 그렇다 해도 발밑을 보지 않은 간수도 실수한 것이다.

간수는 혼자 투덜거리는 수밖에 없었다. 그는 주위를 둘러보면서 수프를 비울 그릇을 찾고 있었다. 그러나 당테스가 가지고 있는 건 그 접시 말고는 아무것도 없어서 달리 어떻게 해볼 도리가 없었다.

"냄비를 두고 가슈." 당테스가 말했다. "내일 아침밥을 가져올 때 가져가면 될 거 아니오."

이 의견이 간수의 게으른 마음을 만족시켜 주었다. 그렇게 하면, 올라가서 다시 내려와 한 번 더 올라가는 수고를 생략할 수 있다. 그래서 간수는 냄비를 그냥 두고 갔다. 당테스는 너무 기뻐서 몸이 떨릴 지경이었다.

그는 수프와 감옥에서 관례적으로 수프와 함께 주는 쇠고기를 맹렬한 기세로 먹어치웠다. 그리고 간수가 마음이 변해 다시 돌아오지 않는 것을 확인하기 위해 한 시간가량 기다려 본 뒤, 침대를 옮기고 냄비를 들어 그 손잡이 끝을 시멘트를 제거한 견칫돌과 그것을 에워싸고 있는 자연석 사이에 집어넣고 지렛대처럼 사용하기 시작했다.

돌이 가볍게 들썩이면서 잘되고 있다는 느낌이 손으로 전해져 왔다.

정말 한 시간 뒤엔, 돌이 벽에서 완전히 떨어져 나갔다. 그러자 거기에 지름이 한 자 반도 넘어 보이는 구멍이 뻥 뚫렸다.

당테스는 회반죽을 말끔하게 주위 방구석으로 가져가서, 물항아리 조각으로 석회석 바닥을 긁어 그 흙으로 회반죽 가루를 완전히 덮어버렸다. 그리고

우연이든, 아니면 그의 교묘한 책략이든 간에, 그 귀중한 도구가 손에 들어온 하룻밤을 최대한 이용하기 위해 정신없이 굴을 파 나갔다.

새벽이 되자, 그는 돌을 다시 원래의 구멍에 끼워 넣고, 침대를 벽에 밀어붙인 뒤 그 위에 누웠다.

아침은 빵 한 조각뿐이었다. 간수가 들어와서 테이블 위에 빵을 놓았다.

"이봐요, 다른 접시를 가져오지 않았소?" 당테스가 물었다.

"안 가져 왔어." 간수가 말했다. "자넨 뭐든지 깨부숴서 말이야. 물항아리를 깨고 내가 접시를 깬 것도 자네 탓이야. 죄수들이 모두 자네처럼 그릇을 깨버리면 아마 나라에서도 감당하지 못할 걸. 자네에게는 냄비를 두고 가도록 하지. 그 속에 자네 수프를 담아주겠어. 그러면 앞으로 그릇을 깰 일은 없겠지."

당테스는 자기도 모르게 하늘을 우러러보았다. 그리고 담요 속에서 두 손을 모았다. 냄비 자루가 자기 손에 남은 것, 하늘에 대한 깊은 감사의 마음을 불러일으키지 않을 수 없었다. 지금까지의 생애를 돌아보아도, 아무리 기쁜 일이 찾아왔을 때도 이번만큼 기뻤던 적은 없었다.

다만 그가 한 가지 깨달은 것은, 자기가 일을 시작한 뒤부터 그 남자, 벽 저편의 죄수가 전혀 일하지 않고 있다는 사실이었다. 하지만 그런 건 아무래도 좋았다. 그렇다고 해서 이쪽의 일을 그만둘 수는 없었다. 저쪽에서 오지 않으면 이쪽에서 가면 된다.

그는 하루 종일 쉬지 않고 일했다. 저녁이 되자, 새로운 도구 덕분에 벽에서 열 줌 정도의 자연석과 회반죽, 시멘트 가루가 나왔다. 간수가 올 시간이 되자, 그는 구부러진 냄비자루를 애써 똑바로 편 뒤, 그것을 늘 두는 곳에 두었다. 간수는 언제나 정량의 수프와 고기, 아니면 고기를 먹지 않는 날에는 수프와, 생선을 넣어주고 갔다. 죄수들에게는 1주일에 세 번은 고기를 먹이지 않았다. 만약 당테스가 계속 날짜를 헤아리고 있었더라면, 그런 것도 시간 계산을 위한 하나의 단서가 되었을 것이다.

수프가 부어지고 나자 문의 자물쇠가 밖에서 잠겼다. 당테스는 이번엔 꼭, 저쪽의 남자가 정말로 일을 그만뒀는지 어떤지 확인해 보리라고 생각했다. 그는 귀를 쫑긋 세웠다.

지난번에 일이 중단되었던 사흘 동안과 마찬가지로, 주위에서는 아무 소리도 나지 않았다. 당테스는 자기도 모르게 한숨을 내쉬었다. 상대는 이쪽을 경계하고 있는 것이 분명했다.

그러나 그는 낙심하지 않고 밤새도록 일을 계속했다. 그러나 두세 시간 정도 일하자 하나의 장애물에 부딪쳤다. 거기서부터 철 손잡이는 들어갈 생각도 하지 않고 납작한 표면에서 미끄러지기만 했다.

당테스는 그 장애물에 손을 대보았다. 그리고 자신이 대들보에 도달한 것을 확인했다. 그 대들보가 그가 파고 있던 굴을 가로지른다기보다 완전히 가로막고 있었던 것이다.

이제는 파 올라가거나 파 내려가거나 둘 중에 하나밖에 길이 없었다. 그런 장애물이 있을 줄은 꿈에도 생각하지 않았다.

"오! 주여!" 그는 소리쳤다. "저는 수없이 기도드렸습니다. 그리고 틀림없이 들어주실 거라고 생각했습니다. 주여! 일찍이 저한테서 삶의 자유를 앗아가시고,

또 저한테서 죽음의 평안도 거두어가시고, 그리하여 저를 다시 삶으로 돌려보내 주신 주여! 부디 저를 불쌍히 여겨주소서. 저를 절망 속에 죽게 하지 마옵소서!"

바로 그때였다.

"주님과 절망을 동시에 입에 올리는 자는 누구인가?" 하는 목소리가 들려왔다. 그것은 땅속에서 들려오는 것 같았고, 불분명하게 울리고 있었기 때문에, 젊은이에게는 마치 무덤에서 들려오는 것처럼 여겨졌다. 에드몽은 머리카락이 거꾸로 서는 것 같았다. 그는 무릎을 꿇은 채 뒤로 물러났다.

"오!" 그는 중얼거렸다. "인간의 목소리가 들렸어."

4, 5년 동안 에드몽은 간수 말고 다른 인간의 목소리를 들은 적이 없었다. 게다가 그에게 간수는 인간의 부류에 들어가지 않았다. 그것은 바로 참나무 문에 덧대어진 살아 있는 문이었다. 쇠창살에 덧붙어 있는 살로 된 창살이었다.

"주님의 이름으로!" 당테스가 소리쳤다. "방금 말씀하신 분이시여, 무서운 목소리지만 다시 한 번 뭐라고 말 좀 해보십시오. 댁은 도대체 누구십니까?"

"그런 당신은 누구요?" 목소리가 물었다.

"불행한 죄수입니다." 주저하지 않고 당테스가 대답했다.

"어느 나라 사람이오?"

"프랑스 사람입니다."

"이름은?"

"에드몽 당테스."

"직업은?"

"선원입니다."

"언제부터 이곳에 들어와 있었소?"

"1815년 2월 28일부터."

"무슨 죄로?"

"저는 죄를 짓지 않았습니다."

"그렇다면 도대체 무슨 일로 고발당했소?"

"황제 폐하의 귀국을 위해 음모를 기도했다는 겁니다."

"무슨 소리야! 황제 폐하의 귀국이라고? 그럼 황제 폐하가 지금 제위에 계시지 않다는 말이오?"

"1814년 퐁텐블로에서 퇴위하신 뒤 엘바 섬에 유배되셨습니다. 그것을 모르시다니, 당신은 언제부터 이곳에 계셨습니까?"

"1811년부터."

당테스는 몸을 떨었다. 이 사람은 그보다 4년이나 먼저 감옥에 갇혀 있었던 것이다.

"이젠 됐소. 더 이상 파지 마시오." 목소리가 다급하게 말했다. "그런데 당신이 파고 있는 굴은 높이가 얼마나 되는 곳이오?"

"지면과 같은 높이입니다."

"어떻게 그걸 가려두었소?"

"침대 뒤에 가려둡니다."

"당신이 감옥에 들어온 뒤 누가 침대를 움직이러 온 적이 있소?"

"없습니다."

"당신의 방은 어디를 향해 있소?"

"복도를 향해 있습니다."

"복도는?"

"안마당을 보고 있습니다."

"오, 이런!" 목소리가 중얼거렸다.

"왜 그러십니까?" 당테스가 소리쳤다.

"내가 계산을 잘못했군. 계획이 잘못되어 완전히 허사가 되고 말았어. 컴퍼스의 차이 때문에 일을 그르치고 만 거야. 설계상의 선 하나의 차이가 실제로는 열다섯 자의 차이가 되거든. 그리고 난 당신이 파고 있는 그 벽이 성벽인 줄로만 알았어!"

"그러면 바다로 나가려고 하신 겁니까?"

"그러기를 바랐지."

"그래서 성공했다면?"

"바다에 뛰어들어 헤엄치는 거지. 그리고 어딘가 이 감옥 가까이 있는 섬, 예를 들면 돔 섬이나 티불랑 섬, 아니면 해안까지 헤엄쳐 가는 거요. 그러면 살수 있소."

"거기까지 헤엄쳐 갈 수 있을까요?"

"주님께서 힘을 빌려 주실 거요. 하지만 지금은 모든 게 물거품이 되고 말았소."

"모든 거라니요?"

"그렇소. 당신도 굴을 메우도록 하시오. 이제 일은 그만두고 아무것도 하지 말고 내가 연락할 때까지 기다리시오."

"하지만 댁은 도대체 누구십니까? ……가르쳐 주십시오."

"난……난……난 27호요."

"저를 경계하시는군요?" 당테스가 물었다.

에드몽은 씁쓸한 웃음소리가 천장을 뚫고 자기가 있는 곳까지 올라오는 것처럼 느껴졌다.

"오, 저는 진실한 신자입니다." 그는 상대가 자기를 버리고 가려는 것을 본능적으로 깨닫고 소리쳤다. "그리스도의 이름으로 맹세합니다. 무슨 일이 있어도 이 사실을 간수에게 알릴 바에는 차라리 죽음을 택하겠습니다. 하지만 주님의 이름으로 부탁드립니다. 제발 가지 말아주십시오. 언제나 그 목소리를 들려주십시오. 그렇지 않으면 맹세코, 이제 기진맥진해버린 저는 이대로 벽에 머리를 부딪쳐 죽어버리겠습니다. 그렇게 되면 당신 때문입니다."

"당신은 몇 살이오? 젊은 사람 같은데."

"제 나이는 모릅니다. 이곳에 들어온 뒤로 날짜를 헤아리지 않았거든요. 제가 알고 있는 건 1815년 2월 28일에 붙잡혀 왔을 때 만 19세가 되려던 참이었다는 것뿐입니다."

"그럼 아직 스물여섯도 안 되었겠군." 목소리가 중얼거렸다. "그 나이라면 아직 사람을 배신할 때는 아니지."

"안 합니다, 안 합니다! 맹세합니다." 당테스는 되풀이해서 말했다. "아까도 말씀드렸지만, 다시 한 번 되풀이해 말하지요, 당신을 배신하느니 차라리 제 몸을 갈기갈기 찢겠습니다."

"잘 말했네. 나를 신뢰해 주어서 고맙구려. 사실 나는 다른 새로운 계획을 세우고 당신한테서 떠날 생각을 하고 있었네. 하지만 나이를 듣고 안심했어. 이제 곧 그리로 갈 테니 기다려 주게."

"그게 언제쯤일까요?"

"기회를 봐야지. 내 신호를 기다리게."

"하지만 부디 절 버리지 말아주십시오. 혼자 두지 말아 주십시오. 그쪽에서 오시겠습니까? 아니면 제가 그쪽으로 갈까요? 그리고 함께 달아납시다. 달아 날 수 없다면 함께 얘기라도 합시다. 당신은 당신이 사랑하는 사람의 얘기, 저는 제가 사랑하는 사람들에 대한 이야기를 하는 겁니다. 당신도 사랑하는 분이 계시겠지요?"

"난 이 세상에 나 혼자요."

"그럼 저를 사랑해 주십시오. 만약 당신이 젊다면 당신의 친구가 되어 드리겠습니다. 만약 당신이 늙으셨다면 아들이 되어 드리겠습니다. 저에게는 아버지가 계십니다. 살아 계신다면 벌써 일흔 살쯤 되실 겁니다. 저는 아버지와, 메르세데스라는 아가씨를 사랑하고 있었습니다. 아버지는 저를 잊지 않고 계실 겁니다. 그건 틀림없다고 생각합니다. 하지만 그녀가 과연 지금도 절 생각하고 있을지 그건 잘 모르겠군요. 저는 아버지를 사랑하는 것처럼 당신을 사랑하겠습니다."

"좋네." 죄수는 말했다. "그럼 내일 다시 만나세."

짧은 말이었지만 거기에는 당테스를 안심시키는 데가 있었다. 그 말에 만족한 기분으로 일어난 당테스는 벽에서 파낸 것을 전과 마찬가지로 주의하여 치운 뒤 침대를 다시 벽에 갖다 붙였다.

그때부터 당테스는 완전히 행복한 기분에 빠져들었다. 이제부터 외톨이가 아니게 된 것만은 확실했다. 게다가 어쩌면 자유의 몸이 될지도 모른다. 그건 불가능하다 해도 최소한 친구를 가질 수 있다. 죄수로서의 고통도 둘이라면 반으로 줄 것이다. 한 목소리로 탄식하면 그것은 기도하는 것과 마찬가지다. 둘이서 기도한다면 그 기도는 거의 이루어진 거나 다름없다.

당테스는 하루 종일 기쁨에 겨워 감방 안을 왔다 갔다 하면서 걸어 다녔다. 그는 기쁨에 숨이 막히는 것만 같았다. 그는 손으로 가슴을 누르면서 침대에 걸터앉았다. 복도에서 무슨 소리가 나는 것 같으면 그는 곧장 문 쪽으로 뛰어 갔다. 모르는 사람이지만, 그래도 친구처럼 우정이 느껴지는 그 사람한테서 떠나야 되는 일이 생기지 않을까 하는 걱정이 한두 번 고개를 쳐들었다. 그는 마음속으로 결심했다. 만약 간수가 침대를 밀어내고 구멍을 조사하기 위해 쪼그리고 앉기라도 하는 날엔, 물항아리가 놓여 있는 돌 받침대로 머리를 깨부수어 버리리라……

그러면 아마 사형에 처해질 것이다. 그것은 알고 있었다. 설령 그렇게 된다 해도, 그 이상한 소리에 의해 아슬아슬하게 죽음의 문턱에서 돌아섰을 때, 그는 권태와 절망에 괴로워하다가 막 죽으려던 순간이 아니었던가?

　저녁이 되자 간수가 찾아왔다. 당테스는 침대 위에 있었다. 그러는 편이 아직 완성되지 않은 구멍을 지키기 쉽다고 생각했기 때문이다. 그는 이런 귀찮은 방문객을 아마 묘한 눈길로 대하고 있었던 모양이다. 간수는 그에게 이렇게 말했다.

　"뭐야, 또 정신이 이상해진 건가?"

　당테스는 아무 대답도 하지 않았다. 말끝에 감정이 드러나 마음을 들켜서는 안 된다고 생각한 것이다.

　간수는 고개를 절레절레 흔들면서 나갔다.

　밤이 되자, 당테스는 어둠과 조용함을 이용하여 옆방의 죄수가 얘기하러 올 거라고 생각했다. 그러나 그것도 예상이 빗나가고 말았다. 그의 열망에 대해 아무런 대답도 듣지 못한 채 밤은 조용히 흘러갔다. 그러나 이튿날 아침 간수가 다녀간 뒤, 그가 벽에서 침대를 옮기려고 했을 때, 규칙적인 간격으로 세 번 두드리는 소리가 들려왔다. 그는 얼른 무릎을 꿇고 앉았다.

　"그분이십니까?" 당테스가 말했다. "저 여기 있습니다."

　"간수는 다녀갔는가?" 목소리가 물었다.

　"예. 이제 밤이 되기 전에는 오지 않습니다. 12시간의 여유가 있습니다."

　"그럼 내가 움직여도 괜찮겠군?" 목소리가 말했다.

　"예, 빨리 와 주세요!"

　그러자 곧, 당테스의 몸이 반쯤 기어들어가 있는 굴속에서 두 손을 짚고 있는 흙이 아래로 무너져 내리는 것 같은 느낌이 들었다. 그는 얼른 몸을 피했다. 동시에 무너진 흙과 돌무더기가 그가 판 굴 입구 아래 입을 쩍 벌리고 있는 굴 밑으로 데굴데굴 굴러 내려가는 것이 보였다. 그러자 그 어두운, 거의 깊이를 알 수 없는 굴 밑에서 머리, 어깨, 그 다음엔 인간의 모습 전체가 매우 재빠르게 나타났다.

이탈리아인 학자

당테스는 오랫동안 기다리던 새로운 친구를 부둥켜안고, 희미하게 비쳐드는 햇빛 속에 그 모습을 완전히 비쳐보고 싶어서 창 쪽으로 데리고 갔다.

그 사람은 몸집이 작고, 머리는 나이 때문이라기보다 고난 때문에 하얗게 세어 있고, 눈은 희끗희끗한 굵은 눈썹 밑에서 사람을 꿰뚫어볼 것처럼 날카롭게 빛나며, 아직 검은 수염을 가슴까지 늘어뜨리고 있는 사내였다. 주름이 깊게 파인 여윈 얼굴, 개성적인 강한 얼굴 윤곽에서 짐작하건대, 육체적인 힘보다는 정신력을 사용하는 데 익숙한 사람 같았다. 이마가 땀으로 젖어 있었다. 옷은 본디 어떤 형태의 옷이었는지 좀처럼 알아볼 수 없을 만큼 너덜너덜해져 있었다.

나이는 적어도 예순다섯은 되어 보였다. 그러면서도 움직임에서 어떤 힘이 보이는 것으로 미루어, 오랜 감옥생활 때문에 실제보다 더 늙어 보이는 것 같았다.

그는 감격하여 무릎을 꿇는 청년을 사뭇 기쁜 듯이 바라보았다. 지금까지 얼어붙어 있던 마음이 불타오르는 당테스의 마음을 만나 따뜻하게 녹기 시작한 듯했다. 자유를 얻게 되리라고 생각했는데 또 다른 감옥으로 나와 버려 상당히 절망한 것은 사실이지만, 그래도 청년의 친절에 일종의 열의를 보이면서 감사를 표했다.

"우선," 그가 말했다. "자네에게 오는 간수의 눈에서 내가 지나온 통로를 가릴 방법을 생각해보세. 이제부터 우리 둘이 평온하게 지낼 수 있으려면 지금까지의 일이 그들에게 알려져서는 안 되니까." 이렇게 말하면서 그는 굴 쪽으로 몸을 구부렸다. 그리고 돌을 잡더니, 상당히 무거운데도 번쩍 들어 올려 굴에 끼워 넣었다.

"돌을 아무렇게나 빼놓았군." 그는 고개를 저으면서 말했다. "도구가 없어서 그랬나?"

"그럼 당신에게는," 당테스가 놀라서 물었다. "무슨 연장 같은 것이 있습니까?"

"몇 가지 만들었지. 줄 말고 필요한 것은 다 있네. 끌, 집게, 지레."

"오! 끈기 있게 연구하여 만드신 그 도구들을 저에게 보여주시지 않겠습니까?" 당테스가 말했다.

"우선 여기, 끌이 있네." 그렇게 말하면서 그는 너도밤나무 조각을 자루 삼아 끼워 놓은 강하고 날카로운 날을 꺼내 보였다.

"뭐로 만드셨습니까?"

"침대의 못으로 만들었지. 이 도구로 여기까지 오는 길을 파낸 거라네. 거의 쉰 자는 될걸."

"쉰 자라고요!" 당테스는 공포 비슷한 소리를 질렀다.

"목소리를 낮추게. 자주 문밖에서 엿듣곤 하니까."

"하지만 저 혼자 있는 줄로 알고 있는 걸요."

"그래도."

"여기 오실 때까지, 쉰 자나 파셨단 말입니까?"

"그렇다네. 그것이 대략 이 방과 내 방 사이의 거리라네. 다만, 비례를 계산하기 위한 기하학 도구가 없어서 곡선 계산이 맞지 않았던 거지. 마흔 자의 타원형 대신 쉰 자로 해버렸거든. 아까도 말했지만 난 바깥의 벽까지 나가서 그 벽을 뚫고 바다에 뛰어들 생각이었어. 자네 방이 향하고 있는 복도 아래를 빠져나갈 작정이었는데, 그 대신 그 복도를 따라서 옆으로 나온 거야. 이렇게 된 이상, 내 계획은 다 틀려버렸어. 그 복도는 보초들로 가득한 안마당을 향하고 있으니 말이야."

"맞습니다." 당테스가 말했다. "하지만 이 복도는 제 방의 단 한 면에만 닿아 있습니다. 그리고 이 방은 네 방향 모두 다른 곳과 면해 있지요."

"그래, 그건 물론이야. 하지만 벽 하나는 바위로 되어 있어. 그 바위를 뚫으려면 연장을 다 갖춘 갱부가 10년은 일해야 팔 수 있을 걸. 또 한쪽은 소장 방의 토대와 등을 맞대고 있을 거고. 아마 지하실로 떨어지게 될 거야. 물론 자물쇠도 채워져 있을 테니 그대로 붙잡히고 마는 거지, 한쪽의 벽은, 가만 있자, 그건 어디를 향하고 있을까?"

그 벽에는 작은 총안(銃眼)이 뚫려 있어서 그곳으로 햇살이 비쳐들게 되어 있었다. 총안은 밖으로 나갈수록 점점 좁아지는 형태라 어린아이도 지나갈 수 없을 것 같은 데다, 창살이 세 겹으로 끼워져 있어서, 아무리 의심 많은 간수라도 거기서 탈출하리라고는 생각도 할 수 없는 일이었다.

노인은 그런 질문을 하면서 탁자를 창 아래로 끌고 갔다. 그리고 당테스에게 말했다.

"이 위에 올라서게."

시키는 대로 탁자에 올라간 당테스는 상대의 의도를 헤아리고, 벽에 등을 기대고 서서 두 손을 그 쪽으로 내밀었다.

감방 번호만 가르쳐준 사내, 아직 이름도 모르는 그 사람은, 마치 고양이나 도마뱀처럼 민첩하고, 그 나이로는 생각도 할 수 없는 가벼운 몸놀림으로 탁자 위에 뛰어올랐다. 그런 다음 탁자에서 당테스의 손 위로, 손 위에서 다시 어깨 위로 올라갔다. 감방 천장이 낮아서 서 있을 수가 없기 때문에, 사내는 허리를 꺾고 쇠창살의 첫 번째 줄에서 얼굴을 내밀었다. 그렇게 하면 아래가 내려다보였다. 그는 한참 지나자 갑자기 머리를 빼냈다.

"아! 내 그럴 줄 알았어!" 그가 말했다.

사내는 당테스의 몸을 타고 탁자 위로 미끄러져 내려가 거기서 다시 바닥에 뛰어내렸다.

"왜 그러십니까?" 당테스는 불안한 듯이 그에게 다가가 물었다.

노인은 생각에 잠겨 있었다.

"그래." 노인이 입을 열었다. "자네 방의 네 번째 벽은 바깥의 복도로 이어져 있어. 순찰 통로 같은 것인데, 거기를 순찰병이 지나다니고 보초가 지키고 있더군."

"틀림없습니까?"

"병사의 모자와 총 끝이 보이더군. 그래서 들킬까 봐 얼른 머리를 집어넣은 거라네."

"그래서요?" 당테스가 말했다.

"그러니까 자네 방에서는 달아날 수 없다는 거지."

"그래서요?" 당테스는 힐문이라도 하는 것처럼 말을 이었다.

"이것도 하느님의 뜻이겠지." 그렇게 말하는 노인의 얼굴에 깊은 체념의 빛이 떠올랐다.

당테스는 그토록 오래전부터 품어온 염원을 마치 깨달음을 얻은 사람처럼 초연하게 포기하고 마는 노인을, 눈을 크게 뜨고 감탄과 놀람이 섞인 눈빛으로 바라보았다.

"그런데 노인장은 도대체 누구신지요, 이젠 저에게 말씀해 주시겠습니까?" 당테스가 물었다.

"오! 아무런 도움도 줄 수 없게 되어버린 지금도 그것을 원한다면."

"당신은 저에게 위안이고 힘을 주시는 분입니다. 당신은 강한 사람 중에서도 가장 강한 분으로 생각됩니다."

노인은 서글픈 듯이 미소 지었다.

"난 파리아 신부라고 하네. 1811년부터 보다시피 이프 성채에 갇힌 몸이 되었는데, 그 3년 전부터 페네스토렐레 성채에 유폐되어 있었다네. 1811년에 피에몬테에서 프랑스로 옮겨졌지. 난 나폴레옹의 운이 그 시대에 승승장구하고 있다고 보았고, 그래서 그에게 아들이 생기고 그 요람 속 아들이 로마 황제로 등극했던 것이라고 알고 있었네. 아까 자네가 말한 것은, 나로서는 생각지도 못한 일이었어. 그러고 보니 나폴레옹은 그로부터 4년 뒤에 몰락한 거로군. 지금은 누가 프랑스를 다스리고 있나? 나폴레옹 2세인가?"

"아닙니다, 루이 18세입니다."

"루이 18세, 루이 16세의 동생이구면. 하늘의 뜻은 현묘하고 신비롭기 짝이 없어. 전에 끌어올렸던 인물을 다시 밑으로 끌어내리고 전에 끌어내린 인물을 다시 끌어올리다니, 신의 뜻은 도대체 어디에 있는 것일까?"

당테스는, 이렇게 자기 자신의 운명도 잠시 잊고 오직 세계의 운명만을 생각하고 있는 이 사람의 모습을 뚫어지게 지켜보았다.

"그래, 그래," 노인은 계속했다. "마치 영국의 경우와 똑같군. 찰스 1세 뒤에는 크롬웰이 나왔지. 크롬웰 뒤에는 찰스 2세가 나타났어. 그리고 아마 제임스 2세 뒤에는 사위나 친족, 또는 오렌지 공 같은 사람이 등장하겠지. 그러면 당장 국민들에게 새로운 권리가 주어지겠지. 그러면 이윽고 헌법이 생기고 자유를 얻는 거야! 자네도 언젠가 그걸 보게 될 날이 있을 걸세." 그는 당테스를 돌아보면서 마치 예언자처럼 깊게 빛나는 눈빛으로 말했다. "자네는 아직 그것을 볼 수 있는 나이니 그걸 보게 될 거야."

"만약 여기서 나갈 수 있다면요."

"그렇지." 파리아 신부가 말했다. "참, 우리는 죄수였지. 난 이따금 그걸 잊을 때가 있단 말이야. 내 눈은 나를 가두고 있는 벽을 뚫고 볼 수 있기 때문에, 마치 내가 자유의 몸인 것처럼 착각할 때가 있다네."

"그런데 이곳엔 어떻게 오시게 되었습니까?"

"나 말인가? 그건 1807년에 우연히, 나폴레옹이 1811년에 실현하려 했던 계획을 생각해냈기 때문이야. 난 저 마키아벨리가 썼던 것처럼, 이탈리아를 반항적인 무수한 작은 왕국의 소굴로 만들고 있는 하찮은 제후들의 한복판에 묵직하고 강한 힘을 지닌 단 하나의 커다란 제국을 만들어내고 싶었거든. 그리고 왕위에 오른 멍청이를 나의 체사레 보르자로 믿어버렸기 때문이기도 하지. 그런데 그자는 내 의견에 동조하는 척하고는 감쪽같이 나를 배신하고 말았어. 그건 알렉산데르 6세와 클레멘스 7세의 계획이기도 했어. 그러나 계획은 언제

까지나 실패로 끝날 거야. 그들도 시도했다가 실패한 적이 있었고 나폴레옹도 하지 못했으니까. 요컨대 이탈리아는 저주받은 나라라는 거지!" 이렇게 말하며 노인은 고개를 떨어뜨렸다.

당테스는 어떻게 한 남자가 그런 일에 목숨까지 거는 위험한 모험을 할 수 있는 건지 도무지 이해가 가지 않았다. 물론 그는 나폴레옹은 만난 적도 있고 얘기를 나눈 적도 있어서 알고 있지만, 클레멘스 7세와 알렉산데르 6세는 누구인지 전혀 몰랐다.

당테스는 간수의 의견, 다시 말하면 이프 성채에 있는 감옥 전체의 의견과 같은 생각이 들기 시작했다.

"신부님은 저어……다들 병에 걸렸다고 하던 그 신부님이 아니십니까?"

"미쳤다고 하는 그 사람이냐고 묻고 싶은 거지?"

"하지만 설마." 당테스는 웃으면서 대답했다.

"그래, 맞아." 파리아 신부는 쓴웃음을 지으면서 말했다. "그 말이 맞아. 내가 바로 그 미쳤다는 말을 듣고 있는 사람이지. 난 상당히 오래전부터 이 감옥에 오는 손님들을 웃겨주었어. 앞으로 만약 이렇게 아무 희망도 없는 고통의 집에 어린이들이 오는 날이 있다면 천진난만한 그 아이들을 또 재미있게 웃겨주지."

당테스는 잠시 미동도 하지 않고 침묵했다.

"그럼 이제 탈출은 포기하신 겁니까?" 그가 말했다.

"탈출은 불가능해. 주님께서 원하지 않는 일을 하는 건, 곧 주님을 거역하는 게 되니까."

"왜 그렇게 힘을 잃어버리셨습니까? 단 한 번에 성공하려 하시다니, 그거야말로 주님에 대해 너무 염치없는 요구가 아닐까요? 여기 오신 것처럼 해서 다른 방향으로도 한번 해 보시지 않겠습니까?"

"다시 한 번 하라고? 자네는 내가 지금까지 어떤 일을 해온 건지 모르는 모양이군. 도구를 만드는 데 4년이 걸린 것을 자넨 아는가? 2년 동안 화강암처럼 단단한 흙을 긁고 파낸 것을 아는가? 전혀 움직이지 않을 것 같은 돌을 제거하지 않을 수 없게 되어 몇날 며칠 그 엄청난 일에만 매달려 있었을 때, 겨우 밤이 되어 돌이나 다름없이 굳어버린 오래된 시멘트를 불과 사방 한 치 정도 긁어내는 데 성공했을 때의 기쁨을 아는가? 그리고 긁어낸 흙과 돌을 전부 숨기기 위해 계단의 천장을 뚫고 그 속에 그것을 처넣어야 했던 것을 아는가? 그러는 동안 그곳도 가득 차서 단 한줌의 모래조차 어디에 넣어야 할지 모르게 되고 말았지. 알겠나, 나는 내가 하는 작업이 거의 목적을 이루었다고 생각했어. 그리고 내 힘도 그것을 이룰 만큼만 남았다고 느끼고 있었지. 그런데 보게, 주님은 갑자기 단지 그 목적을 멀리 옮겨 놓으시기만 한 것이 아니라 어딘지도 모르는 곳으로 치워버리신 거야! 아! 다시 한 번 분명히 말하지만, 난 이제부터 자유를 찾기 위한 노력은 아무것도 하지 않을 생각이네. 주님은 내 자유가 영원히 사라지기를 원하고 계시니까."

에드몽은 고개를 떨어뜨렸다. 동지가 생겼다는 기쁨에, 탈출하지 못하고 몸부림치고 있는 이 죄수에 대해 충분히 동정하지 못하고 있는 것을 들키고 싶지 않아서였다.

파리아 신부는 에드몽의 침대에 가서 걸터앉았다. 에드몽은 그래도 서 있었다.

청년은 탈옥에 대해서는 생각해 본 적도 없었다. 세상에는 한눈에 보기만 해도 절대로 불가능한 일, 그것을 시도해볼 생각조차 들지 않고 본능적으로 회피하게 되는 일이 있다. 땅속을 쉰 자나 파면서 그 일에 3년의 세월을 바치고도, 성공해봤자 도달하는 곳은 바다 위에 깎아지른 절벽이다. 설령 보초병의 총에 맞지 않는다 해도 쉰 자, 예순 자, 어쩌면 백 자도 될 수 있는 높이에서 뛰어내리면 바위에 부딪쳐 머리가 깨질 수도 있다. 그런 모든 위험을 피한다 하더라도, 또 바다를 1해리나 헤엄치지 않으면 안 된다. 이미 그것만으로도 포기할 만하다. 앞에서도 언급했듯이 당테스도 그런 체념의 마음으로 죽음의 문턱까지 갔던 것이다.

그러나 청년은 지금, 한 노인이 그토록 열정적으로 삶에 매달려 운명을 건 결의를 가지고 있으면 인간이 어떤 일을 할 수 있는지를 보여주자, 크게 반성하고 자신의 용기를 저울질해보고 싶은 마음이 들었다. 자기는 감히 해볼 생각도 하지 않았던 일을 시도한 사람이 있다. 자기보다 나이가 많고, 자기보다 몸이 약하며, 또 자기보다 솜씨가 없는 자도, 연구를 하고 끈기 있게 인내함으로써 이렇게 믿을 수 없는 일에 필요한 모든 도구를 손에 넣었던 것이다. 물론 그것은 약간의 계산착오 탓에 실패로 끝났다. 그러나 어쨌든 다른 사람은 이런 일을 해낸 것이다. 그렇다면 나도 못할 것이 없지 않은가! 파리아 신부가 쉰 자를 판다면 나는 백 자를 파낼 것이다. 쉰 살인 파리아 신부가 그 일을 하는 데 6년이 걸렸다면, 파리아 신부 나이의 절반밖에 안 먹은 나는 3년이면 될 것이다. 학자이자 종교인인 신부 파리아도 이프 성채에서 돔 섬, 라토노 섬, 또는 루메르 섬까지 헤엄쳐 가는 것을 두려워하지 않았다. 하물며 선원인 나, 종종 산호를 따라 바닷속에 들어갔던 대담하기 짝이 없는 잠수부인 내가 1해리 정도 헤엄치는 데 무엇을 주저한단 말인가? 1해리를 헤엄치는 데 몇 시간이 걸릴까? 한 시간? 그 정도는 아무것도 아니다. 나는 한 번도 물에서 나오지 않고 몇 시간이나 바닷속에 있었던 적이 있지 않은가! 아니, 아니, 나에게는 단지 누군가가 모범을 보여줌으로써 용기를 주기만 하면 된다. 다른 사람이 한 일, 또는 할 수 있는 일이라면 나도 반드시 하고 말 테다!

당테스는 잠시 생각했다.

"신부님이 생각하신 것을 저도 알았습니다."

파리아가 벌떡 일어났다.

"자네가?" 그렇게 말하면서 고개를 드는 기색으로 보아, 만약 당테스가 말한 것이 진실이라면 그의 절망은 당장 사라질 것이 틀림없다고 생각되는 모양이었다. "자네가 도대체 무엇을 알았단 말인가?"

"신부님이 여기까지 오는 데 판 굴은 바깥 복도와 같은 방향으로 뻗어 있는 것 아닙니까?"

"그렇지."

"그리고 그 사이는 불과 열다섯 자 정도겠지요?"

"기껏해야 그 정도지."

"바로 그겁니다! 굴 가운데쯤에서 마치 십자가의 팔처럼 가로로 굴을 하나 더 파는 겁니다. 이번에는 좀더 정확하게 계산하셔야 할 겁니다. 그러면 우리는 바깥 복도로 나가게 됩니다. 그리고 보초병을 죽이고 탈출하는 겁니다. 이 계획이 성공하는 데는 용기만 있으면 충분합니다. 신부님은 그것을 가지고 계십니다. 나머진 힘의 문제입니다. 저에게는 그 힘이 있습니다. 인내심에 대해서는 새삼 말할 것도 없을 겁니다. 신부님은 실제로 그것을 보여주셨으니까요. 그리고 저도 보여줄 수 있습니다."

"잠깐만," 신부가 말했다. "자네는 나의 용기가 어떤 것인지, 또 내가 내 힘을 어떻게 사용할 생각인지 그걸 모르는 것 같군. 인내심이라면, 아침이 되면 전날 밤에 하던 일을 계속하고, 밤에 되면 낮 동안 하던 일을 계속했던 것처럼, 나 스스로도 상당히 인내했다고 생각하고 있네. 하지만 내 얘기를 잘 들어주게. 난 죄도 없이 벌을 받은 인간이 자유를 갖는 것은 곧 주님을 섬기는 일이라고 생각하고 있었네. 내 생각은 그것이었어."

"그렇다면," 당테스가 물었다. "사정이 달라졌다는 말씀인가요? 저를 만나신 뒤, 자신을 죄지은 자로 생각하기 시작하셨다는 겁니까?"

"아니네. 다만 난 죄를 짓고 싶지 않을 뿐이네. 오늘까지 내 상대는 단지 사물이라고 생각하고 있었네. 그런데 지금 자네는 인간을 상대하라고 말하는군. 나는 벽에 구멍을 내고 계단을 부술 수는 있었어. 하지만 사람 가슴에 구멍을 내고 생명을 부수는 것은 할 수 없네."

당테스는 가볍게 놀라는 표정을 지었다. "그게 무슨 말씀입니까? 자유를 구하시면서 그런 작은 일에 구애받는단 말입니까?"

"자네는 어떤가? 왜 자네는 어느 날 밤 탁자 다리로 간수를 때려죽이고 그 옷을 입고 탈출하려고 하지 않았나?"

"미처 생각하지 못한 것뿐입니다."

"그건 자네가 그런 죄를 범하는 것을 본능적으로 두려워하고 있기 때문이네. 그런 일은 생각도 할 수 없을 만큼 두려워하고 있기 때문이란 말일세. 그것이 아무리 하찮고 쉬운 일이라 해도 우리의 자연적인 본능은 우리가 해도 되는 범위에서 벗어나지 않도록 언제나 감시하고 있다네. 그건 나면서부터 피를 좋아하는 호랑이를 보면 알 수 있지. 그것이 본성이기도 하고 목적이기도 한 호랑이에게는 사소한 계기만 있으면 충분하네. 코의 기능이 가까이 먹이가 있다는 것을 가르쳐 주면 호랑이는 당장 그것에 달려들어 갈기갈기 찢어버리지. 그것이 호랑이의 본능이야. 그리고 호랑이는 그 본능에 따르는 것이라네. 그런데 인간은 반대로 피를 싫어하지. 살인을 싫어하게 하는 건 사회의 법규가 아니야, 그건 바로 자연의 규칙이거든."

당테스는 완전히 당황하고 말았다. 그것은 자신도 깨닫지 못하는 가운데 자기의 머릿속, 아니 자기의 마음속에 일어난 일을 설명해 주는 말이었기 때문이다. 즉, 생각에는 머리에서 나오는 것과 마음에서 나오는 것, 두 종류가 있는 것이다.

"게다가," 파리아는 말을 이었다. "난 이래저래 12년이나 감옥생활을 하는 동안, 유명한 탈옥 이야기를 모두 생각해 보았네. 그런데 탈옥에 성공한 경우는 극히 드물다네. 제대로 된 탈옥이나 멋지게 성공한 탈옥은 모두 충분히 주의를 기울여 생각하고 오랫동안 계획한 것뿐이야. 보포르 공작이 뱅센 성에서 달아난 것도 그렇고, 뒤뷔쿠아 신부가 에베크 요새에서, 또 라튀드가 바스티유 감옥에서 달아난 경우도 그렇다네. 그 밖에 우연한 기회에 탈옥한 경우도 있네. 그것이 가장 좋은 경우지. 기회를 기다리세. 기회가 오면 그것을 놓치지 않고 이용하는 거야."

"신부님은 기다리실 수 있었습니다." 한숨을 쉬면서 당테스가 말했다. "그 오랜 작업은 신부님에게는 언제나 하나의 일이었지요. 일을 하지 않을 때도 기분 전환을 하고 희망에서 위로를 얻고 계셨습니다."

"하지만," 신부가 말했다. "실은 오직 그 일만 했던 건 아니라네."

"그럼 무엇을 하셨습니까?"

"글을 쓰고 공부를 했지."

"종이나 펜, 잉크 같은 것을 가지고 계신단 말입니까?"

"아니야. 내가 만들었어."

"아니 종이와 펜, 잉크를 신부님이 만드셨다고요?" 당테스가 소리쳤다.

"그렇다네."

당테스는 감탄의 눈길로 노인을 바라보았다. 그러나 아직은 그 말을 믿을 수가 없었다. 파리아 신부는 그의 가벼운 의심을 알아챘다.

"내 방에 오면 그것들을 보여주지. 내 일생을 통한 사색과 연구와 반성의 결과를. 로마 콜로세움의 그늘이나 베니스의 산마르코 기둥 아래, 피렌체의 아르노 강변에서 생각한 것을, 이 이프 성채의 벽으로 에워싸인 방 안에서 설마 간수가 그것을 기록할 여유를 주리라곤 생각도 하지 못했지. 《이탈리아의 통일국가 건설의 가능성에 대하여》라는 책이네. 당당한 4절판으로 한 권 분량은 될 걸."

"그것을 어디에다 쓰셨단 말입니까?"

"두 장의 셔츠에 썼어. 난 천을 매끄럽고 평평하게, 마치 양피지처럼 가공하는 방법을 고안했네."

"그러니까 신부님은 화학자시군요."

"어느 정도 그렇다고 할 수 있지. 난 그 라부아지에와도 친분이 있었고 카바니스와도 친구였어."

"그런 책을 쓰려면 역사적인 연구가 필요했을 텐데요. 책을 가지고 계신가요?"

"로마에서는 서재에 약 5천 권 정도의 책을 가지고 있었네. 그것을 자주 읽으면서, 잘 고른 150권의 책만 있으면, 거기에 인간의 모든 지식이 완벽하게 기록되어 있다고는 할 수 없어도, 적어도 알아두면 도움이 될 만한 것을 모두 얻을 수 있다는 것을 발견했네. 난 그 150권의 책을 3년 동안 되풀이해서 읽었네. 그래서 체포되었을 때는 그것을 거의 암기하고 있었지. 감옥에 들어온 뒤, 나는 기억을 더듬어 그것을 완전히 생각해 낼 수 있었다네. 지금도 투키디데스, 크세노폰, 플루타르코스, 티투스 리비우스, 타키투스, 스트라보, 요르난데스, 단테, 몽테뉴, 셰익스피어, 스피노자, 마키아벨리, 보쉬에 등을 암송할 수 있네. 지금 예를 든 것은 그 가운데서도 가장 중요한 것들만 고른 거라네."

"그럼 언어도 여러 가지를 알고 계시겠군요?"

"난 현대 언어 다섯 가지를 할 줄 아네. 독일어, 프랑스어, 이탈리아어, 영어, 스페인어, 이 다섯 가지. 게다가 고대 그리스어의 도움을 빌려 현대 그리스어도 할 줄 알지. 말은 잘 못하는데 그것도 지금 공부중이지."

"공부중이라고요?"

"그렇다네. 난 내가 알고 있는 말로 단어집을 만들었네. 그것을 배열하여 조합하고 여러 가지로 응용하여, 그럭저럭 내가 생각하는 것을 충분히 표현할 수 있도록 했네. 난 대개 1천 단어 정도 알고 있는데, 물론 사전에는 1만 단어 정도 들어 있겠지만, 나에게 꼭 필요한 것은 고작해야 1천 단어 정도지. 아주 잘하는 건 아니지만 내가 하고 싶은 말은 다 통할 거야. 나에게는 그것만으로 충분하다네."

다시 한 번 놀란 당테스는 이 이상한 노인의 재능이 초자연적인 것처럼 여겨졌다. 그리고 어떻게 해서든 이 사람에게도 막히는 데가 있는지 찾아내고 싶은 생각까지 들었다. 그래서 이렇게 말해보았다.

"하지만 펜 없이 어떻게 그런 책을 쓸 수 있었습니까?"

"아주 훌륭한 펜을 만들었지. 그 재료를 알고 나면 사람들은 일반 펜보다 그걸 더 소중하게 여길 걸. 육식이 금지된 날 가끔 나오는 그 커다란 대구 머리의 연골, 그것으로 만들었다네. 그래서 수요일과 금요일, 토요일이 오기를 언제나 즐거운 마음으로 기다렸지. 펜을 비축해 놓을 수 있기 때문이지. 그리고 솔직히 말해서 역사 연구는 내가 가장 좋아하는 일이라네. 과거로 거슬러 올라가면 현재를 잊을 수가 있어. 자유롭게 속박당하지 않고 역사 속을 거닐다 보면 내가 죄수라는 사실마저 잊어버리거든."

"하지만 잉크는? 잉크는 무엇으로 만드셨습니까?

"내 감방에는 옛날에 벽난로가 있었네. 내가 오기 조금 전에 폐쇄되었는데 오랫동안 불을 피웠기 때문에 검댕이 가득 쌓여 있었지. 그 검댕을 일요일마다 나오는 포도주 속에 녹이면 훌륭한 잉크가 돼. 주의를 끌고 싶은 특별한 대목에서는 손가락을 찔러 피를 내서 썼다네."

"그것을 언제쯤 보여주시겠습니까?" 당테스가 물었다.

"아무 때고 보여줄 수 있어." 파리아 신부가 대답했다.

"그럼 당장 보여주십시오!" 청년이 소리쳤다.

"나를 따라오게."

노인은 다시 지하 굴로 들어가더니 곧 모습을 감췄다. 당테스도 그 뒤를 따라갔다.

신부의 감방

당테스는 몸을 웅크려야 했지만 그래도 상당히 수월하게 지하 통로를 지나 신부의 방으로 통하는 굴 저편으로 갔다. 거기까지 가자 길이 좁아져 한 사람이 기어서 겨우 빠져나갈 수 있는 넓이밖에 되지 않았다. 그 방에는 포석이 깔려 있었다. 신부는 가장 외진 구석에 있는 돌을 한 장 걷어내어, 아까 당테스가 보았던 그 결과물을 만드는 그 힘든 작업을 시작했던 것이다.

방에 들어가서 일어서자마자, 당테스는 주의 깊게 방 안을 살펴보았다. 얼핏 보아서는 아무런 이상한 점도 보이지 않았다.

"자," 신부가 말했다. "아직 12시 15분밖에 안 되었으니 앞으로 대여섯 시간은 충분히 있군."

당테스는 주위를 둘러보았다. 시계가 어디 있기에 신부가 그렇게 정확히 시간을 읽은 것인지 찾아보려는 것이었다.

"이 창문에서 비쳐드는 햇살을 보게나." 신부가 말했다. "그리고 벽 위에 내가 그어둔 선을 보게. 지구의 운동과 지구가 태양 주위에 그리는 타원형 운동을 조합한 이 선 덕분에, 나는 시계보다 훨씬 더 정확하게 시간을 알 수 있네. 시계에는 오차라는 것이 있지만 태양과 지구에는 절대로 오차가 없으니까."

당테스는 이 설명이 도무지 이해되지 않았다. 그는 태양이 산 뒤에서 올라와 지중해 속으로 가라앉는 것을 보면서, 그것은 태양이 움직이는 것이지 지구가 움직이는 것은 아니라고 늘 생각하고 있었다. 그 위에 살고 있으면서도 깨닫지 못했던 이 지구의 두 가지 운동은 그에게 거의 있을 수 없는 일로 여겨졌다. 그는 상대가 하는 말 한 마디 한 마디 속에서, 어릴 적 구자라트와 골콘다를 여행할 때 광산에서 금과 다이아몬드를 발굴하는 모습을 보았던 것처럼 참으로 멋진 학문의 신비를 엿보았다.

"그럼," 그는 신부에게 말했다. "신부님이 갖고 계신 보물을 보여주세요."

신부는 난로 쪽으로 걸어갔다. 그리고 줄곧 손에 들고 있던 끌로 옛날에 아궁이가 있었던 자리인 꽤 깊은 구멍을 막아둔 돌을 들어냈다. 그 구멍 속에 아까 당테스에게 얘기한 여러 가지 물건들이 들어 있었다.

"무엇부터 보여줄까?" 신부가 물었다.

"이탈리아 왕국에 관한 논문부터요."

파리아는 그 귀중한 보관함 속에서 파피루스 잎사귀처럼 둘둘 말려 있는 헝겊 두루마리 서너 개를 꺼냈다. 폭은 네 치쯤이고 길이는 한 자 여덟 치쯤 되는, 번호가 붙은 헝겊 뭉치였다. 거기에는 당테스도 읽을 수 있는 글씨가 잔뜩 적혀 있었다. 모두 신부의 모국어인 이탈리아어로 씌어 있었지만, 당테스는 프로방스 출신이었으므로 그것을 완전히 이해할 수 있었다.

"이걸 보게." 신부가 말했다. "이게 전부야. 8일쯤 전에 그 예순여덟 번째 두루마리 끝에 〈끝〉이라는 글자를 써넣었지. 셔츠 두 장하고 내가 가진 모든 손수건으로 만들었다네. 만약 내가 자유의 몸이 되고, 이탈리아에 이걸 인쇄하려는 인쇄업자가 있다면, 나는 당장 명성을 얻을 걸세."

"그렇군요. 그럼 이 저술에 사용하신 펜을 보여주십시오."

"여기 있네." 그는 여섯 치 정도 되어 보이는 펜대만 한 굵기의 짧은 막대를 꺼내 보여주었다. 그 끝에 아까 당테스에게 얘기한 그 연골 하나가 아직 잉크가 묻은 채 실로 연결되어 있었다. 펜은 보통의 것과 마찬가지로, 끝으로 내려가면서 뾰족하게 둘로 갈라져 있었다. 당테스는 그것을 자세히 살펴보았다. 그리고 눈을 들어, 그렇게 정확하게 깎을 수 있었던 도구를 찾았다.

"아, 그거," 파리아가 말했다. "칼을 찾는 거군? 이건 내 걸작이야. 여기에 있는 이 식칼과 함께 오래된 쇠 촛대로 만든 거라네."

작은 칼은 면도날처럼 잘 들었다. 식칼은 식칼로 쓸 수 있는 건 물론이고 단도로도 쓸 수 있는 장점을 갖추고 있었다. 당테스는 그러한 물건들을 마르세유의 골동품 가게에서, 대양을 항해하는 선장들이 남태평양에서 가지고 온 토인들의 도구를 보았을 때처럼 자세히 살펴보았다.

"잉크를 만드는 방법은 전에 얘기한 대로야." 파리아가 말했다. "필요에 따라 만드는 거지."

"그런데 한 가지 이해가 되지 않는 점이 있습니다." 당테스가 말했다. "이만한 일을 하시는 데 어떻게 낮 시간만으로 충분했을까 하는 생각이 들어서요."

"난 밤에도 일했어."

"밤에도 일하셨다고요! 그럼 신부님은 고양이처럼 밤에도 눈이 보이십니까?"

"그렇지는 않네. 하지만 하느님께서는 인간들의 빈약한 관능을 돕기 위해 지혜라는 것을 주셨지. 그래서 난 불을 손에 넣을 수 있었다네."

"그건 또 어떻게요?"

"간수가 갖다 주는 고기 속에서 지방을 분리해 두었지. 그것을 녹여 일종의 기름을 채취하는 거야. 이걸 보게, 이것이 내 양초라네."

이렇게 말하면서, 신부는 당테스에게 등잔 같은 것을 보여주었다. 그것은 장식등에 사용하는 것과 같았다.

"그럼 불은요?"

"여기 두 개의 부싯돌과 태운 헝겊이 있네."

"화약심지는?"

"피부병에 걸린 척하고 유황을 달라고 해서 손에 넣었어."

당테스는 손에 들고 있던 물건들을 탁자 위에 내려놓았다. 그리고 굽힐 줄 모르는 노인의 지식과 그 힘에 압도된 듯이 고개를 떨어뜨렸다.

"그뿐만이 아니네." 파리아는 계속했다. "무엇보다 보물을 모두 한 곳에다 숨겨 두면 안 되니까 말이야. 여기는 일단 닫아두세."

두 사람은 포석을 본디 자리에 돌려놓았다. 신부는 그 위에 모래를 조금 뿌리고 손댄 흔적을 없애기 위해 발로 다진 뒤, 침대 쪽으로 걸어가서 침대를 끌어냈다.

침대 머리 뒤에 돌로 거의 완벽히 가려져 있는 구멍이 하나 있었다. 그 속에는 스물다섯 자에서 서른 자나 됨직한 줄사다리가 들어 있었다.

당테스는 그것을 살펴보았다. 무슨 일이 있어도 끄떡하지 않을 듯한 사다리였다.

"이렇게 훌륭한 것을 만들 수 있는 끈을 어떻게 구하셨습니까?"

"페네스토렐레 감옥에 있는 동안 내가 가지고 있던 셔츠 몇 장하고 침대 시트의 올을 풀어두었던 거라네. 이곳으로 옮겨 올 때, 나는 그 실을 용케도 가지고 왔어. 그리고 여기서 일을 계속했지."

"하지만 시트에 단이 없어진 것을 아무도 눈치채지 못했습니까?"

"나중에 꿰매 놓았거든."

"무엇으로요?"

"이 바늘로."

그렇게 말하면서 신부는 옷자락을 걷어 올려 몸에 지니고 있던 길고 뾰족한 바늘을 보여 주었다. 그것은 아직도 실이 꿰어져 있는 생선뼈였다.

"그래," 파리아가 말을 이었다. "난 처음엔 쇠창살을 뜯고 이 창으로 달아날 생각이었지. 보다시피, 자네 방 창문에 비하면 조금 크지만 탈출할 때는 더욱 넓힐 수 있을 거야. 그런데 난 이 창이 안마당을 향하고 있다는 걸 알고 너무 무모해 보이는 그 계획을 포기했다네. 하지만 뜻하지 않은 기회에 아까 얘기한 것과 같은 탈출을 할 경우, 그런 기회를 얻었을 때를 생각해서 이 사다리를 보관해 뒀지."

당테스는 사다리를 살펴보는 척하면서 속으로는 완전히 딴 생각을 하고 있었다. 어떤 생각이 떠올랐던 것이다. 이토록 지혜롭고 이토록 영리하며 이토록 생각이 깊은 사람이라면, 자기도 이해하지 못하고 있는 자신이 겪은 불행의 수수께끼도 틀림없이 풀어 줄 것이라는 생각이었다.

"무슨 생각을 그렇게 하고 있나?" 당테스가 멍하니 있는 것을 더없이 감동했기 때문이라고 생각한 신부가 미소를 지으면서 물었다.

"첫 번째로는 이런 생각을 했습니다. 이런 목적에 도달하실 때까지 신부님은 얼마나 지혜를 짜내셨을까 하는 것입니다. 만약 자유의 몸이었다면 어떤 일을 하셨을까요?"

"아무것도 할 수 없었겠지. 이 터져버릴 것처럼 꽉 찬 머리도 아마 하찮은 일에 다 발산해 버렸을 거야. 인간의 지혜 속에 숨어 있는 신비한 광맥을 파는 데엔 불행이라는 것이 필요하다네. 화약을 폭발시키는 데에 압력이 필요하듯이. 감옥생활이라는 건 사방으로 흩어져 있던 내 재능을 한 점으로 집약시켜 주었네. 재능은 좁은 영역에서 서로 부딪친다네. 그리고 자네도 알겠지만, 구름이 부딪치면 전기가 발생하고, 전기에서는 불꽃이 일어나지. 그 불꽃에서 빛이 나오고."

"아닙니다, 저는 아무것도 모릅니다." 당테스는 자기의 무지를 서글프게 생각하면서 말했다. "지금 말씀하신 것 중에도 제가 도무지 알 수 없는 말들이 있습니다. 그렇게 아는 것이 많으시니 신부님은 정말 행복하시겠어요!"

신부는 미소 지었다.

"자네 말로는 생각한 것이 두 가지는 되는 것 같은데?"

"예."

"그래, 첫 번째 생각은 얘기했고, 두 번째는 어떤 생각인가?"

"신부님은 저에게 신부님의 신상에 대해 얘기해 주셨습니다. 하지만 신부님은 저에 대한 이야기는 모르십니다."

"자네 신상이야, 무엇보다 아직 젊으니 그리 대단한 일들이 있었을 것 같지 않군."

"그런데 무척 불행한 일을 당했습니다. 스스로 씨앗을 뿌리지도 않은 불행입니다. 그래서 가능하면 그 불행을 그것을 뿌린 자에게 돌려주고 싶습니다. 그렇게 하지 못하면 전 아무래도 지금까지 종종 그랬던 것처럼 하느님을 저주하게 될 것 같습니다."

"그럼 자네는 자네가 저지른 것으로 되어 있는 죄에 대해 완전히 무고하다는 건가?"

"그렇습니다. 제가 사랑하는 두 사람의 생명을 걸고, 아버지와 메르세데스의 생명을 걸고 맹세할 수 있습니다."

"그럼," 사제는 숨겨둔 구멍에 뚜껑을 덮고, 침대를 원위치로 밀면서 말했다. "어디 한번 얘기해 보게."

당테스는 이야기를 시작했다. 이야기라고 해야 인도에 갔던 여행과, 근동에 두세 번 간 여행 이야기뿐이었다. 이윽고 이야기는 그 마지막 항해와 르클레르 선장, 그의 죽음, 선장이 대원수에게 전해 달라던 꾸러미, 대원수와의 만남, 그리고 대원수가 맡긴 누아르티에라는 인물에게 보내는 편지에 이르렀다. 그리고 마르세유 도착, 아버지와의 만남, 메르세데스와의 사랑 이야기, 약혼 피로연, 체포, 심문, 재판소에서의 구속, 이어서 마침내 이프 성채에 수감된 것까지 얘기했다. 이곳에 온 뒤의 일은 당테스는 아무것도 몰랐다. 얼마나 갇혀 있었는지조차 잊어버리고 있었다.

얘기가 끝나자 신부는 깊은 생각에 잠겼다.

"여기에," 신부는 한참 뒤 이렇게 말했다. "법률적으로 매우 의미심장한 잠언이 하나 있네. 그건 아까 내가 한 말과 딱 들어맞는데, 나면서부터 악한 마음을 지닌 인간이 아닌 한, 인간의 본성은 본디 죄를 좋아하지 않는다는 거지. 그런데 문명은 우리에게 욕망을 주고, 죄악을 주고, 후천적인 욕심을 주었어. 그 결과 때로는 우리의 선량한 본능을 억누르고 우리를 악으로 인도해 가지. 그래서 이러한 잠언이 태어난 거네. 그건 바로, 범인을 찾으려면 우선 그 범죄로 이득을 보는 자를 찾아라! 자네가 사라짐으로써 누군가 이득을 얻는 자가 있었나?"

"아무도 이득을 볼 사람은 없었습니다. 저는 별 볼 일 없는 사람이었어요."

"그렇게 대답해선 안 되네. 거기에는 논리와 철학, 둘 다 빠져 있어. 위로는 미래의 계승자가 방해물로 생각하는 왕으로부터, 아래로는 수습생이 방해물로 생각하는 정직원에 이르기까지, 모두 상대적인 관계 속에 있다네. 왕이 죽으면 계승자는 왕위에 오르네. 윗사람이 죽으면 수습생은 1천2백 리브르의 봉급을 물려받게 되지. 수습생에게 1천2백 리브르의 봉급은 황실에서 쓰는 비용이나 다름없다네. 그것은 그의 생활에 있어서 왕의 1천2백만 리브르와 다를 바 없을 만큼 필요한 거지. 사회계급의 가장 낮은 곳에서 가장 높은 곳에 이르기까지 사람들은 각자 모두 자기 주위에 작은 이해관계로 얽힌 세계를 가지고 있는데, 그 속에 데카르트가 말한 여러 세계와 마찬가지로 소용돌이가 있고 뾰족하게 모난 원소들도 있지. 다만 그런 세계는 위로 높이 올라갈수록 더욱더 커져 간다네. 거의 나선을 거꾸로 한 것과 같아. 우리는 균형을 잘 잡고 그 꼭대기에 서 있는 셈이지. 그러면 이제 자네의 세계로 돌아가 보세. 자네는 파라옹 호의 선장이 될 참이었지?"

"예."

"그리고 예쁜 아가씨와 결혼을 앞두고 있었고?"

"맞습니다."

"누군가 자네가 파라옹 호의 선장이 되는 것을 싫어할 사람은 없었나? 누군가 자네가 메르세데스와 결혼하는 것을 슬퍼할 사람은 없었을까? 먼저 첫 번째 질문에 대답해보게. 순서는 모든 문제의 열쇠니까. 누군가 자네가 파라옹 호의 선장이 되는 걸 싫어할 사람이 없을까?"

"없습니다. 배에서는 모두가 저를 좋아해 주었습니다. 만약 선원들이 선장을 선출했다면 아마 틀림없이 제가 되었을 겁니다. 그런데 단 한 사람, 저에게 원한을 품은 사람이 있기는 있었습니다. 저는 오래전에 그 사람과 말다툼을 벌이고 결투를 신청한 적이 있었는데, 그자가 거절했습니다."

"그래, 그자의 이름이 무엇인가?"

"당글라르라고 합니다."

"배에서는 무슨 일을 했지?"

"회계 담당이었습니다."

"만약 자네가 선장이 되었다면 그자를 그 자리에 계속 두었을까?"

"두지 않지요. 만약 그것이 제 권한으로 할 수 있는 일이라면요. 그자의 계산에는 아무래도 부정이 있는 것 같아서요."

"좋아. 그럼 자네와 르클레르 선장이 마지막 이야기를 나눴을 때 누군가 함께 있었던 자는 없었나?"

"없습니다. 둘만 있었습니다."

"누군가 두 사람의 이야기를 들은 사람이 있었나?"

"예, 문이 열려 있었으니, 그리고……아, 맞아요, 선장님이 저에게 대원수님께 보내는 꾸러미를 건네주었을 때 당글라르가 마침 그곳을 지나갔습니다."

"좋아. 단서를 하나 잡았어. 그래, 엘바 섬에서 정박했을 때, 누군가를 데리고 상륙했나?"

"아뇨, 저 혼자 상륙했습니다."

"그리고 편지를 받은 거로군?"

"예, 대원수님한테서요."

"그 편지를 어떻게 했나?"

"문서철에 끼워두었습니다."

"자네는 문서철을 가지고 다닌단 말인가? 공문서를 넣는 문서철을 어떻게 선원이 자기 호주머니 같은 데 넣고 다닐 수가 있지?"

"맞습니다. 문서철은 배에 두었습니다."

"그렇다면 배에 돌아와서 편지를 문서철에 넣어둔 거군?"

"그렇습니다."

"포르토페라이오에서 배를 타고 돌아오는 동안 그 편지를 어떻게 했나?"

"손에 들고 있었습니다."

"그럼 자네가 파라옹 호에 올라갔을 때, 모두들 자네가 편지를 들고 있는 것을 보았겠군?"

"예."

"당글라르도 봤겠지?"

"그도 봤습니다."

"자, 그럼 이제 기억을 전부 모아보세. 고발장이 뭐라고 씌어 있었는지 기억하고 있나?"

"예. 세 번이나 읽은 걸요. 한 마디 한 마디 다 기억하고 있습니다."

"그걸 들려주게."

당테스는 잠시 생각을 정리했다.

"그건 이렇습니다, 한 자 한 자 씌어 있던 그대롭니다.

존경하는 검사 각하. 저는 왕실에 대해 충성을 다하고 성실하게 신앙을 지켜온 자로서 알려드릴 것이 있습니다. 나폴리와 포르토페라이오에 기항한 뒤 오늘 아침에 스미르나에서 돌아온 범선 파라옹 호의 일등 항해사 에드몽 당테스는, 뮈라가 찬탈자에게 전하는 편지를, 그리고 다시 그 찬탈자가 파리의 보나파르트 일당에게 전하는 편지를 위탁받은 사실을 알려드리는 바입니다. 그가 죄를 지었다는 증거는 그를 체포하면 드러날 겁니다. 그 편지는 당사자나 그 아버지의 집, 또는 파라옹 호에 있는 그의 선실에서 찾을 수 있을 것입니다.

신부는 어깨를 으쓱해 보였다.

"그야말로 태양처럼 명명백백하군. 그걸 한눈에 짐작하지 못하다니, 자네는 너무 순진하고 선량한 사람이구먼."

"그렇게 생각하십니까?" 당테스가 소리쳤다. "그렇다면 정말 야비하기 짝이 없군요!"

"당글라르의 평소 필체는 어땠나?"

"멋지게 흘려 쓰는 필체입니다."

"그 편지의 필체는?"

"반대쪽으로 기울어진 필체였습니다."

신부는 미소 지었다.

"일부러 필체를 속인 거로군."

"그런 것치고는 굉장히 서툰 필체였습니다."

"잠깐." 사제는, 펜이라기보다 그가 펜이라고 부르고 있는 것을 잉크에 담근 다음, 종이 대신 천 위에 고발문의 첫 두세 줄을 왼손으로 썼다.

그것을 본 당테스는 놀라서 뒷걸음질 쳤다. 그리고 거의 공포의 눈빛으로 신부를 응시했다.

"놀랍군요!" 그는 소리쳤다. "정말 똑 닮았습니다."

"그 고발문을 왼손으로 썼기 때문이지. 그리고 방금 한 가지 깨달은 것이 있네."

"뭔데요?"

"오른손으로 쓴 필적은 다양하지만 왼손으로 쓴 것은 모두 비슷하다는 사실이네."

"그럼 신부님은 모든 걸 아신 겁니까, 모든 걸 다 알아보신 겁니까?"

"얘길 계속하세."

"예, 그러지요."

"그럼 두 번째 질문으로 넘어갈까?"

"물어보십시오."

"자네가 메르세데스와 결혼하지 않는다면 누군가 득을 보는 사람이 있을까?"

"예, 메르세데스를 사랑하는 청년이 있었습니다."

"이름은?"

"페르낭."

"이름으로 보아 스페인 사람이군?"

"카탈루냐 사람입니다."

"그자가 편지를 쓸 수 있었을까?"

"아닙니다! 그 녀석은 칼로 찌르는 게 할 수 있는 일의 전부일 겁니다."

"그럴 테지. 에스파냐 사람의 기질로 봐서 살인도 할 수 있지. 하지만 비겁한 짓은 하지 않을 거야."

"게다가 그 사람은 고발장 속에 있는 사실은 전혀 모르고 있었습니다."

"누구에게도 얘기한 적이 없나? 약혼녀에게도?"

"약혼녀에게도요."

"당글라르군."

"오, 이제야 저도 알았습니다!"

"잠깐만……당글라르는 페르낭을 알고 있었나?"

"아닙니다……아니……맞아요……."

"뭔가?"

"제 피로연 전전날에 두 사람이 팡필 영감님네 가게 정자에서 같이 탁자 앞에 앉아 있는 것을 보았습니다. 당글라르는 정답게 농담을 하고 있고 페르낭은 불쾌한 얼굴로 어쩔 줄 몰라 하고 있었어요."

"둘만 있었나?"

"아닙니다. 또 한 사람이 있었습니다. 제가 잘 알고 있는 사람인데, 아마 그 사람이 두 사람을 소개한 것 같습니다. 카드루스라고 하는 재단사입니다. 하지만 그 사람은 이미 떡이 되도록 취해 있었어요. 잠깐, 잠깐만요! 왜 그 생각을 못했을까? 세 사람이 술을 마시고 있던 탁자 위에 잉크병과 종이와 펜이 있었어요. (당테스는 이마에 손을 짚었다) 아, 비열한 놈들 같으니! 이 비열한 놈들!"

"알고 싶은 것이 또 있나?" 신부가 웃으면서 말했다.

"예, 있습니다. 신부님은 뭐든지 깊이 생각하시고 뭐든지 정확하게 아시는군요. 그러니까 제가 왜 한 번밖에 심문을 받지 않았는지, 왜 재판에 회부되지 않았는지, 그리고 왜 판결도 없이 이런 형을 언도받았는지 가르쳐 주십시오."

"오호, 이건 좀 어려운 문젠데. 재판이라는 건 자칫하면 종잡을 수 없는 방향으로 발전하는 것이어서 그 정체를 밝히는 건 쉬운 일이 아니야. 지금까지의 두 친구에 대한 건, 말하자면 어린애 장난 같은 거였어. 하지만 이번 일은 정확한 자료를 충분히 알려주지 않으면 곤란한데."

"그럼 저에게 물어보십시오. 무엇보다 신부님은 저 이상으로 제 신상을 잘 알고 계시니까요."

"자네를 심문한 사람은 누군가? 검사인가, 검사보인가, 아니면 예심 판사인가?"

"검사보였습니다."

"젊은 사람, 아니면 나이가 많은 사람?"

"젊은 사람이었습니다. 스물일고여덟?"

"좋아! 아직 부패하지는 않았겠군. 하지만 야심은 있을 나이지. 자네에 대한 태도는 어땠나?"

"엄격하지 않고 오히려 친절하게 느껴졌습니다."

"자네는 모든 걸 얘기했나?"

"하나부터 열까지."

"그 사람의 태도가 심문 중에 변하지는 않았나?"

"변했습니다. 저를 위험인물로 만든 그 편지를 읽었을 때였습니다. 마치 제 불행을 슬퍼해 주는 것 같았습니다."

"자네의 불행을?"

"예."

"그 사람이 분명히 자네의 불행을 동정해 주었다고 생각하나?"

"무척 동정해 주었습니다."

"어째서?"

"저를 위험에 빠뜨린 서류를 불태워 주었으니까요."

"무엇을? 고발장 말인가?"

"아닙니다, 편지입니다."

"확실한가?"

"제가 보는 앞에서 불태웠습니다."

"그렇다면 문제가 달라지는군. 그 사람은 자네가 생각하고 있는 이상으로 악당이야."

"그 말을 들으니 소름이 끼치는군요. 그럼 이 세상이 맹수와 독사로 가득 차 있다는 말씀입니까?"

"그렇다네. 게다가 두 발로 걷는 맹수와 독사는 진짜보다 더 무서운 법이지."

"계속해 말씀해 주십시오."

"좋아. 그 사람은 편지를 불태웠다고 했지?"

"그렇습니다. 그리고 저에게 말했습니다. '잘 보게, 자네에 대해서는 이 편지가 유일한 증거야. 그것을 이렇게 불태워버리겠네.'"

"순수한 마음으로 했다고 하기에는 아무래도 너무 절묘하군."

"그렇게 생각하십니까?"

"확신하네. 그래, 그 편지의 수신인은?"

"파리 코케롱 거리 13번지 누아르티에 씨입니다."

"그 편지가 사라짐으로써 검사보에게 뭔가 이익이 있었다고 생각하지는 않나?"

"설마요. 그 사람은 그렇게 하는 것이 나를 위한 것이라면서 그 편지를 누구에게도 얘기하지 않겠다고 몇 번이나 다짐하게 했습니다. 그리고 주소에 쓰여 있던 이름을 결코 입 밖에 내지 않을 것을 약속하게 했습니다."

"누아르티에?" 신부는 되풀이했다……"누아르티에? 난 전에 에트루리아 왕비의 궁정에 있었던 누아르티에라는 자를 알고 있지. 혁명 당시에는 지롱드 당에 속해 있었어. 자네가 말하는 검사보의 이름이 뭔가?"

"드 빌포르입니다."

신부는 갑자기 웃음을 터트렸다.

당테스는 놀라서 고개를 쳐들었다.

"왜 그러십니까?"

"자네에게는 이 햇살이 보이는가?" 신부가 물었다.

"예."

"좋아, 나에게는 모든 것이 이렇게 투명하게 반짝이는 햇살보다 더 선명하게 보이기 시작했어. 이 가엾은 친구야! 그 검사보가 자네에게 친절했다고?"

"예."

"그 훌륭한 검사보가 편지를 태워 증거를 없앴단 말이지?"

"예."

"그 정직한 사형집행인 나리가 누아르티에라는 이름을 절대로 발설하지 말라고 맹세를 시켰단 말이지?"

"예."

"그 누아르티에라는 남자 말인데, 자네는 불쌍하게도 눈이 멀었군 그래. 누아르티에라는 자가 누구인지 아나? 누아르티에는 바로 그 검사보의 아버지야!"

설사 벼락이 쳐서 당장 당테스의 발아래 심연이 뚫리고 그 밑바닥에서 지옥이 입을 벌렸다 해도 이 청천벽력 같은 말에 비하면 아무것도 아니었을 것이며, 이렇게까지 그를 뒤흔들어 놓지는 않았을 것이다. 그는 마치 머리가 깨지지 않도록 하려는 듯이 머리를 두 손으로 감싸 쥐고 일어섰다.

"그 사람의 아버지라고요!" 그가 소리쳤다.

"그래, 그자의 아버지 누아르티에 드 빌포르야."

그 순간 당테스의 머리에 번개 같은 빛이 뚫고 지나갔다. 지금까지 이해할 수 없었던 모든 일이 한 순간에 밝은 햇빛 속에 드러났다. 심문할 때의 빌포르의 머뭇거림, 편지를 불태운 일, 맹세를 종용한 것, 위협하는 대신 마치 연민을 구하며 간절하게 애원하는 것 같았던 그 목소리, 모든 것이 기억에 되살아났다. 그는 소리를 지르다가 술에 취한 사람처럼 비틀거렸다. 그리고 신부의 방에서 자기 방으로 가는 입구까지 달려가면서 말했다.

"이 모든 걸 혼자 다시 생각해 봐야겠어요."

당테스는 자기 방으로 돌아오자마자 그대로 침대 위에 쓰러져 버렸다. 저녁에 찾아온 간수는 눈도 깜박거리지 않고, 긴장한 얼굴로 석상처럼 입을 다물고 앉아 있는 그의 모습을 발견했다. 그는 생각에 잠겨, 몇 시간이 마치 몇 분처럼 흘러간 것 같은 그 시간 동안, 무서운 결심을 하고 처절한 맹세를 하고 있었다.

사람 목소리가 들려와서 당테스는 비로소 정신을 차렸다. 파리아 신부의 목소리였다. 자기 방에도 간수가 다녀가자, 당테스에게 식사를 같이 하자고 찾아온 것이었다. 신부는 미치광이로 불린 뒤부터, 특히 재미있는 미치광이로 인정받고부터 몇 가지 특별한 대우를 받고 있었다. 이를테면 일요일마다 약간의 흰 빵이 나오고, 작은 포도주도 한 병 얻고 있었던 것이다. 마침 그날은 일요일이었다. 그래서 신부는 빵과 포도주를 함께 먹자고 청년을 초대하러 온 것이었다.

당테스는 신부의 뒤를 따라갔다. 얼굴은 다시 원래대로 돌아가 평소와 다르지 않았지만 몸 전체가 딱딱하게 긴장되어 있는 것으로 보아, 마음속으로 확고한 결심을 하고 있음을 알 수 있었다. 신부는 가만히 그를 바라보더니 입을 열었다.

"자네가 궁금해하는 것을 알려주다가 그런 말까지 해버려서 미안하군."

"무슨 말씀이세요?" 당테스가 물었다.

"자네 마음속에 지금까지 없었던 복수의 마음을 부추겼으니 말이야."

당테스는 웃었다.

"다른 얘기나 하죠."

신부는 잠시 더 그를 바라보면서 슬픈 듯이 고개를 저었다. 그리고 당테스가 말한 대로 화제를 바꿨다.

노인의 이야기에는 고생을 많이 한 사람들의 이야기에서 볼 수 있듯이 많은 교훈과 끝없는 흥밋거리가 담겨 있었다. 그러나 그것은 결코 이기적인 것은 아니었다. 노인은 자기의 불행에 대해서는 한 마디도 하지 않았다.

당테스는 노인이 하는 한 마디 한 마디를 가슴에 새기면서 듣고 있었다. 어떤 것은 선원에 대한 전문적인 이야기처럼 그가 알고 있었던 것이었다. 또 어떤 것은 몰랐던 것에 대한 이야기로, 그것은 남극에서 항해자들을 비춰주는 오로라처럼 환상적인 빛으로 청년의 눈에 새로운 풍경과 새로운 지평을 보여주었다. 당테스는 만약 지식이 있는 사람이 이렇게 도덕적으로나 철학적으로, 또 사회적으로 깊은 경험을 쌓고 그것을 즐기고 있는 뛰어난 인물에게 배울 수 있다면 얼마나 행복한 일일까 하고 생각했다.

"신부님, 저 같은 사람과 함께 있어도 지루하지 않도록 신부님이 갖고 계신 지식을 좀 가르쳐 주시지 않겠습니까?" 당테스가 말했다. "물론 저처럼 교육도 받지 못하고 머리도 나쁜 친구를 두시는 것보다는 혼자 있고 싶으실 거라는 건 잘 알고 있습니다. 하지만 이 청을 들어주신다면, 다시는 탈옥 이야기는 하지 않겠다고 약속하겠습니다."

신부는 웃었다.

"아! 인간의 학문이란 정말 한정된 것이라네. 자네에게 수학, 물리학, 역사 그리고 내가 할 줄 아는 서너 가지 현대어를 가르쳐주면, 자네는 내가 알고 있는 건 다 알게 되는 셈이야. 그것을 내 머리에서 자네 머리로 옮기는 데는 2년이면 충분할 걸."

"2년이라고요!" 당테스가 말했다. "2년 만에 전부 배울 수 있다는 말씀이세요?"

"응용하는 건 어렵겠지만, 원칙만 배우는 데는 충분하지. 배우는 것과 아는 것은 별개의 문제야. 세상에는 식자(識者)와 학자(學者) 두 부류가 있는데, 식자를 만드는 건 기억력이고 학자를 만드는 건 철학이지."

"그럼 그 철학을 배울 수 있을까요?"

"철학은 배울 수 있는 게 아니라네. 철학은 학문을 응용할 줄 아는 천재에게만 허락되는 모든 학문의 총화 같은 거니까. 철학은 빛나는 구름이지. 그리스도가 하늘로 올라간 것도 바로 이 구름에 발을 들여놓았기 때문이라네."

"그럼 맨 먼저 무엇을 가르쳐 주시겠습니까? 빨리 시작하고 싶습니다, 저는 학문에 굶주려 있습니다."

"모든 걸 다 가르쳐주지!" 신부가 말했다.

두 사람은 당장 그날 밤 안에 교과목 계획안을 짜고 이튿날부터 바로 실행에 들어갔다. 당테스는 놀라운 기억력과 훌륭한 이해력을 가지고 있었다. 수학적인 두뇌를 가지고 있던 그는 계산을 통해 모든 것을 이해했다. 동시에 선원으로서의 시적인 감성은, 무미건조한 숫자와 엄정한 선으로만 증명되는 논리로 인해 지나치게 물질적으로 흐를 수 있는 모든 것을 조절해 주었다. 게다가 그는 이미 이탈리아어와 몇 차례의 동방 여행을 통해 현대 그리스어를 어느 정도 알고 있었다. 그 두 가지로 그는 곧 다른 모든 언어의 구조를 이해하게 되었다. 그리고 6개월 뒤에는 스페인어, 영어, 독일어를 하기 시작했다. 그는 전에 파리아 신부에게 약속한 대로, 공부에 마음을 빼앗겨 자유에 대한 갈망을 잊어버렸기 때문인지, 아니면 이미 앞에서도 말했듯이 약속은 반드시 지키는 성격 때문인지, 두 번 다시 탈옥에 대한 이야기는 꺼내지 않았다. 그리하여 많은 것들을 공부하는 가운데 하루하루가 빠르게 흘러갔다. 1년 뒤, 그는 완전히 못 알아볼 정도로 딴사람이 되어 있었다.

한편 당테스는 자기로 인해 파리아 신부가 기분전환을 하고는 있지만, 그럼에도 나날이 침울해하는 모습을 볼 수 있었다. 한 가지 생각이 끊임없이 신부의 마음에 들러붙어 있는 것 같았다. 깊은 생각에 잠겨 자기도 모르게 한숨을 쉬는가 하면, 벌떡 일어나서 팔짱을 끼고 침통한 모습으로 감방 안을 걸어 다녔다.

어느 날, 신부는 그렇게 수없이 원을 그리며 방 안을 왔다 갔다 하더니 갑자기 멈춰 서서 소리쳤다.

"아, 보초만 없다면!"

"없애려고 하면 없앨 수도 있지요." 당테스는 신부가 생각하는 것을 마치 유리를 통해 훤히 보고 있는 것처럼 말했다.

"오, 그건 전에도 말하지 않았나." 신부가 대답했다. "난 사람을 죽이는 짓은 하고 싶지 않아."

"하지만 그 살인은 자기를 보존하고 방어하려는 본능에서 나오는 겁니다."

"어느 쪽이든 내겐 마찬가지야."

"그러면서도 그걸 생각하고 계시는 거겠죠?"

"언제나 생각은 하고 있지. 생각이야 밤낮으로 하고 있어." 신부가 중얼거렸다.

"그래서 그 방법을 찾아 내셨나요?" 당테스는 목소리에 힘을 실어 물었다.

"글쎄, 복도에 장님에 말도 못하는 보초라도 세워놓지 않는 이상은."

"눈을 멀게 할 수도 있지요, 벙어리로 만들 수도 있고요." 무슨 생각이라도 있는 것처럼 내뱉은 당테스의 대답은 신부를 깜짝 놀라게 했다.

"안 돼, 안 돼!" 신부가 소리쳤다. "그런 짓은 안 돼."

당테스는 그 이야기를 좀더 하고 싶었다. 그러나 신부는 고개를 저으며 더이상 완강하게 대답하지 않았다.

석 달이 지나갔다.

"자네는 힘이 센가?" 어느 날 신부는 당테스에게 이렇게 물었다.

당테스는 거기에는 대답하지 않고, 끌을 집어 들더니 그것을 말편자처럼 구부렸다가 다시 원래대로 펴보였다.

"막다른 순간이 올 때까지 보초를 죽이지 않겠다고 약속할 수 있나?"

"맹세하겠습니다."

"좋아. 그럼 계획을 실행할 수 있겠군."

"얼마나 걸릴까요?"

"적어도 앞으로 1년쯤."

"그럼 이제 일을 시작해도 되는 겁니까?"

"당장에라도."

"아, 아, 1년이라는 시간을 허송하고 말았군요." 당테스가 소리쳤다.

"그 시간을 헛되이 보냈다고 생각하나?" 신부가 물었다.

"죄송합니다. 제가 잘못 생각했습니다." 당테스는 얼굴을 붉히면서 대답했다.

"조용히! 인간은 결국 인간일 뿐 아무것도 아니지. 그러나 자네는 내가 아는 사람 중에서도 아주 뛰어난 사람이야. 자, 내 계획이라는 건 이런 거네."

신부는 당테스에게 자기가 그린 도면을 보여주었다. 신부의 방, 당테스의 방, 그리고 양쪽 방을 연결하는 복도를 표시한 도면이었다. 그 복도 중앙에는 탄광에서 볼 수 있는 것처럼 옆으로 굴이 뚫려 있다. 그 굴 덕분에 늘 보초가 오가고 있는 복도 아래까지 갈 수 있다. 거기까지 가서 그곳에 커다란 구멍을 파는 것이다. 그리고 복도 바닥의 포석을 한 장 떼어낸다. 포석은 때가 되면, 그 위에 올라선 병사의 무게 때문에 밑으로 떨어진다. 병사는 구멍 속에 빠져버리는 것이다. 깜짝 놀란 병사가 아무런 저항도 하지 못할 때 당테스가 갑자기 달려든다. 병사를 묶고 재갈을 물린다. 두 사람은 복도로 난 창으로 빠져나가 줄사다리를 이용하여 바깥 성벽을 타고 내려가서 달아난다. 대략 그런 시나리오였다.

이 군더더기 없는 계획에 당테스는 손뼉을 쳤다. 눈은 기쁨에 불타고 있었다. 성공할 것을 믿어 의심치 않았다.

두 사람은 그날 당장 작업을 시작했다. 작업을 오래 쉬었던 뒤인 만큼, 또 아마 두 사람이 오랫동안 마음속 깊이 묻어 둔 생각이었던 것만큼, 두 사람의 작업은 빠르게 진행되었다.

두 사람이 일손을 쉬는 것은 간수를 기다리기 위해 각자의 방으로 돌아가야 할 때뿐이었다. 게다가 두 사람은 희미한 발소리만으로도 간수가 내려오는 것을 알 수 있어서, 뜻밖의 일로 당황한 적이 한 번도 없었다. 새 굴에서 기껏 파낸 흙더미가 전에 파놓은 통로를 가득 메우게 되자, 둘은 신중한 주의를 기울여 서로 각자의 방에서 창문으로 조금씩 내버렸다. 두 사람이 그것을 고운 가루로 만들었기 때문에 밤바람이 그것을 먼 곳으로 날려보냈고, 따라서 흔적이 전혀 남지 않았다.

그리하여 끌, 칼 그리고 나무 지렛대만을 의지해 일하는 동안 1년이 넘는 세월이 훌쩍 지나갔다. 그렇게 일하는 동안에도, 파리아는 당테스의 교육을 계속했다. 그는 당테스에게 여러 가지 언어로 얘기하며, 여러 나라의 역사와 영광스럽게 불리는 눈부신 자취를 종종 후세에 남기는 위대한 인물들을 가르쳤다. 그리고 사교계, 그중에서도 상류 사교계의 일원이었던 신부의 일거수일투족에는 비장한 품위 같은 것이 배어 있었기 때문에, 천성적으로 감화 받기 쉬운 당테스는 그때까지 자신에게 부족했던 우아한 예절과 상류층 사람들이나 뛰어난 사회인들과의 접촉을 통해서만 터득할 수 있는 귀족적 품위를 몸에 지니게 되었다.

굴은 15개월 만에 완성되었다. 출구를 복도 밑에 내어 위에서 보초가 걸어다니는 소리가 들려왔다. 되도록 안전한 탈출을 위해 달이 없는 어두운 밤을 기다리던 두 사람의 가슴에는 이제 단 하나의 걱정이 남아 있을 뿐이었다. 그것은 탈출하기에 앞서서 보초의 무게로 땅바닥이 저절로 꺼지지는 않을까 하는 것이었다. 이 불행한 사태를 막기 위해 토대 속에서 찾아낸 작은 기둥 하나를 받침대로 질러두었다. 마침 당테스가 그 일을 하고 있을 때, 당테스의 방에서 줄사다리를 걸기 위한 나무못을 뾰족하게 깎고 있던 파리아 신부가 갑자기 고통스러운 듯한 목소리로 그를 불렀다. 당테스는 서둘러 방으로 돌아가 보았다. 그러자 방 한가운데 우뚝 서서 새파랗게 질린 채 이마에 땀을 흘리며 두 손을 떨고 있는 신부의 모습이 눈에 들어왔다.

"아니!" 당테스가 소리쳤다. "왜 그러세요? 신부님, 왜 그러세요?"

"빨리, 빨리!" 신부가 말했다. "당테스!"

창백해진 파리아 신부의 얼굴과 푸르스름한 눈가, 새하얀 입술, 곤두선 머리카락을 본 당테스는 너무 무서워서 손에 쥐고 있던 끌을 떨어뜨렸다.

"무슨 일인데요?" 당테스가 소리쳤다.

"난 이제 틀렸어!" 신부가 소리쳤다. "내 얘길 잘 듣게. 난 무서운 병, 아마도 죽을병에 걸린 것 같네. 발작이 시작되었어. 난 그걸 알 수 있네. 감옥에 들어오기 1년 전에 이미 이 병에 걸렸지. 이 병에는 단 하나의 약밖에 없어. 그것을 가르쳐 줄 테니 잘 듣게. 내 방에 달려가서 침대 다리를 들어 올리게. 그 다리는 속이 비어 있는데, 그 속에 붉은 액체가 반쯤 들어 있는 작은 유리병이 있을 거야. 그걸 빨리 가져다주게. 아니, 아니야, 그보다는 내가 여기 있는 걸 들킬 염려가 있어. 내 몸에 아직 힘이 약간 남아 있는 동안 나를 부축해서 내 방으로 데려가주게. 발작이 계속되는 동안 무슨 일이 일어날지 모르니까."

당테스는 갑자기 닥친 이 불행한 사태에 놀라기는 했지만, 침착함을 잃지 않고 자기 다음으로 불행한 이 동료를 이끌고 굴속으로 내려갔다. 그리고 말할 수 없이 가슴 아픈 심정으로 반대편 끝까지 데리고 가서 신부의 방에 도착하자 침대 위에 눕혀 주었다.

"고맙네." 신부는 마치 얼음물에 빠졌다가 나온 것처럼 온몸을 부들부들 떨고 있었다. "마침내 병이 찾아왔구나. 난 강경증(強硬症)*¹에 걸렸다네. 아마 손가락 하나 까딱하지 못하고 신음조차 내지 못할 거야. 입에서 거품이 나오고 몸이 굳어지면서 소리를 마구 지를 거네. 그 소리가 새나가지 않게 해야 하네. 안 그러면 우린 영원히 헤어지게 돼. 내 몸이 움직이지 않고 차가워져서 마치 죽은 것처럼 되면, 잘 듣게, 그때 앙다문 내 치아 사이로 칼끝을 집어넣고 비틀게. 그리고 내 입에 이 약을 여덟 방울에서 열 방울 정도 흘려 넣게. 그러면 난 아마 살아날 거야."

"아마라고요?" 당테스는 비통한 목소리로 말했다.

"아악, 살려줘!" 신부는 소리쳤다. "난······난······"

---

*1 경직과 마비 상태가 지속되는 히스테리성 증상.

　발작이 너무나 급격하고 너무나 강렬하여 그 말을 끝까지 할 수가 없었다. 바다 위에 불어치는 폭풍처럼 어두운 기색이 그의 이마를 빠르게 뒤덮더니, 발작이 일어나자 그는 눈이 뒤집히고 입은 비틀어지며, 얼굴은 시뻘게졌다. 신부는 몸을 뒤틀고 거품을 뿜으면서 마구 소리를 질렀다. 당테스는 신부가 시킨 대로 담요를 덮어씌워 소리가 새나가지 않게 했다. 그런 상태가 두 시간이나 계속되었다. 이윽고 신부는 하나의 덩어리보다 더 움직임이 없어지고, 대리석보다도 창백하고 차가워지더니, 발밑에 짓밟힌 갈대보다도 더 망가진 모습으로 축 늘어졌다. 그리고 마지막 경련으로 점점 창백해지면서 마침내 몸이 뻣뻣해졌다. 당테스는 그 가사상태가 온몸에 퍼져 심장까지 얼어붙기를 기다렸다. 그리고 드디어 그때가 왔다고 판단하자, 칼을 신부의 치아 사이로 집어넣어 악다문 턱을 간신히 벌린 뒤, 붉은 액체를 한 방울씩 열 번을 흘려 넣고 한동안 기색을 살폈다. 한 시간이 지났지만 노인은 아무런 움직임도 보이지 않았다. 당테스는 이미 늦어버린 것이 아닌지 걱정되었다. 그는 노인의 머리를 부여잡고 가만히 그 얼굴을 들여다보았다. 이윽고 노인의 뺨 위에 희미한 핏기가 나타났다. 그리고 지금까지 부릅뜬 채 움직이지 않던 두 개의 눈에 시력이 돌아오고, 입에서는 약한 숨이 새나왔다. 그리고 노인은 몸을 움직였다.

"살았다! 아, 살았어!" 당테스가 소리쳤다.

노인은 아직 말을 할 수 없었다. 그러나 불안한 기색으로 문 쪽을 가리켰다. 당테스가 귀를 기울이자 간수의 발소리가 들려왔다. 벌써 7시가 되어가고 있었다. 당테스는 시간을 생각할 여유도 없었던 것이다.

청년은 굴 입구로 뛰어갔다. 그리고 그 속에 기어들어가 머리 위의 포석을 닫고 자기 방으로 돌아갔다.

간발의 차이로 그의 방문이 열렸다. 간수는 여느 때처럼 침대에 앉아 있는 당테스의 모습을 보았다.

간수가 나가고 그 발소리가 복도로 사라지자마자, 불안해서 미칠 것 같았던 당테스는 식사도 그대로 내버려 둔 채 아까 왔던 길을 다시 돌아갔다. 그리고 머리로 포석을 밀어올리고 신부의 방에 들어갔다.

신부는 의식이 돌아와 있었다. 그러나 몸을 움직이지 못하고 침대에 축 늘어져 있었다.

"다시는 못 만날 줄 알았는데." 신부가 말했다.

"왜요?" 당테스가 물었다. "그럼 돌아가실 거라고 생각하신 거예요?"

"그건 아니야. 하지만 달아날 생각만 있었으면 모든 준비는 다 되어 있었으니까. 난 자네가 벌써 달아났을 거라고 생각했지."

울컥한 당테스는 자기도 모르게 얼굴을 붉혔다.

"신부님을 두고요?" 그는 소리쳤다. "제가 그런 짓을 할 거라고 생각하셨어요?"

"이젠 내가 잘못 생각했다는 걸 알았네." 노인이 말했다. "이보게, 난 이제 완전히 쇠약해졌어. 기진맥진해서 약해져 버리고 말았어."

"기운 내세요. 다시 힘을 회복하실 거예요." 당테스는 파리아 신부의 침대 옆에 앉아 그의 손을 잡았다. 신부는 고개를 옆으로 저었다.

"지난번에는 발작이 30분쯤 계속되었지. 그런 뒤에는 배가 고프더군. 그래서 난 혼자 일어났어. 그런데 오늘은 다리도 오른팔도 움직일 수가 없군. 머리도 맑지가 않네. 이건 뇌출혈 증상이야. 세 번째에는 전신불수가 되거나 급사하거나 둘 중 하나일 걸세."

"아니에요, 그렇지 않아요, 안심하세요. 돌아가시지는 않을 거예요. 세 번째 발작이 일어날 때는 신부님은 자유의 몸이 되어 있을 텐데요. 그리고 이번처럼 또 구해드릴 거예요. 구해드릴 수 있는 방법도 훨씬 더 많을 테니 아마 훨씬 더 쉽게 구할 수 있을 거예요."

"이보게, 착각하면 안 돼. 발작은 지금 막 나에게 종신금고형을 선고했네. 달아나려면 걸을 수 있어야 하니까 말일세."

"그렇다면 기다리지요. 1주일, 한 달, 뭣하면 두 달이라도. 그동안 기운을 차리실 거예요. 탈옥 준비는 다 되어 있어요. 그 시기는 우리 마음대로예요. 헤엄을 칠 수 있는 힘이 돌아오면 계획을 실행에 옮기기로 해요."

"이제 난 헤엄칠 수 없어. 이 팔이 마비된 것은 단순히 오늘만의 일이 아니라네. 이건 평생 계속될 거야. 한번 들어 올려 보게, 무겁게 축 늘어질 테니까."

청년은 노인의 팔을 들어 올려 보았다. 신부의 팔은 아무런 감각도 없이 축 늘어지고 말았다. 그는 자기도 모르게 한숨을 내쉬었다.

"이젠 알겠지? 에드몽. 내가 하는 말을 믿어주게. 나는 내가 무슨 말을 하고 있는지 잘 알고 있어. 난 이 병에 처음 걸렸을 때부터 늘 그것을 생각하면서 그때가 오기를 기다리고 있었네. 왜냐하면 이건 내 혈통의 유전이니까. 아버지도 세 번째 발작 때 돌아가셨네. 할아버지도 마찬가지였고. 이 약을 조제해준 의사는 사실 그 유명한 카바니스라네. 그도 나에게 같은 운명을 예언했어."

"의사도 실수할 때가 있습니다." 당테스가 외쳤다. "게다가 몸이 말을 듣지 않는다고 해도 그건 문제가 안 됩니다. 제가 신부님을 업고 가겠어요. 그리고 헤엄치는 것도 도와드릴게요."

"이보게," 신부가 말했다. "자넨 선원이고 헤엄치는 덴 선수야. 그러니 당연히 알고 있겠지. 그렇게 무거운 짐을 지고서는 100미터도 헤엄치지 못한다는 것을. 그런 꿈같은 얘기는 그만두게. 자네는 영리하니까 잘 알고 있겠지. 그런 꿈에 사로잡혀선 안 돼. 나는 자유의 날이 올 때까지 이곳에 남아 있을 생각이네. 그렇다 해도, 이런 신세가 된 이상 임종할 때를 기다리는 수밖에 없겠지만 말이야. 하지만 자네는 이곳에서 달아나야 해! 자넨 나이도 젊고 민첩하고 힘도 있지 않은가. 나 같은 건 걱정할 필요 없어. 자네와의 약속도 여기까지야."

"좋아요." 당테스가 말했다. "알겠어요! 그럼 저도 이곳에 남겠습니다."

이렇게 말하면서 일어선 그는 엄숙하게 노인에게 손을 내밀었다. "주님의 이름으로 맹세합니다. 저는 신부님이 돌아가실 때까지 결코 신부님 곁을 떠나지 않겠습니다!"

파리아 신부는 이 너무나도 고결하고 너무나도 진솔하며 너무나도 예의바른 청년을 가만히 바라보았다. 그리고 헌신의 표정이 넘치는 청년의 얼굴에서 순진한 사랑과 용감한 맹세의 빛을 읽었다.

"좋아." 노인은 말했다. "그 호의를 받아들이지. 고맙네."

그리고 당테스에게 손을 내밀면서 말했다.

"사리사욕을 내팽개친 그 친절에 대해 자네는 틀림없이 보상을 얻게 될 거야. 하지만 어쨌든 난 지금은 달아날 수가 없고 자네도 달아나지 않겠다고 한 이상, 복도 밑의 굴을 막아두는 것이 가장 중요하네. 보초병이 그곳을 지나가다가, 굴이 있는 곳에서 소리가 울리는 것을 알아채고 감독관에게 보고할지도 몰라. 그렇게 되면 모든 게 발각되어 우리는 서로 헤어지게 될 거야. 어서 그것을 막아야 해. 도와줄 수 없는 건 안타깝지만 오늘 하룻밤이면 충분할 거야. 그리고 내일 아침 간수가 돌고 나면 나한테 와주게. 중요한 걸 전해 줄 테니까."

당테스는 신부의 손을 잡았다. 신부는 미소로 응답하여 그의 마음을 안심시켜 주었다. 당테스는 노인에 대한 복종과 존경을 마음속으로 다짐하면서 신부의 방에서 나갔다.

보물

이튿날 아침, 당테스가 신부의 방에 들어갔을 때 신부는 평온한 표정으로 앉아 있었다.

그는 감방의 좁은 창을 통해 흘러들어오는 햇살 속에서, 앞의 이야기를 떠올리면 알 수 있듯이 왼손 한 쪽만으로 종이쪽지 하나를 펼치고 있었다. 종이는 오랫동안 가늘게 말려 있었기 때문인지 펼치려고 해도 자꾸 말려버리곤 했다.

신부는 그것을 말없이 당테스에게 보여주었다.

"이게 뭐죠?" 당테스가 물었다.

"보면 알아." 신부가 미소 지으면서 말했다.

"제 눈으로는 암만 봐야 반쯤 타다만 종이에 이상한 잉크로 고딕체 글씨가 적혀 있을 뿐인데요."

"이 종이는 말이야, 친구, 자네의 진심을 알았으니 이젠 뭐든지 털어놓을 수 있는데, 이 종이는 내 보물이야. 그리고 오늘부터 그 보물의 반은 자네 것이네."

식은땀이 당테스의 이마 위로 흘러내렸다. 오늘이 오기까지 얼마나 긴 세월이었나! 그는 불쌍한 신부를 미치광이로 선고하게 된 원인이었던 보물에 대해 얘기하는 것을 애써 피하고 있었다. 에드몽은 타고난 세심한 배려심에서 그 아픈 곳을 건드리지 않기로 했었다. 한편 파리아 신부 쪽에서도 그것에 대해 한마디도 하지 않았다. 그는 노인의 침묵을 노인이 이성을 되찾은 증거라고 생각했다. 그런데 오늘, 그 무서운 발작 뒤에 느닷없이 파리아 신부의 입술에서 새어나온 말을 듣고 그야말로 심각한 정신착란이 시작되었다고 생각했다.

"신부님의 보물이라고요?" 당테스가 중얼거렸다.

신부는 미소 지었다.

"그래. 여러 가지 면에서 생각하건대 자네는 훌륭한 마음씨를 가진 청년이야, 에드몽. 자네 낯빛이 변하고 몸을 떠는 것으로 보니 자네가 지금 무슨 생각을 하고 있는지 알 것 같군. 걱정 말게. 난 미치광이가 아니야. 그 보물은 분명히 있어, 당테스. 만약 그게 내 손에 들어올 수 없다면 난 그것을 자네에게 주고 싶네. 사람들은 모두 나를 미치광이라고 알고 있네. 누구 한 사람, 내가 하는 말을 귀담아 듣고 믿어주려는 사람이 없었지. 하지만 내가 미치지 않았다는 걸 알고 있는 자네만은 들어주기 바라네. 그런 뒤에 믿을 만하다고 생각되면 나를 믿어주면 돼."

'저런!' 당테스는 마음속으로 중얼거렸다. '드디어 병이 재발하셨군! 그렇지 않아도 불행한 이 판국에!'

그리고 소리를 내어 파리아 신부에게 말했다.

"신부님, 아마 발작으로 피곤하신 모양이에요. 잠시 쉬시는 게 어떻겠어요? 그 얘기는 내일 듣기로 하고, 오늘은 그냥 간호만 해드리고 싶어요. 그리고." 당테스는 미소 지으면서 말을 계속했다. "그런 보물 이야기는 그렇게 급한 일도 아니잖아요."

"무척 급한 일이야, 에드몽!" 노인이 대답했다. "내일, 모레, 세 번째 발작이 일어나지 않을 거라고 누가 장담할 수 있겠나. 그렇게 되면 모든 게 끝이야! 난 열 집안을 부자로 만들어 줄 정도의 그 보물이 나를 박해한 사람들 손에 들어가진 못할 거라고 생각하면서 종종 씁쓸한 기쁨 같은 것을 맛보았네. 마치 복수처럼 생각하면서 말이야. 난 그 생각을 감옥의 밤, 이 감금된 몸에 절망하면서 천천히 음미했지. 하지만 난 지금 자네를 통해 세상을 용서하고, 자네가, 나이도 젊고 앞날도 창창한 자네가 이 사실을 알면 앞으로 얼마나 행복해질까 생각해 보았지. 그래서 때를 놓치게 될까봐 두려워하고 있다네. 흙 속에 묻혀 있는 그 재산을 자네 같은 사람에게 맡기지 못하게 될까 봐 두려워." 에드몽은 얼굴을 돌리면서 한숨을 내쉬었다.

"에드몽, 자네는 내 말을 하나도 믿지 않으려 하는군. 내 목소리가 자네를 믿게 할 수 없는 건가? 자네는 증거를 원하고 있겠지. 좋네, 지금까지 누구에게도 보여주지 않았던 이것, 이 편지를 보여주지."

"내일 읽어보겠습니다." 에드몽은 미치광이 노인을 더 이상 상대하고 싶지 않아서 그렇게 말했다. "그 얘기는 내일 나누는 것이 낫다고 생각해요."

"얘기는 내일 하지. 하지만 이 서류만은 오늘 읽어보게."

'화가 나시게 해선 안 돼.' 에드몽은 그렇게 생각했다.

그리고 아마 무슨 사고가 있었는지 반쯤 타버린 것으로 보이는 그 종이쪽
지를 받아 들고 읽기 시작했다.

······보물의······ 가치는 대략 로마화폐로 2······

······에퀴에······ 두 번째 굴의······

······가장 깊은 구석에······

······모두 그에게 물려주어······

······하는 바······

4월 25일 서기 일천사백구십······

"어때?" 당테스가 다 읽기를 기다리던 파리아 신부가 조급하게 물었다.

"하지만 글이 끊어져 있어서 연결이 되지 않아요. 글자가 불타버려서 무슨 뜻인지 전혀 모르겠는데요."

"그건 이제 처음 읽었기 때문이야. 난 그걸 해독하려고 며칠 밤을 새우면서 문장을 하나하나 완성하고 거기 적혀 있는 의미를 낱낱이 정리했다네."

"그럼 끊어진 의미를 아신다는 겁니까?"

"확신하네. 자네 의견도 한번 듣고 싶군. 하지만 먼저 이 서류의 내력부터 들려주지."

"쉿!" 당테스가 소리쳤다. "……발소립니다!……가까워져요……전 이만 가겠습니다……그럼."

당테스는 노인의 불행을 더욱 믿지 않을 수 없게 만드는 그 내력 이야기와 설명에서 벗어날 수 있게 된 것을 다행이라 여기면서 좁은 굴 속을 뱀처럼 미끄러져 갔다. 한편 파리아는 공포심으로 기운이 났는지, 포석을 발로 밀어 놓고 이음새를 숨길 여유가 없자 그 위에 거적을 덮어 가렸다.

소장이었다. 간수한테서 파리아 신부의 몸에 이상이 있다는 말을 듣고, 얼마나 중태인지 확인하려고 직접 찾아온 것이었다.

파리아는 앉은 채 소장의 방문을 받았다. 그는 의심을 사지 않도록 주의하면서, 반은 죽은 것처럼 되는 중풍 증상을 소장에게 교묘히 숨겼다. 그는 두려웠다. 소장이 자신을 동정하여 좀더 건강에 좋은 감방으로 옮겨주기라도 한다면 큰일이었다. 자신과 당테스는 헤어지게 되는 것이었다. 그러나 다행히 그런 일은 일어나지 않았다. 소장은 자기도 호감을 가지고 있는 이 가련한 미치광이가 가벼운 병에 걸렸을 뿐이라고 생각하고, 그대로 돌아가 버렸다.

그러는 동안 에드몽은 침대에 걸터앉아 두 손으로 머리를 감싸 쥐고, 생각을 정리하려고 애썼다. 파리아 신부를 알고 난 뒤부터, 그에게는 파리아가 어느 모로 보나 지극히 이지적이고 위대하며 논리적인 인물로 생각되었었다. 그렇게 모든 점에서 지극히 현명한 그 사람이 왜 그 일에서만은 말도 안 되는 생각을 고집하는 것인지 도무지 이해가 되지 않았다. 과연 파리아가 잘못 생각하고 있는 것일까. 아니면 모든 사람들이 파리아에 대해 잘못 생각하고 있는 것일까?

당테스는 그날 파리아를 찾아갈 엄두를 못 내고 하루 종일 자기 방에 있었다. 그는 신부가 미쳤다는 것을 받아들여야 하는 순간을 되도록이면 늦추고

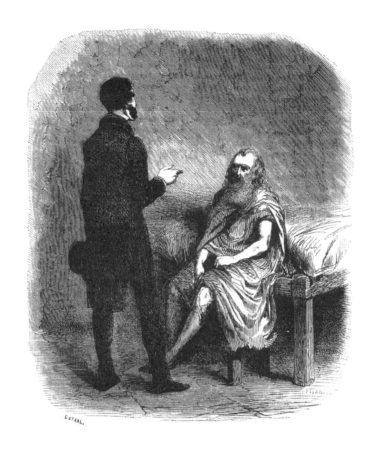

싶었다. 그 사실을 믿어야 한다는 것은 그에게 끔찍한 일이었다.

저녁에 늘 찾아오는 시간이 지나도 청년이 오지 않자, 파리아는 청년과 자기 사이를 가로막고 있는 그 거리를 자기 쪽에서 뛰어넘으려 했다. 노인이 병든 몸을 옮기기 위해 애쓰며 내는 고통스러운 소리가 들려왔을 때, 에드몽은 자기도 모르게 흠칫 몸을 떨었다. 이미 한쪽 다리가 움직이지 않게 된 노인은 이젠 손을 쓰는 수밖에 없었다. 에드몽은 노인을 자기 쪽으로 끌어올렸다. 노인은 당테스의 방으로 가는 좁은 굴 입구에서 혼자서 기어 나오는 것조차 하지 못했다.

"내가 집요하게 자네를 쫓아다니는군." 노인은 호의가 담긴 미소를 보이며 말했다. "자네는 나의 엄청난 보물 이야기에서 감쪽같이 달아난 걸로 생각한 모양인데 그렇게는 안 될걸. 내 얘기를 더 들어줘야겠어."

에드몽은 더 이상 피할 수 없다고 생각했다. 그래서 노인을 침대에 앉히고 자기도 의자를 가져와서 그 옆에 앉았다.

"난 스파다 추기경의 비서이자 가족이었고, 친구였네. 그는 스파다 추기경 가문의 마지막 사람이야. 내가 이 세상에서 맛본 행복은 모두 그분 덕분이었지. 그 집안이 얼마나 부자였는지, '스파다 같은 부자'라는 속담 같은 말까지 생겼을 정도였지. 하지만 그분 자신은 결코 부유하지 않았네. 그런데 그분은 세상의 소문대로 자기를 부자라고 생각하며 살았지. 그분의 저택은 나에게는 천국이었네. 나는 그분의 조카들을 가르쳤어. 그들이 죽고 그분 혼자 이 세상에 남았을 때, 10년 동안 나에게 베풀어준 호의에 보답하기 위해 온 힘을 다해 그분을 섬기기로 했다네.

나는 추기경의 저택에 대한 것은 하나에서 열까지 전부 알고 있었어. 전에도 자주 추기경이 옛날 책을 조사하거나, 먼지 속에 파묻혀 집안 대대로 내려오는 문서를 찾고 계시는 것을 본 적이 있었어. 그래서 어느 날 난 그분께, 그렇게 쓸데없는 것으로 밤을 새우시면 몸이 배겨나지 못하실 거라고 책망했지. 그러자 그분은 냉소적인 미소를 지으며 나를 물끄러미 쳐다본 뒤, 책 한 권을 내미셨어. 로마시대의 이야기였어. 그 속에 있는 교황 알렉산드르 6세의 전기 제30장에 다음과 같은 얘기가 적혀 있었어. 난 그것을 평생 잊지 않았네."

로마뉴 대전(大戰)이 끝났을 때, 정복을 마친 체사레 보르자[*1]는 이탈리아 전체를 사들이기 위해 돈이 필요했다. 한편 교황[*2]도, 당시에 실패를 거듭하고는 있었지만 그래도 여전히 무서운 세력을 가지고 있었던 프랑스 국왕 루이 12세와 손을 잡기 위해 돈이 필요했다. 그래서 뭔가 수를 써서 거액을 마련하지 않으면 안 되었다. 그러나 피폐할 대로 피폐해진 가난한 이탈리아에서는 여의치 않은 일이었다. 그래서 교황은 한 가지 계획을 생각해냈다. 추기경을 두 명 두기로 결심한 것이다. 그래서 로마의 명사 가운데 특히 돈이 많은 두 사람을 뽑기로 했다. 교황이 이 투기의 결과로 얻을 수 있는 것은 다음과 같은 것이었다. 첫째로, 교황은 두 사람의 추기경이 지금까지 가지고 있던 높은 관직을 팔 수 있었다. 또 두 추기경직도 매우 비싼 값에 팔 수 있다. 게다가 이 투기에

---

*1 교황의 사생아.
*2 체사레의 아버지.

서는 또 하나의 이익이 예상되었다. 그것은 이윽고 사실이 되어 나타났다.

교황과 체사레 보르자는 우선 추기경 자리에 앉힐 두 사람을 찾아냈다. 하나는 교황청에서 최고직을 네 개나 독차지하고 있던 장 로스필리오시이고, 또한 사람은 체사레 스파다, 로마인 중에서도 가장 고귀하고 가장 부유한 남자였다. 두 사람은 교황이 주는 그러한 은총의 의미를 알고 있었다. 또한 모두 야심가였다. 이들을 찾고 나자, 체사레는 또 이 두 사람의 지위를 노리는 몇 사람들을 주목했다.

그 결과, 로스필리오시와 스파다가 추기경직을 사들이고, 다른 여덟 명의 사람들은 새롭게 추기경이 된 두 사람의 지위를 사기 위해 돈을 들였다. 그리하여 교황의 금고에는 80만 에퀴의 돈이 들어오게 되었다.

"그런데 이제부터는 그 뒤의 이야기일세."

교황의 무한한 은총으로 추기경의 배지를 얻게 된 로스필리오시와 스파다가 그들의 업무를 처리하고 로마에 자리를 잡기 위해 로마로 올 수밖에 없음을 안 교황과 체사레 보르자는 두 추기경을 오찬에 초대했다.

교황과 그 아들 사이에는 의견이 엇갈리고 있었다. 체사레는 언제나 친구들에게 시도하던 방법 가운데 한 가지를 선택할 생각이었다. 예를 들면, 우선 첫번째가 그 유명한 열쇠. 열쇠를 주고 어떤 궤짝을 열게 하는 방법이다. 열쇠에는 직공의 부주의로 작은 쇠 가시가 남아 있다. 잘 듣지 않는 자물쇠를 억지로 열려는 순간, 그 작은 가시에 손이 찔린다. 그것 때문에 이튿날 죽게 되는 것이다. 또 한 가지 사자머리 반지이다. 악수할 때 체사레가 그것을 손가락에 끼고 한다. 사자가 그러한 영광을 얻은 사람의 손을 문다. 24시간이 지나면 상처는 치명상이 되어버린다.

그래서 체사레는 추기경에게 궤짝을 열게 하거나, 한 사람 한 사람에게 친절한 악수를 하거나, 둘 중의 하나를 하자고 아버지에게 제안했다.

그런데 교황 알렉산드르 6세는 그것에 대해 이렇게 대답했다. '이 훌륭하신 스파다와 로스필리오시 추기경을 위해서라면 차라리 오찬에 초대하기로 하자. 그만한 비용은 다시 들어올 것 같으니까. 게다가 너는 잊었겠지만, 소화불량의 결과는 금방 그 자리에서 나타나지. 그에 비해 가시에 찔리거나 물린 상처는

하루나 이틀이 지나지 않으면 효과가 보이지 않는단 말이야.'

체사레도 이 말에 따르기로 했다. 그리하여 두 추기경은 오찬에 초대받게 된다.

오찬은 추기경들도 자주 소문으로 들었던 아름다운 저택, 산 피에르 에스 리안 근처의 교황이 소유한 포도원 안에 마련되었다. 로스필리오시는 새롭게 손에 넣은 높은 관직에 마음이 들떠서 잔뜩 먹을 준비를 하고 싱글벙글 웃으며 찾아갔다. 그러나 스파다는 매우 조심성 많은 사람이어서, 앞날이 기대되는 청년 사관인 사랑하는 조카를 위해 종이와 붓을 꺼내 유언장을 써 두었다. 그는 조카에게 사람을 보내 포도원 근처에서 기다리고 있으라고 말하게 했다. 그러나 하인은 청년을 만나지 못한 것 같다.

스파다는 이미 전부터 이러한 향연이 무엇을 의미하는지 알고 있었다. 문화적인 그리스도교가 로마에 침입한 뒤부터, '황제로부터 죽으라는 명령'을 전하러 오는 것은 백인대장이 아니라, '교황께서 식사를 함께 하시잡니다' 하고 입에 미소를 머금고 말하는 교황청의 비밀 사자였던 것이다.

스파다는 두 시쯤에 산 피에르 에스 리안의 포도원에 갔다. 교황은 벌써 기다리고 있었다. 그때 스파다는 자기 조카가 아름답게 차려입은 우아한 모습으로 이미 체사레 보르자의 더없이 정중한 대접을 받고 있는 것을 보고 깜짝 놀랐다. 스파다의 안색이 변했다. 그를 향한 빈정거리는 듯한 체사레의 눈길은, 바로 그대가 헤아린 대로 함정은 완벽하게 준비되어 있다네 하고 말하고 있었다.

식사가 시작되었다. 스파다는 조카에게 '내 전언을 듣지 못했느냐?'고 묻는 것밖에 할 수 없었다. 받지 못했다고 대답한 조카는 그제야 비로소 그 말의 의미를 똑똑히 깨달았다. 그러나 이미 때는 늦어 있었다. 그는 교황의 요리사가 그를 위해서라며 내온 맛 좋은 포도주 한 잔을 벌써 마셔버린 뒤였다. 스파다는 그때 다른 술병이 자기 자리에 와서 술잔에 찰랑찰랑하게 가득 차는 것을 보고 있었다. 그로부터 한 시간 뒤, 의사는 두 사람이 독버섯에 중독되었다는 진단을 내렸다. 스파다는 포도원 입구에서 죽었다. 조카는 자기 집 문 앞까지 와서 아내에게 뭔지 모를 손짓을 하면서 숨을 거뒀다.

교황과 체사레는 죽은 사람의 서류를 찾는다는 명분으로 즉시 유산을 압류했다. 그러나 유산이라고는 단 한 장의 종이쪽지밖에 없었다. 종이에는 다음과 같이 적혀 있었다.

'나는 사랑하는 조카에게 내 문갑들과 서적들을 남기노라. 그 가운데 네 모서리에 황금을 칠한 기도서가 있다. 사랑하는 큰아버지가 남긴 기념품으로 간직해 주기 바란다.'

후손들은 모든 곳을 뒤져보았다. 그들은 기도서에 감탄하며, 가구들을 뒤졌지만 부유하던 스파다가 그 큰아버지들 가운데 가장 가난했던 것에 놀라움을 금치 못했다. 보물 같은 건 아무것도 없었다. 있는 것이라고는 서고와 연구실 안에 있는 학문상의 보물뿐이었다.

그것이 다였다. 체사레와 교황은 수색에 수색을 거듭하고 첩자까지 활용했다. 그러나 아무것도 없었다. 있다고 해도 극히 소량뿐이었다. 귀금속류 약 1천 에퀴, 그리고 화폐가 같은 액수만큼 남아 있었다.

그런데 스파다의 조카는 집에 돌아가자마자 아내에게 이런 말을 남길만한 여유는 있었다.

'큰아버님의 서류를 찾아보시오, 진짜 유언장이 나올 테니.'

이 말에 따라 유족들은 높은 양반들이 한 것보다 훨씬 더 열심히 수색해 보았다. 그러나 그것도 완전히 헛일이었다. 저택 뒤에는 건물 두 채와 포도원이 하나 남아 있었다. 그러나 그 시절에 부동산 가치란 거의 하잘것없는 것이었다. 그 두 건물과 포도원은 탐욕스러운 교황과 그 아들한테도 관심의 대상이 되지 않아 그대로 가족에게 남겨졌다.

그로부터 몇 년의 세월이 흘렀다. 교황 알렉산드르 6세는 세상 사람들이 아는 것처럼 실수에 의해 중독사하고 말았다. 그와 함께 독에 중독된 체사레는 살갗이 뱀처럼 변하고, 독이 남긴 반점 때문에 피부표면이 호랑이 가죽처럼 변했을 뿐 목숨만은 건졌다. 결국 그는 로마에서 추방되어 역사에도 기록되어 있지 않은 밤거리의 난투극에서 누구의 손에 당했는지도 모르게 목숨을 잃었다.

교황이 죽고 그 아들도 쫓겨나자, 사람들은 스파다 집안이 대대로 추기경을 배출하는 명문가의 자리로 다시 돌아올 것이라고 기대했다. 그러나 그런 기색은 전혀 보이지 않았다. 스파다 일가는 먹고 사는 것도 여의치 않게 되었고, 그 음산한 사건은 그대로 영원한 비밀로 남게 되었다. 아버지보다 수완이 좋은 체사레가 두 추기경의 재산을 교황의 손에서 빼돌렸다는 소문이 나돌았다. 여기서 두 사람이라고 한 것은, 추기경 로스필리오시도 아무런 경계를 하지 않았기 때문에 철저하게 알거지가 되고 말았기 때문이다.

파리아는 이쯤에서 미소를 지으면서 말했다.
"지금까지의 얘기가 그렇게 엉터리 같지는 않지?"
"아, 신부님." 당테스가 말했다. "오히려 흥미진진한 연대기라도 읽는 것 같았습니다. 얘기를 계속해 주십시오."
"그럼 계속하지. 스파다 일가는 그런 불운에 점차 익숙해져 갔지. 세월이 흐르는 동안 자손 가운데 누구는 군인이 되고, 누구는 외교관이 되고, 또 누구는 수도자, 누구는 은행가가 되었다네. 어떤 자는 재산을 이루고 어떤 자는 파산하여 망하기도 했지. 그리고 마지막으로 남은 사람, 즉 내가 비서로 일했던 그 스파다 백작의 시대가 되었네.

난 백작이 재산과 지위가 균형이 맞지 않다고 불평하는 소리를 종종 들었네. 그래서 남아 있는 약간의 재산을 종신연금으로 맡기는 게 좋겠다고 조언했어. 내 의견은 받아들여졌고, 그러자 수입은 배로 늘어났네.

일가의 손에 남은 그 기도서는 스파다 백작이 가지고 있었어. 그건 아버지한테서 아들에게로 이어져 내려갔네. 왜냐하면 단 하나뿐이었던 유언장 속에 이상한 말이 적혀 있었기 때문에, 그것이 마치 무슨 유골인 양 미신적인 존경으로 가족의 손에 의해 계속 보관되어 왔기 때문이지. 그것은 아름다운 고딕풍 그림과 황금으로 잔뜩 치장된 책이었는데, 성대한 의식이 있는 날에는 집사가 그것을 받쳐 들고 추기경보다 앞에서 걷곤 했다네.

나는 일가의 서고에 들어 있던, 독살된 추기경에게서 전해져 내려온 모든 증서와 계약서, 양피지에 기록된 공문서 등을 보고, 그때까지 몇 명의 고용인과 집사, 비서들이 한 것처럼, 그 어마어마한 양의 서류다발을 조사해 보기로 마음먹었네. 난 세심하게 조사해 보았어. 역시 아무것도 나오지 않더군. 하지만 난 보르자 집안에 대한 역사를 읽어보았네. 그뿐만이 아니야, 체사레 스파다 추기경의 죽음으로 그들의 재산이 늘어나거나 하지는 않았는지 알아보기 위해 보르자 집안의 일지를 써보기까지 했어. 하지만 그 불행한 로스필리오시 추기경의 재산이 추가되어 있는 것을 발견하는 것에 그쳤다네.

그래서 나는 스파다의 유산이 보르자 집안의 것이 되지 않고 또 그 일가의 소유도 되지 않은 채, 마치 정령의 보호를 받아 대지의 품에 잠들어 있는 '아

'라비안나이트'의 보물처럼 완전히 주인이 없는 상태로 남아 있음을 확신했네. 나는 수없이 찾아보고 헤아려 보았어. 300년에 걸친 일가의 수입과 지출을 샅샅이 조사해 보았어. 그러나 모든 건 완전히 헛수고로 끝났네. 아무것도 알아내지 못했어. 스파다 백작은 여전히 가난에 허덕이고 있었네.

내가 모시던 백작도 사망했네. 유산 속에는 일가에 관한 기록 외에 5천 권의 장서와 그 기도서가 남아 있었어. 난 백작으로부터 그 모든 것과 로마 화폐 1천 에퀴의 현금을 물려받았지. 다만 조건이 있었는데, 해마다 미사를 올리고, 백작 집안의 족보와 역사를 써달라는 것이었네. 난 약속을 지켰지……

자, 이젠 안심하게, 에드몽. 드디어 내 이야기도 끝나가니까.

1807년 내가 체포되기 한 달 전, 그리고 스파다 백작이 돌아가신 지 보름 뒤, 즉 5월 25일이었네. 이 날을 내가 어떻게 기억하고 있는지, 그건 곧 알게 될 걸세. 난 이미 수없이 읽고 내 손으로 정리한 그 서류를 다시 한 번 읽어보았네. 그건 그 저택도 마침내 남의 손에 넘어가게 되어, 내가 가지고 있던 1만 2,3천 리브르의 돈과 내 장서, 그리고 그 기도서를 가지고 로마를 떠나 피렌체로 갈 예정이었기 때문이었지. 열정을 기울였던 연구에 지치기도 했고, 또 한편으로는 바로 직전에 먹은 점심 때문에 속이 좋지 않아서 난 두 손으로 머리를 싸안고 잠이 들었다네. 오후 3시 무렵이었어.

눈을 떴을 때는 시계가 6시를 치고 있었네.

난 머리를 들었지. 무척 어두워져 있었어. 등불을 가져 오게 하려고 벨을 울렸어. 아무도 오지 않더군. 그래서 스스로 가져와야겠다고 생각했어. 그렇지 않아도 철학자다운 간소한 습관을 들여야겠다고 생각하던 참이었지. 불붙일 준비를 하고 한 손에 양초를 들었는데 마침 성냥갑에 성냥이 하나도 없는 거야. 그래서 다른 한손으론 종이를 찾았네. 벽난로 밑에 마지막으로 남아 있던 불씨로 불을 붙이려고 했던 거지. 하지만 어둠 속에서 못 쓰는 종이 대신에 귀중한 서류를 집을 수도 있으니 불안했지. 잠시 망설였네. 그때 기도서 속에 끼워져 있었던 것이 생각났지. 그 기도서는 바로 내 옆에 있는 책상 위에 있었고, 위쪽이 완전히 누렇게 바래버린 오래된 종이는 몇 백 년 동안이나 이어져 내려온 그 집안 사람들의 존경심 덕분에 언제나 그 위치에 끼워져 있었지. 난 손을 더듬어 그 쓸모없는 종이를 찾았네. 그리고 그것이 만져지자 오므려 쥐고 꺼져가는 불씨에 갖다 대고 불을 붙였네.

그런데 말이야, 불꽃이 타오름에 따라 내 손가락 밑에서 마치 마법처럼 하얀 종이에서 노란 글씨가 떠오르더니 종이 위에 나타나기 시작하는 것이 아니겠나. 왠지 무서워지더군. 손에 쥔 종이를 입으로 불어서 불을 끄고, 난롯불에서 양초에 직접 불을 붙인 뒤, 난 뭐라 표현할 수 없는 감격 속에 그 구겨진 종이를 펼쳤다네. 그러자 거기에, 신기한 잉크로 써서 강한 열을 쬐어야 비로소 모습이 나타나는 글자들이 적혀 있는 것이 눈에 들어왔네. 약 3분의 1 이상은 이미 타버린 뒤였지. 그것이 바로 오늘 아침에 자네가 읽은 그 종이쪽지라네. 다시 한 번 읽어보게. 자네가 다시 읽어본 뒤, 내가 그 끊어진 글자와 의미가 부족한 부분을 보충해 줄 테니."

파리아는 얘기를 중단하고 당테스에게 종이쪽지를 내밀었다. 당테스는 마치 녹이 슨 것 같은 갈색 잉크로 적힌 글자를 정신을 집중하여 읽었다.

1498년 4월 25일, 교
로부터 오찬 초대를 받았지
에게 관직을 팔아넘기고도 성에 차지 않
내 재산을 압수하고, 독살당
볼리오 두 추기경의 전철을 밟게 하
다. 이에 나의
다에게 다음의 사실을 써
나와 함께 방문한 적이 있어서
몬테크리스토 섬의 동
모든 금괴와 금화, 보석, 다이아
보물의 존재를 아는 자는 나 외
대략 로마 화폐로 200
동쪽 작은 만에서 똑바로 헤
동굴 안에는 입구가 둘 있는데, 보
구석에 있다. 그를 나의 유일한 상
그에게 물려주어, 그의 전 소유로

4월 25일 서기 149
체

신부가 얘기를 계속했다. "이번에는 이쪽의 종이를 읽어보게." 그러면서, 역시 몇 줄의 단편이 기록된 두 번째 종이쪽지를 당테스에게 보여주었다.

당테스는 그것을 받아들고 읽어보았다.

황 알렉산드르 6세 성하

만, 혹시 돈으로 나

아, 생각한 끝에

한 크라파라와 벤테

려는 속셈일지도 모른

상속자인 조카 귀도 스파

남기고자 한다.

그도 잘 아는 곳, 즉
굴 안에 나는 내가 소유한
몬드, 보옥들을 묻어놓았다.
에 아무도 없으며, 그 가치는
만 에퀴로에 이른다. 그것을 찾으려
아려 스무 번째 바위를 들어내라.
물은 두 번째 굴 가장 깊은
속자로 정하며, 보물은 모두
명시하는 바이다.

8년
사레―스파다

파리아는 타는 듯한 시선으로 당테스를 응시하고 있었다.

그는 당테스의 눈길이 마지막 줄까지 오자 다시 말을 이었다. "양쪽 종이를 하나로 맞춰보게. 그리고 혼자 생각해 보게나."

당테스는 파리아가 시키는 대로 했다. 두 장의 조각을 합치자 다음과 같은 전문(全文)이 나타났다.

1498년 4월 25일, 교······황 알렉산드르 6세 성하
로부터 오찬 초대를 받았지······만, 혹시 돈으로 나
에게 관직을 팔아넘기고도 성에 차지 않······아, 생각한 끝에
내 재산을 압수하고, 독살당······한 크라파라와 벤테
볼리오 두 추기경의 전철을 밟게 하······려는 속셈일지도 모른
다. 이에 나의······상속자인 조카 귀도 스파
다에게 다음의 사실을 써······남기고자 한다.
나와 함께 방문한 적이 있어서······그도 잘 아는 곳, 즉
몬테크리스토 섬의 동······굴 안에 나는 내가 소유한
모든 금괴와 금화, 보석, 다이아······몬드, 보옥들을 묻어놓았
다. 보물의 존재를 아는 자는 나 외······에 아무도 없으며, 그 가치는
대략 로마화폐로 200······만 에퀴에 이른다. 그것을 찾으려

면 동쪽 작은 만에서 똑바로 헤……아려 스무 번째 바위를 들어내라.
동굴 안에는 입구가 둘 있다. 보……물은 두 번째 굴의 가장 깊은
구석에 있다. 그를 나의 유일한 상……속자로 정하며, 보물은 모두
그에게 물려주어 그의 전 소유로……명시하는 바이다.

4월 25일 서기 149……8년

체……사레—스파다

"어떤가! 이젠 알겠나?" 파리아가 말했다.

"이것이 그 추기경 스파다의 진술입니까? 이것이 그토록 오랫동안 찾았던
유언장이란 말입니까?" 에드몽은 아직도 반신반의한 채 그렇게 물었다.

"그래, 백번 천 번 옳은 말이지."

"누가 이것을 원래의 형태로 맞춰낸 겁니까?"

"날세. 남아 있던 종이쪽지를 토대로, 종이의 길이에서 행의 길이를 계산하고, 의미를 알고 있는 부분에서 모르는 부분을 유추했다네. 마치 위에서 비쳐드는 희미한 빛에 의지하여 동굴 안을 들여다보는 것처럼 말이지."

"그럼 이 확신을 얻었을 때 도대체 어떻게 하실 생각이었습니까?"

"난 곧 떠나려고 생각했지. 그리고 이탈리아 왕국 통일에 대한 내 위대한 저서의 서두를 챙겨서 즉각 출발했어. 그런데 말이야, 당시의 이탈리아 경찰은, 그 뒤 나폴레옹이 아들을 낳은 뒤 생각한 것과는 반대로 이탈리아 각주를 분열시킬 생각이었고, 그래서 나를 주목하고 있었다네. 경찰은 내가 서둘러 출발하는 것을 보고, 내 속마음 따위는 아무것도 모른 채 오로지 의심의 눈초리로 나를 감시했어. 나는 피옴비노를 향해 출발하려다가 붙잡혔지. 그런데," 파리아는 거의 아버지와 같은 눈길로 당테스를 바라보면서 말을 계속했다. "그런데 자네는 지금 내가 알고 있는 사실을 모두 알고 있네. 만일 함께 달아날 수 있다면 보물의 반을 자네에게 주지. 만약 내가 여기서 죽고 자네만 달아난다면 보물은 모두 자네 것이네."

"하지만," 당테스는 머뭇거리면서 물었다. "하지만 그 보물에는 이 세상에 우리 말고 더욱 정당한 주인이 있는 것이 아닐까요?"

"아니야, 아니야, 안심해도 돼. 그 집안사람들은 모두 죽었어. 그래서 내가 가장 마지막 사람인 스파다 백작의 상속인이 된 거라네. 백작은 그 이상한 기도서를 나에게 물려줌으로써 그 속에 적힌 것까지 나에게 준 셈이야. 암, 안심해도 돼. 그 보물을 발견하면 우리는 아무것도 거리낄 것 없이 그것을 마음대로 차지할 수 있다네."

"하지만 그 보물이라는 게 자그마치……"

"로마화폐로 2백만 에퀴. 우리 돈으로 1천3백만에 해당하지."

"말도 안 돼요!" 당테스는 너무나 막대한 금액에 깜짝 놀라서 말했다.

"말이 안 되다니! 그게 무슨 소린가?" 노인이 말했다. "스파다 집안은 15세기에 세력 있던 오래된 가문이야. 게다가 그때는 투기도 없었고 공업도 없었어. 그러니까 그만한 황금과 보석류가 쌓여 있었던 건 조금도 이상할 일이 아니야. 지금도 여전히, 물려받은 백만 에퀴나 되는 다이아몬드와 보석류를 두고도, 세습재산이라 해서 손도 대지 못한 채 굶어 죽는 로마의 오랜 가문이 얼마든지 있다네."

　에드몽은 꿈을 꾸고 있는 것만 같았다. 그는 믿을 수 없는 마음과 기쁜 마음 사이에서 갈피를 잡을 수가 없었다.

　"내가 오랫동안 이 비밀을 털어놓지 않았던 건," 파리아는 말을 이었다. "우선 첫째로 자네를 시험해 보고 싶었기 때문이네. 두 번째로는 자네를 놀라게 해주고 싶었고. 그 강경증이 발작하기 전에 달아났더라면 난 자네를 몬테크리스토 섬으로 데리고 갔을 거야. 이제는," 노인은 한숨을 내쉬면서 이렇게 덧붙였다. "지금은 자네가 나를 데리고 가야 하게 되었지만. 어때, 당테스, 나에게 고맙다고 말해 주지 않으려나?"

　"그 보물은 신부님의 것입니다." 당테스가 말했다. "그건 신부님만의 것이에요. 저에게는 아무런 권리가 없습니다. 전 신부님의 친척도 아니니까요."

　"자넨 내 아들이야!" 노인이 소리쳤다. "자넨 내가 감옥 생활에서 얻은 아들이야. 나는 신분 때문에 어쩔 수 없이 독신이어야 했지. 하느님께서 자네를 나에게 보내주시어, 아버지가 될 수 없는 남자, 자유의 몸이 될 수 없는 죄수, 이 두 가지를 동시에 위로해 주신 거라네."

파리아 신부는 이렇게 말하면서 지금 자신이 쓸 수 있는 유일한 한쪽 팔을 청년에게 내밀었다. 청년은 노인의 목을 끌어안고 눈물을 흘렸다.

세 번째 발작

그토록 오랫동안 파리아 신부에게 몽상의 대상이었던 그 보물은 이제 친아들처럼 사랑하는 사람이 누릴 미래의 행복을 보장하게 되자, 신부에게 그 가치가 배로 커졌다. 신부는 매일 그 보물의 가치에 대해 구구절절 설명하며, 지금 세상에서 1300만 내지 1400만 프랑의 돈을 가지고 있으면 친구들에게 얼마나 좋은 일을 할 수 있는지 당테스에게 설명해 주었다. 그러나 당테스의 표정은 어두웠다. 그의 마음속에는 전에 다짐했던 그 복수의 맹세가 떠올랐기 때문이다. 그는 지금 세상에서라면 한 사람이 그만한 돈을 가지고 적에게 얼마만큼의 해를 입힐 수 있을지에 대해 생각하고 있었다.

신부는 몬테크리스토 섬에 대해서는 아무것도 모르고 있었지만, 당테스는 그 섬을 잘 알고 있었다. 그는 코르시카 섬과 엘바 섬 사이, 피아노사에서 25해리 떨어진 곳에 있는 그 섬 앞을 수없이 지나다니곤 했다. 게다가 그 섬에 기항한 적도 한 번 있었다. 그 섬은 당시에도 그랬지만 지금도 아무도 살지 않는 무인도였다. 거의 원뿔형인 바위 한 덩어리의 모습이었는데, 마치 화산 폭발에 의한 대변동 때문에 심연의 밑바닥에서 물 위로 솟아난 것만 같았다.

당테스는 파리아 신부에게 섬의 지형을 설명해주었고, 신부는 당테스에게 보물을 찾으려면 어떤 방법을 써야 하는지에 대해 여러 가지 조언을 해주었다.

그러나 당테스는 노인만큼 감격을 느낄 수가 없었다. 지금은 파리아가 미치지 않았다는 것만은 확실히 알고 있었다. 그리고 파리아를 미치광이로 만든 그 대 발견에 이르게 된 과정은 노인에 대한 존경심을 배가시켰다. 그러나 설령 그 보물이 옛날에는 있었다고 해도, 지금도 존재할 것이라는 것에는 의심을 품지 않을 수 없었다. 그는 그 이야기가 지어낸 이야기는 아니라 해도, 최소한 지금은 보물이 없다고 생각했다.

그런데 마치 운명이 이 두 사람의 죄수한테서 그 마지막 희망마저 빼앗고, 종신금고형에 처해져 있다는 것을 깨닫게 해주려는 듯이 이들에게 새로운 불행이 닥쳐왔다. 그것은 오래전부터 붕괴 우려가 있었던 해안 쪽 복도가 개축된 일이었다. 토대가 복구되어 당테스가 반쯤 파놓았던 구멍은 커다란 바위로 메워지고 말았다. 독자 여러분도 기억하고 있겠지만, 그런 일이 생길 것을 미리 대비하여 신부가 청년에게 넌지시 주의를 주지 않았더라면 두 사람의 불행은 더욱 커졌을 것이다. 탈출 계획이 탄로 났을 테니 말이다. 그러면 두 사람은 꼼짝없이 헤어지지 않을 수 없었을 것이고, 두 사람 앞에 더욱 엄중하고 더욱 무정한, 또 다른 문이 닫히게 되었을 것이다.

"보세요, 신부님." 청년은 온화하고 슬픈 모습으로 파리아에게 말했다. "신은 신부님에 대한 저의 헌신과 신부님이 바라시는 공덕까지 빼앗아버리려고 합니다. 전 영원히 신부님 곁에 있겠다고 약속했지만, 지금은 그 약속을 깰 자유도 없어지고 말았어요. 이제부터 저에게 보물은 오직 신부님뿐입니다. 신부님도 저도 여기서 나가지 못할 겁니다. 저에게 진정한 보물은 몬테크리스토 섬의 어두운 바위 밑에서 기다리고 있는 것들이 아니라, 신부님이 제 곁에 계셔 주시는 겁니다. 설령 간수가 있다 해도 하루에 대여섯 시간은 함께 있을 수 있을 겁니다. 제 보물은 신부님이 제 머리에 집어넣어 주신 지식의 빛입니다. 신부님이 제 기억 속에 심어주신 말, 그리고 그것이 언어학적인 가지를 쳐서 그 속에서 싹트고 있는 언어들입니다. 신부님이 지니신 깊은 학식과 그것을 명료한 원리로 축소시켜 그토록 알기 쉽게 보여 주신 온갖 학문, 이런 것들이 바로 제 보물입니다. 그것들로 신부님은 저를 부유한 사람, 행복한 사람으로 만들어 주셨습니다. 절 믿어 주세요. 그리고 마음을 가라앉히세요. 그런 것들이야말로 저에게는 훨씬 더 귀한 것들입니다. 그에 비해 황금궤짝이나 다이아몬드 상자는 마치 아침 해수면에 떠도는 구름 같은 거예요. 사람들이 육지인 줄 알고 가까이 다가가면 점점 희미해지다가 마침내 증발하여 사라지고 말거든요. 될 수 있는 한 신부님 곁에 오래 있을 수 있는 것, 신부님의 명쾌한 목소리가 제 마음을 풍요롭게 해 주는 것을 듣는 것, 저 자신의 마음을 단련시키는 것, 만약 자유를 얻게 되는 날, 모든 위대하고도 무서운 일을 해낼 수 있도록 제 몸을 만드는 것, 우리가 처음 만났을 때 저를 사로잡고 있었던 절망의 그림자 같은 건 끼어들 수 없도록, 그런 일을 충실하게 해 나가는 것이야말로 저에게는 행복입니다. 이건 절대로 가공의 것이 아닙니다. 제가 얻을 수 있는 이 진정한 행복은 바로 신부님 덕택입니다. 이 지상의 모든 군주, 설령 체사레 보르자라 해도 그것을 제게서 빼앗을 수는 없을 겁니다."

그리하여 두 사람의 죄수에게는, 그 뒤에 이어진 며칠이 비록 행복한 나날은 아니었어도 적어도 상당히 빠르게 흘러갔다. 그토록 긴 세월 동안 보물에 대해 침묵을 지켰던 파리아는 이제 틈만 나면 그 일에 대해 얘기했다. 그 자신이 예상했던 것처럼, 그의 오른팔과 왼쪽 다리는 이제 완전히 마비되어 있었다. 그는 이제 보물을 찾는다는 희망도 거의 잃어버리고 말았다. 그는 청년을 위해 끊임없이 자유와 탈옥을 생각했고, 청년을 위해 그렇게 하는 것을 즐거워했다. 혹시 편지가 보이지 않거나 잃어버릴 것을 두려워한 신부는, 당테스를 재촉하여 그것을 암기하게 했다. 당테스는 그것을 처음부터 마지막까지 죄다 다 외워버렸다. 그러자 신부는 편지의 두 번째 부분을 찢어버렸다. 그러면 설령 첫 번째 부분이 발견되어 압수당하더라도 글의 진정한 의미는 도저히 알 길이 없기 때문이었다. 또 어떤 때는 당테스에게 몇 시간 동안 여러 주의를 주었다. 그것은 당테스가 자유의 몸이 되었을 때 반드시 그에게 도움이 될 만한 주의였다. 그것은 단 한 번의 기회밖에 없는 자유의 몸이 되는 그날, 바로 그 때, 그 순간부터 단 한 가지의 일만 생각해야 한다는 것이었다. 그것은 어떤 방법으로든 몬테크리스토 섬으로 갈 것, 사람들의 의심을 사지 않을 만한 핑계를 마련하여 그곳에 혼자 머물러야 하며, 이상한 동굴을 찾아 표시된 장소를 뒤져보라는 것이었다. 표시된 장소, 그것은 바로 두 번째 입구의 가장 깊은 안쪽이었다.

어쨌든 빠르다고는 할 수 없어도 그래도 견딜 만하게 시간은 흘러갔다. 앞에서도 말한 것처럼, 파리아는 팔다리 마비에서 회복할 수 없었다. 그러나 두뇌의 기능은 다시 돌아와서, 그는 당테스에게 지금까지 상세히 가르쳐준 정신적 지식 말고도, 죄수로서 꾸준히 할 수 있는 숭고한 일, 그리고 무엇보다 뭔가를 만들어내는 방법을 조금씩 가르쳐 주었다. 그렇게 두 사람은 끊임없이 일을 하고 있었다. 파리아는 자신이 늙어가는 것을 잊기 위해서였고, 당테스는 이제 거의 사라져 가고 있는 자신의 과거, 마치 어둠 속을 헤매는 먼 불빛처럼 조금씩 기억의 깊은 곳에서 흔들리고 있는 그 과거를 잊기 위해서였다. 모든 건 그렇게 불행 속에서도 전혀 흔들리지 않고, 마치 신의 눈길 아래 기계적으로 조용히 흘러가는 생활처럼 지나갔다.

그러나 그렇게 겉으로 보이는 평온 뒤에는, 틀림없이 청년의 마음속에도 노인의 마음속에도 아마 수없이 많은 억제된 욕망과 억눌린 한숨이 도사리고 있었을 것이다. 그것은 파리아가 혼자 남았을 때, 또 에드몽이 자기 방으로 돌아갔을 때에야 비로소 표면에 나타났다.

어느 날 밤, 당테스는 누가 자기 이름을 부르는 것 같은 생각이 들어 잠에서 깨어났다.

그는 눈을 뜨고 깊은 어둠 속을 들여다보려고 애썼다.

자기 이름, 아니 자기 이름을 부르려고 힘겹게 호소하는 듯한 목소리가 들려왔다.

그는 이마에 불안한 땀이 배어나는 걸 느끼면서 침대에서 일어났다. 그리고 귀를 기울였다. 그 목소리는 분명히 노인의 방에서 들려오고 있었다.

"이런!" 당테스는 중얼거렸다. "혹시⋯⋯?"

그는 침대를 밀고 돌을 빼낸 다음 굴속으로 뛰어들었다. 그리고 저쪽까지 갔다. 포석은 이미 들어 올려져 있었다.

앞에서 말했던 그 등불에서 새어나오는 형태도 없이 너울거리는 불빛을 통해, 침대를 붙잡고 서 있는 창백한 얼굴의 노인이 보였다. 얼굴의 표정은 앞에서 말했던 그 무서운 징후, 처음 보았을 때 그토록 그를 놀라게 했던 그 징후 때문에 알아볼 수도 없게 일그러져 있었다.

"이보게," 파리아는 체념한 듯이 말했다. "알겠지? 이젠 아무것도 가르쳐 줄 것이 없어!"

에드몽은 자기도 모르게 비통한 소리를 질렀다. 그리고 마음이 완전히 동요하여 문 쪽으로 달려갔다.

"도와주세요! 누가 좀 와줘요!"

파리아에게는 그 팔을 붙잡고 말릴 만한 힘이 아직 남아 있었다.

"조용히 해!" 노인이 말했다. "안 그러면 모든 게 물거품이 된다, 이제부터는 자네만 생각하게. 편하게 이 감옥생활을 할 것인가, 아니면 실현가능한 탈옥을 생각할 것인가. 내가 여기서 만들었던 모든 것을 자네 혼자서 다시 만든다면 아마 몇 년의 세월이 필요할 거야. 게다가 우리가 서로 오가고 있는 것이 발각될 땐 그 자리에서 모든 게 끝장나. 하지만 안심하게. 내가 사라진 감방은 그대로 오랫동안 비어 있지는 않을 거야. 다시 불행한 누군가가 들어와 내가 있었던 곳에서 지내겠지. 아마도 자네처럼 젊고 강하고 인내심이 강한 청년이. 아마 자네의 탈옥에도 도움이 될 거야. 난 오히려 그것을 방해해 왔어. 이제부터는 자네에게 달라붙어 자네의 활동을 방해해온 이 반 송장이나 다름없는 나라는 존재가 없어지는 걸세. 신이 틀림없이 자네를 위해 뭔가 해 주시려는 걸 거야. 자네한테서 빼앗은 것보다 많은 것을 돌려주시려는 걸 거야. 그리고 나에게는 이제야말로 죽을 때가 온 거고.”

에드몽은 그저 두 손을 모으고 이렇게 외치는 수밖에 없었다.

“아, 신부님! 그런 말씀은 그만하세요.”

그리고 그는 노인의 말을 듣고 이 뜻밖에 벌어진 충격적인 일로 잠시 잃어버렸던 기운과 용기를 되찾았다.

“아……제가 전에도 한번 구해드렸잖아요. 이번에도 반드시 구해드릴 수 있을 거예요!”

이렇게 말하면서 침대 발치를 들어올리고, 붉은 액체가 아직 3분의 1쯤 남아 있는 그 약병을 꺼냈다.

“드세요. 아직 남아 있어요, 목숨을 구할 수 있는 약이에요. 자, 빨리, 그담에는 어떻게 하면 되는지 빨리 가르쳐주세요. 뭔가 다른 지시사항은 없으세요? 말씀해 주세요.”

“이젠 틀렸어.” 파리아는 고개를 좌우로 저으면서 대답했다. “하지만 그런 건 아무래도 좋아. 신은 자신이 창조한 인간이, 신이 그 마음속에 생명의 사랑을 이토록 깊이 심어준 인간이, 아무리 고통스러워도 고귀한 생명을 끝까지 유지하려 하는 것을 기뻐하신다네.”

“아! 그래요, 그렇고말고요!” 당테스가 외쳤다. “전 반드시 구해드리겠어요, 반드시!”

“좋아. 해보게! 몸이 점점 차가워져. 피가 머리로 올라가는 모양이야. 이가 딱딱 부딪치고 마치 뼈가 다 무너져 버리는 듯한 무서운 떨림이 몸 안을 뒤흔들기 시작했어. 5분만 지나면 발작이 일어날 거야. 그리고 15분 뒤엔 난 송장이 될 거네.”

“아!” 당테스는 비통함을 견디지 못하고 소리를 질렀다.

“지난번처럼 하면 돼. 단, 그다지 오래 기다리지 않아도 될 거야, 지금은 생명의 탄력이 완전히 바닥나고 말았어. 그리고 죽음은,” 노인은 완전히 마비된 팔다리를 보면서 말했다. “나머진 절반 정도만 일하면 끝날 거야. 열 방울 대신 열두 방울을 먹여봐. 그래도 정신이 돌아오지 않으면 나머지를 몽땅 들이붓게. 자, 침대에 눕혀 주게. 더 이상 서 있을 수가 없군."

당테스는 노인을 안아서 침대에 눕혀주었다.

"자네는 내 비참한 생활에 위안이 되어 주었어. 하늘이 자네를 나에게 보내 주신 것은 좀 늦었지만, 자네가 내게 가치를 따질 수 없는 귀한 선물이었음은 틀림이 없네. 그런 의미에서 난 하늘에 감사하고 있다네. 지금 자네와의 영원한 이별을 앞두고 자네에게 걸맞은 모든 행복, 모든 번영을 기도하겠네. 내 아들 당테스, 내 너를 축복하노라!"

청년은 몸을 던져 무릎을 꿇고 머리를 노인의 침대에 묻었다.

"하지만 이 임종 앞에서 내가 하는 말을 잘 들어주게. 스파다의 보물은 분명히 있어. 신은 지금 나를 위해 거리와 방해물을 제거해 주셨네. 내 눈에는 그것이 두 번째 동굴 속에 있는 것이 보여. 내 눈은 깊은 흙을 뚫고 헤아릴 수 없이 많은 보물에 눈이 부실 지경이야. 만약 자네가 탈옥에 성공하면, 세상이 미치광이 취급했던 이 사제가 실은 그렇지 않았다는 것을 기억해 주면 되네. 몬테크리스토 섬으로 달려가서 우리의 보물을 이용하게. 그래, 그걸 이용하는 거야. 자네는 너무나 큰 고통을 겪었어."

격렬한 경련에 노인은 더 이상 말을 할 수 없었다. 당테스는 고개를 들었다. 그러자 빨갛게 핏발이 선 눈이 보였다. 피가 가슴에서 이마로 몰려오는 것 같았다.

"이젠 이별이다, 잘 있게!" 노인은 경련하듯이 손을 잡았다. "잘 있어!"

"아니에요, 아직 안 돼요, 안 돼요!" 청년은 소리쳤다. "포기해선 안 돼요. 오, 하느님! 도와주소서……저에게……제발 힘을 빌려 주소서……"

"조용히! 조용히!" 빈사의 노인이 중얼거렸다. "만일 살아난 경우, 격리되어선 안 되니까!"

"맞아요. 아, 안심하세요. 틀림없이 구해 드리겠어요! 많이 괴로우신 것 같지만 그래도 지난번보다는 약간 덜한 것 같아요."

"착각해선 안 돼! 내 고통이 적어보이는 건 괴로워할 만한 힘이 없기 때문이야. 자네만한 나이라면 생명이라는 것에 믿음을 가질 수 있네. 믿는 것, 바라는 것, 그것이 청년의 특권이지. 하지만 늙은이에 눈에는 죽음이 좀더 확실하게 보인다네. 아! 저기……찾아왔어……이젠 틀렸어……눈이 보이지 않아……정신

이 몽롱해져……당테스, 손을……안녕……잘 있게!……"

노인은 마지막 힘을 다해 윗몸을 세우면서 말했다.

"몬테크리스토 섬, 몬테크리스토 섬을 잊지 말게!"

그리고 노인은 다시 침대 위에 쓰러졌다.

발작은 무서웠다. 뒤틀린 팔다리, 터질 듯이 부풀어 오른 눈꺼풀, 피거품, 미동도 하지 않는 몸. 이런 것들이 조금 전까지 그토록 총명했던 사람 대신, 고통의 침대 위에 남아 있을 뿐이었다.

당테스는 등불을 집어들었다. 그리고 머리맡에 튀어나와 있는 돌 위에 그것을 내려놓았다. 그 흔들리는 그림자가 환상적이고 기이한 빛으로 형태가 무너진 얼굴과 딱딱하게 굳어서 움직이지 않는 몸을 비춰 주고 있었다. 당테스는 말없이 지켜보며 기사회생의 영약을 준비해야 할 때가 오기를 침착하게 기다렸다.

그는 지금이 그때라고 생각했다. 그는 칼을 들고 신부의 이를 비틀었다. 저항은 전보다 적었다. 한 방울 한 방울, 열 방울까지 헤아리고 기다렸다. 병 속에는 지금 넣은 분량의 두 배가량이 남아 있었다.

10분이 지났다, 15분이 지났다, 30분이 지났다. 그러나 신부의 몸은 꿈쩍도 하지 않았다. 그는 머리카락이 곤두서고 이마에 식은땀을 흘리면서 자기의 심장 고동으로 시간을 헤아리고 있었다.

이제는 마지막 시도를 해볼 때가 왔다고 생각했다. 병을 파리아의 보랏빛 입술에 가져갔다. 턱이 벌어져 있었기 때문에 비틀 필요도 없었다. 약을 모조리 흘려 넣었다.

약은 전기 같은 효과를 불러왔다. 격렬한 경련이 노인의 온몸을 뒤흔들자, 보기에도 무서운 형상으로 두 눈을 번쩍 뜨고 신음과 같은 한숨을 내쉬더니, 이윽고 떨고 있던 몸이 점차 움직이지 않는 상태로 돌아갔다. 눈만은 뜬 채였다.

반시간, 한 시간, 한 시간 반의 시간이 흘러갔다. 그 무서운 한 시간 반 동안 에드몽은 노인 위에 몸을 굽히고 심장 위에 손을 대고 있었다. 점차 몸이 식어 가면서 심장의 그 둔하고 깊은 고동이 점차 약해져 가는 것이 느껴졌다.

이제는 아무것도 살아 있지 않았다. 심장의 마지막 고동마저 멎었다. 얼굴은 창백하고 눈은 여전히 뜬 채였다. 그러나 그 눈길에는 빛이 없었다.

아침 6시였다. 해가 떠오르면서 그 푸르스름한 빛이 감방 안에 비쳐들어 꺼져가는 램프 불빛을 지우고 있었다. 시체의 얼굴 위에는 신비로운 반영이 드리워져 이따금 아직 살아 있는 것처럼 보였다. 그렇게 낮과 밤이 싸우는 동안에는 당테스도 아직 의심을 거둘 수가 없었다. 그러나 낮이 완전히 승리했을 때, 그는 그제야 비로소 자신이 시체와 단둘이 있는 것을 깨달았다.

그때 도저히 견딜 수 없는 깊은 공포가 그를 엄습해 왔다. 그는 이제 침대 밖으로 나와 있는 노인의 손을 잡고 있을 수가 없었다. 또 몇 번이나 감겨 주어도 어김없이 다시 뜨고 마는, 그 물끄러미 응시하는 눈동자도 바라볼 수가 없었다. 그는 등불을 끄고 그것을 조심스럽게 숨긴 뒤, 머리 위로 포석을 가능한 한 잘 닫아두고 노인의 방에서 도망쳐 나왔다. 무엇보다 시간이 되었기 때문이다. 이제 곧 간수가 올 것이다.

그날 간수는 먼저 당테스의 방부터 찾아왔다. 그는 당테스의 방에서 나간 뒤, 아침식사와 시트를 갖다 주러 파리아의 방으로 갈 것이다.

당테스는 뭔가 변고가 있었다는 기색은 전혀 보이지 않았다. 간수가 나갔다. 당테스는 그 불행한 노인의 방에서 과연 어떤 소동이 일어날 것인지 궁금해서 견딜 수가 없었다. 굴에 들어간 그는 마침 간수가 놀라 비명을 지르면서 도움을 청하는 소리를 들었다.

이윽고 다른 간수가 왔다. 이어서 무겁고 규칙적인 발소리, 근무를 하고 있지 않을 때인데도 병사의 독특한 그 발소리가 들려왔다. 병사들 뒤에 소장도 내려왔다.

당테스는 자기 머리 위에서 시체를 움직이느라 삐걱거리는 침대 소리를 들었다. 소장의 목소리가 얼굴에 물을 끼얹으라고 말하는 것이 들려왔다. 물을 끼얹어도 소생하지 않는 것을 알자, 이번에는 의사가 불려 왔다.

소장이 나갔다. 뭔가 동정하는 듯한 말이 당테스의 귀에 들려왔다. 거기에는 조롱하는 듯한 웃음소리도 섞여 있었다.

"이런, 이런!" 누군가가 말했다. "드디어 이 미치광이 영감이 자기 보물이 있는 곳으로 떠난 모양이군. 가는 길이나 무사하기를 빌어드리지!"

"수만금을 가졌어도 수의 한 벌 사지 못하는 주제에." 다른 한 사람이 말했다.

"그래," 세 번째 목소리가 말했다. "이프 성의 수의는 그리 비싸지도 않은데 말이야."

"어쩌면," 처음에 입을 연 남자가 말했다. "그래도 신부님이니 누군가가 특별히 호의를 베풀어 주겠지."

"그렇다면 적어도 자루에는 들어갈 수 있겠군."

에드몽은 귀를 세우고 한 마디도 놓치지 않았다. 그러나 그런 이야기에서는 중요한 단서를 찾을 수 없었다. 곧 목소리는 사라졌다. 아마 방에서 나간 모양이었다.

그러나 그는 아직 들어가려고 하지 않았다. 주검을 지키기 위해 간수가 남아 있을지도 몰랐다. 그는 가만히 숨을 죽이고 기다렸다.

거의 한 시간쯤 지났을 무렵, 침묵 속에 희미한 소리가 들려오더니 점점 크게 들렸다.

의사와 사관들을 데리고 소장이 돌아온 것이다.

한순간 침묵이 이어졌다. 말할 것도 없이 의사가 침대에 다가가서 시체를 확인하고 있는 것이리라. 이윽고 질문이 시작되었다. 의사는 죄수를 쓰러뜨린 질병에 대해 설명했다. 그리고 이미 죽었다고 진단했다.

질문과 답변이 마치 아무 일도 아닌 것처럼 오가는 것을 들으면서 당테스는 분개하지 않을 수 없었다. 모든 사람들이 그 가엾은 신부에 대해, 자기가 품고 있는 애정의 몇 분의 일이라도 표시할 줄 알았기 때문이다.

"말씀하신 대로라면 정말 유감스러운 일이군요." 노인이 완전히 죽었다는 의사의 진단에 대해 소장이 대답했다. "점잖고 반항 따윈 한 적이 없는, 미쳐도 재미있게 미친 사람이었소. 특히 감시하기 쉬운 죄수였어요."

"예!" 간수가 말했다. "감시 따위 하지 않아도 이 사람만은 탈주 같은 건 생각하지도 않고 50년이라도 이 안에 계속 있었을 겁니다."

"그런데," 소장이 말했다. "선생은 그렇게 믿고 있을지 모르지만, 또 전문가를 의심하는 건 아니지만, 아무래도 이 일은 내 책임이어서 하는 말인데, 죄수가 정말로 죽었는지 확인해 봐야겠소."

잠시 조용한 침묵이 이어졌다. 당테스는 여전히 귀를 기울이면서, 의사가 다시 한 번 시체를 검진하고 있는 것이라고 생각했다.

"걱정 마십시오, 틀림없이 죽었습니다. 제가 책임을 지고 단언합니다."

"그런데 선생," 소장은 여전히 집요하게 말했다. "아시겠지만, 이런 경우에는 단순한 검진만으로는 안 되게 되어 있소. 겉으로 봐서 그렇더라도, 직무상 법률에 규정되어 있는 절차는 밟아야 해요."

"그럼 인두를 달궈 주십시오." 의사가 말했다. "사실 그건 전혀 쓸데없는 걱정이지만요."

인두를 달구라는 명령을 듣고 당테스는 몸을 떨었다.

부산한 발소리, 문이 삐걱거리는 소리, 방 안을 왔다 갔다 하는 소리가 들리고, 한참 뒤 한 간수가 들어왔다.

"인두와 숯불을 가져왔습니다."

잠시 침묵이 이어진 뒤, 살이 지지직 타는 소리가 들려왔다. 그리고 가슴이 메슥거리는 무거운 냄새가, 당테스가 공포 속에 귀를 세우고 있는 벽까지 풍겨왔다.

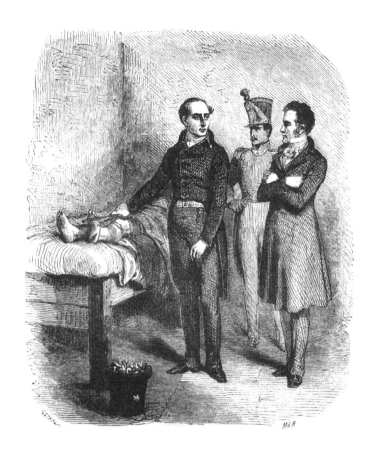

　인육이 타는 냄새를 맡자, 청년은 이마에 땀이 배어나고 그대로 정신을 잃을 것만 같은 기분이었다.

　"어떻습니까, 죽은 게 확실하지요?" 의사가 말했다. "이렇게 발뒤꿈치를 태워보면 확실합니다. 이 가엾은 미치광이도 이제 질병에서 해방되고 감옥에서도 해방된 셈이군요."

　"이름이 파리아라고 했습니까?" 소장을 따라온 사관 한 사람이 물었다.

　"맞아요. 본인이 말하기로는 상당히 오래된 가문이라고 했소. 게다가 상당한 학자였지. 그 보물 이야기만 제외하면 여러 가지 방면으로 상당히 박식했어요. 하지만 일단 보물 얘기가 나왔다 하면 솔직히 도무지 감당할 수 없는 사람이었소."

　"우리 의사들이 편집광이라 부르는 환자군요." 의사가 말했다.

"이 사람 때문에 난처했던 일은 없었나?" 소장은 언제나 신부에게 식사를 운반해 주던 간수에게 물었다.

"천만에요." 간수가 대답했다. "이번 일은 정말이지 생각도 못한 일이었습니다. 전에는 재미있는 이야기를 자주 들려주었습니다. 한번은 제 집사람이 병에 걸렸을 때 처방을 해 준 적도 있었습니다. 덕분에 깨끗하게 나았지요."

"저런!" 의사가 웃으면서 말했다. "내 동료일 줄은 몰랐군요, 소장님. 그렇다면 이 사람을 그런 자격으로 대우해 주시면 안 될까요?"

"좋습니다. 여기서 찾을 수 있는 가장 멀쩡한 자루 속에 정중하게 싸주기로 하지요. 그러면 되겠지요?"

"소장님도 입회하실 겁니까?" 간수가 물었다.

"물론이지. 어서 서둘러 주게. 이런 방에 하루 종일 있을 수는 없으니까."

또 왔다 갔다 하는 소리가 나고 한참 뒤 천이 부스럭거리는 소리가 당테스의 귀에 들려왔다. 침대 스프링이 소리를 냈다. 포석 위에서 무거운 짐을 들어 올리는 듯한 묵직한 발소리가 들려왔다. 그리고 그 짐을 내리는지 침대가 삐걱거렸다.

"그럼 오늘 밤에 봅시다." 소장이 말했다.

"미사를 올려 줄 건가요?" 사관 한 사람이 물었다.

"그건 안 돼요." 소장이 대답했다. "실은 감옥의 전속신부가 며칠 전에 1주일 가량 여행을 하고 싶다고 휴가를 신청했습니다. 그가 없는 동안 죄수들에게 별일이 없을 거라고 내가 보증을 했거든요. 가엾게도 영감님이 조금만 덜 서둘렀더라면 레퀴엠*¹ 정도는 해줄 수 있었을 텐데."

"뭘 그렇게까지." 의사는 그런 직업을 가진 사람에게서 볼 수 있는 무신앙을 노골적으로 드러내면서 말했다. "이 양반도 신부라고 하니 하느님이 직업을 고려해 주시겠지요. 신부를 지옥에 보내는 심통은 부리지 않을 겁니다."

이 불경스러운 농담에 모두들 와 하고 웃음을 터뜨렸다.

그동안에도 시체를 싸는 작업은 계속되고 있었다.

"그럼 오늘 밤에 봅시다!" 일이 끝나자 소장이 말했다.

"몇 시에요?" 간수가 물었다.

---

*¹ 죽은 이를 위한 기도.

"10시나 11시."

"시체를 지킬까요?"

"그럴 필요는 없어. 살아 있었을 때와 마찬가지로 방을 잠가 두기만 하면 돼."

사람들의 발소리가 멀어지고 목소리도 희미해져 갔다. 입구에서 시끄럽게 울리는 자물쇠 소리와 문이 삐걱거리는 소리가 들려왔다. 고독한 정적보다 더욱 가라앉은 정적, 죽음의 정적이 모든 것 속에, 청년의 얼어붙은 영혼 속까지 스며들었다.

그는 천천히 머리로 포석을 밀어 올렸다. 그리고 방 안을 살펴보았다. 방은 비어 있었다. 당테스는 굴에서 나왔다.

이프 성채의 묘지

침대 위를 보니, 길게 눕혀져 창에서 비쳐드는 어슴푸레한 햇살을 받고 있는 거친 천 자루가 있었다. 그 굵은 주름 밑에 길고 딱딱한 형태가 어렴풋이 드러나 있었다. 그것이 바로 파리아 신부의 수의, 간수들의 말에 의하면 매우 싸구려 수의였다. 그렇게 모든 것이 끝났다. 당테스와 그의 늙은 동료는 이제 육체적으로는 완전히 작별하고 만 것이다. 죽음 저편을 응시하듯이 부릅뜨고 있던 눈도 이제는 사물을 볼 수 없게 되었다. 앞을 가리고 있던 자신의 장막을 걷어준 그 손도 이제는 잡을 수가 없었다. 자기가 그토록 열렬하게 따랐던, 소중하고 친절한 동료 파리아는 이제 기억 속에 있을 뿐이었다. 당테스는 무서운 침대 머리맡에 앉아서 어둡고 괴로운 슬픔에 잠겼다.

혼자! 그는 다시 혼자가 되고 말았다. 그는 다시 침묵 속에 빠지고 말았다. 다시 허무와 마주하게 되고 말았다!

외톨이! 그를 지상과 이어주었던 단 하나뿐인 사람의 모습은 더 이상 볼 수도 없고 목소리도 들을 수 없게 되고 말았다! 이렇게 된 이상, 파리아처럼 그 음산한 고통의 문을 지나가야 하는 위험은 있어도, 차라리 신 곁에 나아가 인생의 수수께끼를 풀어달라고 하는 편이 낫지 않을까?

자살하고 싶은 마음, 한 번은 신부에 의해 뿌리쳤고, 신부가 있음으로써 잊고 있었던 그 마음이, 망령처럼 파리아의 유해 옆에 있는 그의 눈앞에 다시 돌아와 있었다.

그는 생각했다. '만약 내가 죽을 수 있다면 그분이 간 곳으로 가자. 틀림없이 그분을 찾을 수 있을 거야. 하지만 죽으려면 어떻게 해야 하지? 뭐, 그건 어려운 일도 아니지.' 그는 웃으면서 말을 이었다. '여기 있다가 누구든 들어오면 달려들어 목을 조르는 거야. 그러면 난 단두대에서 죽을 수 있어.'

그러나 커다란 폭풍의 경우와 마찬가지로, 커다란 고통의 경우에도 높은 파도와 파도 사이에는 심연이 있다. 당테스는 그 명예롭지 못한 죽음을 생각하

고 뒷걸음쳤다. 그리고 절망에서 이내 생명과 자유에 대한 뜨거운 목마름으로 옮겨 갔다.

"죽는다고? 그건 안 돼!" 그는 소리쳤다. "그렇게까지 해서 살아남았고 그토록 고통을 견뎌와 놓고 이제 와서 죽는다니 말이 안 돼! 죽는다고……그래, 몇 년 전에 처음 그러기로 결심했던 그때는 죽어도 상관없었지. 하지만 지금은, 그건 내 비참한 운명을 더욱 비참하게 만들 뿐이야. 안 돼, 난 살고 싶어, 끝까지 싸우고 싶어. 안 돼, 난 무참하게 빼앗긴 그 행복을 되찾아야만 해! 죽기 전에, 나에게 못할 짓을 한 인간들에게 복수를 해야 한다는 것을 잊고 있었어. 보답해야 할 몇 명의 친구들이 있었던 것을 잊고 있었어. 하지만 언제까지나 이러고 있으면 난 이곳에서 곧 잊히고 말 거야. 파리아 신부님처럼 죽지 않고서는 이 감방에서 나갈 수 없을 거야."

그러나 이렇게 말하면서 갑자기 시선을 고정한 당테스는, 별안간 한 가지 생각이 떠올라 그 두려운 생각에 사로잡힌 것처럼 미동도 하지 않았다. 그러다가 벌떡 일어나서 현기증이 나는 것처럼 손을 이마에 가져갔다. 그리고 방안을 두세 바퀴 걸어 다닌 뒤 침대로 돌아가서 멈춰섰다……

"아, 아!" 그는 중얼거렸다. "누가 이런 생각을 보내주었을까? 하느님, 당신입니까? 여기서 자유롭게 나갈 수 있는 건 죽은 사람밖에 없어. 그래, 죽은 사람이 되자!"

그렇게 말하면서 그 결심을 다시 생각할 여유를 주지 않으려는 듯이, 그러한 절망적인 결심을 번복하지 못하게 하려는 듯이, 그는 그 누추한 자루 위에 몸을 구부리고 파리아가 만든 칼로 그 자루를 열었다. 그리고 시체를 자루에서 꺼내 자기 방으로 운반해 갔다. 그것을 자기 침대 위에 눕힌 당테스는 언제나 자기가 머리에 쓰는 누더기 조각을 머리에 씌우고, 그 위에 이불을 덮은 뒤, 마지막으로 얼음 같은 이마에 입을 맞추었다. 그리고 이미 사고가 중단되었기 때문에 지금은 무섭게만 보이는 부릅뜬 눈을 감겨준 다음, 저녁에 간수가 식사를 가져올 때, 종종 그랬듯이 자고 있는 것처럼 보이기 위해 얼굴을 벽 쪽으로 돌려놓았다. 그리고 다시 굴에 들어가 침대를 벽 쪽으로 끌어당겨 놓고 저쪽 방으로 돌아가서는 자루 속에 알몸의 사람이 들어 있는 것으로 생각하도록 입고 있던 누더기를 벗어버리고, 숨겨 둔 바늘과 실을 꺼내 배가 뚫린 자루 속으로 들어가 누운 뒤, 터진 데를 안쪽에서 꿰맸다.

이때 운 나쁘게 누가 들어왔다면, 아마 그의 심장이 고동치는 소리를 들었을 것이다.

당테스에게는 저녁에 간수가 올 때까지 충분한 시간이 있었다. 그러나 그는 그 전에 소장의 마음이 변해 시체를 가져가버리지 않을까 두려웠다. 그렇게 되면 마지막 희망도 사라지고 마는 것이다.

어쨌든 계획은 이것으로 끝났다. 그의 계획은 이랬다.

만약 시체를 운반하는 동안, 무덤을 파는 인부가 부대 속에 죽은 사람 대신 살아 있는 인간이 있다는 것을 알아차린다면, 알아보기 전에 칼로 부대를 위에서 아래까지 찢은 뒤, 그들이 놀라서 허둥대는 사이에 자취를 감춘다. 그러다가 붙잡히게 될 것 같으면 그 칼을 휘두르자.

묘지에 도착하여 나를 구덩이 속에 내려놓으면 그대로 흙을 덮게 내버려 둔다. 그리고 아무리 밤이라 해도 인부가 돌아간 뒤에 서둘러 부드러운 흙을 헤치고 달아나는 것이다. 제발 흙의 무게를 견딜 수 있었으면 하는 것이 그의 마지막 바람이었다. 예상과 반대로 흙이 너무 무거우면 질식해 죽어버릴지도 모른다. 하지만 그것도 괜찮다! 그렇게 되면 그대로 모든 게 끝나는 것이니까.

당테스는 전날부터 식사를 하지 않았다. 하지만 아침이 되어도 배가 고프지 않았다. 그리고 지금도 시장기를 느끼지 않았다. 자기의 처지가 너무나 위험한 만큼 다른 것은 생각할 여유가 없었다.

당테스의 첫 번째 위험은 7시에 저녁식사를 갖다 주는 간수가 시체를 눈치채지 않을까 하는 것이었다. 다행히 그는 사람을 대하기 싫을 때나 무척 고단할 때는 침대에 누운 채 간수를 맞이한 적이 여러 번 있었다. 그럴 때면 간수는 탁자 위에 빵과 수프를 내려놓은 채 말을 걸지 않고 나갔다.

그러나 오늘은 간수가 평소처럼 잠자코 있지 않고 말을 걸 수도 있다. 그리고 대답이 없는 것을 이상하게 여기고, 침대에 다가와 모든 사실을 알아차리지 말라는 법도 없다.

저녁 7시가 다가오자 당테스의 공포는 사실이 되어 나타났다. 그는 한 손을 가슴에 대고 심장의 고동을 억누르면서, 다른 손으로 관자놀이에 흐르는 땀을 닦았다. 이따금 전율이 온몸을 훑고 지나갔다. 마치 얼음 바이스로 심장을 죄어오는 것 같아 이대로 죽는 게 아닌가 하는 생각이 들었다. 시간은 시시각각 흘러갔지만 성채 안에는 평소와 다른 기색이 전혀 없었다. 당테스는 첫 번째 위험을 모면한 것을 알았다. 정말 행운이 아닐 수 없었다. 이윽고 소장이 정한 시간이 되었는지 계단에서 사람들의 발소리가 들려왔다. 당테스는 마침내 때가 왔다고 생각했다. 그는 온몸의 용기를 쥐어 짜내어 숨을 죽였다. 동시에 그 호흡과 함께 혈관을 타고 움직이는 맥박까지 멈출 수 있으면 좋겠다고 생각했다.

발소리가 문 앞에서 멈췄다. 발소리가 두 번씩 들리는 것으로 보아 인부 두 사람이 자기를 운반하러 온 것 같았다. 그 추측은 남자들이 들것을 내려놓는 소리에 의해 더욱 확실해졌다.

문이 열렸다. 희미한 불빛이 눈에 비쳐들었다. 당테스는 자기를 싸고 있는 천을 통해 두 개의 그림자가 침대에 다가오는 것을 보았다. 세 번째 그림자는 입구에서 등불을 들고 있었다. 두 사내는 침대에 다가와 가가 부대의 양쪽을 잡았다.

"말라빠진 노인이 왜 이렇게 무거워!" 머리 쪽을 잡은 사람이 말했다.

"뼈는 해마다 반 리브르씩 무거워진다잖아." 발쪽을 든 사내의 목소리였다.

"그거 묶었나?" 첫 번째 사람이 물었다.

"미리 그렇게 쓸데없는 짓 할 필요 없잖아? 괜히 무겁기만 하지. 거기 가서 묶자고."

"자네 말이 맞군. 그럼 이제 나갈까?"

'도대체 무엇을 묶는다는 거지?' 당테스는 생각했다.

죽은 사람은 침대에서 들것으로 옮겨졌다. 당테스는 죽은 사람처럼 보이려고 애써 몸을 굳히고 있었다. 그는 들것에 실렸다. 장례행렬은 앞장서서 등불을 비춰주는 사내를 따라 계단을 올라갔다. 곧 거칠지만 상쾌한 밤바람이 몸에 스며들었다. 북풍이구나 하고 그는 생각했다. 그야말로 갑작스러운 느낌이었다. 그의 마음은 기쁨과 불안으로 가득 찼다.

들것을 든 사내들은 스무 걸음쯤 가더니 멈춰 서서 들것을 내려놓았다. 한 사내가 저쪽으로 가는 눈치였다. 당테스의 귀에 포석을 울리는 발소리가 들려왔다.

'도대체 여기가 어딜까?' 그는 생각했다.

"아니, 대체 왜 이렇게 무거운 거야!" 당테스 곁에 남아 들것 옆에 앉아 있던 사내가 말했다.

당테스에게 첫 번째로 들은 생각은 달아나야겠다는 생각이 들었다. 그러나 그것은 다행히 생각에 머물렀다.

"불을 좀 비춰봐, 멍청아!" 멀리 떨어져 있던 사내가 말했다. "안 그러면 찾을 수가 없잖아."

듣다시피 그다지 고운 말씨는 아니었다. 등불을 든 사내는 시키는 대로 했다.

'무엇을 찾고 있는 거지?' 당테스는 마음속으로 물어보았다. '아마 삽을 찾는 모양이다.'

만족한 듯한 목소리가 들려왔다. 찾고 있던 것을 찾은 것 같았다.

"거참," 한 사내가 말했다. "힘들어서 이 짓도 못해 먹겠군."

"그러게 말이야." 다른 사내가 대답했다. "하지만 좀 기다린다고 죽은 사람이

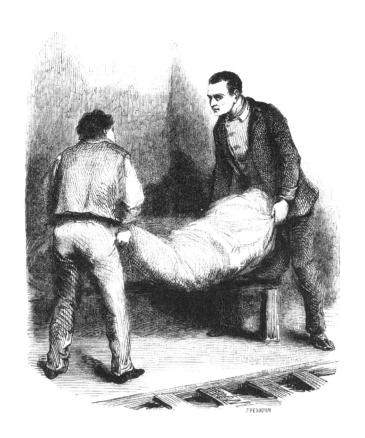

손해 볼 것도 아니고."

이렇게 말하면서 그는 에드몽 옆으로 다가왔다. 그의 귀에 자기 옆에 묵직한 물건을 내려놓는 소리가 들렸다. 그와 동시에 밧줄이 자기 발을 아프도록 꽉 묶었다.

"어때! 묶었나?" 아무것도 하지 않고 있던 사내가 물었다.

"잘 묶었어." 상대가 대답했다. "이만하면 됐어."

"그럼 갈까?"

들것이 들어 올려지더니 가던 길을 계속 갔다.

약 쉰 걸음쯤 갔을 때 문을 하나 열기 위해 멈춰 섰고, 그러고 나서 다시 걷기 시작했다. 당테스의 귀에 이 성채가 서 있는 바위 밑으로 파도가 밀려왔다가 부서지는 소리가 점점 더 크게 들려왔다.

"날씨 한번 고약하군!" 한 사내가 말했다. "이런 밤에 바다 속에 있는 것이

좋지는 않을 텐데."

"그래, 신부님께서 젖는 것을 마다하지 않으시니 말이야." 상대가 말했다. 두 사람은 웃음을 터트렸다.

당테스는 그 농담이 확실하게는 이해되지 않았지만 왠지 모르게 머리카락이 곤두섰다.

"자, 이제 다 왔어!" 첫 번째 사내가 말했다.

"더 가, 좀 더 멀리 가자고." 또 한 사내가 말했다. "지난번 그놈이 도중에 바위에 부딪쳐서 으스러지는 바람에 이튿날 소장한테 혼난 것 잊었어?"

오르막을 너덧 걸음 올라갔다. 이윽고 당테스는 사내들이 자신의 머리와 발을 붙잡고 흔들고 있는 것이 느껴졌다.

"하나앗."

"두울."

"셋!"

그와 동시에 당테스는 자기가 허공에 내던져진 것을 느꼈다. 그리고 다친 새처럼 허공을 가르면서 가슴이 얼어붙는 듯한 공포와 함께 아래로 아래로 떨어져 갔다. 낙하를 빠르게 하는, 뭔가 무거운 것에 끌려가면서도, 그에게는 그 떨어지는 순간이 마치 1세기나 걸린 것처럼 생각되었다. 이윽고 그는 무시무시한 소리를 내면서 화살처럼 차가운 물속에 떨어졌다. 그는 물속에 빨려 들어가면서 비명을 질렀다. 그러나 그 목소리는 이내 물에 흡수되어 들리지 않았다.

당테스는 바다에 내던져졌다. 그리고 발에 묶여 있는 36킬로그램의 추 때문에 바닥으로 끝없이 끌려 들어갔다. 이프 성채의 무덤은 바로 바다였던 것이다.

티불랑 섬

당테스는 정신을 잃고 거의 질식할 것 같았다. 그래도 그에게는 숨을 죽이고 있을 만한 기운은 남아 있었다. 그리고 앞에서도 말했듯이, 모든 기회에 대해 마음의 준비가 되어 있었던 그는, 곧 오른손에 쥔 칼날을 번뜩이면서 자루를 찢은 다음, 거기서 나와 머리를 내밀었다. 추를 끌어올리려고 해 봤지만 오히려 자꾸만 끌려갈 뿐이었다. 그는 몸을 구부려 다리를 묶고 있는 밧줄을 찾았다. 남은 힘을 다해 막 숨이 넘어가려는 찰나, 밧줄을 끊어버릴 수 있었다. 그로부터 그는 다리를 열심히 차면서 자유롭게 수면까지 올라갔다. 추는 하마터면 수의가 될 뻔했던 거친 천을 끌면서 바닥 모를 바다 속으로 가라앉고 말았다.

당테스는 겨우 한 번 숨을 뱉어내고 다시 물속으로 들어갔다. 무엇보다 혹시 발견되지 않을까 하는 염려 때문이었다.

두 번째로 모습을 드러낸 곳은 처음 빠진 지점에서 적어도 쉰 걸음 정도 되는 곳이었다. 머리 위로 폭풍을 품은 시커먼 하늘에서는 바람이 빠르게 구름을 몰고 있고, 이따금 한 점 별빛에 드러난 푸른 하늘이 조각난 채 보이곤 했다. 앞에서는 광활한 바다가 암담하게 포효하고 있고, 파도는 폭풍이 다가온 것처럼 부글부글 끓어오르기 시작했다. 뒤에서는 바다보다 검고 하늘보다 검은 거대한 화강암이 위협하는 망령처럼 깎아지른 듯이 서 있고, 그 어두운 꼭대기는 먹잇감을 채가려고 불쑥 내민 팔처럼 보였다. 그 가장 높은 바위 위에서 불빛이 두 사내의 그림자를 드러내고 있었다.

당테스에게는 그 두 그림자가 불안한 듯이 바다를 내려다보고 있는 것처럼 보였다. 생각만 해도 끔찍한 그 인부들은, 그가 허공을 가르면서 내지른 비명 소리를 분명히 들었을 것이다. 당테스는 다시 물속에 들어갔다. 그리고 상당히 오랫동안 물속을 헤엄치고 다녔다. 그에게는 익숙한 일이었다. 언제나 파로의 작은 만에서 주위에 모여든 많은 사람들의 감탄을 자아내던 실력이었다. 그는 마르세유에서 손꼽히는 수영의 명수로 불렸었다.

다시 물 위로 올라왔을 때 등불은 사라지고 없었다.

이제는 방향을 정해야 했다. 이프 섬을 둘러싸고 있는 섬들 가운데 가장 가까운 것은 라토노와 포메그 섬이었다. 그러나 그 두 섬에는 사람이 살고 있었다. 돔이라는 작은 섬도 마찬가지였다. 가장 안전한 곳은 티불랑과 루메르 두 개의 섬이었다. 둘 다 이프 섬에서 4킬로미터쯤 떨어진 곳이었다.

당테스는 그 두 섬의 어느 하나에 닿아야 한다고 생각했다. 그러나 시시각각 깊어져 가는 이 어둠 속에서 어떻게 그 섬을 찾는단 말인가!

바로 그때, 플라니에의 등대가 별처럼 빛나고 있는 것이 보였다. 그 등대를 향해 똑바로 나아가면 약간 왼쪽에 티불랑 섬이 있다. 따라서 약간 왼쪽으로 나아가면 바로 그 섬에 갈 수 있는 것이다.

그러나 앞에서도 말했듯이, 이프 섬에서 그 섬까지 아무리 못해도 4킬로미터는 된다.

감옥 안에서 파리아는 청년이 기운 없이 늘어져 있는 것을 보면 이런 말을 되풀이하곤 했다. "당테스, 그렇게 늘어져 있으면 안 돼. 막상 달아나고자 할 때 체력이 없으면 익사하고 말 테니까."

무겁고 거센 물속에서 이 말이 당테스의 귀에 울렸다. 그는 서둘러 수면으로 헤엄쳐 올라간 뒤, 실제로 자기가 힘을 잃어버린 건 아닌지 확인해 보려고 물결을 헤쳐 보았다. 그리고 활동이 허락되지 않는 생활 속에서도 아직 힘과 민첩함이 사라지지 않은 것을 알고 기뻤다. 그는 어려서 자주 물속에서 장난치며 놀았던 때처럼, 지금도 여전히 자기가 물을 지배하고 있다는 것을 확실하게 느꼈다.

게다가 공포라는 발 빠른 추격자가 당테스에게 더욱 힘을 주었다. 당테스는 파도에 몸을 맡기고 무슨 소리가 들려오지 않는지 귀를 기울였다. 파도 머리에 올라갈 때마다 재빨리 눈에 들어오는 범위 내의 수평선을 살펴보며 깊은 어둠 속을 응시했다. 이따금 다른 것보다 높은 물결이 밀려오면 자기를 추격하는 배가 아닌가 하고 생각했다. 그리고 다시 힘을 내어 헤엄치면서 이프 섬에서 멀어져 갔다. 그러나 이렇게 되풀이하는 동안 몸에서는 점차 힘이 빠져 갔다.

그래도 그는 계속 헤엄쳐 갔다. 이제는 그 무시무시한 성도 어둠 속에 묻혀

분간할 수 없게 되어, 다만 그것이 있다는 것만 느낄 수 있을 뿐이었다.

한 시간이 흘렀다. 그 동안 당테스는 온몸에 넘치는 자유에 대한 갈망에 떠밀려, 자기가 생각하는 방향을 향해 계속 물결을 헤치고 나아갔다.

'어떻게 된 거지?' 그는 생각했다. '벌써 한 시간이나 헤엄쳤어. 하지만 바람을 안고 있어서 속도가 4분의 1은 느렸을 거야. 그렇다 해도 방향만 틀리지 않았으면 이제 티불랑 섬에 거의 다 왔을 텐데……하지만 만에 하나 방향을 잘못 잡았다면!'

전율이 온몸을 훑고 지나갔다. 몸을 쉬기 위해 잠시 물에 떠 있기로 했다. 그러나 바다가 점점 거칠어져서 도저히 그럴 수가 없다는 걸 알았다.

'그래! 하는 데까지 해보는 거다. 팔이 떨어져 나가고 장딴지에 쥐가 날 때까지. 그러다가 가라앉더라도 하는 수 없다!'

그는 힘을 내어 절망적으로 헤엄치기 시작했다.

지금까지도 상당히 어두웠던 하늘이 더욱 어두워지더니, 두껍고 무거우며 짙은 구름이 자기 쪽으로 흘러오는 것 같았다. 그와 동시에 무릎에 강렬한 아픔이 느껴졌다. 상상력이 번개처럼 번뜩이며, 총에 맞았구나, 금방 다시 총소리가 들려오겠지 하는 생각이 들었다. 그러나 총소리는 들리지 않았다. 당테스는 팔을 뻗었다. 뭔가 저항이 느껴졌다. 한쪽 다리를 아래로 뻗으니 거기에 땅이 있었다. 비로소 지금까지 구름인 줄로만 생각했던 것이 무엇인지 알았다.

자기 앞에 스무 걸음 정도 되는 곳에, 불타오르다가 그대로 화석이 된 불꽃 같은 기괴한 바윗덩어리가 우뚝 서 있었다. 티불랑 섬이었다.

당테스는 일어나서 몇 걸음 앞으로 나아갔다. 그리고 신께 감사하면서 화강암 무더기에 불과한 그 섬의 꼭대기에 드러누웠다. 그것은 그 순간에 어떤 침대보다 더 부드럽게 느껴졌다. 그는 바람이 불고 폭풍이 몰려오고 비가 내리기 시작하고 있는데도, 비록 완전히 지쳐 몸은 마비되어 있었지만, 마음으로는 이 뜻하지 않은 행복을 똑똑히 의식하면서 다디단 잠에 빠져들었다.

약 한 시간 뒤, 에드몽은 무시무시한 천둥소리에 깨어났다. 폭풍이 한껏 미쳐 날뛰면서 하늘을 온통 뒤덮고 있었다. 이따금 번쩍이는 번갯불이 마치 불의 뱀처럼 하늘에서 내려와, 광대한 혼돈의 물결인 양 서로 마주보며 출렁거리는 물결과 구름을 비춰 주었다.

뱃사람으로서 당테스의 눈은 정확했다. 그는 두 개의 섬 가운데 첫 번째, 즉

티불랑 섬에 당도해 있었다. 그는 벌거숭이인 그 섬에는 모든 게 노출되어 있어서 숨을 장소가 전혀 없다는 것을 알고 있었다. 그러나 폭풍만 가라앉으면 다시 바다로 나가 루메르 섬까지 헤엄칠 수 있을 터였다. 그 섬도 이 섬과 마찬가지로 헐벗은 섬이지만 이곳보다는 넓고 지내기 좋은 곳이었다.

우뚝 솟아 있는 바위 하나가 당테스를 위해 잠시 쉴 수 있는 장소를 제공해 주었다. 그는 그곳에 몸을 숨겼다. 바로 그때 폭풍이 엄청난 폭음과 함께 미친 듯한 맹위를 떨치며 몰아쳤다.

에드몽은 자기가 몸을 피한 바위조차 흔들리며 떨리는 것을 느꼈다. 그 기막히도록 작은 피라미드에서는 거친 파도가 아래쪽에서 부서지면 그가 있는 곳까지 물보라가 튀어 올랐다. 몸은 안전하지만, 귀를 찢는 듯한 굉음과 눈부신 섬광 속에서 그는 현기증을 느꼈다. 섬은 몸 아래서 흔들리며, 닻을 내린 배처럼 정박해 있는 자신의 닻줄을 끊어버리고 광대한 소용돌이 속으로 끌고 들어갈 것만 같았다.

그는 문득 24시간 동안 아무것도 먹지 않은 것이 생각났다. 배가 고프고 목이 탔다. 당테스는 손과 얼굴을 내밀어 바위 웅덩이 속에 폭풍우로 고인 빗물을 마셨다.

그가 다시 몸을 일으키려 했을 때였다. 번개 한 줄기가, 마치 눈부신 신의 옥좌 밑까지 하늘을 찢어버린 것처럼 한 순간 주위를 환하게 비추었다. 그 섬광 사이로, 루메르 섬과 크루아질르 곶 사이, 당테스가 있는 곳에서 1킬로미터쯤 되는 곳에, 파도머리에서 깊은 심연 속으로 미끄러져가는 유령처럼 폭풍과 파도에 휩쓸리고 있는 작은 어선이 보였다. 유령은 다시 한 번 무서운 속도로 다가와 다른 파도 머리에서 그 모습을 드러냈다. 당테스는 소리를 지르려고 했다. 선원들에게 그들의 위험을 알리기 위해 뭔가 흔들만한 천 조각이 없을까 찾아보았다. 그러나 저쪽에서도 위험을 알고 있었다. 다시 한 번 번개가 치자, 청년은 돛과 버팀줄에 매달려 있는 네 사람을 보았다. 다섯 번째 사람은 망가진 키의 손잡이를 붙들고 있었다. 저쪽에서도 그를 보았을 것이 틀림없었다. 왜냐하면 절망적으로 살려 달라고 외치는 소리가 횡횡 몰아치는 광풍을 타고 그의 귀에 들려왔기 때문이다. 돛대 꼭대기에는 돛이 마치 갈대를 꼬아놓은 것처럼 다 찢어진 채, 미친 듯이 하늘을 향해 펄럭이며 소리 내어 울고 있었다. 그때 지금까지 그것을 지탱하고 있던 밧줄이 툭 끊어졌다. 그러자 돛은 시커먼 구름 속에 선명하게 떠오른 커다란 새처럼, 어두운 하늘을 향해 날아가 버렸다.

동시에 뭔가 부서지는 무시무시한 소리가 났다. 마치 스핑크스처럼 바위에 꼼짝 않고 붙어서 심연을 굽어보던 당테스는 다시 한 번 내리친 번개 사이로 그 배가 부서지는 광경을 보았다. 그리고 부서진 배 사이로 절망적인 표정을 한 사람들의 얼굴들과 하늘을 향해 뻗은 팔들을 보았다.

그 다음 모든 것이 어둠 속에 잠겼다. 그 무서운 광경은 겨우 번개가 한 번 치는 사이에 벌어진 일이었다.

당테스는 바다에 굴러 떨어질지도 모르는 위험을 무릅쓰고, 미끄러운 바위의 경사면을 뛰어서 내려갔다. 그는 시선을 모아 응시했다. 귀를 세우고 들었다. 그러나 아무것도 들려오지 않았다. 이제 아무것도 보이지 않았다. 절규하는 목소리도 들리지 않고 사람이 허우적대는 모습도 보이지 않았다. 폭풍만이, 이 위대한 신의 행위인 폭풍만이 바람을 이끌며 포효하거나 파도를 일으키고 물거품을 일으킬 뿐이었다.

바람이 점차 잦아들었다. 하늘은 커다란 회색 구름, 즉 폭풍에 퇴색한 구름을 서쪽으로 불어내고 있었다. 파란 창공이 전에 없이 반짝거리는 별들과 함께 나타났다. 이윽고 동쪽에 떠오른, 붉은 기가 감도는 한 줄의 긴 띠가 수평선 위에 짙푸른 색으로 꿈틀거리는 물결을 그려냈다. 파도가 춤추고 있었다. 문득 한 줄기 빛이 파도 머리를 달리는 것 같더니, 거품이 이는 물마루를 당장 황금빛 갈기로 바꾸었다.

날이 밝았다. 당테스는 이 장대한 광경 앞에, 마치 난생 처음 보는 것처럼 말없이 부동의 자세로 마주서 있었다. 그것은 이프 성채에 갇힌 뒤 지금까지 완전히 잊고 있었던 것이었다. 그는 성을 돌아보았다. 그리고 천천히 시선을 돌려 바다와 육지를 보았다.

그 음산한 건물은 감시하고 명령하듯이 부동의 것이 가지는 엄숙한 위용으로 파도 속에서 우뚝 솟아 있었다.

새벽 5시쯤 된 것 같았다. 바다는 점점 잔잔해지고 있었다.

'앞으로 두세 시간 뒤면', 당테스는 생각했다. '내 방에 들어온 간수가 가여운 내 동료의 주검을 발견할 것이고, 그의 얼굴을 알아보고 나면, 그제야 있지도 않은 나를 찾으며 비상령을 내릴 것이다. 그렇게 되면 땅굴과 지하동료도 발견된다. 그리고 나를 바다에 던져 넣은 자들, 틀림없이 비명소리를 들었을 그자들을 조사할 것이다. 즉시 무장한 병사를 가득 태운 몇 척의 배가 그리 멀리 가지 못했을 탈옥수의 뒤를 추격할 것이다. 곳곳의 해안에 대포를 쏘아 알몸으로 굶주린 채 헤매고 다니는 자가 와도 재워줘서는 안된다고 경고할 것이다. 마르세유의 탐정과 경찰은 급보를 받고 해안을 뒤질 것이다. 한편, 이프 성채의 소장은 바다 쪽을 찾을 것이다. 그렇게 되면 물 위에서도 쫓기고 육지에 올라가도 포위되고, 난 도대체 어떻게 될까? 배가 고프다. 춥다. 헤엄치는 데 방해가 되어 목숨과도 같은 칼도 버리고 말았다. 내 처지는 날 처음 발견한 농부에게 달려 있게 될 것이고, 그는 20프랑의 상금이 탐나서 날 넘기겠지. 기운도 다 떨어졌다. 좋은 생각도 나지 않고 결심도 서지 않는다. 아, 신이여, 저의 고통이 아직도 부족합니까, 제 능력 밖의 것을 해 주실 순 없습니까, 부디

굽어 살펴주소서.'

이제 기운도 다하고 머릿속도 비어버린 에드몽이 일종의 혼미한 상태에서 멀리 이프 성채를 불안한 마음으로 돌아보며 간절한 기도를 바치고 있을 때, 포메그 섬 끝에서 작은 배 한 척이 나타났다. 수평선에서 펄럭이는 커다란 삼각돛은 물결을 스치듯 날아가는 갈매기 같아 보였다. 뱃사람의 안목이 있어야만 어두컴컴한 바다 위에서도 그것이 제노바의 작은 범선이라는 것을 알아볼 수 있었다. 배는 마르세유 항에서 오는 것이었다. 뾰족한 뱃머리는 반짝이는 물거품을 둘로 갈라 그 불룩한 뱃전에 길을 열어주면서 먼 바다를 향하고 있었다.

"아!" 당테스는 소리쳤다. '30분이면 저 배까지 갈 수 있는데 질문을 받고 탈주자라는 것이 발각되어 마르세유로 송환될까봐 너무나 두렵다! 어떻게 할까? 뭐라고 말하면 좋을까? 어떤 이야기를 꾸며 저들을 속이면 될까? 저들은 모두 밀수업자다. 반은 해적이나 다름없는 자들이야. 연안무역을 한다는 구실로 연안을 휩쓸고 다니는 자들이다. 쓸데없이 아무 이익도 없는 선행을 베풀기보다는 오히려 나를 팔아넘기려 할 것이다. 기다려보자. 하지만 기다린다는 건 불가능해. 배가 고파 죽을 것 같아. 앞으로 몇 시간 뒤에는 남아 있는 약간의 힘마저 없어질 거야. 게다가 간수가 방을 찾아갈 시간도 곧 다가온다. 하지만 아직 경보가 나진 않았으니 아마 아무것도 모르고 있을 것이다. 간밤에 폭풍으로 난파한 그 작은 배의 선원이라고 말해도 통할 거야. 그렇게 말하면 분명히 진짜라고 생각하겠지. 선원은 모두 물에 빠져 죽었으니 아니라고 말할 사람도 없을 거고. 그래, 그렇게 하자.'

당테스는 시선을 돌려 그 작은 배가 난파한 것으로 생각되는 곳을 바라보았다. 그는 몸을 떨었다. 어느 바위 하나에 난파선 선원의 모자가 걸려 있었던 것이다. 그 바로 옆에는 용골에서 떨어져나간 파편이 떠다니고 있었다. 바다가 그 나무토막을 섬 근처로 밀었다가 도로 당겼다가 하면서 마치 힘없는 나무기둥으로 적의 성문을 부수려고 하는 것처럼 부딪치고 있었다.

당테스는 곧 결심했다. 그는 바다에 뛰어들어 모자 쪽으로 헤엄쳐가서, 그것을 머리에 쓰고 가까이 있는 나무토막 하나를 붙잡았다. 그리고 배가 나아가는 방향을 가로지르기 위해 헤엄치기 시작했다.

"이제 나는 살았어." 그는 중얼거렸다.

이 확신이 그에게 힘을 주었다.

그는 범선이 정면에 바람을 받으면서 이프 섬과 플라니에 등대 사이를 비스듬하게 나아가는 것을 보았다. 한동안 배가 해안을 따라가지 않고 코르시카나 사르데냐로 향하기 위해 먼 바다로 나가버릴까 봐 걱정되었다. 그러나 진로를 보아, 이탈리아로 가는 배들처럼 자로스 섬과 칼라자레뉴 섬 사이를 빠져 나가려는 것 같았다.

그 동안 배와의 거리는 제법 가까워져 있었다. 해안을 따라 나아가던 배는 이제 당테스한테서 약 1킬로미터 되는 지점까지 와 있었다. 그는 파도를 타면서 조난의 표시로 모자를 흔들었다. 그러나 배 위에서는 아무도 보는 사람이 없었다. 배가 방향을 바꿔 다른 곳을 향하기 시작했다. 당테스는 소리를 지르려고 했다. 그러나 거리를 계산해보니, 아무래도 바닷바람에 흩어지고 파도소리에 묻혀 들리지 않을 것 같았다.

다행히 그때, 그는 나무토막에 올라가는 것을 생각해냈다. 이렇게 몸이 쇠약한 상태에서는 범선에 닿을 때까지 도저히 버티지 못할 것 같았다. 그리고 흔히 있는 일이지만, 만약 범선이 그를 발견하지 못하고 지나가버릴 경우에 다시 해안까지 돌아가는 건 도저히 불가능할 것 같았다.

당테스는 배의 진로에 대해 거의 확신했지만, 그래도 배가 방향을 바꿔 이쪽으로 올 때까지 눈에 불안한 빛을 띠고 계속 배를 지켜보았다.

그는 배를 맞이하기 위해 그쪽을 향해 헤엄쳤다. 그러나 그가 배에 도달하기도 전에 배는 또다시 방향을 바꾸기 시작했다.

당테스는 있는 힘을 다해 거의 물 위에 일어서다시피 했다. 그리고 모자를 흔들며 조난당한 선원들이 그러듯이 비통하게 소리를 질러댔다. 그것은 어느 바다귀신이 흐느끼는 소리 같기도 했다.

마침내 배에서도 그의 모습을 보고 목소리도 들은 모양이었다.

배는 진행을 멈추더니 그를 향해 뱃머리를 돌렸다. 그와 동시에 보트를 내리는 것이 보였다.

잠시 후, 보트가 두 사람의 사내를 태우고 두 개의 노로 물살을 가르면서 그를 향해 다가왔다. 그러자 당테스는 이제 필요 없게 되었다고 보고, 지금까지 붙들고 있던 나무토막을 버리고, 데리러 오는 자들의 수고를 덜어주기 위해 용기를 내어 보트 쪽으로 헤엄치기 시작했다.

그러나 그는 이미 거의 사라져버린 자신의 힘을 너무 믿고 있었다. 그는 비로소 그 나무토막이 얼마나 소중한 것이었는지를 깨달았다. 그러나 그것은 벌써 저만치 떨어진 곳에 혼자 떠 있었다. 팔이 뻣뻣해지기 시작하고 다리에도 힘이 빠지니 동작은 제멋대로고 마음은 다급해졌다. 숨이 가슴까지 차올랐다.

그는 크게 소리를 질렀다. 두 선원은 더욱 힘을 가해 노를 젓기 시작했다. 그러다가 한 사람이 이탈리아어로 소리쳤다.

"힘을 내요!"

그 말이 그의 귀에 들렸을 때, 더 이상 파도를 탈 힘마저 없어진 그의 머리 위로 거대한 파도더미가 덮쳐와 거품이 끓는 파도 속에 그를 빠뜨렸다.

그는 익사할 때처럼, 아무렇게나 절망적인 동작으로 허우적거리면서 다시 모습을 드러냈다. 그리고 세 번째 소리를 질렀다. 다리에 아직도 자기의 목숨

을 빼앗아가려던 쇳덩어리가 매달려 있는 것처럼 자꾸 바다로 끌려 들어가는 느낌이었다.

파도가 머리 위에서 무너져 내려왔다. 그 물을 통해 검은 얼룩이 있는 푸르스름한 하늘이 눈에 들어왔다.

그는 마지막으로 젖 먹던 힘을 다해 다시 수면에 떠오를 수 있었다. 그때 누군가가 자신의 머리카락을 잡아당기는 듯한 느낌이 들었다. 그 뒤에는 아무것도 눈에 들어오지 않고 아무 소리도 들리지 않았다. 그는 정신을 잃었다.

다시 눈을 떴을 때, 그는 자기가 배의 갑판 위에 누워 있으며, 배는 계속 가고 있다는 것을 알았다. 그가 맨 처음 자기 눈으로 확인하려고 했던 것은 배가 어느 방향으로 가고 있는가 하는 것이었다. 배는 이프 섬에서 점점 멀어지고 있었다.

당테스는 완전히 기진맥진한 상태였다. 따라서 그가 지른 기쁨의 외침은 고통 때문에 마치 한숨처럼 들렸다.

방금 말했듯이 그는 갑판 위에 눕혀져 있고, 한 선원이 그의 팔다리를 모피로 문질러 주고 있었다. 또 한 사내, 아마도 아까 '힘을 내요!' 하고 외친 듯한 사내는 당테스의 입에 물통에 든 액체를 흘려 넣고 있었다. 세 번째 사내, 조타수 겸 선장 같은 노년의 선원은 일종의 이기적인 동정심으로 그를 바라보고 있었다. 그것은 겪어본 사람들이 알 수 있듯이, 불행은 전날에는 모면했어도 다음날엔 어딘가에서 나를 기다리고 있을 수 있다는 것을 아는 눈빛이었다.

물통 속의 럼주 몇 방울이 기진맥진한 청년의 심장에 새로운 생명을 불어넣어 주었다. 또 선원이 앞으로 몸을 굽히고 모피 조각으로 계속 몸을 문질러주어 팔다리도 마비가 풀려가고 있었다.

"댁은 누구요?" 서투른 프랑스어로 선장이 물었다.

"몰타 출신의 선원입니다." 당테스도 서투른 이탈리아어로 대답했다. "시라쿠사에서 왔습니다. 포도주와 파노린을 싣고 있었는데, 간밤의 폭풍에 모르지오 곶에서 당했습니다. 저기, 저 바위에서 난파했습니다."

"어디서부터 헤엄쳐 왔나?"

"저기 보이는 바위에서요. 다행히 거기에 매달릴 수 있었거든요. 선장님은 안타깝게도 머리가 부서지고 말았습니다. 동료 세 사람도 당했습니다. 살아남은 건 아마 저뿐일 겁니다. 그러다가 이 배가 보였습니다. 까딱하면 사람 하나 없는 저 섬 안에 오래 갇히게 될 것 같아서 운을 하늘에 맡기고 나무토막을 붙잡고 여기까지 온 겁니다. 정말 고맙습니다." 당테스는 말을 이었다. "여러분 덕택에 목숨을 건졌습니다. 한 분이 제 머리카락을 붙잡았을 때 전 거의 탈진해 있었습니다."

"그건 나였소." 싹싹하고 선량해 보이는 얼굴에 검고 긴 구레나룻을 기른 선원이 말했다. "정말 다행이오, 거의 가라앉기 직전이었으니까."

"그래요." 당테스는 그 사내에게 손을 내밀었다. "그럴 뻔했지요. 다시 한 번 감사드립니다."

"암, 그래야지. 좀 망설였으니까. 여섯 치나 되는 그 수염과 한 자는 되어 보이는 머리를 보니 보통 사람이 아니라 꼭 산적 같았거든."

당테스는 자기가 이프 성채에 들어간 뒤 머리와 수염을 한 번도 깎지 않은 것을 떠올렸다.

"그렇습니다. 전에 위험한 일을 당했을 때, 노트르담델피에 델라그로타에서 머리와 수염을 10년 동안 깎지 않겠다고 맹세했지요. 오늘이 바로 꼭 10년째 되는 날입니다. 그 기념일에 하마터면 물에 빠져 죽을 뻔했군요."

"그래, 이제부터 어떻게 해주길 바라나?" 선장이 물었다.

"아, 제 신세가 처량할 뿐입니다." 당테스가 대답했다. "좋으실 대로 하십시오. 배도 가라앉아버렸고 선장님도 죽어버렸습니다. 전 보시다시피 목숨만 건졌을 뿐 완전히 알몸입니다. 다행히 이래뵈도 어엿한 선원이니까, 이제부터 맨 처음 들르는 항구 아무데나 내려 주십시오. 상선의 일자리는 얼마든지 구할 수 있을 테니까요."

"지중해에 대해서 잘 알고 있나?"

"지중해야 어릴 때부터 배를 타고 다녔으니까요."

"그럼 어디에 좋은 정박지가 있는지 알고 있겠군."

"아무리 까다로운 항구라도 대부분 눈감고도 드나들 수 있지요."

"그렇다면 선장님," 당테스에게 '힘을 내요!' 하고 소리쳤던 선원이 말했다. "우리 배에서 일하게 하는 게 어떨까요?"

"글쎄, 이 사람이 하는 말이 틀림없다면야." 선장은 약간 주저하는 기색으로 말했다. "보기에는 상당히 잘할 것 같지만, 그건 일을 시켜봐야 알 일이지."

"시켜보시면 만족하실 겁니다." 당테스가 말했다.

"그래?" 선장은 웃으면서 말했다. "그렇다면 어디 그 솜씨를 한번 보여주게."

"언제라도 보여드리지요." 당테스가 일어나면서 말했다. "그런데 어디로 가시는 길입니까?"

"리보르노로 가네."

"그렇다면 이렇게 육지를 끼고 가느라 소중한 시간을 허비하는 것보다는 바람을 좀 더 타고 가시는 게 나을 텐데요?"

"리옹 섬에 부딪칠까봐 그러지."

"그거야 20브라스 이상 떨어져서 지나가면 될 걸요."

"그럼 어디 키를 잡아보게. 솜씨를 한번 볼 테니까."

청년은 키가 있는 곳에 자리를 잡자, 한번 가볍게 키를 움직여 보아 배가 말을 잘 듣는지 확인했다. 배는 아주 예민하게 반응하는 편은 아니지만 그런대로 생각하는 대로 움직여 줄 것 같았다.

"활대, 아딧줄!" 그가 소리쳤다.

승조원인 네 명의 선원은 각자 자기 위치로 돌아갔다. 선장은 그들이 하는 모습을 지켜보았다.

"당겨!" 당테스가 말했다.

선원은 제법 정확하게 명령대로 했다.

"단단히 붙들어 매라!" 이 명령도 처음 두 번의 명령과 마찬가지로 실행되었다. 배는 육지를 따라 나아가는 것을 중지하고 리옹 섬으로 향했다. 그리고 당테스가 아까 말한 대로 섬을 우현에서 20브라스쯤 되는 곳에 두고 나아갔다.

"잘했어!" 선장이 소리쳤다.

"잘했어요!" 선원들도 거기에 화답했다.

완전히 놀라버린 사람들은, 눈빛이 총명하게 빛나고 몸에는 기운이 넘쳐나기 시작한 청년을 바라보며 그를 의심했던 마음을 멀리 떠나보냈다.

"어떻습니까?" 당테스는 키를 놓으면서 말했다. "아마 이 항해 중에라도 조금은 도움이 되어 드릴 수 있을 것 같은데요. 리보르노에 가서 필요 없다 생각되면 그곳에 떨어뜨려 주십시오. 처음 몇 달 동안의 급료에서 그때까지의 식비와 제게 빌려주실 옷값을 지불하겠습니다."

"좋아, 좋아." 선장이 말했다. "자네에게 그럴 마음이 있다면 나도 생각해 보겠네."

"보통 사람 한 사람 값이면 됩니다. 다른 동료한테 주시는 대로 주시면 그걸로 만족하겠습니다."

"그렇게는 안 되지." 당테스를 바다에서 구해준 사내가 말했다. "자넨 우리보다 솜씨가 좋은 걸."

"쓸데없이 웬 참견인가, 자코포, 자네하곤 상관없는 일이잖아?" 선장이 말했다. "본인이 만족하는 급료로 약속하는데 안 될 게 뭐 있어?"

"그렇게 하세요. 그냥 한 마디 해봤을 뿐이죠."

"그럼 여러 말 말고 어디, 자네 여벌옷이 있으면 이 벌거벗은 사람에게 바지와 윗도리를 빌려주게."

"여벌옷은 아니지만 셔츠하고 바지가 있습니다."

"그것만 있으면 됩니다." 당테스가 말했다. "고맙습니다."

　자코포는 승강구에서 미끄러지듯이 내려갔다가 잠시 뒤 셔츠와 바지를 가지고 올라왔다. 당테스는 말할 수 없이 기쁜 마음으로 그것을 몸에 걸쳤다.

　"그것 말고 더 필요한 건 없나?"

　"빵을 조금 주십시오. 그리고 아까 마신 그 맛있는 럼주도 한 모금 부탁합니다. 꽤 오랫동안 아무것도 먹지 못해서요."

　정말 벌써 40시간이나 지나 있었다. 빵이 나왔다. 자코포는 그에게 수통을 건넸다. "키를 좌현으로!" 선장이 키잡이 쪽을 돌아보면서 말했다. 당테스는 수통을 입으로 가져가면서 그쪽을 힐끗 보았다. 수통이 입에 채 닿기도 전에 선장이 소리쳤다.

　"어! 이프 성채에 무슨 일이 일어난 것 같은데?"

　당테스의 주의를 끈 가벼운 흰 연기가 이프 성채 남쪽 포대의 총안 위를 에

위싸며 막 피어오르기 시작하고 있었다. 이윽고 멀리서 대포소리가 거기까지 들려왔다.

선원들은 고개를 들고 서로 얼굴을 마주 보았다.

"무슨 일이지?" 선장이 말했다.

"간밤에 죄수가 달아났나 봅니다." 당테스가 말했다. "그래서 경보 대포를 쏜 겁니다."

선장은 수통을 입에 대고 있는 청년을 흘끗 바라보았다. 그러나 청년은 수통 속에 들어 있는 술을 아주 태연하게 흡족한 듯이 음미하고 있었다. 따라서 선장의 마음에 문득 솟아났던 의심은 머리를 스치고 지나갔을 뿐 이내 사라져버렸다.

"아, 럼주 한번 독하군요." 셔츠 소매로 땀이 흐르는 이마를 닦으면서 당테스가 말했다.

'어쨌든,' 선장은 당테스를 보면서 중얼거렸다. '이 녀석이 만약 그 탈옥수라면 오히려 잘된 일이지. 아주 용감한 녀석을 얻게 되었으니까.'

피곤하다는 이유로 당테스는 키가 있는 곳에 앉겠다고 말했다. 키잡이는 그 덕분에 쉬게 된 것을 기뻐하면서 선장의 눈치를 보았다. 선장은 당테스에게 키를 맡겨도 좋다고 턱짓으로 대답했다. 그 자리에 앉은 당테스는 마르세유 쪽을 날카로운 눈으로 바라보았다.

"도대체 오늘이 며칠이오?" 이프 성채가 보이지 않게 되자, 당테스는 자기 옆에 와서 앉은 자코포에게 물었다.

"2월 28일이지." 자코포가 대답했다.

"몇 년?" 당테스가 또 물었다.

"뭐? 몇 년이냐고? 지금 몇 년이냐고 물었나?"

"그래요." 청년은 대답했다. "몇 년이냐고 물었소."

"몇 년인지 모른단 말인가?"

"잊어버렸나 봐요. 간밤에 하도 혼이 나는 바람에." 웃으면서 당테스가 말했다. "하마터면 정신을 잃을 뻔했거든요. 그래서 기억이 뒤죽박죽이 되어버렸어요. 그래서 묻는 겁니다, 정말 몇 년 2월 28일입니까?"

"1829년이잖아." 자코포가 대답했다.

그러니까 지금으로부터 14년 전의 같은 달 같은 날, 그는 체포되었던 것이다.

열아홉 살에 이프 성에 들어간 그는 서른세 살이 되어 그곳을 나온 셈이었다.

쓸쓸한 미소가 당테스의 입술 위에 떠올랐다. 그 순간, 그는 아마 자기가 죽은 줄로만 알고 있을 메르세데스는 어떻게 되었을까 하고 생각했다. 그리고 이번에는 그토록 오랫동안 참혹한 옥살이를 하게 한 세 사람이 떠오르자, 당테스의 눈에서 증오의 불길이 타올랐다.

그는 당글라르, 페르낭, 그리고 빌포르, 이 세 사람에 대해, 이미 감옥 안에서 수없이 되풀이했던 그 잊을 수 없는 복수의 맹세를 새롭게 다졌다.

이제 그 맹세는 한낱 허망한 위협이 아니었다. 왜냐하면 지금 이 순간, 지중해에서 가장 민첩한 범선이라 해도, 돛에 가득 바람을 안고 리보르노를 향해 달려가는 이 작은 범선을 따라잡는 건 절대로 불가능하기 때문이었다.

밀수업자들

당테스는 지나가던 배에 구조된 지 채 하루도 지나지 않아 상대가 어떤 자들인지 완전히 간파했다.

파리아 신부에게서 배운 건 아니지만, 〈젊은 아멜리〉(그것이 이 제노바 범선의 이름이었다) 호의 선장은 지중해라고 불리는 이 거대한 호수 주변국들의 모든 언어를 아라비아어에서 프로방스어에 이르기까지 거의 알고 있었다. 그 덕분에 그는, 언제나 불쾌하고 때로는 무례하기까지 한 통역의 도움 없이도, 바다 위에서 만난 배나 연안에 배치되어 있는 작은 배, 또는 이름도 없고 나라도 없고 내세울 만한 직업도 없는 사람들, 언제나 항구 가까운 부두에서 빈둥거리면서 내용을 알 수 없는 수상쩍은 수입으로 살아가고 있는, 거의 하느님이 직접 먹여 살리고 있는 게 아니면 도저히 생활할 수 없을 것 같은 자들을 상대로 아무 거리낌 없이 대화할 수 있었다. 당테스가 탄 배가 밀수선인 것은 독자 여러분도 이미 짐작하고 있을 것이다.

그래서 선장은 당테스를 배에 태우는 것에 대해 어느 정도 경계하는 마음이 있었다. 선장은 연안 세관원들의 주목의 대상이었다. 그 세관나리들과 선장 사이에는 언제나 막상막하의 술책이 오가고 있었기 때문에, 처음 당테스를 보았을 때, 그는 이것이 틀림없이 세관의 밀정이며 이런 교묘한 연극을 꾸며 자기들의 사업적 비밀을 염탐하려는 것이라고 생각했다. 그러나 육지 근처를 지나가면서 당테스가 그토록 능란하게 키를 잡는 것을 보고 그를 완전히 신용하고 말았다. 이어서 이프 성채 위에 모자의 깃털장식처럼 피어오른 한 줄기의 가벼운 연기를 보고, 또 멀리서 나는 대포 소리를 들었을 때는, 자기가 방금 왕이 출입할 때처럼 예포(禮砲)로 인정하는 사내를 태웠다는 생각까지 잠깐 들었다. 사실 그렇게 생각하는 편이, 이 사내가 세관의 관리인 경우보다 훨씬 더 불안이 적었다. 그러나 이 신참자의 너무나 태연자약한 모습을 보자, 이 두 번째 생각도 첫 번째 생각과 마찬가지로 사라지고 말았다.

그리하여 에드몽은 상대편에서는 자기의 신분을 모르지만 자기는 선장이 무슨 일을 하는지 훤히 파악하고 만 것이다. 선장과 동료들이 갖은 수를 써서 찔러봐도 그는 바위처럼 끄떡도 하지 않고 속내는 하나도 드러내지 않았다. 마르세유와 마찬가지로 잘 알고 있는 나폴리와 몰타에 대해서는 세세한 것까지 얘기해주었다. 그는 놀라운 기억력으로, 처음에 얘기한 대로 언제나 똑같이 되풀이해 얘기할 수 있었다. 그래서 선장은 제법 눈치가 빠른 편이었는데도 감쪽같이 속아 넘어갔다. 그것은 모두 에드몽의 점잖은 행동거지와 항해에 대한 지식, 특히 너무나 절묘한 속임수 덕분이었던 것은 말할 것도 없다. 그리고 아마 그 제노바의 선장도, 약삭빠른 사람들이 흔히 그렇듯이 자기가 알아야 하는 것 외에는 알려고 하지 않고, 자기가 믿어서 좋은 것 말고는 믿으려 하지 않는 부류가 틀림없었다. 그런 상황에서 배는 리보르노 항에 도착했다.

에드몽은 그곳에서 시험해 볼 것이 한 가지 있었다. 그것은 지난 14년 동안 사라졌다 나타난 지금, 과연 자기의 모습을 사람들이 알아볼 수 있을지 확인하는 것이었다. 청년 시절의 자신에 대해서는 상당히 확실한 인상이 남아 있었다. 그는 지금 한 사람의 남자가 된 자신의 모습을 보고 싶었다. 배의 동료들 눈에 그는 자기가 원한 대로 비춰지고 있었다. 그는 지금까지 리보르노에 기항한 적이 수없이 많아서 그곳의 산페르디난도 거리에 있는 한 이발사를 알고 있었다. 그는 머리와 수염을 깎기 위해 이발소에 들어갔다.

긴 머리에 시커먼 수염을 덥수룩하게 기른 사내, 마치 티치아노[1]가 그린 훌륭한 얼굴을 연상시키는 그 사내의 모습을 이발사는 놀란 눈으로 쳐다보았다. 그 시절에는 그렇게 머리와 수염을 길게 기르는 것이 아직 유행 전이었다. 만약 지금 그렇게 멋진 것을 아낌없이 잘라버리려는 사람이 있다면 이발사는 틀림없이 놀랄 것이다.

리보르노의 이발사는 별로 말리려는 기색도 없이 일을 시작했다.

손질이 끝나 턱에서 수염이 완전히 사라지고 머리도 보통 길이로 짧아지자, 에드몽은 거울을 빌려 자신의 모습을 들여다보았다. 앞에서도 말했듯이, 그는 지금 서른세 살이 되어 있었다. 14년의 감옥생활이 엄청난 심적 변화를 가져왔다는 것을 그의 모습에서 읽을 수 있었다.

---

[1] 16세기의 유명한 이탈리아 화가.

이프 성채에 처음 들어갔을 때의 당테스는, 동그스름하고 젊은이 특유의 밝고 웃음 띤 얼굴에, 인생의 첫걸음을 순조롭게 내딛으며 미래는 당연히 과거의 연장선이라고 생각하는 빛이 나타나 있었다. 그런데 지금은 완전히 변해 있었다.

그 달걀형 얼굴은 길어지고, 귀염성 있던 입매는 결의를 보여주는 강하고 꿋꿋한 선들로 잡혀 있었다. 눈썹은 생각에 잠긴 듯이 새겨진 주름 밑에서 포물선을 그리고 있었다. 눈에는 깊은 슬픔이 어려 있고, 그 슬픔 밑바닥에서 이따금 세상을 향한 혐오와 증오가 암담한 섬광처럼 번뜩였다. 밝은 빛과 햇살을 오랫동안 접하지 못했던 그의 얼굴빛은 윤기가 없었지만, 이 무미건조한 안색이 검은 머리로 부각된 얼굴에 북방인다운 귀족적 아름다움을 만들어주고 있었다. 뿐만 아니라 그가 얻은 깊은 학문은 그 얼굴 전체에서 침착한 예지의 빛을 느끼게 했다. 또 원래 키가 상당히 큰 편이기는 하지만, 거기에는 언제나 자기 몸에 힘을 갖추고 있는 사람에게서 볼 수 있는 그 활발한 생기가 갖춰져 있었다.

예민하고 화사한 모습이 가지는 우아함 대신, 다부지고 근육이 잡힌 모습이 가지는 견고함을 볼 수 있었다. 한편, 목소리는 기도와 흐느낌과 저주 때문에 변해버려, 어떤 때는 이상할 정도로 부드러운 목소리인가 하면 또 어떤 때는 강하고 거의 거칠기까지 한 목소리였다. 게다가 언제나 어두컴컴하거나 깜깜한 암흑 속에서 지냈기 때문에, 눈은 마치 하이에나나 늑대의 눈처럼 밤에도 사물이 잘 보이는 이상한 능력이 생겨 있었다.

에드몽은 자신의 모습을 뚫어지게 보면서 미소 지었다. 자신의 가장 친한 친구, 아니 아마 어느 누구도 자기를 알아보지 못할 것이다. 자기 자신조차 자기를 알아볼 수 없을 정도였으니 말이다.

젊은 아멜리 호의 선장은 에드몽처럼 가치 있는 남자를 자기 부하로 두고 싶어서, 곧 손에 넣을 이익 배당금 중에서 약간의 돈을 선불로 주겠다고 제안했다. 에드몽은 그 호의를 받아들였다. 그래서 이발소에서 최초의 변신을 해치우고 밖으로 나가자마자, 어떤 가게에 들어가 선원복을 한 벌 사기로 했다. 다 아는 일이지만, 이 복장은 매우 간소한 것이다. 하얀 바지에 가로줄무늬 셔츠, 그리고 빨간 모자, 이 세 가지였다.

그렇게 갈아입고 나서 전에 자코포한테서 빌린 셔츠와 바지를 돌려주러 갔

다가, 에드몽은 젊은 아멜리 호 선장 앞에서 여태까지의 이야기를 되풀이해야 했다. 그렇게 화사하고 말끔한 선원을 본 선장은, 그 사람이 수염이 덥수룩하고 머리에는 해초가 묻어 있고 바닷물에 흠뻑 젖어서 알몸으로 다 죽어가던 것을 갑판 위로 건져 올린 그 남자라고는 도저히 믿을 수가 없었던 것이다.

당테스의 환한 얼굴에 마음이 끌린 그는 당테스에게 고용계약을 변경할 것을 제안했다. 그러나 자신의 계획이 따로 있었던 당테스는 석 달이라는 기간에 한해서만 그 제안을 받아들이겠다고 했다.

한편, 시간을 허비하지 않으려는 선장의 명령에 따라 움직이고 있던 젊은 아멜리 호의 활기 넘치는 선원들은, 리보르노에 도착한 지 1주일도 채 되지 않는 동안, 이미 불룩하게 부풀어 있던 뱃전을 모슬린, 금지품인 목화, 영국 화약, 그리고 세관의 검인이 누락된 담배 등으로 가득 채웠다. 그 모든 것을 자유항인 리보르노에서 실어가서 코르시카 해안에 내리면, 그곳에 투기 상인들이 있어서 그 뱃짐을 프랑스로 가져가게 되어 있었다.

배가 출발했다. 에드몽은 다시 자기가 맨 처음 청춘의 희망을 품었던 그 쪽 빛 바다, 암굴에서 그토록 자주 꿈꾸었던 바다를 헤치고 나아갔다. 그리고 오른쪽으로는 고르고네, 왼쪽으로는 피아노사를 보면서 파올리*2와 나폴레옹의 조국을 향해 나아갔다.

이튿날 여느 때와 다름없이 아침 일찍 갑판에 올라간 선장은, 이상한 표정의 당테스가 뱃전에 몸을 기대고 떠오르는 아침 햇살을 받아 장밋빛으로 물든 화강암 바위산을 뚫어지게 바라보고 있는 모습을 보았다. 그것은 몬테크리스토 섬이었다.

젊은 아멜리 호는 우현 쪽 4분의 3해리 지점에 섬을 바라보면서 코르시카를 향해 계속 나아갔다.

당테스는 자신의 귀에 그 이름이 그토록 강하게 울리고 있는 그 섬 옆을 지나가면서, 이대로 바다에 뛰어들면 30분 뒤에는 그 약속된 땅에 갈 수 있다고 생각했다. 그러나 그곳에 가서 무엇을 한단 말인가. 보물을 찾을 만한 도구도 없고 보물을 지킬 수 있는 무기도 없이. 게다가 선원들이 뭐라고 할까? 선장은 어떻게 생각할 것인가? 때를 기다리자.

다행히 당테스는 기다리는 법을 알았다. 그는 14년이나 자유를 기다려 왔다. 이제 자유의 몸이 된 그에게는 부자가 되기 위해 6개월이나 1년쯤 기다리는 건 아무것도 아니었다.

부자가 되지 않는다 해도, 자유가 생긴다는데 그 정도도 못 받아들이겠는가? 게다가 그 부라는 것도 완전히 꿈같은 것이 아니던가? 그 가련한 파리아 신부의 미친 생각에서 나온 부는 신부가 죽을 때 같이 죽어버린 것이 아닐까?

물론 스파다 추기경의 편지만은 이상할 정도로 정확했다. 당테스는 마음속으로 그 편지를 처음부터 끝까지 되뇌어보았다. 그는 그 편지를 한 글자도 잊지 않고 기억하고 있었다.

저녁이 되었다. 에드몽은 노을이 빚어내는 다양한 색깔을 따라 색을 바꿔가던 섬에서 이윽고 색들이 자취를 감추고, 섬 전체가 어둠에 묻히는 것을 지켜보았다. 그러나 감옥의 어둠에 익숙해진 그의 눈은 계속해서 그 섬을 바라보

*2 18세기의 코르시카의 정치가.

았다. 그는 가장 마지막까지 갑판에 남아 있었다.

이튿날은 알레리아 앞 바다에서 날이 밝았다. 배는 그날 하루 종일 해안 근처를 나아갔다. 저녁이 되자 해안에 불이 켜졌다. 그 불의 위치에 따라 짐을 내려도 되는지 여부를 알 수 있었다. 가장 높은 돛대에 깃발 대신 전조등을 밝히고, 배는 해안에서 소총 사정거리로 여겨지는 곳까지 다가갔다.

만일의 경우에 대비하기 위한 것일지도 모른다고 생각하던 당테스는 젊은 아멜리 호의 선장이 육지 쪽으로 배를 몰며 두 개의 작은 장포(長砲)를 포좌 위에 얹는 것을 보았다. 그것은 성벽에서 쏘는 총과 비슷하지만, 그리 큰 소리를 내지 않고, 네 개에 1파운드쯤 되는 탄환을 천 보쯤 되는 거리까지 발사할 수 있는 것이었다. 그러나 그런 조심성은 별 소용없이 그날 밤이 지나갔다. 모든 것이 지극히 평온하고 지극히 순조롭게 이루어졌다. 네 척의 보트가 소리를 죽이고 본선으로 다가왔다. 이쪽에서도 그에 대한 답례인지 배에서 보트 한 척을 내렸다. 그 보트 다섯 척의 활약으로 오전 2시에는 모든 짐이 젊은 아멜리 호에서 육지로 옮겨졌다.

그날 밤 안으로 배당금이 분배되었다. 젊은 아멜리 호의 선장은 그만큼 세심하고 빈틈없는 사람이었다. 각자 토스카나 화폐로 1백 리라씩을 받았다. 그것은 프랑스 돈으로 약 25프랑에 해당하는 금액이었다.

그러나 항해는 그것으로 끝나지 않았다. 배는 다시 뱃머리를 사르데냐로 돌렸다. 방금 짐을 내린 배였지만 다시 짐을 실으러 가는 것이었다.

이번 일도 처음 못지않게 일사천리로 진행되었다. 젊은 아멜리 호는 그야말로 대운(大運)을 맞이하고 있었다.

이번 짐은 루카 공국으로 가는 것으로서, 물건은 거의 하바나의 궐련, 그리고 헤레스와 말라가의 포도주였다. 거기서 세관과의 사이에서 말썽이 일어났다. 세관은 젊은 아멜리 호의 선장에게는 늘 원수 같은 존재였다. 세관원 한 사람이 그 자리에서 살해되고, 이쪽의 선원 두 사람은 부상을 입었다. 당테스가 그 두 사람 가운데 하나였다. 총알 하나가 그의 왼쪽 어깨를 관통한 것이다.

당테스는 이 작은 싸움을 거의 유쾌하게 생각하고, 부상당한 것도 거의 만족스럽게 생각했다. 이번 싸움과 부상, 그 두 가지의 거친 교훈을 통해, 그는 자기가 어떤 태도로 위험에 임해야 하고, 또 얼마나 대담하게 고통을 견딜 수 있는지를 배웠기 때문이었다. 그는 웃어가며 위험과 마주했다. 그래서 다쳤을 때도 그리스 철학자처럼 '고통이여, 너는 나쁜 것이 아니로다' 하고 말할 수 있었다.

게다가 치명상을 입은 세관원을 보면서도 투지로 피가 끓어올라선지, 인간적인 감정이 식어버려선지 별다른 감정이 일지 않았다. 당테스는 자기가 나아가야 할 길에 들어서서, 그 목적을 향해 나아가고 있었다. 그리고 그의 가슴 속에서 심장은 화석처럼 굳어가고 있었다.

자코포는 당테스가 쓰러지는 것을 보자 그가 죽은 줄로만 알고, 달려가서 그를 일으켰다. 그런 다음에는 더없이 친절한 친구로서 간호해 주었다.

그러니 이 세상은 팡글로스 박사[*3]가 보는 것만큼 선량한 것은 아니지만, 그렇다고 당테스가 생각한 만큼 악의에 찬 것도 아니지 않는가? 왜냐하면 이 남자는 자기 동료를 살려봤자 아무 이득도 없고 오히려 그의 수당을 물려받을 수 있는데도, 그가 죽을까봐 그토록 괴로워하며 옆을 지켰으니 말이다.

다행히, 앞에서도 말했듯이 에드몽은 부상으로 그쳤다. 사르데냐의 노파들이 밀수업자에게 파는, 적당한 시기에 딴 약초 덕분에 상처는 금방 아물었다. 당테스는 자코포를 설득하면서 자기를 간호해 준 데 대한 보답으로 자기 몫의 배당금을 주겠다고 했다. 그러자 자코포는 버럭 화를 내면서 그것을 거절했다.

자코포를 처음 만났을 때부터 자신에게 극진히 대하는 것을 보고, 에드몽도 그에 대해 어느 정도 호감을 갖기 시작했다. 그러나 자코포는 이미 그것만으로도 감지덕지하고 있었다. 그는 본능적으로 에드몽이 지금의 지위보다 훨씬 뛰어난 사람이면서도 그것을 다른 사람들에게 감쪽같이 감추고 있다는 것을 짐작하고 있었다. 그래서 이 용감한 바다사나이는 에드몽이 보여주는 약간의 호의만으로 충분히 만족했던 것이다.

배에서 보내는 기나긴 나날들이 계속되는 동안, 배가 돛에 가득 순풍을 받아 키잡이만 있으면 될 정도로 저 쪽빛 바다 위를 평화롭게 나아가면, 에드몽은 해도(海圖)를 들고 마치 불쌍한 파리아 신부가 예전에 자신의 교사가 되어 주었던 것처럼, 이제는 자기가 자코포의 교사가 되어주고 있었다. 그는 해안선의 지세를 보여주고, 나침반의 변화를 설명하고, 우리의 머리 위에 펼쳐진 거대한 책, 신이 짙푸른 색 바탕에 다이아몬드를 박아서 써놓은 그 하늘이라고

[*3] 볼테르의 《캉디드》에 나오는 인물의 이름.

하는 책을 읽는 방법을 가르쳐 주었다.

자코포가 "나 같은 하잘것없는 뱃놈이 그런 걸 배워서 어디다 써먹는단 말이야?" 하고 물으면, "그걸 누가 알아? 자네도 언젠가 선장이 되는 날이 있겠지. 자네 고향의 보나파르트도 저렇게 황제가 되었잖은가!" 에드몽이 대답했다. 이제 하는 얘기지만, 자코포는 코르시카 출신이었다.

그렇게 항해를 계속하는 동안 어느새 두 달 반이 흘러갔다. 전에도 대담한 선원이었듯이, 에드몽은 역시 실력 있는 연안항해사가 되어 있었다. 그는 연안의 모든 밀수업자를 알게 되었다. 그리고 반은 해적이나 다름없는 그들이 서로를 알아보는 그들만의 암호까지 완전히 외워버리고 말았다.

그는 수없이 몬테크리스토 섬 앞을 지나다녔다. 그러나 상륙할 수 있는 기회는 한 번도 없었다. 그래서 그는 결심했다. 선장과의 계약이 끝나는 대로 자기 돈으로 작은 배를 한 척 사서(당테스는 그렇게 할 수 있었다. 쉬지 않고 항해하는 동안 거의 1백 피아스트르를 모아놓고 있었다) 어떻게든 구실을 만들어 몬테크리스토 섬에 가는 것이다.

그곳에 가서 한 번 마음껏 수색해 보는 거다. 단, 아주 자유롭지는 못할 것이다. 왜냐하면 그를 위해 배를 저어줄 자들이 틀림없이 뭔가를 캐내려고 들 것이기 때문이다.

그러나 이 세상에서는 무슨 일이든 어느 정도 위험을 무릅쓰지 않으면 안 된다. 감옥은 당테스를 용의주도한 사람으로 만들어놓았다. 될 수 있으면 어떤 위험도 무릅쓰고 싶지 않았다. 그는 헛되이 머리만 쥐어짜고 있었다. 그러나 아무리 상상력이 풍부한 사람이라도, 그 동경하는 섬으로 가려면 역시 누군가에게 배를 젓게 하는 것 외에는 다른 방법이 떠오르지 않을 것이다.

당테스가 그렇게 계속 망설이고 있을 때, 그를 신뢰하여 자기 부하로 붙잡아 두고 싶었던 선장은, 어느 날 밤, 그를 데리고 비아 델 올리오의 술집으로 갔다. 그곳은 리보르노에서 내로라하는 밀수업자들이 모이는 곳이었다.

연안사업의 거래가 이루어지는 곳도 언제나 그곳이었다. 지금까지 당테스는 두세 번 이 해상거래소에 온 적이 있었다. 그는 직경이 거의 2천 해리에 이르는 이 연안지역이 길러낸 용감한 해적들을 보면서, 늘 그렇게 모였다가 흩어졌다 하는 이런 무리를 마음대로 다룰 수 있는 인물이 있다면 도대체 얼마 만한 힘을 가지게 될까 하는 생각이 들었다. 오늘의 얘기는 어떤 커다란 사업에 대한 것이었다. 그것은 터키 융단과 동양의 직물, 중앙아시아 캐시미어 등을 실은 배에 대한 것으로, 어딘가 교역할 수 있는 중립지대를 찾아내어 그 화물을 프랑스 연안에 부려놓으려는 것이었다. 이것이 성공하면 막대한 배당금을 받을 수 있는데, 한 사람당 5천 내지 6천 피아스트르나 되었다. 젊은 아멜리 호의 선장이 화물을 하역하는 장소로 몬테크리스토 섬을 추천했다. 무엇보다 그곳은 완전한 무인도인데다가 군대도 없고 세관도 없는 것이 마치 메르쿠리우스의 손이 한 일처럼, 그 이교도들이 말하는 올림포스 시대부터 바다 한복판에 놓여 있었던 섬이었기 때문이다. 메르쿠리우스는 바로 상인과 도둑의 신이다. 이 두 계급은 그다지 명확하게 구별되진 않더라도 오늘날에는 어느 정도 별개의 것으로 되어 있다. 그러나 옛날에는 아무래도 같은 부류로 취급받았던 모양이다.

몬테크리스토 섬이라는 이름을 듣자 당테스는 기뻐서 펄쩍 뛰었다. 그는 가슴이 뛰는 것을 숨기려고 자리에서 일어서서 담배연기 자욱한 술집 속을 한 바퀴 돌았다. 그곳에서는 알 만한 모든 나라의 방언이 프랑스어 속에 섞여 들려오고 있었다.

애기를 나누고 있는 두 사람 곁으로 다시 갔을 때는 이미, 몬테크리스토 섬에 기항한다는 것, 내일 밤 당장 이 원정을 떠난다는 것이 결정되어 있었다. 의견을 요청받은 당테스는 그 섬이 더할 나위 없이 안전하고, 또 큰일에 성공하려면 하루 빨리 실행에 옮겨야 한다고 말했다.

그리하여 결정된 계획은 아무런 수정도 없이 그대로 시작되었다. 이튿날 밤에는 출범 준비를 완료하고, 바다가 잔잔하고 바람만 좋으면 이틀 뒤 밤에 그 섬에 도착하기로 되어 있었다.

몬테크리스토 섬

　마침내 당테스는, 가혹한 운명에 진저리나도록 오랫동안 시달리던 자에게 때때로 찾아오는 생각지도 못한 행운 덕분에, 매우 쉽고 자연스런 방법으로 그 목적을 이루게 되어 누구에게 어떤 의심도 받지 않고 그 섬에 발을 들여놓게 되었다.

　그토록 기다리던 출발까지 이제 단 하룻밤을 남겨두고 있었다.

　그날 밤은 당테스에게는 그야말로 더할 나위 없는 감격의 하룻밤이었다. 그날 밤 그의 마음속에서는 모든 행운과 불운이 번갈아 떠올랐다. 눈을 감으면 추기경 스파다의 편지가 빛나는 문자로 벽에 가득 기록되어 나타났다. 잠시 눈을 붙이면, 황당무계한 온갖 꿈들이 머릿속에서 소용돌이를 그리며 떠올랐다. 그는 동굴 속으로 내려갔는데, 바닥은 에메랄드, 벽은 루비로 되어 있었고, 다이아몬드로 된 종유석들이 매달려 있었다. 진주가 마치 지하수가 솟아나는 것처럼 방울방울 넘쳐흐르고 있었다. 에드몽은 넋을 잃고 황홀경에 빠져서 호주머니를 보석으로 가득 채웠다. 그러나 날이 밝고 보니 그 보석들은 감쪽같이 돌로 변해 있었다. 그는 어렴풋하기 만한 그 이상한 동굴로 다시 돌아가려고 했다. 그러나 길은 나선형으로 끝없이 돌게 되어 있고, 어디가 입구인지 찾을 수가 없었다. 그는 지푸라기라도 잡듯이 지쳐버린 기억을 더듬어, 옛날 아라비아의 어부를 위해 알리바바의 동굴을 열어준 그 신비한 마법의 말을 찾으려 했다. 그러나 모든 것이 완전히 헛수고였다. 자취를 감춘 보물은 다시 대지의 정령들의 손에 돌아간 뒤였고, 잠시 빼앗았다는 기대를 하게 했었던 것뿐이었다.

　지난 밤 못지않게 초조한 낮이 되었다. 그는 상상력에 좀 더 논리를 가해 보았다. 그래서 당테스는 그때까지 머릿속에 두서없이 막연하게 떠다니던 하나의 계획을 확정할 수 있었다.

　저녁이 왔다. 저녁과 함께 출발준비가 시작되었다. 그 준비 작업은 당테스에게는 마음의 동요를 숨기는 한 가지 수단이 되었다. 그는 어느새 선장인 것처럼 동료들에게 명령할 수 있는 위치가 되어 있었다. 그의 명령은 언제나 정확하고 명료하며 실행하기 쉬웠기 때문에, 동료들은 신속하게만 하는 것이 아니라 즐거운 마음으로 그의 말을 따랐다.

늙은 선장은 그가 하는 대로 맡겨두고 있었다. 선장도 당테스가 다른 선원들이나 자기 자신보다 뛰어나다는 것을 인정하고 있었다. 그는 이 청년이 자기에게 꼭 필요한 후계자라고 생각했기 때문에, 에드몽을 인척관계로 묶어 둘 만한 딸이 없다는 것을 안타깝게 여겼다.

저녁 7시, 모든 것이 완벽하게 준비되었다. 7시 10분, 배는 등대에 불이 켜지는 바로 그 시간에 등대 아래를 지나갔다.

바다는 상쾌한 동남풍을 받으며 잔잔하게 가라앉아 있었다. 배는 짙푸른 하늘 아래를 나아갔다. 신도 하늘의 등대들에 차례로 불을 켰다. 그 저마다의 별은 하나의 세계를 이루고 있었다. 당테스는 이제 자기가 키를 맡을 테니 모두 자러 가도 좋다고 말했다. 말테(그들은 당테스를 그렇게 부르고 있었다)*¹의 입에서 그 말이 나오면 이미 그것으로 충분했다. 선원들은 조용히 잠을 자러 갔다.

그럴 때면 이따금 이런 기분이 들 때가 있었다. 고독한 몸으로 세상 속에 내던져졌는데도, 때때로 참을 수 없이 고독해지고 싶다고 느끼는 것이다. 그런데 칠흑 같은 밤, 무한한 침묵 속, 신이 내려다보는 시선 아래서, 오직 홀로 바다에 떠있는 배보다 더욱 광대하고 시적인 고독이 있을까? 이번 고독은, 그의 사색이, 공상으로 빛을 발하는 밤이, 희망으로 생명을 얻은 침묵이 가득 채워주었다.

선장이 눈을 떴을 때, 배는 돛을 활짝 펴고 바람을 받으면서 달리고 있었다. 조그만 천 조각까지 모두 바람을 품고 있었다. 한 시간에 2해리 반 이상의 속력이었다.

몬테크리스토 섬이 수평선 위에 점점 크게 보이기 시작했다.

에드몽은 배를 선장의 손에 맡기고 해먹에 누우러 갔지만, 하룻밤을 꼬박 새웠는데도 한동안 눈을 붙일 수가 없었다.

---

*1 '몰타' 출신이라는 뜻.

두 시간이 지나자 그는 다시 갑판으로 올라갔다. 배는 마침 엘바 섬을 지나기 위해 마레치아나 앞바다, 피아노사의 평탄한 푸른 섬 북쪽을 지나가고 있었다. 쪽빛 하늘 속에 불꽃처럼 빛나는 몬테크리스토 섬의 꼭대기가 우뚝 솟아 있었다.

당테스는 피아노사 섬을 오른쪽에 두고 나아가기 위해 키잡이에게 좌현으로 키를 잡으라고 명령했다. 그렇게 운전하면 항로를 2 내지 3노트 정도 단축할 수 있다고 계산한 것이다.

저녁 5시쯤 되자 섬 전체가 모습을 드러냈다. 해가 저물면서 투명한 공기에 흩뿌려진 독특한 빛의 효과로 섬은 세세한 부분까지 드러나 있었다.

에드몽은 그 바위덩이들을 눈에 새겨 넣기라도 할 듯이 노려보았다. 밝은 장밋빛에서 진한 푸른빛까지 저녁놀의 모든 색깔이 바위들을 스쳐가고 있었다. 이따금 불길처럼 뜨거운 숨결이 얼굴로 올라왔다. 눈앞을 지나는 자줏빛 구름은 그의 이마를 붉게 물들였다.

주사위 하나에 모든 재산을 걸고 도박을 하는 도박사라도, 지금 이렇게 희망의 정점에 서서 괴로움을 느끼고 있는 에드몽의 고뇌 같은 것을 느끼는 자는 없을 것이다.

밤이 되었다. 밤 10시에 배는 기슭에 다가갔다. 젊은 아멜리 호가 이곳의 회합에 가장 먼저 도착한 것이다.

당테스는 평소에는 자기를 잘 억제하고 있었지만 이제는 더 이상 견딜 수가 없었다. 그는 맨 먼저 해안으로 뛰어내렸다. 만약 그가 브루투스[2]처럼 할 수 있었다면, 아마 그 대지에 입을 맞췄으리라.

캄캄한 밤이 되어 있었다. 그러나 11시가 되자 달이 바다에서 떠올라 잔물결을 은빛으로 물들였다. 달은 높이 올라올수록 새하얀 빛의 폭포가 되어, 또 다른 펠리온 산[3]으로 쌓아올린 바위 위에서 뛰놀기 시작했다.

섬은 젊은 아멜리 호의 선원들에게는 친숙한 장소였다. 그곳은 그들이 자주 정박하던 곳의 하나였다. 당테스의 입장에서는, 근동을 여행할 때는 꼭 이 섬을 보면서 지나갔지만, 지금까지 한 번도 내려 본 적은 없었다.

---

[2] 카이사르를 암살한 브루투스.
[3] 옛날 제우스에게 반항한 거인들이 펠리온 산을 들어 오사 산 위에 쌓고 그것을 밟고 오르려 했다고 한다.

그는 자코포에게 물어보았다.

"오늘 밤 어디서 자지?"

"배의 갑판에서 자야지." 자코포가 대답했다.

"동굴 안이 더 낫지 않아?"

"무슨 동굴?"

"섬 안의 동굴이지."

"동굴 같은 건 모르는데."

당테스의 이마에서 식은땀이 배어났다.

"몬테크리스토 섬에는 동굴이 없나?" 그가 물었다.

"없어."

당테스는 잠시 망연해졌다. 그러나 그는 생각했다. 그 뒤에 뭔가 일이 일어나서 동굴을 메워버린 것이 분명하다. 그렇지 않으면, 스파다 추기경이 조심 또 조심하느라 막아버린 건지도 모른다.

그렇게 되자, 그 없어진 입구를 찾아내는 것이 첫 번째 과제가 되었다. 그러나 한밤중에는 아무것도 찾을 수 없어서 당테스는 수색을 이튿날로 미루기로 했다. 한편, 바다 위 반 해리쯤 되는 곳에서 신호가 올라와, 젊은 아멜리 호에서도 거기에 응답하는 신호를 올렸다. 드디어 작업을 시작한다는 신호였다. 늦게 온 배는, 회합이 안전하다는 것을 알려주는 먼저 도착한 배의 신호를 보자 안심하고, 곧 유령처럼 조용히 희뿌연 모습을 드러내더니 해안에서 약 200미터 떨어진 곳에 닻을 내렸다.

곧 수송 작업이 시작되었다. 당테스는 일을 하면서, 지금 자신의 귀와 마음에 끊임없이 울리고 있는 그 생각을 한 마디라도 입 밖에 내면, 사람들이 당장 환호성을 지를 거라고 생각했다. 그러나 그는 그 엄청난 비밀을 누설하는 것과는 반대되는 모든 것들 때문에 두려웠다. 즉, 분주히 여기저기 뛰어다니며 너무 열심히 일하는 것으로 보여 혹시 표가 나지는 않았는지, 자꾸 꼬치꼬치 캐묻고, 너무 세세하게 관찰하거나 조심하는 것이 어쩌면 오히려 의심을 사고 있지는 않은지 하는 것들이었다. 그러나 다행히도, 그가 겪었던 너무도 고통스러웠던 과거가 그의 얼굴에 지워지지 않는 슬픔을 새겨놓았기에, 그 어두운 기색 밑에서 잠시 떠오른 기쁨의 빛은 아주 짧은 한 순간만 반짝하고 말았을 뿐이었다.

그래서 그것을 눈치 챈 사람은 아무도 없었다. 이튿날, 당테스가 총과 산탄과 화약을 가지고 바위 사이로 뛰어다니는 야생 산양을 잡으러 가고 싶다고 말했을 때, 사람들은 그것을 다만 사냥을 좋아해서이거나 아니면 한동안 혼자 있고 싶어서일 거라고 생각했다. 같이 가겠다고 나선 것은 자코포 말고는 아무도 없었다. 당테스는 그를 데리고 가는 것을 꺼리는 모습을 보여 조금이라도 의심을 사서는 안 된다고 생각했다. 그는 순순히 그렇게 하자고 했다. 그러나 약 1킬로미터도 못가서 새끼 산양을 한 마리 잡자, 그것을 자코포에게 주면서, 동료들에게 돌아가 산양을 구운 뒤에 완성되면 총을 한 발 쏘아서 돌아오라는 신호를 해 달라고 부탁했다. 거기에 말린 과일 몇 개와 몬테풀치아노의 포도주 한 병 정도면 식사 메뉴는 다 갖춰질 것이었다.

당테스는 이따금 뒤돌아보면서 길을 계속 나아갔다. 어느 바위 꼭대기에 이르자, 자코포가 눈 아래 저 멀리 동료들이 있는 곳으로 돌아간 것이 보였다. 모두들 에드몽의 솜씨 덕분에 먹을 것이 많아지자 점심 식사를 준비하느라 바쁘게 움직이고 있었다. 에드몽은 잠시 동안, 뛰어난 사람 특유의 온화하고 우수가 깃든 미소를 지으며 그들의 모습을 물끄러미 바라보았다.

'앞으로 두 시간 뒤면, 저들은 50피아스트르를 위해 목숨을 걸고, 또 다른 50피아스트르를 벌기 위해 이곳을 떠나겠지. 그 다음엔 600리브르를 가지고 돌아와서, 그 보물을 들고 아무 도시로 가서 터키 황제 같은 자부심과 인도 부자 같은 자신감을 가지고 그것을 탕진하고 다니겠지. 오늘은 희망이 있기에 그들의 부가 같잖아 보이고, 가장 밑바닥의 빈궁함처럼 보이는구나. 그러나 내일이면, 어쩌면 실망에 휩싸여 그런 밑바닥의 빈궁함마저 더할 나위 없는 행복으로 느껴질 수도 있겠지……아니, 그런 일은 없을 거야.' 당테스는 마음속으로 부르짖었다. '그런 일은 있을 수 없어. 뛰어난 학자이고 빈틈없는 그 파리아 신부가 유독 이 일에 대해서만 잘못 생각했을 리가 없다. 게다가 이대로 이렇게 초라한 하급 생활을 계속할 바엔 차라리 죽는 게 나아.'

이처럼, 바로 석 달 전까지 오로지 자유밖에 원하지 않았던 당테스는, 이제 그 자유만으로는 만족하지 못하고 재물까지 원하고 있었다. 이것은 결코 당테스의 잘못이 아니었다. 잘못은 신에게 있었다. 신이 인간의 힘에 한계를 정해 놓고 거기에 무한한 욕망까지 주셨기 때문이다!

당테스는 암석의 벽 사이로 사라져 가는 길을 통해, 격류에 의해 깎인 듯한,

아마 사람의 발길이 닿은 적이 없는 오솔길을 지나, 그 동굴이 있다고 생각되는 장소로 다가갔다. 해변을 끼고 가면서 깊은 주의를 기울여 사소한 것까지 자세히 조사해 보니, 문득 몇 개의 바위 위에 사람의 손으로 새겨 넣은 듯한 흔적이 보이는 것 같았다.

시간은 물질적인 것에는 이끼의 망토를 둘러주고, 정신적인 것에는 망각의 망토를 둘러주지만, 이리도 공을 들여 새겨 넣은 표시, 그리고 아마도 무슨 흔적을 나타내려고 한 것처럼 보이는 그 표시에는 감히 손을 대려고 하지 않았던 것 같다. 그럼에도 가끔은 곳곳에, 도금양 덤불이 커다란 꽃다발처럼 피어 있거나 이끼가 뒤엉켜 그런 표시들을 가리고 있었다. 에드몽은 손으로 가지를 헤치고 이끼를 들추면서 이정표를 발견해가며 미궁 같은 그 동굴 속으로 이끌려갔다. 게다가 그 표시들은 당테스에게 상당한 희망을 주고 있었다. 그 표시들이, 아주 완전하게 예견할 순 없었다 해도 어떤 큰일이 생길 경우 자기 조카를 안내할 수 있도록 추기경이 남긴 것이라고 생각하면 안 될 이유가 있을까? 정적에 싸인 그 장소야말로, 보물을 숨기려는 사람에게는 그야말로 최적의 곳이라고 할 수 있었다. 하지만 과연 이렇게 부정확한 표시가, 지금까지 다른 사람들의 눈길을 끌었던 적도 없고, 어두운 신비를 간직한 이 섬이 과연 그 엄청난 비밀을 그동안 충실하게 지켜 왔을까?

항구에서 60보쯤 되는 곳, 땅의 기복 때문에 동료들의 눈에는 보이지 않는 곳에 있던 에드몽은 갑자기 거기서 표시가 끊어진 것을 보았다. 하지만 그곳에 동굴 같은 것은 전혀 없었다. 튼튼한 토대 위에 서 있는 둥글고 커다란 바위, 표시가 가리키고 있는 것으로 보인 곳은 이곳 말고는 없었다. 에드몽은 어쩌면 자기가 표시의 종점에 온 것이 아니라 그 기점에 서 있는 것은 아닐까 하는 생각이 들었다. 그래서 그는 몸을 돌려 왔던 길을 다시 돌아갔다.

그러는 동안 동료들은 점심 준비를 하고 있었다. 샘에 가서 물을 길어오고, 빵과 과일을 육지로 옮겨 놓고, 새끼 산양을 굽고 있었다. 그리고 모두들 임시로 만든 쇠꼬치에서 새끼산양을 꺼내려 하고 있을 때였다. 에드몽이 한 마리 영양처럼 대담하게 가벼운 몸놀림으로 바위에서 바위로 뛰어다니는 모습이 보였다. 그들은 신호를 보내기 위해 총을 한 발 쏘았다. 그 사냥꾼은 곧장 방향을 바꿔 동료들에게 돌아오려고 했다. 그러나 그들의 눈이 마치 나는 듯한 그의 모습을 쫓으면서, 그 가볍고 대담한 움직임을 아슬아슬한 마음으로 지켜보던 바로 그때, 마치 모두가 걱정하고 있는 것을 실현시켜주려는 듯이 에드몽은 발을 헛디디고 말았다. 그는 바위 꼭대기에서 비틀거리더니 비명을 지르면서 자취를 감췄다.

모두들 벌떡 일어나 달려갔다. 그것은 에드몽이 자기들보다 뛰어나다는 사실에도 불구하고 모두가 그를 사랑하고 있었기 때문이었다. 그중에서도 가장 맨 먼저 달려간 것은 자코포였다.

자코포는 에드몽이 피를 흘리며 쓰러져서 거의 정신을 잃고 있는 것을 발견했다. 열두어 자나 되는 높이에서 굴러 떨어진 것이 분명했다. 그들은 그의 입에 럼주를 몇 방울 흘려 넣었다. 전에 그토록 좋은 효과를 보였던 이 약은 이번에도 똑같은 효과를 나타냈다.

에드몽이 눈을 떴다. 그는 무릎 근처에 타는 듯한 통증을 호소하며, 머리가 무척 무겁고 허리가 아파서 도저히 견딜 수가 없다고 말했다. 모두들 당테스를 바닷가로 옮기려고 했다. 그러나 그의 몸에 손을 대자, 자코포가 지휘를 하고 있는데도 불구하고, 그는 비명을 지르며 도저히 움직일 수가 없다고 말했다.

모두는 당테스가 점심 먹을 상황이 아니라고 느꼈다. 그는 동료들에게 자기하고 똑같이 점심을 굶을 필요 없이 각자 자기 위치로 돌아가라고 말했다. 자신은 잠시 쉬기만 하면 될 것이고, 모두가 나중에 돌아와 보면 틀림없이 괜찮아져 있을 거라고 주장했다.

선원들은 더 이상 고집부리지 않았다. 그들은 사실 배가 고팠다. 양고기 냄새가 그들이 있는 곳까지 풍겨오고 있었다. 그리고 닳고 닳은 뱃사람들 사이에 격식같은 건 없는 법이다.

한 시간 뒤에 그들이 다시 찾아왔다. 그때까지 에드몽이 할 수 있었던 것이라고는, 이끼가 긴 바위까지 열 자 정도 몸을 움직여 거기에 몸을 기대고 있었던 것뿐이었다.

당테스의 통증은 가라앉기는커녕 점점 더 심해지고 있었다. 그러나 오전에 이곳을 떠나 피에몬테와 프랑스 사이의 국경, 니스와 프레쥐스 사이에 짐을 내려야 하는 선장은, 어떻게 해서든 당테스를 일으키려고 했다. 당테스는 선장이 원하는 대로 있는 힘을 다해 노력했다. 그러나 그럴 때마다 얼굴이 더욱 창백해져서 신음소리를 내며 쓰러지고 말았다.

　"아무래도 허리를 다친 모양이군." 선장이 낮은 목소리로 말했다. "상관없어! 소중한 동료다, 그러니 버리고 갈 수 없다. 어떻게든 이 친구를 배로 옮기도록 해보세."

　그러나 당테스는 몸을 조금만 움직여도 이렇게 아프니 차라리 지금 이 자리에서 죽어버리는 게 낫겠다고 말했다.

　"이봐, 운명에 맡기겠지만 그건 아니지. 우린 자네처럼 용감한 친구를 간호해 줄 사람도 없이 버리고 갈 수는 없어. 출발을 밤까지 연기한다."

　이 말은 선원들을 매우 놀라게 했다. 그러나 반대하는 사람은 아무도 없었다. 선장은 무척 엄격한 사람이었다. 계획을 중단하거나 실행을 연기하는 건 이번이 처음이었다. 따라서 당테스는 자기 한 사람 때문에 배의 규정을 그렇게 위반하게 하고 싶지 않았다.

"안 됩니다." 그는 선장에게 말했다. "제가 분별없는 짓을 했습니다. 실수에 대한 대가는 어차피 저 자신이 받아야 합니다. 비스킷 약간과, 산양을 잡거나 몸을 보호할 만한 총과 화약, 산탄, 그리고 혹시 절 데리러 오는 것이 늦어질 경우를 대비해 비를 피할 움막이라도 지을 수 있도록 곡괭이를 하나 정도 놔 두시고 돌아가십시오."

"하지만 그러다간 굶어죽을 거네." 선장이 말했다.

"차라리 그게 더 낫습니다." 당테스가 대답했다. "조금만 움직여도 이렇게 심하게 아플 바에는."

선장은 배를 돌아보았다. 작은 항구 안에서 출렁거리며 출범 준비를 시작한 배는 이제 마지막 단장만 하면 언제라도 바다로 나갈 수 있는 상태였다.

"그럼 도대체 이 일을 어떡한다? 자네를 이렇게 버리고 갈 수도 없고. 그렇다고 이대로 이곳에 있을 수도 없고."

"가십시오! 제발 가십시오!" 당테스가 소리쳤다.

"우리는 적어도 1주일은 돌아올 수 없어. 게다가 자네를 데리러 오려면 먼 길을 돌아와야 해."

"그럼 이렇게 해주십시오." 당테스가 말했다. "만약 지금부터 2, 3일 뒤에 이 근처에 오는 어선을 혹시 만나면, 제 이야기를 하고 부탁해 주십시오. 리보르노까지 데려다 준다면 25피아스트르를 주겠다고요. 만약 배를 만나지 못하면 그때는 데리러 와 주십시오."

선장은 고개를 끄덕였다.

"발디 선장님, 양쪽에게 다 좋은 방법이 있습니다." 자코포가 말했다. "선장님은 가십시오. 제가 곁에 남아서 부상자를 간호해 주겠습니다."

"나와 함께 남느라 배당금을 받지 못하게 되어도 좋다는 건가?" 당테스가 말했다.

"그래." 자코포가 대답했다. "기꺼이 남아 있겠네."

"이봐, 자코포, 자네는 정말 용감한 사나이야." 당테스가 말했다. "그 친절에 대해선 하느님이 틀림없이 보답해 주실 걸세. 그런데 마음은 고맙지만, 실은 난 누구에게도 도움을 받고 싶지 않아. 하루 이틀 쉬면 회복될 거고, 이 근처의 바위틈에서 타박상에 좋은 약초도 찾을 수 있을 테니까."

이렇게 말하는 당테스의 입술 위에 뭔가 이상한 미소가 스치고 지나갔다.

그는 감사의 마음을 담아 자코포의 손을 잡았다. 그러나 남으려는 결심, 혼자 남으려는 결심만은 절대로 바꾸려 하지 않았다.

밀수업자들은 당테스가 원하는 대로 해주기로 했다. 그들은 수없이 돌아보면서 멀어져 갔다. 그리고 돌아볼 때마다 우정에 넘치는 작별의 인사를 보냈다. 그에 대해 당테스는 몸의 다른 부분은 움직일 수 없다는 듯이 손만 들어 대답해 주었다.

이윽고 모두의 모습이 보이지 않게 되자 당테스는 '놀랐는걸' 하고 웃으면서 중얼거렸다. '성실한 우정과 희생적인 행위 같은 것을 오히려 저런 사람들 속에서 발견하다니!'

그는 조심하면서 지금까지 바다를 가리고 있던 한 바위 위로 몸을 옮겼다. 그리고 그곳에서 이미 모든 준비를 마친 배가 닻을 올리고, 마치 날아오르는 갈매기처럼 유연하게 몸을 흔들면서 출범하는 것을 지켜보았다.

한 시간 뒤 배는 완전히 자취를 감추었다. 적어도 그가 있는 곳에서는 배가 보이지 않았다.

그러자 당테스는 그 근처의 바위 위에 자라고 있는 도금양과 유향나무 사이를 뛰어다니고 있는 새끼산양보다 더 가볍고 유연하게 몸을 일으켰다. 그리고 한손에는 총을, 다른 한손에는 곡괭이를 들고, 바위 위에서 찾아낸 표시가 끊어져 있던 곳으로 달려갔다.

"자, 이제야말로," 그는 파리아 신부가 얘기해준 아라비아 어부의 이야기를 떠올리면서 소리쳤다. "이제 열려라, 참깨!"

눈부심

태양은 그 하루 노정의 거의 3분의 1정도 되는 곳에 도달해 있었다. 5월의 햇살이 뜨겁고 발랄하게 바위 위를 비추고 있었다. 바위도 그 더위를 느끼고 있는 것 같았다. 수풀에 모습을 감추고 있는 수천 마리의 매미들이 그 단조로운 목소리를 연속적으로 울리고 있었다. 도금양과 올리브 잎도 파르르 떨면서 일어나 거의 금속성 소리를 내고 있었다. 달궈진 화강암 위에서 에드몽이 한 걸음 한 걸음 옮길 때마다, 에메랄드 같은 빛깔의 도마뱀들이 달아났다. 멀리 비탈진 곳에는 야생 산양들이 뛰어다니는 것이 보였다. 그것들이 이따금 사냥꾼을 그곳까지 유인한다. 한마디로 이 섬에는 살아 있는 생물들이 서식하고 있었다. 그러나 에드몽은 신의 손길 아래 오직 자기 홀로 있는 거라고 생각했다.

그는 무언지 모를 두려움 비슷한 기분을 느꼈다. 그것은 사막 속에도 자기를 지켜보는 듯한 눈길을 느끼게 하는 대낮이라는 것에 대한 경계심이었다.

그 기분은 아주 강렬했다. 당테스는 막 일을 시작하려다가 곧 손길을 멈추더니, 곡괭이를 내려놓고 총을 든 다음, 섬에서 가장 높은 바위로 다시 한 번 기어 올라가 주위를 한 바퀴 돌아보면서 먼 곳까지 시선을 던졌다.

그러나 물론 그의 주의를 끈 것은 결코, 그 집집마다 다 들여다보이는 시적 정취가 물씬 풍기는 코르시카 섬도 아니었고, 그 건너편에 거의 잊힌 거나 다름없이 늘어서 있는 사르데냐 섬도 아니고, 장대한 추억*¹을 지닌 엘바 섬도 아니며, 또 뱃사람의 단련된 눈으로 보면 장려한 제노바와 상업의 도시 리보르노 항구가 보이는 수평선 저편의 그 아련한 해안선도 아니었다. 그것은 바로 오늘 새벽에 떠난 범선과 방금 떠난 범선의 그림자였다. 첫 번째 배는 보니파치오 해협으로 이제 막 사라지고 있었다. 두 번째 배는 그것과 반대쪽으로 항

---

*1 나폴레옹이 맨 처음 유배된 것을 의미.

로를 잡아, 코르시카 해안을 나아가고 있었다.

그것을 본 에드몽은 비로소 안심했다. 그래서 이번에는 좀 더 가까운 곳에서 자신의 주변에 있는 것들로 눈을 돌렸다. 그는 지금 자기가 섬에서 가장 높은 곳, 커다란 원추형 바위 위에 위태로운 조각상처럼 서 있다는 것을 알았다. 아래를 보니 사람 하나 없고, 주위에는 배도 한 척 보이지 않았다. 눈에 들어오는 것이라고는 섬에 다가와 부서지는 쪽빛 바다와 영원토록 왔다 갔다 하며 부서지는 파도에 의해 테두리가 하얗게 장식된 해안이 전부였다. 그는 서둘러서, 그러나 충분히 주의를 기울이면서 내려갔다. 그는 아까 교묘하게 효과를 보았던 연극이 이번에는 현실이 될 수도 있다는 것을 염려하고 있었다.

앞에서도 말했듯이 당테스는 바위 위에 남아 있는 표시와는 반대쪽으로 나아갔다. 그리고 그 선이 마치 신화 속 요정이 목욕하는 그런 장소처럼 사람들 눈에 띄지 않는 작은 만 비슷한 곳으로 이어지는 것을 보았다. 그 만은 입구가 상당히 넓고 중앙도 꽤 깊어서, 작은 스페로나르 형 범선이라면 그곳에 들어가서 몰래 숨을 수 있었다. 그래서 그는 파리아 신부가 교묘하게 안내해준 개연성의 미로 속을 나아가는 귀납의 실마리를 찾아, 스파다 추기경이 사람들이 볼 수 없도록 배를 이 후미에 숨겨두고, 표시된 선을 따라가서 그 끝에 보물을 묻어둔 것이 틀림없다고 생각했다. 이렇게 추정한 당테스는 다시 그 둥근 바위로 돌아갔다. 그런데 한 가지 생각이 그의 마음에 불안의 그림자를 던지면서 역학(力學)에 대해 알고 있던 모든 생각을 뒤엎고 말았다. 그것은 어떻게 이 5천근, 6천근이나 되는 바위를 어떤 거대한 힘도 사용하지 않고, 지금 보는 이 토대 같은 것 위에 올릴 수 있었는가 하는 것이었다.

한 가지 생각이 당테스에게 퍼뜩 떠올랐다. '바위를 들어 올리는 대신 아마도 위에서 떨어뜨렸을 거야.' 그는 바위 위에 뛰어올라 그것이 처음에 있었을 것으로 생각되는 장소를 찾아보았다.

아니나 다를까, 그는 곧 하나의 가벼운 경사면이 있는 것을 보았다. 바위가 그리로 미끄러져 내려와 지금 있는 곳에서 멈춘 것이 분명했다. 그 밑에는 또 하나의 바위, 보통의 포석만한 크기의 돌이 받침대 역할을 하고 있었다. 손댄 흔적을 숨기기 위해, 돌과 자갈이 세심하게 배열되어 있었다. 이러한 석공다운 일을 한 뒤에는 그 위에 식물이 자라는 데 적합한 흙을 덮어둔 모양이었다. 풀이 자라고 이끼가 퍼진 그곳엔 도금양과 유향나무 씨앗이 붙어서 오래된 돌이

마치 땅에 묻혀 있는 것처럼 보였다.

　당테스가 조심해서 흙을 제거해 보니, 역시 교묘하게 손질한 흔적이 발견되었다. 아니, 적어도 그것이 발견될 것처럼 보였다. 그래서 곡괭이를 휘둘러 시간의 흐름에 따라 단단해진 그 중간 벽을 깨기 시작했다. 10분쯤 지나자 벽이 부서졌다. 그리고 팔을 집어넣을 만한 구멍이 뚫렸다.

　당테스는 찾을 수 있는 가장 굵은 올리브 나무를 베어 와서 가지를 쳐내어, 구멍 안에 집어넣을 수 있는 지렛대를 만들었다. 그러나 바위는 무척 무거웠다. 게다가 아래의 바위가 매우 튼튼하게 받치고 있어서, 헤라클레스의 힘을 가졌더라도 인력으로는 도저히 움직일 수 있을 것 같지 않았다. 그래서 당테스는 받침대 역할을 하고 있는 돌부터 제거해야 한다고 생각했다. 하지만 그것을 어떻게 치운단 말인가? 그는 늘 난처할 때 그러듯이 주위를 한 바퀴 둘러

보았다. 그의 시선이 자코포가 두고 간, 화약이 가득 들어있는 들양의 뿔에 가서 멎었다.

그의 입가에 미소가 떠올랐다. 그 기발한 착상으로 일을 완성시킬 생각을 한 것이었다. 당테스는 곡괭이를 가지고, 공병들이 흔히 팔을 쓰는 작업을 줄이기 위해 그렇게 하듯이, 위의 바위와 밑의 바위 사이에 화약의 도관을 파고 거기에 화약을 채워 넣었다. 그리고 손수건의 올을 풀고 그것을 화약 속에 굴려서 심지를 만들었다.

심지에 불을 붙인 뒤 당테스는 멀찌감치 물러섰다. 곧 폭발이 일어났다. 위의 바위는 엄청난 힘에 의해 한 순간 위로 솟고, 밑의 바위는 산산이 부서졌다. 그가 처음에 파 놓은 작은 구멍에서 수많은 벌레들이 놀라서 달아났다. 그리고 이 이상한 길의 파수꾼인 것 같은 커다란 뱀 한 마리가 푸른빛이 도는 배를 꿈틀거리며 어디론가 사라졌다.

당테스는 가까이 가 보았다. 받침대가 없어지자 위의 바위는 절벽을 향해 기울어져 있었다. 용감한 당테스는 바위 주위를 한 바퀴 돌면서 가장 많이 흔들거리는 곳을 확인하고, 그 모서리에 지렛대를 끼워 넣고 시시포스*²처럼 힘을 주었다.

폭발에 의해 흔들거리던 바위는 이내 움직이기 시작했다. 당테스는 더욱 힘을 주었다. 그 모습은 마치 신들의 아버지에게 싸움을 도전하기 위해 산을 송두리째 뽑았다는 그 티탄과 흡사했다.

이윽고 바위는 힘을 이기지 못해 미끄러지면서, 튀어 오르고 떼굴떼굴 굴러가더니 바닷물 속으로 자취를 감췄다.

그러자 둥그스름한 공간이 나타나고, 네모난 바위 한가운데 박혀 있는 쇠고리가 보였다.

당테스는 기쁘고 놀라서 소리를 질렀다. 단 한 번의 시도로 이렇게 훌륭한 성과를 거둘 줄은 자기도 생각지 못한 일이었다. 그는 계속하려고 생각했다. 하지만 다리가 심하게 후들거리고 가슴이 세차게 고동칠 뿐만 아니라, 타는 듯한 구름이 눈앞을 가려서 일손을 멈추지 않을 수가 없었다. 그러나 그러한 머뭇거림도 번갯불이 번쩍 하는 동안에 지나지 않았다. 에드몽은 지렛대를 고

*2 그리스 신화에서 제우스를 속인 죄로 바위를 영원히 산 위로 밀어 올리는 벌을 받은 코린트의 왕.

리 속에 넣고 힘을 주어 그것을 들어올렸다. 그러자 봉인이 풀린 돌이 입을 벌리고 그 속에 있는 가파른 경사면을 보여주었다. 그것은 계단처럼 되어 있어서, 점점 짙어지는 동굴의 어둠 속으로 사라지고 있었다.

보통 사람이었으면 당장 달려들어 환호성을 질렀을 것이다. 그러나 당테스는 발길을 멈췄다. 갑자기 얼굴빛이 변하면서 한 가지 의심이 고개를 쳐들었다. 그는 생각했다. '사내답게 하는 거다! 지금까지 늘 역경을 겪으며 단련되어 온 나다. 이제 와서 절망으로 무너져서는 안 된다. 안 그러면 지금까지 고생해 온 의미가 사라지고 만다! 희망의 따뜻한 숨결에 의해 지나치게 부풀었다가, 일단 차가운 현실로 돌아가 그 속에 갇혀야만 할 때는 이내 무너지고 만다! 파리아 신부는 꿈을 꾸고 있었던 것이고, 스파다 추기경은 이 동굴 속에 아무것도 묻어두지 않았던 것이다. 그렇지 않으면 이곳에 아예 오지 않았을지도 모른다. 아니, 어쩌면 오기는 했지만 그 뻔뻔스럽고 집요하고 음험한 체사레 보르자가 바로 뒤를 밟아서, 내가 발견한 것과 똑같은 표시를 발견하고 그 표시를 따라갔을지도 모른다. 그리고 내가 한 것처럼 이 바위를 들어 올려 나보다 먼저 안에 들어갔기 때문에, 뒤에 찾아온 나에게는 아무것도 남아 있지 않을지도 모른다.' 그는 한참동안 그 어두컴컴한, 어디까지 이어져 있을지 알 수 없는 입구를 가만히 바라보면서 꼼짝도 하지 않고 생각에 잠겨 있었다.

'이렇게, 아무런 기대도 갖지 않고, 희망을 품는 것이 어리석은 일이라고 생각할 수 있는 지금, 이제부터 일어나는 일은 나에게는 그저 호기심을 만족시킬 뿐이다.'

그는 계속 생각했다. '그래, 맞아, 이것이야말로 그 왕족인 대도둑*3의 빛과 어둠이 교차된 생애, 그 파란만장한 일생을 짜 올린 기괴한 사건에나 어울리는 것이다. 이런 꿈같은 일은 당연히 다른 여러 가지 일과 관련을 지을 때 비로소 생각할 수 있는 것이지. 그래, 보르자는 어느 날 밤, 한손엔 횃불 한손엔 칼을 들고 이곳에 찾아왔을 것이다. 그에게서 스무 걸음 정도 떨어진 곳, 아마 이 바위 밑에서 음울하고 무서운 모습을 한 경관 두 사람이 하늘과 땅과 바다를 경계하면서, 지금 내가 하려고 하는 것처럼, 자기들의 주인이 횃불을 손에 들고 어둠을 밝히면서 이 안에 들어가는 모습을 지켜보고 있었을 것이다, 틀

---

*3 체사레 보르자.

림없이. 하지만 보르자는 그 비밀을 알고 있는 경관들을 어떻게 했을까?' 당테스는 계속 생각했다. '그들은 알라리크*⁴를 생매장한 자들과 같은 운명을 걸었을 거야. 묻는 자와 함께 생매장되어버린 거지.' 그는 미소 지으면서 자기 스스로 대답했다. '하지만 만약 그가 찾아왔다면, 그는 보물을 찾아서 그것을 가지고 갔을 것이다. 이탈리아를 흰꽃엉겅퀴에 비유하면서 그것을 한 장씩 먹어치웠던 보르자가 바위를 구태여 본디 받침대 위에 앉으려고 헛되이 시간을 낭비하는 짓은 하지 않았을 것이다. 어쨌든 내려가 보자.' 그는 내려갔다. 입가에는 의혹의 미소를 띤 채, 인간적인 지혜의 마지막 말인 '아마도!'를 중얼거리면서……

그러나 당테스는 거기서, 미리 예상했던 암흑이나 썩어서 코를 찌르는 공기 대신, 부드럽게 퍼지는 푸른빛을 발견했을 뿐이다. 그 공기와 빛은 방금 만들어진 입구에서도 들어올 뿐만 아니라, 밖에서는 보이지 않는 바위 틈새에서도 들어오고 있었다. 그 틈새에서는 쪽빛 하늘이 보이고, 그 하늘 위로 푸른 떡갈나무 우듬지와 빽빽한 가시 덩굴이 흔들리고 있는 것이 보였다.

공기는 축축하기는커녕 오히려 시원하고, 퀴퀴하기는커녕 오히려 향기로 가득 차 있었으며, 바깥의 날씨에 비하면 햇빛과 푸르스름한 빛이라는 것 밖에는 차이가 별로 없었다. 이 동굴 안에 있는 동안, 앞에서도 말했듯이 어둠에 익숙한 당테스의 눈은 동굴의 가장 구석진 곳까지 모두 살펴볼 수 있었다. 화강암으로 되어 있는 동굴 안은 반짝거리는 면들로 되어 있어서 마치 다이아몬드처럼 빛나고 있었다.

"오 이런!" 당테스는 미소 지으면서 말했다. "추기경이 남기고 간 보물이라는 건 결국 이런 거였어. 그래서 신부님은 이 반짝거리는 벽을 꿈꾸면서 그런 호화로운 희망을 품게 된 거로군." 그러나 당테스는 보지 않아도 외울 수 있는 유언장의 문구를 떠올렸다. 유언장에는 분명히 '두 번째 굴의 가장 깊은 안쪽'이라고 적혀 있었다.

당테스는 겨우 첫 번째 동굴 속에 들어왔을 뿐이었다. 이제 두 번째 동굴의 입구를 찾아야 했다. 그는 방향을 찾으려고 했다. 두 번째 동굴은 당연히 더 안쪽에 있을 것이 틀림없다. 바위의 중간 부분을 살펴본 그는 아무래도 입구

---

*4 서고트의 왕.

가 있을 것 같은 벽에 가서 두드려 보았다. 물론 입구는 훨씬 교묘하게 숨겨져 있을 것이다.

곡괭이는 얼마동안 암석에서 단지 둔중한 소리만을 울리고 있었다. 그 둔탁한 소리가 나는 동안 당테스의 이마에 구슬땀이 배어났다. 이윽고 인내심 강한 광부의 귀에, 화강암 벽의 일부가 두드림의 부름에 대해 다른 곳보다 무겁고 깊은 반향을 울리면서 대답하는 것 같은 소리가 들렸다. 그는 이글거리는 눈으로 벽을 보았다. 그리고 죄수가 가진 직감으로 다른 사람은 결코 알 수 없을 사실을 알아냈다. 그곳에 입구가 있는 것이 틀림없다는 사실이었다.

그러나 체사레 보르자 못지않게 시간의 가치를 잘 알고 있던 당테스는, 헛된 노력을 하지 않기 위해 다른 벽에도 가서 곡괭이를 두드리고 총의 개머리판으로 모래를 파헤치며 이상하다고 생각되는 곳을 조사하기도 했다. 그러나 결국 아무것도 발견할 수 없었다. 그는 다시 그 그리운 울림이 느껴졌던 벽으로 돌아왔다.

다시 전보다 힘을 주어 두드려 보았다. 그러자 이상한 것이 눈에 들어왔다. 벽을 두드릴 때마다 벽화를 그릴 때 벽에 칠하는 물감 같은 것이 부풀어 올라 비늘처럼 떨어지더니, 그 속에서 보통 포석이라고 생각되는 허옇고 부드러운 돌이 나타나기 시작한 것이다. 바위 입구를 다른 종류의 돌로 막아 놓고, 그 돌 위에 도료로 칠하여 색깔도 결정도 완전히 화강암처럼 보이도록 만들어 둔 것 같았다. 당테스는 곡괭이 끝으로 그곳을 두드려 보았다. 그러자 벽이 약간 패였다. 그곳이 수상했다.

인간의 마음에 깃드는 이상한 수수께끼라고 할까, 당테스의 마음은 파리아 신부가 결코 틀리지 않았다는 증거가 확인되어 안심하면 할수록, 오히려 더 의심이 가면서 거의 낙담에까지 이를 지경이 되었다. 그는 이 새로운 사실로 새로운 힘이 솟아나는 대신, 오히려 지금까지 남아 있던 힘조차 빠지고 말았다. 그는 곡괭이를 힘껏 내려치지 못하고 힘없이 떨어뜨렸다. 그리고 곡괭이를 땅에 내려놓고, 이마의 땀을 닦은 뒤 밝은 바깥쪽으로 올라갔다. 누군가 들여다보는 사람이 있지 않은지 확인하기 위해서였지만, 사실은 정신을 잃을 것 같아서 맑은 공기를 마시고 싶었기 때문이다.

섬에는 사람이라고는 아무도 없었다. 태양은 하늘 꼭대기에서 불꽃같은 눈으로 섬을 내려다보고 있는 것 같았다. 멀리 보이는 고깃배는 사파이어 빛깔의 바다에 날개를 펼치고 있었다. 당테스는 아직 아무것도 먹지 않고 있었다. 이런 때 식사를 한다는 것이 너무 미련하다고 여겨졌다. 그래서 그는 럼주를 한 모금 마시고 나서, 마음을 다잡고 다시 동굴 안으로 들어갔다. 아까 그토록 무겁게 생각되었던 곡괭이가 이젠 가벼운 느낌이 들었다. 그는 그것을 펜이라도 드는 것처럼 가뿐히 들고, 다시 힘차게 일을 시작했다.

곡괭이질을 몇 번 한 그는 그 돌들이 서로 단단하게 얽혀 있는 것이 아니라, 하나씩 쌓아올린 뒤 앞서 얘기한 도료로 칠해졌을 뿐이라는 걸 알았다. 틈새 하나에 곡괭이 끝을 집어넣고 곡괭이 자루에 체중을 실었더니 돌이 발아래로 굴러 떨어졌다. 그는 그것을 보고 만세를 외쳤다. 그때부터는 곡괭이 날로 돌을 하나씩 빼내면 되었다. 이어서 돌들이 하나하나 빠지며 먼저 떨어진 돌 옆에 차례로 떨어져내렸다.

그는 첫 번째 입구가 열렸을 때도 당장 들어가려고 생각했으면 들어갈 수 있었지만 잠시 미뤘었다. 왜냐하면 조금이라도 오랫동안 희망을 품고 있음으로써, 현실의 벽에 부딪치는 시간을 그만큼 연기하고 싶었기 때문이었다. 한동안 주저한 뒤, 당테스는 첫 번째 동굴에서 두 번째 동굴로 들어갔다.

두 번째 동굴은 첫 번째 동굴에 비해 더 낮고 더 어둡고 더 공포스러운 모습을 하고 있었다. 공기는 방금 만들어진 입구 말고는 아무데서도 들어오지 않아 독기로 가득 차 있었다. 첫 번째 동굴에 들어갔을 때는 그렇지 않아서 놀랐었던 것이다. 그는 바깥공기가 들어가 안에 고여 있던 공기를 신선하게 만들 때까지 기다렸다가 들어갔다. 왼쪽에 깊고 어두운 구석이 있었다. 그러나 앞에서도 말한 것처럼, 그의 눈에는 어둠이란 것이 존재하지 않았다.

그는 동굴 안을 살펴보았다. 그곳은 첫 번째 동굴과 마찬가지로 텅 비어 있었다. 그러나 보물이 있다면, 저쪽의 어두운 구석에 묻혀 있을 것이 분명했다. 그는 불안한 시간과 마주했다. 땅을 두 자 깊이로 피는 일이 당테스에게 절대적인 기쁨이 될 것인가 아니면 절대적인 실망이 될 것인가 하는 갈림길이 될 것이었다. 그는 한쪽 구석으로 다가갔다. 그리고 곧 결심한 듯이 대담하게 땅을 파기 시작했다.

대여섯 번 만에 곡괭이가 쇠에 부딪치는 소리가 났다. 흉사를 알리는 경종도, 또 사람을 전율시키는 장례식 조종도, 듣는 사람을 이토록 심한 충격으로 몰아넣지는 않았을 것이다. 거기서 아무것도 나오지 않는다 해도, 이토록 그의 얼굴빛이 새파랗게 변하지는 않을 것이다.

그는 방금 조사한 그 옆쪽을 찍어보았다. 마찬가지로 저항감이 있었고, 다만 소리가 달랐다.

'나무상자에 쇠테가 둘러쳐진 것 같군.'

바로 그때, 어떤 그림자 하나가 순식간에 햇빛을 가로지르며 지나갔다.

당테스는 곡괭이를 내던지고, 총을 들고 입구에서 나가자마자 밖을 향해 달려 나갔다. 산양 한 마리가 동굴의 첫 번째 입구 위를 뛰어넘어, 거기서 몇 걸음 되는 곳에서 풀을 뜯고 있었다. 그야말로 저녁거리를 얻을 수 있는 절호의 기회라고 할 수 있었다. 그러나 그는 총소리로 사람들의 주의를 끌게 될까봐 두려웠다.

그는 잠시 생각한 뒤, 진이 많이 나는 나뭇가지를 하나 잘라냈다. 그리고 그것을 아까 동료들이 점심을 해먹은 뒤 아직도 불씨가 남아 있던 모닥불로 가져가서 불을 붙였다. 당테스는 그 횃불을 손에 들고 돌아갔다.

이제부터 나타나는 것을 하나도 놓치고 싶지 않았다. 그는 아무렇게나 반쯤 파다 만 구멍 쪽으로 횃불을 가져가서 자신이 잘못 생각하지 않았다는 것을 확인했다. 곡괭이는 쇠와 나무에 번갈아 부딪치고 있었다.

그는 횃불을 땅에 꽂아놓고 다시 작업을 시작했다. 곧 길이 석 자, 폭 두 자 정도로 지면이 파헤쳐졌다. 그러자 문양이 새겨진 쇠테를 두른 참나무 상자가 하나 나타났다. 뚜껑 위에는, 흙으로도 퇴색시킬 수 없었던 은판에서 스파다 집안의 문장이 빛나고 있었다. 그것은 평범한 이탈리아의 방패처럼 타원형을 한 방패 위에 칼을 세로로 세워두고, 그 위에 추기경의 모자를 씌워 놓은 모양이었다.

당테스는 금방 그것을 알아볼 수 있었다. 파리아 신부가 그것을 수없이 그려서 보여주었던 것이다. 이제 더 이상 의심할 여지가 없었다. 보물은 바로 그곳에 있는 것이다. 설마 빈 상자를 일부러 이렇게까지 용의주도하게 이곳에 갖다 두었을 리는 없으리라.

당테스는 당장 상자 주위의 흙을 파내기 시작했다. 두 개의 자물쇠로 채워진 한가운데의 열쇠와 측면에 달린 손잡이가 차례차례 드러났다. 그 모든 것은 당시의 풍습에 따라 조각이 새겨져 있었다. 그때는 세공만 해 놓으면 아무리 하찮은 금속이라도 모두 귀한 대접을 받았다.

당테스는 상자의 손잡이를 잡고 들어 올리려고 했다. 그러나 어림도 없었다. 열어보려고 했지만 열쇠와 자물쇠가 단단히 잠겨 있었다. 마치 그 충실한 문지기들이 안에 있는 보물을 내주고 싶어 하지 않는 것 같았다.

당테스는 곡괭이의 날카로운 끝을 상자 몸체와 뚜껑 사이에 끼워 넣고 곡괭이 자루에 힘을 주었다. 그러자 뚜껑이 잠시 삐걱거리더니 벌어지기 시작했다. 판자가 커다랗게 갈라지자 철물장치 같은 것은 더 이상 소용이 없었다. 그것은 그 집요한 발톱으로 판자를 꽉 움켜잡고 있었지만, 마침내 판자에 상처를 내면서 떨어져 나가고 말았다. 상자는 열렸다.

미칠 듯한 흥분이 당테스를 사로잡았다. 그는 총을 들고 거기에 탄환을 채운 뒤 자기 옆에 두었다. 우선 그는 반짝이는 하늘의 수많은 별보다 더 많은 것을 상상의 밤 속에서 발견하려는 어린아이처럼 눈을 감아 보았다. 그리고

다시 눈을 떴을 때, 그는 넋을 잃은 채 눈을 부릅뜨고 있었다.

상자는 세 칸으로 나뉘어 있었다. 첫 번째 칸에는 갈색의 반사광을 발하는 붉은 금화가 번쩍이고 있었다. 두 번째 칸에는 가공하지 않은 지금(地金)이 가지런하게 들어 있었다. 그러나 그것은 무척 무겁고 어마어마한 가치가 있을 뿐, 금처럼 보이지는 않았다. 그런데 반 정도 차 있는 세 번째 칸에는 다이아몬드와 진주, 루비가 들어 있었다. 에드몽이 양손에 움켜쥐고 뒤적거렸더니 그것들은 반짝이는 폭포를 이루며 좌르르 떨어지면서 마치 유리창에 우박이 부딪치는 듯한 소리를 냈다.

이러한 황금과 보석에 손을 대보고, 떨리는 손을 그 속에 집어넣어 본 뒤 일어난 에드몽은 미친 사람처럼 흥분하여 몸을 떨면서 동굴 밖으로 달려 나갔다. 그는 바다를 내려다볼 수 있는 바위에 올라갔다. 거기서는 바다 말고는 아무것도 보이지 않았다. 아무도 없었다. 헤아릴 수도 없고 들어본 적도 없는 그 꿈같은 재산을 안은 채 그는 오직 혼자였다. 꿈을 꾸고 있는 것일까? 아니면 깨어 있는 것일까? 꿈이라면 당장 사라지지 않을까? 아니면 확실하게 현실에 발을 딛고 서 있는 것일까?

그는 황금을 다시 한 번 보고 싶었다. 그러나 그것을 들여다볼 힘도 없을 것 같았다. 그는 잠깐 동안, 마치 정신을 잃지 않으려는 듯이 두 손으로 머리를 감싸고 있었다. 그런 다음 섬 안을, 길을 찾을 생각도 하지 않고(몬테크리스토 섬에는 길이 없었다) 무턱대고 달리고 또 달렸다. 그의 황량한 외침과 미친 듯한 몸짓에 산양들은 달아나고 물새는 놀라서 날아올랐다. 그는 섬을 한 바퀴 돈 뒤에도, 마음속으로는 여전히 의심을 품은 채 처음의 장소로 돌아갔다. 그리고 첫 번째 동굴을 지나 두 번째 동굴로 들어가서 다시 황금과 다이아몬드가 든 궤짝 앞에 왔다.

그는 무릎을 꿇고 앉았다. 그리고 떨리는 두 손으로 뛰는 가슴을 누르면서, 신의 귀에만 들리는 기도를 중얼거리며 외웠다. 이윽고 마음이 좀 진정되는 것 같았다. 그러자 비로소 행복한 듯한 기분이 들었다. 왜냐하면 그제야 자신의 행운이 믿어지기 시작했기 때문이었다.

그는 자기의 재산을 계산해보기 시작했다. 하나에 2리브르에서 3리브르나 되는 지금이 천 개나 되었다. 그리고 오늘날의 화폐로 각각 25프랑이나 되는 금화, 교황 알렉산드르 6세와 조상들의 초상이 새겨진 금화가 2만5천개나 쌓였다. 그런데도 상자속의 칸은 겨우 반밖에 비지 않았다. 진주와 보석과 다이아몬드는 두 손으로 움켜서 열 번 정도 되었는데, 대부분이 당시의 뛰어난 귀금속 세공사에 의해 세공되어 있었다. 그것들은 화폐로서의 가치를 떠나서, 훌륭한 세공품으로서의 가치를 지니고 있었다.

당테스는 저녁 해가 기울어 날이 점점 어두워지는 것을 보았다. 동굴 속에 있다가 갑자기 무언가의 습격을 받게 될까 봐 두려웠다. 그는 총을 들고 밖으로 나갔다. 비스킷 하나와 약간의 포도주만으로 저녁을 때웠다. 그리고 돌을 원래의 장소에 놓고 그 위에 누워 몸으로 동굴 입구를 막은 채 몇 시간 동안 단잠을 잤다.

그날 밤은 그가 그때까지 겪었던 몇 안 되는 가슴 벅차고도 두려운 밤 중에 하나였다.

낯선 사내

날이 밝았다. 당테스는 눈을 뜬 채 오랫동안 날이 새기를 기다리고 있었다. 아침 햇살이 비쳐들자 그는 일어나서 어제처럼 섬에서 가장 높은 바위에 올라가 주위의 동태를 살펴보았다. 전날과 달라진 건 아무것도 없었고 주위에는 사람이라고는 그림자 하나도 없었다.

에드몽은 내려와서 돌을 들어내고 호주머니에 보석을 가득 채워 넣었다. 그리고 열심히 상자의 널빤지와 철물들을 제자리에 끼워 넣고, 그 위에 흙을 덮어 다진 뒤 위에 모래를 뿌려, 방금 흙을 파헤친 자리가 다른 지면과 조금도 다르지 않게 했다. 곧 그는 동굴에서 나가 입구의 돌들을 원래대로 놓고 그 위에 크고 작은 돌들을 쌓았다. 틈새에 흙을 넣고 도금양과 히스를 심은 다음, 그것이 처음부터 거기 있었던 것처럼 보이도록 물을 뿌리고, 주변에 흩어져 있던 발자국을 지웠다. 그러고 나서 지루한 심정으로 배가 돌아오기를 기다렸다. 사실 그동안 커다란 용이 저한테는 아무 소용도 없는 보물을 지키듯이, 이제는 이 몬테크리스토 섬에서 이 황금과 다이아몬드를 바라보면서 지낼 때가 아니었다. 지금이야말로 일상으로 돌아가 사람들 속에 섞여서, 재물이라는, 인간이 마음대로 할 수 있는 지상 최대의 힘을 활용하여, 사회에서 지위와 세력, 권력, 그 무엇이든 장악해야 할 때가 온 것이었다.

밀수업자들은 엿새째가 되어 돌아왔다. 당테스는 멀리서 젊은 아멜리 호가 항구로 다가오는 모습을 바라보았다. 그는 항구까지 마치 부상당한 필로크테테스[1]처럼 몸을 질질 끌면서 나아갔다. 그는 동료들이 다가오자 여전한 괴로움을 호소하면서, 그래도 많이 좋아졌다고 말했다. 그런 다음 돌아온 동료들의 모험담을 들었다. 그들은 멋지게 성공했다고 말했다. 그러나 짐을 막 부리자마자 툴롱의 경비보트 한 척이 항구를 떠나 그들 쪽으로 오고 있다는 전갈

---

[1] 트로이전쟁에서 활약했던 유명한 그리스 전사.

을 들었다고 했다. 그래서 하는 수 없이 달아나기 시작했는데, 그들은 배를 모
는 데 뛰어난 실력을 갖춘 당테스가 없어서 무척 아쉬웠다고 했다. 얼마 안가
서 추격하는 배의 모습이 눈에 들어왔지만 밤인 데다 코르시카 곶을 이미 지
났기 때문에 아슬아슬하게 달아날 수 있었다는 얘기였다.

결국 그리 크게 나쁘지 않았던 항해였다. 모두, 특히 자코포는 그가 함께 가
지 못하는 바람에 50피아스트르의 수당을 받지 못한 것을 동정해 주었다. 에
드몽은 조금도 방심하지 않았다. 섬을 떠나 따라갔으면 받게 되었을 수당에
대한 이야기를 듣고도 그는 미소조차 보이지 않았다. 젊은 아멜리 호가 몬테
크리스토 섬에 다시 온 것은 순전히 자기를 데리러 오기 위한 것이었기 때문
에, 그는 그날 밤에 배를 타고 리보르노에 있는 선장의 뒤를 쫓았다. 리보르노
에 도착한 그는 한 유대인 가게에 가서 작은 다이아몬드를 각각 5천 프랑씩에
팔았다. 유대인은 한낱 선원이 어떻게 그런 것을 손에 넣었는지 궁금했을 것이
다. 그러나 아무것도 묻지 않았다. 그것은 한 개당 천 프랑의 이득을 얻을 수
있기 때문이었다.

이튿날 그는 새 배를 한 척 사서 자코포에게 주었다. 그리고 승무원을 고용
하라면서 100피아스트르의 돈도 주었다. 다만 그 조건으로, 마르세유에 가서
멜랑 골목에 살고 있는 루이 당테스라는 노인과 카탈루냐 마을에 살고 있었
던 메르세데스라는 처녀의 소식을 알아봐 달라고 부탁했다.

자코포는 마치 꿈을 꾸는 듯한 심정이었다. 에드몽은 자기가 선원이 된 것
은 사실 우연한 심경의 변화 때문이며, 집에서 자기에게 필요한 돈을 주지 않
아서 그렇게 된 것인데, 리보르노에 와서 자기를 유일한 상속인으로 지정해준
큰아버지의 유산을 상속하게 되었다고 설명했다. 당테스의 뛰어난 지능은 그
런 이야기를 사실로 믿게 하는 데 성공했다. 자코포는 그 얘기의 진실성을 한
순간도 의심하지 않았다.

한편, 젊은 아멜리 호 승무원으로서의 계약도 마침 다 끝나가고 있었다. 그
래서 에드몽은 선장에게 얘기하고 일을 그만두었다. 선장은 처음에는 그를 붙
잡아두려고 시도했다. 그러나 자코포한테서 상속 얘기를 듣자 당테스의 마음
을 되돌리는 것을 포기하지 않을 수 없었다.

자코포는 이튿날 마르세유를 향해 출범했다. 그는 몬테크리스토 섬에서 에
드몽과 만나기로 약속했다. 같은 날 당테스는 젊은 아멜리 호의 승무원들에게

두둑하게 사례를 하고, 선장에게는 나중에 소식 전하겠다고 약속한 뒤, 어디로 간다고는 말하지 않고 떠나갔다.

당테스는 제노바로 갔다. 그가 그곳에 도착했을 때, 마침 한 영국인이 주문한 작은 요트의 시운전이 있었다. 그 영국인은 제노바 사람이 지중해에서 가장 배를 잘 만든다는 소문을 듣고, 제노바에서 만든 요트를 한 척 구입하려한 것이었다. 영국인은 4만 프랑을 주겠다고 계약해 놓은 상태였다. 반면에 당테스는 배를 그날 당장 자기한테 넘겨준다면 6만 프랑을 주겠다고 제안했다. 영국인은 배가 완성되는 동안 스위스 일주여행을 떠나고 없었다. 돌아오는 건 3주일 뒤라고 했지만, 어쩌면 한 달 뒤가 될지도 몰랐다. 배목수는 그 동안 또한 척을 만들 시간이 있을 거라고 생각했다. 당테스는 배목수를 데리고 한 유대인 가게에 가서, 유대인과 함께 가게 안쪽으로 들어갔다. 한참 뒤 유대인이

나와서 배목수에게 6만 프랑의 돈을 건넸다.

배목수는 당테스에게 자기가 승무원을 주선해 주겠다고 했다. 그러나 그는 자기는 늘 혼자서 배를 타는 습관이 있다면서 그 호의를 거절했다. 그리고 한 가지 부탁할 것이 있는데, 선실 속 침대 머리맡에 비밀 금고 같은 것을 만들어, 거기에 아무도 모르게 칸을 세 개 질러 달라고 하면서, 그 칸의 치수를 알려 주었다. 그것은 이튿날 당장 완성되었다.

두 시간 뒤, 언제나 혼자 배를 탄다는 이 에스파냐 귀족을 보려는 호기심 많은 구경꾼들의 전송을 받으면서 당테스는 제노바 항에서 출범했다.

당테스의 솜씨는 눈이 부실 정도였다. 키의 성능도 좋아서 그는 배를 마음 대로 조종할 수 있었다. 마치 배에도 지능이 있어서 조금만 자극을 주어도 금 방 그것에 응답하는 것 같았다. 당테스는 마음속으로 과연 제노바 사람은 세 계 최고의 배목수라는 이름을 얻을 만하다고 생각했다.

호기심 많은 군중은 배가 보이지 않을 때까지 시선을 떼지 않았다. 그 뒤에 는 그 배가 도대체 어디로 간 것인지에 대해 사람들 사이에서 설전이 벌어졌 다. 어떤 사람은 코르시카일 거라고 하고 어떤 사람은 엘바 섬일 거라고 말했 다. 어떤 사람은 에스파냐가 틀림없다며 내기를 해도 좋다고 말하고, 어떤 사 람은 아프리카에 간 것이라고 주장했다. 그러나 몬테크리스토 섬의 이름을 말 하는 사람은 끝내 아무도 없었다.

당테스가 향한 곳은 바로 그 몬테크리스토 섬이었다. 그는 이틀째 되는 날 저녁 무렵에 그곳에 도착했다. 배는 그야말로 최고의 범선이어서 섬까지 서른 다섯 시간밖에 걸리지 않았다. 해안선의 형태를 훤히 알고 있던 당테스는 항 구에 들어가지 않고 그 작은 만에 닻을 내렸다. 섬에는 아무도 없었다. 당테스 가 섬을 떠난 뒤에 배를 댄 사람은 아무도 없는 것 같았다. 모든 것은 그가 그 곳을 떠나던 때와 조금도 달라진 것 없이 그대로였다.

이튿날, 요트 위로 막대한 재산이 운반되어 그 안에 있는 비밀금고 세 칸에 채워졌다. 당테스는 섬에 1주일 동안 머물렀다. 그 1주일 동안 그는 요트를 타 고 섬 주위를 돌아다니면서, 마치 기수가 말을 시험하듯이 배의 성능을 점검 했다. 그는 배의 모든 장점과 단점을 파악했다. 당테스는 배의 장점은 더욱 살 리고 단점은 고쳐야겠다고 생각했다.

8일째가 되는 날, 당테스는 작은 배 한척이 돛을 활짝 펼치고 섬을 향해 다

가오는 것을 보았다. 그는 그것이 자코포의 배라는 것을 알고 신호를 보냈다. 자코포 쪽에서도 거기에 응답했다. 두 시간 뒤 배는 벌써 요트 옆에 다가와 있었다.

에드몽이 부탁한 일에 대해서는 두 가지 모두 슬픈 답변뿐이었다.

당테스 노인은 이미 세상을 떠났다.

메르세데스는 행방불명이었다.

에드몽은 그 두 가지 소식을 무표정한 얼굴로 듣고 있었다. 그러나 곧 그는 육지에 올라가더니 아무도 따라오지 말라고 일렀다.

두 시간 뒤 그는 돌아왔다. 자코포의 배에 타고 있던 두 사내는 항해를 거들기 위해 그의 요트로 옮겨 탔다. 당테스는 뱃머리를 마르세유로 돌리라고 명령했다. 아버지의 죽음은 어느 정도 예상하고 있었다. 그러나 메르세데스는 도대체 어떻게 된 것일까?

에드몽이 자신의 비밀을 털어놓지 않는 이상, 경찰에 정보를 제공할 수도 없는 노릇이었다. 그 밖에도 궁금한 일이 몇 가지 있었다. 그러나 그것들을 알아내려면 오로지 자기 혼자만의 힘에 의지할 수밖에 없었다. 리보르노의 이발소에서 들여다본 거울은 사람들이 자기를 알아볼 위험은 없다는 것을 가르쳐 주었다. 게다가 지금은 얼마든지 마음대로 변장할 수 있었다. 어느 날 아침, 그의 요트는 뒤에 작은 배를 거느리고 대담하게 마르세유 항에 들어갔고, 기억 속의 그 운명적인 밤, 이프 성채로 가는 배에 강제로 태워졌던 바로 그 장소에 정박했다.

헌병 한 사람이 검역선을 타고 찾아왔을 때는 당테스도 한순간 긴장하지 않을 수 없었다. 그러나 당테스는 곧 침착한 태도로 리보르노에서 사둔 영국인의 여행허가증을 보여 주었다. 프랑스에서 본국의 허가증 이상으로 대우받고 있는 그 외국여권 덕분에, 그는 아무 문제없이 상륙할 수 있었다.

칸느비에르에 상륙한 당테스에게 가장 먼저 눈에 띈 것은 파라옹 호의 선원이었던 어떤 사람이었다. 전에 그의 밑에서 일했던 남자인데, 마치 당테스가 얼마나 변해 있는지 확인시켜주기 위해 그의 앞에 나타난 것 같았다. 당테스는 그 사람에게 다가가서 이것저것 물어보았다. 그러나 그 남자의 말이나 표정에, 이렇게 자기에게 말을 걸고 있는 사람이 전에 알던 사람이라는 것을 알아보는 기색은 전혀 없었다. 당테스는 여러 가지 정보를 알려준 데 대한 사례로 그에게 동전 하나를 주었다. 그런데 그 남자가 이내 그의 뒤를 쫓아와서 그를 부르는 소리가 들려왔다.

당테스는 뒤를 돌아보았다.

"잠깐만요." 선원이 말했다. "뭔가 착각하신 것 같은데요. 40수를 주시려 했는데 40프랑짜리 금화를 주신 것 아닙니까?"

"아, 그렇군요." 당테스가 말했다. "제가 잘못 드린 것 같습니다. 하지만 당신같이 정직한 사람에게는 오히려 상을 드려야겠군요. 자, 하나 더 드리겠소, 이것으로 친구들과 함께 내 건강을 위해 한 잔 하시오."

선원은 놀란 표정으로 에드몽을 바라보면서 감사의 말을 하는 것도 잊고 있었다. 그는 당테스가 사라져가는 모습을 지켜보면서 말했다.

"아마 인도에서 온 부호인 모양이야."

당테스는 계속 길을 걸어갔다. 한 걸음 한 걸음 내딛을 때마다 그의 마음은 새로운 감격으로 벅차올랐다. 어릴 때의 모든 추억, 사라지지 않고 영원히 그의 마음을 차지하고 있던 추억이, 광장 구석구석, 곳곳의 길모퉁이, 그리고 네거리의 말뚝*²을 지날 때마다 되살아났다. 노아유 거리 끝까지 와서 멜랑 골목을 바라보았을 때, 그는 그대로 주저앉을 것 같은 기분이 들었다. 그래서 하마터면 마차 바퀴에 치일 뻔했다. 이윽고 그는 전에 아버지가 살고 있었던 집까지 왔다. 그 옛날 아버지가 정성들여 격자창을 장식했던 그 다락방에는 이제 쥐방울꽃이며 한련화도 보이지 않았다.

그는 나무에 몸을 기대고 섰다. 그리고 한동안 생각에 잠긴 모습으로 그 초라한 작은 집의 맨 꼭대기 층을 올려다보았다. 곧 문으로 다가간 그는 안에 들어가서 빈 방이 없느냐고 물었다. 그리고 방이 이미 찼더라도 부디 6층의 방을 좀 보게 해달라고 부탁했다. 결국 문지기는 6층에 올라가서, 누가 부탁해서 그런다며, 지금 그곳에 살고 있는 사람들한테서 그 6층의 방 두 개를 보여 줘도 좋다는 허락을 받아왔다. 그 작은 방에 살고 있는 사람은 불과 1주일 전에 결혼한 신혼부부였다.

그 젊은 부부를 보면서 당테스는 자기도 모르게 깊은 한숨을 내쉬었다.

아버지의 방을 떠올리게 하는 건 아무것도 남아 있지 않았다. 벽지도 바뀌어 있었다. 그 오래된 가구들, 에드몽이 어릴 때부터 익숙하여 세세한 부분까지 똑똑히 기억에 남아 있는 모든 것은 아무리 둘러봐도 보이지 않았다. 변하지 않은 것은 벽뿐이었다.

당테스는 침대 쪽으로 시선을 돌렸다. 그것은 전에 아버지가 살고 있었을 때와 같은 장소에 놓여 있었다. 에드몽은 자기도 모르게 눈시울이 젖어 있었다. 노인은 아들의 이름을 부르면서 아마 그 자리에서 마지막 숨을 거두었을 것이다.

젊은 부부는 이 무서운 얼굴을 한 사내가 눈썹 하나 움직이지 않고 뺨 위로 굵은 눈물을 흘리고 있는 모습을 보고 깜짝 놀랐다. 그러나 모든 슬픔에는 나름대로 신성한 이유가 있다는 것을 아는 두 사람은 그 낯선 사람에게 아무것도 묻지 않았다. 두 사람은 뒤로 물러서서 그가 마음껏 울 수 있게 해주었다.

---

*2 차가 건물에 직접 닿지 않도록 하기 위해 설치된 돌기둥.

그리고 돌아가는 그를 배웅하면서, 또 오고 싶을 때는 어느 때고 찾아와도 좋으며, 언제라도 이 초라한 집에 기꺼이 맞아주겠다고 말했다.

1층까지 내려가려던 에드몽은 또 하나의 방문 앞에서 걸음을 멈추고, 그곳에 옛날 그대로 재단사 카드루스가 살고 있는지 물었다. 문지기의 대답에 의하면, 그는 사업에 실패하여 지금은 벨르가르드에서 보케르로 가는 길가에 조그마한 주막을 차렸다고 했다.

아래층으로 내려간 그는 그 건물 주인의 주소를 물었다. 그곳으로 찾아간 그는 자신을 윌모어 경이라고 소개하고(그의 여권에는 그 이름과 칭호가 기록되어 있었다), 그 집을 2만 5천 프랑에 사겠다고 제안했다. 시가보다 무려 1만 프랑이나 비싼 값이었다. 그러나 당테스는 그 집이 설령 50만 프랑이라 하더라도 기꺼이 사들였을 것이다.

그날 안에 6층에 살고 있던 젊은 부부는 계약서를 쓴 공증인에게서, 이번에 새로 바뀐 집주인이 같은 집세로 그 집의 어떤 방이든 마음대로 고르되, 대신 지금 살고 있는 두 개의 방은 양보해 주었으면 한다는 얘기를 들었다.

이 이상한 일은 늘 멜랑 골목을 오가는 사람들 사이에서 1주일이 넘도록 화제가 되었다. 그들은 온갖 추측을 했지만, 어느 것 하나도 정곡을 찌른 것은 없었다.

그러나 사람들의 생각을 더욱 혼란에 빠뜨리고 갈피를 잡을 수 없게 만든 것은, 그 멜랑 골목에 있는 집에 들어갔던 그 사람이 그날 저녁 작은 카탈루냐 마을을 거닐다가, 어느 가난한 어부의 집에 들러 한 시간도 넘게 그곳에 머물면서, 이미 죽은 사람들이나 15, 6년 전에 자취를 감춘 사람들에 대해 이것저것 물었다는 사실이었다.

그 이튿날, 그가 찾아가서 여러 가지를 물어보았던 집의 사람들은 육지로 끌어올리는 후릿그물 두 개와 커다란 후릿그물 하나가 딸린 새 카탈루냐식 배 한 척을 선물받았다. 정직한 사람들은 그 손 큰 손님에게 감사를 드려야겠다고 생각했다. 그러나 그들은 그 남자가 집을 나가자마자 한 선원에게 뭔가 명령하더니, 그대로 말에 올라타고 엑스 문을 지나서 마르세유를 떠나는 모습만 보았을 뿐이었다.

가르 다리 주막

　나처럼 프랑스 남부 지방을 걸어서 여행한 적이 있는 사람이라면 벨르가르드와 보케르 사이, 시골과 도시의 거의 중간쯤 되는 곳, 그러나 벨르가르드보다는 보케르 쪽에 가까운 곳에 작은 주막이 하나 있는 것을 보았을 것이다. 그곳에는 바람이 살짝 불기만 해도 삐걱거리는 양철 간판이 있고, 그 위에 어지간히 볼품없는 가르 다리의 그림이 있다. 이 작은 주막은 론 강에서 보면 길 왼쪽에 강을 등지고 자리 잡고 있다. 주막에는 랑그독 일대에서 이른바 정원이라고 부르는 것이 딸려 있다. 다시 말해, 여행자가 들어가는 문과 반대쪽은 울타리로 에워싸인 땅을 향하고 있는데, 거기에는 발육상태가 좋지 않은 올리브나무 몇 그루와 모래먼지가 잎사귀를 뒤덮고 있는 야생 무화과나무가 있다. 그 사이사이에는 부추와 고추, 그리고 실파 같은 채소가 자라고 있을 뿐이다. 그 한쪽 구석에서는 마치 사람들이 잊고 있는 파수병처럼 커다란 우산 모양의 소나무가 쓸쓸하지만 유연하게 가지를 뻗고 있고, 부채꼴로 펼쳐진 우듬지는 30도의 햇볕 아래서 탁탁 튀는 듯한 소리를 내고 있다.

　그 나무들은 큰 것이나 작은 것이나 모두 이 지방의 3대 재해의 하나인 북풍이 부는 방향으로 자연히 몸을 기울이고 있다. 다른 두 가지 재해는 아는 사람도 있고 모르는 사람도 있겠지만, 뒤랑스 강[*1]과 주의회(州議會)이다.

　여기저기, 마치 모래먼지로 된 거대한 호수를 연상시키는 그 일대의 들판 속에 밀이 조금 자라고 있다. 현지의 농부가 호기심에서 키워본 것 같기도 한데, 아무도 살지 않는 이곳에서 길을 잃어버린 여행자들의 뒤를 좇으며 날카로운 목소리로 단조로운 노래를 부르고 있는 매미들에게는 그 줄기 하나하나가 좋은 기생목 구실을 한다.

　약 7, 8년 전부터 이 작은 주막은 한 쌍의 부부가 경영하고 있었다. 고용인이

---

*1 론 강의 지류로, 종종 범람함.

라고 해야 트리네트라고 하는 하녀 하나와 파코라고 하는 외양간지기가 하나 있을 뿐이었다. 보케르에서 에그모르트까지 나 있는 운하 덕분에 운송수단이 배로 바뀌고, 역마차가 승합마차로 바뀐 이래, 손님의 시중은 그 두 사람만으로도 충분했다.

운하는, 그것이 생기는 바람에 몰락하게 된 이 운 없는 주막 주인의 참담함을 더욱 부추기기라도 하듯이, 그 운하에 물을 대고 있는 론 강과 운하 때문에 사람이 지나다니지 않게 된 큰길 사이를, 방금 짤막하게나마 충실히 묘사한 이 주막에서 약 100걸음쯤 떨어진 곳을 지나고 있었다.

이 작은 주막을 경영하고 있는 주인은 마흔에서 마흔다섯 살가량의 남자였다. 키가 크고 말랐으며 신경질적인 데다, 움푹 꺼져서 번쩍거리는 눈, 매부리코, 육식동물을 연상시키는 하얀 이 등, 전형적인 남부 지방 사람의 풍모를 갖추고 있었다. 늘그막에 들어섰지만 새치가 몇 가닥 있을 뿐 아직 희어질 기미가 보이지 않는 머리카락은, 뺨 주위에만 자라고 있는 수염과 함께 풍성하게 곱실거리고 있었다. 자연스럽게 햇볕에 그을린 얼굴은, 그가 아침부터 밤까지 문지방 앞에서, 걷거나 마차를 타고 여행을 하다가 머물고 갈 손님이라도 오지 않나 하고 지켜보는 것이 습관이 되고나서는 더욱더 적갈색으로 얼룩져 있었다. 그러나 그렇게 기다리고 있어도 거의 언제나 허탕으로 끝났다. 그러는 동안 그는 무엇이든 불태우고 말겠다는 듯이 비추는 햇빛을 가리기 위해 머리에 붉은 손수건을 쓰고 있었다. 이 남자가 바로 우리가 이미 알고 있는 가스파르 카드루스, 그 사람이다.

그의 아내는 처녀 시절 마들렌 라델이라는 이름으로 불렸던, 얼굴이 창백하고 바짝 마른 병약한 여자였다. 아를 부근에서 태어난 그녀는, 그 지방 사람들에게 전해 내려오는 타고난 미모를 지녔지만, 에그모르트 연못이나 카마르그 늪지 가까이에 사는 사람들이 흔히 알게 모르게 걸리는 그 열병에 걸려, 거의 그칠 새 없는 발작에 시달리며 용모가 점점 퇴색해 가고 있었다. 그래서 그녀는 2층에 있는 방 안에 있거나 안락의자에 누워서, 또는 침대에 등을 기대고 앉아 거의 언제나 몸을 오들오들 떨고 있기만 했다. 아내가 그러는 동안 남편은 늘 보초를 서는 그 자리에 서 있었다. 사실 그는 이 파수꾼 일을 일부러 시간을 연장하면서까지 기꺼이 하고 있었다. 왜냐하면 두 사람이 얼굴을 마주하면, 신경질적인 아내가 언제나 자기 운명에 대해 불평을 늘어놓으면서 그를 몰아세우기 때문이었다. 아내의 불평에 대해 그는 늘 달관한 사람처럼 이렇게 대답하곤 했다. "입 다물고 있어, 카르콩트! 모든 것이 다 하느님의 뜻이니까."

이 별명은 마들렌 라델이 살롱과 랑베스크 지역 사이에 있는 카르콩트 마을에서 태어났기 때문에 붙여졌다. 거의 본명 대신 별명으로 사람을 부르는 이 지방의 풍습에 따라, 그녀의 남편도 그의 거친 말투에 비하면 너무나 곱고 발음도 유연한 마들렌이라는 이름 대신 그녀를 그런 호칭으로 부르고 있었던 것이다.

그러나 하느님의 뜻에 대해 겉으로는 체념한 듯이 저렇게 말한다고 해서, 그 주막 주인이 보케르 운하 때문에 겪어야 했던 가난의 고통까지 잊어버렸을 거라고 지레짐작해서는 안 될 것이다. 또 아내가 끝없이 퍼부어대는 불평을 듣는 그를 돌부처럼 생각하는 것도 곤란한 일이다. 그는 원래 모든 남프랑스 출신들과 마찬가지로, 소박하고 큰 욕심이 없는 사람이기는 하지만 허세가 강했다. 그래서 한창 잘 나가던 시절에는, 소 축제에든 타라스크 행렬에든 그는 언제나 카르콩트와 함께 빠짐없이 얼굴을 내밀었다. 그럴 때면 그는 카탈루냐와 안달루시아의 혈통을 이어받은 남프랑스 남자의 아름다운 의상을 입고, 그의 아내는 그리스나 아라비아가 기원인 아를의 여자들한테서 흔히 볼 수 있는 그런 화려한 옷으로 몸을 치장했었다. 그러나 세월이 흐르면서 시곗줄, 목걸이, 온갖 색깔의 허리띠, 수 놓은 블라우스, 벨벳 윗옷, 은장식을 단 구두 등이 하나하나 사라져갔다. 가스파르 카드루스가 더 이상 옛날 같은 호기를 보여줄 수 없게 되자, 그와 아내는 세속적인 화려한 생활을 모두 포기하고, 그 즐거운 소음이 이 초라한 주막까지 울려오는 것을 서글픈 심정으로 듣고만 있는 신세가 되고 말았다. 이 주막이라는 곳도 이젠 한몫 벌어보겠다는 생각보다 그저 피난처 같은 의미로 경영하고 있을 뿐이었다.

그래서 카드루스는 여느 때와 마찬가지로, 그날 아침나절에 문 앞에 앉아 있었다. 닭 대여섯 마리가 모이를 쪼고 있는 짧게 깎은 잔디밭과 양쪽이 남북으로 이어지는 인적 없는 길을 우울한 시선으로 훑고 있던 그는 문득 아내의 날카로운 목소리를 듣고 자리에서 일어났다. 그는 투덜거리면서 집 안으로 들어가 2층으로 올라갔다. 그나마 문은 활짝 열어두어서, 지나가는 나그네에게 잊지 말고 꼭 들렀다 가라고 청이라도 하는 것처럼 보였다.

카드루스가 집 안에 들어갔을 때는, 아까도 말한 넓은 길, 그가 내다보고

있던 그 길 위에 마치 한낮의 사막처럼 완전히 인적이 끊어져 정적이 감돌고 있었다. 길은 말라비틀어진 두 줄의 가로수 사이로 끝없이 하얗게 뻗어 있었다. 편리한 시간을 선택하여 자유롭게 여행할 수 있는 사람이라면, 굳이 이렇게 사하라 사막처럼 무서운 곳에 발을 들여 놓을 리가 없다는 것은 새삼 말할 것도 없다.

그러나 설령 십중팔구 그렇다 해도, 만약 카드루스가 늘 있던 장소에 있었더라면, 벨르가르드 쪽에서 한 사람의 기수와 한 마리의 말이, 완전한 한 몸인 듯이 서로 완전히 신뢰하는 친밀한 걸음으로 이쪽을 향해 오는 모습을 틀림없이 볼 수 있었을 것이다. 그 거세마는 기분 좋은 듯한 걸음걸이로 다가오고 있었다. 기수는 신부였는데, 마침 정오가 되어 햇볕이 불같이 내리쬐는데도, 검은 옷을 입고 머리에는 세 군데에 각이 진 모자를 쓰고 있었다. 말과 사람은 상당히 빠른 속도로 나아가고 있었다.

문 앞에 오자 말과 사람은 멈춰 섰다. 말이 사람을 세웠는지 아니면 사람이 말을 세웠는지, 그것을 구별하기는 쉬운 일이 아니었다. 그러나 어쨌든 기수가 말에서 내렸고, 그가 말고삐를 당기며 부서져버려서 한쪽밖에 남지 않은 창문 돌쩌귀에 말고삐를 묶으러 갔다. 그런 다음 붉은 무명 손수건으로 땀이 흐르는 이마를 닦으면서 문 쪽으로 다가오더니, 손에 들고 있던, 끝에 쇠를 끼운 지팡이로 문지방을 세 번 두드렸다. 그러자 커다란 검은 개 한 마리가 벌떡 일어섰다. 그리고 하얗고 뾰족한 이를 드러내고 큰 소리로 짖으면서 몇 걸음 앞으로 달려 나갔다. 이 반감에 찬 두 가지 거동만 보아도 이 개가 별로 길들여지지 않았음을 알 수 있었다.

무거운 발소리와 함께 벽을 따라 나 있는 나무 계단이 흔들리는가 싶더니, 그 계단에서 신부가 문 앞에 서 있는 그 주막의 주인이 몸을 굽히며 내려왔다.

"어서 옵쇼!" 카드루스는 깜짝 놀란 기색이었다. "어서 옵쇼! 요 녀석, 가만히 있지 못해? 마르고탱! 아, 무서워하실 건 없습니다, 손님. 짖기만 하지 물지는 않으니까요. 저, 포도주를 드릴까요? 아, 정말 환장하게 덥군요. …… 아, 이거 실례했습니다." 카드루스는 그 여행객이 어떤 사람인지 알아보고 얼른 말했다. "실례했습니다. 미처 누구신지 몰라 뵙고 그만. 뭘 드릴까요, 신부님. 뭐가 필요하신지요, 뭐든 말씀만 하십쇼."

신부는 이상할 정도로 주의 깊게 2, 3초 동안 사내의 얼굴을 응시했다. 마치 상대의 주의를 끌려는 것 같았다. 그러나 주인의 얼굴에는 대답이 없어서 난처하다는 것 말고는 아무런 표정도 나타나지 않았다. 그것을 보자, 신부는 놀라게 해주는 건 이 정도로 해 두자고 생각한 듯, 생생한 이탈리아식 억양으로 이렇게 말했다.

"카드루스 씨 아니신지요?"

"그렇습니다." 이 질문은 아까 대답을 하지 않았던 것 이상으로 상대를 놀라게 한 것 같았다. "그렇습니다. 제가 가스파르 카드루스입니다."

"가스파르 카드루스 씨……그래요, 그 이름이 맞는 것 같소. 옛날에 멜랑 골목에 살았소? 5층 방에?"

"맞습니다."

"거기서 양복점을 하고 있었나요?"

"그렇습니다. 그런데 장사가 시원찮았어요. 마르세유는 너무 더워서, 아마 앞으로는 곧 옷 같은 것 입고 다니는 사람은 아무도 없을 걸요. 덥다는 말이 나온 김에, 어떻습니까, 신부님, 시원한 거라도 한 잔 하시겠습니까?"

"그럽시다, 이집에서 가장 좋은 포도주를 한 잔 주시오. 그런 다음 이야기를 계속하기로 하지요."

"알겠습니다."

카드루스는 이 기회를 놓치지 않으려는 듯이, 남아 있던 카오르 포도주 한 병을 꺼내오기 위해, 서둘러 객실 겸 부엌으로 쓰고 있는 1층 바닥에 설치되어 있는 뚜껑 널판을 올렸다.

5분 정도 뒤에 그가 다시 모습을 나타냈을 때, 신부는 의자에 앉아 긴 테이블 위에 팔꿈치를 괴고 있었다. 개는 평소와는 달리, 이 이상한 나그네가 곧 뭔가 먹을 눈치인 걸 알고 금세 화해한 모양인지, 어느새 그의 무릎 위에 그 앙상한 모가지와 피곤해 보이는 눈을 올려놓고 있었다.

"혼자 사시오?" 신부는 자기 앞에 술병과 잔을 놓고 있는 주인에게 물었다.

"아, 예, 그러니까, 혼자인 거나 마찬가집니다. 실은 아내가 있지만 아무것도 도와주지 못하는 형편입죠. 불쌍한 카르콩트는 밤낮 아프기만 하거든요."

"아, 그럼 결혼을 하셨군요!" 신부는 어떤 흥미를 느끼는 것처럼 말했다. 그는 이 가난한 집의 빈약한 가구들을 값으로 따지는 것 같은 눈길로 주위를 한 바퀴 둘러보았다.

"보시다시피 가진 게 없습니다요, 신부님." 카드루스는 한숨을 쉬면서 말했다. "하지만 도무지 어떻게 할 수가 없더군요. 이 세상에서 성공하려면 정직만 가지고는 안 되니까요."

신부는 그에게 찌르는 듯한 눈길을 보냈다.

"그렇습죠, 정직한 것으로 따지자면 저도 자신있는 사람인데," 주인은 신부의 시선을 받으면서 손을 가슴에 얹고 고개를 위아래로 끄덕였다. "하지만 요즘 세상에 그렇게 장담할 수 있는 사람은 아무도 없을 겁니다."

"당신 말이 사실이라면 무엇보다 다행한 일이지요. 왜냐하면 조만간에 정직한 자에게는 틀림없이 복이 찾아올 것이고, 나쁜 자에게는 반드시 벌이 내려질 테니까요."

"그건 직업상 그렇게 말씀하시는 거겠지요, 신부님. 예, 직업상 그렇게 말씀하셔야지요." 카드루스는 비통한 표정을 지으면서 되풀이했다. "하지만 그것을 믿고 안 믿고는 사람 나름입니다."

"그렇게 말해서는 안 됩니다. 실은 나 자신이 조금 뒤에 지금 한 말의 증거를 보여드리게 될지도 모르니까요."

"그게 무슨 말씀이십니까?" 카드루스가 놀란 듯이 물었다.

"우선 당신이 내가 찾고 있는 사람이 맞는지 확인부터 하고 싶소."

"어떤 증거가 필요하신데요?"

"당신은 1814년인가 15년에 당테스라는 선원을 알고 있었소?"

"당테스······알고말고요, 그 가엾은 에드몽! 잘 압니다. 가장 절친한 친구 중에 하나였지요." 카드루스는 갑자기 얼굴을 새빨갛게 붉히면서 소리쳤다. 한편, 투명하고 침착하기 그지없는 신부의 눈이 크게 열리더니 삼켜버리기라도 할 것처럼 상대를 빤히 바라보았다.

"그래요, 이름이 에드몽이었던 것 같은데."

"에드몽, 맞습니다! 그건 제 이름이 가스파르 카드루스인 것과 마찬가지로 확실합니다. 그런데 그 가엾은 에드몽은 도대체 어떻게 되었습니까?" 주인은 계속했다. "만나셨습니까? 아직 살아 있나요? 자유를 찾았습니까? 지금은 행복하게 잘 살고 있나요?"

"그는 옥사했습니다. 툴롱 감옥에서 발에 쇠고리를 끌고 다니는 징역수보다 더욱 절망하고 더욱 비참한 모습으로."

카드루스의 얼굴에서 방금 전까지 보였던 홍조가 싹 사라지더니 무서울 정도로 창백해졌다. 그가 뒤로 돌아섰다. 그리고 신부는 그가 모자 대신 쓰고 있던 붉은 손수건 자락으로 눈물을 훔치고 있는 것을 보았다.

"불쌍한 사람!" 카드루스가 중얼거렸다. "보십시오, 이것도 아까 제가 말씀드린 말의 증거죠, 신은 나쁜 놈들에게만 친절하다는 증거가 아닙니까? 아!" 카드루스는 남프랑스 사람 특유의 과장스러운 말로 계속 늘어놓았다. "세상은 점점 나빠지고만 있습니다. 차라리 신이 하늘에서 이틀 동안 화약을 내리시고 한 시간만 불을 뿜어내어, 모든 걸 멸망시켜 버리시면 좋으련만!"

"그 사람을 좋아하셨던 모양이군요?" 신부가 물었다.

"예, 좋아했고말고요." 카드루스는 대답했다. "다만 한때, 그 사람의 행복을 시기했던 건 마음에 걸리지만, 그 뒤로는 저는, 맹세코 말하지만, 그 사람의 불

운을 얼마나 안타까워했는지 모릅니다.”

잠시 침묵이 이어졌다. 그동안, 신부의 눈길은 끊임없이 주인의 표정이 움직이는 것을 지켜보고 있었다.

“신부님은 그 사람을 아십니까?” 카드루스가 말을 이었다.

“나는 종교상의 마지막 구원을 주기 위해 그 사람의 임종 때 불려갔습니다.” 신부가 대답했다.

“그런데 무엇 때문에 죽었습니까?” 카드루스는 목멘 소리로 물었다.

“서른 살 된 남자가 옥사했다면, 감옥이 사람을 죽인 게 아니고 뭐겠습니까?”

카드루스는 이마에 흐르는 땀을 닦았다.

“그런데 이상한 것은,” 신부가 말을 계속했다. “그 당테스가 임종의 자리에서 그 발에 입을 맞추었던 예수그리스도의 상에 걸고, 도대체 자기가 왜 붙잡혀 왔는지 그 이유를 도무지 모른다고 나에게 맹세한 일입니다."

"맞아요, 맞아요." 카드루스가 중얼거렸다. "그 사람은 정말 몰랐을 겁니다. 아니, 신부님, 그 사람이 한 말은 거짓이 아닙니다, 불쌍한 친구."

"그 사람은 나에게 자기가 도저히 밝혀낼 수 없었던 불행을 꼭 좀 밝혀달라고 하더군요. 그리고 자기가 세상 사람들의 추억 속에 명예롭지 않은 사람으로 남아 있다면, 부디 그 명예도 회복시켜 달라고 부탁했소." 이렇게 말하면서 신부는, 카드루스의 얼굴에 나타난 거의 침통한 표정을 집어삼킬 듯 점점 더 뚫어지게 바라보았다.

"그 사람과 똑같은 불행을 당했던 한 영국 부자가," 신부가 말을 이었다. "두 번째 왕정복고 때 출옥했는데, 엄청난 가치가 있는 다이아몬드를 하나 가지고 있었소. 그 사람이 감옥에서 나가면서, 전에 자기가 병에 걸렸을 때 당테스가 마치 친형제처럼 간호해 준 것에 대한 보답으로 그 다이아몬드를 당테스에게 주고 갔어요. 당테스는 그것을 간수를 매수하는 데 쓰지 않고 감옥에서 나가는 날을 위해 소중히 간직해 두었소. 하긴 간수라는 자들은 일단 받아먹고 나면 언제 그랬냐는 듯이 배신하는 놈들이지요. 어쨌든 감옥에서 나간 뒤의 재산으로서는 그 다이아몬드만 팔면 충분할 테니까요."

"그럼 방금 말씀하신 것처럼," 카드루스는 불타는 듯한 눈빛으로 물었다. "그토록 막대한 가치가 있는 다이아몬드였단 말입니까?"

"모든 건 상대적인 것이죠. 에드몽에게는 커다란 가치가 있는 물건이었소. 5만 프랑이나 되는 것이었으니까."

"5만 프랑이라고요!" 카드루스가 말했다. "그럼, 호두알만큼 굵겠군요?"

"아니, 그 정도로 크지는 않소." 신부가 말했다. "보시면 아실 겁니다. 마침 지금 가지고 있으니까."

카드루스는 신부의 옷에서 방금 얘기한 물건을 찾으려는 듯한 기색이었다. 신부는 호주머니에서 검은 상어가죽으로 만든 작은 상자를 꺼내더니, 그것을 열고 눈이 휘둥그레진 카드루스 앞에 훌륭하게 세공된 반지에 박힌 반짝이는 보석을 이리저리 돌려가면서 보여줬다.

"이것이 5만 프랑이나 나간다는 겁니까?"

"테를 빼고도 그렇소. 테만 해도 상당히 가치가 있으니까요." 신부는 그렇게 말하면서 상자 뚜껑을 닫았다. 다이아몬드는 호주머니 속으로 도로 들어갔지만, 카드루스의 마음속에서는 여전히 눈부시게 반짝이고 있었다.

"그런데 신부님은 어떻게 그 다이아몬드를 손에 넣으셨습니까?" 카드루스가 물었다. "에드몽이 신부님을 상속인으로 지정했나요?"

"그렇지 않소. 난 유언 집행인일 뿐이오. 자기에게는 세 친구와 약혼녀가 있다고 하더군요. 그 네 사람은 분명히 자기를 동정하고 마음 아파하고 있을 것이 틀림없다면서, 친구 중 한 사람은 카드루스라는 사람이고……"

카드루스는 몸을 떨었다.

"또 한 사람은," 신부는 카드루스가 감격하는 모습을 보지 못한 것처럼 말을 계속했다. "또 한 사람은 당글라르라는 친구. 세 번째 친구는…… 아, 당테스는 이렇게 말을 계속했소, '그 사람은 제 연적이었지만 저를 아껴주었습니다'라고."

흉악한 미소가 카드루스의 얼굴에 번뜩였다. 그가 신부의 말을 저지하려고 하자 신부가 말했다.

"잠깐만, 내 얘길 끝까지 들어보시오. 뭔가 할 말이 있으면 나중에 하시고. 그가 말하길, '또 한 사람은 비록 제 연적이기는 했지만, 역시 저를 아껴주었습니다. 그 남자의 이름은 페르낭입니다. 다음은 제 약혼녀. 그 이름은……' 아, 그 약혼녀 이름은 잊어버렸군요……" 신부가 말했다.

"메르세데스입니다." 카드루스가 말했다.

"아, 맞아요." 신부는 한숨을 참으면서 말했다. "메르세데스."

"그래서요?" 카드루스가 재촉했다.

"물 한 병 갖다 주시겠소?"

카드루스는 급히 물을 가져다주었다. 신부는 컵에 물을 따라 몇 모금 마셨다.

"어디까지 얘기했더라?" 그는 컵을 테이블 위에 내려놓으면서 그렇게 말했다.

"약혼녀 이름이 메르세데스라는 데까지입니다."

"아, 그랬지요, 참. '부탁이니 마르세유에 가 주셨으면 합니다'……이것도 에드몽이 말한 그대로요, 아시겠지요?"

"알겠습니다."

"그는 '이 다이아몬드를 팔아 주십시오. 그리고 이것을 다섯으로 나눠서 이 세상에서 저를 사랑해 준 다섯 사람에게 나눠 주십시오!'라고 했소."

"다섯으로 나눈다고요? 아까 네 사람밖에 이름을 말하지 않았는데요?"

"다섯 번째 사람은 알고 보니 이미 이 세상 사람이 아니더군요……다섯 번째는 당테스의 아버집니다."

"아, 이를 어쩌나!" 카드루스는 마음속에 밀려오는 감정에 넋이 나간 것처럼 말했다. "아, 이를 어쩌나! 그래요, 불쌍한 그 노인은 세상을 떠났습니다."

"그 일에 대해선 마르세유에서 들었소." 신부는 애써 아무렇지도 않은 듯이 가장하면서 말했다. "하지만 상당히 오래전에 돌아가셔서 상세한 얘기는 듣지 못했소…… 혹시 그 노인이 사망했을 때의 일을 뭔가 알고 계시지 않소?"

"아!" 카드루스가 입을 열었다. "저만큼 알고 있는 사람이 또 있을까요? …… 저는 그 노인과 한집에 살고 있었습니다…… 아, 아들이 사라진 지 1년도 되지 않아서 그 불쌍한 노인은 죽고 말았습니다."

"무슨 병으로 그렇게 되셨소?"

"의사가 그 병을 뭐라더라……위장염이라고 했던 것 같은데, 노인을 알고 있는 사람들은 그 양반이 슬픔 때문에 죽었다고들 했지요……. 하지만 그 노인의 임종을 지켜보았다고 할 수 있는 제가 보기에는……" 하더니 카드루스가 말을 끊었다.

"무엇 때문에 돌아가셨나요?" 신부가 불안한 듯이 물었다.

"그렇습니다, 저는 굶어 죽은 거라고 생각합니다요!"

"굶어 죽었다고!" 신부는 의자 위로 벌떡 일어나면서 소리쳤다. "굶어 죽었다고? 아무리 비천한 동물이라도 굶어 죽는 법은 없소. 거리를 헤매고 다니는 개라도 인정 있는 사람이면 빵을 던져 줄 것이오. 게다가 한 사람의 인간, 그리스도를 믿는 한 사람의 인간이 그리스도교 신자라고 자처하는 사람들 사이에서 굶어 죽다니! 어떻게 그럴 수가 있단 말이오! 오, 그럴 수는 없고말고!"

"전 다만 사실을 말씀드렸을 뿐입니다."

"당신 왜 그러는 거예요?" 계단 쪽에서 목소리가 들려왔다. "왜 그런 쓸데없는 소리를 하느냐 말이에요."

두 사람이 돌아보니 난간 기둥 사이에 카르콩트의 병색 짙은 얼굴이 보였다. 그녀는 거기까지 와서 계단 꼭대기에 앉아 무릎에 얼굴을 묻고 두 사람의 얘기를 듣고 있었던 것이다.

"당신이야말로 왜 그런 말을 하지?" 카드루스가 말했다. "신부님이 이것저것 물으시니 예의상 대답해 드리는 건데."

"그야 그렇겠지만 신중하게 생각한다면 그런 건 말씀드리지 않는 게 좋아요. 무슨 마음으로 그런 얘길 묻는 건지 모르잖아요, 바보 같으니!"

"아, 물론 나는 좋은 마음으로 그러는 겁니다. 부인, 믿으셔도 됩니다." 신부가 말했다. "남편께서는 아무것도 두려워하실 필요가 없습니다. 다만 정직하게 대답해 주기만 하면 되는 겁니다."

"두려워할 것이 없다고요? 언제나 처음엔 그럴 듯하게 얘기하죠. 그렇게 아무것도 두려워할 것 없다는 말로 안심시켜놓고, 약속한 건 싹 잊은 듯이 가버린다고요. 그러다가 어느 날 어디서 오는 건지도 모르는 엉뚱한 재난이 불쌍한 가족을 덮친단 말이에요."

"안심하세요, 나는 절대로 나쁜 일이 생기게 하진 않을 테니까요, 믿어주십시오."

카르콩트는 알아들을 수 없는 말을 중얼거리더니, 이윽고 겨우 쳐들고 있던 얼굴을 다시 무릎 위로 푹 파묻었다. 그리고 열에 몸을 떨면서, 굳이 남편이 하는 이야기를 막으려고 하지는 않았지만, 그래도 그 한 마디 한 마디를 놓치지 않으려고 귀를 기울였다. 그동안 신부는 물을 몇 모금 마시고 약간 마음을 가라앉혔다.

"그런데," 그는 말을 계속했다. "그 불쌍한 노인이 그렇게 죽어가도록 아무도 돌봐주는 사람이 없었단 말이오?"

"아!" 카드루스가 말했다. "물론 카탈루냐 처녀 메르세데스나 모렐 씨도 그를 나 몰라라 하고 내버려 두었던 건 아닙니다. 다만 노인은 페르낭에게만큼은 몹시 반감을 품고 있었지요. 그 페르낭이라는 자," 카드루스는 비웃듯이 미소를 지었다. "당테스가 자기 친구의 한 사람으로 꼽은 바로 그 사람 말입니다."

"그럼 친구가 아니었다는 겁니까?" 신부가 물었다.

"가스파르! 가스파르!" 계단 위에서 여자가 속삭였다. "입조심 좀 하라니까요."

카드루스는 답답하다는 듯한 표정으로 아내에게는 아무 대답도 하지 않고 신부에게 이렇게 말했다.

"자기 여자를 욕심내는 남자와 도대체 어떻게 친구가 될 수 있겠습니까? 순진한 당테스는 그런 놈들을 모두 친구라고 부르고 있었군요…… 가엾은 에드몽! ……결국 아무것도 모르는 편이 그를 위해서는 오히려 다행이었던 것 같군요. 죽어가면서 그런 자들을 용서한다는 건 그 사람에게도 무척 괴로운 일이었을 겁니다. ……제 생각으로는 남들이 뭐라고 말하든," 카드루스는 약간 어설픈 시적 감정을 섞어 자신의 독특한 표현으로 말했다. "살아 있는 자의 증오보다 죽은 자의 저주가 훨씬 더 무서운 것 같습니다."

"저런 멍청한 양반!" 카르콩트가 말했다.

"그 페르낭이 당테스에게 무슨 짓을 했는지 아시오?" 신부가 물었다.

"알다마다요."

"그렇다면 얘기해 주지 않겠소?"

"가스파르, 어디 맘대로 해봐요. 당신 마음대로." 여자가 말했다. "하지만 내가 하는 말을 들을 생각이라면 함부로 말해선 안 될 거예요."

"맞아, 그건 당신 말이 옳은 것 같군." 카드루스가 말했다.

"그럼 이제 아무것도 말하고 싶지 않다는 거요?" 신부가 말했다.

"말해봤자 뭐하겠습니까? 그 사람이 아직 살아 있고, 자기 친구와 자기 적수가 어떻게 되었는지 알고 싶어서 나를 찾아온다면 또 모를까. 그렇지만 방금 신부님 얘기로는 이미 지하에 들어가 버린 것 아닙니까? 이제는 미워할 수도 복수할 수도 없으니까요. 그러니 모두 없던 일로 해두죠."

"그럼 당신은 그런 사람들, 당신이 아까도 말한 것처럼 한 푼어치의 가치도 없는, 거짓말만 하는 친구들에게 믿음에서 우러나온 그런 보상을 하는 것이 옳다고 생각하시오?"

"그렇군요. 신부님 말씀이 지당합니다. 게다가 지금의 그자들에게 그런 에드몽의 선물 따위가 그렇게 고마운 것이거나 할지 모르겠군요. 뭐, 바다에 물 한 방울 보태는 것이라고나 할까요!"

"게다가 그 사람들이 손 한 번만 까딱하면 당신 따위는 저만치 나가떨어질 걸요." 여자가 말했다.

"어째서요? 그럼 그 사람들이 부자이고, 거기다 대단한 신분이 되기라도 했다는 겁니까?"

"그럼 신부님은 그 사람들에 대해선 아무것도 모르시는군요?"

"모르오. 어디 그 얘기를 좀 들려주시오."

카드루스는 잠시 생각하는 것 같더니 이렇게 말했다. "안 되겠어요, 사실 그

애긴 너무 길기도 하고요."

"얘기를 하고 안 하고는 당신의 자유요." 신부는 지극히 무관심한 투로 말했다. "그리고 나도 당신의 의견을 존중하기로 하지요. 당신의 그런 태도는 분명히 선량한 마음을 가진 사람의 태도요. 이제 그 이야기는 그만두기로 하지요. 그러면 난 도대체 무슨 부탁을 받고 온 거지? 그저 간단한 절차일 뿐인데, 바로 이 다이아몬드를 파는 것뿐."

그렇게 말하면서 그는 호주머니에서 다이아몬드를 꺼내 상자를 열고, 그것을 카드루스의 번들거리는 눈앞에서 번쩍거려 보였다.

"당신도 와서 구경 좀 하지 그래!" 카드루스가 굵은 목소리로 아내에게 말했다.

"어머나, 다이아몬드라고요?" 카르콩트는 벌떡 일어나더니 상당히 힘찬 걸음으로 계단을 내려왔다. "그게 웬 다이아몬드예요?"

"듣지 못했어, 여보? 이건 그 사람이 우리를 위해 유언으로 남긴 거야. 먼저 그 사람의 아버지, 그리고 페르낭, 당글라르, 나, 이 세 사람에 약혼녀 메르세데스를 위해서지. 5만 프랑이나 한다는군."

"어머나, 정말 예쁘군요!" 그녀가 말했다.

"그 5분의 1이 우리의 것이라고 말씀하셨지요?" 카드루스가 물었다.

"그렇소." 신부가 대답했다. "거기에는 당테스 아버지의 몫도 있으니 그건 네 사람이 나눠가지면 되는 거지요."

"네 사람이라고요?" 카르콩트가 물었다.

"당신들 네 사람은 에드몽의 친구니까요."

"사람을 배신이나 하는 사람들이 친구는 무슨." 이번에는 여자가 낮게 중얼거렸다.

"그렇지?" 카드루스가 말했다. "내 말이 그 말이야. 배신, 어쩌면 범죄라고도 할 수 있는 짓을 저지른 놈들에게 상을 준다는 건 뭔가 잘못된 일이지. 암! 신을 모독하는 일이고말고."

"그것도 당신 마음에 달렸소." 신부는 다이아몬드를 호주머니 속에 넣으면서 조용히 말했다. "자, 이제 에드몽의 친구들의 주소를 가르쳐 주지 않겠소. 그 사람의 마지막 유언을 들어줘야하니까."

카드루스의 이마에서 땀이 떨어졌다. 그는 신부가 일어나서 마치 말에게 눈으로 신호를 보내려는 것처럼, 문 쪽으로 걸어갔다가 다시 돌아오는 것을 보았다. 카드루스와 그 아내는 뭐라 형언할 수 없는 표정으로 서로 얼굴을 마주보았다.

"다이아몬드가 몽땅 우리의 것이 되는 거야." 카드루스가 말했다.

"정말 그럴까요?" 아내가 대답했다.

"성직자가 설마 우리를 속이기야 하겠어?"

"그럼 좋을 대로 해요. 난 참견 안 할 테니까." 이렇게 말한 그녀는 부르르 몸을 떨면서 계단 쪽으로 돌아갔다. 타는 듯한 더위 속에서도 그녀는 이를 딱딱 부딪치고 있었다. 그녀는 계단을 다 올라간 뒤 잠시 멈춰 서서 이렇게 말했다. "잘 생각해서 해요, 가스파르!"

"결심했어." 카드루스가 말했다.

카르콩트는 한숨을 쉬면서 방으로 들어갔다. 이어서 발아래 마룻바닥이 삐걱거리는 소리가 그녀가 안락의자에 가서 털썩 주저앉을 때까지 계속되었다.

"어떤 결심을 하셨소?" 신부가 물었다.

"모든 걸 다 얘기하기로요." 카드루스가 대답했다.

"사실 그러는 편이 가장 좋겠지요. 당신이 감추고 싶어 하는 걸 굳이 들으려고 그러는 건 아니오. 다만 그 사람의 선물을, 선물하는 사람의 뜻에 맞도록 분배할 수 있게 하는 것이 가장 좋지 않겠소?"

"저도 그렇게 생각합니다." 카드루스는 희망과 욕심에 얼굴이 달아올라서 이렇게 대답했다.

"그럼 어디 들어봅시다." 신부가 말했다.

"잠깐만 기다려주십시오. 한창 얘기하는 중에 누가 와서 방해를 하면 곤란하니까요. 그리고 신부님이 여기 계신 것을 괜히 다른 사람이 알게 할 필요도 없고요."

그는 문 쪽으로 가서 문을 닫은 뒤, 조심에 조심을 더하며 빗장까지 질러버렸다.

그러는 동안 신부는 얘기를 편히 들을 수 있는 자리를 선택하여, 자기에게 그늘이 지도록 구석진 곳에 자리를 차지했다. 따라서 상대의 얼굴에는 햇빛이 정면으로 비치게 되었다. 신부는 고개를 숙이고, 손은 마주 잡았다기보다는 경련하듯이 꼭 잡고, 귀뿐 아니라 온몸을 기울여 얘기를 들을 준비를 했다.

카드루스는 의자를 가까이 가져가서 신부 앞에 앉았다.

"내가 억지로 얘기하게 한 건 아니라는 것만은 꼭 기억해 둬요!" 카르콩트의 떨리는 목소리가 들려왔다. 마치 마룻바닥을 통해 이제부터 일어나려는 장면을 들여다보고 있는 것 같았다.

"그래, 알았어." 카드루스가 말했다. "그 얘긴 이제 그만하자고. 내가 다 책임질 테니까."

카드루스는 이야기를 시작했다.

이야기

"먼저," 카드루스가 말했다. "한 가지 약속해 주실 것이 있습니다."

"무슨 약속이오?" 신부가 물었다.

"그건 이제부터 제가 하는 얘기를 이용하시는 일이 있더라도, 그게 제 입에서 나왔다는 말만은 하지 말아 주셨으면 합니다. 왜냐하면 제가 얘기하는 사람들은 돈도 있고 세력도 있는 자들이어서, 정말 손가락 끝으로 살짝 건드리기만 해도 저는 유리처럼 산산조각이 나고 말 겁니다."

"그건 걱정 마시오. 난 성직에 있는 몸이오. 고백을 들어도 그것은 모두 내 가슴속에서 사라져 버리지요. 우리는 친구의 유언을 공정하게 집행하는 것 말고는 아무런 목적도 없다는 것만 알고 있으면 돼요. 자, 증오심을 개입시키지 않는 동시에 어림짐작으로 말해서도 안 됩니다. 사실을 있는 그대로 전부 얘기해 주시오. 나는 당신이 얘기하려는 사람들을 알지도 못하고, 또 앞으로도 알게 되지 않을 겁니다. 난 이탈리아 사람이지 프랑스 사람도 아닙니다. 게다가 하느님께 이 한 몸을 바쳤기 때문에 인간과는 아무런 접촉도 없습니다. 죽어가던 사람이 임종 때 부탁했던 것을 들어주기 위해 찾아온 것이니, 그 일이 끝나면 원래대로 수도원으로 돌아갈 뿐입니다."

이 확실한 약속이 카드루스를 어느 정도 안심시킨 것 같았다.

"그럼 얘기해 보겠습니다. 가엾은 에드몽이 그토록 성실하고 헌신적이라고 생각했던 그자들의 우정이 어떤 것이었는지 얘기하여 신부님이 착각하시는 것을 바로잡아 드려야겠어요."

"그 사람의 아버지에 대한 얘기부터 시작하는 게 어떻겠소? 에드몽은 자기가 깊이 사랑했던 그 노인에 대해 나에게도 많은 얘기를 해주었소."

"정말 비참한 얘깁니다." 카드루스는 고개를 저으면서 말했다. "처음 무렵의 일은 아마 신부님도 알고 계실 겁니다."

"알고 있소. 에드몽은 자기가 마르세유 근처의 작은 술집에서 체포되기까지는 나에게 얘기해 주었소."

"레제르브에서 있었던 일 말이군요! 아, 그래요, 맞습니다! 지금도 눈에 선합니다."

"그 사람의 약혼피로연이었지요?"

"그렇습니다. 식사가 시작될 때는 정말 유쾌한 분위기였지요. 하지만 비극적인 사건으로 끝나고 말았어요. 경관이 총을 든 군인 네 명과 함께 들이닥쳐서 당테스를 체포해 갔습지요."

"내가 알고 있는 건 거기까집니다." 신부가 말했다. "당테스 본인부터가 자기 자신에 관한 것 말고는 아무것도 모르고 있더군요. 그 뒤부터는 아까 말한 다섯 사람들 중에서 아무도 만나지 못하고, 소문조차 듣지 못했으니까요."

"그럴 테지요. 당테스가 잡혀가자 모렐 씨는 소식을 알아보러 나갔습니다. 하지만 상황은 상당히 절망적이었지요. 영감님은 혼자 집으로 돌아가서 눈물을 흘리며 예복을 개켜놓고, 온종일 방 안을 왔다 갔다 하더니 밤이 되어도 주무실 생각을 하지 않더군요. 저는 마침 그 아래층에 살고 있었기 때문에 영감님이 밤새도록 서성거리는 소리를 들을 수 있었지요. 저도 거의 잠을 자지 못했어요. 불쌍한 노인이 슬퍼하는 것을 보니 저도 견딜 수가 없더군요. 노인이 걷고 있는 한 걸음 한 걸음이 꼭 내 가슴 위를 밟고 있는 것 같고 내 심장을 아프게 하는 것 같아서요.

이튿날, 메르세데스는 마르세유로 빌포르 씨를 만나러 가서 잘 봐주십사고 부탁했지요. 하지만 헛일이었어요. 그녀는 그길로 노인의 집을 찾아왔습니다. 노인이 침대에 눕지도 않은 채 밤을 지새우고, 전날부터 아무것도 먹지 않고 낙심하여 축 늘어져 있는 것을 보고 자기 집으로 모셔가서 돌봐주려고 했어요. 그런데 노인이 도무지 말을 들어야죠. '아니야, 난 이 집을 떠날 수 없어, 불쌍한 아들이 누구보다 먼저 생각하는 사람은 바로 이 아비야. 감옥에서 나와 맨 먼저 나한테 달려올 텐데 아비가 여기서 기다리고 있지 않으면 그 아이는 어떡해?' 이러시는 겁니다. 계단 위에서 모든 걸 듣고 있던 저는 제발 메르세데스가 노인을 설득해서 데리고 가주기를 바랐습니다. 실은 매일같이 머리 위에서 저벅거리는 발소리를 들으니 마치 내 가슴을 짓밟기라도 하는 것처럼 마음이 편치가 않았으니까요."

"당신은 노인의 방에 올라가서 위로해 주지 않았소?" 신부가 물었다.

"그게 말입니다, 신부님! 위로받고 싶어 하는 사람이 아니면 위로를 해 줄 수가 없답니다. 노인은 위로를 받고 싶어 하지 않았어요. 게다가 왜 그런지 알 수 없었지만, 어쩐지 절 만나는 걸 싫어하시는 것 같았습니다. 하지만 어느 날 밤, 노인이 흐느껴 우는 소리를 듣고 도저히 견딜 수가 없어서 올라갔지요. 그런데 문 앞에 가자 노인은 울음을 그치고 기도를 올리기 시작하더군요. 그때의 그 슬프고 감동적인 기도의 말은 도저히 지금은 되풀이해 말씀드릴 수 있는 것이 아니었습니다. 그건 사랑 이상의 것이었습니다. 슬픔 이상의 것이었습니다. 그래서 신앙심이 그리 깊지도 않고 예수회를 싫어했던 저도 그때는 속으로 이렇게 생각했지요. '내가 아직 독신이고 선하신 하느님께서 나에게 자식을 주지 않으신 건 정말 다행한 일이다, 만약에 내가 부모가 되어 저 가엾은 노인처럼 불행한 일을 당한다면, 아무리 머리를 쥐어짜면서 생각해도 저 노인이 선하신 하느님께 드린 저런 말은 도저히 생각해내지 못할 거야, 나라면 오랜 고통을 견딜 바에는 차라리 깨끗하게 바다에 몸을 던지고 말았겠지' 하고요."

'가엾은 아버지!' 신부가 중얼거렸다.

"노인은 나날이 외톨이가 되어 이웃과도 접촉을 끊고 살아가고 있었습니다. 모렐 씨와 메르세데스가 자주 찾아왔지만 방문은 늘 잠겨 있었어요. 저는 분명히 방에 계신 것을 알고 있는데, 노인은 아무 대답도 하지 않더라고요. 그런데 어느 날은 평소와 달리 메르세데스를 만나 주시더군요. 그녀가 자기도 찢어지는 듯한 심정이면서도 노인을 위로해 주려고 하자, '얘야, 그 아인 정말 죽었나보다. 우리가 그 아이를 기다리는 게 아니라, 그 아이가 우리를 기다리고 있어. 난 정말 행복한 사람이야, 가장 나이를 먹은 건 바로 나니까 말이다. 내가 누구보다 먼저 그 아일 만날 수 있지 않겠니?' 이렇게 말하는 겁니다.

내가 아무리 친절한 마음을 가지고 있어도, 상대방이 내 마음을 받아주지 않으면 자연히 멀어지는 건 어쩔 수 없는 일이지요. 마침내 당테스 노인은 완전히 외톨이가 되어버렸습니다. 그 뒤에는 이따금 모르는 사람들이 찾아와서 노인의 방에 올라가는 것을 볼 수 있었습니다. 그 사람들은 뭔가 꾸러미를 들고 그것을 잘 가리지도 않은 채 내려오더군요. 저는 나중에야 그게 뭔지 알았습니다. 노인은 생계를 유지하기 위해 조금씩 소지품을 팔고 있었던 겁니다. 노인은 마침내 헌 옷가지까지 내다 팔게 되었어요. 집세는 석 달이나 밀렸지요. 집주인이 나가라고 엄포를 놓더군요. 노인이 일주일만 기다려달라고 사정

을 하니 주인도 하는 수 없이 그러마고 했습니다. 이런 사정도 집주인이 돌아가는 길에 저에게 들렀기 때문에 알 수 있었습니다.

그로부터 사흘 동안, 여느 때처럼 서성거리는 소리가 들려왔습니다. 그런데 나흘째가 되자 아무 소리도 나지 않는 거예요. 용기를 내어 올라가 보니 문이 잠겨 있더군요. 열쇠구멍으로 들여다보았지요. 노인의 얼굴이 너무나 창백하고 모습이 상당히 수척해져 있어서, 이거 큰일 났다 싶어 당장 모렐 씨에게 알린 다음 메르세데스에게 달려갔습니다. 두 사람 모두 놀라서 뛰어왔지요. 모렐 씨는 의사를 데리고 왔는데, 의사의 진단은 위장염을 앓고 있으니 아무것도 먹지 말라는 것이었습니다. 저도 그 자리에 같이 있었어요. 신부님, 그런데 그 소리를 듣고 미소 짓던 노인의 모습을 잊을 수가 없습니다. 그때부터는 내내 문을 열어 두고 있더군요. 식사를 하지 않아도 되는 핑곗거리가 생긴 셈이지요. 의사가 금식하라는 처방을 내렸으니까요."

신부가 신음을 냈다.

"상당히 빠져드시는 것 같군요, 신부님?" 카드루스가 말했다.

"그래요, 너무나 가슴 아픈 얘기군요." 신부가 대답했다.

"메르세데스도 찾아왔습니다. 노인의 모습이 너무 변해서 처음에 그랬듯이 자기 집으로 모셔가려고 했습니다. 모렐 씨도 같은 생각이어서 억지로라도 모셔가려고 했지만, 노인이 소란을 피우며 저항했지요. 두 사람 다 어쩔 수가 없었던 모양입니다. 메르세데스는 노인의 침대 머리맡에 남았습니다. 모렐 씨는 그 카탈루냐 처녀에게 벽난로 위에 자기 지갑을 놓고 간다고 알리고는 그대로 돌아갔지요. 하지만 노인은 의사의 명령을 핑계 삼아 아무것도 입에 대려고 하지 않았습니다. 결국 9일 동안의 절망과 단식 끝에, 자기를 불행하게 만든 사람들을 저주하면서, 그리고 메르세데스에게는 '만약 네가 내 아들 에드몽을 다시 만난다면, 아비는 그 아이의 행복을 빌면서 죽어갔다고 전해다오.' 이렇게 말하고 노인은 숨을 거두었습니다."

신부는 자리에서 일어나 메어오는 목에 떨리는 손을 대고 방을 두어 바퀴 돌았다.

"그러니까 당신 생각에 노인이 죽은 원인은……"

"굶어서 죽은 겁니다요, 신부님, 굶어 죽은 거예요. 그것은 신부님과 제가 그리스도교 신자인 것만큼이나 거짓 없는 사실입니다."

신부는 경련이 일어날 것 같은 손으로 아직 반쯤 물이 남아 있는 컵을 들어 단숨에 마신 뒤 자리에 앉았다. 눈은 벌겋고 얼굴은 창백했다.

"어떻게 그런 일이!" 그렇게 말하는데, 그의 목소리가 갈라져 나왔다.

"더 기가 막히는 것은, 하느님은 아무것도 모른 채, 오직 인간들의 손으로 꾸며진 일이었다는 거지요."

"그럼 그 인간들에 대한 얘기를 해주시오." 신부가 말했다. "설마 잊지는 않았겠지요." 그는 거의 위협하는 듯한 태도로 말했다. "당신은 모든 것을 얘기하겠다고 약속했소. 자, 아들을 절망 속에서 죽게 만들고 그 아버지를 굶어 죽게 만든 사람들은 도대체 누구였소?"

"한 사람은 여자 때문에, 또 한 사람은 야심 때문에 그 사람을 시기하던 두 남자, 페르낭과 당글라르입니다."

"그 질투가 어떤 식으로 드러났나요?"

"놈들은 에드몽을 보나파르트 당이라고 밀고했습니다."

"두 사람 가운데 어느 쪽이 그 남자를 밀고했소? 어느 쪽이 정말로 죄를 지은 자인가요?"

"두 사람 답니다. 한 사람은 편지를 쓰고 한 사람은 그것을 부쳤으니까요."

"그래, 어디서 편지를 썼소?"

"바로 레제르브에서요. 결혼 전날이었죠."

'그랬군, 그랬어.' 신부는 중얼거렸다. '아, 파리아 신부님! 파리아 신부님! 당신은 인간에 대해서도 사물에 대해서도 모든 걸 통찰하고 계셨군요!'

"뭐라고 하셨습니까?" 카드루스가 물었다.

"아, 아니오. 얘기를 계속해 보시오."

"당글라르는 자신의 필적을 알아보지 못하게 밀고장을 왼손으로 쓰고 그것을 페르낭에게 내밀었습니다."

"그러면, 당신도 그 자리에 있었다는 얘기군요!" 신부가 갑자기 소리쳤다.

"제가요?" 카드루스가 놀라서 말했다. "아니, 누가 그렇게 말했습니까?"

신부는 자기가 너무 앞서간 것을 깨달았다.

"아무도 말한 사람은 없소. 하지만 그렇게 상세한 것까지 알고 있으니 옆에서 본 것이 아닌가하고 생각했을 뿐이오."

"맞습니다." 카드루스는 괴로운 듯한 목소리로 말했다. "저도 그 자리에 있었습니다."

"그러면서도 그런 파렴치한 짓에 반대하지 않았단 말이오? 그렇다면 당신도 공범이나 마찬가지가 아니오?"

"신부님. 그놈들은 저에게 이성을 잃을 정도로 술을 막 퍼 먹였습니다. 전 안개가 낀 것처럼 흐릿한 의식으로 그 과정을 보고 있었어요. 그래도 전 그런 경우에 인간으로서 해야 할 말은 다 했습니다. 하지만 그놈들은 둘 다 이건 그저 장난일 뿐이다, 이런 장난을 좀 한다고 해서 무슨 큰일이 있겠느냐고 하더군요."

"이튿날이 되어서야 그 장난의 결과가 어떻게 되었는지 알았겠군요. 하지만 당신은 아무 말도 하지 않았소. 당테스가 체포될 때도 그 자리에 있었으면서."

"예, 전 그 자리에 있었습니다. 말해 주려고 생각도 했습니다. 모든 걸 털어놓으려고 했습니다. 그런데 당글라르가 저를 말리더군요. 그는 만에 하나 그자가 정말 죄를 지었고, 정말로 엘바 섬에 들러 파리의 보나파르트 당 본부에 보내는 편지를 받아온 것이 드러난다면, 두둔한 사람까지 한패로 몰릴 것이 틀림없다고 말하더군요. 솔직하게 말씀드리면 그때의 정국은 정말 무섭게 돌아가고 있었지요. 그 일을 고백하겠습니다. 전 입을 다물고 말았습니다. 비겁했지요. 그건 저도 인정합니다. 하지만 죄를 짓지는 않았습니다."

"알겠소. 당신은 그러니까, 그저 일이 되어가는 대로 구경만 했다는 거군요."

"그렇습니다." 카드루스가 대답했다. "그것이 밤낮 마음에 걸려 후회했습니다. 평생을 자책해야 했던 그 행위 때문에 분명히 지금 제가 불행한 것일 겁니다. 그래서 저는 수없이 하느님께 용서를 구했습니다. 정말입니다. 저는 저 자신이 저지른 순간의 이기심에 대해 대가를 치르고 있는 겁니다. 카르콩트가 우는소리를 해도 저는 늘 이렇게 말한다니까요. '입 다물고 있어, 이도저도 다 하느님의 뜻이니까'라고요."

이렇게 말한 카드루스는 정말로 후회하고 있는 것처럼 고개를 떨어뜨렸다.

"좋소." 신부가 말했다. "당신은 정직하게 얘기해 주었소. 그만큼 자신의 잘못을 뉘우치고 있는 거지요. 하느님께 용서를 받을 자격이 있습니다."

"안타깝게도 에드몽은 죽어버렸습니다. 그 사람의 용서는 받지 못하는군요."

"그 사람은 아무것도 몰랐습니다……"

"하지만 지금은 알고 있을지도 모릅니다. 죽은 사람은 뭐든지 다 안다고들 하잖습니까."

그는 잠시 입을 다물었다. 신부가 일어나서 생각에 잠겨 방 안을 거닐었기 때문이다. 신부는 다시 자기 의자에 와서 앉으며 말했다.

"당신은 모렐 씬가 하는 사람에 대해 몇 번 얘기했는데 그 사람은 어떤 사람이오?"

"파라옹 호의 선주이자 당테스의 고용주였습니다."

"그 사람은 이 가슴 아픈 사건에서 어떤 역할을 했나요?"

"정직하고 남자답고 인정 많은 역할이죠, 신부님. 그분은 당테스를 위해 수십 번씩 나서서 노력해 주었지요. 황제가 돌아오시자 그분은 편지를 써서 사정도 하고 나중에는 담판도 벌였지요. 그래서 제2왕정 시대가 되었을 때는 보나파르트 당원으로 간주되어 심한 박해를 받았습니다. 아까 말씀드렸지만 그분은 당테스의 아버지를 찾아가서 자기 집에 모셔가려고 했고, 죽기 전날인가 전전날에는, 이 역시 말씀드렸지만 벽난로 위에 지갑을 두고 가셨습니다. 그것으로 노인의 빚도 갚을 수 있었고 장례식 비용도 감당했지요. 덕분에 가엾은 노인은 살아 있었을 때와 마찬가지로 누구의 신세도 지지 않고 죽을 수 있었던 겁니다. 그 지갑은 지금도 제가 보관하고 있습니다. 빨간 그물 무늬가 있는 커다란 지갑이었습니다."

"그래 그 모렐 씨는 아직 살아 있습니까?" 신부가 물었다.

"예."

"그렇다면 그분은 아마 신의 보답을 받았을 것 같은데, 틀림없이 유복하고……행복하게 살고 계시겠지요?"

카드루스는 쓴웃음을 지으며 말했다.

"예, 그러니까 지금의 저만큼이나 행복하다고 할까요."

"그렇다면 모렐 씨가 불행한 처지에 있다는 말이오?" 신부가 소리쳤다.

"거의 몰락했다고 해도 좋을 정도지요. 예, 그보다는 지금도 명예를 잃어가고 있다고 해야겠지요."

"어쩌다가?"

"이렇게 된 겁니다." 카드루스가 계속했다. "그분은 25년 동안이나 일하면서 마르세유 상업계에서 탄탄한 지위를 쌓았으면서도 완전히 망하고 말았어요. 2년 동안 배를 다섯 척이나 잃었고 은행으로부터도 가혹한 파산을 세 번이나 당했습니다. 지금은 오로지 옛날 당테스가 지휘했던 파라옹 호가 염료인 코치닐과 인디고를 싣고 인도에서 돌아오기만을 기다리고 있는 형편입죠. 만약 이 배도 다른 배처럼 돌아오지 않으면 완전히 파산하는 겁니다."

"그 가엾은 분에게는 부인과 자식이 있나요?" 신부가 물었다.

"물론이죠. 그런 불운 속에서도 마치 성녀같이 처신하는 부인과 딸을 하나 얻었지요. 그 딸은 사랑하는 남자와 곧 결혼할 예정이긴 하지만, 부모 입장에서는 파산한 집안의 딸과 결혼시키는 건 아무래도 꺼려지게 마련이겠죠. 또 육군 중위인 아들도 하나 있습니다. 하지만 부인과 자식들이 있다고 불쌍한 양반의 고통이 줄어드는 것이 아니라는 걸 아실 겁니다. 오히려 더 커진다고 해야겠지요. 혼자라면야 그까짓 것 머리에 한 발만 쏘면 모든 게 끝나는 것 아닙니까?"

"무서운 일이군!" 신부가 중얼거렸다.

"신부님, 하느님이 사람의 선행을 보상해 주신다는 건 거의 이런 식입니다요." 카드루스가 말했다. "이를테면 저만 해도, 지금 신부님께 말씀드린 것 말고는 잘못한 일은 단 한 번도 없었습니다. 그런데도 이렇게 가난을 면치 못하고 있지요. 아내가 열병에 걸려도 아무것도 해주지 못하고 보고만 있어야 하니, 결국 나 자신도 당테스 노인처럼 굶어 죽는 수밖에 도리가 없겠지요. 그런데 페르낭과 당글라르란 놈들은 돈방석 위에 올라앉아 떵떵거리며 살고 있으니."

"그건 또 어떻게 된 것이오?"

"뭐, 운이 트인 거지요, 정직한 사람은 나쁜 운만 만나는데."

"당글라르는 어떻게 되었소? 그자가 가장 나쁜 사람 아닌가요, 일을 꾸민 건 그 사람이었지요?"

"어떻게 되었냐고요? 그놈은 마르세유를 떠나서 에스파냐 은행가의 집에 서기로 들어갔습니다. 그놈이 악행을 저질렀다는 사실도 모르고 모렐 씨가 추천해 주셔서 그렇게 되었지요. 그러다가 에스파냐 전쟁 때 프랑스 군대에 군수품 조달하는 일을 일부 맡아서 돈을 좀 벌었지요. 그런 다음 처음으로 손에 쥔 그 돈을 밑천삼아 토지 매매를 했는데, 자본이 세 배 네 배로 늘어났어요. 은행가의 딸과 결혼했다가 사별하고 어느 과부하고 재혼했는데, 그 여자가 누구고 하니 드 나르곤 부인이라고 하는 과부로, 지금 왕의 시종으로서 가장 신임을 얻고 있는 세르비외 씨의 딸입니다. 그놈은 백만장자가 되어 남작 작위까지 얻었어요. 그래서 지금은 당글라르 남작이 되어 몽블랑 거리에 저택을 가지고 있지요. 마구간에는 말이 열 필, 응접실에는 하인이 여섯, 금고에는 몇 백만 프랑이 있는지도 모르는 형편입니다. 대충 그 정도지요."

"허허!" 신부가 이상한 억양을 담은 목소리로 말했다. "그래 그 남자는 행복하겠군요?"

"행복하냐고요? 그걸 누가 장담할 수 있을까요? 행복과 불행은 벽만이 알고 있다, 그런데 벽에는 귀는 있어도 혀는 없다고 하지요. 재산이 있다고 행복하다면, 뭐 당글라르야말로 행복하다고 할 수 있겠지요."

"그럼 페르낭은?"

"페르낭은 얘기가 다릅니다."

"하지만 돈도 없고 교육도 받지 않은, 내세울 것 하나 없는 카탈루냐 어부였

다는데 어떻게 재산을 모았는지 전혀 짐작이 가지 않는군요."

"그러게요, 모두 그렇게 생각합니다. 남이 알 수 없는 이상한 비밀이라도 있는 건지."

"하지만 막대한 재산인지 높은 지위인지는 몰라도 어떻게 그런 것을 손에 넣었는지, 겉으로 보기만 해도 짐작할 수 있을 텐데요."

"양쪽 답니다. 신부님, 양쪽 다 손에 넣었어요! 그놈은 재산과 지위 둘 다 가지고 있습니다요."

"마치 옛날이야기 같군요."

"정말 꿈같은 얘기지요. 들어 보시면 차차 알게 되실 겁니다. 페르낭은 황제가 프랑스로 돌아오기 2, 3일 전에 징병되었습니다. 부르봉 왕조 때는 카탈루냐 사람들은 가만히 내버려 두더니만, 나폴레옹이 돌아오니까 비상징집 명령이 나오더라고요. 그래서 페르낭은 꼼짝없이 출정하게 되고 말았지요. 저도 나왔었는데 전 페르낭보다 나이도 많고, 마침 아내와 막 결혼했을 때라 해안방비 쪽으로 배치되었어요. 그런데 페르낭은 현역으로 연대에 편입되어, 그 연대를 따라 국경까지 가서 리니 전투에 참가했습니다. 전투 이튿날 밤, 높은 장군의 숙소 문 앞에서 연락병으로 있었습니다. 그런데 그 장군이라는 자가 은밀하게 적과 내통하고 있어서, 그날 밤에 마침 영국군 쪽으로 귀순하게 되어 있었던 겁니다. 장군이 페르낭에게 함께 가지 않겠느냐고 물었답니다. 페르낭은 그러기로 하고, 근무지를 이탈하고 장군을 따라갔습니다. 나폴레옹이 계속 황제였다면 페르낭은 군법회의에 회부되었을 텐데, 부르봉 왕조의 시대가 되자 그것이 오히려 좋은 평가를 받아서, 높은 떡 하니 소위 계급장을 달고 프랑스로 돌아왔지 뭡니까. 그리고 여전히 신임을 얻은 장군의 후원으로 1823년에는 벌써 대위까지 올라갔습니다. 마침 에스파냐 전쟁이 일어나 당글라르가 처음으로 투기를 하고 있었을 때였지요. 페르낭은 에스파냐 사람이라는 이유로 동포들 동향을 살피기 위해 마드리드에 파견되었습니다. 거기서 그는 다시 당글라르를 만나 여러 가지 얘기를 나누다가 장군을 위해 마드리드와 지방 왕당파의 지원을 받아내기로 약속하는 한편, 이쪽에서도 언질을 주어 연대를 자기만 알고 있는 길을 통해 왕당이 지키고 있는 험준한 길로 유인하여, 결국 그 짧은 전투에서 세운 공훈으로 대령이 되었고, 트로카데로를 점령한 뒤에는 레지옹 도뇌르*1와 백작 작위까지 받게 되었습죠."

"운명의 장난이군, 운명의 장난!" 신부가 중얼거렸다.

"그렇고말고요. 하지만 더 들어보십시오, 아직 끝난 것이 아니니까요. 에스파냐 전쟁이 끝나자, 유럽에 평화가 유지될 것 같은 분위기여서 페르낭에게는 불리하게 되었지요. 그런데 마침 그리스가 단독으로 터키에 반기를 들고 독립전쟁을 시작했습니다. 사람들의 시선은 모두 아테네로 향했고, 그리스에 동정하여 그리스를 도와야 한다는 여론이 높아졌습니다. 아시는 바와 같이 프랑스 정부도 대놓고 지원하지는 않았지만 개인적으로 나가는 것은 눈감아 주었지요. 그래서 페르낭은 여전히 군에 적을 둔 채 그리스 종군을 신청하여 허가를 받았습니다. 한참 뒤 모르세르 백작은—페르낭은 이 이름으로 불리게 됐지

---

*1 4등 훈장.

요—교관장군이라는 계급장을 달고 알리 파샤가 있는 곳에서 근무하게 되었다는 소문이 있었습니다. 아시다시피 알리 파샤는 살해되었습니다. 그런데 죽기 전에 페르낭의 훈공을 보상하기 위해 막대한 돈을 그자에게 남겨놓았었다는군요. 그놈은 그것을 가지고 프랑스로 돌아왔고, 금방 중장이 되어버렸어요."

"그래서 지금은?"

"지금은 그놈, 파리 엘데 거리 27번지에 멋진 저택을 가지고 있습지요."

신부는 입을 벌리고 한동안 망설이는 듯한 기색이었다. 그러다가 결국엔 마음을 굳게 먹고 물어보았다. "그리고 메르세데스는 어떻게 됐소, 행방불명되었소?"

"행방불명되었냐고요? 그렇습니다, 태양이 내일 더욱 찬란하게 떠오르기 위해 서산에 지듯이 말입니다."

"그럼 그 여자도 부자가 되었다는 말이오?" 신부는 야릇한 미소를 지으면서 물었다.

"지금은 파리에서 손꼽히는 귀부인이 되었지요." 카드루스가 말했다.

"얘기를 계속해 보시오. 어쩐지 꿈같은 이야기로군. 나도 신기한 일들을 하도 많이 봐서 어지간한 일에는 별로 놀라지 않소만."

"메르세데스는 당테스가 끌려간 처음에는 날마다 눈물로 지새고 있었지요. 그 여자가 빌포르 씨에게 몇 번이나 탄원하고 당테스의 아버지를 가족처럼 정성스럽게 보살펴 준 것은 아까도 말씀드렸습니다. 그런데 그런 슬픔 속에 또 하나의 새로운 슬픔이 닥쳐온 겁니다. 그것은 페르낭이 가버린 일이었지요. 물론 여자는 그가 저지른 죄는 아무것도 모른 채 가족처럼 생각하고 있었어요. 페르낭이 가버리고 혼자 남은 메르세데스는 석 달을 눈물로 지새웠습니다. 당테스한테서는 아무 소식도 없고 페르낭한테서도 마찬가지였지요. 그녀가 자기 눈으로 똑똑히 본 것은 노인이 상심한 나머지 세상을 등진 것뿐이었어요. 어느 날 밤, 늘 하는 습관대로 하루 종일 마르세유에서 카탈루냐 마을로 가는 갈림길 모퉁이에 앉아 있다가, 전에 없이 피곤함을 느끼면서 집으로 돌아갔습니다. 애인이고 친구고간에 그 갈림길 어느 쪽에서도 돌아오지 않았던 것이죠. 또한 어느 쪽에서도 아무런 소식이 없었던 것이고요. 그런데 갑자기 귀에 익은 발소리가 들리는 것 같아서 불안한 가슴을 누르며 돌아보니, 문이 열리고, 거기에 나타난 것은 소위 군복을 입은 페르낭이 아니겠습니까! 그것은 자기가 눈물을 흘리며 그리워하고 있는 사람의 반도 못 따라가는 사람이었지만, 그래도 자기가 지금까지 살아온 삶의 일부, 그 일부가 돌아온 것은 틀림이 없었습니다. 메르세데스는 너무 반가워서 페르낭의 두 손을 잡았습니다. 페르낭은 여자가 자기를 사랑해서 그러는 줄 믿고 말았지요. 하지만 그건 이제는 세상에 자기 혼자가 아니라는 기쁨, 오랫동안 혼자서 외롭게 지내다가 마침내 친구를 다시 만난 기쁨일 뿐이었습니다. 하기는 그녀가 페르낭을, 이건 아무래도 말씀드려야 할 것 같은데, 특별히 싫어했던 건 아니었죠. 다만 남자로서 사랑하지 않았을 뿐이지. 메르세데스의 마음은 다른 남자에게 몽땅 가 있었으니까요. 그런데 그 다른 남자는 사라지고……행방도 모르게 되고 말았으니……어쩌면 죽어버린 건지도 모른다고 생각하자, 메르세데스는 큰 소리로 울음을 터뜨리면서 몸부림치고 괴로워했습니다. 그때까지 사람들이 빙 둘러서 말하면 곧바로 물리칠 수 있었던 생각이 자연히 머리에 떠올랐어요. 게다가 당테스의 아버지도 끊임없이 이렇게 말했지요. '에드몽은 죽어버린 모양이다. 죽지 않았다면 이렇게 소식도 없을 리가 없지.' 노인이 죽은 건 이미 말씀드렸지요. 노인만 살아 있었어도 메르세데스가 다른 남자의 아내가 되는 일은 없었을 겁니다. 노인이 부정하다고 비난했을 테니까요. 페르낭은 그것을 다 꿰뚫어보고 있었습니다. 그래서 노인이 죽었다는 소식을 듣고 곧바로 돌아왔던 겁니다. 이번에는 중위가 되어 있었지요. 처음에는 좋아한다는 말 따위는 하지 않았지만, 다음에 왔을 때는 자기가 아직도 사랑하고 있다는 것을 여자에게 일깨워주었습니다. 메르세데스는 당테스를 기다리기 위해 6개월만 더 시간을 달라고 했습니다. 당테스를 위해 그만큼이라도 더 울겠다는 생각이었겠죠."

"그렇다면," 신부는 쓴웃음을 지으면서 말했다. "전부 18개월 동안 기다린 셈이군요. 제아무리 사랑하는 남자라도 더 이상 기다려 달라고 할 순 없겠지요." 그리고 그는 영국의 어느 시인이 한 말을 덧붙였다. "약한 자여, 그대 이름은 여자니라."

"6개월이 지난 뒤," 카드루스가 얘기를 계속했다. "아쿠르 성당에서 결혼식을 올렸습니다."

"그러니까 에드몽과 결혼식을 올릴 예정이었던 그 교회당이네요." 신부가 중얼거렸다. "상대만 바뀐 셈이군요."

"그렇게 메르세데스는 결혼했습니다." 카드루스는 계속했다. "여자는 일단 마

음을 정한 것처럼 보였지만, 레제르브 앞을 지나갈 때는 그만 정신을 잃고 말았지요. 그곳은 바로 꼭 1년 반 전에, 그녀가 자기의 마음속을 뒤돌아보면 아직도 잊을 수 없는 한 남자와 약혼을 했던 장소였으니까요. 페르낭은 전보다 행복하기는 했지만 아무래도 마음이 안정되지 않았습니다. 바로 그 무렵에 만났는데, 에드몽이 언제 돌아올지 몰라서 내내 두려워하고 있더군요. 페르낭은 곧바로 여자를 외국으로 데리고 가고 자기도 이곳을 떠나기로 마음먹었습니다. 카탈루냐 마을에 있으면 위험도 추억도 너무 많기 때문이지요. 식을 올리고 1주일 뒤 두 사람은 떠나고 말았습니다.”

“그 뒤로 메르세데스를 만난 적이 있소?” 신부가 물었다.

“예, 에스파냐 전쟁이 일어났을 때 페르피냥에서 만났습니다. 페르낭이 그곳에 남겨두고 갔지요. 그녀는 아들을 교육 시키고 있었습니다.”

신부는 자기도 모르게 몸을 떨었다.

"자기 아들의 교육 말인가요?"

"그렇습니다. 알베르라는 아이죠." 카드루스가 대답했다.

"하지만 아이의 교육을 하고 있었다면 자기도 교육을 받았었다는 얘기군요. 당테스의 얘기로는 아름답기는 해도 교육을 받지 못한 한낱 어부의 딸이라고 하던데."

"놀랍군요!" 카드루스가 말했다. "자기 약혼녀에 대해 그렇게 모르고 있을 수가! 만약 가장 아름답고 가장 현명한 사람의 머리에 관을 씌워주게 된다면, 메르세데스야말로 여왕도 될 수 있는 여잡니다. 점점 운이 트임에 따라 여자도 운과 함께 고급스러워졌지요. 그림을 배우고, 음악도 배우고, 모든 걸 배웠습니다. 하기는 이건 우리끼리 하는 얘깁니다만, 제 생각으로는 그녀가 그렇게 한 것은 마음을 딴 데로 돌리기 위해서, 잊기 위해서, 즉 가슴속의 생각을 억제하려고 온갖 것을 머리에 채워 넣기로 한 것 같았습니다. 기왕 이런 말까지 했으니, 모든 걸 다 말씀드리기로 하지요. 재산과 명예는 분명히 그 여자를 위로해 주었겠지요. 그 여자는 재물도 얻고 백작부인까지 되었어요. 하지만······" 카드루스는 한숨을 내쉬었다.

"하지만, 뭡니까?" 신부가 물었다.

"하지만 그 여자는 아마 행복하지는 않았을 것으로 생각되는군요." 카드루스가 말했다.

"그렇게 생각하는 이유는?"

"실은 저도 너무 비참한 신세가 되자, 어쩌면 옛날 친구가 좀 도와주지 않을까 해서 당글라르를 찾아갔습니다. 그런데 만나지도 못했어요. 페르낭도 찾아가 보았지요. 그랬더니 하인을 시켜 100프랑을 주더군요."

"아니, 아무도 만나주지 않더란 말이오?"

"예. 하지만 모르세르 부인만은 저를 보고 있었습니다."

"어떻게요?"

"밖으로 나갔는데 위에서 지갑이 하나 떨어지는 것이었습니다. 안에 25루이가 들어 있기에 놀라서 올려다보니 거기에 메르세데스가 보이더군요. 하지만 곧 덧창을 닫더라고요."

"빌포르 씨는?" 신부가 물었다.

"그 사람은 제 친구가 아니어서요. 전 그 사람을 몰랐습니다. 저로서는 아무 것도 부탁할 일이 없었거든요."

"하지만 하다못해 어떻게 되었는지는 알 수 있을 것 아니오? 당테스의 불행과 어떤 관계가 있었는지 정도는?"

"모릅니다. 에드몽을 체포한 지 얼마 뒤 생메랑 씨의 딸과 결혼하여 곧 마르세유를 떠났습니다. 틀림없이 다른 사람들과 마찬가지로 행복하게 살고 있겠지요. 아마 당글라르처럼 돈도 벌고 페르낭처럼 출세도 했을 겁니다. 저 혼자만 보시다시피, 언제까지나 이렇게 가난하고 비참하게 되어 하느님으로부터도 외면당하고 말은 셈이지요."

"그건 아닐 겁니다." 신부가 말했다. "심판을 쉬고 계실 때는 물론 하느님도 잊고 계신 것처럼 보이지요. 하지만 하느님은 틀림없이 기억해 주실 겁니다. 그 증거로……" 신부는 호주머니에서 다이아몬드를 꺼내 카드루스에게 내밀었다. "자, 이 다이아몬드를 받아 주시오. 이건 당신 것입니다."

"옛! 이걸 저 혼자에게 주시는 겁니까!" 카드루스가 소리쳤다. "혹시 절 놀리시려는 것 아닙니까?"

"이건 그 사람의 친구들이 나눠야 할 것이었소. 하지만 당테스에게는 한 사람의 친구밖에 없었어요. 따라서 나눌 필요가 없어진 거지요. 이 다이아몬드를 가지고 가서 파십시오. 5만 프랑은 할 겁니다. 그것만 있으면 당신도 얼마든지 다시 일어설 수 있을 거요."

"오, 신부님!" 카드루스는 부들부들 떨면서 한 손을 내밀고 다른 손으로는 이마에 흐르는 구슬땀을 닦았다. "오, 신부님, 저를 좋아하게 만들었다가 실망시키고는 나중에 농담거리로 삼으실 생각은 아니시겠죠?"

"저는 행복이 어떤 것인지, 실망한다는 게 어떤 일인지 잘 알고 있습니다. 감정을 가지고 장난하거나 그것을 즐기는 일은 할 줄 모릅니다. 자, 받아주시오. 그 대신……"

이미 다이아몬드에 손에 대고 있던 카드루스는 즉시 그 손을 거두었다.

신부가 미소 지었다.

"그 대신 아까 모렐 씨가 당테스 아버지의 벽난로 위에 두고 갔고 지금은 당신이 가지고 있다고 얘기한 빨간 비단 지갑을 나에게 주지 않겠소?"

카드루스는 더욱 놀라는 기색이었다. 그러면서도 참나무로 만든 커다란 찬장에 가서 그것을 열고 퇴색한 붉은 지갑을 꺼내 와서 신부에게 건넸다. 옛날에는 금이 도금되어 있었던 구리 고리가 두 개 달려 있는 비단 장지갑이었다.

신부는 그것을 받아들자 다이아몬드를 카드루스의 손에 쥐어주었다.

"오, 당신이 바로 하느님이십니다." 카드루스가 소리쳤다. "왜냐하면 당테스가 이 다이아몬드를 신부님에게 준 것을 아는 사람은 아무도 없으니 신부님은 이걸 그냥 가질 수도 있었을 테니까요."

"과연 이 남자라면 그렇게 할 수도 있었겠지." 신부는 들리지 않을 만큼 낮은 목소리로 중얼거렸다.

신부는 일어서서 모자와 장갑을 집어들었다.

"오늘 한 얘기에 거짓은 없겠죠? 모든 것을 믿어도 되는 거지요?"

"보십시오, 신부님." 카드루스가 말했다. "그쪽 벽의 구석에는 축성된 나무로 만든 그리스도 상이 있고, 이쪽의 궤짝 위에는 아내의 성서가 있습니다. 그것을 펼쳐주십시오. 제가 손을 그리스도 상에 얹고 이 복음서에 걸고 맹세하겠습니다. 저는 제 마음의 안식에 걸고, 그리스도교 신자의 신앙에 걸고, 있는 그대로의 사실을, 마지막 심판날에 수호천사가 하느님의 귀에 대고 얘기하듯이 말씀드렸다는 것을 맹세합니다!"

"좋소." 신부는 카드루스가 하는 말에 거짓이 없다는 것을 확신하고 말했다. "좋아요. 그 돈이 당신에게 행운을 가져다주기를 기도하겠소! 안녕히 계시오. 이제 나는 인간들이 서로 물어뜯고 있는 세상과 멀리 떨어진 곳으로 돌아가리다."

신부는 카드루스의 감격을 뿌리치듯이 스스로 문의 빗장을 열고 밖으로 나가 말에 올라탔다. 그리고 끝없이 작별 인사를 늘어놓고 있는 주막 주인에게 마지막으로 인사한 뒤 왔던 길을 되돌아갔다. 카드루스는 뒤로 돌아섰다. 그러자 거기에 여느 때보다 더욱 창백한 얼굴로 몸을 떨고 있는 카르콩트가 보였다.

"내가 들은 게 사실이에요?" 그녀가 말했다.

"뭐가? 우리에게만 다이아몬드를 준다는 말?" 이렇게 말하고 있는 카드루스는 기뻐서 거의 미칠 지경이었다.

"그래요."

"정말이다마다, 여기 있잖아!"

여자는 한동안 바라보다가 낮은 목소리로 말했다.

"하지만 만약 가짜라면 어떡해요?"

카드루스는 별안간 창백해져서 몸을 비틀거렸다. "가짜라고, 가짜라고……" 그는 중얼거렸다. "설마 가짜 다이아몬드를 주었을라고?"

"공짜로 비밀을 알아내기 위해서죠. 당신도 참 멍청하기는!"

이런 가정에 가슴이 턱 막힌 카드루스는 한동안 망연자실했다.

"그렇지." 그는 한참 뒤 머리에 두른 붉은 손수건 위에 쓰고 있던 모자를 벗으면서 말했다. "가짠지 아닌지 금방 알 수 있어."

"어떻게요?"

"마침 지금 보케르에 시장이 서고 있어. 파리에서 보석상들이 많이 와 있을 거야. 이제부터 나가서 알아봐야겠어. 집 잘 보고 있어, 여보. 두 시간이면 돌아올 테니까."

이렇게 말하고 카드루스는 밖으로 뛰어나가 방금 낯선 신부가 간 것과는 반대 방향으로 급히 달려갔다.

"5만 프랑!" 혼자 남은 카르콩트가 중얼거렸다. "굉장한 돈이야……아직 재산이라고는 할 수 없지만."

수감기록부

이튿날 한 사내가 벨르가르드에서 보케르 방향의 대로에 있는 마르세유 시장 사무실을 방문했다. 그는 서른한두 살로 보이고, 감색 프록코트에 중국천으로 만든 바지와 하얀 조끼를 입고, 영국 사람 같은 풍모와 말씨도 영국식 억양을 하고 있었다.

"시장님," 그가 말했다. "저는 로마의 톰슨 앤드 프렌치 상사의 대리인입니다. 저희 상회는 10년 전부터 마르세유의 모렐 부자 상회와 거래하면서 10만 프랑가량을 투자했는데, 그쪽이 파산할 우려가 있다는 소문이 있어서 좀 걱정이 되어, 그 상회의 상황을 알아보고 싶어서 일부러 로마에서 찾아왔습니다."

"아, 그러십니까?" 시장이 대답했다. "지난 4,5년 동안 모렐 씨가 계속 재난을 당하고 있는 건 잘 알고 있습니다. 연달아 너덧 척의 배를 잃고 은행에서도 서너 번 파산을 당했지요. 게다가 저도 실은 1만 프랑의 채권을 가지고 있습니다. 하지만 저에게는 그쪽의 재정 상태에 대해 얘기할 자격이 없습니다. 시장으로서 모렐 씨를 어떻게 생각하느냐고 물으신다면, 그분은 지나칠 정도로 청렴한 인물로, 지금까지 자기가 한 약속은 반드시 지켰다고 대답하는 수밖에 없겠군요. 제가 말씀드릴 수 있는 건 그것뿐입니다. 더 이상의 사실을 알고 싶다면 노아유 거리 15번지에 사는 형무검찰관 보빌 씨에게 물어보십시오. 그 사람도 모렐 상사에 20만 프랑을 맡겨둔 것으로 알고 있습니다. 그래서 만약 걱정스러운 점이 있다면, 그 사람의 투자 금액이 저보다 훨씬 많으니 그 점에 대해서는 저보다 더 많은 것을 알고 있을 겁니다."

영국 사람은 그러한 깊은 배려를 기꺼이 받아들인 듯이 시장실에서 나와 영국사람 특유의 걸음걸이로 시장이 일러준 길을 향해 걸어갔다.

보빌 씨는 서재에 있었다. 그의 모습을 보자 영국 사람은 그 사람을 만나는 것이 이번이 처음이 아닌 것 같이 놀라는 기색이 역력했다. 그러나 보빌 씨는 절망의 밑바닥에 있었기 때문에 머릿속이 현재 자신을 괴롭히고 있는 문제로

가득 차 있어 과거의 일을 기억하거나 상기할 여유는 전혀 없었다.

영국 사람은 그 나라 특유의 침착한 태도로 마르세유 시장에게 한 것과 똑같은 질문을 거의 같은 문구로 되풀이했다.

"오, 선생." 보빌 씨가 소리쳤다. "걱정하시는 그 일은 유감스럽게도 의심할 여지없는 사실입니다. 그래서 보다시피 저도 낙담하고 있습니다. 저도 모렐 상사에 20만 프랑의 돈을 맡기고 있으니까요. 그 20만 프랑의 돈은 보름 뒤에 결혼하는 딸아이의 지참금인데, 이달 15일에 10만 프랑, 다음 달 15일에 10만 프랑을 받기로 되어 있었지요. 그래서 모렐 씨에게 약속한 대로 돈을 돌려달라고 통지했는데, 글쎄 한 30분 전에 찾아와서 하는 얘기가, 자기가 소유한 파라옹 호가 15일까지 돌아오지 않으면 지급이 불가능할지도 모른다는 겁니다."

"하지만 그것만으로는 일반적인 지급 정지 같은 것으로 생각되는데요."

"파산 같은 것이라고 하는 게 맞겠지요!" 보빌 씨는 절망한 것처럼 소리쳤다.

영국 사람은 한동안 생각에 잠긴 것 같더니 이윽고 말을 이었다.

"그래서 그 채권이 걱정된다는 말씀이죠?"

"네, 잃어버린 거나 다름없다고 생각합니다."

"그럼 저에게 그 채권을 양도해주시겠습니까?"

"선생에게?"

"그렇습니다, 저에게."

"그렇다면 틀림없이 막대한 할인을 요구하시겠군요?"

"아닙니다, 20만 프랑 그대로 사겠습니다. 저희 상사에서는," 영국 사람은 웃으면서 덧붙였다. "그런 거래는 하지 않습니다."

"그럼 지급은?"

"현금으로 하지요." 영국 사람은 그렇게 말하고, 보빌 씨가 잃을까 봐 두려워하고 있는 금액의 배는 될 것 같은 지폐다발을 호주머니에서 꺼냈다. 보빌 씨의 얼굴에 금세 기쁨의 빛이 떠올랐다. 그러나 그는 마음을 간신히 진정시키고 말했다.

"하지만 미리 말씀드리지만, 설령 아무리 잘 풀린다 해도 그 금액의 6분의 1도 건지지 못할 텐데요."

"저하고는 상관없는 일입니다. 그건 제가 대표로 일하고 있는 톰슨 앤드 프렌치 상사의 문제지요. 상사 쪽에서는 경쟁자의 파멸을 앞당기는 것이 이익이라고 생각하는 건지도 모릅니다. 제가 알고 있는 것은 선생이 저에게 명의를 양도해 주시면 그것을 대신하여 그 금액을 곧 지급한다는 것뿐입니다. 다만 수수료만큼은 받기로 하지요."

"그야 여부가 있겠습니까!" 보빌 씨가 소리쳤다. "보통 1부 5리로 되어 있는데, 2부를 원하십니까? 아니면 3부일까요? 혹시 5부? 그것도 아니면 더 원하시는지? 말씀해 보십시오."

"선생," 영국 사람은 웃으면서 말했다. "저도 저희 상사와 마찬가지로 그런 거래는 하지 않습니다. 제가 수수료라고 한 것은 그런 것과는 전혀 성질이 다른 것입니다."

"그럼 어서 말씀해 보십시오."

"선생은 형무검찰관을 하고 계시죠?"

"그럭저럭 14년이 넘게 하고 있지요."

"그럼 죄수의 출입을 기록한 기록을 가지고 계시겠군요?"

"물론입니다."

"그 장부에는 죄수에 관한 기록이 있겠군요?"

"죄수 한 사람 한 사람에 대한 조서가 있지요."

"실은 제가 로마에 있었을 때 한 신부님의 손에서 자랐는데, 그분이 갑자기 자취를 감추고 말았습니다. 그 뒤 소문에 들으니 이프 성채에 갇혔다고 하던데, 그분의 죽음에 대해 몇 가지 상세한 점을 알고 싶습니다."

"그분 이름이 무엇입니까?"

"파리아 신부입니다."

"아! 분명히 기억하고 있습니다!" 보빌 씨가 소리쳤다. "미친 노인이었지요."

"그렇다는 소문은 들었습니다."

"아니, 정말로 미쳤었어요."

"어쩌면 그럴지도 모르지요. 그래, 그 신부님께서 어떤 식으로 미쳤었나요?"

"막대한 보물이 있는 곳을 알고 있다고 하면서, 자기를 풀어주면 정부에 엄청난 금액을 기부하겠다고 했지요."

"불쌍한 분! 그래 그분은 돌아가셨나요?"

"예, 아직 5, 6개월밖에 안 됩니다. 지난 2월에 죽었어요."

"달까지 기억하고 계시는 걸 보니 기억력이 대단하신 것 같군요."

"그건 아니고, 실은 그 딱한 노인이 죽었을 때 이상한 사건이 하나 일어나서 기억하고 있는 거지요."

"어떤 사건인지 얘기해 주실 수 있습니까?" 영국 사람은 호기심 어린 표정을 지으면서 물었다. 만약 그 자리에 주의 깊은 제삼자가 있었다면, 틀림없이 냉정한 그의 얼굴에 그런 표정이 떠오르는 것을 보고 이상하게 여겼을 것이다.

"그거야 어렵지 않습니다. 신부의 감옥은 전에 보나파르트 당원이었던 자가 들어 있었던 감방과 마흔다섯 자에서 쉰 자 정도 떨어져 있었습니다. 그자는 1815년 그 찬탈자가 프랑스로 귀환할 때 도와준 자 중에 한 사람인데, 과격한 데가 있는 아주 위험한 사내였습니다."

"그랬군요."

"1816년이던가 1817년에 저도 그 사내를 한 번 본 적이 있습니다. 호위병이 함께 가지 않았다면 도저히 그 감방까지 내려갈 수가 없었지요. 저는 그 사내한테서 강한 인상을 받았습니다. 그 얼굴을 지금도 잊을 수가 없군요."

영국 사람은 거의 알아보지 못할 정도로 가만히 웃었다.

"그러니까," 그는 말했다. "두 사람의 방은……"

"쉰 자 정도 떨어져 있었지요. 그런데 그 에드몽 당테스라는 사내가……"

"그 위험한 사내의 이름은……"

"에드몽 당테스라고 했어요. 그래요, 선생. 그 에드몽 당테스라는 자가 도구를 손에 넣었거나 아니면 직접 만들었던 모양입니다. 두 죄수가 서로 왕래하는 데 사용한 땅굴이 발견되었거든요."

"물론 탈옥을 목적으로?"

"그렇습니다. 그런데 놈들에게는 불행한 일이지만 파리아 신부가 강경증에 걸려 그만 죽고 말았지요."

"알겠습니다. 그래서 탈옥의 목적도 좌절한 셈이군요."

"죽은 신부에게는 그렇게 된 셈이지요. 그런데 살아남은 자에게는 얘기가 달랐어요. 당테스라는 자는 그것을 이용해 자신의 탈주를 앞당길 수 있는 방법을 찾았으니까요. 놈은 이프 성채에서 죽은 죄수들이 모두 묘지에 매장되는 걸로 알았던 모양입니다. 그래서 죽은 사람을 자기 방으로 옮긴 그는 죽은 사람이 들어가 있던 자루에 대신 들어가서 매장되기를 기다렸던 거지요."

"운을 하늘에 맡긴 거군요. 용기가 대단한 사람이었나 봅니다."

"매우 위험한 사내라는 건 아까도 말씀드렸지요. 하지만 운명이라고 해야겠지요. 그자는 스스로 정부가 그자에 대해 품고 있던 불안을 완전히 씻어 주었으니까요."

"어떻게요?"

"모르시겠습니까?"

"모르겠는데요."

"이프 성채에는 묘지라는 것이 없습니다. 죽은 사람은 발에 서른여섯 근이나 되는 쇳덩이를 매달아 바다에 빠뜨리게 되어 있습니다."

"그래서요?" 영국 사람은 그래도 모르겠다는 듯이 물었다.

"그래서 놈의 발에도 서른여섯 근의 쇳덩이를 매달아 바다에 빠뜨리고 만 거지요."

"정말입니까?" 영국 사람이 소리쳤다.

"물론입니다." 검찰관은 이야기를 계속했다. "절벽 위에서 떨어지면서 그 자가 얼마나 놀랐을지 상상이 가시겠지요? 그 표정을 봤으면 좋았을 걸."

"그건 불가능한 얘기지요."

"아니 뭐," 분명히 20만 프랑이 돌아온다고 하니 완전히 기분이 좋아진 보빌 씨는 "상상만 해도 알 수 있는 거지요." 하면서 웃음을 터뜨렸다.

"그건 그렇겠군요." 영국 사람이 말했다. 그리고 그도 웃었는데, 그건 어디까지나 영국 사람다운 웃음, 즉 마지못해 웃는 시늉만 하듯이 웃어 보인 것이었다.

"그래서," 다시 원래의 얘기로 돌아간 영국 사람이 얘기를 계속했다. "그래서 달아난 사람은 익사했겠군요?"

"백 프로지요."

"따라서 이프 성채의 소장은 위험인물과 미치광이를 한꺼번에 해결한 셈이고요?"

"그렇습니다."

"그런 사건에 대해서는 뭔가 조서 같은 것이 있겠지요?" 영국 사람이 물었다.

"네, 있지요. 사망증명서라는 것이 있습니다. 당테스의 친척이(만약 그런 자가 있다면 말이지만) 생사를 확인하고 싶은 경우도 있을 테니까요."

"그럼 친척들은 그의 재산을 안심하고 상속할 수 있겠군요, 죽었으니까요. 분명히 죽은 거지요?"

"그렇다니까요, 친척이 원할 때는 언제라도 증명서를 보여줄 수 있습니다."

"그렇군요." 영국 사람이 말했다. "그럼 다시 기록 얘기로 돌아가 볼까요?"

"참 그렇지, 얘기가 딴 데로 흘러가 버렸군요, 실례했습니다."

"실례라니요? 뭐가 실례란 말씀이십니까? 방금 그 얘기 말인가요? 천만에요. 상당히 흥미로운 이야기였습니다."

"정말 신기한 이야기지요. 선생은 그 가엾은 신부에 관한 모든 서류를 보고 싶다고 하셨죠? 자비 그 자체라고 해도 좋은 사람이었습니다."

"예, 보여주시면 고맙겠습니다."

"서재에 가실까요? 보여 드릴 테니까요."

두 사람은 보빌 씨의 서재에 들어갔다.

서재는 정연하게 정리되어 있었다. 기록은 각각 그 번호가 있는 자리에, 서류도 각각 제 서류함 속에 들어 있었다. 검찰관은 영국 사람을 자기 의자에 앉히고, 그 앞에 이프 성에 관한 기록과 서류를 내놓아 천천히 살펴볼 수 있게 해주었다. 그런 다음 자기는 한쪽 구석에 가서 앉아 신문을 들고 읽기 시작했다.

영국 사람은 어렵지 않게 파리아 신부에 관한 서류를 찾을 수 있었다. 방금 보빌 씨한테서 들은 이야기가 그의 흥미를 무척 끌었는지, 처음에 나오는 서류를 다 읽은 그는 에드몽 당테스의 서류가 나올 때까지 페이지를 계속 넘기고 있었다. 모든 것이 정확하게 구별되어 있었다. 고발장, 신문 기록, 모렐 씨의 탄원서, 빌포르 씨가 첨부한 의견서 등이었다. 그는 고발장을 접어서 슬며시 호주머니에 넣은 다음, 신문 기록을 읽고 누아르티에의 이름이 그 속에 나와 있지 않은 것을 확인한 뒤, 1815년 4월 14일자 청원서를 훑어보았다. 그 청원서를 보니, 모렐 씨는 검사 대리의 권고에 따라 당테스가 황제를 위해 협조한 것을—그때 나폴레옹은 다시 제위에 올라 있었다—선의를 가지고 과장하고 있었고, 거기에 빌포르의 증명이 그 공로를 뒷받침하고 있었다. 그는 모든 걸 이해했다. 즉, 빌포르가 묵살한, 나폴레옹에게 보내는 이 청원서는, 제2왕정복고가 이루어지자 검사의 손안에 잡힌 무서운 무기가 된 것이다. 따라서 그는 서류를 들추는 동안, 자신의 이름을 맞닥뜨린 곳에 다음과 같은 메모가 괄호 안에 적혀 있는 것을 보고도 놀라지 않았다.

에드몽 당테스
〈과격한 보나파르트 당원, 황제가 엘바 섬을 탈출하는 데 적극 협조한 자임. 엄중한 감시 아래 극비리에 감금할 것〉

이 몇 줄 밑에는 다른 필체로 이렇게 적혀 있었다.

재고의 여지 없음.

그러나 그는 메모의 필적과 모렐의 청원서 밑에 적힌 증명의 필적을 비교해 보고, 그 두 가지가 같은 필적, 즉 빌포르가 쓴 것이라는 확신을 얻었다. 한편, 메모에 덧붙여진 글자는, 아마도 당테스의 입장에 대해 잠시 관심을 가진 어

떤 검찰관에 의해 기록된 것으로, 그 관심도 위에 적힌 주의문구 때문에 실현되지 않고 끝났음을 알 수 있었다.

앞에서 말한 것처럼, 검찰관은 파리아 신부의 제자가 조사하는 것을 방해하지 않을 생각으로, 멀찌감치 떨어져서 《백기(白旗) 신문》을 읽고 있었다.

따라서 그는 영국 사람이 뭔가를 접어서 호주머니에 몰래 넣는 것도 눈치채지 못했다. 그것은 당글라르가 레제르브의 정자 밑에서 썼던 고발장, 2월 27일 오후 6시에 열어보았다는 마르세유 우체국의 소인이 찍혀 있는 바로 그 고발장이었다.

그러나 여기서 말해 둘 것은, 만약 그가 그것을 눈치챘다 하더라도, 그는 그 서류는 가볍게 보고 자기의 20만 프랑을 더 무겁게 보고 있었기 때문에, 영국 사람의 행동이 옳지 않다 해도 아마 제지하지 않았을 거라는 사실이다.

"감사합니다." 영국 사람은 장부를 덮으면서 말했다. "필요한 사실을 확인했습니다. 이번에는 제가 약속을 이행해야 할 차례군요. 간단한 채권 양도증서를 써주십시오. 양도증서에 금액을 받은 사실을 써주시면 바로 돈을 드리지요."

이렇게 말하면서 그는 사무용 책상의 의자를 보빌 씨에게 내주었다. 보빌 씨는 두말 않고 앉아서 즉시 원하는 양도증서를 작성하기 시작했다. 그동안 영국 사람은 서류함 끝에 지폐다발을 놓고 헤아리기 시작했다.

모렐 상회

　만약 모렐 상회의 내부 모습을 아는 사람이 몇 년 전에 마르세유를 떠났다가 다시 돌아와서 본다면, 그곳에 커다란 변화가 있었다는 것을 부정할 수 없을 것이다.

　그는 한창 번창하고 있던 상점에서 뿜어 나오는 활기와 안식, 행복의 숨결을 느끼면서 창문의 커튼을 통해 보이는 유쾌한 얼굴들과, 귀 뒤에 펜을 꽂고 복도를 바쁜 듯이 가로지르는 사무원들, 가득 쌓인 짐짝, 일꾼들의 고함소리와 웃음소리가 울려 퍼지는 마당을 보는 대신, 표현할 길 없는 적막감과 죽음의 그림자를 발견할 것이 틀림없다. 인기척 없는 복도, 아무것도 없는 마당, 그곳에는 그 옛날 사무실에서 북적대던 수많은 사무원 가운데 단 두 사람만이 남아 있을 뿐이었다. 한 사람은 서른서너 살의 청년인 엠마뉘엘 레이몽으로, 모렐 씨의 딸을 사랑하고 있었다. 그래서 부모가 일을 그만두게 하려고 온갖 수를 다 썼지만 여전히 가게에 남아 있었다. 다른 한 사람은 회계 담당인 애꾸눈 코클레스라는 노인이었다. 코클레스라는 이름은, 지금은 거의 퇴락했다고 할 수 있지만 전에는 흥청거렸던 이 가게에서 일하던 젊은이들이 붙여준 별명이었다. 이제는 그 이름이 완전히 본명을 대신하고 있어서 본명을 부른다 해도 아마 그는 돌아보려고 하지 않을 것이다.

　코클레스는 여전히 모렐 씨를 돕고 있었다. 그런데 이 사람 좋은 노인의 신분에 기가 막히는 변화가 일어났다. 회계담당의 자리에 오르는 동시에 사환의 위치로 전락하고 만 것이다.

　그러나 코클레스는 전과 같이 선량하게 인내하면서 헌신적으로 일하고 있었다. 그러나 계산에 있어서는 한 치도 양보하지 않았다. 그 점에 있어서는 상대가 누구든, 설령 모렐 씨라 해도 결코 물러서지 않았다. 그는 피타고라스의 표밖에 몰랐다. 그러나 사람들이 그것을 아무리 뒤집어서 물어도, 또 아무리 그를 실수하게 만들려고 애를 써도, 그는 손바닥을 들여다보듯이 그 표를 훤히 알고 있었다.

모렐 상사를 덮친 적막함 속에서 평정을 유지하고 있는 사람은 이 코클레스뿐이었다. 그러나 오해하지는 말기 바란다. 그 평온한 태도는 회사에 애착이 없기 때문이 아니라, 그의 움직일 수 없는 확신에서 온 것이기 때문이다. 흔히 조난을 당하게 될 배에서는 쥐가 점점 없어져서, 배가 닻을 올리려 할 때 자기만 아는 그 승객들은 배에서 완전히 사라져 버린다고들 한다. 그것과 마찬가지로 지금까지 선주 덕택에 생계를 유지하고 있던 수많은 사무원과 고용인들은 현재 사무소와 창고를 완전히 떠나버리고 없었다. 그런데 코클레스는 사람들이 왜 떠나는지에 대해서는 생각해 보려고도 하지 않고, 그저 사람들이 가버리는 것을 지켜보고만 있었다. 앞에서도 말했지만, 코클레스에게는 모든 건 숫자 문제에 불과했다. 모렐 상회에 들어온 지 20년, 그는 지급이 언제나 정당하고 정확하게 이행되는 것을 익숙하게 보아왔다. 그에게는 풍부한 강물로 움직이는 물레방앗간 주인인 제분업자가, 그 강물이 흐르지 않는 것은 생각해보지도 않는 것과 마찬가지로, 이러한 정확함이 정지되고 지급이 중단되는 것은 생각해 본 적도 없었다. 사실 지금까지는, 그러한 코클레스의 확신을 배신하는 일은 아무것도 일어나지 않았다. 지난달 말에도 매우 정확하게 결산이 끝났다. 어느 날 모렐 씨가 계산착오 때문에 70상팀을 손해 본 사실을 발견한 코클레스는 그날 안에 남은 14수를 갖다 주러 그에게 갔다. 모렐 씨는 쓸쓸한 미소를 지으면서 그 돈을 받더니, 그것을 거의 비어 버린 서랍 속에 던져 넣으면서 이렇게 말했다.

"내가 그랬단 말이지, 코클레스. 영감은 정말 보기 드물게 훌륭한 회계야."

코클레스는 지극히 만족한 기분으로 물러갔다. 마르세유에서도 으뜸가는 명사인 모렐 씨의 찬사는 50에퀴의 상금보다 그를 더 기쁘게 했다.

그런데 그토록 훌륭하게 결제를 마친 월말부터 모렐 씨는 역경에 빠지게 된 것이다. 그달 말의 결제를 위해, 그는 그러모을 수 있는 한 모든 재산을 다 그러모았다. 그러나 그는 자기가 그러한 궁여지책을 취하고 있는 것을 알고 자기가 난관에 부닥쳤다는 소문이 마르세유에 퍼질 것이 두려워, 혼자 보케르의 시장에 갔다. 아내와 딸의 귀금속과 자기가 가진 은그릇 일부를 팔기 위해서였다. 그가 그러한 희생을 치렀기 때문에 이번에도 모렐 상사의 명성은 온전히 유지될 수 있었던 것이었다. 하지만 금고 안은 텅 비어 있었다. 신용은 본디 이기적인 것이어서, 안 좋은 소문이 나는 게 아닌지 걱정하는 동시에 벌써 사라져 있었다. 그리고 이달 15일에 포비르 씨에게 갚아야 할 10만 프랑과, 다음 달 15일이 지급기한인 10만 프랑을 해결하기 위해서, 모렐 씨는 파라옹 호가 돌아오기만을 기다리는 수밖에 없게 된 것이다. 파라옹 호가 이미 귀항길에 올랐다는 것은, 같이 출발하여 이미 무사히 돌아온 배를 통해 알고 있었다.

그러나 파라옹 호와 똑같이 콜카타를 출발한 그 배는 2주일이나 전에 돌아왔는데, 파라옹 호에 대한 소식은 아무것도 들을 수가 없었다.

이러한 상황에 있을 때, 로마의 톰슨 앤드 프렌치 상사에서 보낸 사람이 앞장에서 얘기한 보빌 씨와의 중요한 거래를 마치고, 이튿날 모렐 씨를 찾아온 것이다.

엠마뉘엘이 그를 맞이했다. 이 청년은 새로운 손님이 찾아올 때마다 겁을 내고 있었다. 왜냐하면 새로운 얼굴은 어김없이 새로운 채권자로, 불안한 나머지 모렐 상사의 주인에게 사정을 알아보러 오는 것이어서, 청년은 그러한 방문으로 주인이 고통을 겪게 하고 싶지 않았기 때문이다. 그는 새로운 손님에게 용건을 물었다. 그러나 손님은 엠마뉘엘에게는 아무것도 할 얘기가 없으며 모렐 씨에게 직접 얘기하고 싶다고 말했다. 엠마뉘엘은 미소 지으면서 코클레스를 불렀다. 코클레스가 나왔다. 청년은 손님을 모렐 씨에게 안내하라고 지시했다. 손님은 먼저 일어나서 걸어가는 코클레스의 뒤를 따라갔다. 계단참에서 두 사람은 열일곱이나 열여덟 살쯤 된 아름다운 처녀와 마주쳤다. 처녀는 불안한 듯이 손님을 쳐다보았다. 손님은 그 표정을 보았지만 코클레스는 그것을 보지 못한 모양이었다.

"아가씨, 나리께선 방에 계시겠죠?" 회계담당이 물었다.

"네, 아마 계실 거예요." 처녀는 주저하듯이 대답했다. "가보세요. 코클레스 씨. 그리고 아버지가 계시면 손님의 성함을 알려 드리세요."

"이름은 말해도 소용없을 거요, 아가씨." 영국 사람이 대답했다. "모렐 씨는 저를 모르시니까요. 아버님의 상회와 거래하고 있는 로마의 톰슨 앤드 프렌치 상사의 대리인이라고 전하시면 됩니다."

처녀는 새파래진 얼굴로 내려가고 코클레스와 손님은 올라갔다. 그녀는 엠마뉘엘이 있는 사무실로 들어갔다.

코클레스는 자유롭게 주인의 방에 출입할 수 있는 열쇠를 가지고 있었다.

그는 그 열쇠로 3층 층계참 구석에 있는 문을 열고 손님을 대기실로 안내한 뒤, 두 번째 문을 열고 들어가서 문을 닫았다. 그리고 톰슨 앤드 프렌치 상사에서 온 사람을 잠시 혼자 놔두었다가 다시 나타나더니 들어와도 좋다는 신호를 했다.

영국 사람은 그 방으로 들어갔다. 모렐 씨는 자기의 부채가 기록되어 있는 그 무서운 장부를 책상 위에 펼쳐 놓고 창백한 얼굴로 앉아 있었다.

손님을 보더니 모렐 씨는 장부를 덮고 일어나서 의자를 권했다. 그리고 손님이 앉는 것을 보고 자기도 앉았다.

이 이야기의 첫머리에서는 서른두 살이었지만 지금은 쉰 고개를 바라보고 있는 이 대상인(大商人)은 14년 동안 완전히 변해 있었다. 머리는 하얗게 세고, 이마에는 근심 때문에 생긴 주름들이 새겨져 있는데다가, 옛날에는 그토록 꿋꿋한 결단력을 보여주었던 눈빛도 지금은 흐릿하고 주저하는 기색을 띠고 있었다. 한 가지 생각이나 한 사람의 인간에게 주의를 집중하는 것을 두려워하는 듯한 모습이었다. 영국 사람은 노골적으로 흥미와 호기심이 섞인 시선으로 그를 응시했다.

"그런데," 상대방의 눈길에 더욱 불안해진 모렐 씨가 말했다. "저에게 볼일이 있으시다고요?"

"그렇습니다. 어디서 왔는지는 알고 계시겠지요?"

"우리 회계담당의 말로는 톰슨 앤드 프렌치 상사에서 오셨다고 하던데."

"그분이 정확히 전달해 주셨군요. 톰슨 앤드 프렌치 상사는 이달과 다음 달에 프랑스에서 3, 40만 프랑을 지불해야 합니다. 그래서 모렐 씨가 성실하고 정확하시다는 것을 알고, 서명이 있는 모든 증서를 모아서 그 증서의 기한이 끝나는 대로 돈을 받아 그것으로 결산을 하라는 지시를 받았습니다."

모렐 씨는 깊은 한숨을 내쉬면서 땀이 맺힌 이마에 손을 가져갔다.

"그럼," 그는 물었다. "제가 서명한 어음들을 가지고 계신다는 얘기군요?"

"네, 상당한 금액의 것을 가지고 있습니다."

"합계가 얼마나 됩니까?" 애써 목소리를 가라앉히면서 모렐 씨가 물었다.

"우선," 영국 사람은 호주머니에서 한 다발의 서류를 꺼내면서 말했다. "여기에 형무검찰관 보빌 씨한테서 양도받은 20만 프랑의 양도 증서가 있습니다. 보빌 씨에게 이만한 금액을 지불해야 한다는 건 인정하시겠지요?"

"인정합니다. 그건 그분이 4부 5리의 이자로 저희 쪽에 맡긴 것입니다. 어느새 5년이 되었군요."

"그러면 지불은?……"

"이달 14일에 반, 다음 달 15일에 반을 지불하게 되어 있습니다."

"맞습니다. 게다가 이달 말에 지불해야 할 3만 2천5백 프랑이 있지요. 모렐 씨의 서명이 들어 있는 어음인데, 모렐 씨가 발행한 제삼자로부터 저희 쪽으로 넘어온 것입니다."

"그것도 인정합니다." 살면서 처음으로 약속을 이행하지 못할지도 모른다고 생각하자, 모렐 씨는 수치심에 얼굴이 확 붉어지지 않을 수 없었다. "그것뿐입니까?"

"아닙니다, 아직 다음 달에 지불하기로 되어 있는 이 어음이 있습니다. 이건 마르세유의 파스칼 상사와 와일드 앤드 터너 상사가 저희에게 돌린 것으로, 금액은 약 5만 5천 프랑입니다. 그러니 다 합해서 28만 7천5백 프랑이 됩니다."

그런 숫자들이 나열되는 동안 모렐 씨의 마음이 얼마나 괴로웠는지 말로 표현할 수도 없었다.

"28만 7천5백 프랑." 그는 기계적으로 되풀이했다.

"그렇습니다." 영국 사람이 대답했다. "그런데," 그는 잠시 침묵한 뒤에 말을 이었다. "솔직히 말씀드려서, 모렐 씨가 오늘까지 비난을 들어본 적이 없는 청렴한 분이었다는 것은 충분히 알고 있지만, 마르세유에 자자한 소문을 들어보니 아무래도 더 이상 사업을 유지할 수 없게 되셨다고 하던데요."

이렇게 다짜고짜 잔혹한 말을 들은 모렐 씨의 얼굴은 무서울 정도로 창백했다.

"선생," 그가 말했다. "제가 아버지한테서 이 상회를 물려받은 지 25년 남짓 되었고, 그전에 아버지도 35년 동안 가게를 운영해 왔지만, 오늘날까지 모렐 부자가 서명한 어음이 제때에 지불되지 않았던 적은 한 번도 없었습니다."

"잘 알고 있습니다." 영국 사람이 대답했다. "그러나 명예를 소중히 여기는 남자 대 남자로서 솔직하게 얘기해 주셨으면 합니다. 당신은 전과 같이 정확하게 이 어음을 지불해 주실 생각입니까?"

모렐 씨는 몸을 떨었다. 그리고 지금까지 자신이 가졌던 것보다 더욱 굳은 확신을 가지고 이런 식으로 얘기를 이끌어가는 상대의 얼굴을 뚫어지게 응시했다.

"그렇게 단도직입적으로 물으시니 이쪽에서도 솔직하게 대답해야겠군요. 그렇습니다, 만약 제가 희망하고 있는 것처럼 배가 무사히 돌아온다면 지불할 겁니다. 그 배만 돌아오면, 잇따른 재난으로 저희한테서 떠나가 버린 신용도 되찾을 수 있을 테니까요. 하지만 불행하게도 파라옹 호를, 즉 제가 기대하고 있는 마지막 수단을 잃는다면……"

가련한 선주의 눈에 눈물이 고였다.

"그럼," 상대가 물었다. "만약 그 마지막 수단을 잃는다면?……"

"그때는, 말하기도 괴롭습니다……. 하지만 전 이미 불행에 익숙해져 있습니다. 그리고 수치라는 것에도 익숙해져야겠지요. 그래요, 아마 그때는 지급정지를 하지 않을 수 없게 될 겁니다."

"그럴 때 당신을 도와줄 수 있는 친구라도 없습니까?"

모렐 씨는 쓸쓸하게 웃었다.

"장사에는," 그가 말했다. "친구 같은 건 없습니다. 잘 아실 거라고 생각합니다만, 있는 건 다만 거래처뿐이지요."

"그렇군요." 영국 사람은 중얼거렸다. "그래, 지금의 당신이 의지할 데라고는 단 한군데뿐이란 말씀이군요."

"단 한군데."

"마지막으로 남은?"

"마지막으로 남은."

"그럼 만약 그 희망이 없어졌을 때는……"

"파산입니다. 완전히 파산이에요."

"제가 이쪽으로 올 때 배가 한 척 입항하던 중이던데요."

"알고 있습니다. 제가 곤경에 빠져도 여전히 충실하게 근무해 주는 청년한테서 들었습니다. 그는 저에게 누구보다 먼저 좋은 소식을 알려주고 싶은 일념에서, 틈만 나면 이 건물에서 가장 높은 곳에 있는 망루에 올라가 있지요."

"그럼 그건 댁의 배가 아니라는 겁니까?"

"아닙니다. 보르도의 배인 지롱드 호입니다. 그 배도 인도에서 온 것이긴 하지만 제 배는 아닙니다."

"어쩌면 파라옹 호를 발견하고 뭔가 소식을 가지고 왔을지도 모르겠군요."

"솔직하게 말씀드리겠습니다! 제가 소유한 범선의 상황을 듣는 건 불안한 마음으로 지내는 것만큼이나 저에게는 두려운 일입니다. 불안한 동안에는 희망이라도 남아 있으니까요."

그리고 모렐 씨는 알아들을 수 없을 만큼 작은 소리로 덧붙였다.

"이렇게 늦어지는 걸 보면 분명 무슨 일이 있는 겁니다. 파라옹 호는 2월 5일에 콜카타에서 출범했습니다. 이미 한 달 전에 돌아왔어야 합니다."

"저건 뭡니까?" 영국 사람이 뭔가에 귀를 기울이면서 물었다. "저 소리는?"

"아, 이런! 이런! 도대체 무슨 일이 일어난 거지?" 모렐 씨는 새파랗게 질려서 소리쳤다.

정말 계단 쪽에서 큰 소리가 들려오고 있었다. 부산하게 왔다 갔다 하는 발소리, 침통한 신음 소리마저 들려왔다.

모렐 씨는 문을 열려고 일어섰다. 그러나 그에게는 그만한 힘이 없었다. 그는 다시 털썩 주저앉고 말았다.

두 사람은 가만히 마주보았다. 모렐 씨는 온몸을 떨고 있고, 손님은 동정하는 표정으로 그를 지켜보고 있었다. 소리가 멎었다. 그러나 모렐 씨는 무언가를 기다리고 있는 것 같았다. 뭔가 원인이 있어서 나는 소리인 것 같으니 왜 그러는지도 곧 알게 되리라.

손님의 귀에 조용히 계단을 올라오는 몇 사람의 발소리가 들려왔다. 그리고 그 소리는 계단 위에서 멎는 것 같았다.

첫 번째 문의 자물쇠에 열쇠가 꽂히고, 문의 돌쩌귀가 삐걱거리는 소리가 났다.

"저 문의 열쇠를 가지고 있는 사람은 두 사람뿐인데." 모렐 씨가 중얼거리듯이 말했다. "코클레스와 쥘리."

그때 두 번째 문이 열리더니 딸이 새파란 얼굴에 눈물을 흘리면서 나타났다. 모렐 씨는 한 번 몸을 떨고 일어나 의자 팔걸이에 몸을 기댔다. 서 있을 수가 없었던 것이다. 무슨 일인지 물어보려고 해도 목소리조차 나오지 않았다.

"아, 아버지!" 딸은 두 손을 마주잡고 말했다. "용서해 주세요. 나쁜 소식을 전해드려야 할 것 같아요!"

모렐 씨의 얼굴이 무서울 정도로 창백해졌다. 쥘리가 달려와서 아버지의 품에 몸을 던졌다.

"아버지! 아버지! 용기를 내세요!"

"파라옹 호가 침몰했니?" 모렐 씨는 괴로운 목소리로 물었다. 딸은 대답하지 않고 아버지의 가슴에 기댄 채 고개를 끄덕였다.

"선원들은?"

"구조됐어요. 아까 입항한 보르도의 배에 구조됐어요."

모렐 씨는 체념과 함께 더없는 감사의 빛을 띠면서 두 손을 높이 쳐들었다.

"하느님, 감사합니다! 불행은 나 한 사람으로 끝났어."

이 말을 듣자 냉정한 태도를 유지하고 있던 영국 사람의 눈시울도 젖어들었다.

"들어오게." 모렐 씨가 말했다. "들어오게. 모두 문 앞에 와 있는 것 알고 있어."

그 말이 떨어지자마자 모렐 부인이 오열하면서 들어왔다. 부인 뒤로 엠마뉘엘이 따라 들어왔다. 문밖 대기실 안에는 반 벌거숭이 모습을 한 예닐곱 명의 선원들의 거친 얼굴이 보였다. 그 사내들을 보자 영국 사람은 전율했다. 그리고 자기도 모르게 그쪽으로 다가가려는 듯이 한 걸음 앞으로 나서다가, 생각을 돌리고 반대로 서재에서 가장 어둡고 구석진 곳으로 물러났다.

모렐 부인은 의자에 가서 앉은 뒤 남편의 한 손을 두 손으로 감싸 안았다. 쥘리는 여전히 아버지의 가슴에 기대고 있었다. 엠마뉘엘은 모렐 부녀와 입구에 서 있는 선원들 사이를 이어주는 것처럼 방 한가운데 서 있었다.

"어떻게 된 일인가?" 모렐 씨가 물었다.

"페늘롱 영감님, 앞으로 나와서 자초지종을 말씀드리세요." 엠마뉘엘이 말했다.

적도의 태양에 그을린 늙은 선원은 거의 형체를 알아볼 수 없게 된 모자를 두 손으로 뭉치면서 앞으로 나왔다.

"안녕하셨습니까, 모렐 씨." 그는 마치 전날 마르세유를 떠나 잠시 엑스나 툴롱에 갔다가 돌아온 것처럼 말했다.

"그래, 잘 있었나?" 선주는 눈물 속에서도 미소를 금치 못하면서 말했다. "그런데 선장은 어디 있나?"

"선장님 말입니까, 모렐 씨, 선장님은 병이 나서 팔마 섬에 남아 있습니다요. 하지만 덕택에 큰 병은 아닙니다. 며칠 안에 선주님이나 저처럼 멀쩡해져서 돌

아오실 겁니다."

"다행이군……그럼 얘기해 보게, 페늘롱." 모렐 씨가 말했다.

페늘롱은 씹는담배를 오른쪽 뺨에서 왼쪽 뺨으로 옮긴 다음, 손으로 입을 가리면서 뒤로 돌아서더니, 대기실 쪽으로 고개를 돌려 시커먼 침을 컥 뱉은 뒤 한 걸음 앞으로 나아가 허리를 흔들면서 얘기하기 시작했다.

"그때 우리는 블랑 곶과 보자도르 곶 사이의 거의 중간을 제법 강한 남서풍을 받으면서 달리고 있었습니다요. 1주일가량 바람이 불지 않아 고생하던 중이었습죠. 그때 고마르 선장님이 제 옆에 와서—제가 그때 키를 잡고 있었거든요—이렇게 말하더군요. '페늘롱 영감, 저기 수평선에 보이는 구름을 어떻게 생각하나?' 마침 저도 그때 그 구름을 보고 있었습죠. 제가, '글쎄요, 선장님, 보통 때보다 좀 빠른 것 같은데요. 게다가 괜찮다고 하기엔 아무래도 좀 검은 것도 같고……' 했더니 선장님은 이렇게 명령하셨지요.

'내 생각도 그래. 어쨌든 조심해야 할 것 같아. 이제부터 바람이 불기 시작할

텐데 돛이 너무 많단 말이야……작은 돛은 줄이고 뱃머리의 가로돛은 완전히 내려!'

바로 그때, 명령대로 작업이 끝나기도 전에 바람이 몰아쳐서 배가 바로 흔들리기 시작했습죠. '좋아!' 선장님이 말했습니다. '아직도 돛이 너무 많아. 큰 돛을 줄여!' 5분이 지나자 큰 돛이 조여지고 배는 앞돛과 작은 돛, 제2접장(接檣) 돛(帆)만으로 달리고 있었습니다. '어이, 페늘롱 영감!' 선장님이 말했습니다. '왜 그렇게 고개를 갸우뚱거리는 거야?'

'나라면 지금 같은 때 이렇게 어물거리진 않을 거유.'

'맞는 말이야. 곧 질풍이 몰아칠 것 같아.'

'무슨 소리.' 제가 대답했지요. '저기서 몰려오는 바람을 질풍으로 생각했다가는 된통 당하고 말 거라고요. 저건 틀림없이 비바람이 몰려오려는 겁니다요. 그렇지 않으면 내 눈이 잘못된 거겠지!' 왜 그런고 하니 몽트르동에서 모래먼지가 불어오듯이 바람이 몰려오는 게 보였으니까요. 다행히도 이번 일에 그걸 볼 줄 아는 눈이 있었던 거죠.

'삼각돛을 두 개 접어라!' 선장이 외쳤습니다. '아딧줄을 늦추고 바람의 방향으로 돛대를 돌려라. 삼각돛을 내리고 작은 돛을 돛대에 잡아매!'"

"그럴 땐 그것만으로는 안 되는데요." 영국 사람이 말했다. "나 같으면 돛을 네 개 줄이고 앞돛을 걷어버렸을 겁니다." 뜻하지 않은 이 당당한 목소리에 모두들 깜짝 놀라 쳐다보았다. 페늘롱은 한쪽 손으로 눈을 가리고, 자기 선장의 실력을 이렇게 태연하게 비판한 사내를 바라보았다.

"그런데 저희는 그보다 나은 방법을 써보았습죠, 나리." 늙은 선원은 약간 경의를 나타내면서 말했다. "뒷돛대의 사다리꼴 돛을 감고 폭풍 앞으로 빠져나가려고 바람의 방향을 따라 키를 잡았습죠. 그리고 10분 뒤에는 돛 하나도 없이 배를 달렸지요."

"그런 위험한 짓을 하기에는 배가 너무 낡았던 것 같군요." 영국 사람이 말했다.

"맞아요! 바로 그것 때문에 당한 것입죠. 악마가 지령을 내리고 있는 게 아닌가 하는 생각이 들 만큼 열두 시간이 넘도록 흔들린 끝에 마침내 배가 가라앉기 시작하더군요. '페늘롱, 배가 가라앉는 것 같군, 자, 나에게 키를 넘기고 영감은 선창에 내려가 봐.' 이렇게 선장님이 말해서 키를 넘겨주고 내려가 보니

벌써 물이 3피트나 찼어요. 난 펌프, 펌프! 하고 소리치면서 뛰어 올라갔습죠. 하지만 이미 때가 늦었지요. 작업을 시작했지만 물을 퍼내면 퍼낼수록 더 차 오르는 거예요. '에잇, 빌어먹을! 가라앉으려면 가라앉아버리라지, 한 번 죽지 두 번 죽냐!' 네 시간 일한 끝에 이렇게 소릴 지르고 말았습죠. 하지만 '페늘롱, 그 따위로 할 거야? 좋아! 기다려!' 선장님이 말하더니 자기 방으로 두 개의 권총을 가지러 갔습죠.

'누구든 펌프를 떠나는 놈은 대가리에 바람구멍을 뚫어줄 테다!' 하고 소리 치더군요."

"음." 영국 사람이 신음했다.

"지당한 말씀만큼 기운을 북돋아 주는 건 없습죠." 선원은 이야기를 계속했 다. "그러는 사이에 하늘이 밝아지고 바람이 멎더군요. 하지만 물은 여전히 불 어나고 있었죠. 심하지는 않았지만 한 시간에 2인치 정도씩 어쨌든 불어났으니까요. 한 시간에 2인치라고 하면 나리, 별것 아닌 것 같지만, 열두 시간이면 24인치, 24인치는 2피트입니다요, 그 2피트와 그전에 들어온 3피트를 합치면 5피트입죠. 배 안에 5피트의 물이 고이게 되면 그건 복수가 차는 것과 같은 겁니다요. '자, 이만큼 했으면 충분해.' 선장님이 말했어요. '이만하면 모렐 씨도 우릴 원망하진 않겠지. 배를 구하기 위해서 할 수 있는 일은 다 했으니까. 이젠 사람을 구할 차례야. 모두들 보트에 올라타라, 우물거리고 있을 때가 아니야……' "

"그런데요, 나리." 페늘롱은 말을 이었다. "저희가 파라옹 호를 아끼고 있었다고는 하지만 선원이 아무리 자기 배를 아긴다 하더라도 자기 목숨만 하겠습니까요? 그래서 두말 않고 선장님을 따르기로 했습죠. 게다가 배의 모습을 보고 있으려니 배가 애통한 듯이 '빨리 떠나시오, 빨리 떠나!' 하고 말하는 것 같더군요. 정말 파라옹 호의 그 말처럼 우리의 발밑으로 배가 가라앉는 것이 느껴지기 시작했습니다요. 급히 보트를 내리고 우리 여덟 명은 올라탔어요.

선장님은 마지막에 내렸습니다. 아니, 내린 게 아니었어요, 배를 떠나려 하지 않았지요. 제가 선장님을 끌어안고 동료들 쪽으로 밀었습니다. 그런 다음 제가 뛰어내린 거지요. 간발의 차이로, 제가 뛰어내리자마자 갑판이 마치 군함에서 대포 48개를 발사한 것 같은 소리를 내면서 갈라져버렸어요. 10분이 지나자 배는 뱃머리를 처박더니 이어서 꽁무니도 가라앉더군요. 그리고 제 꼬리를 쫓아다니는 개처럼 빙글빙글 돌더니 꾸룩 꾸룩 꾸룩! 하고는 그만이었습니다. 그렇게 파라옹 호의 모습은 보이지 않게 되었습니다.

우리는 사흘 동안 물 한 방울 마시지 못하고 아무것도 먹지 못한 채, 이제 누가 맨 먼저 다른 놈들에게 잡아먹힐지에 대해 의논을 시작하는데 지롱드 호가 보였습니다요. 신호를 보내니 저쪽에서도 알아보더군요. 이쪽으로 와서 보트를 내려 구해준 겁니다요. 선주님, 대강 이렇게 된 건데, 저도 틀림없는 뱃놈입니다요, 그러니까 제가 한 말에 거짓은 없다는 얘기지요! 안 그런가? 모두들?"

모두들 감탄해서 술렁이는 것을 봐도, 페늘롱이 하는 얘기가 모두 사실이며, 눈앞에서 보고 있는 것처럼 세세히 그려내어 다들 동의하고 있는 것이 명백했다.

"잘했네, 모두들," 모렐 씨가 말했다. "자네들은 모두 훌륭한 사람들이야. 게

다가 난 전부터 나에게 닥친 불행이 특별히 누가 잘못해서 생긴 것이 아니고, 그저 내 운명이려니 하고 있네. 그건 하느님의 뜻이지 인간의 잘못이 아니야. 그러니 하느님의 뜻을 찬양해야겠지. 그래, 내가 자네들에게 지급해야 할 임금이 얼마였지?"

"무슨 말씀을! 그런 얘기는 그만두십시오, 모렐 씨."

"아닐세. 그 얘기를 해야지." 선주는 슬픈 듯이 미소 지으면서 말했다.

"그러시다면 저희는 석 달 치를……" 페늘롱이 말했다.

"코클레스, 이 용감한 사람들에게 각자 2백 프랑씩 주게. 다른 때라면 각자 2백 프랑의 상여금을 주고 싶지만, 자네들, 지금은 참담한 상황이라네. 겨우 조금 남아 있는 돈도 이미 내 돈이 아니야. 섭섭하더라도 나를 원망하진 말게나."

페늘롱은 감격한 나머지 낯빛이 변해서 동료들에게 가서 몇 마디 뭔가 얘기하더니 돌아왔다.

"모렐 씨, 그렇다면," 그는 입 안의 담배 위치를 바꾸고 나서 대기실 쪽에 가서 다시 침을 뱉었다. "정 그러시다면……"

"뭐 말인가?"

"돈 말입니다."

"그게 왜?"

"그게, 모렐 씨, 동료들의 말로는 우선 각자 50프랑만 주시면 되니까 나머지는 기다리겠다고 하는군요."

"고맙네, 모두들 고마워!" 진심으로 감동하여 모렐 씨가 소리쳤다. "자네들은 모두 훌륭한 마음씨를 가졌네. 하지만 사양 말고 받아주게. 그리고 좋은 자리가 있으면 어서 다른 곳에 가서 일하도록 하게, 이제부터 자네들은 자유야."

이 마지막 말이 용감한 선원들을 깜짝 놀라게 했다. 그들은 어찌할 바를 모르는 얼굴로 서로 마주보았다. 숨이 막히는 것 같아서 페늘롱은 하마터면 씹는담배를 삼킬 뻔했다. 하지만 운 좋게 손가락이 목구멍에 닿았다.

"뭐라고요, 모렐 씨?" 그는 괴로운 듯이 말했다. "그건 저희를 해고한다는 말씀입니까! 저희가 마음에 안 드신다는 건지요?"

"아니야." 선주가 말했다. "그럴 리가 있나! 난 자네들을 해고하려는 게 아니야. 하지만 어쩔 수 없지 않은가, 나에게는 이제 배가 없으니 선원이 필요 없게 되었을 뿐이라네."

"뭐라고요, 선주님에게 이제 배가 없다고요!" 페늘롱이 말했다. "그렇다면 배를 만드시면 되지 않습니까? 저희는 기다리고 있겠습니다. 다행히 고생을 하는 것쯤은 이제 아무렇지도 않으니까요."

"페늘롱, 나에게는 배를 지을 만한 돈이 없다네." 선주는 서글픈 미소를 지으면서 말했다. "그래서 자네들이 하는 말은 눈물이 나도록 고맙지만 받아들일 수가 없네."

"돈이 없으시면 저희에게 급료를 주시면 더욱 곤란하시겠군요. 저희는 그 가련한 파라옹 호와 마찬가지로 돛 없이 그냥 달리면 됩니다!"

"이제 그만하세." 모렐 씨는 감동에 목이 메어 말했다. "부탁이니 이만 돌아가 주게. 인연이 있으면 다시 만나겠지. 엠마뉘엘, 이 사람들을 데리고 가서 내가 하라는 대로 하게."

"그럼 언젠가 곧 다시 뵐 수 있겠지요, 모렐 씨?" 페늘롱이 말했다.

"그래, 나도 그러고 싶다네, 자, 어서 가보게."

그리고 선주는 코클레스에게 신호를 보냈다. 코클레스는 앞장서서 걸어갔다. 선원들은 회계담당 뒤를 따라가고 엠마뉘엘은 선원 뒤를 따라갔다.

"이제 잠시 혼자 있게 해주오." 선주는 아내와 딸에게 말했다. "이분과 할 얘기가 있소."

그는 눈빛으로 톰슨 앤드 프렌치 상사 대리인이 있는 쪽을 가리켰다. 그 사람은 앞에 말한 몇 마디 말고는 아무 말도 하지 않고 한쪽 구석에 가만히 서 있었다. 두 여자는 눈을 들어 지금까지 까맣게 잊고 있던 손님을 쳐다본 뒤 방에서 나갔다. 다만 나가면서 처녀는 손님 쪽으로 애원이 담긴 눈빛을 보냈다. 손님은 그것에 대해 미소로 답했다. 만약 냉정한 제삼자가 보았다면, 그의 얼음처럼 차가운 얼굴에 그런 미소가 떠오른 것에 아마 놀랐을 것이다. 두 남자만 남았다.

"어떻습니까, 선생." 모렐 씨는 의자에 털썩 주저앉으면서 말했다. "선생은 모든 것을 보고 들으셨소. 나는 이제 아무것도 드릴 말씀이 없군요."

"모렐 씨," 영국 사람이 말했다. "저는 지금까지의 불행과 마찬가지로 다시금 부당한 불행이 당신에게 덮친 것을 보았습니다. 그래서 저는 모렐 씨에게 힘이 되어드리고 싶은 제 희망을 더욱 굳혔습니다."

"아!" 모렐 씨가 말했다.

"그런데," 손님이 말을 이었다. "저는 모렐 씨의 주요 채권자의 한 사람입니다. 그렇죠?"

"적어도 선생은 단기 지불 어음을 가지고 계십니다."

"당신은 지불이 연기되기를 바라십니까?"

"유예해 주신다면 제 명예를 구할 수 있을 겁니다. 따라서 목숨도 건질 수 있겠지요."

"어느 정도 유예를 원하십니까?"

모렐은 주저하다가 대답했다. "두 달을 주십시오."

"좋습니다. 석 달 유예해 드리지요."

"하지만 만약 톰슨 앤드 프렌치 상사가……"

"걱정 마십시오. 모든 건 제가 책임지겠습니다. 오늘은 6월 5일이군요."

"맞습니다."

"그럼 이 어음을 모두 9월 5일로 고쳐 써 주십시오. 9월 5일 오전 11시(바로 이때 시계가 11시를 가리키고 있었다)에 다시 찾아오겠습니다."

"기다리고 있겠습니다." 모렐이 말했다. "그리고 만약 지불할 수 없다면 전 아마 이 세상에 있지 않을 겁니다." 이 마지막 말은 낮은 목소리로 말했기 때문에 손님의 귀에는 들리지 않았다. 증서는 정정되었고 이전의 어음은 찢어졌다. 그리하여 가련한 선주는 마지막 자금조달을 위해 적어도 석 달의 여유를 얻게 되었다.

영국 사람은 영국 사람 특유의 냉정한 태도로 감사의 인사를 들으면서 모렐 씨에게 작별인사를 했다. 모렐 씨는 문까지 나아가 그에게 감사의 말을 하면서 배웅했다. 계단참에서 영국 사람은 쥘리를 만났다. 소녀는 계단을 내려가는 척하고 있었다. 그러나 실은 그를 기다리고 있었던 것이다.

"아, 선생님!" 그녀는 두 손을 모으고 말했다.

"아가씨," 손님이 말했다. "어느 날……선원 신드바드……라고 서명되어 있는 편지를 한 통 받게 될 겁니다. 그 편지에 적혀 있는 대로 하나하나 실행해 주십시오, 좀 이상한 부탁일지 모르지만."

"네." 쥘리가 대답했다.

"실행하겠다고 약속하시는 겁니까?"

"약속해요."

"좋습니다! 그럼 가보겠습니다, 아가씨. 언제까지나 지금처럼 착하고 순결한 아가씨로 있어 주시기를. 하느님이 아가씨에게 엠마뉘엘 씨를 주심으로써 아가씨에게 보상해주시기를 기도하겠습니다."

쥘리는 작은 소리로 탄성을 터뜨리며 버찌처럼 빨갛게 얼굴을 붉혔다. 그리고 하마터면 발을 헛디딜 것 같아서 난간을 붙잡았다.

손님은 그녀에게 작별의 몸짓을 한 뒤 계속 걸어갔다. 그는 마당에서 두 손에 지폐 다발을 쥔 채 그걸 가지고 떠날 결심이 서지 않아 서성이고 있는 페늘롱을 만났다.

"영감님, 좀 따라오시오." 손님이 말했다. "잠시 할 얘기가 있으니."

9월 5일

　모렐 씨로서는 그런 일이 있으리라고는 꿈에도 생각하지 못했을 때 톰슨 앤드 프렌치 상사의 대리인이 유예를 승인해 주자, 이 가련한 선주는 운명이 마침내 인간을 괴롭히는 데도 지쳐서 이제 다시 행복이 찾아온 게 아닐까 하고 생각했다. 그날 안에 그는 딸과 아내에게, 그리고 엠마뉘엘에게도 그 일을 얘기해 주었다. 그리고 안심까지는 아니더라도 가족들 사이에 약간의 희망이 보이는 것 같았다. 그러나 모렐 씨의 거래처 중에는 불행하게도 톰슨 앤드 프렌치 상사처럼 호의를 보여준 곳만 있는 것은 아니었다. 그도 말했듯이 장사의 세계에서 거래처는 있어도 친구는 없는 법이다. 깊이 생각해 보면, 그로서는 자신에 대한 톰슨 앤드 프렌치 상사의 관대한 처사를 이해할 수가 없었다. 단지 짚이는 것이 있다면, 채무자의 파멸을 앞당김으로써 원금의 6푼이나 8푼을 회수하느니 차라리 30만 프랑에 가까운 부채가 있는 채무자를 도와주어서, 석 달 뒤에 그 금액을 모두 회수하려고 그 상사가 현명하고도 약삭빠른 계산을 하지 않았나 하는 것이었다.

　불행하게도 모렐 씨의 거래처들은 악의에선지, 아니면 생각이 모자라선지 아무도 그런 생각은 하지 않았다. 그중에는 그와 반대되는 생각을 하는 자도 있어서 모렐 씨가 발행한 어음이 제 날짜에 꼬박꼬박 회계담당에게 들어왔다. 그러나 그것은 영국 사람한테서 받은 유예 덕분에 당당하게 코클레스의 손으로 지불할 수 있었다. 따라서 코클레스는 여전히 운명에 안주하고 있었다. 하지만 모렐 씨는 만약 15일에 보빌 씨의 5만 프랑, 30일에도 역시 그 형무검찰관의 어음을 지불하고, 거기다가 또 유예를 받은 3만 2500프랑의 어음을 지불해야 했다면, 이미 이번 달에 파산해 버렸을 것이라고 생각하니 자기도 모르게 몸서리를 쳤다.

　마르세유 상업계 전체는, 모렐 씨가 잇따른 불운에 허덕이다가 결국 도저히 버티지 못할 때가 올 것이라고 전망하고 있었다. 따라서 여느 때와 다름없이 월말의 지불이 어김없이 이행되는 것을 본 사람들은 크게 놀라지 않을 수 없었다. 그러나 그것만으로 사람들의 마음에 신용이 되살아난 것은 아니었다. 그저 불행한 선주의 청산서(淸算書) 제출이 다음 달 말까지 연기되었을 뿐일 거라는 것에 모든 사람의 의견이 일치했다.

그달 내내 모렐 씨는 자금 조달에 온통 매달려 있었다. 옛날 같으면, 그의 어음은 날짜가 언제든 신용하고 받아줄 뿐만 아니라 오히려 상대 쪽에서 원할 정도였다. 그런데 그는 지금 90일 지불 어음으로 거래하려고 해도 모든 은행에서 거절당했다. 다행히 모렐 씨 자신에게 들어올 돈이 조금 있어서, 그 덕분에 7월 말에도 약속을 이행할 수 있었다.

톰슨 앤드 프렌치 상사의 대리인은 그날 이후 마르세유에 모습을 나타내지 않았다. 게다가 그는 마르세유에서 시장과 형무검찰관과 모렐 씨 말고는 접촉하지 않았기 때문에, 그 세 사람이 기억하는 서로 다른 그의 모습 외에는 아무런 흔적도 남기지 않았다. 한편 파라옹 호 선원들도 어딘가에서 일자리를 구했는지 역시 자취를 감추고 없었다.

그런 가운데 병 때문에 팔마 섬에 머물러 있던 고마르 선장이 병이 나아서 돌아왔다. 그는 모렐 씨를 차마 찾아가지 못하고 망설이고 있었다. 그러나 모렐 씨는 선장이 돌아온 것을 알고 자기 쪽에서 그를 찾아갔다. 존경할 만한 선주는 페늘롱의 이야기를 통해 재난을 당했을 때의 선장의 용감한 행동을 알고 자기 쪽에서 위로해 줄 생각이었다. 그리고 고마르 선장이 받으러 오지 않을 것이 뻔한 그의 급료를 갖다 주러 간 것이었다.

계단을 내려가려던 모렐 씨는 올라오는 페늘롱과 정면으로 마주쳤다. 페늘롱은 돈이 어디서 났는지 새 옷으로 빼입고 있었다. 선주의 모습을 보자 그는 몹시 당황하는 기색이었다. 그는 계단을 다 올라온 뒤 구석에 서서 커다란 눈을 두리번거리며 씹는담배를 왼쪽에서 오른쪽으로 오른쪽에서 왼쪽으로 옮기다가, 모렐 씨가 평소의 소탈한 태도로 내민 손을 쭈뼛거리면서 겨우 잡았을 뿐이었다. 모렐 씨는 그가 당황하는 것이 사치스러운 옷 때문이라고 생각했다. 자기가 그런 옷을 살 만한 돈을 주지 않은 것은 분명했다. 어쩌면 이제 어딘가 다른 배에서 일하게 되어, 파라옹 호를 언제까지나 애도하지 못하고 있는 것을 부끄럽게 여기고 있는 건지도 몰랐다. 또, 고마르 선장이 자기가 운이 좋았던 것을 알려주고 새 주인의 제안을 전하려고 찾아온 건지도 몰랐다. "모두들 고마운 직원들이지." 모렐 씨는 멀어지며 이렇게 말했다. "자네들의 새로운 주인이 내가 아꼈던 것처럼 자네들을 아껴줬으면 좋겠네. 그리고 내 밑에 있었을 때보다 행복하기를 바라네."

8월은 모렐 씨가 차용증을 끊임없이 다시 쓰고, 또 새롭게 빚을 지는 동안에 지나가 버렸다. 8월 20일, 마르세유에서 그가 역마차를 타는 것이 목격되었다. 그래서 사람들은 마침내 월말에 청산서를 제출해야 해서, 그가 그 괴로운 사실을 자기 눈으로 보고 싶지 않아 모든 것을 지배인인 엠마뉘엘과 회계담당 코클레스에게 맡기고 떠나버린 거라고 생각했다. 그런데 사람들의 예상과는 달리, 8월 31일이 되자 평소와 다름없이 지불이 시작되었다. 코클레스는 호라티우스[*1] 작품 속의 재판관처럼 침착한 모습으로 철책 저편에 앉아서, 제출된 서류를 여전히 꼼꼼하게 살피고 전과 다름없이 정확하게 어음을 모두 지불하고 있었다. 모렐 씨가 예상하고 있던 반제금(返濟金)이 두 군데나 있었지만, 코클레스는 선주 개인의 어음과 마찬가지로 그것도 어김없이 지불했다. 도대체 어떻게 된 일인지 알 수가 없었다. 그러나 나쁜 소문을 퍼뜨리고 다니는 사람들은 특유의 집요함을 가지고 파산이 9월 말까지 연기된 것일 뿐이라고 수군거렸다.

모렐 씨는 1일에 돌아왔다. 가족들은 몹시 불안한 마음으로 그가 돌아오기를 기다렸다. 그 파리 여행은 그에게는 마지막 구원이 될 터였다. 모렐 씨는 당글라르에게 기대를 걸고 있었던 것이다. 당글라르는 지금은 백만장자이지만, 옛날에는 그의 은혜를 입은 사람이었다. 그는 모렐 씨의 추천으로 에스파냐 은행가 밑에서 일하게 되었고, 그 덕분에 막대한 재산을 이루는 기반을 얻었다. 사람들의 소문으로는 7,8백만 프랑의 재산을 가지고 있고 어마어마한 신용을 얻고 있다고 하니, 그로서는 자기 주머니에서는 한 푼도 꺼내지 않고도 모렐 씨를 구해줄 수 있는 것이 분명했다. 즉, 부채에 대한 보증만 서주면 되었던 것이다. 모렐 씨는 오래전부터 당글라르를 생각하고 있었다. 그러나 인간에게는 스스로도 어떻게 할 수 없는 본능적인 혐오의 감정이라는 것이 있다. 그 마지막 수단에 매달리는 일을 가능하면 뒤로 미루고 싶었던 모렐 씨의 생각은 틀리지 않았다. 왜냐하면 그는 거절이라는 굴욕을 당하고 돌아왔기 때문이

[*1] 유명한 로마 시인.

었다.

집으로 돌아온 모렐 씨는 불평하거나 원망하지 않았다. 그는 눈물을 흘리면서 아내와 딸에게 입을 맞추고, 엠마뉘엘의 손을 다정하게 잡아준 뒤, 3층의 거실에 올라가서 코클레스를 불렀다.

"이번에는 정말 마지막이군요." 두 여자가 엠마뉘엘에게 말했다. 여자들은 잠시 의논한 끝에 쥘리가 님의 병영에 있는 오빠 앞으로 곧 오라고 편지를 보내기로 했다.

가엾은 여자들은 지금 자신들을 위협하고 있는 타격을 견디기 위해 모든 힘을 동원해야 한다는 것을 본능적으로 느끼고 있었다.

다행히 막시밀리앙 모렐은 이제 겨우 스물세 살이었지만, 이미 아버지를 움직일 만한 큰 힘을 가지고 있었다. 그는 꿋꿋하고 의연한 청년이었다. 그가 진로를 결정할 때도 아버지는 자기가 그것을 정해주려 하지 않고 먼저 아들의 의사부터 물어보았다. 아들은 군인이 되고 싶다고 했다. 그는 열심히 공부하여 시험을 치고 기술고등학교에 들어갔다. 그곳을 졸업하고는 곧 보병 제53연대의 소위가 되었다. 소위에 임관한 지 벌써 1년이 지나, 다음 기회에는 중위로 승진하기로 예정되어 있었다. 연대에서 막시밀리앙 모렐은 단순히 군인으로서 지켜야 할 의무뿐만 아니라 인간으로서 지켜야 할 의무를 엄격하게 지키는 사람으로 알려져 스토아 철학자라 불리고 있었다. 그러나 그에게 그런 별명을 붙인 사람들은 대부분 남들이 그렇게 부르니까 따라하는 것뿐이었고, 그것이 무엇을 의미하는 건지는 전혀 몰랐다.

어머니와 누이동생은 지금 자신들의 신상에 일어나고 있는 중대사 앞에서, 뭔가 힘이 되어 주지 않을까 하고 그를 불러들이기로 한 것이다.

사태의 심각성에 대한 여자들의 생각은 틀리지 않았다. 왜냐하면, 모렐 씨가 코클레스와 사무실에 들어가고 잠시 뒤, 쥘리는 코클레스가 새파래진 얼굴로 몸을 부들부들 떨면서 나오는 것을 보았기 때문이다. 그녀는 옆으로 지나가는 코클레스에게 무슨 일인지 물어보려고 했다. 그러나 영감은 평소와 달리 서둘러 계단을 내려가면서, 다만 두 손을 허공에 쳐들고 이렇게 소리쳤을 뿐이다.

"아, 아가씨! 아가씨! 큰일 났습니다요! 이렇게 될 줄 누가 알았겠습니까!"

한참 뒤 쥘리는 그가 커다란 장부 두세 권과 서류함, 그리고 지갑을 가지고 올라오는 것을 보았다. 모렐 씨는 장부를 조사한 뒤 서류함을 열어 돈을 헤아렸다. 있는 돈은 전부 7, 8천 프랑, 5일까지 들어올 돈이 4, 5천 프랑, 따라서 지불해야할 어음은 28만 7천5백 프랑인데 비해, 있는 돈은 아무리 많아봐야 1만 4천 프랑 정도였다. 그러니 그것만 가지고는 도저히 지불할 수가 없었다. 그래도 저녁을 먹으러 내려온 모렐 씨는 상당히 침착한 모습이었다. 그 냉정함은 가장 크게 낙담하는 것보다 오히려 두 여자를 더욱 불안하게 했다.

모렐 씨는 저녁 식사 뒤에는 외출을 하는 습관이 있었다. 포세앙 클럽에 가서 커피를 마시고 〈세마포르〉지(紙)를 읽곤 했던 것이다. 그러나 그날은 외출도 하지 않고 그대로 사무실로 올라갔다.

코클레스는 얼이 빠진 듯한 모습이었다. 몇 시간 동안 그는 30도의 태양에 모자도 쓰지 않고 마당의 바위 위에 앉아 있었다. 엠마뉘엘은 여자들을 안심시키려고 노력했지만 생각처럼 말이 나오지 않았다. 그는 집안 사정을 잘 알고 있었다. 따라서 모렐 씨 일가에 커다란 재앙이 닥쳐온 것을 느끼지 않을 수 없었다.

밤이 되었다. 두 여자는 사무실에서 내려오는 모렐 씨가 틀림없이 그들이 있는 방으로 올 줄 알고 일어나 있었다. 그러나 모렐 씨는 오히려 자기를 부를까 봐 겁이 난 듯 발소리를 죽이고 여자들이 있는 방문 앞을 지나갔다. 그녀들은 귀를 기울였다. 모렐 씨는 자기 방으로 들어가서 안에서 문을 잠갔다.

모렐 부인은 딸을 자러 가라고 내보냈다. 쥘리가 나간 지 30분쯤 뒤에 부인은 일어나서, 남편이 무엇을 하고 있는지 열쇠구멍으로 들여다볼 생각으로, 신을 벗고 가만히 복도로 나갔다. 복도로 나온 그녀는 앞에 사라져 가는 사람의 뒷모습을 보았다. 쥘리였다. 마찬가지로 걱정하고 있던 그녀가 어머니보다 먼저 와 있었던 것이다.

딸이 모렐 부인에게 다가왔다.

"뭔가 쓰고 계신 것 같아요."

두 여자는 말하지 않아도 알고 있었다.

모렐 부인은 허리를 구부려 열쇠구멍을 들여다보았다. 모렐 씨는 정말 뭔가 쓰고 있었다. 그러나 모렐 부인은 딸이 보지 못한 것을 보았다. 남편은 증서 형식을 한 종이 위로 펜을 놀리고 있었던 것이다.

유언장을 쓰고 있다! 그 무서운 생각이 그녀의 뇌리를 스치고 지나갔다. 그녀는 온몸이 사시나무처럼 떨려왔다. 그러나 간신히 억제하면서 아무 말도 하지 않았다.

이튿날 모렐 씨는 완전히 안정된 모습이었다. 평소처럼 사무실에 있다가 점심을 먹으러 내려왔다. 그러나 저녁 식사 뒤에 그는 딸을 옆에 앉혀놓고, 딸의 머리를 두 팔로 감싸고 오랫동안 가슴에 꼭 안고 있었다. 그날 밤 쥘리는 어머니에게, 겉으로는 침착한 것처럼 행동하고 있었지만 아버지의 심장이 높이 고동치고 있었던 것을 얘기해 주었다.

마찬가지로 이틀이 지났다. 9월 4일 밤, 모렐 씨는 딸에게 사무실의 열쇠를 돌려달라고 했다. 그 말을 들은 쥘리는 뭔가 불길한 일이 일어날 것 같은 예감이 들었다. 늘 몸에 지니고 있는 그 열쇠, 어릴 때 자기를 벌주기 위해서만 빼앗아갔던 그 열쇠를 왜 아버지가 돌려달라고 하는 것일까? 소녀는 모렐 씨의 얼굴을 가만히 바라보았다.

"열쇠를 빼앗아 가시다니, 아버지, 제가 뭐 잘못한 일이라도 있어요?"

"그런 것 없어." 그 순진한 질문을 듣고 모렐 씨는 눈물을 글썽이면서 대답했다. "그런 일이 아니야, 그냥 그게 필요해서 그런다."

쥘리는 열쇠를 찾는 시늉을 하면서 말했다. "아마 제 방에 두고 온 것 같아요." 그리고 방을 나간 그녀는 자기 방으로 가지 않고 계단을 내려가더니 엠마뉘엘에게 의논하러 뛰어갔다.

"열쇠를 아버님께 드리면 안 돼요." 엠마뉘엘이 대답했다. "그리고 되도록 내일 아침에 아버님 곁을 떠나지 않도록 해요."

그녀는 엠마뉘엘에게 그 까닭을 물어보려 했다. 그러나 그는 별로 아는 것이 없었다. 어쩌면 말하고 싶지 않은 건지도 몰랐다.

9월 4일에서 5일로 넘어가는 밤, 모렐 부인은 가만히 문에 귀를 대고 있었다. 새벽 3시까지 남편이 초조하게 방 안을 서성거리는 소리가 들려왔다. 그러다가 3시가 되어서야 남편은 가까스로 침대에 들어갔다.

두 여자는 함께 밤을 새웠다. 그리고 막시밀리앙이 돌아오기를 애타게 기다렸다.

아침 8시에 모렐 씨가 두 사람의 방에 들어왔다. 그는 차분한 태도였다. 그러나 전날 밤 흥분했던 흔적이, 뭔가 기색이 달라진 듯한 창백한 얼굴에 생생하게 나타나 있었다. 여자들은 그에게 잘 잤는지 어땠는지 물어볼 용기조차 없었다. 모렐 씨는 어느 때보다 더욱 아내에게 다정했고 딸에게도 자상했다. 그는 아무리 딸을 바라보고 입을 맞춰도 뭔가 흡족하지 않은 듯한 눈치였다.

엠마뉘엘의 주의를 떠올린 쥘리는 아버지가 방을 나갈 때 뒤따라가려고 했다. 그러나 아버지는 다정하게 그녀를 밀어내면서 말했다. "엄마 옆에 있어라."

쥘리는 고집을 꺾지 않으려 했다.

"아비가 하라면 해!" 모렐 씨가 말했다.

모렐 씨가 '아비가 하라면 해!'라고 말한 것은 이번이 처음이었다. 그렇게 말하는 그의 말투에는 아버지로서의 따뜻한 정이 넘치고 있기는 했지만, 쥘리는 감히 한 발짝도 내딛을 수 없었다.

그녀는 그 자리에 선 채 아무 말도 하지 않고 꼼짝도 하지 않았다. 잠시 뒤, 다시 문이 열리는 소리가 났다. 그리고 그녀는 누가 두 팔로 자신을 안고 이마에 입을 맞추는 것을 느꼈다.

그녀는 고개를 들었다. 그리고 기쁨의 환성을 질렀다.

"막시밀리앙 오빠!" 그 소리를 듣고 모렐 부인이 달려와서 아들의 품에 몸을 던졌다.

"어머니," 청년은 모렐 부인과 여동생을 번갈아 보면서 말했다. "어떻게 된 일이에요, 무슨 일이 일어난 겁니까? 편지를 보고 깜짝 놀라 달려왔어요."

"쥘리야," 모렐 부인이 청년을 가리키면서 말했다. "아버지께 가서 오빠가 왔다고 말씀드려."

소녀는 밖으로 뛰어나갔다. 그런데 계단에 발을 올려놓았을 때 손에 편지 한 통을 든 한 남자가 눈에 들어왔다.

"쥘리 모렐 양이십니까?" 남자는 강한 이탈리아 억양으로 물었다.

"네." 쥘리는 입속으로 우물거리듯이 대답했다. "무슨 일인가요? 모르는 분인 것 같은데."

"이 편지를 읽어보십시오." 남자는 편지를 내밀면서 말했다.

쥘리는 망설였다.

"아버님의 운명이 걸린 일입니다." 남자가 말했다. 소녀는 남자의 손에서 빼앗듯이 편지를 받아들었다. 서둘러 뜯어보니 거기에는 이렇게 적혀 있었다.

지금 바로 멜랑 골목으로 가시오. 그곳 15번지의 집에 들어가, 문지기한

테 열쇠를 받고 6층의 방에 들어가시오. 그리고 벽난로 위에 놓인 빨간 그물 무늬 비단 지갑을 가지고 와서 아버님께 드리시오. 그 지갑은 11시 이전에 아버님 손에 들어가야 합니다. 당신은 무조건 내 말에 따를 것을 약속했습니다. 나는 그 약속을 잊지 않고 있습니다.

선원 신드바드

처녀는 기쁨의 소리를 지른 뒤, 사정을 듣기 위해 고개를 들고 편지를 전해 준 남자를 찾았다. 그러나 이미 남자는 가버리고 없었다.

그녀는 다시 한 번 읽으려고 편지 위에 시선을 떨어뜨렸다. 그러자 추신이 눈에 들어왔다.

이 일은 당신이 직접 혼자서 해야 합니다. 다른 사람을 데리고 가거나 당신이 아닌 다른 사람을 보낼 때는 문지기는 그런 일은 모른다고 대답할 것입니다.

이 추신은 처녀의 기뻤던 마음을 매우 흔들어놓았다. 뭔가 무서운 일이 기다리고 있는 것은 아닐까? 뭔가 함정이 있는 것은 아닐까? 순진한 그녀로서는 그 나이의 소녀에게 어떤 위험이 기다릴 수 있는지는 알지 못했다. 그러나 위험에 대한 두려움을 아는 데에는 그런 무서운 경험을 해봐야 할 필요가 없다. 뭔지 알 수 없는 위험, 그런 것이 실은 훨씬 더 큰 공포심을 불러일으키는 법이다.

쥘리는 머뭇거렸다. 그리고 누군가와 의논해 보기로 결심했다. 그러나 그녀가 도움을 청한 것은 어머니도 아니고 오빠도 아니었다. 알 수 없는 마음의 작용으로, 그녀는 엠마뉘엘에게 물어보기로 한 것이다.

아래층으로 내려간 그녀는 그에게 톰슨 앤드 프렌치 상사의 대표자가 아버지를 찾아온 날 일어난 일을 얘기해 주었다. 그녀는 계단에서 있었던 일과 그녀가 한 약속을 얘기한 뒤 편지를 보여주었다.

"쥘리, 이건 가야 해." 엠마뉘엘이 말했다.

"그럴까요?" 쥘리는 중얼거리듯이 말했다.

"그렇소. 나하고 같이 갑시다."

"하지만 나 혼자 가야 한다고 쓰여 있잖아요?"

"물론 혼자 가야지." 청년은 대답했다. "난 뮈제 거리 모퉁이에서 기다리고 있겠소. 만약 돌아오는 게 늦으면 뒤따라가리다. 나만 믿어요. 괴롭히는 놈이 있으면 뼈도 못 추리게 만들어 줄 테니까!"

"그럼 엠마뉘엘," 주저하면서 소녀가 말했다. "당신 말대로 거기 가는 게 좋겠죠?"

"물론이지, 편지를 전한 사람이 아버님의 운명이 걸린 일이라고 말했다면서?"

"하지만 엠마뉘엘, 아버지가 어떤 위험을 당하게 되실까요?" 처녀가 물었다.

엠마뉘엘은 잠시 망설였다. 그러나 그 자리에서 대번에 소녀가 결심할 수 있도록 도와주고 싶은 마음이 이겼다.

"쥘리, 오늘은 9월 5일이지?"

"네."

"오늘 11시에 아버님은 약 30만 프랑의 돈을 지불하지 않으면 안 되게 되어 있어."

"네, 그건 저도 알고 있어요."

"그런데 금고에는 1만 5천 프랑밖에 없어."

"그러면 도대체 어떻게 되는 건데요?"

"오늘 11시까지 아버님에게 힘을 빌려줄 사람이 찾아오지 않는 경우, 정오에는 아버님은 어쩔 수 없이 파산 신청을 해야 해요."

"저런! 그럼 빨리 가요!" 소녀는 청년을 잡아끌면서 소리쳤다.

그러는 사이 모렐 부인은 아들에게 모든 사실을 얘기해 주고 있었다. 청년은 아버지의 신상에 잇따라 재난이 덮친 결과 상황이 현저하게 나빠진 것은 알고 있었지만 이 정도인 줄은 몰랐다. 청년은 망연자실하지 않을 수 없었다.

그는 급히 방을 뛰쳐나가더니 뛰다시피 계단을 올라갔다. 아버지가 사무실에 있을 거라고 생각한 것이다. 그러나 아무리 두드려도 대답이 없었다. 그때 방문이 열리는 소리가 났다. 돌아보니 아버지였다. 모렐 씨는 사무실에 돌아가지 않고 자기 방에 들어갔다가 방금 거기서 나오는 참이었다.

모렐 씨는 막시밀리앙을 보자 깜짝 놀라 소리를 질렀다. 그는 아들이 돌아온 것을 모르고 있었다. 그는 프록코트 속에 숨긴 것을 왼손으로 누르면서 그자리에 우뚝 섰다. 막시밀리앙은 서둘러 계단을 내려가 아버지의 목을 끌어안았다. 그러나 아버지는 가슴에 댄 오른손을 그대로 댄 채 급히 뒤로 물러섰다.

"아버지." 그는 마치 죽은 사람처럼 새파랗게 질려서 말했다. "왜 권총을 두 자루나 프록코트 속에 숨기고 계신 거예요?"

"들키지 않을까 하고 걱정했더니!" 모렐 씨가 말했다.

"아버지! 아버지! 도대체 무슨 일이에요! 이 권총은 웬 거고요?" 청년이 소리쳤다.

"막시밀리앙," 모렐 씨는 아들의 얼굴을 응시하면서 대답했다. "너는 사나이다, 수치를 아는 사나이란 말이지. 이리 오너라, 사정을 얘기해 줄 테니."

모렐 씨는 확고한 걸음으로 사무실로 올라갔다. 막시밀리앙이 비틀거리면서 뒤따라갔다.

모렐 씨는 문을 열어 아들을 안에 들인 뒤 다시 닫았다. 그리고 대기실을 지나 책상 옆으로 가서 그 구석에 권총을 놓은 뒤, 펼쳐져 있던 장부를 아들에게 가리켰다.

장부에는 정확한 재산 상태가 기록되어 있었다. 모렐 씨는 앞으로 30분이면 28만 7천5백 프랑의 돈을 지불하지 않으면 안 되었다. 그런데 가진 돈은 다 해야 1만 5천257프랑밖에 안 되었다.

"읽어보렴."

청년은 그것을 읽어보았다. 그리고 한동안 넋이 나간 것처럼 서 있었다. 모렐 씨는 한 마디도 하지 않았다. 이 어찌할 도리가 없는 숫자에 대해 이제 와서 무슨 말을 더하겠는가?

"그래서 아버지, 이렇게 비참한 지경이 될 때까지 모든 수단을 다 써보셨나요?" 청년은 한참 뒤에 입을 열었다.

"그래." 모렐 씨가 대답했다.

"돈이 들어올 데는 없나요?"

"없다."

"그러모을 수 있는 대로 다 그러모으셨겠죠?"

"물론이다."

"그럼 정말 30분 뒤에는 집안의 명예를 잃게 된다는 말씀이죠!" 막시밀리앙은 침통한 목소리로 말했다.

"피가 불명예를 씻어줄 것이다." 모렐 씨가 말했다.

"그렇군요, 아버지. 전 아버지를 이해합니다."

그는 권총을 향해 손을 뻗으면서 말했다. "아버지 것이 한 자루, 그리고 제 것이 한 자루. 아버지, 그동안 감사했습니다!"

모렐 씨가 아들의 손을 막았다. "네가 그런 짓을 하면 네 어머니와……동생은 어떻게 하고?……누가 돌봐준단 말이냐?"

청년은 몸을 부르르 떨었다.

"아버지, 아버진 저에게 살아 있으라는 말씀이세요?"

"그래, 살아 있다오." 모렐 씨가 대답했다. "그것이 네 의무다. 너는 침착하고 기상이 높은 사나이다……막시밀리앙, 넌 보통 남자와는 달라. 그러니 난 너에게 아무 명령도 하지 않겠다. 다만 이렇게 말하고 싶구나, 넌 아무 상관없는 자로서 네 위치를 생각하고, 네 스스로 판단하기 바란다."

청년은 잠시 생각에 잠겼다. 그러던 그의 눈에 마지막 결의의 빛이 나타났다. 그는 비장한 동작으로 자신의 계급을 나타내는 견장을 천천히 떼어냈다.

"알겠습니다." 그는 모렐 씨 쪽으로 손을 내밀면서 말했다. "아버지, 안심하고 가십시오! 전 살아남을 테니까요."

모렐 씨는 아들의 무릎에 쓰러지려고 했다. 막시밀리앙은 아버지를 자기 쪽으로 끌어당겼다. 그리하여 두 개의 명예로운 심장은 한동안 서로 닿아 있었다.

"모든 게 다 내 잘못이 아니라는 건 알고 있겠지?" 모렐 씨가 말했다.

막시밀리앙은 미소를 지어 보였다.

"아버지, 전 아버지가 지금까지 제가 아는 사람 중에 가장 올바른 분이라는 것을 알고 있습니다."

"그렇다면 이제 얘기는 끝났다. 자, 어머니와 동생 곁으로 가거라."

"아버지." 청년은 한쪽 무릎을 꿇으면서 말했다. "축복해 주십시오!"

모렐 씨는 아들의 머리를 두 손으로 안고 자기 쪽으로 끌어당기더니 몇 번이나 입을 맞췄다. "그럼 축복하고말고. 나 자신으로서, 또 남에게 손가락질 한 번 당한 적이 없었던 3대에 걸친 조상들을 대신하여 너에게 축복을 주마. 신의 은총은 불행이 무너뜨린 건물을 다시 지어주실 것이다. 이건 조상이 내 입을 통해 말씀하시는 것처럼 들어야 한다. 내가 이렇게 죽은 것을 보면 아무리 무정한 자라도 너를 가엾게 여길 것이다. 나에게는 유예를 거절하더라도 너에게는 유예해 줄지도 모른다. 적어도 파렴치하다는 말은 듣지 않도록 노력해라. 일을 하도록 해라. 열심히 용기 내어 싸워야 한다. 너도, 네 어머니도, 동생도 최대한 허리를 졸라매고 내가 피해를 준 사람들의 돈이 하루하루 네 손안에서 불어나도록 해야 한다. 그리고 죄과가 청산될 그날, 네가 이 서재에서, 아버지는 내가 오늘 이룩한 일을 하지 못했기 때문에 죽어갔습니다, 하지만 아버지는 죽음 앞에서 저에게 오늘이 있을 것을 내다보고 조용하고 편안하게 죽어갔습니다, 하고 말할 수 있는 그날이야말로 진정 축복받은 기념할 만한 날이라는 것을 기억해 다오."

"아, 아버지, 아버지." 청년은 소리쳤다. "그래도 어떻게든 아버지가 살아 있어 주신다면!"

"내가 살아 있으면 사정은 완전히 달라진다. 만약 내가 살아 있으면 신용은 의혹으로 바뀌고, 동정은 거센 압박으로 변하며, 나는 약속을 저버린 인간, 파산자에 지나지 않게 된다. 그러나 내가 죽으면 그 반대지. 생각해 봐라, 막시밀리앙, 내 시체는 불행했지만 정직했던 한 인간의 주검이 될 것이다. 만약 살아 있다면 친구도 가까이 오지 않겠지만, 죽으면 마르세유의 모든 사람들이 눈물 흘리면서 무덤까지 따라와 주겠지. 만약 내가 이대로 살아 있다면, 너도 내 이름을 말하는 것을 부끄럽게 여겨야 할 거다. 하지만 내가 죽으면 넌 머리를 높이 쳐들고 '난 평생에 단 한 번 약속을 지키지 못한 것 때문에 자살한 사람의 아들입니다' 하고 사람들에게 말할 수 있는 거란다."

청년은 괴로워 신음을 내뱉었다. 그러나 그는 체념한 모양이었다. 마음으로는 몰라도 어쨌든 머리로는 이해한 것 같았다.

"이제 나를 혼자 있게 해 다오. 그리고 어머니와 누이는 오지 못하게 해라." 모렐 씨가 말했다.

"쥘리를 만나 보지 않으시겠습니까?" 막시밀리앙이 물었다. 청년의 마지막 희망은 가능성이 거의 없어 보였지만, 그래도 아버지와 동생이 만나는 데 있었다. 그래서 그러한 요청을 한 것이었다. 그러나 모렐 씨는 고개를 저었다.

"그 아이와는 오늘 아침에 만났다. 작별 인사는 이미 했어."

"저에게 특별히 뭐라도 남기실 말씀은 없습니까?" 막시밀리앙은 목소리가 완전히 변해서 물었다.

"있다. 꼭 해두고 싶은 말이 있어."

"말씀해 주세요, 아버지."

"오직 톰슨 앤드 프렌치 상사만이, 동정에선지 이기심에선지 그 속셈은 잘 모르겠지만, 어쨌든 나에게 동정을 베풀어 주었단다. 그 대리인이라는 사람이 이제 10분만 지나면 28만 7천5백 프랑의 어음을 가지고 지불받으러 올 텐데, 그 사람은 내가 부탁하지도 않은 석 달의 유예를 자기 쪽에서 먼저 제의해 주었다. 그러니 그 상사에 가장 먼저 지불해 주기 바란다. 그리고 그 사람에 깊이 감사를 표하도록 해라."

"예."

"그럼 다시 한 번, 잘 있거라. 이제 그만 가렴. 혼자 있고 싶구나. 유언장은 침실 책상 속에 넣어 두었다."

청년에게는 지금 의지의 힘만 있을 뿐 실행할 힘이 없어서 멍하니 서 있을 뿐이었다.

"애야, 막시밀리앙, 내가 너처럼 군인이었다고 치자. 그리고 내가 성채를 탈취하라는 명령을 받았고, 그것을 점령하기 위해서는 목숨을 버려야 한다는 것을 네가 알고 있다고 치자. 그럴 때 너는 아까 말한 것처럼 '가십시오, 아버지, 살아남는 건 불명예입니다. 치욕을 얻을 바에는 차라리 죽음을 택하는 것이 낫습니다!' 이렇게 말하지 않을 테냐?"

"맞습니다, 아버지 말씀이 맞아요." 청년은 아버지를 두 팔로 꼭 껴안았다. "가십시오, 아버지." 그리고 방에서 나갔다.

아들이 나가자 모렐 씨는 한동안 문을 응시한 채 가만히 서 있었다. 그런 다음 손을 뻗어 초인종의 끈을 잡고 흔들었다. 잠시 뒤 코클레스가 들어왔다.

그는 이미 그전의 그가 아니었다. 지난 사흘 동안에 확실하게 드러난 사실에서 그는 다시는 일어설 수 없는 충격을 받은 상태였다. 모렐 상사의 지급정지, 그것은 머리 위에 20년의 세월이 내려앉은 것 이상으로 그를 늙게 만들었다.

"코클레스," 모렐 씨는 형언할 수 없는 목소리로 말했다. "자네는 대기실에 있어주게. 석 달 전에 여기 온 사람, 그래, 자네도 알고 있지? 톰슨 앤드 프렌치 상사의 대리인이 오면 나에게 알려주게."

코클레스는 아무 대답도 하지 않았다. 그는 고개를 끄덕이고 대기실에 가서 기다렸다.

모렐 씨는 다시 털썩 의자에 주저앉았다. 그는 괘종시계를 쳐다보았다. 아직 7분의 여유가 있었다. 바늘은 상상할 수 없는 속도로 나아가고 있었다. 그에게는 바늘이 나아가는 것이 눈에 보이는 것 같았다.

이 마지막 순간에, 이 사람의 가슴속에 떠오르는 감개는 과연 어떠한 것이었을까? 아직 한창 일할 나이에, 어쩌면 잘못된 건지도 모르지만 적어도 지극히 지당한 논리의 결과, 이제 사랑하는 모든 사람들을 이 세상에 남겨두고 가정의 행복을 마음껏 누릴 수 있는 인생에서 떠나가려 하는 그 가슴속은 정말 뭐라고 표현할 길 없는 것이었다. 그것을 조금이나마 느끼고 싶다면, 이마에 식은땀을 흘리면서, 체념의 빛을 띠고 눈물에 젖어 번들거리면서도 하늘을 향하고 있는 그 눈길을 보아야만 할 것이다.

시곗바늘은 자꾸자꾸 나아갔다. 권총에는 이미 탄환이 채워져 있었다. 그는 손을 뻗어 그 하나를 집으면서 딸의 이름을 중얼거렸다. 그리고 다시 죽음의 무기를 내려놓고는 펜을 들어 몇 글자 적어 넣었다.

사랑하는 딸에게 아직 작별의 말을 다하지 못한 것 같은 생각이 들었던 것이다. 시계를 돌아보았다. 그는 분이 아니라 초를 헤아리고 있었다.

다시 무기를 들었다. 입을 반쯤 벌리고 눈은 시곗바늘에 꼼짝하지 않고 고정한 채. 그는 공이치기가 젖혀지는 소리에 움찔하고 놀랐다.

이마에 차가운 땀이 흘러내리면서 더욱 가까이 다가온 불안이 마음을 죄어 왔다.

그때 계단으로 나 있는 문의 돌쩌귀가 삐걱거리는 소리가 났다.

그리고 서재 문이 열렸다.

시계는 11시를 치려하고 있었다.

모렐 씨는 돌아보려 하지 않았다. 그는 코클레스가 '톰슨 앤드 프렌치 상사의 대리인이' 하고 말하기를 기다렸다.

그리고 무기를 입으로 가져갔다……

그때 갑자기 그의 귀에 외마디 외침이 들려왔다. 딸의 목소리였다.

돌아보자 쥘리가 그 곳에 있었다. 그는 자기도 모르게 권총을 떨어뜨렸다.

"아버지!" 딸은 숨이 턱에 닿아 기쁨에 정신이 나간 듯한 목소리로 외치고 있었다. "살았어요! 아버지, 우린 살았어요!"

그녀는 손에 든 붉은 비단 지갑을 높이 쳐들면서 아버지의 가슴에 뛰어들었다.

"쥘리! 살았다니? 그게 도대체 무슨 소리냐?"

"살았다고요! 이걸 좀 보세요, 이거요!"

지갑을 받아든 모렐 씨는 깜짝 놀랐다. 옛날에 자신의 것이었던 지갑임이 희미하게 기억났기 때문이었다.

지갑 안에는 28만 7천5백 프랑의 어음이 들어 있었다. 게다가 어음은 지불 완료로 되어 있었다. 그리고 한쪽에 개암만 한 크기의 다이아몬드가 있고, 그 옆에는 '쥘리의 지참금'이라고 적힌 양피지 조각이 있었다. 모렐 씨는 이마에 손을 짚었다. 그리고 꿈이 아닌가 하고 의심했다.

바로 그때 괘종시계가 11시를 쳤다. 그에게 그 소리는 심장을 때리는 강철망치처럼 여겨졌다.

"쥘리, 이게 대체 어떻게 된 일인지 설명해 다오. 이 지갑을 어디서 가져온 게냐?"

"멜랑 골목에 있는 15번지 집의 6층, 작고 초라한 방의 벽난로 구석에서요."

"그렇다면 이 지갑은 네 것이 아니지 않느냐." 모렐 씨가 소리치자 쥘리는 그 날 아침 받은 편지를 아버지에게 내밀었다.

"그래서 너 혼자 그 집으로 간 것이냐?" 편지를 다 읽은 모렐 씨가 물었다.

"아버지, 엠마뉘엘 씨가 같이 가 주었어요. 뮈제 거리 모퉁이에서 기다리고 있기로 했는데, 이상하게도 제가 돌아왔을 때는 이미 거기에 없었어요."

"모렐 씨!" 계단에서 부르는 소리가 들려왔다. "모렐 씨!"

"그 사람 목소리예요." 쥘리가 말하자마자 엠마뉘엘이 희열과 감동에 낯빛이 변하여 들어왔다.

"파라옹 호예요!" 그는 소리쳤다. "파라옹 호가 왔어요!"

"뭐라고? 파라옹 호라고! 자네 정신이 어떻게 된 것 아닌가, 엠마뉘엘? 파라옹 호는 침몰했다는 것을 알고 있을 텐데?"

"틀림없이 파라옹 홉니다. 파라옹 호의 입항을 알리고 있습니다. 파라옹 호가 돌아오고 있어요."

모렐 씨는 또다시 의자에 주저앉고 말았다. 온몸에서 힘이 쭉 빠져버렸기 때문이다. 그의 머리로는 이 믿기 어렵고 들어보지도 못한, 마치 옛날이야기에나 나올 법한 사건의 연속을 어떻게 생각해야 할지 도무지 알 수가 없었다.

다음에 들어온 것은 아들이었다. "아버지," 막시밀리앙이 소리쳤다. "파라옹호가 가라앉았다고 하셨죠! 전망대에서 그 배가 나타난 것을 알리고 있어요. 곧 항구에 들어온대요."

"모두들," 모렐 씨가 말했다. "이것이 모두 사실이라면, 하느님이 보여주신 기적이라고 말할 수밖에 없어! 어떻게 이런 일이! 있을 수 없는 일이야!"

그러나 움직일 수 없는 사실인 동시에, 도무지 어떻게 생각해야 할지 알 수 없는 것은, 지금 실제로 그의 손 안에 지갑과 지불이 끝난 어음, 그리고 훌륭한 다이아몬드가 있다는 것이었다.

"주인님!" 코클레스가 소리쳤다. "파라옹 호가 왔다니 도대체 어떻게 된 일입니까요?"

"자, 다같이," 모렐 씨는 일어나면서 말했다. "가보세, 만약 이게 잘못 안 거라면, 하느님, 부디 저희를 굽어 살피소서!"

사람들은 1층으로 내려갔다. 계단 중간쯤에서 모렐 부인이 기다리고 있었다. 가엾게도 부인은 올라오지 못하고 있었던 것이다.

모렐 씨는 나는 듯이 칸느비에르로 달려갔다. 항구에 구름처럼 모여 있던 사람들은 모렐 씨를 보자 길을 열어 주었다.

"파라옹 호다! 파라옹 호!" 사람들이 소리를 맞춰 그렇게 외치고 있었다.

정말 이상하게도, 이물에 〈파라옹〉 마르세유의 모렐 부자 상회'라는 글자를 하얗게 드러내고, 원래의 파라옹 호와 똑같은 모양에 마찬가지로 코치닐과 인디고를 실은 한 척의 배가 생장 탑 앞에서 닻을 내리고 돛을 죄고 있었다. 갑판에서는 고마르 선장이 명령을 내리고 있고, 페늘롱 갑판장이 모렐 씨 쪽을 향해 신호를 하고 있었다.

이제 의심할 여지가 없었다. 눈과 귀가 증명하고 있었다. 그리고 만여 명의 사람들이 그 증명을 뒷받침하고 있었다.

　모렐 부자가 선창가에서 서로를 얼싸안고, 마을 사람 모두가 박수갈채를 하며 이 놀라운 사건을 목격하고 있을 때, 얼굴의 반이 검은 수염으로 덮인 사내 하나가 감시 초소 뒤에 숨어 있었다. 그는 벅찬 감격 속에서 이 광경을 지켜보며 이렇게 중얼거렸다.

　'고귀한 마음의 소유자여, 행복하게 사십시오. 당신이 과거에 하신, 또 미래에도 실천하실 선행에 대한 축복을 받으십시오. 그리고 저의 이 감사하는 마음도 당신의 선행과 마찬가지로 부디 표면에 드러나지 않기를.'

　사내는 희열과 행복에 찬 미소를 지으면서 지금까지 숨어 있던 곳에서 밝은 곳으로 나오더니, 모두들 이 사건에 완전히 정신이 팔려 누구 하나 그에게 주의를 기울이지 않는 틈을 타 선착장의 작은 계단을 내려가서 큰 소리로 세 번 외쳤다.

　"자코포! 자코포! 자코포!"

노를 저어 다가온 작은 보트가 이 사내를 태우고 훌륭하게 장식된 한 척의 요트로 안내해 갔다. 그는 선원처럼 가벼운 몸놀림으로 요트 갑판에 뛰어올랐다. 그는 거기서 다시 한 번 모렐 씨의 모습을 바라보았다. 모렐 씨는 기쁨의 눈물을 흘리면서 모여든 군중 한 사람 한 사람과 친밀하게 악수를 나누면서, 정체를 모르는 자선가를 향해 이슬이 맺힌 눈길로 감사하는 마음을 나타내고 있었다. 아마도 그는 그 사람을 하늘 어딘가에서 찾고 있는 듯했다.

"그럼," 정체를 알 수 없는 사내가 말했다. "자비심이여, 인간의 도리여, 은혜여, 안녕……사람의 마음을 기쁘게 하는 모든 감정이여, 안녕! ……나는 착한 사람에게 보답하기 위해 신의 뜻을 대행했다……자, 이제는 복수의 신이시여, 당신을 대신하여 악한 자들을 응징하게 해주소서!"

이렇게 말하고 그는 신호를 보냈다. 그러자 기다리고 있었다는 듯이 요트는 곧 미끄러지기 시작했다.

이탈리아—선원 신드바드

　1838년 초, 피렌체에 파리의 상류사회에 속한 두 청년이 머물고 있었다. 한 사람은 알베르 드 모르세르 자작, 또 한 사람은 프란츠 데피네 남작이었다. 두 사람은 그 해의 사육제*¹를 로마에서 함께 보내기로 했는데, 벌써 4년 가까이 이탈리아에서 살고 있던 프란츠가 알베르를 안내해주기로 한 것이었다.

　로마에 가서 사육제를 맞이하는 것은 쉬운 일이 아닌 데다, 특히 포폴로 광장이나 캄포바치노에서 노숙하는 것이 싫은 사람들에게는 더 말할 것도 없는 일이어서, 그들은 미리 에스파냐 광장의 런던 호텔 주인 파스트리니에게 편지를 보내, 자신들이 묵을 좋은 방을 잡아두도록 부탁해 두었다.

　파스트리니는 방 두 개에 응접실이 하나 딸린 3층 객실밖에 제공할 수 없으며, 그 대신 방값은 하루에 1루이만 내면 된다고 답장을 보내왔다. 두 사람은 승낙했다. 아직 시간이 남아 그 시간을 이용하기 위해 알베르는 나폴리로 여행을 떠났다.

　그대로 피렌체에 머물러 있던 프란츠는 며칠 동안 옛날 메디치 집안이 군림했던 이 도시의 생활을 만끽하면서, 카지노라는 낙원 속을 산책하거나 피렌체를 안내하며 환대하는 유명인사의 저택에 초대받기도 했다. 그러던 중 문득 나폴레옹의 고향인 코르시카에는 이미 가본 적이 있으니, 이번에는 나폴레옹이 풍운을 기다리고 있었던 엘바 섬을 구경해야겠다는 생각이 들었다. 그래서 그는 어느 날 밤, 리보르노 항에 묶어둔 배의 쇠고리를 푼 뒤, 외투를 걸치고 배 바닥에 누워 선원들에게 "엘바 섬으로!" 하고 짤막하게 말했다. 배는 마치 물새가 둥지를 떠나듯이 항구를 나가, 이튿날 포르토페라이오에 프란츠를 내려놓았다.

　프란츠는 위인의 행적이 남기고 간 모든 자취를 더듬으면서 황제가 살았던

---

*¹ 사순절 전 며칠 동안 열리는 축제.

섬을 거닐며 가로지른 뒤 마르치아나 쪽으로 나와서 배를 탔다. 육지를 떠난 지 두 시간 만에 그는 피아노사 섬에서 다시 흙을 밟았다. 그것은 거기에 어마어마하게 많은 붉은 자고새가 그를 기다리고 있다는 확실한 정보가 있었기 때문이다.

그러나 사냥은 신통치 않게 끝났다. 프란츠는 겨우 여윈 자고새 몇 마리를 쏘아 맞췄을 뿐이었다. 그는 헛수고만 한 사냥꾼의 심정으로 상당히 기분이 나빠져서 돌아왔다.

"정말 사냥을 하실 마음이 있으시다면 멋진 것을 잡을 수도 있는데요!" 선장이 말했다.

"도대체 어디에 그런 곳이 있단 말인가?"

"저기 있는 저 섬이 보이십니까?" 선장은 손가락을 남쪽으로 뻗어, 아름다운 쪽빛으로 물든 바다 한복판에 떠 있는 원뿔형 섬을 가리켰다.

"무슨 섬인데?" 프란츠가 물었다.

"몬테크리스토 섬입니다."

"하지만 난 그 섬에서 사냥하는 허가를 받지 않았는데."

"나리, 그런 건 필요 없습니다. 무인도니까요."

"그래?" 청년이 말했다. "지중해 한복판에 무인도가 있다니. 이상한 일이군."

"당연합니다, 나리. 그 섬은 암초라서 어디를 찾아봐도 부쳐 먹을 땅이 한 뼘도 없거든요."

"그래서 섬은 누구의 것인가?"

"토스카나 령입니다."

"뭐가 잡히는데?"

"수천 마리나 되는 산양이 있습죠."

"그 양들은 바위를 핥아먹고 산단 말인가?" 프란츠는 믿지 못하겠다는 듯이 미소 지으면서 말했다.

"아닙니다. 바위 사이에서 자라는 관목이나 도금양, 유향나무를 먹고 살지요."

"그럼 난 도대체 어디서 자고?"

"동굴에 들어가서 주무시거나 배에서 외투를 덮고 주무시면 되지요. 게다가 나리께서 원하신다면 사냥이 끝나고 바로 출발해도 됩니다. 아시다시피 밤에도 낮이나 다름없이 돛을 다룰 수가 있고, 돛으로 안 되면 노도 있으니까요."

친구를 만날 때까지 아직 충분히 여유가 있었고, 로마의 숙소 문제도 걱정이 없었던 프란츠는 조금 전의 실패를 만회할 수 있는 이 제안에 찬성했다.

그가 승낙하자 선원들은 낮은 목소리로 잠시 뭔가 의논하는 것 같았다.

"이보게!" 그가 물었다. "또 무슨 일인가? 고장이라도 났나?"

"아닙니다." 선장이 대답했다. "다만 나리께 그 섬이 결석재판(缺席裁判)에 걸려 있다는 걸 말씀드려야 할 것 같아서요."

"그건 또 무슨 소리지?"

"이런 얘깁니다. 몬테크리스토 섬은 무인도라서 이따금 코르시카나 사르데냐, 아프리카 같은 데서 찾아오는 밀수업자와 해적들이 쉬는 장소입니다. 그래서 만약 저희가 그 섬에 있었던 것이 밝혀진다면 리보르노로 돌아간 뒤 아무래도 엿새 동안 출항정지 처분을 받게 되어 있습니다."

"쳇! 완전히 얘기가 달라졌군! 엿새라고? 하느님이 세상을 창조하신 날수와 같구먼. 그건 좀 너무 길지 않나?"

"하지만 나리께서 몬테크리스토 섬에 가신 것을 도대체 누가 발설하겠습니까?"

"오, 내가 아니라는 것만은 확실하지." 프란츠가 소리쳤다.

"저희도 말하지 않을 겁니다." 선원들이 말했다.

"좋아, 그럼 몬테크리스토 섬으로 가보지 뭐."

선장은 키잡이에게 지시했다. 배는 뱃머리를 섬으로 돌린 뒤 그 방향을 향해 달리기 시작했다.

프란츠는 작업이 끝날 때까지 아무 말 하지 않다가, 배가 새로운 진로를 잡아 돛이 미풍을 품고 네 사람의 선원 가운데 셋은 뱃머리에, 하나는 키에, 각자 제 위치로 돌아갔을 때 다시 입을 열었다.

"이보게, 가에타노," 그는 선장에게 말했다. "방금 몬테크리스토 섬이 해적의 은신처가 되어 있다고 말했는데, 그게 산양보다 훨씬 더 재미있는 사냥감이 될 것 같지 않은가?"

"나리, 정말 그럴 것 같네요."

"밀수업자가 있다는 것은 알고 있었네만, 그래도 알제리가 점령되고 섭정정치가 무너지고 나서는 해적 같은 건 쿠퍼*²나 매리엇 선장*³의 소설 속에만 나오는 건 줄 알았는데."

"그건 나리께서 잘못 생각하신 겁니다요. 산적이 교황 레오 2세 덕분에 뿌리가 뽑히긴 했지만 매일같이 로마 입구까지 나와서 여행객을 위협하고 있는 것과 마찬가지로, 해적도 다 있습니다. 한 6개월쯤 되었을까요, 교황청 주재 프랑스 대리대사님이 벨레트리 바로 가까이에서 강도를 만났다는 얘기 못 들으셨습니까?"

"들었네."

"그렇다니까요! 만약 나리께서 저희처럼 리보르노에 살고 계신다면, 화물을 실은 작은 배나 아름다운 영국 요트가 바스티아나 포르토페라이오, 치비타베키아에 도착할 예정인데도 도착하지 않고 그 이유도 알 수 없을 땐, 틀림없이 바위나 뭐에 부딪쳐 침몰한 거라는 소문을 들으시게 될 겁니다. 그런데 그런 배가 만난 바위라는 게 사실은 현이 낮고 폭이 좁은 배였던 것이고요. 거기에 일고여덟 명의 사내들이 타고 있다가 폭풍우 몰아치는 깜깜한 밤에 풀도 자라지 않고 사람도 살지 않는 작은 섬 뒤에서, 마치 강도가 숲 속에서 역마차를 세우고 강탈하는 것처럼, 아까 말한 배를 느닷없이 습격하여 약탈해버리는 겁니다요."

"그렇다면," 프란츠는 배 안에 누운 채 말했다. "그런 재난을 당한 자가 왜 신고를 하지 않는 거지?"

"왜냐고요?" 가에타노는 웃으면서 말했다.

"그래, 왜지?"

"그건요, 놈들이 먼저 상선이나 요트에서 쓸 만한 물건을 배로 옮깁니다. 그런 다음 승무원의 손발을 묶고, 그 목에 스물네 근이나 되는 쇳덩이를 매달고 나서는, 포획한 배의 용골에 술통만 한 크기의 구멍을 뚫어놓고, 갑판위로 올라가 승강구를 완전히 잠근 뒤 자기 배로 돌아가는 겁니다. 10분만 지나면 배는 삐걱거리면서 점점 가라앉는 거지요. 우선 어느 한쪽의 현이 가라앉아요. 그런 다음 또 한쪽의 현. 그리고 다시 떠올랐다가 다시 가라앉지요. 그렇게 점점 침몰해 가는 겁니다. 그러다가 갑자기 대포가 터지는 것 같은 소리가 납니

*2 미국의 해양소설가 1789~1851.
*3 영국의 해양소설가. 1792~1848.

다. 그건 안에 들어가 있던 공기 때문에 갑판이 쪼개지는 소리지요. 그러면 배는 물에 빠진 사람처럼 허우적거리며 움직이기 시작합니다. 그렇게 움직일 때마다 배는 더욱 무거워지지요. 이윽고 커다란 향유고래가 공기구멍으로 물기둥을 뿜어내는 것처럼, 모든 틈새에 꽉 차 있던 물이 뚫린 구멍에서 터져 나옵니다. 드디어 배는 단말마의 비명을 지르면서 마지막으로 빙글 한 바퀴 돈 뒤, 깊은 바닷속에 커다란 깔때기 같은 구멍을 파면서 그 속으로 사라지는 거지요. 그 구멍도 잠시 소용돌이를 치지만, 그것도 점점 사라져서 보이지 않게 됩니다. 따라서 5분만 지나면, 조용한 바닷속에 자취를 감춘 배의 모습을 찾아내는 건 하느님의 눈이라도 빌리지 않는 한 불가능하게 되는 거지요. 왜 배가 항구로 돌아오지 않는지, 왜 승무원이 신고하지 않는지 이제 아시겠지요?" 선장은 미소 지으면서 그렇게 덧붙였다.

만약 가에타노가 이 이야기를 미리 들려주었다면, 아마 프란츠는 배를 타고 나가는 것에 대해 한번쯤 다시 생각했을 것이다. 그러나 이미 출발해 버린 지금, 돌아가는 것은 비겁하게 생각되었다. 그는 자진해서 위험한 곳에 뛰어들지는 않지만, 일단 그런 경우에 직면하면 꿈쩍하지 않고 싸울 수 있는 배짱이 있는 사내였다. 그는 또 인생의 위험을 결투 상대로 여기고, 자신의 진퇴를 잘 생각하고 역량을 계산한 뒤, 비겁하게 보이지는 않을 정도까지 숨을 돌리기 위해 잠시 싸움을 중지했다가, 바로 이때다 하고 판단되면 단숨에 적을 쓰러뜨릴 줄 아는 냉정한 의지의 소유자이기도 했다.

"홍!" 그가 말했다. "나는 시칠리아나 칼라브리아를 지나간 적도 있고, 2년 동안 에게 해를 배로 여행한 적도 있어. 하지만 강도나 해적 같은 건 그림자도 본 적이 없는걸."

"그러니까 나리께서 가시는 것을 말릴 생각으로 말씀드린 게 아닙니다요." 가에타노가 말했다. "그저 물으시니까 대답했을 뿐이지요."

"그래, 가에타노. 게다가 상당히 재미있는 얘기였어. 그 얘기를 계속 듣고 싶을 정도로. 몬테크리스토 섬, 상당히 기대가 되는군."

이렇게 얘기하는 동안에도 배는 부지런히 달리고 달려 목적지에 가까워지고 있었다. 상쾌한 미풍이 불었다. 배는 한 시간에 6, 7해리의 속도로 달리고 있었다. 다가갈수록 섬은 바닷속에서 점차 커지면서 솟아오르는 것 같았다. 저녁놀이 비치는 투명한 공기를 통해 마치 무기고에 쌓인 포탄처럼 겹쳐져 있는 바위가 보이고, 바위 틈새로 붉은 히스와 푸른 나무들이 보이기 시작했다. 선원들은 겉으로는 아무렇지도 않은 듯이 보였지만, 주의 깊은 눈길로 배가 미끄러져 가는 앞쪽의 거울 같은 넓은 해면을 유심히 지켜보고 있었다. 수평선에 어선 몇 척이 마치 파도 위에 올라앉은 갈매기처럼 하얀 돛을 흔들고 있는 것이 보였다.

몬테크리스토 섬까지 약 15해리를 남겨둔 곳에서 태양이 코르시카 섬 뒤로 넘어가기 시작했다. 오른쪽에 코르시카의 산들이 그 톱니 같은 그림자를 하늘에 드러내고 있었다. 거인 아다마스토르를 연상시키는 바위산은 마치 이쪽을 덮칠 듯이 배가 가는 방향에서 우뚝 솟아올라 배에 드리워져 있던 그늘을 삼키며 그 꼭대기를 금빛으로 물들이고 있었다. 곧이어 바닷속에서 떠오른 어둠은 사라지고 있는 마지막 빛마저 쫓아버리려는 것 같았다. 이윽고 빛은 원뿔 꼭대기까지 쫓겨 가서, 마치 화산의 불기둥처럼 그곳에 한동안 머물러 있었다. 위로 점점 퍼져가는 땅거미가 낮은 곳을 점령한 뒤 점점 높이 올라가자, 섬은 검은빛이 점점 짙어지는 어두운 잿빛 산에 지나지 않았다. 그리고 30분 뒤 해는 완전히 지고 말았다.

다행히 선원들은 지금까지 늘 오가던 물길이어서 토스카나 제도의 작은 암초 끝자락까지 훤히 알고 있었다. 그렇지 않았다면 배가 깊은 어둠에 싸여 있었기 때문에 프란츠로서는 불안을 느끼지 않을 수 없었을 것이다. 이제 코르시카는 완전히 자취를 감췄고, 몬테크리스토 섬조차 알아보기 어려웠다. 그러나 선원들은 마치 살쾡이처럼 어둠 속에서 사물을 식별하는 능력을 가지고 있는 것 같았다. 키를 잡은 조타수는 조금도 주저하는 빛을 보이지 않았다.

해가 저문 뒤 한 시간이나 지났을까, 프란츠는 왼쪽 4분의 1해리 지점에서 검은 그림자를 보았다. 그것이 무엇인지 알아볼 수도 없었지만, 혹시 구름을 육지로 착각하기라도 하면 선원들의 웃음거리가 될까 봐 그대로 잠자코 있기로 했다. 그때 느닷없이 커다란 불빛 하나가 기슭에 나타났다. 육지가 구름과 비슷하기는 했지만 그 불은 결코 별똥별은 아니었다.

"저 빛은 무엇인가?" 프란츠가 물었다.

"쉿!" 선장이 말했다. "불이군요."

"아니, 무인도라고 하지 않았나!"

"그러니까 상주하는 주민은 없다는 얘기였습죠. 하지만 밀수업자들의 은신처가 되어 있다고 말씀드렸잖습니까?"

"그리고 해적들도!"

"그렇습니다, 해적들도." 가에타노는 프란츠의 말을 되풀이했다. "그래서 일단 섬을 지나치도록 명령해 두었습니다. 보십시오, 불은 섬 뒤쪽에 있습니다."

"하지만 저 불은 걱정하기보다는 안심해도 된다는 표시가 아닌가 하는 생각이 드는데. 남에게 들키는 것을 두려워한다면 저렇게 버젓이 불을 피우지는 않을 테니까."

"웬걸요, 그건 이유가 되지 않습니다." 가에타노가 말했다. "만약 어둠 속에서도 섬의 위치를 아실 수 있다면, 저 위치에 피운 불은 해안에서도 피아노사에서도 보이지 않고 다만 바다에서만 보인다는 걸 아실 텐데요."

"그렇다면 저 불이 악당들이 서로에게 위치를 알려주는 것일지도 모른다고 생각해서 걱정하는 거로군?"

"그걸 확인해야 합니다." 가에타노는 그 지상의 별을 가만히 노려보면서 대답했다.

"어떻게 확인할 생각이지?"

"곧 아시게 될 겁니다."

그렇게 말한 가에타노는 동료와 의논하기 시작했다. 그러나 5분가량 이야기한 뒤 말없이 키를 돌리는 것 같더니, 배가 빙글 돌아 방향을 바꿨다. 그리하여 배는 지금까지 달려온 길로 돌아가기 시작했다. 방향을 바꾼 뒤 몇 초가 지나자 불은 지형의 변화로 숨어버린 것처럼 보이지 않게 되었다.

선장은 키를 돌려 다시 새로운 방향으로 배를 돌렸다. 순식간에 섬에 다가간 배는 이윽고 섬에서 불과 쉰 걸음쯤 되는 지점까지 왔다.

가에타노는 돛을 내렸다. 배는 가만히 정지했다.

모든 것이 완전한 침묵 속에 이루어졌다. 진로를 바꾼 뒤부터 배 안에 있는 사람들은 아무도 입을 열지 않았다.

이곳에 오기를 권한 가에타노는 모든 책임을 한 몸에 지고 있었다. 네 명의 선원들은 노를 준비해 놓고 언제라도 팔 힘으로 저어가려는 태세로 가만히 선장을 응시하고 있었다. 마침 주위가 깜깜해서 몰래 노를 저어가는 것은 별로 어렵지 않아 보였다.

프란츠는 이미 우리도 알고 있는 냉철한 태도로 자신의 무기를 살펴보고 있었다. 그는 2연발총 두 자루와 기병총(騎兵銃) 한 자루를 가지고 있었다. 그것에 탄원을 채워 넣고 방아쇠를 살펴보았다. 그동안 선장은 외투와 셔츠를 벗어버리고 바지허리를 단단히 졸라맸다. 맨발이어서 구두나 양말은 벗을 것도 없었다. 그는 그런 복장을 하고, 아니 그렇게 옷을 벗어버리고 나서, 입술에 손가락을 대어 조용히 하라고 신호한 뒤, 물속으로 미끄러져 들어가더니 소리 하나 나지 않도록 주의하며 기슭을 향해 헤엄치기 시작했다. 반짝이는 물이랑을 보고 그가 나아가고 있음을 알 수 있었다.

한참 뒤 그 물이랑도 보이지 않게 되었다. 가에타노가 섬에 도착한 것이다.

배 안에 남은 사람들은 30분 동안 미동도 하지 않고 있었다. 30분쯤 지나자, 아까처럼 반짝이는 물이랑이 기슭 가까이 나타나더니 배 쪽으로 다가오기 시작했다. 한참 뒤 가에타노가 팔을 휘저으면서 배로 돌아왔다.

"어떻게 됐나?" 프란츠와 네 명의 선원들이 입을 모아 물었다.

"어떻게 됐냐고?" 그가 말했다. "에스파냐 밀수업자들이야. 그런데 코르시카인인 산적 두 사람도 함께 있더군."

"그 코르시카인 산적과 스페인 밀수업자는 도대체 무엇을 하고 있는 건가?"

"그런데요, 나리," 가에타노는 자못 숭고하고 깊은 동정심에 찬 말투로 말했다. "인간은 서로 도와야만 할 때가 있는 법이죠. 이따금 산적이 육지에서 헌병이나 총병들한테 쫓기는 일이 있습니다. 그때 우연히 배가 눈에 띄지요. 배 안에는 저희 같은 인정 많은 사람들이 있습니다. 놈들은 그 물에 떠 있는 집 안에 숨겨 달라고 부탁합니다. 추격대가 다가오고 있는 것을 뻔히 아는데 어떻게 싫다고 거절할 수 있겠습니까! 배에 태워줍니다. 그리고 안전하게 먼바다로 나가지요. 그렇게 해준다고 이쪽에서 손해 볼 건 하나도 없지요. 사람의 목숨을 구해 주는 일입니다. 적어도 친구를 도망시켜 줄 수 있지요. 게다가 그런 친구는 필요할 때는 이쪽의 은혜를 잊지 않고 보답하는 마음으로, 구경꾼들의 방해를 받지 않고 짐을 내릴 수 있는 장소를 가르쳐 주기도 한답니다."

"아, 그럼!" 프란츠가 말했다. "가에타노, 자네도 밀수입을 한다는 얘기가 아닌가?"

"하는 수 있나요, 나리!" 그는 묘한 미소를 지으면서 말했다. "먹고 살려면 별의별 일을 다 해야 하는 거지요."

"그렇다면 지금 몬테크리스토 섬에 있는 자들과도 전혀 모르는 사이는 아니겠군?"

"그럴 수도 있죠. 선원들끼리는 자유결사대원처럼 약간의 신호로 서로를 알아볼 수 있으니까요."

"그러면 우리가 상륙해도 별로 걱정할 일 없을까?"

"절대로 없습니다. 밀수업자들은 결코 도둑은 아니니까요."

"하지만 코르시카의 산적이 두 사람 있다고 하지 않았나……" 프란츠는 미리 여러 가지 위험을 예견하고 말했다.

"원 별말씀을!" 가에타노가 말했다. "산적이라고 해도 그자들이 나쁜 건 아닙니다. 정부가 나쁜 거지요."

"어째서?"

"그렇잖습니까! 해치웠다고 해서 쫓겨다니고 있는 거지요. 마치 코르시카 사람들이 나면서부터 복수 같은 건 할 줄 모르는 족속인줄 아는지!"

"해치웠다는 건 무슨 말이지? 살인이라도 했단 말인가?"

"원수를 갚은 거지요. 이건 살인하고는 완전히 다른 문젭니다."

"그럼 밀수업자들과 산적들의 신세를 지러 가볼까?" 청년이 말했다. "우릴 받아줄까?"

"물론입니다."

"몇 사람이지?"

"네 사람입니다. 거기에 산적이 둘 있으니 모두 여섯이군요."

"좋아! 이쪽하고 같은 수군. 저쪽에서 재미없게 나오더라도 힘으로 치면 막상막하일 테니 저자들을 제압할 수도 있을 거야. 그럼 몬테크리스토 섬으로 출발이다."

"알겠습니다, 나리. 그래도 만약을 위해 조심해야 합니다."

"그래야겠지! 네스토르*4처럼 현명하게 율리시스*5처럼 신중하게! 방심해선 안 되네. 한번 잘 해보게!"

"자, 그럼 조용히!" 가에타노가 말했다. 모두 입을 다물었다.

프란츠는 모든 일에 대해 빈틈없이 통찰할 수 있는 사람이었기에, 지금의 상태가 위험하지는 않을 거라고 생각되면서도, 뭔가 중대한 것이 숨겨져 있는 것

---

*4 트로이 전쟁에서 지략으로 유명한 전설의 왕.
*5 그리스 전설에 나타나는 영웅. 보통 오디세우스라고 함.

만 같았다. 그는 지금 깊은 어둠에 싸인 바다 한복판에 홀로 있었다. 그리고 주위에는 낯선 이들, 어찌 보면 그에게 충성을 바칠 의무가 전혀 없는 선원들이 있을 뿐이다. 게다가 그 선원들은 그가 허리띠 속에 수천 프랑의 돈을 지니고 있다는 것을 알고 있다. 그들은 갖고 싶어 하는 것은 아니라 해도 적어도 호기심 어린 눈빛으로 그의 멋진 무기를 힐끔힐끔 바라보았다. 그는 그런 사람들을 데리고 섬에 내리려 하고 있다. 물론 섬의 이름은 종교적인 느낌을 가지고 있지만,*6 거기에 밀수업자와 산적들이 있다면, 어쩌면 그를 기다리고 있는 것은 오직 골고다 언덕*7에서 그리스도가 받은 것과 같은 대우뿐이리라. 게다가 낮에는 과장으로밖에 생각되지 않았지만, 밤이 되자 바다 깊이 가라앉은 그 배의 이야기가 사실처럼 생각되기 시작했다. 따라서 어쩌면 쓸데없는 걱정일지도 모른다고 생각하면서도 그는, 이 두 가지 위험을 느끼면서 선원들에게서 눈을 떼지 않고 총을 손에 단단히 쥐고 있었다.

그동안 선원들은 다시 돛을 감아올리고, 이제까지의 왕래로 물이랑이 나 있는 수로를 나아가기 시작했다. 이제 어느 정도 어둠에 익숙해진 프란츠는 어둠을 통해 배가 끼고 도는 거대한 화강암 덩어리를 보았다. 이윽고 바위 모퉁이를 하나 돌자 더욱 환하게 밝아진 불빛이 보였다. 그 불을 에워싸고 여섯 명의 사내들이 앉아 있었다.

화톳불이 반사된 빛 그림자가 바다 위 백 걸음쯤 되는 곳까지 퍼져 있었다. 가에타노는 배를 불빛이 미치지 않는 해면에서 더 나아가지 않도록 하면서, 빛을 한 바퀴 돌아 배가 화톳불 정면에 오자, 그쪽으로 뱃머리를 돌리고 어부의 노래를 소리 높이 부르면서 불의 중심을 향해 용감하게 돌진해 갔다. 그가 혼자서 선창을 하면 다른 사람들은 목소리를 맞춰 후렴을 불렀다.

노래를 듣자 화톳불을 둘러싸고 앉아 있던 사람들은 일어나더니 잔교에 다가가 배를 살펴보면서, 인원수를 확인하고 배에 타고 있는 사람들의 기색을 파악하려는 것 같았다. 그들은 이윽고 알았다는 듯이 한 사람만 물가에 세워 두고, 새끼산양이 통째로 익어가고 있는 불 주위로 다시 돌아가서 앉았다.

배가 육지에서 스무 걸음쯤 되는 곳까지 다가갔을 때, 물가에 서 있던 사내는 총을 들고, 마치 순찰병을 맞이하는 초병처럼 기계적인 동작을 하면서 사

*6 몬테크리스토는 그리스도의 산이라는 뜻.
*7 그리스도가 십자가에 못박혔던 언덕.

르데냐 억양으로 소리쳤다.

"누구냐!"

프란츠는 냉정하게 두 발의 탄환을 쟀다. 그러자 가에타노가 그 사내와 몇 마디 말을 주고받았다. 프란츠는 알아들을 수 없었지만, 자신에 대한 얘기를 하는 것이 틀림없다는 것은 알 수 있었다.

"나리!" 선장이 물었다. "성함을 댈까요, 아니면 신분을 숨길까요?"

"이름은 절대로 알리지 말게. 그냥 관광하러 온 프랑스 사람이라고 해 두지." 프란츠가 대답했다.

가에타노가 이 대답을 전하자, 보초는 불 앞에 앉아 있던 한 사내에게 뭔가 명령했다. 그 사내는 일어나더니 바위 사이로 사라졌다.

주위는 정적에 싸여 있었다. 프란츠는 배에서 육지에 오르는 것을, 선원들은 돛을, 밀수업자들은 새끼산양을, 그렇게 모두 저마다 자신의 관심사만을 생각하는 듯했다. 하지만 그렇게 아무렇지도 않은 듯이 가장하면서 서로의 속내를 탐색하고 있었던 것이다.

아까 그 사내가 사라졌던 방향과는 정반대 쪽에서 나타나 보초에게 고개를 끄덕이며 신호를 보냈다. 보초는 프란츠 일행을 향해 "사코모디!" 하고 소리쳤다.

이탈리아어의 '사코모디'는 상당히 해석하기 힘든 말이어서, 그것은 이쪽으로 오시오, 들어오시오, 잘 오셨소, 편히 쉬시오, 좋으실 대로, 등을 동시에 의미하고 있었다. 그것은 마치, 말 속에 많은 의미가 들어 있어서 평민귀족들을 깜짝 놀라게 했던 저 몰리에르 작품 속의 터키어 문구 같았다.

선원들에게는 그 말을 되풀이할 필요가 없었다. 노를 네 번쯤 젓자 배가 육지에 닿았다. 가에타노가 뭍으로 뛰어내리더니 다시 낮은 목소리로 보초와 몇 마디 얘기를 나눴다. 일행은 차례차례 배에서 내렸다. 프란츠가 내릴 차례가 되었다. 그는 자신의 총 한 자루를 등에 매고 다른 한 자루는 가에타노에게 들게 한 뒤, 기병총은 선원 한 사람에게 맡겼다. 그의 복장은 예술가나 멋진 한량처럼 보였다. 그래서 상대에게 어떤 의혹도, 따라서 어떤 불안도 일으키지 않았다.

일행은 배를 기슭에 맨 뒤 야영할 만한 데를 찾으려고 몇 걸음 나아갔다. 그러나 아마 일행이 걸어간 방향이 감시하고 있던 밀수업자에게는 적당한 곳으로 보이지 않았는지 그는 가에타노에게 이렇게 소리쳤다.

"그쪽으로는 가지 마시오!"

가에타노가 변명하는 것처럼 뭐라고 중얼거렸다. 그리고 더 이상 고집부리지 않고 반대쪽으로 길을 잡았다. 선원 두 사람이 길을 비추기 위해 화톳불이 있는 곳으로 가서 횃불을 붙였다. 서른 걸음쯤 걸어간 일행은 완전히 바위로 에워싸인 작은 광장 같은 곳에 가서 멈춰 섰다. 그 바위는 사람이 앉을 수 있는 모양으로 파여 있어서 앉아서 감시할 수 있는 작은 보초막처럼 되어 있었다. 주위에는 식물성 지층을 따라 작은 떡갈나무 몇 그루와 도금양이 많이 자라나 있었다. 횃불을 낮게 비춘 프란츠는, 그곳에 잿더미가 수북하게 쌓여 있는 것을 발견하고, 그 아늑한 장소를 최초로 발견한 것이 자기가 아니며, 아마 몬테크리스토 섬에 찾아오는 자들이 정해놓고 머무는 곳 중에 하나가 틀림없다고 생각했다.

지금은 뭔가 사건이 일어나지 않을까 하는 기분도 어디론가 사라져버리고 없었다. 일단 뭍에 오르자, 섬의 주민들이 두 팔 벌려 환영한 것은 아니지만 적어도 무관심한 태도를 보였기 때문에, 그는 불안을 까맣게 잊어버린 것 같았다. 그리고 멀지 않은 곳에서 익어가고 있는 새끼산양고기의 냄새가 풍겨오자 지금까지의 불안은 식욕으로 바뀌고 말았다. 프란츠가 가에타노에게 그 말을 했더니, 가에타노는 배에 빵과 포도주, 자고새 여섯 마리가 있고, 그것들을 구울 불도 준비되어 있으니까, 저녁을 차리는 것쯤은 아무 일도 아니라고 대답했다.

"게다가," 그는 덧붙였다. "만약 나리께서 저 새끼산양고기 냄새를 참을 수가 없다면 저자들에게 새를 두 마리 주고 고기를 한 토막 얻어올 수도 있습니다."

"그럼 부탁하네, 가에타노. 자네는 정말 협상의 명수로군."

그동안 선원들은 히스를 한 아름씩 뽑아오고 도금양과 새파란 떡갈나무로 장작을 만들어 상당히 성대한 화톳불을 피웠다.

프란츠는 새끼산양 냄새에 코를 벌름거리면서 선장이 돌아오기를 기다렸다. 그런데 돌아온 선장은 뭔가 사정이 있는 듯한 표정으로 그에게 다가왔다.

"어떻게 됐나!" 그가 물었다. "거절당한 건가?"

"천만에요." 가에타노가 말했다. "두목에게 나리께서 프랑스 사람이라고 얘기했더니 함께 저녁을 먹자고 하던 걸입쇼."

"그래? 그 두목이라는 자는 상당히 속이 트인 사낸가 보군. 거절할 이유가 없지. 우리도 먹을 것을 가지고 가세."

"아닙니다, 그건 아니고 만찬은 실컷 먹고도 남을 만큼 있는데, 집에 초대하겠다는 묘한 조건을 붙이더군요."

"집이라고!" 프란츠가 말했다. "그럼 그 사람은 여기에 집을 짓고 산단 말인가?"

"그런 건 아니지만, 소문에 들으니 무척 살기 좋은 거처를 가지고 있다고 합니다."

"그럼 자네는 그 두목을 알고 있단 말인가?"

"소문은 들었지요."

"좋은 소문, 나쁜 소문?"

"둘 답니다."

"허! 무슨 조건이라던가?"

"눈가리개를 할 건데 그가 풀라고 할 때까지 풀어서는 안 된다는 겁니다."

프란츠는 그 제의의 저의를 알기 위해 가에타노의 눈빛을 살폈다.

"그다지 무리한 얘기는 아닙니다. 잘 생각해보시고 가셔야 할 겁니다." 가에타노는 프란츠의 마음속을 꿰뚫어 보고 그렇게 말했다.

"자네라면 어떻게 하겠나?" 프란츠가 물었다.

"저라면 빼앗길 것도 없으니 갑니다."

"승낙한다는 말이지?"

"예, 호기심에서라도."

"그렇다면 그 두목의 집에 뭔가 재미있는 것이라도 있다는 말인가?"

"글쎄, 제 얘기를 들어보십시오." 가에타노는 목소리를 낮췄다. "사람들의 소문이 사실인지는 모르지만……"

그는 입을 다물더니 누가 듣고 있지 않은지 주위를 살펴보았다.

"그래, 어떤 소문인데?"

"그 두목이라는 자는 피티 궁전*8 따위와는 비교도 할 수 없는 지하에서 살고 있다고 하더군요."

---

*8 15세기 이탈리아의 아름다운 저택.

"꿈같은 얘기군!" 프란츠는 다시 앉으면서 말했다.

"아닙니다, 꿈같은 얘기가 아니라 정말입니다! 〈생페르디낭〉 호의 키잡이인 카마라는 녀석이 한번 간 적이 있다고 하는데, 그런 보물은 동화 속에만 나올 거라고 하면서 깜짝 놀라더라고요."

"뭐라고! 그런 말로 나를 알리바바의 동굴 속에 들어가게 하려는 건가?"

"그런 소문이라고 말씀드리는 것뿐입니다요, 나리."

"그럼 초대를 승낙하라는 얘기로군?"

"아닙니다. 그렇게 말하지는 않겠습니다! 좋으실 대로 하십시오. 이런 경우에는 의견 따위를 말씀드리고 싶지 않으니까요."

프란츠는 잠시 생각에 잠겼다. 그는 그렇게 돈이 많은 사람이 설마 수천 프랑밖에 가지지 않은 자기에게 해를 끼칠 리는 없다고 생각했다. 게다가 온갖 산해진미를 차려놓은 만찬이 머릿속을 떠나지 않아서 마침내 승낙하기로 결정했다. 가에타노가 대답을 전하러 갔다.

그러나 앞에서도 말했듯이 프란츠는 용의주도한 남자였다. 그는 그 비밀에 싸인 이상한 초대자에 대해 많은 사실을 알 수 있는 데까지 미리 알고 싶었다. 그래서 그는 자신이 가에타노와 얘기하고 있는 동안 신이 나서 자고새의 털을 뽑고 있던 한 선원을 돌아보면서, 주위에 배가 전혀 보이지 않는데 그 사람들은 도대체 무엇을 타고 이 섬에 온 것이냐고 물어보았다.

"그건 궁금할 거리도 안 되지요." 선원이 말했다. "그 배에 대해서라면 잘 알고 있습니다."

"좋은 밴가?"

"나리께서도 세계 일주를 하실 때는 꼭 그런 놈을 타셔야 할 겁니다."

"얼마나 큰 밴데?"

"아마 백 톤 정도는 될 걸요. 유람선인데 영국 사람들이 요트라고 부르는 거지요. 비바람을 만나더라도 꿈쩍도 하지 않게 만들어진 겁니다요."

"어디서 만들었나?"

"모르겠습니다. 제노바라고 하는 것 같긴 한데."

"밀수업자 두목이 어떻게 자기 생업에 사용할 배를 제노바 같은 항구에서 버젓이 만들 수가 있나?" 프란츠가 물었다.

"저는 그 요트의 소유자가 밀수업자라고는 말하지 않았는뎁쇼."

"자네가 아니라 가에타노가 그렇게 말하던데?"

"가에타노는 멀리서 그자들을 보았을 뿐이지, 그들 중 아무하고도 말을 한 적이 없습니다요."

"그럼 밀수업자 두목이 아니라면 도대체 뭐하는 자란 말인가?"

"관광여행을 하고 있는 부호일 걸요."

설명이 이렇게 제각각인 것을 보니 더욱더 수상한 인물이라고 프란츠는 생각했다.

"그래, 그자의 이름은?"

"이름을 물으니 선원 신드바드라고 하던데, 정말 진짜 이름인지는 모르지요."

"선원 신드바드?"

"예."

"그 사람이 사는 곳은?"

"바다 위지요."

"나라는?"

"모릅니다."

"만난 적은 있나?"

"가끔요."

"어떤 사람인가?"

"만나보시면 알 겁니다요."

"그래, 나하고는 어디서 만나겠다는 거지?"

"틀림없이 가에타노가 얘기한 땅속 궁전일 겁니다."

"자네는 여기에 배를 대고, 섬에 인기척이 없는 것을 보면, 그 이상한 궁전에 들어가 보고 싶은 마음이 들지 않던가?"

"웬걸요, 굴뚝같았지요. 그런 생각을 한 적이 한두 번이 아닙니다. 하지만 헛일이었어요. 동굴을 여기저기 헤집고 다녀봤지만 길이 전혀 없던 걸입쇼. 게다가 문은 열쇠로 여는 게 아니라 주문을 외어야 열린다던데요."

"이거야 원, 갈수록 《아라비안나이트》 속에 뛰어든 것 같군." 프란츠가 중얼거렸다.

"나리께서 기다리고 계십니다." 하는 목소리가 뒤에서 들려왔다. 보초의 목소리였다. 그 사내는 요트 승무원 두 사람을 데리고 와 있었다.

프란츠는 대답 대신 손수건을 꺼내 말을 건 사내에게 건넸다. 사내는 한 마디도 하지 않고, 무례하지 않도록 조심하면서 프란츠의 눈에 눈가리개를 했다. 그것이 끝나자, 무슨 일이 있어도 눈가리개를 풀지 말 것을 맹세하게 했다. 프란츠는 시키는 대로 맹세했다. 그러자 두 사내가 좌우에서 그의 팔을 붙잡았다. 그리하여 프란츠는 두 사람의 안내로 보초를 따라 걷기 시작했다.

서른 걸음쯤 가니, 구미가 당기는 새끼산양고기 냄새가 점점 강하게 풍겨왔다. 야영지 앞을 지나가고 있다는 것을 알 수 있었다. 그런 다음에야 아까 금지당했던 이유를 알 수 있었는데, 그것은 처음에 가에타노가 가려다가 제지당한 방향을 향해 쉰 걸음을 더 걸어갔기 때문이었다. 이윽고 공기의 변화로 지하에 들어섰음을 알 수 있었다. 한참 걸어가자 무슨 소리가 들려왔다. 다시 공기가 바뀌어 향기롭고 따스한 냄새가 풍겨오는 듯했다. 마침내 발밑에 부드럽고 두툼한 융단이 깔려 있는 것이 느껴졌다. 안내자가 손을 놓았다. 주위가 한동안 조용하더니, 이윽고 외국 억양은 있지만 유창한 프랑스어로 이렇게 말하는 소리가 들려왔다.

"제 거처에 잘 오셨습니다. 이제 손수건을 푸셔도 좋습니다."

당연한 일이지만, 프란츠는 이 말을 두 번 되풀이하게 하지 않았다. 그는 손수건을 풀었다. 그러자 그 앞에 서른여덟에서 마흔으로 보이는 한 사내가 서 있는 것이 보였다. 튀니지 풍 옷차림, 즉 푸른 비단술이 길게 달린 붉은색 둥근 모자에 황금자수가 놓인 검은 나사 윗옷, 넓고 헐렁한 검붉은색 바지, 윗옷과 마찬가지로 황금자수가 놓인 같은 색 각반, 노란 가죽구두, 허리에는 화려한 캐시미어를 두르고, 그 허리띠 속에 끝이 뾰족하게 구부러진 작은 단검을 차고 있었다.

사내의 얼굴은 창백하리만큼 핏기가 없었지만 눈이 번쩍 뜨일 만큼 아름다웠다. 형형한 눈빛은 사람을 꿰뚫어 보는 듯하고, 이마에서 솟아난 듯한 우뚝한 코는 그 기품으로 보아 전형적인 그리스인이라는 것을 보여주었고, 검은 수염 속에 진주처럼 새하얀 이가 아름답게 빛나고 있었다.

다만 그 창백함만은 기묘했다. 그것은 마치 오랫동안 무덤 속에 들어 있어서 살아 있는 사람의 혈색이 아직 돌아오지 않은 것 같았다. 키는 별로 크지 않았지만 균형 잡힌 몸매에 남프랑스 사람들처럼 손발만은 작았다.

그러나 프란츠를 가장 놀라게 한 것은 아까 가에타노에게 꿈같은 이야기라

고 했던 아름답기 그지없는 실내장식이었다. 실내에는 황금빛 꽃을 수놓은 검붉은 터키 비단이 깔려 있고, 구석진 곳에는 칼집에 금을 도금하고 자루에는 보석을 박은 아라비아 도검이 걸려 있고, 그 밑에 의자 같은 것이 놓여 있으며, 천장에는 뭐라 표현할 수 없는 모양과 색깔을 한 베네치아의 유리램프가 매달려 있었다. 발밑에는 뒤꿈치까지 묻힐 것 같은 푹신한 터키 융단이 깔려 있고, 프란츠가 들어온 입구와 휘황하게 불이 켜져 있는 듯한 옆방으로 통하는 문 앞에는 묵직한 커튼이 쳐져 있었다.

주인은 잠시 프란츠가 놀라도록 내버려 두었다. 그는 프란츠가 유심히 살펴보는 것을 자기도 유심히 바라보면서, 상대한테서 눈을 떼지 않았다.

"손님." 그는 이윽고 입을 열었다. "이곳으로 모시는 데 그토록 삼엄하게 경계한 것을 용서해 주시기 바랍니다. 하지만 이 섬에는 사람이 살지 않기 때문에, 만약 이 거처의 비밀이 알려지면, 제가 이곳을 비운 사이에 이곳이 침범당하는 불쾌한 경험을 해야 한다는 생각에 그렇게 하지 않을 수 없었습니다. 그건 이 거점을 잃는 것이 두려워서가 아니라, 다만 제가 속세를 떠나고 싶을 때 언제라도 떠날 수 있다는 확신을 가질 수 없게 될 거라고 생각해서입니다. 자, 설마 이런 곳에 그런 게 있을까 하고 의외로 생각하실지 모르지만, 이제부터 입에 맞으실 만한 만찬과 편안한 침대를 드릴 테니, 아까 잠시 기분 상하게 한 것은 잊어주셨으면 합니다."

"아닙니다, 주인장," 프란츠가 대답했다. "그렇게 미안해하실 건 없습니다. 신기한 궁전에 들어오는 사람은 누구나 눈을 가려야 한다는 것쯤은 저도 이해합니다. 《위그노》*⁹에 나오는 라울도 그렇지 않습니까? 그러니 무슨 불평을 할 수 있을까요? 제 눈에 보이는 모든 것이 하나같이 《아라비안나이트》에 나오는 신기한 것들의 연속입니다."

"저로서는 손님이 오실 줄 미리 알았더라면 충분히 준비를 해 두었을 거라고, 루쿨루스*¹⁰처럼 말씀드리고 싶군요. 어쨌든 제가 사는 곳은 보시다시피 이렇습니다. 제 은신처를 마음 편히 이용해 주십시오. 만찬도 있는 그대로 차린 것뿐입니다. 알리, 준비 됐나?"

그 말과 동시에 커튼이 올라가고, 흑단처럼 검은 누비아인 흑인 노예가 소박한 흰옷을 입고 나타나 주인에게 식탁이 준비되었음을 알렸다.

"그럼," 주인이 프란츠에게 말했다. "어떻게 생각하실지 모르겠지만, 성함도 신분도 모르는 채 두세 시간 얼굴을 마주하는 건 거북할 것 같군요. 하지만 손님을 대접하는 예를 존중해서 그런 건 굳이 묻지 않기로 하겠습니다. 다만 대화를 나누는 데 불편함이 없도록 뭔가 부를 이름을 가르쳐 주시지 않겠습니까? 가벼운 마음으로 그렇게 하실 수 있도록 우선 저부터 말씀드리지요. 저는 선원 신드바드로 불리고 있습니다."

"그럼 저는," 프란츠가 대답했다. "알라딘이 가진 그 유명한 신기한 램프는 없지만, 일단 알라딘이라고 불러주십시오. 그러면 저나 당신이나, 신이 데려다 준 것으로 생각하고 싶은 이 동양풍 분위기 속에서 한 걸음도 나가지 않아도 되니까요."

"그럼 알라딘 씨," 이상한 주인이 말했다. "들으신 바와 같이 식사 준비가 되

---

*9 마이어베어의 가극.
*10 로마의 장군으로 사치스러운 연회를 벌인 것으로 유명함.

었다 하니 식당으로 가실까요? 실례지만 앞장서서 안내하겠습니다."

그는 커튼을 젖히고 자기가 말한 대로 프란츠보다 먼저 나갔다.

프란츠는 환몽의 나라로 걸어 들어가고 있었다. 식탁에는 산해진미가 차려져 있었다. 그 중요한 사항부터 확인한 뒤, 그는 주위를 둘러보았다. 이 식당도 조금 전까지 있었던 거실 못지않게 화려하기 그지없었다. 전체가 대리석으로 되어 있고, 그 가치를 짐작도 할 수 없는 고대의 돋을새김으로 장식된 좁고 긴 방 양쪽에는 머리에 바구니를 이고 있는 두 개의 아름다운 석상이 서 있었다. 바구니 속에는 시칠리아의 파인애플, 말라가의 석류, 발레아레스 섬의 오렌지, 프랑스의 복숭아, 튀니지의 대추야자 같은 진기한 과일이 들어 있었다.

만찬은 코르시카의 티티새요리를 곁들인 꿩 구이와 젤리를 곁들인 산돼지 햄, 타타르풍 새끼산양 고기, 커다란 가자미와 새우 등이었다. 큰 접시와 큰 접시 사이사이에는 술안주가 담긴 작은 접시가 놓여 있었다. 큰 접시는 은으로 되어 있었고, 작은 접시는 일본 도자기였다.

프란츠는 꿈이 아닌가 하고 눈을 의심했다. 알리 혼자서 그 시중을 들고 있었지만, 그는 훌륭하게 그 역할을 다하고 있었다. 손님이 주인에게 그를 칭찬하자 주인은 유유히 만찬 접시를 비우면서 이렇게 대답했다.

"그렇습니다. 이 사람은 저를 위해 충실하게 봉사해 주고 있는 불쌍한 사람입니다. 그는 제가 자기 목숨을 구해 준 것을 잊지 않고 있지요. 아마도 목숨에 상당히 집착하는 모양이어서 목숨을 잃지 않게 해준 것을 고맙게 생각하는 모양입니다."

알리는 주인에게 다가가 손을 잡고 입을 맞췄다.

"신드바드 씨," 프란츠가 말했다. "무례하지만, 어떻게 그런 훌륭한 일을 하셨는지 얘기해 주시지 않겠습니까?"

"아닙니다, 별 얘기도 아닌 걸요." 주인이 대답했다. "아마 이 사람이 이런 피부색을 한 남자가 가까이 가서는 안 되는 튀니지 왕의 후궁 옆을 지나간 모양입니다. 그러자 왕은 첫날에는 혀, 둘째 날에는 손, 셋째 날에는 목, 이런 순서로 자르라고 명령했습니다. 저는 전부터 벙어리 하인을 하나 두고 싶었던 터라, 그가 혀를 잘리기를 기다렸다가 왕을 찾아가서, 그 전날 왕이 몹시 탐을 내던 2연발총과 바꾸지 않겠느냐고 제의했습니다. 왕은 잠시 주저하더군요. 아무래도 이 사람을 죽이고 싶었던 게지요. 그러자 저는 옛날에 왕의 장검을 두 동강 낸 적이 있는 사냥칼을 얹어 주겠다고 했지요. 그랬더니 왕도 결심하고 손과 목은 용서해 주기로 한 겁니다. 단, 두 번 다시 튀니지에 발을 들여놓아서는 안 된다는 조건이었지요. 그런 조건을 달 필요도 없었습니다. 이 사람은 아무리 멀리서도 아프리카 해안이 보이기만 하면 선창 속으로 달아나서, 아프리카가 보이지 않게 되기 전에는 아무리 끌어내려 해도 나오려 하지 않으니까요."

프란츠는 주인이 유쾌한 기분으로 이렇게 잔인한 이야기를 하는 것을 어떻게 해석해야 할지 몰라 잠시 입을 다물고 생각했다. 그러나 곧 화제를 바꿔서 이렇게 물었다.

"당신은 그 이름으로 자처하고 계시는 용감한 선원처럼 언제나 여행을 하며 지내십니까?"

"그렇습니다. 그건 맹세들을 해봤자 도저히 실현은 어려울 거라고 생각했던

무렵에 했던 맹세였습니다." 주인은 미소 지으면서 프란츠에게 대답했다. "저는 그런 맹세를 여러 가지 했습니다. 나머지 맹세들도 차례차례 실현될 거라고 생각하고 있지요."

신드바드는 이 말을 지극히 냉정하게 말했다. 그러나 그의 눈만은 이상스런 잔인한 빛으로 불타오르고 있었다.

"그동안 상당히 고생하신 것 같군요." 프란츠가 말했다.

신드바드는 움찔한 듯한 기색으로 그에게 시선을 고정시켰다.

"어떻게 그걸 아십니까?" 그가 물었다.

"모든 점에서죠. 목소리와 눈, 창백한 얼굴, 그리고 이런 생활을 하고 계신 것 등."

"아닙니다, 나는 세상에 둘도 없는 행복한 생활을 하고 있습니다. 완전히 파샤*11 같은 생활을 하고 있지요. 나는 창조의 왕입니다. 한곳이 마음에 들면 그곳에 머무르지요. 그러다가 싫증나면 다른 곳으로 갑니다. 나를 따르는 사람은 눈짓 하나, 손짓 하나만으로 내 명령에 따릅니다. 때로는 지명수배된 산적이나 쫓겨 다니는 죄인을 숨겨 주고, 인간이 만든 법률의 힘이라는 것을 비웃어 주는 장난도 합니다. 게다가 나에게는 저만의 심판이 있습니다. 도가 높은 것도 있고 낮은 것도 있지만, 거기에는 어떤 유예도 없고 어떤 항고도 허락되지 않습니다. 처단을 하든, 용서를 하든, 아무도 간섭할 수 없는 나만의 법률이 있습니다. 당신도 아마 나 같은 생활을 한번 경험하신다면 다른 삶은 싫어져서 두 번 다시 세상으로 돌아가려 하지 않으실 겁니다. 물론 뭔가 해야만 하는 계획이라도 있다면 문제는 다르지만."

"이를테면 복수 같은 것이군요!" 프란츠가 말했다.

미지의 사람은 영혼까지 꿰뚫어보는 듯한 시선으로 상대를 바라보았다. 그리고 되물었다.

"복수라니, 무슨 말씀인지요?"

"제가 보기에는 아무래도 사회의 박해를 받아서, 사회에 대해 무서운 복수를 계획하고 계신 것처럼 보여서요."

"그런데," 신드바드는 날카로운 하얀 이를 드러내면서 이상한 미소를 지었다. "상상이 틀렸습니다. 보시는 바와 같이 나는 일종의 자선가이고, 조만간 아페르 씨와 '푸른 망토의 작은 사나이'*12와 경쟁하러 파리에 갈지도 모르니까요."

"그럼 그쪽에 가시는 건 처음이신가요?"

"부끄럽지만 처음입니다. 호기심이 없는 사람으로 생각하실지도 모르겠군요. 허나 지금까지 못간 건 내 잘못이 아닙니다. 언젠가는 가볼 생각이지요!"

"머지않아 가실 생각이신가요?"

"모르겠습니다. 아직 확실하지 않은 사정이 좀 있어서요."

"기왕이면 제가 파리에 있을 때 오시면 좋겠군요. 몬테크리스토 섬에서 이토록 융숭한 대접을 받은 것에 대해 제가 할 수 있는 한 답례를 하고 싶습니다."

"말씀은 정말 고맙지만, 간다고 해도 아마 몰래 다녀올 겁니다."

그러는 동안에도 만찬은 이어지고 있었다. 그러나 그것은 오직 프란츠를 대

---

*11 터키의 왕.
*12 당시에 이 별명으로 불리던 자선가.

접하기 위한 것인 듯했다. 뜻하지 않은 손님이 맛있게 음식을 먹고 있는 데 비해, 미지의 주인공은 산해진미에 거의 손을 대지 않고 있었다.

마지막으로 알리가 디저트를 내왔다. 아니 내왔다기보다는 입상이 받쳐들고 있던 바구니를 가져와서 그대로 식탁 위에 내려놓았다.

그리고 두 개의 바구니 사이에 은에 도금을 하고, 마찬가지로 금 뚜껑이 달린 작은 잔을 하나 내려놓았다.

프란츠는 알리가 그 잔을 가지고 왔을 때의 경건한 태도에 호기심을 느꼈다. 그는 뚜껑을 열어 보았다. 안에는 걸쭉하고 푸르스름한 것이 들어 있었다. 안젤리카 잼과 비슷했지만 지금까지 한 번도 본 적이 없는 것이었다.

그는 다시 뚜껑을 덮었다. 그러나 뚜껑을 열어보기 전과 마찬가지로 뭐가 뭔지 알 수 없었다. 그래서 주인을 바라보니, 그는 미소를 지으며 손님이 실망하는 모습을 바라보고 있었다.

"그 작은 술잔에 무엇이 들어 있는지 짐작이 안 가시는 모양이군요." 주인이 말했다. "그래서 의심스러우신가요?"

"그 말씀을 인정해야겠습니다."

"그럼 말씀드리지요. 이 푸른 잼 같은 것은 헤베*13가 제우스의 식탁에 내 놓았다고 하는 신들의 음식입니다."

"하지만 이 신의 음식은 인간의 손에서 손으로 전해지는 동안, 천상에서의 이름을 잃어버리고 아마 평범한 이름으로 불리고 있을 텐데요. 그러니까 보통 이걸 뭐라고 부릅니까? 솔직히 좀 내키지 않는군요."

"바로 그런 점이 우리가 태생적으로 물질적인 존재라는 것을 보여주는 것입니다." 신드바드가 소리쳤다. "우리는 수없이 행복의 옆을 지나가면서도 그것을 보지 못하고, 또 보려고 하지도 않습니다. 눈에 들어왔다 해도, 또 보았다 해도, 그것이 행복이라는 것을 확실히 인정할 수가 없는 것입니다. 만약 당신이 황금을 신으로 받드는 사업가라면 이것을 한 번 맛보십시오. 곧바로 페루와 구자라트, 골콘다의 금광이 당신 눈앞에 펼쳐질 것입니다. 만약 당신이 공상가이고 시인이라면 이것을 맛보십시오. 가능과 불가능 사이의 담이 사라지고 무한한 세계가 열려, 끝없는 환상의 나라를 마음껏 거닐 수 있을 겁니다. 만약

---

*13 제우스와 헤라의 딸. 청춘의 여신.

당신이 지상의 영예를 추구하는 야심가라면 역시 이것을 맛보십시오. 한 시간 뒤에는 왕이 될 수 있을 것입니다. 그것도 프랑스나 에스파냐, 영국 같은 유럽 한 모퉁이에 묻혀 있는 작은 왕국이 아니라, 세계의, 우주의, 창조의 왕이 되실 겁니다. 사탄이 예수를 납치해 간 산 꼭대기에 당신의 옥좌가 있을 겁니다. 게다가 사탄에게 예를 다할 필요도 없고, 그의 발톱에 입을 맞춰야 할 의무도 없이, 지상에 있는 모든 나라의 주권자가 될 수 있을 겁니다. 어떻습니까, 내가 드리는 것에 모조리 손 대보고 싶지 않으십니까? 게다가 매우 간단하게 할 수 있습니다. 이렇게만 하면 되니까요. 보십시오."

그렇게 말한 그는 방금 온갖 말로 예찬한 것이 들어 있는 금도금한 은잔의 뚜껑을 열고 커피 숟가락으로 그 이상한 잼을 한 번 뜨더니, 눈을 반쯤 감은 채 고개를 뒤로 젖히고 그것을 천천히 입에 넣었다.

프란츠는 상대가 그 좋다는 음식을 다 삼키는 내내 묵묵히 바라보았다. 그러다가 상대가 다시 자기에게 돌아오는 것을 보고 물었다.

"도대체 그토록 귀한 음식의 정체가 무엇입니까?"

"당신은 '산 속의 노인'에 대한 이야기를 듣지 못하셨습니까?" 주인이 물었다. "필립 오귀스트를 암살하려 한 자 말입니다."

"들었습니다."

"그럼 그자가 위에 산을 이고 있는 풍요로운 골짜기를 지배하고 있었기 때문에 그런 이름을 얻은 것도 아시겠군요. 그 골짜기에는 핫산 벤 사바흐가 만든 훌륭한 정원이 있는데, 그 정원에는 곳곳에 정자가 있었지요. 그는 자기가 점찍은 사람들을 그 정자 안에 들어오게 했습니다. 그리고 마르코 폴로가 쓴 글에 의하면, 어떤 종류의 풀을 먹였다고 합니다. 그러자 그들은 즉시, 언제나 꽃이 피어 있는 초목과 언제나 잘 익은 상태인 과일, 언제나 처녀인 채 그대로 있는 여자들이 있는 낙원으로 안내되어 갔다고 합니다. 그러나 그 행복한 청년들이 실제라고 생각했던 것은 사실 일장춘몽이었습니다. 다만 그 꿈은 참으로 사람을 도취하게 만드는, 참으로 감미롭고 육감적인 꿈이었습니다. 그래서 그들은 꿈을 꾸게 해준 사람에게 몸과 마음을 바쳐, 신의 명령에 따르듯이 그 사람의 명령에 따르면서, 바치라고 명령받은 제물을 쓰러뜨리기 위해 지구 끝까지 달려갔습니다. 그리고 죽음이라는 것도 결국은 지금 당신 앞에 놓여 있는 영약이 그 맛을 보여줄 환락의 생활로 옮겨가기 위한 하나의 과정에 지나지 않는 것으로 생각하고, 아무런 불평도 하지 않고 고통을 견디며 죽어 간 것입니다."

"오, 이건 바로 해시시*14로군요!" 프란츠가 소리쳤다. "네, 네, 알고 있습니다. 이름은 알고 있었어요."

"맞습니다, 알라딘 씨. 이건 해시시입니다. 해시시 중에서도 알렉산드리아에서 나는 가장 뛰어나고 가장 순수한 것입니다. '세계는 이러한 행복을 주는 자에게 감사한다'는 말을 내건 궁전이라도 지어주고 싶을 정도로 솜씨가 뛰어난 일인자라고도 할 수 있는, 아부고르가 만든 해시시입니다."

"그 예찬의 말이 정말인지, 아니면 과정에 지나지 않는 것인지, 저 자신이 판단해 보고 싶긴 합니다만." 프란츠가 말했다.

"직접 시험해 보십시오. 시험해 보세요. 하지만 해보기만 하고 중단해서는 안 됩니다. 무슨 일이나 다 그렇지만, 감각이라는 것은 정(靜)이든 동(動)이든, 기쁨이든 슬픔이든, 새로운 충동에 익숙해지지 않으면 안 됩니다. 이 새로운 음식에 대해서도 거부하는 건 언제나 천성이지요. 기쁨을 잊고 오로지 고민에 매달려 있는 인간의 천성이라는 것이 반발하는 겁니다. 바로 그 천성을 극복해야 합니다. 현실이 꿈을 쫓아가게 해야 합니다. 그렇게 되면 꿈이 주인공으로 군림하게 되지요. 그리고 꿈이 삶이 되고, 삶이 꿈이 됩니다. 게다가 그러한 변화에서 얼마나 큰 차이가 나는지 아십니까! 현실 생활의 고뇌와 기교적 생활의 향락을 비교해 보면, 더 이상 살기 싫고 언제까지나 꿈만 꾸고 싶다고 생각하게 됩니다. 만약 당신이 그런 세계를 떠나 보통 사람의 세계로 돌아간다면, 아마도 나폴리의 봄을 떠나 라플란드의 겨울로 옮겨간 것 같은 기분이 들겁니다. 낙원에서 지상으로, 천국에서 지옥으로 떨어진 듯한 기분이 들게 되지요. 이 해시시를 한 번 맛보십시오, 자, 어서!"

프란츠는 대답 대신 그 신비로운 것을 숟가락으로 주인이 뜬 것만큼 떠서 입으로 가져갔다.

"욱, 이런!" 그는 그 신통한 효험이 있다는 잼을 삼킨 뒤 말했다. "좀 있으면 말씀하시는 것만큼 기분이 좋아질지 모르겠지만, 지금은 그리 맛있는 것 같지는 않군요."

---

*14 인도산 대마에서 채취한 마취제.

"입이 그 새로운 맛에 익숙하지 않아서일 겁니다. 생각해 보십시오. 굴이나 차, 맥주처럼 나중에는 좋아하게 된 음식 가운데 처음부터 입에 맞은 것이 있었습니까? 로마 사람이 왜 꿩 요리에 아위(阿魏)를 사용하고, 중국 사람이 왜 제비집을 먹는지 아십니까? 아마 모르실 겁니다! 해시시도 마찬가집니다. 1주일이면 충분하니까 계속해서 드셔 보십시오. 오늘 이렇게 구역질이 날 것 같았던 이 미묘한 맛을 지상 최고의 것으로 생각하시게 될 테니까요. 어쨌든 옆방으로 가십시다. 바로 옆방에 준비해 두었습니다. 알리에게 커피를 가져 오게 하겠습니다. 그리고 파이프도 내올 겁니다."

두 사람은 일어섰다. 스스로 신드바드임을 자처하고, 또 우리도 가끔은 부를 게 있어야 하고 손님도 뭔가 이름을 불러야 하니 우리가 신드바드라고 불렀던 그 사내가 하인에게 뭔가 지시를 했다. 그동안 프란츠는 옆방이라고 불린 곳으로 들어갔다. 그 방의 장식도 역시 호화스러운 점에서 뒤지는 것은 아니지만 훨씬 간소했다. 원형의 방 안을 커다란 소파가 빙 둘러싸고 있었다. 의자와 벽, 천장과 바닥도 모두 부드러운 융단처럼 감촉이 좋은 풍성한 모피로 둘러쳐져 있었다. 사나운 갈기를 가진 아틀라스 산*15의 사자 가죽도 있고, 빛나는 줄무늬의 벵골 호랑이 가죽도 눈에 띄었다. 단테의 신곡에 나오는 화려한 점이 박힌 희망봉의 표범 가죽도 있었다. 그 밖에도 시베리아 곰, 노르웨이의 여우도 있었다. 이러한 모피들이 풍성하게 겹겹이 깔려 있어서 마치 두꺼운 잔디를 밟으면서 푹신한 침대에서 쉬고 있는 듯한 기분이 들었다.

두 사람은 소파 위에 누웠다. 손닿는 곳에 재스민향과 용연향이 나는 긴 파이프 여러 개가, 똑같은 것을 두 번 피울 필요가 없도록 갖춰져 있었다. 두 사람은 그것을 하나씩 집어 들었다. 알리는 파이프에 불을 붙인 뒤 커피를 내오기 위해 나갔다.

한참 동안 침묵이 이어졌다. 신드바드는 이야기하는 사이에도 끊임없이 염두에서 떠나지 않는 듯한 어떤 생각에 잠기곤 했다. 한편, 프란츠도 말없이 꿈결 속에 잠겨 있었다. 그것은 연기와 함께 모든 마음의 고뇌는 가져가고 그 대신 영혼의 꿈을 가져다주는, 그 향기로운 연기를 마시고 있는 동안의 꿈꾸는 듯한 기분과 같았다.

---

*15 모로코에 있는 높은 산 이름.

알리가 커피를 가져왔다.

"어떤 것을 좋아하십니까?" 주인이 말했다. "프랑스식으로 하시겠습니까, 터키식으로 하시겠습니까? 짙은 것을 좋아하십니까, 연한 것을 좋아하십니까? 설탕을 넣을까요, 넣지 말까요? 걸러 드릴까요, 끓여드릴까요? 원하시는 대로 해드리지요. 모두 다 준비가 되어 있으니까요."

"그럼 터키식으로 마시겠습니다." 프란츠가 대답했다.

"잘 생각하셨습니다." 주인이 소리쳤다. "동양 생활에 대한 소양을 갖고 계시다는 걸 알겠군요. 아, 정말 동양 사람들은 인생이 무엇인지 알고 있는 유일한 인간이라고 할 수 있어요! 제 생각을 말씀드리자면," 그는 그 수상한 미소를 지으면서 덧붙였다. 프란츠는 그 미소의 그늘을 놓치지 않았다. "파리에서 볼 일을 마치면 동양에서 남은 생애를 보낼 생각입니다. 그때 나를 만나고 싶으시다면 카이로나 바그다드, 이스파한 같은 곳을 찾으시면 될 겁니다."

"오," 프란츠가 말했다. "그건 쉬운 일이지요. 왜냐하면 아무래도 날개가 돋아난 것 같은 기분이거든요. 이 날개로 하루 만에 세계일주도 할 수 있을 것 같은데요."

"허! 해시시의 기운이 돌기 시작했군요. 좋습니다! 날개를 펼치세요. 천국에 들어가십시오. 두려워할 건 아무것도 없습니다. 내가 보살펴 드릴 겁니다. 만약 이카로스의 날개처럼, 당신의 날개가 태양의 열로 녹아버리면 떨어지는 것을 잘 받아드리지요."

그렇게 말한 그는 알리에게 아라비아어로 몇 마디 지시했다. 알리는 알았다는 듯이 물러섰지만 멀리 가지는 않았다.

그때 프란츠의 몸속에서는 이상한 변화가 일어나고 있었다. 하루 종일 쌓인 육체의 피로와 초저녁에 일어난 일이 가져온 정신적 불안은, 잠에 빠져들기 전, 수마가 덮쳐오는 것이 약간 느껴질 정도로 의식이 남아 있을 때처럼 사라져가고 있었다. 그의 육체는 이 세상에 있는 것 같지 않은 가벼움을 느끼고, 그의 정신은 지금까지 느낀 적이 없을 만큼 명료해져서, 감각의 능력이 배로 커진 것처럼 생각되었다. 수평선이 눈 깜짝할 사이에 넓게 퍼져갔다. 그러나 그것은 막연한 공포가 감돌고 있는, 잠에 빠져들기 전에 보았던 어두운 수평선이 아니라, 이 세상에 둘도 없이 아름다운 바다의 쪽빛과, 찬란하게 빛나는 햇빛, 더할 나위 없이 향기로운 미풍이 느껴지는, 그 푸르고 청정한, 그리고 드넓은 수평선이었다. 선원들이 부르는 노래, 그 깨끗한 음색을 악보에 옮겨 베낄 수도 있을 것 같은 노랫소리가 낭랑하게 울려 퍼지는 가운데, 그는 몬테크리스토 섬이, 그 위압하는 듯한 모습을 물결 위로 보여주고 있는 암초가 아니라 사막 저편에 단 하나의 오아시스처럼 나타나는 것을 보았다. 배가 다가옴에 따라 노랫소리는 갈수록 커지고 있었다. 마치 로렐라이를 연상시키는 요정처럼 사람을 그곳으로 유인하려는 듯이, 또 암피온*16을 연상시키는 마술사처럼 거기에 도시를 건설하려는 듯이, 사람의 마음을 사로잡는 신비한 음악이 이 신(神)의 섬에서 하늘로 높이 올라갔다.

마침내 배가 기슭에 닿았다. 그러나 그것은 아무런 힘도 들이지 않고 아무런 동요도 없이, 마치 입술에 입술이 닿는 것과 같았다. 그는 그 미묘한 음악이 울려 퍼지고 있는 동굴 속으로 들어갔다. 그리고 계단을 몇 개 내려갔다. 아니 내려간 듯한 기분이 들었다. 그러자 그가 들이마시는 대기는 키르케*17의 동굴 근처에 감돌고 있었던 그 공기처럼, 마치 꿈속을 거니는 듯한 향기와 감각을 태워버릴 것 같은 열기로 가득 차서 비할 데 없이 신선한 향기가 넘치고 있었다. 그리고 눈앞에는 자신이 잠들기 전에 본 것, 그 신비로운 주인 신드바드부터 벙어리 하인 알리에 이르기까지 모든 것이 다시 모습을 드러냈다. 곧 모든 것이 사라지고, 마치 조명을 끈 환등기의 마지막 그림자처럼 눈앞의 모든 것이 뒤죽박죽이 되는 것 같이 느껴졌다. 그러자 분명 그동안 자신의 잠과 환락을 지켜보았을 것이고, 이제 창백하고 고풍스러운 램프의 불빛이 약간 비치기 시작한, 그 석상들이 있는 방 안에 자신이 있는 것을 발견했다.

그 석상들은 아까도 보았지만, 사람을 매료시키는 눈과 화려한 미소, 풍부한 머리카락을 가진 아름답고 요염하며 어딘가 시적인 석상들이었다. 그것은 프리네, 클레오파트라, 메살리나, 그 유명한 세 요부의 모습을 하고 있었다. 그 음란한 모습의 중앙에, 이렇게 불순한 대리석상 앞에, 마치 한 줄기 순수한 빛처럼, 올림포스 신전 한가운데에 그리스도교의 천사가 있는 것처럼, 순결한 얼굴을 가지고 있는 듯한 하나의 깨끗한 그림자, 조용한 모습, 부드러운 환영이 조용히 서 있는 것이 눈에 들어왔다.

---

*16 리라를 연주하니 성벽이 저절로 쌓아졌다는 신화 속의 인물.
*17 호메로스의 《오디세이아》에 나오는 마녀. 미약을 마시게 하여 사람을 돼지로 변하게 했다고 함.

　그에게는 세 개의 석상이 그 셋의 사랑을 하나로 합쳐서 한 남자를 덮치려는 것처럼 느껴졌다. 그리고 그 남자는 다름 아닌 자기 자신이었다. 그에게는 지금 다리를 긴 흰옷으로 감싼 그 여자들이 가슴을 드러내고 머리를 물결처럼 풀어헤친 채, 만약 옛날의 신들이라도 유혹에 넘어갈 수밖에 없고, 오직 성자들만이 그것을 견딜 수 있을 것 같은 모습으로, 또 새를 노리는 뱀처럼 불타오르는 불굴의 눈빛을 반짝이며 그가 다시 꿈길에 들어서려는 침대로 다가오는 것만 같았다. 그리고 포옹처럼 숨 막히고 입맞춤처럼 온몸을 녹이는 그 눈길에 자신의 온몸이 내던져지고 있는 것처럼 느꼈다.

　프란츠는 자기가 눈을 감고 있다고 생각했다. 그리고 마지막 눈길로 주위를 둘러보았을 때, 순결한 석상이 자신의 몸을 완전히 감싸고 있는 것을 본 듯했다. 이제는 실재하는 것 앞에서 눈을 감으면, 감각이 눈을 뜨고 상상할 수도 없는 환상을 보여주기 시작했다.

그것은 끝없이 솟아나는 쾌락이고, 예언자가 선택받은 자들에게 베풀었던 끊임없는 애무였다. 석상의 입술에 이내 피가 통했고 그 가슴은 뜨거워졌다. 그리고 비로소 해시시의 위력을 느낀 프란츠의 지친 입술 위에 뱀처럼 유연하고 차가운 석상의 입술이 느껴졌을 때, 그 애무는 거의 고통에 가깝고 그 쾌락은 거의 가책처럼 생각되기 시작했다. 그러나 처음으로 맛본 애무를 팔을 휘저어 물리치려고 하면 할수록, 그의 감각은 더욱더 그 신비로운 꿈의 매혹으로 끌려갔다. 영혼까지 내줄 정도로 맹렬하게 싸운 뒤, 그는 몸과 마음을 다 내던지고 피로에 지친 데다 쾌락에 모든 정력과 인내를 다 소모한 끝에, 이 대리석 연인들의 입맞춤과 지금까지 한 번도 들어본 적이 없는 그 이상한 꿈속에서 숨이 끊어질 것처럼 기진맥진하여 쓰러지고 말았다.

깨어나서

　프란츠는 정신이 들었을 때까지도 모든 것이 아직 꿈의 연장인 것처럼 생각되었다.

　그는 자기가 무덤 속에 있고, 그곳에 아주 희미하게, 마치 연민의 눈길을 보내듯 햇살이 비쳐들고 있다고 생각했다. 손을 뻗으니 옷이 만져졌다. 그는 일어났다. 그는 외투를 걸친 채 부드럽고 향기로운, 말린 히스꽃들로 만든 침상 위에 누워 있었던 것이다.

　모든 환영은 사라졌다. 그리고 석상도 꿈속의 무덤에서 빠져나온 그림자처럼 눈을 뜨는 동시에 사라져 버렸다.

　그는 햇빛이 비쳐드는 쪽을 향해 몇 걸음 나아가 보았다. 꿈속의 불안은 없어지고, 이제는 현실의 편안함이 돌아와 있었다. 그는 자기가 동굴 속에 있는 것을 깨닫고 입구를 향해 걸어갔다. 그리고 아치 모양의 입구를 지나 푸른 하늘과 에메랄드빛 바다를 보았다. 하늘과 바다는 아침 햇살에 빛나고 있었다. 물가에 선원들이 앉아서 얘기를 나누면서 웃고 있었다. 열 걸음쯤 떨어진 바다 위에는 내려진 닻 위에서 배가 흔들거리고 있었다.

　그는 이마를 어루만지며 지나가는 상쾌한 미풍을 음미했다. 그리고 기슭에 밀려드는 파도, 은처럼 하얀 거품으로 레이스 장식을 바위에 남기고 물러가는 파도의 조용한 소리에 귀를 기울였다. 그는 아무 생각도 하지 않고, 정말 아무 생각도 하지 않고 자연에서 볼 수 있는 신성한 아름다움에 마음을 빼앗기고 있었다. 그것은 황당무계한 꿈에서 깨어날 때 특히 절실하게 느껴지는 그런 기분이었다. 그러는 동안 외부 세계에 속해 있는, 이토록 조용하고, 이토록 맑고, 이토록 장대한 일상이, 자기가 꾼 꿈이 진짜가 아니라는 생각을 일깨워주는 것 같았다. 그리고 간밤의 일들이 다시 그의 기억 속에 돌아왔다. 그는 자기가 섬에 도착한 것, 밀수업자 두목에게 소개됐던 일, 눈부신 보물로 가득했던 지하의 궁전, 훌륭한 만찬, 그리고 한 숟가락의 해시시를 떠올렸다.

그러나 이렇게 태양 아래 현실과 마주하고 있으니 그 모든 일들이 일어난 것이 적어도 1년 전 일처럼 생각되었다. 그만큼 그가 꾸었던 꿈이 그의 마음속에 생생하게 살아 있어서 머리에서 떠나지 않았던 것이다. 그의 상상력은 때로는 그가 보낸 하룻밤을 입맞춤으로 장식해준 그림자의 여인들 가운데 한 사람의 모습을 그곳에 있는 선원들 속에 앉혀놓기도 하고, 때로는 바위 위를 거닐게도 하고, 또 때로는 물결에 흔들리는 배 위에 세워보기도 하고 있었다. 게다가 그의 머릿속은 완전히 해방되어, 몸은 충분한 휴식을 얻고 머릿속에는 아무런 고뇌도 느껴지지 않으며, 오히려 온몸에서 지극히 편안한 느낌과 함께 공기와 햇빛을 어느 때보다 만끽할 수 있는 커다란 힘이 솟아났다.

그는 상쾌한 기분으로 선원들에게 다가갔다. 그가 나타나자 모두들 일어섰다. 선장이 그에게 다가와서 말했다.

"신드바드 님이 나리께 인사를 전해달라고 하시더군요. 작별인사를 못해서 서운하게 생각하신다고요. 급한 볼일로 말라가에 갔다고 말씀드리면 아마 나리께서도 용서해주실 거라고 하셨습니다요."

"그럼 역시 사실이었던 거군." 프란츠가 말했다. "나를 섬에 맞이하여 왕처럼 대접해주고는 내가 자는 사이에 떠난 그 사람이 정말 실재하는 사람이었단 말인가?"

"정말이고말고요. 저길 좀 보십쇼, 그분의 요트가 돛을 잔뜩 펼치고 나아가고 있지 않습니까. 망원경으로 보시면 선원들 가운데 서 있는 그분의 모습이 보일 겁니다요."

그렇게 말하면서 가에타노는 손을 뻗어 지금 코르시카 남쪽을 향해 나아가고 있는 작은 배를 가리켰다.

프란츠는 망원경을 꺼내 초점을 맞춘 뒤, 그것을 가에타노가 가리킨 방향으로 향했다. 가에타노가 하는 말이 틀림없었다. 배의 고물에 그 신비로운 인물이 이쪽을 향하고 서 있었다. 그리고 그와 마찬가지로 망원경을 들고 있었다. 어제 자기 앞에 모습을 나타냈을 때와 똑같은 옷을 입고 있는 그 사람은 작별의 표시로 손수건을 흔들고 있었다.

프란츠도 그 인사에 응하기 위해 호주머니에서 손수건을 꺼내 그 사람이 하는 것처럼 흔들어 보였다. 한참 뒤 한 줄기의 연기가 배의 고물 근처에서 가볍게 피어나더니 하늘을 향해 천천히 올라갔다. 이윽고 낮은 포성이 프란츠의 귀에 들려왔다.

"저건," 가에타노가 말했다. "작별인사입니다."

프란츠도 기총을 손에 들고 허공을 향해 한발 쏘았다. 그러나 요트와 기슭 사이의 거리로 보아 소리가 저쪽에 들릴 것 같지는 않았다.

"그럼 이제 뭐 시키실 일 없습니까?" 가에타노가 말했다.

"우선 횃불을 피워주게."

"알겠습니다." 선장이 말했다. "마법의 궁전 입구를 찾아볼 생각이시군요. 기꺼이 도와드립지요. 원하시는 대로 횃불을 만들어드리겠습니다. 저도 전에 찾아보려고 했던 적이 있습니다. 세 번인가 네 번인가, 그런 마음이 들었지요. 하지만 결국 포기하고 말았어요. 이봐, 지오반니! 횃불을 하나 붙여서 나리께 갖다 드려."

지오반니는 시키는 대로 했다. 프란츠는 횃불을 들고 가에타노 뒤를 따라 지하로 들어갔다. 그는 어질러진 히스꽃 침상을 보고 자기가 잠에서 깬 곳임을 알아보았다. 횃불을 이리저리 휘두르며 동굴 바깥쪽을 구석구석 비춰보았다. 그러나 헛일이었다. 눈에 띄는 것이라고는 기름연기에 군데군데 그을린 흔적밖에 없었다. 그것은 그보다 먼저 많은 사람들이 찾아와서 그렇게 똑같이 수색을 했지만 결국 실패로 돌아갔었다는 것을 얘기해 주고 있을 뿐이었다. 그러나 그는 마치 미래처럼 침범할 수 없는 그 화강암 벽을, 한 걸음 뗄 때마다 조사해 보지 않고는 견딜 수가 없었다. 약간의 틈새가 있으면 반드시 사냥 칼을 찔러 넣어 보았다. 튀어나온 곳이 있으면 혹시 움푹한 곳이 있지 않을까 하고 반드시 그 위를 밀어보았다. 그러나 모두 완전한 헛수고로 끝났다. 그는 아무런 결과도 얻지 못한 채 그러한 수색에 두 시간이나 허비했다. 그리고 그 두 시간 뒤, 그는 마침내 포기하고 말았다. 가에타노는 거보라는 듯이 의기양양해했다.

프란츠가 다시 바닷가로 돌아왔을 때, 요트는 수평선 위에 그저 하얀 점처럼 보이고 있었다. 망원경을 들여다보았지만 이미 아무것도 분간할 수 없었다.

가에타노는 프란츠에게 그들이 산양을 사냥하러 왔었다는 것을 상기시켜주었다. 그는 그것을 까맣게 잊고 있었던 것이다. 그는 총을 들고 즐거움이 아니라 의무를 위한 것처럼 섬 안을 걷기 시작했다. 15분쯤 지나자 산양 한 마리와 새끼산양 두 마리를 잡았다. 그러나 그 산양은 영양처럼 민첩하긴 했지만 가

축으로 키우는 산양과 너무나 비슷하다는 점에서, 프란츠에게는 아무래도 사냥의 수확물처럼 여겨지지 않았다.

게다가 그는 어떤 다른 생각에 강하게 이끌리는 중이었다. 어제부터 그는 완전히 《아라비안나이트》의 주인공이 되어 있었다. 그의 마음은 자기도 모르게 그 동굴 쪽으로 끌려갔다. 그리고 첫 번째 수색이 헛되이 끝났음에도 가에타노에게 새끼산양을 한 마리 구워놓으라고 지시한 뒤, 다시 두 번째 수색을 시작했다. 이번에는 상당한 시간이 걸렸다. 그래서 그가 돌아왔을 때는 새끼산양이 벌써 익어서 아침 식사 준비가 다 끝난 뒤였다.

프란츠는 전날 그 이상한 주인한테서 만찬 초대를 받았던 장소에 앉았다. 그의 눈에는 아직도 그 작은 요트가 마치 갈매기처럼 파도머리에 흔들리면서 코르시카를 향해 나아가는 것이 보였다.

"그런데," 그는 가에타노에게 말했다. "자네는 신드바드 씨가 말라가를 향해 출범했다고 했는데, 내가 보기엔 곧바로 포르토베키오를 향해 가고 있는 것 같은데."

"잊으셨습니까?" 선장이 말했다. "그 선원들 가운데 코르시카의 산적 두 사람이 있다고 말씀드렸는데요."

"그랬지 참! 그렇다면 그자들을 상륙시켜 주려는 거로군?"

"그렇습니다." 가에타노가 큰 소리로 말했다. "소문에 의하면 그분은 신도 악마도 두려워하지 않는 분이랍니다. 불쌍한 사람을 위해서라면 50해리라도 둘러 가신다고 하더군요."

"하지만 그런 일을 하면 그렇게 구해준 사람의 나라의 관리들이 노리지 않을까?" 프란츠가 말했다.

"무슨 말씀을!" 가에타노가 웃으면서 말했다. "관리가 그 사람에게 도대체 무슨 문제가 되겠습니까! 아예 처음부터 무시하고 있는 걸요! 붙잡을 수 있거든 붙잡아 보라는 거죠. 우선 그분의 요트는 배가 아니라 새거든요. 돛 단 주전함이 12해리를 달리는데 이건 15해리나 가니까요. 육지에 올라가면 더더욱 걱정이 없지요. 어딜 가든 그분의 친구가 없는 곳이 없으니까요."

그런 사실에서 분명히 알 수 있는 것은 프란츠를 초대해준 신드바드라는 사람이 지중해 연안 전역의 밀수업자나 해적들과 관계를 가지고 있다는 것이었다. 그것은 그의 신분을 상당히 기이한 것으로 여기도록 만들었다.

한편, 프란츠로서는 이제 몬테크리스토 섬에 머물러 있을 필요가 없었다. 그는 동굴의 비밀을 발견하는 것은 완전히 포기하고 말았다. 그래서 일행의 식사가 끝나자 곧 출발할 수 있도록 배를 준비할 것을 명령한 뒤, 자신도 서둘러 식사를 시작했다. 30분 뒤 그는 배에 올랐다. 그는 마지막으로 요트를 한 번 더 바라보았다. 요트는 이제 막 포르토베키오 만으로 사라지려 하고 있었다.

그는 출발 신호를 했다. 배가 움직이기 시작했을 때 마침내 요트는 보이지 않게 되었다.

요트와 함께 전날 밤의 자취도 사라져 가고 있었다. 그 만찬도, 신드바드도, 해시시도, 석상도, 프란츠에게는 모두 하나의 꿈속에 녹아들기 시작했다. 배는 하루 낮 하루 밤을 계속 달렸다.

육지에 상륙한 프란츠는 적어도 한때 자기에게 일어났던 일들을 모조리 잊어버렸다. 그는 이제 오직 피렌체에 가서 여러 가지 재미있는 일과 방문을 끝낸 뒤, 로마에 가서 자기를 기다리고 있을 친구를 만날 생각으로 가득했다.

그는 역마차를 타고 출발했다. 그리하여 토요일 밤에는 두안 광장에 도착했다. 앞에서도 말했듯이 방을 예약해 두었기 때문에 파스트리니 호텔까지 가기만 하면 되었다. 그런데 그것이 그리 쉽지가 않았다. 거리가 온통 군중으로 가득 차 있었기 때문이다. 로마는 벌써 성대한 연중행사 전야의 그 저력 있고 열광적인 소동으로 들끓고 있었다. 로마에는 1년에 큰 행사가 네 번 있다. 사육제, 성주간(聖週間)[*1] 성체성혈대축일, 그리고 성베드로 축일.

그때 말고는 도시는 침체된 무감각한 상태, 삶과 죽음의 중간 상태, 말하자면, 이 세상과 저세상 사이에 있는 일종의 대합실 같은 상태에 빠진다. 장엄한 대합실, 시적이기도 하고 독특한 느낌을 주는 이 휴식처, 프란츠는 그때까지 이미 대여섯 번이나 그런 시기를 경험했고, 그때마다 그 훌륭하고 환상적인 매력을 인정하지 않을 수 없었다.

그는 점점 사람들이 모여서 들끓기 시작한 군중 사이를 헤치며 호텔까지 갔다. 그러나 그곳에서는 예약된 역마차의 마부와 손님이 가득 찬 여관에서 볼 수 있는 특유의 횡포로, 이미 런던 호텔에는 방이 없다는 쌀쌀한 대답을 들었다. 그래서 그는 파스트리니에게 명함을 보내 알베르 드 모르세르의 소개

[*1] 부활절 전의 일주일.

를 받았다는 사실을 전했다. 역시 그 방법은 효과가 있었다. 파스트리니는 자신이 직접 달려와서 기다리게 한 것을 사과한 뒤, 종업원에게 호통을 치고, 프란츠를 붙잡고 있던 안내인의 손에서 촛대를 받아들더니 알베르가 있는 곳으로 안내하려고 했다. 바로 그때 알베르가 마중을 나왔다.

예약해둔 객실은 작은 침실 두 개와 거기에 딸린 작은 응접실이 하나였다. 주인은 두 개의 침실이 거리 쪽으로 나 있다는 것에 대해 크게 생색을 냈다. 그 층에 있는 또 다른 방은 부유한 시칠리아 사람이나 몰타 사람으로 보이는 사내가 빌리고 있었다. 주인은 여행객이 어느 나라 사람인지 확실하게 알지는 못했다.

"좋아요, 주인장." 프란츠가 말했다. "그런데 뭐든 상관없으니 저녁을 좀 먹게 해 주시오. 그리고 내일부터 며칠 동안 마차를 한 대 빌리고 싶은데."

"식사는," 주인이 대답했다. "금방 갖다드리겠습니다. 하지만 마차는……"

"아니, 마차가 왜!" 프란츠가 소리쳤다. "잠깐, 잠깐, 농담하지 말아요, 주인장! 난 마차가 한 대 필요해요."

"손님, 가능한 한 구해 보겠습니다만, 저로서는 그 정도밖에 약속할 수 없겠는데요."

"언제쯤 결과를 알 수 있을까요?"

"내일 아침쯤이요." 주인이 대답했다.

"뭐라고! 돈을 내면 되지 않소. 다 알고 있어요. 평일에는 25프랑, 일요일이나 축제 때는 35프랑. 중개료로 하루에 5프랑을 낸다고 해도 40프랑, 그만하면 됐지 않소?"

"실은 손님, 그 갑절을 내신다 해도 어쩌면 못 구할 수도……"

"그럼 내 마차에 말을 매면 되지 않겠소? 여행으로 좀 상하긴 했지만 지금은 그게 문제가 아니지."

"그런데 말이 어디 있어야지요."

알베르는 도저히 이해할 수 없다는 듯한 표정으로 프란츠의 얼굴을 바라보았다.

"자네도 들었나, 프란츠! 말이 없다는군! 하지만 역마라면 빌릴 수 있지 않을까?"

"그게 벌써 2주일 전부터 예약되어 있어서요. 남아 있는 건 모두 형편이 좋지 않은 놈들뿐이라서."

"이보게, 어떻게 하는 게 좋을까?"

"글쎄, 난 자신의 지혜로 도저히 어떻게 할 수 없는 일이 있을 땐, 거기에 구애되지 않고 다른 방법을 생각한다네. 주인장, 저녁 식사는 준비되었소?"

"준비되어 있습니다, 손님."

"좋아, 그럼 우선 저녁부터 먹기로 하세."

"하지만 마차와 말은 어떻게 하고?" 프란츠가 물었다.

"걱정 말게. 그건 자연히 어떻게 될 테니까. 결국 돈 문제 아니겠나."

이렇게 말한 알베르는 지갑에 두둑하게 돈이 들어 있는 한 세상에 불가능한 일은 없다는 대범한 철학을 내세우며 우선 저녁을 먹은 뒤, 침대에 들어가 푹 자고 나서 여섯 마리가 끄는 마차를 타고 사육제의 거리를 돌아다니는 꿈을 꾸었다.

로마의 산적들

이튿날 프란츠가 먼저 잠이 깼다. 그리고 곧 벨을 울렸다. 벨소리가 그치기도 전에 파스트리니가 자기 쪽에서 알아서 찾아왔다.

"안녕히 주무셨습니까, 나리!" 주인은 의기양양한 기색으로 프란츠가 묻기도 전에 말했다. "어제 제가 끝까지 약속을 하지 못했던 건 이렇게 될 줄 알았기 때문이죠. 얘기가 너무 늦었어요. 이미 로마에는 마차가 한 대도 없습니다. 이 축제의 마지막 사흘 내내 말입니다."

"그래," 프란츠가 말했다. "그러니까 무슨 일이 있어도 마차가 있어야 하는 사람들한테 말이지."

"뭐야?" 알베르가 들어오면서 말했다. "마차가 없다고?"

"그렇다네." 프란츠가 대답했다. "바로 맞혔어."

"역시 주인장, 이 영원한 도시*¹는 좌우간 멋진 곳이로군!"

"그 말은요, 나리," 주인은 그들에게 이 그리스도교의 도시의 위엄을 과시하고 싶은 듯이 말했다. "그 말은 일요일 아침부터 화요일 밤까지 이미 마차가 없다는 겁니다. 오늘부터 그 전까지는 원하는 대로 50대라도 구할 수 있습니다만."

"뭐, 그래도 뭔가 여지가 있을 것 같지 않은가?" 알베르가 말했다. "오늘은 목요일이야, 오늘부터 일요일 사이에 어떻게 될지 모르잖아."

"1만 명에서 1만 2천 명의 여행객들이 몰려올 텐데." 프란츠가 대답했다. "그렇다면 더욱더 어려워지겠는데."

"이봐, 프란츠," 알베르가 말했다. "지금을 즐기는 거야. 앞일을 걱정하는 건 그만두세."

"하지만 하다못해 창문 정도는 있겠지?"

---

*1 로마를 가리킨다.

"어느 쪽으로요?"

"당연히 쿠르 거리로 난 창이지."

"예? 창문이라고요!" 주인이 소리쳤다. "아아, 안 될 겁니다. 아니, 절대로 안 될 걸요! 도리아 관(館) 6층에 하나 있지만, 하루에 베네치아의 옛 금화 20스캉을 내고 러시아 공작님이 빌리셨습니다."

두 청년은 어리둥절해서 서로 얼굴을 마주보았다.

"자네," 프란츠가 알베르에게 말했다. "가장 좋은 묘안을 알고 있나? 베네치아로 가서 거기에서 사육제를 보내는 거야. 그곳에 가면 마차는 몰라도 곤돌라가 있을 테니까."

"아, 그건 안 돼!" 알베르가 소리쳤다. "난 로마에서 사육제를 보기로 마음먹었어. 죽마를 타고서라도 봐야 해."

"옳지!" 프란츠가 소리쳤다. "그것 참 기막힌 생각이네, 특히 촛불 행렬을 전멸시키는 데는 그만이지. 흡혈귀나 랑드 지방의 민속의상으로 가장하는 게 어떨까? 멋지게 성공할 거야."

"나리님들, 아무래도 오늘부터 일요일까지 마차가 필요하시겠지요?"

"물론이오!" 알베르가 말했다. "우리가 집행관 서기처럼 로마 거리를 터덜터덜 걸어 다녀서야 되겠소?"

"그럼 어떻게든 구해보도록 하겠습니다, 나리님들. 그런데 미리 말씀드려 두겠는데, 마차는 하루에 6피아스트르는 할 겁니다."

"그런데 이거 보시오, 파스트리니 선생," 프란츠가 말했다. "난 옆방의 백만장자와는 달라요. 이번에는 내 쪽에서 말해두겠는데, 내가 로마에 온 건 이번이 벌써 네 번째고, 평일, 일요일, 그리고 축제 때의 마차 삯이 얼마인지 정도는 다 알고 있어요. 오늘과 내일과 모레, 사흘 동안 12피아스트르로 합시다. 그래도 괜찮은 벌이지."

"나리, 그건 안 될 말씀이죠!……" 파스트리니가 반박하면서 말했다.

"이제 그만합시다." 프란츠가 말했다. "그렇지 않으면 내가 직접 당신네 마부와 흥정하러 가겠소. 그 마부는 내 단골이오. 오랜 단골. 바가지라면 지금까지 나한테 남에게 뒤지지 않을 만큼 씌웠지. 그자는 앞으로도 그럴 테니까, 아마 당신이 말하는 값보다 훨씬 싸게 해 줄 것 같군. 그러면 당신은 중개료도 못 먹게 돼요. 그것도 당신 탓이오만."

"그러고 보니 그러네요, 나리." 파스트리니는 이탈리아의 사기꾼이 자기가 되레 당한 것을 인정할 때처럼 쓴웃음을 지으면서 말했다. "힘닿는 대로 만족하시도록 해 드리지요."

"진작 그렇게 나올 것이지!"

"마차는 언제 필요하신지?"

"앞으로 한 시간 뒤."

"그럼 한 시간 뒤에 문 앞에 대령하겠습니다."

한 시간 뒤에 마차는 약속대로 두 청년을 기다리고 있었다. 지극히 낡은 승합마차로 성대한 축제 때 한몫 보려고 임시로 꾸민 것이었다. 그러나 설령 겉모습은 신통치 않아도, 청년들은 사흘 동안 그거라도 손에 넣은 것을 기뻐했다.

"나리!" 창문으로 얼굴을 내밀고 있는 프란츠를 보고 안내인이 소리쳤다. "귀빈마차를 궁 앞에 갖다 댈깝쇼?"

이 말에 이탈리아식의 과장된 말투에 익숙한 프란츠도 반사적으로 주변을 둘러보았다. 그러나 그것은 의심할 여지없이 자신에게 한 말이었다.

프란츠가 나리였고, 귀빈마차라는 것은 삯마차였으며, 궁이라는 건 런던 호텔이었다. 모든 호칭을 치켜세우는 이 나라 사람들의 천부적인 재능이 그 말한 마디에 모두 나타나 있었다.

프란츠와 알베르는 아래층으로 내려갔다. '귀빈마차'가 '궁' 옆에 대기하고 있었다. '나리님들'은 다리를 의자 위로 길게 뻗었다. 안내인이 뒷좌석에 뛰어올랐다.

"나리님들, 어디로 안내할깝쇼?"

"우선 성 베드로 성당으로 가세. 그런 다음 콜로세움으로."

알베르가 완전한 파리토박이 말투로 말했다. 그러나 그건 뭘 모르고 하는 소리였다. 성 베드로 성당은 구경만 해도 하루가 걸리고, 자세히 보려면 한 달은 걸린다는 사실 말이다. 그래서 그날은 성 베드로 성당을 보는 것만으로 하루가 지나가고 말았다.

문득 두 청년은 해가 기울어 가는 것을 깨달았다.

프란츠는 시계를 꺼냈다. 벌써 4시 반이었다. 두 사람은 곧 호텔로 돌아가려고 했다. 입구에서 프란츠는 마부에게 9시에 준비하고 있으라고 말해두었다.

프란츠는 알베르가 낮에 성 베드로 성당을 안내해 주었으니, 이번에는 자기가 달밤의 콜로세움을 보여줘야겠다고 생각했다. 사람들은 자기가 이미 본 적이 있는 도시를 친구에게 보여줄 때면, 남자들이 예전에 사귀었던 여자를 보여줄 때와 마찬가지로 허세를 부리곤 하니까 말이다.

그래서 프란츠는 마부에게 자신이 계획한 여정을 설명했다. 우선 포포로 문에서 나가 성벽 바깥쪽을 따라가다가 산 지오반니 문으로 돌아온다. 그러면 전혀 생각도 못하고 있는 순간에 콜로세움이 눈앞에 나타나게 되는 것이다. 말하자면, 가는 길에 카피톨 언덕, 포룸, 셉티미우스 세베루스의 개선문, 안토니우스 황제와 파우스티나 황후의 신전, 비아 사크라 등의 큰 유적이 차례로 나타나게 되면 콜로세움을 원래보다 작아 보이게 할 수가 있는데, 그럴 염려가 없는 것이다.

두 사람은 식탁에 앉았다. 주인 파스트리니는 손님들에게 훌륭한 식사를 대접하겠다고 약속했던 터였다. 그런데 만찬은 그저 그런 수준이었고, 그렇다고 특별히 불평을 할 정도는 아니었다.

식사가 끝날 때쯤 주인이 찾아왔다. 프란츠는 첫눈에 틀림없이 그가 칭찬이라도 받을 셈으로 온 것이라 생각하고 막 그 말을 해주려는데, 주인의 말이 먼저 나왔다.

"나리, 입에 맞으셨다면 다행입니다. 그런데 제가 온 것은 그 때문이 아니고……"

"그럼 마차를 구하기라도 했다는 말이오?" 알베르가 궐련에 불을 붙이면서 말했다.

"그것도 아닙니다. 그리고 나리, 이제 그 일은 제발 잊어주셨으면 합니다. 아무래도 단념하시는 게 좋을 것 같으니까요. 로마에서는 모든 게 되거나 안 되거나 둘 중의 하나입니다. 안 된다고 말씀드린 이상 절대로 불가능합니다."

"여기가 파리라면 좀더 편리할 텐데. 안 된다고 하면 값을 배로 부르지. 그러면 당장 원하는 대로 되어버리거든."

"그건 프랑스 손님들한테서 늘 듣고 있는 말이지요." 주인이 약간 발끈하면서 말했다. "저로서는 왜 프랑스 분들이 굳이 여행 같은 걸 하시는지 도저히 이해가 되지 않는군요."

"그건 말이오." 알베르는 냉정한 태도로 연기를 천장으로 내뿜은 뒤, 안락의자 뒷다리를 흔들어 몸을 한껏 뒤로 젖히면서 대답했다. "미쳤거나, 우리처럼 바보 같은 사람들이나 여행을 하지. 영리한 사람들은 엘데 거리의 저택이나 강 대로,*2 또는 파리의 카페를 떠나려 하지 않거든."

물론 알베르 자신도 그 거리에 살고 있었다. 그리고 매일 멋으로 산책을 한 뒤, 그곳의 종업원과 친해져서 식사도 할 수 있게 된 카페*3에서 저녁을 먹고 있었다.

파스트리니는 잠시 말없이 서 있었다. 그리고 방금 그 말에 대한 대답을 이 리저리 생각해 보았지만, 물론 정확하게 알고 있을 리는 없었다.

"뭐, 그건 그렇고," 프란츠는 파리의 지리를 열심히 생각하고 있는 주인을 가 로막으면서 말했다. "뭔가 볼일이 있어서 온 것 같은데, 어서 말해 보시오."

"아참, 그렇군요. 실은 이 일 때문입니다. 그러니까 8시에 마차를 분부하셨 지요?"

"맞소."

"저어, 콜로세오에 가시려는 겁니까?"

"콜로세움 말이오?"

"같은 말입지요."

"그렇군."

"그래서 포포로 문을 나가 성벽을 따라 돌아서 산 지오반니 문으로 돌아가 도록 마부에게 분부하셨습니까?"

"그런데?"

"그런데 말입니다. 그 길은 안 됩니다."

"안 된다고!"

"안 된다기보다 매우 위험합니다."

"위험하다니! 그게 무슨 말이오?"

"유명한 루이지 밤파가 출몰하는 곳이거든요."

"주인장, 그 유명하다는 루이지 밤파가 도대체 누구요?" 알베르가 물었다. "물론 로마에서는 유명하겠지만, 파리에서는 아무도 모르는데."

"무슨 말씀을! 모르신다고요?"

---

*2 파리의 이탈리앙 대로의 옛 이름.
*3 카페에서는 보통 식사를 제공하지 않는다.

"모르오."

"이름도 들어보지 못하셨습니까?"

"못 들었소."

"그럼 말씀드리지요, 데세라리스와 가스파로네 따위는 발밑에도 못 따라올 정도의 산적입니다."

"조심해, 알베르!" 프란츠가 소리쳤다. "산적이라잖아!"

"만약을 위해서 말해두겠소만 주인장, 이제부터 당신이 하는 말은 어떤 말도 믿지 않겠소. 자, 그 점을 알았으면 이제부터 하고 싶은 얘기는 뭐든지 해보시오, 들어줄 테니까. '옛날 옛날 어느 나라에……' 하고. 자, 시작해보시오!"

주인은 두 청년 가운데 그나마 분별심이 있는 듯한 프란츠를 향했다. 주인의 입장도 어느 정도 인정해 주어야 했다. 그는 지금까지 상당히 많은 프랑스 사람들을 손님으로 받았지만, 농지거리를 좋아하는 그들의 기질만은 아무리

해도 이해할 수 없었다.

"나리," 그는 방금 말한 것처럼 프란츠를 돌아보면서 말했다. "만약 저를 거 짓말쟁이라고 생각하신다면 아무 얘기도 하지 말까요? 하지만 이건 분명히 나 리님들을 위해서 하는 말입니다만."

"알베르는 당신을 거짓말쟁이라고 말하진 않았어요, 파스트리니 씨." 프란츠 가 말했다. "다만 당신이 하는 말을 사실로 받아들이지 않겠다고 말했을 뿐이 지. 하지만 난 당신이 하는 말을 믿어드릴 테니 걱정 말고 말해 보시오."

"하지만 나리, 저는 사실을 말씀드리는데 의심을 하신다면……"

"주인장, 당신은 카산드라*⁴보다도 소심하군요. 카산드라는 예언자였지만 아 무도 귀를 기울여 주지 않았소. 그런데 당신은, 적어도 당신은, 듣는 사람의 반 이라도 당신편이지 않소. 자, 앉으시오. 그리고 밤파에 대한 이야기를 해봐요."

"아까도 말씀드렸지만 나리, 그건 우리가 그 악명 높은 마스트릴라 이후로는 본 적이 없는 산적입니다."

"그런데 그 산적이, 내가 마부에게 포포로 문으로 나가서 산 지오반니 문으 로 돌아오라고 주문한 것하고 도대체 무슨 관계가 있소?"

"그게 말입니다." 주인이 대답했다. "한쪽 문에서 나가실 수는 있습니다. 하지 만 또 하나의 문으로 돌아오시는 건 어려울 것 같아서요."

"왜요?"

"밤이 되면 문에서 쉰 걸음만 나가도 벌써 안심할 수 없기 때문이지요."

"확실한 거요?" 알베르가 소리쳤다.

"자작님," 알베르에게 사실을 의심받고 몹시 불쾌해진 주인 파스트리니가 말 했다. "자작님께 말씀드린 것이 아닙니다. 이건 로마에 대해 잘 아시고, 제 말 이 농담이 아니라는 것을 아시는 친구 분께 말씀드리고 있는 겁니다."

"이보게, 프란츠," 알베르가 프란츠에게 말했다. "이건 저절로 굴러들어온 멋 진 모험이 아닌가. 마차에다 권총, 나팔총, 2연발총을 싣고 가자고. 루이지 밤 파가 우리에게 잡혀주러 오면, 우리가 그놈을 붙잡아 주자고. 그리고 그놈을 앞세워서 로마로 돌아오는 거야. 로마 교황에게 갖다 바치면 엄청난 공훈이 되 는 거지. 그러면 교황께서 우리에게 소원을 뭐든지 이뤄주겠다고 할 거야. 그

_____
*4 신화 속 인물.

때 우린 깨끗하고 간단하게, 마구간에 있는 말 두 필과 마차를 한 대 달라고 하는 거야. 우리는 사육제를 마차 속에서 볼 수 있게 되는 거지. 게다가, 로마 시민들이 아마 카피톨 언덕에서 우리 머리에 관을 씌워주며, 저 쿠르티우스*⁵와 호라티우스 코클레스*⁶처럼 자기 나라를 구해준 사람들이라고 우리를 찬양할지도 몰라."

알베르가 이런 계획을 늘어놓고 있는 동안 주인은 뭐라고 말해야 할지 모르겠다는 표정을 하고 있었다.

"그런데," 프란츠가 알베르에게 물었다. "그 마차에 가득 싣자는 권총과 나팔총, 2연발총은 도대체 어디서 구하나?"

"내 무기고 속에 없다는 것만은 확실해. 테라신에 있을 때 단도까지 빼앗겼어. 자네는 어떤가?"

"나도 아쿠아 펜덴테에서 자네와 같은 꼴을 당했지."

"어떻소, 주인장!" 알베르는 지금까지 피우고 있던 궐련에서 다음 궐련에 불을 옮겨 붙이면서 말했다. "이 방법이 도적놈들에게는 아주 적당할 것 같지 않소? 게다가 그런 놈들과 똑같이 반씩 손해 볼 것 같은 생각이 들 정도로."

주인은 이 농담이 정말 심한 조롱이라고 생각한 모양이었다. 그는 알베르는 상대하지 않고, 그나마 프란츠가 정상적인 대화를 할 수 있는 분별 있는 사람이라는 듯이 그 쪽만 바라보고 얘기했다.

"나리께서도 알고 계시겠지만 산적을 만났을 때는 절대로 대항해선 안 됩니다."

"뭐라고!" 알베르가 소리쳤다. 한 마디 불평도 못 하고 그저 털어가는 대로 놔둔다는 것은 그의 용기가 용납하지 않았다. "무슨 소리요! 저항하지 말라니!"

"안 됩니다! 아무리 저항해도 소용없으니까요. 열두 명 정도나 되는 산적이 수로나 무너진 집터, 하수도 속에서 튀어나와 한꺼번에 총을 겨누는데 도대체 뭘 어떻게 할 수 있겠습니까?"

"무슨 소릴 하는 거요! 먼저 죽여 버려야지!" 알베르가 소리쳤다.

주인은, '나리, 저 양반은 완전히 돌아버렸군요' 하는 듯이 프란츠를 돌아보

---

*5 로마에 지진이 났을 때 온몸을 던져 로마를 구했다는 전설적인 인물.
*6 적의 침입에 대해 로마를 지키고 두 눈을 잃었다는 인물.

았다.

"알베르," 프란츠가 말했다. "상당히 탁월한 대답이었어. 노장 코르네유*[7]의 '죽여야 해'*[8]에 필적할 만큼. 다만 오라스가 그런 대답을 한 건 로마를 구하기 위해서였지. 그리고 분명히 그만한 가치가 있었어. 그에 비해 우리는 그저 기분을 만족시키기 위한 일이 아닌가. 기분풀이를 위해 생명의 위험을 무릅쓴다는 건 지나친 객기를 부리는 게 아닐까?"

"오, 페르 바코!*[9]" 주인이 소리쳤다. "맞아요. 그 말이 정답이에요!"

알베르는 라크리마 크리스티*[10]를 한 잔 따라서, 뭔가 알아들을 수 없는 말을 중얼거리면서 홀짝홀짝 마셨다.

"그런데 주인장," 프란츠가 말했다. "이제 내 친구도 누그러졌고, 당신도 나의 합리적인 중재를 이해한 것 같은데. 도대체 그 루이지 밤파라는 자는 어떤 사람이오? 양치기요, 아니면 귀족이오? 젊은 남자, 늙은이? 체격이 작은 남자, 아니면 큰 남자? 어디 그 사람에 대해 얘기 좀 해 보시오. 어쩌면 사교계에서 만났을 때, 장 스보가르나 라라처럼 하다못해 얼굴만이라도 알아보고 싶은데."

"나리, 확실한 것을 알고 싶으시면 저한테 물어보는 게 가장 빠르죠. 왜냐하면 저는 루이지 밤파가 아주 어렸을 때부터 알고 있었으니까요. 실은 저도 요전에 페란티노에서 알라트리로 가다가 그자의 손에 걸린 적이 있었지요. 그런데 천만다행으로 우리가 옛날에 아는 사이였다는 걸 기억하더군요. 몸값 같은 건 받지 않은 건 물론이고 좋은 시계를 선물로 주고, 자기 신상 이야기를 해준 뒤 그대로 놓아 주었지요."

"어디 한번 그 시계 좀 구경해 봅시다." 알베르가 말했다.

주인은 조끼 호주머니에서 훌륭한 브레게 시계를 꺼냈다. 거기에는 제작자의 이름과 파리제라는 각인, 그리고 백작의 관이 새겨져 있었다.

"이겁니다."

"오호!" 알베르가 말했다. "이거 축하해야겠는 걸? 나도 거의 같은 것을 가지고 있습죠……" 그는 조끼 호주머니에서 시계를 꺼냈다. "……3천 프랑 준 건데."

---

*[7] 17세기 프랑스의 비극작가.
*[8] 코르네유의 걸작 《오라스》 속에 나오는 말.
*[9] 이탈리아어로 '바카스를 위하여'. 단 이것은 오직 감탄사로 사용되며 특별한 의미는 없다.
*[10] 술 이름.

"자, 이야기를 계속해 봐요." 프란츠는 의자를 끌어당기더니 주인 파스트리니에게 앉으라는 듯이 손짓을 했다.

"실례해도 괜찮겠습니까? 나리님들." 주인이 말했다.

"물론!" 알베르가 말했다. "설마 설교사는 아닐 테니 서서 얘기를 할 수는 없잖소."

주인은 이제부터 이야기를 해줄 두 사람을 향해 정중하게 고개를 숙여 인사한 뒤 앉았다. 마치 루이지 밤파에 관한 일이라면 언제 어디서든 얘기해 주겠다는 것 같았다.

"아참!" 프란츠는 주인이 입을 열려고 하는 것을 가로막으면서 말했다. "당신은 아주 어릴 때부터 루이지 밤파를 알고 있었다고 했는데, 그렇다면 그자는 아직 젊은 사람이오?"

"젊으냐고요! 물론이죠. 이제 겨우 스물두 살입니다! 앞날이 창창한 청년이에요!"

"어때, 알베르, 훌륭하다고 생각하지 않나? 스물두 살에 벌써 이름을 날리고 있으니 말이야." 프란츠가 말했다.

"정말 그렇군. 그 나이에는, 후세에 이름을 남긴 알렉산드로스와 카이사르, 나폴레옹도 아직 그 정도로 유명하진 않았지."

"그러니까," 프란츠는 주인 쪽을 향해 말했다. "이야기의 주인공이 이제 겨우 스물두 살이란 말이오?"

"방금 말씀드렸듯이 겨우 그 정도밖에 안 됐습니다요!"

"몸집이 커요, 아니면 작소?"

"보통입니다, 꼭 나리만 할 겁니다." 주인은 알베르를 가리키면서 말했다.

"비교해 줘서 고맙군." 그가 고개까지 숙이면서 말했다.

"자, 얘기를 계속해 보시오." 프란츠는 친구가 신경질 내는 것을 보고 미소 지으면서 말했다. "도대체 사회에서 어떤 계급에 속하는 사람이오?"

"그는 팔레스트리나와 가브리 호수 사이에 있는 산펠리체 백작의 농장에서 일하던 하찮은 양치기였습니다. 태어난 곳은 판피나라인데, 여섯 살 때부터 백작의 집에 일하러 들어갔지요. 아버지 역시 아냐니에 살던 양치기로, 얼마 안 되지만 자기 양 떼를 키우면서 양털이니 양젖을 로마에 팔아서 연명하고 있었습니다.

밤파는 어릴 때부터 특이한 놈이었지요. 여덟 살이 되던 어느 날, 팔레스트리나의 신부님을 찾아가서 글을 가르쳐 달라고 부탁했어요. 그건 좀처럼 쉬운 일이 아니었지요. 왜냐하면 첫째로 양 떼를 떠날 수가 없었기 때문이죠. 그런데 그 신부님은, 가난하고 교구 담당 신부도 없는 델 보르고라는 작은 마을에 매일 미사를 드리러 가고 있었습니다. 그래서 밤파에게 자기가 돌아가는 길목에 기다리고 있으면, 거기서 글을 가르쳐 주마, 시간이 짧으니 그것을 잘 이용하라고 말했습니다. 아이는 기뻐하면서 그렇게 하겠다고 했지요. 아이는 날마다 양 떼를 이끌고 팔레스트리나에서 보르고로 가는 큰길가에 풀을 먹이러 갔습니다. 신부님은 매일 아침 9시에 그곳을 지나갔습니다. 그때마다 두 사람은 그 근처 수로 가에 앉아서 양치기 소년은 신부님의 기도서로 공부를 했습니다. 석 달이 지나자, 그는 글을 읽을 수 있게 되었습니다. 하지만 그게 다가 아니었습니다. 이번에는 글을 쓰는 법을 배워야 했지요. 신부님은 로마의 습자 선생님에게 알파벳을 세 가지 서체로 써달라고 부탁했습니다. 하나는 굵은 글씨로, 하나는 중간 정도로, 또 하나는 가는 글씨로 말이죠. 그런 다음 아이한테 이 알파벳을 교과서로 삼아 석판 위에 철필로 연습하면 글을 쓸 줄 알게 될 거라고 말했습니다. 밤파는 그날 밤 양을 농장에 데리고 돌아가자마자, 팔레스트리나의 자물쇠 가게로 달려가 커다란 못을 얻어온 다음, 그것을 불에 달구고, 망치로 두드려 늘려서, 옛날식 철필 비슷한 것을 만들었습니다. 이튿날에는 돌판을 많이 모아서 그것으로 공부를 시작했습니다. 석 달이 지난 뒤엔 글을 웬만큼 쓸 줄 알게 되었습니다. 신부님은 소년의 깊은 지혜와 훌륭한 재주에 감탄하여 공책 여러 권과 펜 한 상자, 그리고 주머니칼 한 자루를 주었습니다. 그때부터 다시 공부가 시작되었습니다. 전의 공부에 비하면 이건 아무것도 아니었죠. 1주일이 지나자 철필을 사용했던 것과 마찬가지로 펜을 사용할 수 있게 되었습니다. 신부님은 산펠리체 백작에게 그 얘기를 했습니다. 백작은 그 양치기를 만나고 싶어 했습니다. 그래서 자기 앞에서 읽기와 쓰기를 시험한 뒤, 집사에게 말해서 하인들과 함께 식사를 하게 하고 매달 2피아스트르씩 주도록 했습니다. 루이지는 그 돈으로 책과 연필을 샀습니다. 그는 모든 사물을 쉽게 모방하는 재능을 발휘했습니다. 그래서 마치 지오토*[11]가 어릴 때 그랬던 것처럼 석판 위에 양과 나무와 집을 그렸지요. 그뿐만이 아닙니다. 나중엔 칼끝으로 나무를 파서 여러 가지 모양을 만들기도 했습니다. 그 인기 조각가 피넬리도 처음에는 그렇게 시작했다지요.

그런데 일고여덟 살쯤 된, 즉 밤파보다 약간 어린 계집아이 하나가 그 바로 옆에 있는 팔레스트리나 농원의 양을 돌보고 있었습니다. 그 아이는 발몬토네에서 태어난 고아였는데 이름은 테레자였지요. 두 아이는 늘 함께 만나서 나란히 앉아, 두 집안의 양들이 뒤섞여서 함께 풀을 뜯게 내버려둔 채 이야기를 하면서 웃고 놀았습니다. 그러다가 저녁이 되면 산펠리체 백작과 셀베트리 남작의 양을 가려서, 다음 날 아침에 다시 만나기로 약속하고 서로의 농장으로 돌아갔습니다. 그러면 다음 날 둘은 약속대로 만났지요. 그렇게 두 사람은 나란히 자라났습니다. 밤파는 열세 살, 어린 테레자는 열두 살이 되었습니다. 두 사람의 자연적인 본성도 점점 성장해 갔지요.

---

*11 14세기 피렌체의 화가.

밤파는 혼자 있을 때면 온 힘을 기울여 예술에 대한 자신의 취미를 발전시켜 갔지만, 한편으로는 갑자기 슬퍼하거나 거친 반응을 보이며 느닷없이 화를 내고, 언제나 사람을 조롱하는 태도를 보이는 아이였습니다. 팜피나라, 팔레스트리나, 발몬토네의 젊은이들은 어느 누구도 그를 통제할 수 없었을 뿐 아니라 친구도 될 수 없었습니다. 한 걸음도 양보하지 않는 고집 센 성격에, 뭐든지 자기 생각대로 하지 않으면 성에 차지 않는 기질은 밤파에게서 모든 우정과 동정을 앗아갔습니다. 오직 테레자만이 말 한 마디, 눈짓 하나, 몸짓 하나만으로 그를 완전히 지배하고 있었습니다. 누가 뭐라고 하면 당장 폭발하고 마는 그 완강한 밤파도 소녀 앞에서는 그야말로 순한 양이 되어 버렸지요.

테레자는 그와 반대로 밝고 명랑하고 약간 지나칠 정도로 왈가닥 소녀였습니다. 산펠리체 백작의 집사가 밤파에게 주는 2피아스트르와 로마의 상인에게 작은 조각품을 팔아서 버는 돈은 모두 진주 귀걸이나 유리 목걸이, 황금 바늘로 바뀌었습니다. 그렇게 돈을 잘 쓰는 남자 친구 덕분에, 테레자는 로마 부근에서는 가장 예쁘고 가장 멋쟁이 시골처녀가 되었습니다.

두 아이는 그렇게 매일 함께 지내면서 타고난 순진무구한 본능대로 쑥쑥 커갔습니다. 그리하여 두 사람의 이야기와 희망과 공상 속에서, 밤파는 언제나 선장이 되고, 대장이 되고, 총독이 되었습니다. 테레자는 부자가 되어 누구보다 좋은 옷을 입고, 제복을 입은 하인들을 수없이 거느리고 있는 자신의 모습을 상상했습니다. 그렇게 하루 종일 그런 어리석고 화려한 공상과 계획으로 자신들의 미래를 꾸미고 장식하고 나면, 두 사람은 헤어져서 각자의 외양간으로 양을 데리고 돌아갔습니다. 그러면 그런 꿈을 꾸던 높은 곳에서 다시 현재의 초라한 처지로 전락해 버리곤 했지요.

어느 날, 어린 양치기는 백작의 집사에게 사비나 산에서 늑대가 나오는 것을 보았다고 말했습니다. 집사는 밤파에게 총을 한 자루 주었습니다. 밤파는 그것이 갖고 싶었던 것입니다. 그 총은 마침 브레스키아 총으로, 영국 총처럼 먼 곳도 맞힐 수 있는 총이었습니다. 그런데 백작이 어느 날 다친 여우를 때려 죽이려다가 총대를 부러뜨려서 그대로 폐물이 되어 있었던 것입니다.

밤파처럼 조각을 잘하는 아이에게 그걸 고치는 건 그리 어려운 일이 아니었습니다. 그는 먼저 총대를 살펴보고, 그것을 자신의 마음에 들게 바꾸려면 어떻게 해야 할지 눈썰미로 계산한 뒤 다른 개머리판을 만들었습니다. 거기에

눈부신 장식도 조각해 놓아서, 아마 그 나무 부분만 시내에 가서 팔아도 15피아스트르에서 20피아스트르는 받을 수 있었을 겁니다. 그러나 그는 그런 짓을 하는 건 꿈에도 생각하지 않았습니다. 총은 오랫동안 그의 꿈이었습니다. 독자적인 행동이 자유라고 인식되는 나라에서는, 용기 있고 건장한 몸을 가진 사람이라면 우선 총이 필요하다고 생각했던 것이지요. 무기를 가진 사람은 남을 공격하는 것과 자신을 방어하는 것이 동시에 보장되지요. 그리고 그 옆을 지나다니는 것만으로도 무서운 사람이 되어 사람들이 자기 앞에 얼씬도 못하게된다, 이겁니다.

그때부터 밤파는 틈만 나면 총 쏘기 연습에 몰두했습니다. 화약과 탄환도샀습니다. 그리고 사비나 산 중턱에서 자라고 있는 후줄근하고 연약한 쥐색올리브 줄기, 저녁에 굴에서 나와 밤일을 시작하는 여우, 하늘을 나는 독수리

등, 모든 것이 밤파의 과녁이 되었습니다. 이윽고 밤파는 정말 총을 잘 쏘게 되었습니다. 처음에는 소리를 듣기만 해도 무서워했던 테레자도, 자기의 젊은 친구가 손으로 거기에 총알을 갖다 박아 놓은 것처럼, 겨냥한 곳에 총을 맞히는 것을 보고 기뻐했습니다. 어느 날 저녁, 두 사람이 언제나 함께 놀던, 바로 옆의 삼나무 숲에서 정말로 늑대가 나왔습니다. 하지만 늑대는 들판을 열 걸음도 채 걷기 전에 총에 맞아 쓰러졌습니다. 밤파는 멋지게 쏘아 맞힌 것을 의기양양해하면서 늑대를 어깨에 지고 농장으로 돌아갔습니다.

이런 일로 농장 부근에서는 밤파에 대한 평판이 높아졌습니다. 뛰어난 인간은 어디에 가든 숭배자를 만드는 법이지요. 인근에서는 이 젊은 양치기가 십리 사방에서 가장 솜씨가 좋고 가장 강하며 가장 대담한 남자라는 소문이 자자해졌습니다. 한편 테레자는 더 많은 사람들에게 사비나에서 가장 예쁜 아가씨로 알려져 있었지만, 아무도 감히 구애하는 자가 없었습니다. 밤파가 테레자를 좋아하고 있다는 것을 모두 알고 있었기 때문이죠.

그러면서도 둘은 서로 사랑한다는 말 따위는 한 번도 입 밖에 낸 적이 없었습니다. 두 사람은 마치 땅속에서는 서로 뿌리가 뒤엉켜 있고, 공중에서는 가지가 서로 교차하고, 하늘에서는 향기가 뒤섞이는 두 그루의 나무 같았습니다. 서로 만나고 싶어 하는 마음은 두 사람에게는 늘 한결같은 소망이었습니다. 그러한 소망은 이윽고 하나의 필요가 되어, 두 사람은 하루라도 만나지 못할 바엔 차라리 죽는 게 낫다는 생각까지 하게 되었습니다.

테레자는 열일곱, 밤파는 열여덟 살이 되었습니다.

바로 그 무렵, 레피니 산에 출몰하는 산적에 대한 소문이 나돌기 시작했습니다. 산적은 로마 인근에서 완전히 소탕된 적이 없었던 거죠. 가끔은 두목이 없는 경우도 있습니다. 하지만 일단 두목이 나타났을 때 부하가 없는 경우는 드물지요.

그 악명 높은 쿠쿠메토는 아브루초에서 쫓겨 다니다 마치 진짜 전쟁처럼 싸운 끝에 나폴리 왕국에서 쫓겨나, 만프레디*12처럼 가리글리아노 강을 건너, 손니노와 주페르노 사이의 아마신느 강까지 달아났습니다.

이 사내는 결국 도당을 하나 만들어야겠다고 생각했습니다. 그리고 언젠가

---

*12 시칠리의 왕.

　는 데케사리스와 가스파로네를 능가할 생각으로 그들이 걸은 길을 따라갔습니다. 팔레스트리나, 프라스카티, 그리고 팜피나라에서 젊은이들이 자취를 감췄습니다. 처음에는 모두들 걱정했지만, 이윽고 그들이 쿠쿠메토 일당에 가담했다는 것을 알게 되었습니다.

　얼마 뒤 쿠쿠메토는 사람들에게 주의해야 할 대상이 되었습니다. 이 산적 두목이 온갖 기상천외하고 대담한 행동과 차마 눈뜨고 볼 수 없는 잔인한 행동을 한다는 소문이 돌았습니다.

　어느 날 그는 한 소녀를 납치해 왔습니다. 그 소녀는 프로지노네의 측량기사의 딸이었습니다. 산적들에게는 정해진 규칙이 있었습니다. 여자는 그 여자를 납치해온 자의 소유가 됩니다. 그런 다음 남은 사람들은 제비를 뽑습니다. 그러면 가엾은 여자는 산적들한테서 버림받거나 죽어버릴 때까지 산적들의 노리개가 되는 것입니다. 만약 여자의 부모가 그 여자를 돈으로 되살 수 있을 만큼 부자일 때는 몸값을 흥정할 심부름꾼을 보냅니다. 심부름꾼의 목숨이 위태로워지면 여자의 목숨도 없습니다. 몸값을 거부할 때는 여자는 돌이킬 수 없는 선고를 받습니다.

그 소녀는 쿠쿠메토 일당 속에 애인이 있었습니다. 카를리니라는 사내였죠.

남자가 있는 것을 알고 여자는 그쪽을 향해 손을 뻗으면서 이젠 살았다고 생각했습니다. 불쌍한 카를리니는 여자의 모습을 보자 가슴이 찢어지는 것만 같았습니다. 자기 애인이 이제부터 무슨 일을 당할지 훤히 알고 있었기 때문이지요.

그러나 그는, 3년 전부터 쿠쿠메토의 눈에 들어 고락을 함께 해온 데다, 한 번은 두목의 머리 위에 칼을 내리치려던 병사에게 총을 쏘아 목숨을 구해준 적도 있으니까, 어쩌면 쿠쿠메토가 자기를 동정해 줄 거라고 생각했습니다.

그래서 그는 두목을 구석으로 불러냈습니다. 그동안 그녀는 숲 속의 빈터 한복판에 있는 커다란 소나무에 기대앉아, 로마 변두리의 시골처녀가 쓰는 아름다운 스카프를 베일 대신 쓰고, 산적들의 불쾌한 눈길에서 얼굴을 가리고 있었습니다.

거기서 그는 모든 것을 얘기했습니다. 잡혀온 처녀와의 사랑, 영원히 변치 않겠다고 한 두 사람의 맹세, 그리고 서로 가까워진 뒤부터 어떤 방법으로, 매일 밤 어떤 폐허에서 만나고 있었는지를 얘기했습니다.

실은 그날 밤, 카를리니는 쿠쿠메토의 명령으로 인근 마을까지 심부름을 해야 했습니다. 그래서 처녀를 만나러 갈 수 없었던 것이지요. 쿠쿠메토의 이야기로는 우연히 그곳을 지나가다가 처녀를 납치했다는 것이었습니다.

카를리니는 두목에게 자기를 위해 한 번만 특별히 처리해 달라, 그리고 리타에게 손을 대지 말아 달라고 애원했습니다. 그리고 그녀의 아버지는 부자이니 막대한 몸값을 치를 것이 틀림없다고 말했습니다.

쿠쿠메토는 그의 간청을 승낙하는 것처럼 보였습니다. 그리고 프로지노네에 있는 리타의 아버지에게 교섭하러 보내기 위해 아무 양치기나 찾아오라고 명령했습니다.

그래서 카를리니는 기뻐하며 소녀에게 다가가 이젠 걱정 말라고 말해 주었습니다. 그리고 아버지에게 편지를 써서, 그녀에게 일어난 일과 몸값이 300피아스트라는 것을 얘기하라고 시켰습니다.

기한은 12시간, 즉 이튿날 아침 9시까지였습니다.

소녀가 편지를 쓰자, 카를리니는 즉시 그것을 가지고 심부름꾼이 되어 줄 사람을 찾기 위해 들판 속을 뛰어다녔습니다.

그는 마침 양 떼를 우리 속에 넣고 있는 젊은 양치기를 발견했습니다. 산적들의 심부름꾼 노릇은 마을과 산 사이, 미개 생활과 문명 생활 사이에서 살고 있는 양치기가 해주는 것으로 은연중에 정해져 있었던 거지요.

젊은 양치기는 한 시간도 되지 않아 프로지노네로 갈 것을 약속하고 곧 출발했습니다.

카를리니는 이 기쁜 소식을 애인에게 알려줄 생각에 가슴을 두근거리면서 한시바삐 돌아왔습니다.

그는 공터에서 자기들의 일당을 발견했습니다. 모두들 농부들한테서 걷어온 공물로 떠들썩하게 저녁을 먹고 있었습니다. 그는 그 유쾌한 사람들 틈에서 쿠쿠메토와 애인의 모습을 찾았습니다. 그러나 그들은 어디에도 보이지 않았습니다.

그는 두 사람이 어디에 있는지 물었습니다. 그러자 산적들은 모두 킬킬거리고 웃기 시작했습니다. 식은땀이 카를리니의 이마에서 흘러내렸습니다. 그는 등줄기가 서늘해지는 불안에 사로잡혔습니다.

그는 다시 질문을 되풀이했습니다. 그러자 한 사내가 술잔에 오르비에토 포도주를 가득 채워 그에게 내밀면서 말했습니다. '용감한 쿠쿠메토와 예쁜 리타의 건강을 위하여!'

바로 그때 카를리니의 귀에 여자의 비명이 들리는 것 같았습니다. 모든 것을 깨달은 그는 잔을 낚아채 그것을 내민 남자의 얼굴에 집어던지고, 비명 소리가 난 쪽으로 달려갔습니다.

그는 백 걸음쯤 떨어진 수풀 속에서 쿠쿠메토의 팔에 안겨 정신을 잃은 리타의 모습을 발견했습니다.

카를리니의 모습을 보자, 쿠쿠메토는 양손에 권총을 잡고 일어섰습니다.

두 산적은 한순간 서로를 노려보았습니다. 한 사람은 입술에 음탕한 미소를 지으면서, 또 한 사람은 이마 위에 죽음 같은 창백한 빛을 띠고 말이지요.

두 사람 사이에는 금방이라도 무서운 일이 벌어질 것 같은 긴장감이 감돌았습니다. 그러나 카를리니의 얼굴은 점점 일그러졌고, 허리띠의 권총에 대고 있던 손이 힘없이 늘어졌습니다.

리타는 두 사람 사이에 누워 있었습니다.

그 장면을 달빛이 비춰주었지요.

'무슨 일이냐!' 쿠쿠메토가 말했습니다. '명령한 일은 했나?'

'했습니다!' 카를리니가 대답했습니다. '내일 9시 전에 리타의 아버지가 돈을 가지고 찾아올 겁니다.'

'잘했어. 그럼 그때까지 유쾌한 하룻밤을 보내기로 하지. 여자가 미인인 걸 보니, 카를리니 자네도 상당히 좋은 취향을 가졌군그래. 그런데 난 이기주의자가 아니거든, 그러니 이제부터 모두에게 돌아가서 다음 차례는 누가 될지 제비를 뽑게 하지.'

'그럼 두목님은 저 여자를 규칙대로 하겠다는 말입니까?' 카를리니가 물었습니다.

'그럼 이 여자만 특별취급을 해줄 줄 알았나?'

'그렇게 부탁했는데……'

'자네하고 다른 자들하고 다르다고 생각한 모양이지?'

'그런 건 아니지만.'

'어쨌든 진정해.' 쿠쿠메토가 웃으면서 말했습니다. '늦든 빠르든 자네에게도 차례가 올 테니까.'

카를리니는 어금니를 부서질 정도로 악물었습니다.

'그럼 가볼까?' 쿠쿠메토는 일당이 있는 쪽으로 걸음을 옮기기 시작했습니다.

'전 나중에 가겠습니다……'

쿠쿠메토는 카를리니한테서 눈을 떼지 않은 채 사라져 갔습니다. 등 뒤에서 당할까 봐 두려워하는 것이 분명했습니다. 하지만 카를리니에게는 그런 적의가 없는 것 같았습니다.

젊은이는 팔짱을 끼고, 정신을 잃은 리타 옆에 서 있었습니다.

쿠쿠메토는 젊은이가 여자를 안고 달아나버릴지도 모른다는 생각이 문득 들긴 했습니다. 그러나 자신의 욕심을 채우고 난 지금은 그리 중요한 일이 아니었습니다. 돈도 300피아스트르를 모두 나누면 몇 푼 되지도 않는 금액이어서 문제되지 않았지요.

　그는 공터 쪽으로 걸어갔습니다. 그런데 놀랍게도 카를리니는 금방 그의 뒤를 따라왔습니다.

　'제비뽑기다! 제비뽑기!' 두목을 보자마자 산적들은 앞다투어 그렇게 소리쳤습니다.

　그들의 눈은 술기운과 음욕으로 번들거리고, 몸뚱이는 타오르는 모닥불의 붉은빛을 받아 마치 악마 떼들처럼 보였습니다.

　그들의 요구는 그들에겐 당연한 것이었습니다. 두목은 고개를 약간 끄덕여 일동의 요구를 허락한다는 신호를 보냈습니다. 그들의 이름을 적은 종이가 모자 속에 들어갔습니다. 카를리니의 이름도 다른 사내들의 이름과 함께 들어갔습니다. 그들 가운데 가장 젊은 자가 먼저 제비를 뽑았습니다. 거기에는 디아볼라치오라는 이름이 적혀 있었습니다.

그 사람은 아까 카를리니에게 두목의 건강을 축하하자고 했다가, 카를리니가 던진 술잔에 얼굴을 얻어맞은 사내였습니다.

관자놀이에서 입까지 찢어진 커다란 상처에서는 피가 철철 흐르고 있었습니다. 디아볼라치오는 자기가 맨 먼저 당첨된 것을 알고 낄낄거리며 웃었습니다.

'두목,' 그가 말했습니다. '아까 카를리니는 두목의 건강을 위해 건배하는 것을 거부했소. 이번엔 어디 내 건강을 위해서 한잔 하라고 해 보십쇼. 나를 위해서라면 두목보다는 마음이 좀더 편할 테니까.'

그들은 카를리니가 분통을 터뜨릴 거라고만 생각했습니다. 그런데 놀랍게도 그는 한 손에 술잔을 들고 한 손에 병을 들어 술을 가득 따르면서 침착한 목소리로 말하는 것이었습니다.

'디오볼라치오, 네 건강을 위해서다.'

그리고 손가락 하나 떨지 않고 그 잔을 깨끗하게 비웠지요. 그는 곧 모닥불 옆에 자리를 차지하고 앉았습니다. '내 저녁은 어디 있어! 한참 뛰어다녔더니 배가 고프군.'

산적들이 소리쳤습니다.

'카를리니 만세! 훌륭해. 그게 바로 친구 좋다는 거 아닌가.'

모두들 다시 모닥불 주위에 원을 그리고 앉았습니다. 그리고 디아볼라치오가 나갔습니다.

카를리니는 아무 일도 없었던 것처럼 저녁을 먹고 술을 마셨습니다.

산적들은 그 태연자약한 모습이 이해되지 않아서 그저 놀란 눈길로 바라보고 있었습니다. 그때 뒤쪽에서 땅이 울리는 듯한 무거운 발소리가 들려왔습니다. 모두들 돌아보았지요. 그러고는 소녀를 안고 걸어오는 디아볼라치오의 모습을 발견했습니다.

여자는 머리가 뒤로 젖혀져 있었고, 그 긴 머리카락이 땅에 끌리고 있었습니다.

그 두 사람의 모습이 모닥불이 비추는 빛의 원 안에 들어왔을 때, 모두들 소녀의 창백한 얼굴과 남자의 새파랗게 질린 얼굴을 보았습니다.

갑자기 나타난 그 광경, 너무나도 기분 나쁜 적막에 모두들 자기도 모르게 일어섰습니다. 오직 카를리니만이 여전히 앉은 채, 마치 아무 일도 없는 것처럼 계속 먹고 마셨습니다.

디아볼라치오는 쥐 죽은 듯이 조용히 둥글게 모여 앉아 있는 자리의 한가운데로 들어갔습니다. 그리고 두목 앞에 리타를 내려놓았습니다.

그러자 비로소 그들은 소녀의 얼굴과 남자의 얼굴이 창백한 이유를 알았습니다. 리타의 왼쪽 젖가슴 밑에 자루까지 들어갈 정도로 단도가 깊숙이 박혀 있었던 것입니다. 그들의 눈길이 카를리니에게 일제히 쏠아졌습니다. 그의 허리띠에는 빈 칼집만 보였습니다.

'으음!' 두목이 말했습니다. '이제야 카를리니가 뒤에 남은 이유를 알겠군.'

성질이 거친 자들은 그러한 대담한 소행의 의미를 이해할 수 있지요. 산적들 가운데 어느 누구도 카를리니처럼 할 수 있는 자는 없었지만, 카를리니가 한 짓만큼은 이해했습니다.

'어때!' 카를리니는 일어나서 권총에 손을 대고 시체 쪽으로 걸어가면서 말했습니다. '누가 또 내 여자를 뺏어볼 놈 있나?'

'없어.' 두목이 말했습니다. '그 여자는 네 거다!'

카를리니는 여자를 안아서 모닥불이 그려내는 빛의 원 밖으로 옮겼습니다.

쿠쿠메토는 여느 때와 다름없이 보초를 세웠습니다. 산적들은 외투를 덮고 모닥불 주위에서 잠이 들었습니다.

한밤중에 보초가 경보를 전했습니다. 두목을 비롯한 산적들은 벌떡 일어났습니다.

리타의 아버지가 딸의 몸값을 가지고 직접 찾아온 것이었지요.

'자!' 아버지는 지갑을 내밀면서 쿠쿠메토에게 말했습니다. '여기 300피아스트르를 가져왔으니 내 딸을 돌려다오.'

그러나 두목은 돈은 받지 않고 자기 뒤를 따라오라고 눈짓했습니다. 노인은 쿠쿠메토를 따라갔습니다. 두 사람은 달빛이 비치는 나무 그늘을 누비면서 숲속을 나아갔습니다. 이윽고 멈춰 선 쿠쿠메토는 손을 뻗어 나무 밑에 웅크리고 있는 두 사람의 그림자를 가리켰습니다.

'저기 있는 카를리니한테서 딸을 받으시오. 저자가 자초지종을 얘기해 줄 거요.' 이렇게 말한 뒤 그는 동료들이 있는 곳으로 돌아가 버렸습니다.

노인은 꼼짝도 하지 않고 뚫어져라 그들을 응시했습니다. 노인의 머리 위에서는 지금까지 한 번도 들은 적도 본 적도 없는 커다란 불행이 날개를 파닥거리고 있었겠지요.

이윽고 그는 뭐가 뭔지 알 수 없는 묘한 모습을 하고 있는 두 사람 쪽으로 걸어갔습니다. 그 발소리를 듣고 카를리니가 고개를 들었습니다. 그러자 노인의 눈에 두 사람의 그림자가 전보다 더욱 똑똑하게 보이기 시작했습니다.

여자는 땅에 누워 있었습니다. 남자는 앉아 있는 자기 무릎에 여자의 머리를 얹고 그 위로 몸을 굽히고 있었습니다. 남자가 몸을 일으키자 지금까지 안겨 있던 여자의 얼굴이 드러났습니다. 노인은 그것이 자기 딸이라는 것을 알았습니다. 그리고 카를리니 쪽에서도 노인을 알아보았습니다.

'기다리고 있었습니다.' 산적이 리타의 아버지에게 말했습니다.

'이 망할 놈!' 노인이 말했습니다. '대체 무슨 짓을 한 거야?' 그렇게 말하면서 노인은 창백한 얼굴로, 미동도 하지 않고 가슴에 단도가 꽂힌 채 피투성이가 되어 있는 딸의 모습을 온몸을 떨면서 바라보았습니다.

그녀 위로 쏟아지는 창백한 달빛이 여자의 몸을 비춰주고 있었습니다.

'쿠쿠메토가 따님을 욕보였습니다.' 카를리니가 말했습니다. '저는 사랑하기 때문에 따님을 죽였습니다. 두목에 이어서 차례차례 동료들의 노리개가 될 테니까요.'

노인은 아무 말도 못한 채 유령처럼 새파랗게 질려 있었습니다.

'자,' 카를리니가 말했습니다. '제가 한 짓이 잘못되었다면 저에게 따님의 원수를 갚으십시오.'

소녀의 가슴에서 칼을 뽑아들고 일어선 그는, 한 손으로 그것을 노인 앞에 내밀고 한 손으로는 앞섶을 헤쳐 가슴을 드러냈습니다.

'잘 했네.' 노인은 낮은 목소리로 말했습니다. '입을 맞춰주게, 내 아들!'

카를리니는 흐느껴 울면서 연인의 아버지 가슴에 몸을 던졌습니다. 그것은 죽음을 두려워하지 않는 그 청년이 태어나서 처음으로 흘린 눈물이었습니다.

'자,' 노인은 카를리니에게 말했습니다. '이제 딸을 묻는 것을 도와주게.'

카를리니는 곡괭이 두 자루를 찾으러 갔습니다. 그리고 아버지와 연인은 어떤 떡갈나무 아래의 흙을 파기 시작했습니다. 가지가 우거진 그 나무 그늘 아래 소녀의 무덤을 만들어 주려고 생각한 것이죠.

구덩이를 파고나자, 아버지가 먼저 딸에게 입을 맞추고 이어서 연인이 입을 맞췄습니다. 그런 다음 한 사람은 발을 안고 한 사람은 어깨를 안아 구덩이 속

에 주검을 내려놓았습니다. 두 사람은 오른쪽과 왼쪽에 무릎을 꿇고 앉아 죽은 사람을 위한 기도문을 외웠습니다. 그것이 끝나자, 두 사람은 구덩이가 가득 찰 때까지 주검 위에 흙을 덮었습니다. 그런 다음 노인은 손을 뻗으며 말했습니다.

'내 아들이여, 고맙네! 그럼 이제부터 나 혼자 있게 해주게.'

'하지만……'

'날 내버려 두게. 부탁이네.'

카를리니는 그 말에 따라 동료들이 있는 곳으로 가서 외투를 둘러쓰고 이윽고 다른 자들과 함께 깊이 잠든 것 같았습니다.

그 전날 그들은 야영지를 바꾸기로 결정했었습니다. 날이 새기 한 시간 전 쿠쿠메토는 모두를 깨워 출발 명령을 내렸습니다. 그러나 카를리니는 리타의 아버지가 어떻게 되었는지 확인할 때까지 숲을 떠나려 하지 않았습니다.

그는 노인을 두고 온 곳으로 갔습니다. 그리고 딸의 무덤 위로 뻗어 있는 떡 갈나무 가지 하나에 목을 맨 노인의 모습을 발견했습니다. 그는 노인의 시체 를 향해, 또 딸의 무덤을 향해 반드시 원수를 갚겠다고 맹세했습니다.

그러나 그는 그 맹세를 지킬 수가 없었지요. 이틀 뒤 로마 헌병대와 싸움이 벌어졌을 때 살해되고 말았기 때문입니다. 하지만 적을 향해 나아가다가 등에 총을 맞아 죽은 것은 아무래도 이상한 일이었습니다. 그런데 카를리니가 쓰러 졌을 때 쿠쿠메토가 그한테서 열 걸음쯤 뒤에 있었다는 사실을 동료들에게 귓속말로 속삭였던 한 산적이 있었습니다. 그것으로 의혹은 풀렸습니다. 프로 지노네 숲에서 출발하는 날 아침, 쿠쿠메토는 어둠 속에서 카를리니의 뒤를 밟았던 것이었습니다. 그때 카를리니가 맹세의 말을 중얼거리는 것을 듣고 조 심성이 많은 그가 선수를 친 것이었죠. 이 무서운 두목에 대해서는 이에 못지 않은 더 많은 이야기가 전해지고 있었습니다. 그래서 폰디에서 페루주까지, 사 람들은 쿠쿠메토의 이름을 들으면 몸서리를 치곤했지요.

그런 이야기는 밤파와 테레자의 대화 속에도 자주 등장했습니다. 그런 얘기 를 들을 때면 처녀는 몹시 두려워했습니다. 그러나 밤파는 백발백중으로 잘 맞히는 총을 두드리면서 웃는 얼굴로 안심시켜 주었습니다. 그래도 처녀가 걱 정하면, 그는 거기서 백 걸음쯤 떨어진 곳의 나뭇가지에 앉아 있는 갈까마귀 같은 것을 가리키면서 겨냥을 하고 방아쇠를 당깁니다. 그러면 갈까마귀는 어 김없이 나무 밑으로 떨어졌지요.

그러는 동안 세월은 흘러갔습니다. 밤파가 스물한 살, 테레자가 스무 살이 될 때까지 기다렸다가 결혼하기로 두 사람은 약속했습니다. 그들은 둘 다 고 아였습니다. 따라서 주인의 허락만 받으면 결혼할 수 있었지요. 두 사람은 이 미 그 사실을 얘기하고 허락을 받아 둔 상태였습니다.

어느 날, 두 사람이 장래 계획을 얘기하고 있을 때, 문득 두세 발의 총소리 가 들려왔습니다. 그러고는 두 사람이 늘 양에게 풀을 먹이러 가는 숲 쪽에서 한 사내가 나오더니 두 사람을 향해 달려왔습니다. 목소리가 들리는 곳까지 오자 그가 소리쳤습니다.

'쫓기고 있소! 날 좀 숨겨 주시오.'

두 사람은 달아나고 있던 사내가 산적이 틀림없음을 알았습니다. 그런데 농부와 로마의 산적 사이에는 자연적으로 이해관계가 성립되어 있어서, 농부들은 언제나 산적을 도와주고 있었지요. 밤파는 아무 말도 하지 않고 동굴 입구를 막고 있던 바위로 다가갔습니다. 그는 바위를 밀어서 입구를 열어 주고, 자기 혼자만 아는 그 은신처에 몸을 숨기라고 쫓기는 사내에게 손짓해준 뒤에, 다시 테레자 곁으로 돌아가서 앉았습니다.

거의 때를 같이 하여, 말을 탄 헌병 넷이 숲에서 나타났습니다. 그 가운데 세 사람은 달아난 사내를 찾고 있는 듯했고, 네 번째 헌병은 이미 붙잡은 한 산적의 목덜미를 잡아끌고 있었습니다.

세 헌병은 주위를 한 바퀴 둘러본 뒤 두 젊은이를 발견하자 말을 달려 다가왔습니다. 두 사람은 아무것도 보지 못했다고 대답했습니다.

'아깝군.' 한 헌병이 말했습니다. '두목을 쫓고 있는데 말이야.'

'쿠쿠메토 말입니까?' 밤파와 테레자는 동시에 소리치지 않을 수 없었습니다.

'그래.' 헌병이 대답했습니다. '놈에게는 로마 돈으로 1천 에퀴가 걸려 있어. 만약 잡는 걸 도와주면 당신들에게 5백 에퀴를 줄 수 있을 텐데.'

두 사람은 서로 눈짓을 교환했습니다. 헌병은 희미하게 미소를 지었죠. 로마 돈 5백 에퀴는 3천 프랑입니다. 3천 프랑은 이제 결혼하려는 가난한 두 고아에게는 틀림없는 한 재산이 되지요.

'정말 아깝게 됐군요.' 밤파가 말했습니다. '하지만 우린 보지 못했습니다.'

하는 수 없이 헌병은 다른 방향으로 아무 소용도 없는 추격을 계속했습니다. 이윽고 헌병들은 가버리고 말았습니다.

밤파는 다시 가서 바위를 치워주었습니다. 쿠쿠메토가 나왔습니다. 산적은 화강암 입구의 틈새로 두 사람이 헌병과 얘기하고 있는 것을 보고 있었습니다. 그리고 헌병과 무슨 얘기가 오갔는지도 들었고, 밤파와 테레자의 얼굴에서 자신을 넘겨주지 않을 거라는 확고한 결심을 읽을 수 있었습니다. 산적은 호주머니에서 금화가 가득 들어 있는 지갑을 꺼내 두 사람에게 내밀었습니다.

그러나 밤파는 한 번 어깨를 으쓱했습니다. 테레자는 이 금화로 가득한 지갑이 있으면, 사치스러운 보석과 좋은 옷을 마음껏 살 수 있을 거라고 생각하면서 눈을 반짝였습니다.

쿠쿠메토는 정말 교활한 악마였습니다. 그는 산적의 모습을 한 뱀*13이나 마찬가지였습니다. 그는 이 처녀 속에 훌륭한 이브의 모습이 있는 것을 알아보고, 자기를 구해준 두 사람에게 감사인사를 한다는 핑계로 몇 번이나 그녀를 뒤돌아보면서 숲으로 돌아갔습니다. 그로부터 며칠은 쿠쿠메토의 모습도 보이지 않고 소문도 들리지 않은 채 지나갔습니다.

---

*13 낙원에서 이브를 유혹한 뱀을 가리킴.

밤파

사육제가 다가왔습니다. 산펠리체 백작은 성대한 가면무도회를 열었습니다. 로마의 멋쟁이들은 모두 초대되었지요. 테레자는 그 무도회를 무척 보고 싶어 했습니다. 그래서 밤파는 자신의 보호자인 집사에게 테레자와 자기가 하인들 틈에 끼어 몰래 무도회를 구경할 수 있게 해달라고 부탁했습니다. 집사는 밤파의 청을 들어주었습니다.

그 무도회는 원래 백작이 자신의 보물인 딸 카르멜라를 위해 열었던 것이었습니다. 카르멜라는 나이도 키도 꼭 테레자만 한 처녀였습니다. 테레자도 최소한 카르멜라와 견줄 수 있을 만큼 아름다운 처녀였습니다.

무도회날 밤, 테레자는 가장 예쁜 옷에 가장 사치스러운 브로치, 가장 빛나는 유리 장식을 달고 나갔습니다. 그녀는 프라스카티 여자들이 입는 민속의상을 가지고 있었습니다. 또 밤파에게는 로마의 농부들이 축제 때 입는 훌륭한 옷이 있었습니다.

두 사람은 허락이 내려지자 하인들과 농부들 속에 끼어들었습니다.

무도회는 눈이 휘둥그레질 정도로 화려했습니다. 저택에 온통 휘황찬란한 불이 켜져 있을 뿐만 아니라, 정원의 나무에는 헤아릴 수 없이 많은 색등이 장식되어 있었습니다. 곧 사람들이 많아지더니 저택은 집 안에서 테라스까지 사람들로 넘쳐나고, 테라스에서 다시 정원의 오솔길까지 넘쳐났지요. 길이 교차되는 곳에는 어디나 음악이 흐르고, 음식이 있고, 마실 것이 준비되어 있었습니다. 사람들은 거닐다가도 멈춰 서서, 네 명이서 한 조가 되는 카드리유의 짝을 맞춰 즉시 아무데서나 춤을 추었답니다.

카르멜라는 손니노 지방의 민속의상을 입었습니다. 진주로 수를 놓은 모자, 황금과 다이아몬드가 박혀 있는 머리핀, 커다란 꽃무늬가 있는 터키 비단 허리띠에, 윗옷과 치마는 캐시미어, 앞치마는 인도산 모슬린, 그리고 코르셋의 단추에는 전부 보석이 달려 있었습니다.

카르멜라와 함께 있는 두 여자 중에 한 명은 네튜노, 또 한 명은 리치나의 민속의상을 입고 있었습니다.

로마 최고의 부자인 데다 신분도 높은 집안의 자제인 청년 네 명이 다른 나라에서는 눈 씻고 찾아봐도 볼 수 없는 이탈리아식의 자유로운 차림새로 이 세 아가씨의 뒤를 따라다녔습니다. 그 네 명의 청년들은 각자 알바노, 벨레트리, 치비타 카스텔라나, 소라의 농부 차림이었습니다. 농부 모습이기는 했지만, 시골처녀의 복장을 한 세 아가씨와 마찬가지로 황금과 보석으로 번쩍이고 있었던 것은 말할 것도 없었지요.

카르멜라는 비슷한 복장을 한 사람들로 카드리유 춤의 짝을 맞추려고 했습니다. 그런데 여자가 한 사람 부족했습니다. 카르멜라는 주위를 둘러보았습니다. 그러나 초대되어 온 여자들 중에서는 자신이나 상대 남자들과 비슷한 분장을 한 사람이 한 사람도 보이지 않았습니다.

산펠리체 백작은 농부 여인들 사이에서 밤파의 팔에 기대고 있는 테레자를 손으로 가리켰습니다.

'아버지, 그래도 돼요?' 카르멜라가 말했습니다.

'물론이지, 오늘은 사육제가 아니냐.'

카르멜라는 뭔가 얘기하면서 자신을 따라오고 있는 한 청년에게 그 소녀를 지목하며 뭔가를 말했습니다. 청년은 카르멜라의 아름다운 손이 가리키는 곳으로 시선을 돌리더니, 정중한 태도로 테레자에게 가서 백작 따님이 주관하는 카드리유 춤에 들어와 주지 않겠느냐고 부탁했습니다.

테레자는 얼굴 위로 불꽃이 확 스치고 지나가는 것만 같았습니다. 그녀는 눈으로 밤파의 의견을 물었습니다. 이제 와서 안 된다고 할 수는 없는 일이었습니다. 밤파는 지금까지 자신의 팔에 안겨 있던 그녀를 아쉬운 듯이 놓아주었습니다. 테레자는 떨면서 그 멋쟁이 청년에게 이끌려 귀족들이 추는 카드리유 춤의 무리 속으로 들어갔지요.

예술가의 눈으로 본다면 분명히 수수하고 검소한 테레자의 복장은 카르멜라나 그 친구들의 복장과는 또 다른 매력이 있었을 것이 틀림없었습니다. 그런데 테레자는 지극히 명랑하고 경박한 처녀였습니다. 그녀는 귀족들의 모슬린의 자수, 허리띠에 꽃은 종려나무 가지, 그리고 캐시미어 천의 광택과 사파이어와 다이아몬드의 광채에 마음을 빼앗기고 말았습니다.

　한편, 밤파는 마음속에 뭔가 알 수 없는 기분이 솟아나는 것을 느꼈습니다. 둔한 아픔 같은 것이었는데, 처음에는 심장을 물어뜯더니, 그것을 시작으로 혈관 속을 내달려 마침내 온몸을 사로잡는 듯했던 것이지요. 그는 테레자와 상대남자의 일거일동에서 눈을 떼지 못하고 있었습니다. 두 사람의 손과 손이 닿으면, 눈이 아찔해질 정도로 심장 고동이 높아지고 귀에서는 종소리가 울리는 것만 같았습니다. 두 사람은 뭔가를 얘기하고 있는 것 같았는데, 테레자는 겁이 나는 듯 눈을 내리깔고 남자가 하는 말을 듣고 있었습니다. 남자가 이글이글 타오르는 눈빛을 하고 있는 것으로 보아, 분명히 찬사의 말을 하고 있는 거라고 생각한 밤파는, 마치 대지가 발밑에서 뒤집어지고, 지옥에서 온갖 목소리들이 저마다 살인이니 공격이니 하는 말을 자신에게 불어넣는 것만 같았습니다. 그런 미치광이 같은 기분에 사로잡혀서는 안 된다고 생각한 밤파는 한 손으로 자신이 기대고 서 있는 정자를 붙잡고 다른 손은 부들부들 떨면서, 허리띠에 차고 있는 자루에 조각이 새겨져 있는 단도를 잡고 있었습니다. 그 단도는 자기도 모르는 사이에 몇 번이나 칼집에서 반쯤 빠져나와 있었습니다.

밤파는 질투하고 있었던 것이죠! 그는 테레자가 그 경박하고 우쭐해하는 성격 탓에 자기한테서 달아날 것 같은 기분이 들었습니다. 그러는 동안 처음에는 떨면서 거의 겁을 집어먹은 것처럼 보였던 테레자도 이제는 완전히 침착함을 되찾고 있었습니다. 테레자의 아름다움에 대해서는 앞에서도 얘기했지만, 그뿐만이 아니었습니다. 테레자에게는 수줍은 애교가 있었습니다. 그것은 자연 그대로의 애교로, 세상에 흔히 있는 일부러 꾸민 듯이 과시하는 애교에 비해 훨씬 더 큰 힘을 가지고 있었습니다.

테레자는 카드리유의 인기를 거의 독차지하고 말았습니다. 테레자가 카르멜라를 부러워한 것처럼, 카르멜라 쪽에서도 테레자를 질투하지 않았다고는 할 수 없었습니다.

테레자의 상대자였던 훌륭한 청년은 테레자를 온갖 말로 찬양하면서 아까 테레자를 데려갔던 장소, 지금 밤파가 그녀가 돌아오기를 기다리고 있는 곳까지 데려다 주었습니다. 카드리유를 추는 동안에도, 소녀는 두세 번 밤파 쪽으로 눈길을 주었습니다. 그런데 그때마다 얼굴이 새파랗게 긴장되어 있는 밤파의 모습이 보였던 것입니다. 한 번은 반쯤 칼집에서 빠져나온 단도의 날이 불길한 섬광이 되어 테레자의 눈을 찌르기도 했습니다. 그렇게 테레자는 거의 몸을 떨다시피 하면서 다시 연인의 품으로 돌아왔습니다.

카드리유 춤은 멋지게 성공했습니다. 말할 것도 없이 다시 한 번 카드리유를 추자는 얘기가 나왔지만 카르멜라만 반대를 했습니다. 산펠리체 백작은 다정한 말로 한 번 더 하라고 딸을 달랬습니다. 곧 청년 한 사람이 테레자를 부르러 왔습니다. 테레자가 없으면 카드리유를 출 수 없었기 때문이지요. 하지만 소녀는 이미 자취를 감춘 뒤였습니다.

사실 밤파가 더 이상 참을 수가 없었던 것이었죠. 그래서 반은 설득하고 반은 강제로 테레자를 정원의 다른 장소로 데리고 간 것이었습니다. 테레자는 마음이 내키지 않았지만 그가 하자는 대로 했습니다. 그러나 밤파의 일그러진 표정과 아무 말도 하지 않고 있다가도 이따금 신경질적으로 떨리는 목소리를 듣고, 밤파의 마음속에 뭔가 심상치 않은 일이 일어난 것이 틀림없다는 것을 알았습니다. 테레자 자신도 마음에 뭔가 불안을 느끼지 않는 것은 아니었

습니다. 자기는 아무것도 잘못한 것이 없다는 생각도 들고, 한편으로 밤파가 자기에게 화를 내는 것을 이해할 수 있다는 생각도 들었습니다. 그렇다고 그 것이 어떤 것인지 알 수는 없었지만, 테레자는 자신이 비난을 들을 만한 일을 한 것 같기도 했습니다.

그래서 테레자는 밤파가 아무 말도 하지 않는 것에 오히려 놀라고 있었습니다. 그날 저녁 내내 밤파의 입에서는 아무 말도 들을 수 없었습니다. 다만 밤 이 추워짐에 따라, 정원의 손님들이 들어가고, 저택의 모든 문이 실내에서의 연회를 위해 닫혀버리자, 밤파는 테레자를 집에 데려다 주었습니다. 그리고 테 레자가 집 안으로 들어가려고 할 때 비로소 입을 열었습니다.

'테레자, 아까 산펠리체 백작님 따님 앞에서 춤추고 있었을 때 무슨 생각을 했어?'

처녀는 아무 생각 없이 대답했습니다. '아가씨 같은 옷을 입을 수만 있다면 목숨을 반쯤 덜어줘도 아깝지 않겠다고 생각했어.'

'그 상대 남자는 뭐라고 말한 거였어?'

'나만 좋다면 그런 건 당장에라도 손에 넣을 수 있다고 했어. 내가 한 마디만 하면 된대.'

'그 말은 맞아.' 밤파가 대답했습니다. '넌 그런 것이 그렇게 갖고 싶어?'

'응.'

'좋아, 그렇다면 내가 갖게 해주지!'

처녀는 놀라서 그에게 물어보려고 고개를 들었습니다. 그러나 남자의 얼굴이 너무 무섭고 너무 어두워서 말이 혀끝에서 얼어붙고 말았지요. 밤파는 그 말만 남기고 그대로 돌아가 버렸습니다. 테레자는 그 모습이 보이지 않을 때까지 어둠 속에 가만히 서서 지켜보다가 이윽고 한숨을 쉬면서 집 안으로 들어갔습니다.

그날 밤, 하인이 부주의로 등불을 끄는 걸 잊은 것인지는 몰라도 엄청난 사건이 일어났습니다. 산펠리체 저택의, 하필이면 아름다운 카르멜라의 거처가 있는 부속건물에서 불이 난 것입니다. 불길의 붉은빛 때문에 잠에서 깬 카르멜라는 즉시 침대에서 뛰어내려, 실내복만 걸치고 문으로 달아나려고 했습니다. 그런데 복도는 이미 불길에 싸여 있었습니다. 그래서 크게 소리를 질러 도움을 청하면서 다시 방으로 돌아갔는데, 바로 그때 창문이 갑자기 열렸습니다. 그 창문은 지상에서 20자나 되는 높이에 있는 것이었죠. 한 젊은 농부가 방 안에 뛰어들어 카르멜라를 안더니 인간으로 생각할 수 없는 힘으로 민첩하게 뛰쳐나가 잔디밭에 카르멜라를 내려놓았습니다. 카르멜라는 정신을 잃고 말았습니다. 다시 정신이 돌아왔을 때는 아버지가 눈앞에 서 있었습니다. 하인들도 카르멜라를 돌보려고 그녀를 에워싸고 있었습니다. 별장은 건물 한쪽이 전부 타버렸지만, 카르멜라가 무사한 이상 그건 아무래도 상관없었습니다.

카르멜라를 구해준 사람을 사방으로 수소문하게 되었습니다. 그러나 그 사람은 두 번 다시 나타나지 않았습니다. 모든 사람들에게 물어보았지만 아무도 본 사람이 없었습니다. 카르멜라도 완전히 공포에 사로잡혀 있었던 터라 기억이 전혀 나지 않았습니다. 한편, 돈이 엄청나게 많은 백작으로서는 소중한 딸이 그야말로 기적적으로 위험에서 구조되었기 때문에, 그것이 불행이 아니라 오히려 새로운 하늘의 은총으로 생각되었고, 화재로 생긴 손해 따위는 아무것도 아니었습니다.

이튿날, 두 젊은이는 늘 만나는 시간에 숲 속에서 만났습니다. 밤파가 먼저 와서 기다리고 있었습니다. 그는 무척 밝은 모습으로 처녀를 맞이했습니다. 전날 밤의 일은 이미 모두 잊어버린 것 같았습니다. 복잡한 생각으로 얼굴빛이 좋지 않았던 테레자는 그런 밤파의 모습을 보자 자기도 아무렇지 않은 듯이 밝은 모습으로 가장했습니다. 사실 가슴에 뭔가 응어리가 있지 않다면 그것이 그녀 본디 성격인 것이죠. 밤파는 테레자의 팔을 잡고 동굴 입구까지 데리고 가서 걸음을 멈췄습니다. 처녀는 뭔가 특별한 일이 있다는 걸 알고 그를 유심히 바라보았습니다. 그러자 밤파가 말했습니다.

'테레자, 간밤에 백작 따님과 같은 옷을 얻을 수 있다면 뭐든지 줄 수 있다고 말했지?'

'그래.' 테레자가 놀라면서 대답했습니다. '하지만 그런 생각을 하다니, 내가 미쳤었나 봐.'

'그리고 난 이렇게 말했지, 좋아, 그렇다면 너에게 그걸 갖다 주겠어, 라고.'

'응.' 밤파가 입을 열 때마다 처녀의 놀람은 더욱 커졌습니다. '하지만 그건 그저 날 기쁘게 해주려고 그렇게 말한 것 아니었어?'

'내가 지금까지 너하고 한 약속을 지키지 않았던 적이 한 번이라도 있었어?' 밤파는 의기양양하게 말했습니다. '동굴 속에 들어가서 옷을 입어 봐.'

그렇게 말하면서 그는 바위를 끌어냈습니다. 그리고 두 자루의 촛불이 멋진 무대 양쪽을 비추며 타오르고 있는 동굴을 테레자에게 보여주었습니다. 밤파가 만든 투박한 탁자 위에는 진주 목걸이와 다이아몬드 핀이 놓여 있고, 그 옆 의자 위에는 그 밖의 옷들이 놓여 있었습니다.

테레자는 기쁜 나머지 소리를 질렀습니다. 그리고 그런 옷들이 어디서 났는지 묻는 것도 잊고, 밤파에게 고맙다고 말하는 것도 잊고, 의상실로 변한 동굴 속으로 뛰어들어갔습니다.

테레자가 들어가자, 그 뒤에서 밤파가 바위 문을 닫았습니다. 왜냐하면 자기가 있는 곳에서 저쪽으로 어떤 말 탄 여행자의 모습을 보았기 때문이죠. 그는 팔레스트리나 방향을 가리고 있는 작은 언덕 위에 있었기 때문에, 남쪽 나라에서 먼 경치를 볼 때처럼 푸른 하늘을 바탕으로 선명한 윤곽을 그리고 있었는데, 길을 찾는 것처럼 멈춰서 있었습니다.

밤파를 발견한 여행자는 말을 달려 다가왔습니다. 밤파가 짐작한 대로 팔레스트리나에서 티볼리로 가던 여행자가 길을 잃은 것이었습니다. 젊은이는 길을 가르쳐 주었지만, 거기서 3분의 1마일만 가면 길이 세 갈래의 오솔길로 갈려져 있었습니다. 때문에 여행자는 거기서 다시 길을 잃을 우려가 있으니, 거기까지 안내해 달라고 밤파에게 부탁했습니다.

밤파는 외투를 벗어 땅에 내려놓고 어깨에 총을 메었습니다. 무거운 옷을 벗어버린 밤파는 말 걸음으로도 따라갈 수 없을 것 같은, 산지 사람 특유의 빠른 걸음으로 앞장서서 걷기 시작했습니다.

약 10분 뒤, 밤파와 여행자는 갈림길이 있는 곳에 도착했습니다. 거기까지 오자 밤파는 마치 황제처럼 위엄 있는 몸짓으로 세 갈래 길 가운데 여행자가 가야 할 길을 가리켰습니다.

'이 길입니다. 이젠 길을 잃을 염려가 없을 겁니다.'

'자, 이건 감사의 표시일세.' 여행자는 젊은 양치기에게 동전을 몇 개 내밀면서 말했습니다.

'괜찮습니다.' 밤파는 손을 뒤로 빼면서 말했습니다. '전 도와드린 것이지 이런 것으로 돈을 벌 생각은 없습니다.'

'그렇다면,' 여행자는 도시사람의 노예근성과 시골사람의 자존심의 차이를 잘 이해하고 있는 것처럼 말했습니다. '돈은 받지 않더라도 선물은 받아 주겠지?'

'예, 그건 받겠습니다.'

'좋네.' 여행자가 말했습니다. '이 베네치아의 스캉*1 두 개를 주겠네. 이것으로 자네 약혼자의 귀걸이 한 쌍을 만들 수 있을 것이네.'

'그렇다면 저는 이 단도를 드리겠습니다. 알바노에서 치비타 카스테라나까지 가셔도 자루에 이만큼 조각이 잘 되어 있는 것은 없을 겁니다.'

'고맙네. 하지만 이러면 내 쪽에서 오히려 빚을 지게 되는 셈이군. 이 단도가 2스캉보다 비쌀 테니 말이야.'

'장사꾼이라면 그렇겠지요. 하지만 그것을 직접 조각한 저에게는 기껏해야 1피아스트르 정도인 걸요.'

'이름이 뭔가?' 여행객이 물었습니다.

---

*1 옛 금화의 이름.

‘루이지 밤파라고 합니다.’ 양치기는 마치 자기가 마케도니아의 왕 알렉산드로스라고 대답하는 듯이 의기양양하게 말했습니다. ‘댁의 이름은요?’

‘나 말인가? 난 선원 신드바드라고 하네.’”

이 대목에서 프란츠가 놀라서 소리를 질렀다.

“선원 신드바드라고!”

“그렇습니다.” 얘기를 하고 있던 주인이 말했다. “그것이 자기 이름이라고 여행자가 밤파에게 말했지요.”

“그 이름이 뭐 어떻다는 건가?” 알베르가 끼어들었다. “좋은 이름이지. 사실 그 사람의 조상이 했던 여러 가지 모험 이야기를 어렸을 때 상당히 재미있게 들었는데.”

프란츠는 그 이상 말하지 않았다. 선원 신드바드라는 이름은 독자들도 알다시피, 간밤의 몬테크리스토 백작이라는 이름과 마찬가지로, 그의 가슴에 수많은 기억을 남겨주었던 이름이다.

"얘기를 계속하시오!" 그는 주인에게 말했다.

"밤파는 의젓한 태도로 2스캉을 호주머니에 넣었습니다. 그리고 방금 온 길을 천천히 돌아갔습니다. 그런데 동굴에서 300걸음쯤 되는 곳에 왔을 때 무슨 비명 소리가 들리는 것 같았습니다. 밤파는 멈춰 서서 소리가 어느 쪽에서 들려오는 것인지 귀를 기울였습니다. 그리고 잠시 뒤, 자기 이름을 외치는 소리를 똑똑히 들었습니다. 목소리는 동굴 쪽에서 들려오는 것이었습니다.

밤파는 영양처럼 뛰면서 총에 탄환을 쟀고, 채 1분도 지나지 않아 아까 여행자가 나타난 곳과 반대쪽에 있는 작은 언덕 위로 올라갔습니다. 거기까지 가자 '살려줘!' 하는 소리가 더욱 똑똑히 들려왔습니다.

밤파는 아래쪽으로 시선을 던졌습니다. 신화 속에서 켄타우로스 족인 네소스가 데이아네이라를 유괴하려고 했던 것처럼, 한 사내가 테레자를 납치해 가는 중이었습니다. 숲을 향하고 있던 그 사내는 이미 동굴에서 숲까지 4분의 3 정도 되는 곳에 가 있었습니다.

밤파는 거리를 쟀습니다. 사내는 자기보다 적어도 200걸음 정도 앞에 가고 있었습니다. 따라서 사내가 숲에 들어가기 전에 따라잡는 건 어려워 보였습니다. 젊은 양치기는 마치 발에 뿌리가 내린 것처럼 버티고 섰습니다. 그는 총의 개머리판을 어깨에 대고, 천천히 사내 쪽으로 총구를 겨누면서 잠시 사내의 걸음을 따라가는 듯하더니, 곧 한 발을 쏘았습니다.

사내는 갑자기 멈춰 섰습니다. 그리고 무릎이 푹 꺾이더니 테레자와 함께 그 자리에 쓰러졌습니다. 그러나 테레자는 금방 일어났습니다. 사내는 쓰러진 채 단말마의 경련을 일으키며 버둥거리고 있었습니다.

밤파는 곧 테레자 쪽으로 달려갔습니다. 죽어가고 있는 사내 옆에서 열 걸음쯤 가더니 그녀도 픽 쓰러졌기 때문이지요. 젊은이는 적을 죽인 그 총알에 약혼자까지 다친 것은 아닐까 하는 불안에 사로잡혔습니다. 하지만 다행스럽게도, 테레자는 단지 공포심 때문에 쓰러졌던 것뿐이었지요. 그녀가 무사한 것을 확인한 밤파는 쓰러져 있는 사내 쪽으로 다가갔습니다.

사내는 주먹을 쥔 채, 입은 고통으로 일그러지고 머리카락은 곤두서서 단말마의 땀을 흘리며 막 숨을 거두고 있었습니다. 눈을 부릅뜬 무서운 형상이었습니다.

밤파는 시체에 다가갔습니다. 그리고 그 사내가 바로 쿠쿠메토인 것을 알았습니다.

쿠쿠메토는 두 젊은 남녀의 도움을 받았던 날부터 테레자에게 반해 있었던 것입니다. 그는 그 처녀를 반드시 자기 것으로 만들겠다고 맹세하고 그날부터 처녀를 노리고 있었습니다. 밤파가 여행자에게 길을 가르쳐주기 위해 테레자를 혼자 두고 가는 것을 본 그는 바로 이때다 하고 여자를 빼앗아 이제 자기 것이 되었다고 생각했겠지만, 그 순간 밤파가 쏜 한 발이 그의 심장을 명중했던 것입니다.

밤파는 한동안 얼굴빛 하나 변하지 않고 산적의 모습을 바라보았습니다. 그러나 아직도 몸을 떨고 있던 테레자는 조금씩 산적의 시체 쪽으로 다가가서 연인의 어깨 너머로 머뭇머뭇 그것을 힐끗 바라보았습니다.

잠시 뒤 밤파는 사랑하는 여자를 돌아보았습니다.

'아!' 그가 말했습니다. '그 옷을 입었구나. 잘했어. 이번엔 내가 준비할 차례야.'

테레자는 머리에서 발끝까지 산펠리체 백작 딸의 옷을 입고 있었던 것입니다. 밤파는 쿠쿠메토의 시체를 안고 동굴 속으로 들어갔습니다. 그동안 테레자는 밖에서 기다리고 있었습니다.

만약 이때 다른 여행자가 그곳을 지나갔더라면 아마 이상한 광경을 목격했을 것입니다. 그것은 한 여자 양치기가 캐시미어 옷을 입고, 귀걸이와 진주 목걸이, 다이아몬드 핀, 그리고 사파이어, 에메랄드, 루비 단추를 달고 양을 치고 있었으니까요. 아마 여행자는 플로리앙*2 시대로 되돌아간 것처럼 생각했을지도 모릅니다. 그리고 파리에 돌아가서는 사비나 산기슭에서 알프스의 양치기를 만났다고 우겼을지도 모르지요.

15분쯤 지나자, 이번에는 밤파가 동굴 안에서 나왔습니다. 그의 의상은 테레자에 못지않게 멋을 부린 것이었습니다. 조각이 새겨진 황금 단추가 달린 석류 빛깔 벨벳 윗옷에 수가 가득 놓인 비단 조끼, 목에 두른 로마 풍 목도리, 금실과 빨강, 파랑의 비단으로 수놓은 탄약합, 다이아몬드 잠금쇠로 무릎 위에

---

*2 18세기 프랑스의 동화 작가.

고정한 하늘색 벨벳 반바지, 온갖 색깔의 당초무늬로 장식된 가죽 각반, 여러 가지 색 리본으로 장식한 모자. 허리띠에는 시계가 두 개나 매달려 있고, 탄약합 옆에는 멋진 단도가 하나 꽂혀 있었습니다. 그 모습을 본 테레자가 감탄의 소리를 질렀습니다. 그런 복장을 한 밤파의 모습은 레오폴 로베르나 슈네츠의 그림을 그대로 옮긴 것 같았습니다. 밤파는 쿠쿠메토의 옷을 전부 입고 있었던 것입니다.

젊은이는 자신의 모습에 약혼녀가 얼마나 감동했는지 확인했습니다. 그 입술에는 자랑스러운 미소가 떠올라 있었습니다.

'어때,' 그는 테레자에게 말했습니다. '이젠 무슨 일이 있어도 앞으로 나와 운명을 같이할 수 있겠어?'

'그럼, 할 수 있고말고!' 소녀는 흥분하여 소리쳤습니다.

'내가 가는 곳이면 어디든 따라가고?'

'이 세상 끝까지라도.'

'그럼 내 팔을 잡아. 그리고 떠나는 거야. 우물쭈물할 시간이 없어.'

소녀는 연인의 팔에 자기의 팔을 맡겼습니다. 어디로 데려가려는 것인지 물어보려고도 하지 않았지요. 그만큼 그때 그의 모습은 신처럼 늠름하고 당당한 데다 힘이 넘치고 있었으니까요.

그리하여 두 사람은 숲으로 들어섰고 몇 분 뒤엔 벌써 숲 어귀를 지나와 있었습니다. 그 산속의 모든 오솔길을 밤파가 죄다 알고 있는 것은 말할 것도 없는 일이었죠. 길이 나 있지 않아도, 그는 나무와 수풀의 모양만 보고도 어느 쪽으로 가야 하는지 금방 알 수 있었기 때문에 조금도 망설이지 않고 숲 속을 나아갔습니다. 두 사람은 그렇게 거의 한 시간 반을 걸었습니다.

이윽고 두 사람은 나무가 우거진 깊은 숲 속에 도착했습니다. 물이 마른 개울이 깊은 골짜기를 따라가고 있었습니다. 밤파는 그 묘한 길을 따라갔습니다. 양쪽이 바위로 에워싸여 있는 데다 소나무의 깊은 그림자 때문에 대낮에도 어두컴컴한 그 길은, 내리막길마저 평탄하지 않았다면 아마 베르길리우스가 노래한 아베른의 오솔길 그대로였을 겁니다.

사람 그림자 하나 보이지 않는 그 적막한 곳을 보고 무서워진 테레자는 아무 말도 없이 오로지 자신의 안내자에게 바싹 붙어가기만 했습니다. 그러나 변함없는 발걸음으로 계속 걸어가는 밤파의 얼굴에서 깊은 침착의 빛을 보고 간신히 마음의 동요를 숨길 수 있었습니다.

　그때 두 사람 앞 열 걸음쯤 되는 곳에서 나무 뒤에 숨어 있던 한 사내가 나타나 밤파를 향해 총을 겨누었습니다.

　'한 발짝도 움직이지 마!' 사내가 소리쳤습니다. '움직이면 쏜다!'

　'그러지. 그런데,' 밤파는 비웃는 듯한 몸짓으로 손을 들었고 테레자는 두려움을 숨기지 못하고 밤파에게 매달렸습니다. '늑대끼리 서로 무는 법도 있나!'

　'웬 놈이냐?' 보초가 물었습니다.

　'난 루이지 밤파다. 산펠리체 농장의 양치기.'

　'무슨 용무냐?'

　'로카 비앙카 공터에 있는 너의 동료들에게 할 얘기가 있어서 왔지.'

　'그럼 날 따라와.' 사내가 말했습니다. '아니, 그보다 네가 알고 있다고 했으니 앞장서!'

　밤파는 얕잡아보는 표정으로 그 산적의 조심성을 비웃은 뒤, 테레자와 함께 앞장서서 이곳에 왔을 때와 같은 자신감 있고 침착한 걸음으로 길을 나아갔습니다. 5분쯤 지나자 산적은 멈추라는 신호를 보냈습니다. 두 사람은 멈춰 섰습니다.

　산적이 까마귀가 우는 소리를 세 번 흉내 내자, 역시 까마귀 울음소리가 그 소리에 응답했습니다.

　'좋아.' 산적이 말했습니다. '계속 가도 된다.'

　밤파와 테레자는 다시 길을 계속 걸어갔습니다. 그러나 나아갈수록 테레자는 몸을 떨면서 연인에게 바짝 매달렸습니다. 나무 사이로 무기와 총끝이 번쩍거리는 것이 보였던 것입니다. 로카 비앙카의 공터는 옛날에 분화산이었던 것이 분명한 작은 산꼭대기에 있었습니다. 분화산이라고 하지만, 그것은 레무스와 로물루스[*3]가 알바 롱가 왕국에서 달아나 로마를 건설하러 오기 전부터 이미 불을 뿜지 않게 된 화산이었지요.

　테레자와 밤파는 그 꼭대기까지 오자 약 스무 명의 산적 앞에 섰습니다.

　'이 애송이 녀석이 우릴 찾아왔어. 무슨 할 얘기가 있다는데.' 보초가 말했습니다.

---

*3 둘 나 전설 속에 나오는 로마의 건국자.

'무슨 얘긴데?' 두목이 없는 동안 임시로 두목 노릇을 하고 있는 사내가 물었습니다.

'난 이제 양치기 노릇을 하는 게 지겨워졌어.' 밤파가 말했습니다.

'알았어.' 두목 대리가 말했습니다. '그러니까 우리 패에 들어오고 싶다는 거지?'

'잘 왔어!' 밤파를 알고 있는 페르시노, 팜피나라, 아냐니 부근 출신의 대여섯 명의 산적이 소리쳤습니다.

'맞아. 그런데 난 동료가 되는 것보다는 한 가지 요구사항이 있어.'

'요구사항이라니?' 산적들은 놀라면서 물었습니다.

'난 너희의 대장이 될 생각이야.' 젊은이가 말하자 산적들은 웃음을 터뜨렸습니다.

'그럼 그럴 만한 일이라도 했나?' 두목 대리가 물었습니다.

'너희의 두목 쿠쿠메토를 내가 해치웠거든. 이걸 봐, 이게 그놈의 껍데기야. 그리고 난 약혼녀에게 혼례옷을 마련해 주려고 산펠리체 백작 저택에 불을 질렀지.'

한 시간 뒤, 루이지 밤파는 쿠쿠메토 대신 두목이 되어 있었지요."

"어때, 알베르." 프란츠는 친구를 돌아보면서 말했다. "이제 우리의 친구 루이지 밤파에 대해 어떻게 생각하나?"

"난 전설이라고 생각하겠어." 알베르가 대답했다. "설마 그런 사람이 정말 있었을라고."

"전설이라는 것이 무슨 말입니까?" 주인이 물었다.

"그걸 설명해 주려면 너무 오래 걸릴 것 같소, 주인장." 프란츠가 대답해 주었다. "그래서 그 밤파 대장이 지금 이 로마 근처에서 산적 노릇을 하고 있다는 얘기요?"

"지금까지 어떤 산적도 하지 않았던 대담무쌍한 짓을 하고 있습죠."

"그럼 경관들은 손을 쓰지 않고 뭐하고 있는 거요?"

"무슨 수를 쓰겠습니까? 산적들은 들판에 있는 양치기나, 티베르 강의 어부들, 연해의 밀수업자들과 한통속인데요. 산속을 뒤지고 있으면 강에 와 있고, 강을 추격하면 어느새 바다 한복판에 있는 뎁쇼. 질리오, 구아누티, 몬테크리스토 섬에 숨은 것으로 알고 있는데 금세 알바노, 티볼리, 리치아에서 나타난

다니까요."

"그런데 여행자에게 무슨 짓을 한다는 거요?"

"그거야 지극히 간단한 일이죠. 마을에서 얼마나 떨어져 있는가에 따라서 어떤 때는 8시간, 어떤 때는 10시간, 또 어떤 때는 하루의 기한을 주고 몸값을 내게 하는 거죠. 그 시간이 지나면 한 시간 더 연장해 줍니다. 그 60분이 지나도 돈을 가져오지 않을 때는 납치해온 사람의 머리에 총알을 한 방 먹이는 거지요. 아니면 심장에 단도를 찔러 넣거나. 그러면 모든 게 끝나는 겁니다."

"어때, 알베르." 프란츠는 친구를 돌아보면서 말했다. "이래도 자네는 성 밖의 거리를 지나 콜로세움으로 갈 생각인가?"

"물론이지." 알베르가 말했다. "가는 길의 경치가 그만이거든."

바로 그때 9시가 울렸다. 문이 열리더니 마부가 얼굴을 내밀었다.

"나리, 마차가 준비되었는뎁쇼."

"잘 왔어." 프란츠가 말했다. "그럼 콜로세움으로 가세!"

"포포로 문으로 나갈까요, 아니면 시내를 지나서 갈까요?"

"시내로, 젠장! 시내를 지나서 가세!" 프란츠가 외쳤다.

"아니, 이봐!" 자리에서 일어나 세 번째 퀄런에 불을 붙이면서 이번엔 알베르가 말했다. "사실 난 자네가 좀더 용감할 줄 알았는데."

그렇게 이야기를 주고받으며 두 청년은 계단을 내려가 마차에 올라탔다.

모습을 드러내다

프란츠는 절충안을 생각해 내어 알베르가 어떤 유적도 지나지 않고 콜로세움에 도착하게 했다. 그렇게 하면 단계적인 마음의 준비를 할 수 없기 때문에 콜로세움의 그 거대한 규모를 한 치도 빼지 않고 느낄 수 있게 되는 것이다. 그것은 시스티나 가도를 따라가다가 산타마리아 마지오레 성당 앞에서 직각으로 꺾은 다음, 우르바나 가도, 산피에트로 인빈콜리를 지나 콜로세움으로 가는 길이었다.

더욱이 이 길을 가는 데는 또 하나의 이점이 있었다. 그것은 아까 호텔 주인이 한 이야기 속에 몬테크리스토 섬의 신비로운 주인공과 관련된 내용에서 프란츠가 느꼈던 흥미를 방해하는 것이 아무것도 없다는 점이었다. 그런 이유로 그는 마차 한구석에 팔꿈치를 괴고 마음속으로 수많은 의문들을 생각하고 있었다. 그러나 그 어느 것도 만족한 해답을 주는 것은 없었다.

그리고 또 한 가지, 그로 하여금 선원 신드바드를 떠올리게 한 것이 있었다. 그것은 산적과 선원들 사이의 이상한 관계였다. 호텔 주인의 이야기에 있었던 것처럼, 어부나 밀수업자들의 배가 밤파의 은신처가 된다는 사실에서, 프란츠는 작은 요트의 승무원들과 함께 식사를 하고 있는 코르시카의 두 산적을 보았던 일을 떠올렸다. 요트는 오직 그 두 사람을 육지에 상륙시키기 위해 일부러 뱃길을 돌아 포르토베키오에 기항했던 것이다. 그 몬테크리스토 섬의 주인공이 자처했던 이름이 호텔 주인의 입에서도 나온 점에서 보아, 그가 코르시카, 토스카나, 에스파냐 연안에서와 마찬가지로 피옴비노, 치비타베키아, 오스티아, 가에타 연안에서도 늘 약자를 돕고 있다는 것이 분명했다. 또 프란츠의 기억에 의하면, 당사자의 입에서도 튀니스, 팔레르모 등지가 나왔었다. 그것은 그가 상당히 광범한 지역에 걸쳐 활동하고 있음을 얘기하고 있었다.

이러한 여러 가지 생각들이 그의 마음을 상당히 강하게 사로잡고 있었지만, 콜로세움의 어둡고 거대한 망령이 눈앞에 우뚝 서 있는 것을 보자 그리한 생각들은 한순간에 사라지고 말았다. 콜로세움의 모든 창에서, 마치 유령의 눈에서 나오는 듯한 길고 푸르스름한 달빛이 흘러나오고 있었다. 마차는 메사 수단에서 몇 걸음 되는 곳에서 멈춰 섰다. 마부가 문을 열러 왔다. 두 청년이 마차 밖으로 뛰어내리자마자, 마치 땅에서 솟아난 것처럼 한 사람의 안내인이 눈앞에 서 있었다. 호텔에서도 안내인이 따라왔으니 안내인이 두 사람이 된 셈이다.

로마에 와서 이 안내인에 대한 지출을 피하는 건 절대로 불가능한 일이다. 즉, 관광객이 호텔 문 앞에서 한 걸음 내딛는 순간부터 달려들어, 그 도시를 떠나지 않는 한 결코 놓아주지 않는 일반적인 안내인 말고도 각각의 건물에는 전속 안내인이 있다. 이들은 거의 건물 각 부분마다 있다고 해도 지나친 말이 아니다. 따라서 마르티알리스*¹가, '멤피스*²는 그 야만적이기 짝이 없는 피라미드의 신비를 자랑하는 것을 그만두라, 바빌로니아의 신비를 노래할 필요도 없다, 모든 것은 케사르의 이 광대한 원형경기장 앞에서 고개를 숙이고 오직 한 목소리로 이 건물을 찬양할 지어다'라고 말했을 정도로 비할 데 없는 건물인, 이 콜로세움에 안내인이 없을 리 없다는 것은 판단되고도 남을 것이다.

프란츠와 알베르는 굳이 이 안내인들의 횡포에서 벗어날 생각은 없었다. 게다가 건물 안을 횃불을 들고 다닐 수 있는 건 오직 안내인들만의 특권이어서 거절하는 건 아예 불가능한 일이었다. 두 사람은 아무런 저항도 하지 않고 안내인들에게 모든 걸 맡기기로 했다.

프란츠는 지금까지 몇 번 온 적이 있어서 이러한 산책에 대해 잘 알고 있었다. 그러나 그의 친구는 처음 와봤기 때문에, 처음으로 플라비우스 베스파시아누스*³의 건축물에 발을 들여놓았을 때(이것은 그의 명예를 위해서도 말해두어야 한다) 잘 알지도 못하면서 수다만 떠는 안내인들에도 불구하고 깊은 감동을 느꼈다. 사실 그 훌륭한 폐허의 장엄함이란, 특히 저녁놀을 연상시키는 남쪽의 신비로운 달빛을 받아 더욱 그윽한 정취를 자아낼 때는, 직접 그것을 본 사람이 아니면 감히 상상도 할 수 없는 것이었다.

그래서 프란츠는 생각에 잠겨 내부의 회랑 아래를 백 걸음쯤 걸어가다가,

---

*1 라틴 시인.
*2 고대 이집트의 수도.
*3 콜로세움 기공 당시의 로마 황제.

무너진 사자우리와 투사들의 대기실, 카이사르의 포디움*4 등을 빠짐없이 보여주어야 하는 안내인들에게 알베르를 넘겨주고, 그들끼리 천천히 돌아보게 내버려두었다. 그리고 자신은 혼자서 반쯤 무너진 돌계단으로 올라가 어느 기둥 밑에 앉았다. 그 앞에 건물의 뚫린 틈이 있어서 그곳을 통해 이 화강암 거인의 위대한 전경을 내다볼 수 있었다.

프란츠는 15분 정도 그곳에 있었다. 그 시간 동안 그는 앞에서 말했듯이 기둥의 그림자 속, 눈에 띄지 않는 곳에 앉아서 알베르를 내려다보고 있었다. 알베르는 횃불을 든 두 사람의 안내로 콜로세움의 저쪽 끝에 있는 보미토리움에서 빠져나와 이제 무녀의 자리를 향해서 마치 도깨비불을 쫓는 그림자처럼 층계를 하나하나 내려가고 있었다. 그때 문득 건물 바닥에 돌 하나가 떨어져 굴러가는 소리를 들은 것 같다는 생각이 들었다. 그 돌은 그가 올라온 계단과 마주보이는 건너편 계단에서 떨어진 것이 분명했다. 돌멩이 하나가 시간이라는 발에 채여 깊은 심연으로 굴러 떨어진다는 것은 확실히 흔한 일은 아니었다. 하지만 방금 그것은 사람의 발에서 난 소리인 것 같았다. 게다가 그 사람은 최대한 발소리를 죽이려 했는데도 그만 소리를 낸 것이다.

정말 잠시 뒤 한 사내가 계단을 올라오며, 어둠 속에서 점점 빠져나와 모습을 드러냈다. 계단 위쪽은 프란츠의 정면에서 달빛을 가득 받고 있었고 아래로 내려갈수록 어둠 속에 가라앉아 있었다. 아마 그 사람은 프란츠와 마찬가지로, 안내인들의 무의미한 설명을 듣는 것보다는 차라리 혼자만의 명상을 즐기겠다고 마음먹은 여행자인 듯했다. 따라서 그 사람이 나타났어도 그는 별로 놀라지 않았다. 그러나 그 사람이 계단을 올라올 때의 머뭇거리는 모습과 테라스 위까지 와서는 걸음을 멈추고 뭔가 귀를 기울이는 듯한 기색을 보이는 것을 보니, 뭔가 특별한 목적을 가지고 이곳에 와서 누구를 기다리고 있다는 것을 알 수 있었다.

프란츠는 본능적으로 되도록 보이지 않게 기둥 뒤로 몸을 숨겼다. 그 사람이 서 있는 곳에서 열 자쯤 위에 있는 둥근 지붕에는 구멍이 뚫려 있었다. 우물 아가리를 연상시키는 그 둥근 구멍에서 별이 총총한 밤하늘이 내다보였다. 아마도 수백 년 전 옛날부터 달빛을 받아들이고 있었던 것 같은 그 구멍 주위

---

*4 원형경기장에서 황제의 자리로 지정된 한단 높은 회랑.

에는, 광택 없는 푸른 하늘을 배경삼아 희미한 녹색의 그림자를 선명하게 그리면서 가시나무가 자라고 있었다. 한쪽에는 커다란 담쟁이덩굴과 질긴 송악 다발이 위쪽의 테라스에서부터 늘어져 있어서, 마치 바람에 흔들리는 돛대줄처럼 천장 밑에서 흔들거리고 있었다.

지금 그 이상한 출현으로 프란츠의 주의를 끈 인물은, 명암이 반반씩 교차하는 곳에 서 있어서 얼굴은 똑똑히 알아볼 수가 없었다. 그렇지만 복장을 자세히 볼 수 없을 정도로 어둡지는 않았다. 사내는 커다란 갈색 망토를 걸치고 있었다. 망토 한 자락이 왼쪽 어깨 뒤로 넘어가면서 얼굴 아랫부분을 가리고 있고, 얼굴 윗부분은 차양이 넓은 모자에 가려져 있었다. 입구에서 비쳐드는 비스듬한 빛이 옷자락만 비춰주고 있었다. 에나멜 부츠 위로는 맵시 있는 검은 바지를 입고 있는 것이 보였다.

사내는 설사 귀족사회의 일원은 아니라 하더라도 적어도 상류사회에 속하는 자가 틀림없었다. 몇 분 동안 그곳에 있던 사내는 기다리는 게 지루한 듯한 기색을 보이기 시작했다. 바로 그때 테라스 쪽에서 가벼운 소리가 들려왔다.

동시에 그림자 하나가 빛을 가로질렀다. 한 사내가 입구의 구멍에서 나타나 어둠 속을 뚫어지게 노려보며 살피더니, 곧 앞서 얘기한 망토의 사내를 발견한 것 같았다. 그는 즉시 늘어진 덩굴과 흔들리고 있는 송악을 한 줌 붙잡고 미끄러져 내려가, 바닥에서 서너 자쯤 되는 곳에 가볍게 뛰어내렸다. 완벽하게 트란스테베레*5의 복장을 한 사내였다.

"죄송합니다, 나리." 사내는 로마 억양으로 말했다. "많이 기다리시게 했군요. 5, 6분 정도 늦었습니다. 산조반니 라테라노 사원에서 방금 10시를 쳤으니까요."

"내가 너무 일찍 온 거지, 자네가 늦은 것은 아니네." 미지의 사내는 순수한 토스카나 사투리로 말했다. "딱딱한 격식은 집어치우세, 더구나 늦었다면 자네에게 그래야만 할 사정이 있었을 테니까."

"그렇습니다. 실은 지금 산탄젤로 성채에서 오는 길입니다. 베포를 만나려고 얼마나 고생했는지 모릅니다."

"베포라니?"

---

*5 테베레 강 동쪽의 민족을 가리킨다.

"그곳 감옥에서 일하고 있는 사람인데, 교황청의 분위기를 알아내려고 제가 돈을 좀 집어주었던 사내입니다."

"잘했네, 잘했어! 자넨 정말 용의주도한 사람이군."

"예, 나리. 도대체 무슨 일이 일어날지 알 수가 있어야지요. 저도 언젠가는 그 페피노처럼 그물에 걸려들지 모릅니다. 그렇게 됐을 때 감옥의 그물을 쏠 아줄 쥐가 필요할 테니까요."

"그건 그렇고, 뭐 좀 알아냈나?"

"화요일 2시에 사형이 두 번 있을 것 같습니다. 큰 축제가 시작되기 전 로마에서는 으레 그러니까요. 한 사람은 박살형*에 처해질 겁니다. 이놈은 자신을 키워준 신부님을 죽인 짐승 같은 인간이니 고려의 여지가 없습니다. 한 사람은 참수형인데, 그자가 그 불쌍한 페피노라는 잡니다."

"자네들은 교황청뿐만 아니라 인근 왕국에서도 상당히 겁을 내고 있으니까. 무슨 일이 있어도 본때를 보여 줄 속셈이겠지."

"그런데 페피노는 제 부하가 아닙니다. 단순한 양치기이고, 죄라고 해야 그저 우리에게 식량을 공급한 것뿐이죠."

"그것만으로도 충분히 공범이라고 할 수 있지. 그래서 그자에게 그만한 대우를 해주려는 것 아닌가. 자네를 잡게 되면 아마 때려죽일 걸, 그 사람이니까 그나마 단두대에 오르는 거지. 게다가 그렇게 하면 민중의 관심을 다른 곳으로 돌릴 수 있게 돼. 어떤 취향을 가진 자도 만족할 수 있는 구경거리를 제공해 줄 수 있을 테니까."

"구경거리가 또 있죠. 그가 생각지도 못한 것을 제가 준비해놓고 있다는 것도 빼놓지 마셨으면 합니다." 트란스테베레의 사내가 말했다.

"노파심에서 하는 말이지만," 망토의 사내가 말했다. "뭔가 어리석은 짓을 할 생각은 아니겠지."

"실은 무슨 짓을 해서라도 저 때문에 그 지경을 당한 그 친구의 사형만은 반드시 막아야겠다는 생각입니다. 맹세코 말하지만, 만약 그 친구를 위해 아무 것도 하지 않는다면 전 완전히 비겁한 놈이 되는 겁니다."

"그래서 어떻게 하겠다는 건가?"

---

*6 곤봉으로 머리를 쳐서 죽이는 사형법.

"사람 스무 명 정도를 단두대 주위에 배치해 놓을까 합니다. 그리고 그자가 끌려왔을 때, 제 명령 한 마디로 즉시 손에 비수를 들고 호송하는 무리에게 달려들게 한 다음 그자를 납치해 버리는 거죠."

"내 생각으로는 그건 흥하거나 망하거나 둘 중 하나야. 내 계획이 자네 계획보다 나을 것 같은데."

"어떤 계획입니까, 나리?"

"내가 아는 사람에게 1만 피아스트르를 줘서 페피노의 사형을 내년까지 미루게 하는 거네. 그런 다음 올해 안에 다시 1만 피아스트르를, 역시 내가 알고 있는 다른 사람에게 줘서 탈옥시키는 거지."

"틀림없이 가능할까요?"

"물론!" 망토의 사내는 프랑스어로 말했다.

"그게 나을까요?" 트란스테베레의 사내가 반문했다.

"난 내 돈의 힘만으로 자네와 자네 부하들이 단도와 권총, 기총, 나팔총 따위를 사용하는 것보다 훨씬 간단하게 해치울 수 있네. 나에게 맡겨두게."

"좋습니다. 하지만 그게 만약 잘못될 때를 대비해서, 우리는 우리대로 준비만은 해 두겠습니다."

"마음이 놓이지 않는다면 그렇게 하는 것도 좋겠지. 하지만 반드시 특사를 받도록 하겠네."

"모레가 화요일입니다. 잊지 마십시오. 남은 건 하루뿐입니다."

"하루는 24시간, 한 시간은 60분, 1분은 60초니까 8만 6400초면 무슨 일이든 할 수 있어."

"그럼 성공하면 어떻게 알려주시겠습니까?"

"간단해. 난 로스폴리 카페의 외딴 창문 세 개를 빌려 두었네. 집행유예를 얻어내면 모퉁이 두 개의 창문에 노란 다마스 천을 내걸기로 하지. 그리고 가운데 창에는 하얀 다마스 천에 붉은 십자가를 표시해서 걸어두겠네."

"알겠습니다. 특사 명령은 누구를 통해 전해주실 건가요?"

"나에게 고행 수도사의 복장을 한 사람을 보내주게. 그자를 시켜 전달해줄테니. 그런 복장을 하면, 단두대 앞까지 갈 것이고, 또 서류를 무사히 교단 책임자에게 전할 수도 있을 테니까. 그러면 책임자가 그것을 사형집행인에게 전하는 거지. 그때까지 이 사실을 페피노에게 알리게. 그러지 않으면 공포 때문에 죽어버리거나 미쳐버릴 테니까. 그랬다간 공연히 돈만 버리게 되지 않겠나."

"전," 농부처럼 차려입은 사람은 말했다. "저는 나리께 완전히 몸을 바치고 있습니다. 그건 알고 계시겠지요?"

"나도 그러길 바라고 있네."

"그래서 말인데요. 만약 페피노를 도와주신다면 앞으로는 몸을 바치는 정도가 아니라 절대 복종할 것을 맹세하겠습니다."

"너무 경솔하게 장담하진 말게. 언젠가는 내가 그 말을 떠올려야 할 일이 생길지도 모르니까. 자네 손을 빌리지 않으면 안 되는 일이 있을 것 같거든……"

"그때는 나리, 지금과 마찬가지로 언제 어디라도 달려가겠습니다. 설령 세상 끝에 계시더라도 한 마디 명령만 내리시면 맹세코……"

"쉿!" 미지의 사내가 말했다. "무슨 소리가 났는데."

"횃불을 들고 콜로세움을 둘러보고 있는 관광객일 겁니다."

"우리가 함께 있는 것을 일부러 보여줄 필요는 없지. 안내인으로 위장한 정보원들이 자네 얼굴을 틀림없이 기억하고 있을 테니까. 게다가 자네의 우정이 아무리 고귀하다 해도, 우리가 함께 있는 모습을 보이게 되면 내 신망도 잃어버릴 우려가 있어."

"그럼, 집행유예를 받아내시면 어떻게 하신다고 하셨죠?"

"가운데 창문에 붉은 십자가를 표시한 다마스 천이네."

"못 받아내시면요?"

"셋 다 노란 다마스 천."

"그때는 어쩌죠?"

"그때야말로 마음껏 칼을 휘둘러보게. 나도 구경하러 갈 테니."

"그럼 나리, 이만 가보겠습니다. 부디 저를 믿어주십시오."

그렇게 말하자마자 트란스테베레의 차림을 한 사내는 계단을 지나 사라져버렸다. 미지의 사내는 외투로 얼굴을 더욱 감싸고, 프란츠한테서 두 걸음쯤 되는 곳을 지나 바깥쪽 계단을 통해 투기장 안으로 내려갔다. 곧 둥근 천장 밑에서 누군가 자기 이름을 부르는 소리가 들려왔다. 알베르였다.

그는 대답하기에 앞서 사내가 멀리 가버리기를 기다리고 있었다. 비록 두 사람의 얼굴은 보지 못했지만, 그들이 나눈 대화를 한 마디도 놓치지 않았다는 것을 상대가 모르게 하고 싶어서였다. 그로부터 10분 뒤, 프란츠는 알베르

가 플리니우스와 칼푸르니우스의 주장에 따라, 맹수가 관객에게 달려들지 못
하도록 쇠 가시가 달린 철망을 설치한 것에 대해 늘어놓는 것을 노골적으로
듣는 둥 마는 둥하면서, 호텔을 향해 마차를 달리고 있었다. 특별히 반박도 하
지 않고 얘기하는 대로 내버려 두고는 있었지만, 빨리 혼자가 되어 누구의 방
해도 받지 않고 자신이 목격한 일에 대해 생각해 보고 싶었다.

그 두 사람 가운데 한 사람은 전혀 모르는 사람으로, 얼굴을 보거나 목소리
를 들은 적이 전혀 없었다. 그러나 또 한 사람은 그렇지 않았다. 어둠 속에 가
려져 있고, 또 외투로 감싸고 있어서 얼굴은 보이지 않았지만, 목소리는 처음
듣는 순간부터, 앞으로 그 목소리를 다시 듣는다면 결코 잘못 들을 일이 없을
만큼 강하게 울려왔다. 특히 사람을 비웃는 듯한 그 말투에는, 몬테크리스토
섬의 동굴에서처럼 그 콜로세움의 폐허에서도, 그를 전율시키지 않을 수 없는
어떤 날카로운 금속성의 울림이 있었다.

그리하여 그는 그 사내가 선원 신드바드가 틀림없다고 굳게 믿었다.

만약 다른 상황이었다면, 그자에 대한 강렬한 호기심에서 자기가 있다는 것
을 상대에게 알렸을지도 모른다. 그러나 아까 그가 들은 이야기는 너무나 비밀
스러운 내용이었기 때문에, 자기가 나타남으로써 그자가 몹시 난처해질 거라
는 매우 타당한 배려에서 그만두었던 것이다. 그래서 앞에서도 말한 것처럼 프
란츠는 그를 아무 말 없이 그냥 보내 버렸지만, 만약 다시 그를 만나게 된다면
그때는 이번처럼 순순히 기회를 놓쳐버리지 않겠다고 맹세했다.

프란츠가 잠을 이루기에는 생각할 일이 너무나 많았다. 그는 하룻밤 내내
그 동굴 속의 인물과 콜로세움에 있던 인물에 대한 모든 경우와, 그 두 인물이
동일인이었을 때의 모든 경우를 이리저리 생각해 보았다. 그리고 생각하면 생
각할수록 더욱더 확신을 굳히지 않을 수 없었다.

그는 새벽녘이 가까워져서야 잠자리에 들었다. 따라서 눈을 뜬 것은 상당히
늦은 시각이었다. 알베르는 파리 토박이답게 이미 그날 밤의 계획을 세워두고
아르헨티나 극장에 좌석을 사러 사람을 보내 두었다.

프란츠는 프랑스로 보내는 편지를 몇 통 써야 했다. 그래서 그날 하루는 알
베르에게 마차를 양보했다.

알베르는 5시에 돌아왔다. 그는 모든 소개장을 손에 넣어 로마에 머무는 동
안 매일 밤 어딘가를 방문할 수 있게 일정을 짜놓은 뒤, 로마도 다 구경하고

오는 길이었다.

알베르는 불과 하루 만에 그 모든 일을 해치운 것이다. 그는 지금 상연하고 있는 연극과 거기에 나오는 배우들을 모두 조사할 여유까지 있었다. 연극 제목은《파리지나》, 배우는 코젤리, 모리아니, 라스페치 등이었다.

보다시피 두 청년은 그다지 불운한 상태에 놓인 편은 아니었다. 두 사람은 이제부터《람메르무어의 루치아》의 작곡자가 쓰고, 이탈리아 최고의 명배우 세 사람이 연기하는 오페라 명작을 보러 갈 예정이었다.

알베르는 교황권이 행사되는 나라의 극장에 아무래도 익숙해지지 않았다. 일등석에는 갈 수 없게 되어 있고, 그렇다고 발코니나 칸막이석이 있는 것도 아니었다. 파리의 부프 극장에 전용좌석을 가지고 있고, 오페라극장에 정면관람석을 가지고 있는 그로서는 참을 수 없는 일이었다.

그래도 알베르는 프란츠와 오페라에 갈 때마다 멋지게 단장하지 않을 수 없었다. 그러나 그것은 전혀 쓸데없는 일이었다. 그도 그럴 것이, 이 당당한 프랑스 사교계의 대표자에게는 약간 불명예일지 모르지만, 정직하게 말한다면, 지난 4개월 동안 알베르는 이탈리아를 종횡으로 누비고 다니면서도 근사한 연애를 전혀 경험하지 못했기 때문이었다.

알베르는 가끔 그런 쪽으로 뭔가 재미있는 경험을 해보고 싶었다. 그러나 실상은 아주 자존심 상하게도, 가장 잘나가는 축에 든다는 알베르 드 모르세르는 아직도 헛고생만 하고 있었다. 우리 프랑스 사람들의 소박한 습성대로, 알베르는 이탈리아에 가기만 하면 멋진 연애를 성공시키고 돌아와서 그 경험담으로 드강 거리의 인기를 한 몸에 받겠다는 확신을 가지고 파리를 출발했던 만큼, 상황은 더욱 괴로운 것이 되었다.

그런데 가엾게도 그는 전혀 관심을 받지 못한 것이다. 제노바, 피렌체, 나폴리 일대의 아름다운 백작부인들은 오직 남편밖에 모른다고 할 수는 없더라도 현재 있는 애인으로 만족하고 있었다. 그래서 알베르는 이탈리아 여자는 프랑스 여자에 비해 부정한 관계 속에서도 정절을 지킨다는 뼈아픈 확신밖에 얻을 수 없었다. 그렇다고 어느 나라에서나 마찬가지로, 이탈리아라고 예외가 없다고는 말하지 않겠다.

그렇긴 해도 알베르는 흠잡을 데 없는 완벽한 신사일 뿐만 아니라 재기발랄한 청년이었다. 더군다나 그는 자작이었다. 물론 신흥귀족이기는 했지만, 지금 세상은 시시콜콜 족보를 들춰낼 필요도 없어져서, 1399년부터 귀족이었든 1815년부터 귀족이었든 아무 차이도 없는 것이다! 그리고 그에게는 5만 리브르의 연금이 있었다. 독자도 이미 눈치챘겠지만 파리에서 최신유행을 따르며 사는 데는 충분했다. 그래서 지금까지 거쳐 온 모든 곳에서 누구에게서도 제대로 된 대우를 받지 못한 것은 약간 굴욕적인 일이었다.

그는 로마에서 그 굴욕을 만회할 생각이었다. 왜냐하면 사육제는, 고맙게도 그런 행사가 열리는 여러 나라들에서 아무리 점잖은 사람이라도 반드시 일탈을 할 수밖에 없는 완전한 자유를 허용하기 때문이었다. 그 사육제가 벌써 내일로 다가왔다. 지금 알베르에게는 축제가 시작되기 전에 일단 손을 써두는 것이 급선무였다. 그리하여 알베르는 그런 속셈으로 극장에서 가장 눈에 띄는 좌석을 잡아 두었다. 그리고 한 점 흠잡을 데 없는 채비를 하고 숙소를 나선 것이다. 자리는 첫 번째 줄, 프랑스에서는 특별 돌출석에 해당하는 곳이었다. 일층에서 삼층까지는 모두 내로라하는 귀족들의 자리였다. 그래서 그것은 귀빈석이라는 이름으로 불리고 있었다. 게다가 복작거리지 않고 열두 명이 편하게 앉을 수 있는 그 자리는 파리에 있는 랑비귀 극장의 4인용 좌석에 비하면 값이 약간 싸기까지 했다.

알베르는 그 밖에 다른 희망도 가지고 있었다. 만약 그가 누군가 아름다운 로마 여성의 환심을 사게 되면 자연히 마차 속에 자리를 하나 얻을 수 있을 것이고, 따라서 귀족적인 마차 안이나 호사스러운 발코니에서 사육제를 구경할 수 있을지 모른다는 것이었다. 그런 생각에서 알베르는 전에 없이 들떠 있었다. 그는 무대 쪽으로 등을 돌리고 몸을 좌석에서 반쯤 내밀면서, 여섯 치나 되는 오페라글라스로 아름다운 여자들을 살펴보았다.

그러나 이런 알베르의 활약에도, 아름다운 여자들 가운데 하다못해 호기심으로라도 쳐다봐주는 사람이 하나도 없었다. 사람들은 자기들의 이야기, 자기들의 연애, 자기들의 쾌락, 부활절 일주일 전의 성주간이 시작되기 바로 전날 열리게 될 사육제에 대해 얘기하면서 특별한 장면이 아니면 배우들이나 연극에도 전혀 관심을 두지 않았다. 그러다가 모두들 몸을 돌려 바로 앉는 경우는 코젤리의 서창조(敍唱調) 한 구절에 귀를 기울이거나, 모리아니의 화려한 연기에 박수를 치고, 라스페치에게 갈채를 보낼 때뿐이었다. 그리고 그 장면이 끝나면 또다시 전과 같이 자신들의 얘기를 계속했다.

    제1막이 끝나갈 때쯤 그때까지 비어 있던 특별석 문이 열렸다. 프란츠는 전에 파리에서 인사를 받은 적이 있고, 아직 프랑스에 있는 줄로만 알았던 한 여성이 들어오는 것을 보았다. 알베르는 이 여성이 나타나자 프란츠가 동요하는 것을 보았다. 알베르가 그에게 물었다.

"저 여자를 알고 있나?"

"그렇네. 자네가 보기엔 어떤가?"

"멋있는데? 게다가 금발이군. 머리가 참 근사한데! 프랑스 여잔가?"

"베네치아 여자일세."

"이름은?"

"G 백작부인."

"그렇군! 나도 이름은 알고 있네." 알베르가 소리쳤다. "재색을 겸비했다는 소문이더군. 지난번에 빌포르 부인의 무도회에 왔는데, 소개를 받을 뻔했는데 그대로 기회를 놓치고 말았어, 아까웠지. 나도 참 멍청했어."

"그럼 내가 그때의 잘못을 바로 잡게 해줄까?"

"뭐! 나를 저 여자 자리에 데려가 줄 정도로 친한 사이란 말이야?"

"지금까지 서너 번 얘기한 적이 있어. 그 정도면 무례하다는 말을 듣지는 않겠지."

바로 그때, 백작부인이 프란츠를 알아보고 상냥하게 인사를 보냈다. 그는 거기에 응답하여 정중하게 고개를 끄덕였다.

"아하, 상당히 가까운 사이 같은데?" 알베르가 말했다.

"그게 말이야, 그런 생각이 바로 우리 프랑스 사람들이 착각하게 하고, 온갖 바보짓을 하게 만드는 거라니까. 무슨 일이든 파리 사람처럼 생각하려 하니 말이야. 에스파냐나 특히 이 이탈리아에서는 자유롭게 교제하고 있다는 사실만으로 사람들 사이를 판단하면 절대 안 되네. 우리와 백작부인은 잠시 호의를 표시했을 뿐이야. 단지 그뿐이라고."

"감정적 호의 말이지?" 알베르는 웃으면서 말했다.

"아니, 정신적인 것일 뿐이네." 프란츠는 진지한 태도로 거기에 대답했다.

"도대체 어떤 계기였는데?"

"콜로세움에 산책하러 갔을 때였어. 꼭 우리가 간 것처럼."

"달밤에?"

"그래."

"단 둘이서?"

"그런 셈이지!"

"도대체 무슨 얘기를 했는데……"

"옛날에 죽은 사람들 얘기."

"저런!" 알베르가 소리쳤다. "퍽도 재미있었겠군, 만약 내가 저렇게 아름다운 백작부인과 함께 그런 산책을 한다면 살아 있는 사람들에 대한 이야기만 했을 텐데."

"그런데 자네가 잘못 생각하는 것일 수도 있지."

"그건 그렇고, 약속대로 소개해 줄 텐가?"

"막이 내리면."

"젠장, 이 1막은 왜 이렇게 길어!"

"피날레를 들어봐, 아름답지 않아? 게다가 코젤리가 얼마나 잘 부르는데."

"그래, 하지만 곡조가 지루해."

"라스페치는 굉장히 드라마틱해."

"하지만 손탁과 말리브랑*7의 노래를 들은 사람이라면 그다지……"

"모리아니의 창법이 좋지 않아?"

"검은 머리 사내가 금발 같은 목소리를 내는 게 마음에 안 들어."

"이보게, 친구!" 프란츠가 말하면서 바라보았더니 알베르는 여전히 오페라글라스를 들여다보고 있었다. "자넨 정말 성미가 까다로워."

이윽고 막이 내리자 알베르는 만족한 기색이었다. 그는 모자를 들고 머리와 넥타이, 커프스를 재빨리 매만진 뒤, 준비가 다 되었다는 것을 프란츠에게 알렸다. 한편, 백작부인 쪽에서도 프란츠가 눈으로 묻는 데 대해 괜찮다는 신호를 보내왔다. 그래서 프란츠는 곧 알베르의 열렬한 호기심을 만족시켜 주기로 했다. 그는 몸을 움직이는 바람에 셔츠의 깃과 연미복에 생긴 주름을 다시 손질하고 있는 알베르를 뒤에 데리고, 반원형의 관람석을 빙 돌아서 백작부인의 4호석 문을 노크했다.

그러자 곧 문 앞의 부인 옆에 앉아 있던 한 청년이 일어나서, 이 새로운 손님을 위해 이탈리아식으로 자리를 양보했다. 양보를 받은 사람은 다시 새로운 손님에게 그 자리를 양보해야만 했다. 프란츠는 알베르를 프랑스 청년 중에서도 사회적 지위와 재능이 가장 뛰어난 한 사람으로 백작부인에게 소개했다. 그건 사실이었다. 파리 사교계에서 알베르는 그야말로 흠 잡을 데 하나 없는 신사였기 때문이다. 프란츠는 이야기를 계속하면서, 실은 이 친구가 부인이 파리에 머물렀을 때 부인에게 소개받을 기회를 얻지 못해, 그 실수를 만회하려고 자기에게 주선을 부탁했음을 덧붙였다. 그리고 자신도 누군가의 소개로 백작부인에게 접근해야 하는 마당에 감히 이런 실례를 무릅쓰는 것을 용서해 달라는 사죄까지 마침으로써 어쨌든 부탁받은 일은 한 셈이었다. 부인은 거기에 답하여 알베르에게 친절하게 인사한 뒤 프란츠에게는 손을 내밀었다.

---

*7 에스파냐의 오페라 여가수.

알베르는 부인이 권하는 대로 앞쪽의 비어 있는 자리에 앉았다. 프란츠는 부인의 뒤쪽에, 즉 두 번째 줄에 앉았다.

알베르는 썩 훌륭한 화제를 꺼냈다. 파리에 대한 이야기였다. 그는 부인에게 서로 알고 있는 사람들에 대해 얘기하기 시작했다. 프란츠는 그가 대화를 잘 이끌어 간다고 생각했다. 그래서 그대로 내버려두고, 알베르의 커다란 오페라글라스를 빌려 이번에는 자기가 극장 안을 살펴보기 시작했다.

그곳에서 세 번째 줄의 특별석 앞자리에 감탄할 만큼 아름다운 여자가 그리스 식으로 옷을 입고 혼자 앉아 있었다. 아주 자연스럽게 입은 그 옷차림으로 보아, 여자는 자기 나라의 복장을 한 것이 틀림없었다.

여자 뒤쪽의 그늘진 곳에 얼굴은 똑똑히 보이지 않지만, 한 남자가 있는 것이 보였다. 프란츠는 알베르와 부인의 대화에 비집고 들어갔다. 그리고 남자뿐만 아니라 여자의 눈까지 사로잡을 만한 그 아름다운 알바니아 여자를 알고 있는지 부인에게 물어보았다.

"아뇨," 부인이 대답했다. "알고 있는 건, 저분이 이번 시즌 시작부터 줄곧 로마에 머물고 있다는 것뿐이에요. 연극이 시작될 때부터 저분이 저 자리에 있는 것을 보았죠. 그리고 한 달 전부터 저분은 한 번도 빠진 적이 없었어요. 어떤 때는 지금 있는 남자와 함께, 또 어떤 때는 그저 흑인 하인을 하나 데리고."

"저 여인을 어떻게 생각하십니까, 백작부인?"

"무척 아름다운 분이에요. 메도라도 아마 저런 분이었을 거예요."

프란츠와 부인은 서로 미소를 교환했다. 부인은 다시 알베르와 얘기하기 시작했다. 프란츠도 다시 알바니아 여자 쪽으로 안경을 향했다.

막이 오르자 이번엔 발레였다. 안무가로 이탈리아에서 커다란 명성을 얻었다가 나중에 수상 연극으로 그 평판을 물거품으로 만든 그 유명한 앙리가 안무한 뛰어난 이탈리아 발레 가운데 하나였다. 이 발레에서는 주연에서 단역까지 무용수 150명이 한결같이 힘차게 움직이면서, 같은 동작으로 같은 쪽의 팔이나 다리를 한꺼번에 들어올린다. 제목은 《폴리스카》였다.

프란츠는 그 아름다운 그리스 여자에게 열중해 있어서, 발레가 제아무리 재미있다 해도 전혀 안중에 없었다. 한편, 여자 쪽은 확실히 이 공연을 즐겁게 관람하고 있는 것 같았다. 그것은 동행한 남자의 너무나 대담한 무관심과 극단적인 대조를 이루고 있었다. 남자는 그 멋진 발레가 계속되는 동안 꼼짝도

하지 않고, 오케스트라에서 들려오는 나팔과 심벌즈, 샤포 시누아[8] 등의 강렬한 음색에도 무심한 채 편안하고 평화로운 단잠을 즐기고 있는 것 같았다.

이윽고 발레가 끝났다. 그리고 아래층 관람객들의 도취한 듯한 열광 속에서 막이 내렸다. 오페라 사이에 발레를 끼워 넣기 때문에 이탈리아에서는 막간이 매우 짧다. 무용수가 빙글빙글 돌거나 뛰어오르면서 발꿈치를 마주치는 동안, 배우들은 충분히 휴식을 취하거나 옷을 갈아입을 수 있는 셈이다.

2막의 서곡이 시작되었다. 첫 곡에서 바이올린의 선율이 울리기 시작하자, 프란츠는 지금까지 잠을 자고 있던 남자가 조용히 일어나 여자 쪽으로 몸을 기울이는 것을 보았다. 그러자 여자는 뭔가 얘기하는 것처럼 남자를 쳐다보더

─────────────
[8] 구리로 만든 갓 테두리에 작은 방울이 여러 개 달려 있는 악기.

니 다시 좌석 앞 난간에 팔꿈치를 괴었다. 남자의 얼굴은 여전히 그늘 속에 있어서 프란츠 쪽에서는 전혀 보이지 않았다.

막이 올랐다. 이때만큼은 프란츠도 배우들을 보지 않을 수 없어서, 무대를 보기 위해 그리스 부인의 자리에서 잠시 시선을 뗐다.

알다시피 2막은 꿈의 이중창으로 시작된다. 파리지나는 잠결에 아초 앞에서 그만 우고에 대한 사랑의 비밀을 말해버리고 만다. 배신당한 남편은 질투에 사로잡혀 아내가 부정을 저지른 것으로 믿고, 아내를 흔들어 깨워 곧 복수하고 말겠다고 알려 준다. 그 대목의 이중창은 도니체티*⁹의 풍요로운 악상에서 나온 것 중에서도 특히 아름답고, 특히 정취가 풍부하며, 특히 무서운 것이었다. 프란츠로서는 이것을 듣는 것이 벌써 세 번째였다. 그렇게 대단히 음악을 좋아하는 편은 아니었지만, 그는 그 이중창에서 깊은 감명을 받아 관객들과 함께 자기도 손뼉을 치려고 했다. 그런데 그때 손뼉을 치려던 그의 손은 벌어진 채 그만 멈춰버리고, 브라보라고 외치는 소리도 입술 언저리에서 사그라지며 입에서 새어나가고 말았다.

특별석의 그 남자가 일어서 있었다. 빛을 받은 그 남자의 얼굴이 프란츠에게는, 몬테크리스토 섬에 살고 있던 그 신비한 사람, 지난밤 콜로세움의 유적지에서 보았던 사람과 키와 목소리가 아주 닮은 것만 같은 바로 그 사람으로 보였다. 더 이상 의심할 여지가 없었다. 그 기괴한 여행자는 로마에서 살고 있었던 것이었다.

그때 프란츠의 얼굴에 떠오른 표정에는 그 남자의 출현을 보고 마음에 일어난 동요가 그대로 나타나 있었던 것이 틀림없었다. 왜냐하면 백작부인이 그런 그를 보더니 이내 웃음을 터뜨리고 무슨 일이냐고 물었기 때문이다.

"부인," 프란츠가 대답했다. "아까는 그 알바니아 부인을 아시냐고 물었지만, 이번에는 그분의 남편을 아시는지 그것을 묻고 싶군요."

"그 여자의 남편에 대해서는 특별히 아는 게 없어요." 부인이 대답했다.

"지금까지 모르고 계셨습니까?"

"그건 프랑스식 질문이에요! 아시잖아요, 우리 이탈리아 여자에게는 좋아하는 분 외에 이 세상에 남자는 아무도 없다는 걸."

---

*9 19세기 이탈리아의 유명한 작곡가.

"압니다."

"어쨌든," 부인은 알베르의 안경을 눈에 가져가더니 특별석 쪽을 보면서 말했다. "최근에 무덤에서 빠져나온 것 같은 사람이군요. 틀림없이 묘지 관리인의 허락을 받고 무덤에서 나온 시체일 거예요. 저렇게 무섭도록 창백한 얼굴을 하고 있는 걸 보니."

"언제나 저런 얼굴이죠." 프란츠가 말했다.

"그럼 아는 분인가요?" 부인이 물었다. "그렇다면 내가 오히려 물어봐야겠군요."

"한번 만난 적이 있는 것 같아요. 아무래도 아는 사람일 것 같은데요."

"정말," 부인은 몸이 약간 떨리는 듯 예쁜 어깨를 움직이며 말했다. "알 것 같아요, 저런 사람은 한번만 보면 절대로 잊을 수가 없죠."

그러고 보니 프란츠가 느낀 것은 그만의 특별한 인상이라고만은 할 수 없었다. 다른 사람들도 그와 마찬가지로 그렇게 느끼고 있었기 때문이다.

"그럼," 프란츠는 부인이 한 번 더 그 남자에게 안경을 맞추기를 기다리면서 물었다. "어떻게 느껴지시나요?"

"꼭 뱀파이어 루스벤 경이 살아서 돌아온 것 같은 모습이군요."

정말 그랬다. 프란츠는 바이런이 떠오르자 한 대 얻어맞은 듯했다. 만약 그에게 흡혈귀의 존재를 믿게 하는 사람이 있다면 그건 바로 이 시인이었다.

"그 사람이 누구인지 한번 알아봐야겠어요." 프란츠는 그렇게 말하면서 일어섰다.

"오! 그러시면 안 되죠." 부인이 소리쳤다. "싫어요. 저를 버려두실 건가요. 절집에 데려다 주실 줄만 알았는데, 놔드리지 않겠어요."

"예? 그럼 정말로," 프란츠는 부인의 귀에 대고 말했다. "무서워하시는 겁니까?"

"제 얘길 좀 들어보세요." 부인이 말했다. "바이런은 제게 분명히 흡혈귀가 있다고 말했고, 또 흡혈귀를 보았다면서 그 얼굴까지 묘사해 주었어요. 그런데 그게 완전히 저 사람과 똑같단 말이에요. 저 검은 머리, 이상하게 이글거리는 커다란 눈, 무서우리만치 창백한 안색. 게다가 보세요, 저분은 보통 여자들 같은 여자와 있는 게 아니잖아요. 저 사람과 함께 있는 건 외국 여자예요…… 그리스 여자, 이교도죠. 아마도 저 사람과 마찬가지로 마법사일 걸요. 부탁이니까 제발 가지 마세요. 정 그러시면 내일부터 마음껏 알아보시고, 오늘은 그냥 제 옆에 있어 주세요, 네?"

프란츠는 주저했다.

"그러면," 그녀는 일어서면서 말했다. "전 그만 가보겠어요. 마지막 장면까지 있을 수가 없어서요, 집에 손님을 청해 두었거든요. 당신이 기꺼이 데려다 주실 거죠?"

달리 대답할 말이 없었다. 이렇게 되면 모자를 들고, 문을 열고, 팔을 백작부인에게 내미는 수밖에 없었다. 그는 결국 그렇게 했다.

백작부인은 사실 무척 겁을 먹고 있었다. 프란츠 자신도 미신 같은 공포의 기분을 억제할 수가 없었다. 부인은 다만 본능적으로 그렇게 느낀 것뿐이지만, 그는 하나의 기억이 있는 만큼 공포를 느낄 만한 이유가 있었다.

그는 부인이 마차를 타면서 몸을 떨고 있다는 것을 알 수 있었다. 이윽고 부인의 집에 도착했는데, 그곳에는 아무도 없었고 기다린다는 손님도 전혀 없었다. 그는 그것을 부인에게 상기시켰다.

"사실은," 부인이 말했다. "제가 기분이 나빠서 그랬어요. 혼자 있고 싶어서요. 그 사람을 보자 정말 이상한 기분이 들어서."

프란츠는 억지웃음으로 얼버무렸다.

"제발 웃지 말아주세요." 부인이 말했다. "게다가 사실은 당신도 웃고 싶지 않을 걸요. 한 가지 약속해 주었으면 해요."

"무슨?"

"꼭 약속해 주셔야 해요."

"원하시는 대로 뭐든지. 단, 그 사람이 누구인지 그것을 조사하는 것만은 이해해주십시오. 이유는 말씀드릴 수 없지만, 그 사람이 누구인지, 어디서 왔는지, 어디로 갈 것인지 그것을 알고 싶으니까요."

"어디서 왔는지는 모르지만 어디로 갈 건지는 말씀드릴 수 있어요. 분명히 지옥으로 갈 거예요."

"그런데 지켜달라고 하신 약속은?"

"곧장 호텔로 돌아가시라는 거예요. 그리고 오늘 밤에는 그 사람을 만날 생각 하지 마세요. 사람이 떠나고 만나는 데는 뭔가 인연 같은 것이 있지요. 그 사람과 저를 갖다 엮지는 말아주세요. 정 그러시면, 내일 그 사람 뒤를 캐는 건 좋아요. 하지만 저에게 소개하려고 하시지는 마세요, 저에게 겁을 줄 생각이 아니라면. 그럼 그렇게 알고, 안녕히 가세요. 전 오늘 밤 잠을 이루지 못할 것 같아요."

이렇게 말하고 백작부인은 프란츠와 헤어졌다. 그는 부인이 자기를 놀리려는 것인지, 아니면 말 그대로 정말 두려워하고 있는 것인지 알 수가 없었다.

프란츠가 호텔로 돌아가자, 알베르는 실내복에 가죽 멜빵이 달린 바지를 입고, 거나하게 취해서 안락의자에 깊숙이 기대어 궐련을 피우고 있었다.

"뭐야, 자넨가!" 그가 말했다. "내일 아침까지 돌아오지 않을 줄 알았는데."

"이보게, 알베르." 프란츠가 말했다. "좋은 기회이니 말해 두지만, 자네는 이탈리아 여자에 대해 커다란 착각을 하고 있어. 지금까지 겪은 실패를 봐서도 이제 그런 생각은 버리는 게 어때?"

"무슨 소리를 하는 건가! 그 여자들은 뭐가 뭔지 도통 모르겠어. 금방 손을 내밀어 내 손을 잡고, 이야기할 때도 은근하게 속닥거린단 말이야. 그리고 자기 집에 데려다 달라고 그러지. 그런 짓의 4분의 1만이라도 해봐, 파리 여자 같으면 당장 평판이 떨어지고 말 텐데."

"나 참! 이 나라 여자들은 아무것도 감추지 않고 밝은 태양 아래 살고 있기 때문에, 단테의 문장에도 나오듯이 Si*10라는 소리가 울려 퍼지는 이 아름다운 나라에서 그렇게 마음 편히 살 수 있는 거지. 게다가 자네도 알고 있겠지만, 백작부인은 정말로 무서워하고 있었어."

"도대체 무엇을? 그 예쁜 그리스 여자와 함께 우리 앞에 있던 그 괜찮은 신사를 말인가? 난 그 두 사람이 나갈 때 똑똑히 봐두고 싶어서 일부러 복도에서 스치고 지나갔지. 그런데 자네가 어떻게 그런 얼토당토않은 생각을 하는지, 난 도저히 이해할 수가 없군. 상당히 훌륭한 남자이고 복장도 고상했어. 프랑스에 있는 블랭이나 위망의 상점에서 맞춘 듯하더군. 물론 안색은 약간 창백하지만 무엇보다 그건 한편으로 신분이 좋다는 표시이기도 하니까 말이야."

프란츠는 빙긋이 웃었다. 알베르는 평소에 자신의 안색이 창백한 것이 자랑거리였다.

"그렇다면," 프란츠가 말했다. "그 사람에 대한 백작부인의 생각은 아무래도

---

*10 이탈리아어로 '네'라는 뜻. 이탈리아어 대화에서는 이 Si라는 소리가 특히 자주 들린다.

상식을 벗어난 것 같군. 그래서 그 사람이 자네 옆을 지나갈 때 무슨 얘기 안 하던가? 자네는 그 사람이 하는 말을 들었나?"

"뭔가 얘기하고 있었지만, 로마이크어*¹¹였어. 옛날 그리스어가 섞여 있어서 로마이크어라는 걸 알았지. 이래봬도 난 고등학교 때 그리스어를 잘했거든."

"로마이크어를 하더란 말인가?"

"분명히 그랬어."

"분명히," 프란츠는 중얼거렸다. "그 자가 틀림없어."

"뭐라고?"

"아무것도 아니야. 그런데 자네는 여기서 뭘 하고 있었나?"

"자네를 한번 놀라게 해 주려고 했지."

"뭔데?"

"마차를 구할 수 없다는 건 알고 있겠지?"

"무슨 소린가! 모든 지혜를 다 짜내도 안 된다는 것을 알고 있잖아."

"그런데 말이야! 멋진 묘안이 떠올랐어."

프란츠는 그 묘안을 믿을 수 없다는 듯이 알베르의 얼굴을 바라보았다.

"이보게," 알베르가 말했다. "그렇게 묘한 눈으로 보진 말아줘. 우선 그 눈빛부터 취소해줘야겠어."

"취소야 언제든지 할 수 있지. 그 묘안이라는 것이 자네 말처럼 정말 기발한 것이라면."

"일단 내 얘길 들어봐."

"듣고 있어."

"그래, 마차는 절대로 안 되는 거지?"

"안 되지."

"말도 안 되고?"

"그것도 마찬가지지."

"그런데 짐마차라면 구할 수 있을까?"

"아마 그럴 걸."

"그리고 소 두 마리도?"

---

*11 현대 그리스어.

"아마도."

"바로 그거야. 그 짐마차를 장식하는 거지. 우리는 나폴리 농부로 분장하는 거야. 바로 그 훌륭한 레오폴 로베르의 그림을 재현하는 셈이지. 진실에 더욱 다가서기 위해서, 백작부인에게 푸졸레나 소렌토 여자의 옷을 입힌다면 그것으로 한 점 나무랄 데 없는 분장이 될 거야. 부인은 무척 아름다우니까 그야말로 《어린아이를 안은 여인》의 원화와 거의 비슷할 걸."

"그거 재미있겠는데!" 프란츠가 소리쳤다. "이번만큼은 걸작이군. 정말 멋진 생각이야."

"게다가 지극히 토속적이지. 즉 바보 같은 임금님들이 고안했다고 하는 바로 그거잖아.*12 자, 로마시민 여러분, 당신들이 말과 마차가 없다고 해서 우리가 거지처럼 이 거리를 터덜터덜 걸어 다닐 줄 알았나? 좋다, 그렇다면 이쪽에서 발명해주마!"

"그래, 이 훌륭한 계획을 누군가에게 알려줬나?"

"주인에게 알려주었지. 집에 돌아오자 곧 불러서 설명해 줬더니 그런 것쯤이야 아무것도 아니라고 하더군. 난 소뿔을 금색으로 칠하고 싶었어. 하지만 그러려면 사흘은 걸린다는 거야. 그런 사치만은 단념해야겠어."

"그래서 그 사람은 어디 갔지?"

"누구?"

"주인 말이야."

"그것들을 구하러 갔지. 내일이면 벌써 늦어버릴 테니까."

"그럼 오늘 밤 대답을 들을 수 있겠군."

"그걸 기다리고 있는 중이야."

바로 그때, 방문이 열리더니 거기서 주인이 얼굴을 내밀고 이탈리아어로 말했다.

"들어가도 되겠습니까?"

"물론 되지요!" 프란츠가 소리쳤다.

"아참," 알베르가 물었다. "우리가 부탁한 마차와 말은 구했소?"

"그보다 더 좋은 것을 구했지요." 주인은 완전히 의기양양한 기색이었다.

---

*12 메로빙거 왕조 말기의 왕들은 다양하게 변장하고 민중들 사이를 돌아다녔다고 한다.

"잠깐, 주인장. 조심하시오." 알베르가 말했다. "지나치게 좋은 일은 오히려 그르치기 쉬운 법이거든."

"제발 나리, 절 좀 믿어주십시오." 주인 파스트리니는 자신만만하게 말했다.

"그런데 도대체 뭘 구했다는 얘기요?" 이번에는 프란츠가 나서서 물었다.

"그게 말입니다, 같은 층에 몬테크리스토 백작님이 묵고 있는 것을 알고 계십니까?"

"알고 있다고 생각하는데." 알베르가 말했다. "그 사람 덕분에 우리가 생니콜라 뒤샤르도네 거리의 하숙생처럼 이런 방에 들게 되었으니 말이오."

"그렇습니다, 실은 백작님이 그 이야기를 들으시고, 마차 안에 좌석 두 개와 로스폴리 저택의 창문에 자리를 두 개 드리겠다고 하셨습니다."

알베르와 프란츠는 서로 바라보았다.

"하지만," 알베르가 물었다. "알지도 못하는 외국인의 그런 호의를 받아들여도 괜찮을까요?"

"그 몬테크리스토 백작이라는 사람은 누구요?" 프란츠가 물었다.

"시칠리아 아니면 몰타에서 온 매우 훌륭한 귀족이라고 합니다. 확실한 것은 모르지만, 어쨌든 보르게제 가문*¹³의 사람처럼 품위가 있고 금광 같은 걸 가지고 있는 부호지요."

"내가 보기엔," 프란츠가 알베르에게 말했다. "그 사람이 주인이 말하는 것만큼 품위가 있는 사람이라면 초대하는 데도 뭔가 다른 방법이 있을 텐데. 이를테면 편지를 보내거나, 아니면⋯⋯"

바로 그때 누가 문을 노크했다.

"들어오시오." 프란츠가 말했다.

한 치의 빈틈도 없이 정복을 갖춰 입은 하인이 방 입구에 나타났다.

"프란츠 데피네 씨와 알베르 드 모르세르 자작님께 몬테크리스토 백작님의 심부름으로 왔습니다." 사내가 말했다. 그리고 주인에게 두 장의 명함을 건네자, 주인이 그것을 다시 두 사람에게 건넸다.

"몬테크리스토 백작님께서는," 하인은 말을 계속했다. "같은 층에 숙박하게 된 인연으로 청하신다면서, 내일 아침 이리로 인사를 하러 오고 싶다고 하십

---

*13 로마의 명문가, 미술 애호로 유명하다.

니다. 몇 시에 오면 뵐 수 있을지, 여쭤보고 오라고 하십니다."

"정말이지," 알베르가 프란츠에게 말했다. "더 이상 뭐라고 할 수가 없는 일이로군. 모든 게 완벽하게 돌아가니."

"백작님께 말씀드려주게." 프란츠가 대답했다. "우리 쪽에서 찾아뵙는 영광을 누리게 해달라고."

하인은 물러갔다.

"이거야 원, 서로 누가 더 정중한지 겨루는 것도 아니고." 알베르가 말했다. "주인장, 분명히 당신이 얘기한 대로요. 몬테크리스토 백작은 정말 나무랄 데 없는 훌륭한 신사야."

"그럼 그분의 호의를 받아들이시는 겁니까?" 주인이 물었다.

"받아들이고말고." 알베르가 대답했다. "하지만 솔직히 말하면 그 짐마차와 농부 변장도 좀 아깝기는 해. 우리가 그것을 버리고 얻는 것이 로스폴리 저택의 창문만 아니라면 그냥 우리 생각대로 하는 건데 말이야, 안 그래 프란츠?"

"그래, 나 역시 그 로스폴리 저택의 창문 때문에 결정했으니까."

로스폴리 저택의 창문을 제공하겠다는 말을 들은 프란츠는 물론 금방 그 콜로세움에서 본 미지의 사내와 트란스테베레풍 남자의 대화를 떠올렸다. 그때 망토를 입은 사내는 사형수의 사면을 얻어주겠다고 약속했다. 그런데 그 망토를 입은 사내가 프란츠가 생각하고 있는 것처럼 아르헨티나 극장에 나타나 그의 마음을 사로잡은 그 남자가 틀림없다면, 한눈에 알아볼 수 있을 것이고 그 사내에 대한 호기심도 충분히 만족시킬 수 있을 것이었다.

프란츠는 지난밤에 보았던 두 사람의 모습을 떠올리며, 어서 내일이 왔으면 좋겠다고 생각하면서 그날 밤을 보냈다. 이튿날이 되면 모든 것이 밝혀질 것이다. 그리고 이번에야말로, 그 몬테크리스토 섬의 주인이 기게스의 반지[14]를 가지고 있어서 그 반지의 힘으로 자취를 감출 수 없는 한, 절대로 자신의 눈에서 달아날 수 없는 것이다. 그는 8시가 되기 전에 일찍감치 눈을 떴다. 그러나 프란츠처럼 일찍 일어날 필요가 없는 알베르는 아직 깊이 잠들어 있었다.

프란츠는 주인을 불렀다. 그는 이날도 어김없이 굽실거리면서 나타났다.

"주인장, 오늘 사형이 있지 않소?"

---

*14 전설 속에 나오는 리디아의 목동 기게스. 마법의 황금 반지를 가진 덕분에 마음대로 모습을 감출 수 있었다고 함.

"그렇습니다, 나리. 하지만 그것 때문에 창문이 필요하신 거라면 이미 늦었습니다."

"그런 건 아니오. 게다가 굳이 보고 싶다면, 그 핀초 언덕으로 올라가면 자리야 얼마든지 있을 텐데 뭘."

"아, 나리께서 하층민들하고 한데 어울리지 않으실 거라는 것쯤은 잘 알고 있지만, 이건 말하자면 그런 자들에게는 연극 구경과도 같은 것이라서요."

"물론 난 가지 않을 거지만, 좀 궁금한 게 있어서 말이오."

"뭔데요?"

"사형될 사람의 수, 그 이름, 그리고 어떤 처형을 받을 것인지 그런 걸 알고 싶소."

"그렇다면 마침 잘 됐군요. '타볼레테'가 돌았으니까요."

"타볼레테가 도대체 뭐요?"

"나무판입니다. 처형 전날 길모퉁이마다 걸어 놓는 거요. 거기에 처형을 받는 사람의 이름과 처형 사유, 처형 방법이 적혀 있습니다. 그러니까 신앙심이 깊은 사람들에게 죄인이 진실한 참회를 하며 최후를 맞이할 수 있도록 하느님께 기도하게 만드는 거지요."

"그렇다면 이곳에 그 타볼레테를 가져온다는 건 곧, 당신도 신앙심이 깊은 사람들과 함께 기도를 한다는 뜻이군?" 프란츠는 약간 의아하다는 듯한 기색으로 물었다.

"그건 아닙니다, 각하. 실은 그것을 내걸고 다니는 사람하고 약속이 되어 있어서요. 공연물 광고와 마찬가지로 가져오게 되어 있습지요. 즉, 저희 호텔에 숙박하는 손님 중에 꼭 처형을 보고 싶다고 하시는 분이 있을 경우 미리 알려 드릴 생각으로 말입니다."

"그렇군, 정말 세심한 서비스로군!" 프란츠가 소리쳤다.

"예," 주인은 미소를 지으면서 말했다. "저희 호텔을 신용해 주시는 외국 손님들에게 무엇보다도 큰 만족을 드리고자 노력한다는 것을 자신 있게 말씀드릴 수 있습니다."

"그건 알고 있소. 누가 물으면 그렇게 얘기해줄 테니 그 점에 대해선 안심해도 좋을 거요. 그건 그렇고 그 타볼레테라는 것을 한번 읽어보고 싶은데."

"그거야 어렵지 않지요." 주인이 문을 열면서 말했다. "여기에도 한 장 걸어두었으니까요."

그는 나가서 타볼레테 하나를 떼어 프란츠에게 가지고 왔다.

그 사형공고를 글자 그대로 옮겨보면 다음과 같다.

오는 2월 22일 화요일, 사육제 첫째 날에 로타 재판소의 판결에 따라 포폴로 광장에서 다음 두 명의 사형을 집행한다. 안드레아 론돌로. 산조반니 라테라노 성당의 수도사이자 덕망 높은 돈 체사레 테를리니 신부 살해범. 그리고 페피노, 일명 로카 프리오리. 악랄한 산적 루이지 밤파 및 그 일당에 공모 가담한 것으로 인정됨.

전자는 박살형.

후자는 참수형.

자비로운 시민들이여, 이 두 사람이 진실로 참회할 수 있도록 신께 기도해주기 바란다.

바로 전날 밤 프란츠가 콜로세움의 유적지에서 들은 내용과 틀림이 없었다. 그리고 그 처분도 하나도 다른 것이 없었다. 범인의 이름, 처형 사유, 처형 방법, 그것도 완전히 똑같았다.

이렇게 되자, 십중팔구 그 트란스테베레의 남자는 산적 루이지 밤파이고, 망토의 사내는 선원 신드바드, 포르토베키오와 튀니스에서와 마찬가지로 이 로마에 와서도 여전히 선행을 계속하고 있는 그 사내가 틀림없었다. 그러는 사이에 시간은 흘러갔다. 벌써 9시가 되어 있었다. 프란츠가 알베르를 깨우러 가니, 놀랍게도 그는 벌써 준비를 마치고 방에서 나오는 길이었다. 사육제 생각으로 머리가 가득한 그는 프란츠가 예상한 것보다 훨씬 일찍 일어나 있었던 것이다.

"그럼 주인장," 프란츠가 말했다. "이제 두 사람 다 준비가 되었는데, 이제부터 몬테크리스토 백작을 찾아가도 되겠소?"

"그럼요!" 주인이 대답했다. "백작님은 늘 매우 일찍 일어나시니까요. 분명히 벌써 두 시간 전에 일어나셨을 겁니다."

"벌써부터 찾아가는 건 실례가 아닐까?"

"천만에요."

"그럼 알베르, 자네만 괜찮다면……"

"나야 좋지." 알베르가 말했다.

"그럼 친절에 대한 감사 인사를 하러 가세."

"좋아."

프란츠와 알베르는 복도만 하나 건너가면 되었다. 주인은 두 사람 앞에 서서 자신이 대신하여 초인종을 눌러주었다. 하인이 나와서 문을 열자 주인이 이탈리아어로 말했다.

"프랑스 분들이 오셨습니다."

하인이 고개를 숙이면서 들어오시라는 손짓을 했다.

두 사람은 호사스런 가구로 꾸며진 방 두 개를 지나갔다. 파스트리니의 호텔에 이런 방이 있으리라고는 생각지도 못했었다. 그러고는 한 점 나무랄 데 없이 우아한 방에 도착했다.

바닥에 터키 양탄자가 깔려 있고, 더할 수 없이 편안해 보이는 의자에는 푹신한 쿠션과 잔뜩 뒤로 젖혀진 등받이가 있었다. 또 벽에는 거장이 그린 화려한 그림들이 으리으리한 전승기념물과 함께 걸려 있고, 입구에는 무늬를 짜 넣은 커다란 커튼이 일렁거리고 있었다.

"여기 앉으십시오." 하인이 말했다. "곧 주인님께 여쭙고 오겠습니다." 그러고는 한쪽 문으로 사라졌다.

문이 열렸을 때 현 하나짜리 악기인 구즐라 소리가 두 사람 귀에 들려왔다. 그러나 이내 그것도 사라지고 말았다. 열리자마자 다시 닫힌 문으로 다만 한 가락의 곡조만이 객실에 흘러들어온 것이었다.

프란츠는 알베르와 눈을 마주쳤다. 그런 다음 시선을 가구와 그림 또는 무기 등으로 옮겼다. 그것들은 두 번째로 보니 처음 보았을 때보다 더욱더 훌륭했다.

"어때!" 프란츠가 말했다. "어떻게 생각해?"

"글쎄. 에스파냐 주식의 폭락을 이용하여 한몫 본 중개인이거나 아니면 익명으로 여행하고 있는 어느 나라 왕자가 아닐까 하네만."

"쉿! 곧 알게 되겠지. 저기 왔어."

과연 돌쩌귀 위를 돌아가는 문소리가 두 사람 귀에 들려왔다. 거의 동시에 아까 말한 커튼이 걷히더니 이 모든 부의 소유자가 모습을 드러냈다. 알베르는 자리에서 일어나 그에게 다가갔다. 그러나 프란츠는 그 자리에 꼼짝도 하지

않고 그대로 앉아 있었다.

지금 그의 눈앞에 나타난 것은 그 콜로세움에서 망토를 걸치고 있던 사내, 극장 특별석에서 본 미지의 남자, 그리고 몬테크리스토 섬의 신비한 주인 바로 그 사람이었던 것이다.

박살형(撲殺刑)

"어서 오십시오." 몬테크리스토 백작이 들어서면서 말했다. "이쪽으로 오시게 해서 죄송합니다. 실은 너무 이른 아침부터 찾아가면 실례가 되지 않을까 해서요. 그런데다가 방문해 주시기로 했다는 말까지 들어서 그냥 기다리고 있었지요."

"프란츠와 제가 여러모로 인사를 드려야지요." 알베르가 말했다. "난처해 하고 있었는데 마침 도와주셔서 감사합니다. 실은 둘이서 아주 기발한 탈것을 발명하려던 참에 그 친절한 제안을 해주셨던 겁니다."

"아! 그래요?" 백작은 두 청년에게 소파에 앉으라는 시늉을 했다. "그토록 불편을 겪으시도록 하다니 전적으로 저 우둔한 파스트리니의 잘못입니다. 그렇게 곤란하시다는 얘기는 한 마디도 해주지 않았으니까요. 저는 보시다시피 이렇게 혼자 숙박하고 있으니 옆방에 계시는 두 분과 교제할 기회만 보고 있었습니다. 그러던 차에 도움이 되어 드릴 일이 있다는 걸 알고, 기회를 놓치지 않고 인사드리게 된 겁니다. 이해해 주시겠지요?"

두 청년은 고개를 숙여 예를 표했다. 프란츠는 아직 뭐라고 말해야 할지 몰랐다. 그는 어느 쪽으로도 결심이 서지 않았다. 백작이 자신을 기억하고 있는 것 같지도 않고, 또 자기가 알고 있다는 걸 눈치채는 듯한 기색도 없었다. 그래서 먼저 말을 꺼내 지나간 일을 암시하는 것이 좋을지, 아니면 뭔가 새로운 증거가 나올 때까지 기회를 기다리는 게 좋을지 도무지 갈피를 잡을 수가 없었던 것이다. 어제 극장에서 본 사람이 이 사람이라는 것은 확신할 수 있었다. 그러나 그 전날 밤 콜로세움에 있었던 사람이 틀림없다는 것에는 그다지 확신이 서지 않았다. 그래서 그는 자기 쪽에서 말을 꺼내지는 않고 백작이 하는 대로 맡기자고 생각했다. 게다가 이쪽이 백작보다 우위에 있는 셈이었다. 즉 이쪽은 그의 비밀을 쥐고 있다. 그에 비해 백작 쪽에서는 아무것도 숨길 것이 없는 프란츠에게 행사할 만한 것이 없는 셈이었다.

그러나 그는 어쨌든 대화를 하면서 몇몇 의심되는 점을 계속 끌어내보기로 했다.

"백작님은 저희를 위해 마차와 로스폴리 저택 창가에 자리를 마련해 주셨습니다. 그런데 포폴로 광장에, 이탈리아식으로 말해 포스트(자리) 같은 것을 얻으려면 어떻게 해야 할까요?"

"아, 맞습니다." 백작은 다른 생각을 하고 있는 듯한 기색으로 알베르 모르세르 쪽을 유심히 쳐다보면서 말했다. "포폴로 광장에서 사형 집행이 있다는 것 같더군요."

"그렇습니다." 프란츠는 상대가 자신이 생각한 대로 걸려든 것을 보고 말했다.

"잠깐만 기다려 주십시오. 어제 집사한테 그것도 알아봐두라고 말했으니, 아마 도움을 드릴 겁니다."

백작은 초인종 끈을 세 번 당겼다.

"어떻습니까?" 그는 프란츠에게 말했다. "당신은 시간을 절약하고, 또 하인들의 수고를 덜어줄 수 있는 방법을 연구해 보신 적이 있는지요? 저는 궁리한 끝에 한 번 울렸을 때는 급사, 두 번 울렸을 때는 급사장, 세 번 울렸을 때는 집사, 이런 식으로 정했지요. 그렇게 하면 시간도 절약할 수 있고, 쓸데없이 말을 많이 하지 않아도 되니까요. 아, 왔군요."

말하고 있는 중에 그럭저럭 45세에서 50세 사이로 보이는 한 사내가 들어왔다. 프란츠는 그 사내가 자기를 동굴 속으로 안내해 준 밀수업자와 똑 닮았다고 생각했지만, 저쪽에서는 자신을 전혀 기억하지 못하는 것 같았다. 그는 그것이 분명 상대에게 미리 기억하고 있는 눈치를 보여선 안 된다는 신호라고 생각했다.

"베르투치오, 내가 어제 말한 대로 포폴로 광장에 창문을 하나 구해두었나?"

"예." 집사가 대답했다. "그런데 너무 늦어서요."

"무슨 소린가!" 백작은 미간을 살짝 찌푸리면서 말했다. "잡아두라고 했는데?"

"예, 하나는 잡아두었습니다. 로바네프 공작님이 양보해 주셔서요. 그 대금으로 백……."

"됐네, 됐어, 베르투치오. 여기 손님들도 계신데 그런 세세한 속사정 얘기는 모두 사양하겠네. 자네가 창문을 손에 넣었으니 되었네, 해야 할 일은 다 한 거야. 그 집의 번지를 마부에게 가르쳐 주게. 그리고 계단에 서 있다가 우리를 안내해주면 돼. 가보게."

집사는 고개를 숙인 뒤 물러가려고 한 걸음 내딛었다.

"아참!" 백작이 말했다. "주인 파스트리니에게 회람판이 왔는지 물어보게. 그리고 사형 집행 절차를 알려줄 수 있는지도 물어보고."

"그럴 필요 없습니다." 프란츠가 주머니에서 작은 수첩을 꺼내면서 말했다. "그 회람판을 베껴 두었습니다. 여기 있습니다."

"그렇다면 잘됐군요. 그럼 베르투치오, 이젠 필요 없으니 자넨 다시 가 봐도 되네. 식사준비가 다 되면 그때나 알려 주게. 여기 계신 두 분께서," 백작은 두 청년을 돌아보았다. "아침식사를 함께 하는 영광을 베풀어주실지?"

"하지만 백작님," 알베르가 말했다. "그러면 저희가 너무 폐를 끼치게 될 것 같습니다."

"천만에요, 폐가 아니라 반대로 제게 큰 즐거움을 주시는 겁니다. 언제 파리에서 갚으시면 되지요. 한 분씩 따로 만나든 아니면 함께 만나지요. 베르투치오, 식사 3인분을 준비하라 이르게."

그는 프란츠의 손에서 수첩을 받아들었다.

"그렇군요." 그는 〈프티 자피쉬〉*¹라도 읽는 듯한 어조로 이어갔다. "2월 22일 화요일인 오늘, 사육제 첫째 날에 로타 재판소의 판결에 따라, 포폴로 광장에서 다음 두 명이 사형을 집행한다. 안드레아 론돌로. 생 장 드 라트랑 성당의 수도사이자 덕망 높고 명예로운 돈 체사르 토를리니 신부 살해범. 그리고 페피노, 일명 로카 프리오리. 증오할 산적 루이지 밤파 및 그 도당에 공모 가담……"

"흠! 흠! '전자는 박살형. 후자는 참수형.' 역시," 백작이 말했다. "처음에는 이런 식으로 집행될 예정이었지요. 그런데 어제 집행 순서가 갑자기 변경된 것 같던데."

"그럴수가!" 프란츠가 말했다.

"그렇습니다. 어제 저녁에 찾아갔던 로스필리오시 추기경의 집에서 들으니, 사형수 두 사람 가운데 한 사람이 집행연기인가 뭔가 된다고 해서 화제에 올

---

*¹ 광고 신문.

라 있더군요."

"안드레아 론돌로에 대해서요?" 프란츠가 물었다.

"아닙니다……" 백작은 대수롭지 않다는 듯이 대답했다. "또 한 남자……(그는 이렇게 말하면서 마치 그 이름을 생각해 내겠다는 듯이 수첩 쪽을 힐끗 바라보았다), 아, 페피노군요, 로카 프리오리라 불리는 남자지요. 이렇게 되면 단두대에서 죽는 사람 모습은 볼 수 없겠네요. 하지만 그거 말고도 박살형이 남아 있습니다. 처음 보는 사람에겐, 아니 전에 본 적이 있는 사람에게도 꽤 호기심이 가는 형벌이지요. 단두대도 한번쯤은 봐 둘만 한데, 사실 이건 허무하리만치 간단합니다. 기대할 만한 것이 하나도 없거든요. 단두대는 결코 실패하거나 떨거나 실수로 잘못 내리치는 일이 없습니다. 샬레 백작의 머리를 벤 병사처럼 몇 번이나 다시 치는 일이 없다는 말씀이지요. 하기는 샬레 백작의 경우는, 리슐리외[*2]가 일부러 그렇게 하라고 시켰다고 합니다만. 아! 그렇지만" 백작은 약간 경멸하는 듯이 덧붙였다. "처형으로 말하자면 유럽인은 아무것도 아닙니다. 그들은 아무것도 모르니까요. 잔인한 것으로 따지면 이제 겨우 갓난아기 정도, 아니 그보다 차라리 늙어 빠진 노인네라고 할 수 있지요."

"그렇다면 백작님께선," 프란츠가 대답했다. "세계 여러 민족들의 형벌을 비교연구라도 하셨나 보군요."

"제가 직접 보지 않은 형벌은 그리 많지 않을 겁니다." 백작은 냉정하게 대답했다.

"그런 끔찍한 광경을 보면서 재미를 느끼시나 보죠?"

"처음에는 혐오스러웠지요. 그런데 두 번째는 담담하더군요. 그리고 세 번째는 재미있게 느껴지는 겁니다."

"재미있다고요! 참 무서운 말씀이라는 거 아십니까?"

"어째서요? 이 세상에 중대한 문제는 단 하나밖에 없습니다. 그건 죽음입니다. 사람들의 영혼이 저마다 어떤 방법으로 육체에서 떠나는지, 그 사람의 성격과 기질, 게다가 그 지방의 풍습에 따라 어떤 식으로, 육체가 허무로 돌아가는 그 마지막 여정을 떠나가는지 구경하는 것은 흥미진진한 일이 아닐까요? 저는 이것 하나만은 대답해 드릴 수 있습니다. 바로 인간이 죽는 모습을 보면

[*2] 루이 13세 시대의 재상.

볼수록 죽음이 아무것도 아닌 일로 생각된다는 것입니다. 제 생각으로는 죽음이 하나의 형벌인 건 틀림없는 것 같습니다. 하지만 그건 속죄와는 다릅니다."

"무슨 말씀이신지 잘 이해가 되지 않는군요." 프란츠가 말했다. "설명을 좀 부탁드려도 될까요? 이야기를 듣다 보니 무척이나 호기심을 자극하는군요."

"그럼 들어보십시오." 백작이 말했다. 다른 사람 같으면 얼굴에 혈색이 돌았겠지만, 그의 얼굴에는 비아냥거림이 배어 있었다. "만약 어떤 사람이, 당신의 아버지나 어머니, 아니면 연인─다시 말해 그 사람이 없어지면 당신 마음에 영원한 공허가 생기고, 언제나 피투성이인 상처를 남기게 되는 그런 사람들에게 여태까지 한 번도 들어본 적이 없는 고통을 주고 끝없는 불행에 빠뜨려, 결국 죽게 만들었다고 생각해 보십시오. 그런 경우, 겨우 단두대의 칼날이 범인의 후두부와 등세모근 사이로 떨어졌다고 해서, 당신에게 몇 년에 걸쳐 오랫동안 마음의 고통을 준 인간이 단지 몇 초 동안 육체적 고통을 겪었다고 해서, 그것이 당신이 사회에 만족스럽게 수긍할 정도의 보상이 될 거라고 생각하시오?"

"알겠습니다." 프란츠가 말했다. "인간의 정의라는 것은 마음을 위로한다는 의미에서는 매우 부족한 것이죠. 즉 피는 피로 씻는다는 것, 단지 그것뿐이지요. 정의에 대해서는 다만 그것이 할 수 있는 일밖에 바랄 수 없습니다. 그 밖의 것은 아무리 바란다 한들 헛일이지요."

"게다가 또 한 가지 구체적인 경우를 말씀드리지요." 백작은 말을 계속했다. "누군가가 살해됨으로써 어떤 사람의 근본이 무너지고 매몰되는 일이 생기면, 이 사회는 그 죽음을 죽음으로 갚아줍니다. 그런데 말입니다, 인간의 창자 속까지 찢어지게 할 수 있는 고통이 수백만 가지나 있는데도 사회는 언제나 그러한 고통에 너무 무관심합니다. 그러니까 우리가 좀전에 말했듯이, 그런 놈들에게 복수하기에 충분치 못한 방법을 쓰는 것 아니겠습니까? 터키인의 관살형(串殺形),*3 페르시아인의 마조형(馬槽刑),*4 이로쿼이 족의 태형을 가해도 부족한 범죄가 일어나도 사회는 관심도 없고, 아무런 형벌도 가하지 않고 있지 않습니까?……대답해 보세요, 그런 범죄가 정말 없을까요?"

"맞습니다." 프란츠가 대답했다. "그래서 그런 범죄를 벌하기 위해 결투가 묵

---

*3 고대 터키에서 범죄자를 말뚝(꼬챙이, pal)에 꿰어서(串) 죽이던(殺) 형벌.
*4 고대 페르시아에서 범죄자를 구유(馬槽, auge) 속에 집어넣고서 고문을 하던 형벌.

인되고 있는 거지요."

"아, 결투 말이군요." 백작이 소리쳤다. "내 생각에 복수가 목적인 결투는 너무나 우스꽝스러운 방법에 지나지 않습니다! 어떤 놈이 당신한테서 연인을 빼앗아가거나, 당신의 부인을 유혹하거나, 아니면 당신의 딸을 겁탈했다고 가정해 봅시다. 신이 인간을 창조하시면서 모든 인간에게 약속하신, 그런 행복을 바랄 권리가 있는 한 사람의 인생이 그놈 때문에 고통스럽고, 비참하고, 치욕스러운 인생이 되고 말았다고 가정해 봅시다. 당신은 당신 마음에 광기를 불러일으키고, 당신 가슴에 절망을 불어넣은 그놈의 가슴에 칼을 꽂거나 머리에 총알 한 발을 쏘는 것만으로 충분히 복수했다고 생각할 수 있습니까? 그럴 리가 없죠! 그런 놈들이 자주 결투에서 이기기도 한다는 것은 생각하지 않더라도, 세상 사람들의 눈앞에서 죄가 퇴색되고, 결국엔 하느님께 죄사함을 받기도 합니다. 안 되지요, 안 될 말입니다." 백작은 말을 이었다. "만약 저에게 복수해야 할 일이 있다면 저는 그런 식으로 하지 않을 겁니다."

"그럼 당신은 결투를 인정하지 않으시는 겁니까? 당신은 결투 같은 건 하지 않을 생각이십니까?" 이번에는 알베르가 너무나 괴이한 이야기에 놀라서 끼어들었다.

"아! 그건 아닙니다!" 백작이 말했다. "치사하게 군다든가, 모욕을 준다든가, 거짓말을 한다든가, 따귀를 때린다든가 하는 사람과는 결투를 할 겁니다. 그리고 저는 많은 일을 겪어 보아서 신체가 완전히 단련되어 있고, 위험에도 어느 정도 익숙해져 상대를 확실히 죽일 수 있는 만큼, 그런 걱정은 하지 않습니다. 네, 그런 경우라면 결투를 피하지 않습니다. 그런데 말입니다. 오랜 세월에 걸친 깊고 무한하고 영원한 고통을 갚아주기 위해서라면 저는 가능한 한 상대한테서 받은 것과 똑같은 고통을 주고 싶습니다. 눈에는 눈, 이에는 이라는 동양인들의 말이 있지요. 동양인들은 모든 면에 있어서 우리 유럽인의 스승입니다. 그 사람들은 신이 창조하신 것들 중에서 가장 뛰어난 존재들이지요. 그들은 꿈을 실현하는 인생, 현실의 천국을 만들어낼 줄 압니다."

그러자 프란츠가 백작에게 말했다. "하지만 설령 그런 이론에 의해 백작님 자신이 자기 사건의 재판관이 되고 또 사형집행인이 된다 해도, 영원히 법망을 피하기는 어렵지 않을까요? 증오는 맹목적인 겁니다. 분노는 무모한 것이지요. 그러니 복수를 직접 하다가는 자칫하면 오히려 자기가 고배를 마시게 되는 수도 있습니다."

"돈이 없고 무능한 경우에는 그렇겠지요. 하지만 백만장자에다 능력이 뛰어난 사람의 경우라면 아니라고 생각합니다. 그리고 그 사람에게 최악의 경우라고 해봤자 아까 우리가 얘기한 형벌을 받는 것이 고작입니다. 저 박애적인 프랑스 혁명이 능지처참형과 거열형(車裂刑) 대신 고안해 주었잖습니까. 아니! 복수를 했는데 처형되는 것이 무슨 대수겠습니까? 사실 저는 그 페피노라는 범죄자가 십중팔구 참수형에 처해지지 않을 거라는 소리를 듣고 거의 화가 날 지경입니다. 그 사형법이 시간이 얼마나 걸리는지, 과연 그것이 얘기되는 것만큼 가치가 있는지 보여드리려고 했는데 말입니다. 그건 그렇고 사육제 날에 묘한 이야기만 하고 말았군요. 어쩌다가 이렇게 되었지? 아, 기억났어요. 제 창가에 자리를 원한다고 하셨지요. 알겠습니다. 해드리겠습니다. 어쨌든 식사나 하러 가시지요, 준비가 다 된 것 같은데."

아니나 다를까 하인이 객실 문 네 개 가운데 하나를 열더니 이탈리아어로 정중하게 말했다.

"식사 준비가 다 되었습니다."

두 청년은 일어나서 식당 안으로 들어갔다.

너무나 훌륭하며 더없이 멋을 부려 차려진 아침을 먹으면서, 프란츠는 시선을 들어 알베르를 바라보았다. 백작의 이야기를 듣고 어떤 인상을 받았는지 표정을 읽고 싶었던 것이다. 그러나 평소 무심한 성격 탓에 그런 말에는 그다지 관심이 끌리지 않았는지, 아니면 결투에 대해 얘기하면서 몬테크리스토 백작이 십분 양보하여 그의 의견에 맞춰준 것에 기분이 좋아져선지, 또는 앞장에 나왔던 사실들을 알고 있던 프란츠만이 백작의 이론에 더 반응을 보인 것인지는 몰라도, 알베르는 조금도 관심이 없는 눈치였다. 그뿐만이 아니었다. 벌써 4, 5개월째 세상에서 가장 맛있다고 하는 이탈리아 요리를 계속 먹어야 했던 알베르는, 입맛까지 다셔가며 차려진 음식들을 아주 맛있게 먹고 있었다. 반면에 백작은 그저 예의상 어울리고 있을 뿐, 아주 조금씩 음식을 먹는 시늉만 할 뿐, 손님이 돌아간 뒤 뭔가 이상한 것, 그렇지 않으면 뭔가 특별한 요리를 먹으려는 것 같았다.

그러자 프란츠의 머릿속에는, G백작부인에게 정면의 특별석에 백작이 있다고 알려 주었을 때 부인이 백작을 보고 온몸을 떨었던 일, 그리고 틀림없이 홉혈귀일 거라고 생각했던 일 등이 떠올랐다.

식사가 끝나자 프란츠는 시계를 꺼냈다.

"그럼," 백작이 말했다. "이제부터 어떻게 하시겠습니까?"

"죄송한 말씀이지만, 백작님." 프란츠가 대답했다. "실은 해야 할 일이 아직 많이 남아 있어서요."

"어떤 일인지?"

"우린 아직 가장복도 준비하지 못했습니다. 오늘은 반드시 가장을 해야 하는 날인데 말입니다."

"그건 염려하실 것 없습니다. 우리가 포폴로 광장에 잡아 놓은 방은 제가 알기로 독채입니다. 그러니 원하시는 의상을 말씀하시면 그리로 갖다 드리지요. 그러면 우리는 그 자리에서 바로 가장을 하면 됩니다."

"사형 집행을 보던 자리에서 말입니까?" 프란츠가 소리쳤다.

"그야 물론 그 뒤든, 그 사이든, 또는 그 전이든 좋을 대로 하십시오."

"단두대를 앞에 두고 말입니까?"

"단두대도 축제의 일부니까요."

"백작님, 제가 생각해 봤습니다만, 물론 호의에 대해서는 깊이 감사드립니다. 그렇지만 전 마차 안과 로스폴리 저택의 창가에 자리를 주시는 것만으로 만족합니다. 포폴로 광장의 창은 사양할 테니 백작님 좋으실 대로 사용하십시오."

"하지만 미리 말씀드리지요, 그러면 당신은 진기한 구경거리를 놓치게 되는 겁니다."

"나중에 이야기를 들려주십시오. 백작님한테서 들으면 아마 실제로 보는 것보다 더 깊은 인상을 받게 될 테니까요. 저는 전에도 여러 번 사형을 구경해 보려고 생각했었지만 늘 결심이 서지 않았습니다. 자네는 어때, 알베르?"

"나 말인가?" 자작이 대답했다. "난 카스탱의 사형 집행을 본 적이 있어. 하지만 그날은 술에 취해 있었지. 중학교를 졸업하던 날이었으니까. 어느 술집에서 밤을 샌 다음 날이었어."

"하지만 그런 건 이유가 되지 않습니다. 파리에서 하지 않았다고 외국에 가서도 하지 말라는 법은 없어요. 여행은 경험을 쌓기 위해 하는 것입니다. 환경을 바꾸는 것은 곧 견문을 넓히기 위한 것입니다. 누가 '로마에서는 사형을 어떤 식으로 집행하던가?' 묻는데, '모르겠는걸' 하고 대답하는 자기 얼굴을 상상해 보십시오. 오늘 사형당하는 자는 정말 파렴치한 악당, 자기를 아들처럼 키워준 훌륭한 신부님을 장작으로 때려죽인 놈이라고 합니다. 천하에 죽일 놈 같으니! 교인을 죽일 땐 장작보다는 좀더 예의 바른 무기를 썼어야지, 더구나 그 교인은 신부님이셨는데. 당신이 에스파냐를 여행한다고 가정해 봅시다. 당신은 틀림없이 투우를 구경하러 가실 겁니다, 그렇죠? 자, 우리가 이제부터 보러 가려는 것도 그런 것과 마찬가지입니다. 상상해 보십시오. 원형경기장에는 고대의 로마인들이 모여 있었고, 3백 마리의 사자와 백여 명의 사람이 죽었던 사냥이 펼쳐졌습니다. 상상해 보세요. 80만 명의 관중들은 손뼉을 치며 구경하고, 귀부인들은 사윗감을 찾기 위해 딸을 데려오고, 손이 하얗고 아름다운 무녀들은, '어서 해치워, 뭘 꾸물거리는 거야! 거의 죽은 저놈의 숨통을 끊어 달란 말이야!' 하는 뜻으로 엄지손가락을 써서 매력적이고 귀여운 신호를 보내고 있었겠지요."

"자네는 갈 건가, 알베르?" 프란츠가 물었다.

"나? 물론이지. 사실 나도 자네와 같은 생각을 가지고 있었어. 그런데 백작의 웅변을 듣고 가기로 결심했네."

"자네가 가고 싶다면 함께 가기로 하세." 프란츠가 말했다. "하지만 포폴로 광장으로 가는 길에 코르소 거리를 통과하고 싶어. 그럴 수 있을까요, 백작님?"

"걸어서라면 몰라도 마차로는 안 될 겁니다."

"그럼 걸어서 가지요."

"코르소 거리를 꼭 가셔야 합니까?"

"예, 거기서 좀 봐야 할 것이 있어서요."

"좋습니다. 그럼 코르소 거리를 지나가기로 하지요. 마차는 스트라다 델 바부이노를 지나 포폴로 광장에서 기다리도록 얘기해 두지요. 그리고 저도 코르소 거리를 통과하는 것에 불만이 없습니다. 지시대로 일을 잘 처리했는지 확인할 것이 있던 참입니다."

"나리," 하인이 문을 열고 들어오면서 말했다. "고행 수도사 복장을 한 사람이 뵙고 싶다고 청합니다."

"아! 그래, 누군지 알고 있네. 여러분, 객실로 가실까요? 가운데 테이블 위에 아주 좋은 하바나 궐련이 있을 겁니다. 저도 곧 뒤따라가겠습니다."

두 청년은 일어나서 문으로 나갔다. 백작은 다시 한 번 양해를 구한 다음 다른 문으로 나갔다. 상당한 궐련 애호가인데도 이탈리아에 온 뒤로 파리 카페에서 피우던 궐련을 박탈당해 배고픈 순교자 행세를 하고 있던 알베르는 곧장 테이블로 다가가더니 진짜 궐련을 보자 환성을 질렀다.

"어때," 프란츠가 물었다. "몬테크리스토 백작을 어떻게 생각하나?"

"어떻게 생각하다니?" 알베르는 그런 질문에 무척 놀라는 눈치였다. "기분 좋은 사람이던데? 손님 접대도 흠잡을 데 없고, 견문도 넓고, 학식도 있고, 생각도 깊고, 브루투스처럼 스토아파가 확실하고." 그는 참을 수 없다는 듯이 담배를 한 모금 내뿜었다. 연기가 나선을 그리면서 천장을 향해 올라갔다. "게다가 이렇게 기막힌 궐련도 가지고 있고."

이것이 백작에 대한 알베르의 의견이었다. 프란츠는 알베르가 언제나 사람이나 물건에 대해 의견을 말할 때 먼저 충분히 생각한 뒤에 대답한다고 주장하는 것을 알고 있었기 때문에, 그 의견을 바꿔보려고 시도하지는 않았다.

"그런데 한 가지 이상한 점을 눈치채지 못했나?"

"뭐?"

"백작은 자네를 특별히 유심히 보더군."

"나를?"

"그래, 자네를."

알베르는 생각했다.

"아!" 그는 한숨을 내쉬면서 말했다. "이상할 것 없어. 내가 벌써 1년이나 파리를 떠나 있어서 완전히 유행에 뒤처진 옷을 입고 있기 때문일 거야. 백작님은 틀림없이 나를 시골촌놈으로 생각하고 있을걸. 기회를 봐서 자네가 정정해 주게. 내가 그런 사람이 아니라고 해줘."

프란츠는 웃는 수밖에 없었다. 잠시 뒤에 백작이 들어왔다.

"자," 백작이 말했다. "이제 상대를 해드리지요. 다 얘기해 두었습니다. 마차는 포폴로 광장 쪽으로 보내 두겠습니다. 우리는 말씀하신 코르소 거리를 지나서 그곳으로 가십시다. 궐련 몇 개를 가져가시지요, 모르세르 씨."

"그러겠습니다, 감사합니다." 알베르가 말했다. "사실 이탈리아의 궐련은 관영 담배보다 훨씬 질이 낮아서요. 다음에 파리에 오시면 보답해 드리겠습니다."

"사양하지 않겠습니다. 언젠가 꼭 가보고 싶군요. 그리고 허락해 주셨으니

댁을 방문하겠습니다. 자, 이제 지체할 시간이 없습니다. 벌써 12시 반이군요. 나갑시다."

세 사람은 아래로 내려갔다. 마부는 아까 주인이 명령한 대로 바부이노 거리를 지나갔다. 그리고 세 사람은 걸어서 에스파냐 광장을 지나 피아노 저택과 로스폴리 저택 사이로 나가는 프라티나 거리를 똑바로 나아갔다.

프란츠의 눈은 이 로스폴리 저택 위의 창문을 열심히 쳐다보고 있었다. 그는 콜로세움 안에서 망토를 입은 사내와 트란스테베레 복장을 한 사내 사이에 약속된 신호를 잊지 않고 있었다.

"백작님께서 빌리셨다는 창문은 어느 겁니까?" 그는 최대한 아무렇지도 않은 듯이 백작에게 물었다.

"저기 있는 저 세 개입니다." 백작도 대수롭지 않은 듯이 심드렁하게 대답했다. 백작은 프란츠가 어떤 의도로 그런 걸 묻는지 모르고 있었다.

프란츠의 눈은 재빨리 그 세 개의 창문으로 쏠렸다. 양쪽의 창문에는 노란색 다마스 천이 쳐져 있고, 가운데 창문에는 붉은 십자가가 그려진 하얀 커튼이 쳐져 있었다.

망토를 입은 사내가 트란스테베레의 사내에게 한 약속을 지킨 것이다. 의심할 여지없이 그 망토를 입은 사내는 이 백작이 틀림없었다.

세 개의 창문에는 아직 아무도 없었다. 그러나 모두들 의자를 갖다 놓거나 발판을 조립하고 창문에 커튼을 치면서 준비하느라 바쁘게 움직이고 있었다. 종이 울릴 때까지는 가면을 쓰거나 마차를 타고 돌아다니는 것도 허용되지 않았다. 그러나 모든 창문 뒤에 가면이 있고, 모든 문 뒤에 마차가 있다는 사실을 모르는 사람은 없었다.

프란츠, 알베르, 백작, 이 세 사람은 계속해서 코르소 거리를 내려갔다. 포폴로 광장에 가까워짐에 따라 군중은 점차 늘어갔다. 그들의 머리 위로 두 가지가 보이고 있었다. 하나는 맨 위에 십자가를 달고 광장 중앙을 표시하는 오벨리스크, 그리고 그 앞에는 바부이노, 코르소, 리페타 세 거리에서 다 내다볼수 있는 곳에 단두대의 기둥 두 개가 삼엄하게 서 있고 그 사이에서 단두대의둥근 칼날이 빛나고 있었다.

길모퉁이에서 백작의 집사가 나타났다. 주인을 기다리고 있었던 것이다.

백작이 손님들에게 알리고 싶지 않을 만큼 어마어마한 금액에 빌린 것으로 생각되는 그 창문은 바부이노 거리와 핀초 언덕 사이에 있는 커다란 독립 건물 3층에 있었다. 그것은 앞에서도 말했듯이 화장실과 비슷하게 침실과 연결되어 있었다. 그래서 침실 문을 닫으면 이 안에 있는 사람은 외부와 완전히 차단되어 자기 집에 있는 것처럼 편안했다. 의자 위에는 흰색과 검은색 공단으로 만든 우아한 광대 의상이 놓여 있었다.

"의상에 대해선 저에게 맡겨 주셨기에 이런 걸 준비해 보았습니다. 아마 올해는 이런 옷이 가장 유행하는 모양입니다. 게다가 콘페티*⁵에 대해서도 걱정 없을 겁니다. 밀가루가 묻어도 괜찮으니까요."

프란츠는 백작의 말을 건성으로 듣고 있었다. 뿐만 아니라 그러한 호의에 대해서도 고마움을 느끼지 못하는 것 같았다. 그의 주의가 온통 포폴로 광장의 광경, 그 광경 중에서도 오늘 가장 중요한 장식이 될 그 무서운 기계 쪽에 쏠려 있었기 때문이다.

프란츠는 난생처음 단두대라는 것을 보았다. 여기서 단두대라고 말한 것은, 이 로마의 단두대가 프랑스의 기요틴과 거의 같은 형태로 만들어져 있었기 때문이다. 초승달 모양의 칼날, 그 칼날의 오목한 쪽이 우리 프랑스의 기요틴보다 약간 낮은 곳에서 떨어지며 목을 벤다는 것이 다를 뿐이었다.

두 남자가 죄인을 눕힐 널판 위에 앉아서 식사를 하고 있었다. 프란츠가 보기에 아무래도 빵과 소시지를 먹고 있는 것 같았다. 한 사람은 널판을 들치고 거기서 포도주병을 꺼내 한 모금 마신 뒤 그 병을 동료에게 넘겨줬다. 두 사람은 사형집행인의 조수였다.

그 광경만 봐도 프란츠는 머리의 털구멍에서 땀이 솟는 듯한 기분이 들었다.

전날 밤, 카르세리 누오베에서 산타마리아델포폴로의 작은 성당으로 옮겨진 사형수들은, 촛불이 대낮처럼 환하게 켜진 성당 안 철책에 갇혀 각자 신부 두 사람의 보호를 받으면서 하룻밤을 보냈다. 성당 앞에는 한 시간마다 교대하는 보초가 망을 보고 있었다.

성당에서 단두대까지 헌병들이 두 줄로 서 있었다. 단두대에 가까워지면 폭이 약 10자쯤 되는 길을 터놓고, 단두대 주위로 백 걸음쯤 되는 공간을 만들어 그곳을 사람들이 둥글게 에워싸고 있었다. 광장 바깥쪽은 모두 남녀 군중

---

*5 사육제 때 던지는 작은 밀가루 구슬이나 색종이.

들의 머리로 가득했다. 여자들은 아이를 어깨에 얹고 있었다. 그러면 아이들은 군중들 위로 상반신을 내밀고 편하게 구경할 수 있었다.

핀초 언덕의 모든 계단은 구경꾼들로 가득 차서 마치 커다란 원형극장을 방불케 했다. 바부이노 거리와 리페타 거리 모퉁이에 있는 성당의 두 발코니는 호기심 많은 특권층 인물들이 차지하고 있었다. 주랑의 계단은 쉬지 않고 밀려드는 밀물에 의해 문 쪽으로 흘러가는 온갖 색깔의 물결 같았다. 벽에 조금이라도 올라설 수 있는 돌출부가 있으면, 어김없이 살아 있는 인간의 상이 서 있었다.

정말 백작이 한 말은 사실이었다. 인생에서 가장 흥미로운 것, 그것은 분명 사람이 죽는 것을 구경하는 것이다.

이 장엄한 장면에서 당연히 엄숙해야 할 군중들 사이에서 떠들썩한 소란이 일어나고 있었다. 웃음소리, 조롱하는 소리, 신이 나서 외치는 소리. 정말 백작이 말한 대로 사형집행인은 일반 민중에게는 사육제의 시작을 알리는 자에 지나지 않았다.

모든 소리가 마법처럼 딱 멎었다. 성당 문이 열린 것이다.

먼저 고행회 수도사들이 각자 눈 부분만 뚫린 쥐색 옷을 입고 촛불을 들고 나타났다. 선두에는 고행수도회의 수도원장이 걸어 나왔다.

고행수도회 수도들 뒤로 알몸에 무명 속바지만 입은 키 큰 사내가 따라나왔다. 허리에는 칼집에 넣은 단도를 차고 어깨에는 무서운 쇠곤봉을 매고 있었다. 사형집행인이었다. 그는 끈으로 발에 동여맨 샌들을 신고 있었다. 사형집행인 뒤에는 처형 순서에 따라 먼저 페피노가, 이어서 안드레아가 걸어오고, 그 두 사람에게는 저마다 신부 두 사람이 따르고 있었다. 두 사람 다 눈가리개는 하지 않았다. 페피노는 아주 똑바로 걷고 있었는데, 아마도 자기를 위해 뭔가 공작이 이루어지고 있음을 알고 있는 것 같았다. 안드레아는 양쪽 팔을 신부들이 부축하고 있었다. 두 사람은 때때로 신부가 내미는 십자가에 입을 맞추었다.

프란츠는 그 광경만 보고도 벌써 다리에 힘이 풀리는 것 같았다. 알베르를 바라보니 그도 역시 입고 있는 셔츠처럼 얼굴이 창백했다. 그리고 아직 반밖에 피우지 않은 궐련을 기계적인 동작으로 멀리 던져버렸다.

백작만은 냉정했다. 그 창백한 얼굴에는 약간의 홍조마저 보이는 것 같았다.

코는 마치 피 냄새를 맡은 맹수처럼 벌름거리고, 살짝 벌어진 입술 사이로 승냥이처럼 작고 하얀 이가 보였다. 그러면서도 그 얼굴에는 프란츠가 지금까지 한 번도 본 적이 없는 부드러운 미소를 띠고 있었다. 특히 그의 검은 눈에 온화하고 부드러운 빛이 서려 있어서 더욱 놀라웠다.

두 죄수는 점점 단두대 쪽으로 다가가고 있었다. 그들이 가까이 다가오자 그들의 표정도 알아볼 수 있었다. 스물다섯에서 스물일곱 살 정도로 보이는 페피노는 햇볕에 그을린 얼굴에 거칠고 구김살 없는 눈빛을 한 당당한 청년이었다. 그는 고개를 높이 쳐들고 자신을 구해줄 사람이 어느 쪽에서 올 것인지 바람의 냄새라도 맡는 듯한 모습이었다.

안드레아는 뚱뚱하고 키가 작은 사내였다. 비열함과 잔인함이 묻어나는 얼굴만으로는 나이를 짐작하기 어려웠지만 서른 살은 되어 보였다. 감옥에 있는 동안 그는 수염이 자랄 대로 자라 있었다. 머리는 한쪽으로 축 늘어져 있고 다리는 몸무게를 견디지 못하는 듯했다. 온몸이 기계적으로 움직일 뿐, 이미 자신의 의지는 전혀 남아 있지 않은 듯했다.

"그런데," 프란츠가 백작에게 말했다. "아까 들은 얘기로는 사형은 한 사람뿐이라고 하셨는데요?"

"그렇소." 백작이 냉정하게 대답했다.

"하지만 사형수가 두 사람이지 않습니까?"

"그렇소. 두 사람 가운데 한 사람은 곧 형이 집행될 겁니다. 하지만 다른 한 사람은 앞으로도 꽤 오래 살아남을 겁니다."

"하지만 사면이 내려질 거라면 우물쭈물할 시간이 없을 것 같은데요."

"저기 왔습니다. 보세요." 백작이 말했다.

정말 페피노가 단두대까지 왔을 때, 뒤늦게 온 듯한 고행수도회 수사 한 명이 병사들에게 제지받지 않고 사람들의 울타리를 헤쳐서 수도원장에게 다가가더니 넷으로 접은 종이를 건넸다.

불타는 듯한 페피노의 눈은 그 모든 것을 놓치지 않았다. 수도원장은 종이를 펼쳐 그것을 읽은 뒤 손을 들었다.

"주님을 찬송하라, 교황을 찬양하라!" 그는 크고 맑은 목소리로 말했다. "사형수 가운데 한 사람에게 사면이 내려졌습니다."

"사면이라고!" 군중은 일제히 소리쳤다. "사면이래!"

사면이라는 말을 듣고 안드레아가 깜짝 놀라 고개를 들었다.

"누구를 사면한단 말이오?" 그가 소리쳤다.

페피노는 미동도 하지 않고 입을 다문 채 가쁜 숨을 몰아쉬고 있었다.

"로카 프리오리, 즉 페피노에게 사형을 면해 준다." 수도원장은 그렇게 말한 뒤 헌병을 지휘하고 있던 대장에게 서류를 넘겨줬다. 대장은 그것을 읽고 다시 수도원장에게 돌려줬다.

"페피노를 사면해 준다고?" 지금까지 얼빠진 상태로 있던 안드레아가 정신이 번쩍 드는지 그렇게 소리쳤다. "왜 이자만 용서하고 나는 용서해주지 않는 거야? 우리는 함께 죽기로 되어 있었어. 이자는 나보다 먼저 죽기로 정해져 있었다고. 그런데 나만 죽이는 법이 어디 있어. 나 혼자만 죽을 순 없어. 절대로 그렇게는 못해!"

그렇게 말하면서 그는 두 신부의 손을 뿌리치더니, 몸부림을 치고 울부짖으

면서 두 손을 묶고 있는 포승줄을 풀려고 미친 듯이 날뛰기 시작했다.

사형집행인이 조수 두 명에게 신호를 했다. 그러자 한 사람이 단두대 밑으로 뛰어내려 사형수를 붙들었다.

"왜 저러는 겁니까?" 프란츠가 백작에게 물었다. 그는 이 모든 말들이 로마 방언이어서 이해할 수가 없었던 것이다.

"왜 저러느냐고요?" 백작이 말했다. "모르시겠습니까? 곧 죽음을 당할 사람이 자신의 동료가 함께 죽지 않게 되었다는 사실에 미쳐 날뛰는 거죠. 저렇게 날뛰는 대로 내버려뒀다간, 자기만 죽고 동료는 살려둔다는 것 때문에 동료를 손톱이나 이로 뜯어 죽일 수도 있어요. 칼 모어*6도 이렇게 말했지요. 오, 인간

---
*6 실러의 《군도(群盗)》에 등장하는 대장.

이여! 인간이여! 악어의 종족이여!" 백작은 두 주먹을 군중 쪽으로 쳐들면서 소리쳤다. "참으로 너희다운 짓을 하고 있구나. 너희는 언제나 기대를 저버리지 않고 너희다운 짓을 하고 있어!"

정말 안드레아와 사형집행인의 두 조수는 한 덩어리가 되어 먼지 속에 뒹굴고 있었다. 사형수는 여전히 소리치고 있었다. "저놈도 죽여라. 저놈도 죽여! 나 혼자 죽이는 게 어디 있어!"

"보십시오." 백작은 두 청년의 손을 잡으면서 말했다. "저길 좀 보십시오, 정말 재미있지 않습니까? 바로 조금 전까지도 저 남자는 자기 운명을 포기하고 단두대 쪽으로 걸어가서 겁쟁이답게 아무런 저항이나 항변도 하지 않고 죽으려 했습니다. 무엇이 그자에게 그런 힘을 주었다고 생각하십니까? 무엇이 그자의 마음에 위안을 주었다고 생각하십니까? 무엇이 그자에게 형벌을 받아들이게 했을까요? 그건 자기 말고 또 한 남자가 자기와 고통을 함께 나눈다는 사실이었습니다. 다른 한 사람이 자기와 마찬가지로 죽기 때문이었습니다. 자기 말고 한 남자가 자기보다 먼저 죽기 때문이었습니다! 양 두 마리를 도살장에 끌고 가보십시오. 소 두 마리를 도축장에 끌고 가보십시오. 그리고 그 가운데 한 마리에게 동료가 죽지 않게 되었음을 알려줘 보십시오. 양은 기쁨의 울음소리를 낼 겁니다. 소도 기뻐서 음매하고 울 겁니다. 그런데 인간은 어떻습니까? 신의 형상을 본떠서 만들었다는 인간, 신에게서 그 첫 번째이자 유일한 최고의 법칙으로서 이웃에 대한 사랑이라는 가르침을 받은 인간, 신으로부터 의사를 나타낼 수 있는 목소리를 받은 인간이, 동료가 살아났다는 말을 듣고 가장 먼저 소리치는 건 도대체 어떤 말일까요? 저주입니다. 인간에게 영광을! 자연이 만들어 낸 걸작, 모든 피조물의 왕자인 인간에게 영광을!"

이렇게 말하고 백작은 껄껄 웃어 젖혔다. 그러나 그 무서운 웃음소리는 그가 그렇게 웃어 젖힐 수 있게 되기까지 얼마나 무서운 고통을 경험했는지를 나타내고 있었다.

그동안에도 격투는 계속되어 보고 있는 사람들조차 무서울 정도였다. 두 남자가 안드레아를 가까스로 단두대 위에 끌어올렸다. 모든 사람들은 그에게 반감을 품고 있었다. 2만 명의 목소리가 일제히 소리치고 있었다. "해치워! 죽여버려!"

프란츠는 뒤로 몸을 뺐다. 그러나 백작이 그 팔을 붙잡더니 창 앞에 다시

앉혔다.

"왜 그러십니까? 불쌍해서 그러십니까? 하지만 미친개가 짖는 소리를 들으면, 당신은 총을 들고 거리로 달려 나가 그 가련한 동물에 총구를 들이대고 쏘아 죽일 겁니다. 그런데 미친개의 입장에서 보면, 자기도 다른 개에게 물려서 그저 자기가 당한 것에 대해 보복을 하는 것일 뿐 아무 잘못도 없는 겁니다. 그런데도 당신은 한 남자에게 연민을 느끼고 계시는군요. 그자는 누구에게 물린 것이 아니라 자기의 은인을 죽인 사람입니다. 그리고 지금은 손이 묶여 있어 아무도 죽이지 못하지만, 하다못해 자기의 감방 동료, 자기의 친구가 죽는 것을 보고 싶다며 소리를 지르고 있는 겁니다! 안 됩니다, 안 되지요, 보셔야 합니다."

그러나 그 권유도 이제는 아무 소용이 없었다. 프란츠는 그 무서운 광경을 보자 눈이 어질어질한 모양이었다. 두 남자는 사형수를 단두대로 옮겼다. 그리고 몸부림치고 물어뜯고 고함을 치는 건 아랑곳하지도 않고 힘으로 그 자리에 앉히고 말았다. 그동안 사형집행인은 쇠망치를 들고 옆에 서 있었다. 신호가 떨어지자 두 조수는 몸을 비켰다. 사형수는 일어나려고 했다. 그러나 사형집행인은 그럴 틈도 주지 않고 쇠망치를 왼쪽 관자놀이를 향해 힘껏 내려쳤다. 낮고 둔탁한 소리가 났다. 남자는 소처럼 앞으로 고꾸라졌다가 반동에 의해 하늘을 향해 벌렁 누운 자세가 되었다. 그러자 사형집행인은 쇠망치를 내려놓고 허리에서 단도를 꺼내더니 사형수의 목에 푹 찔러 넣었다. 그리고 배 위에 올라가서 짓밟기 시작했다.

이번에야말로 프란츠는 더 이상 참을 수가 없었다. 그는 뒤로 물러나서 거의 까무러치듯이 안락의자 위에 쓰러졌다.

알베르는 눈을 감은 채 손으로 커튼을 붙잡고 겨우 서 있었다.

백작은 일어서 있었다. 마치 악마처럼 승리에 도취한 모습이었다.

로마의 사육제

프란츠가 정신이 들었을 때 알베르는 물을 마시고 있었다. 창백한 얼굴에는 그가 물을 간절히 원했다는 것이 다 나타나 있었다. 한편, 백작은 벌써 광대의 상으로 갈아입은 상태였다. 프란츠는 기계적으로 시선을 광장 쪽으로 돌렸다. 단두대, 사형집행인, 또 죄수들까지 모든 것은 사라지고, 남아 있는 건 다만 소란스럽고 바빠 보이는 들뜬 군중뿐이었다. 교황이 사망했을 때와 가장행렬의 시작을 알릴 때 말고는 울리지 않는 치토리오 언덕의 종이 성대하게 울려 퍼지고 있었다.

"저," 그는 백작에게 물었다. "무슨 일이 일어났습니까?"

"아무 일도 일어나지 않았어요, 절대로." 백작이 말했다. "보시는 바와 같이 다만 사육제가 시작되었을 뿐이지요. 자, 어서 옷을 갈아입으십시오."

"그러고 보니 그 무서운 장면이 단지 꿈의 여운처럼 남아 있을 뿐이군요." 프란츠가 백작에게 말했다.

"그것은 하나의 꿈일 뿐이지 별다른 것이 아닙니다. 하나의 악몽일 뿐이지요, 당신이 보셨던 것은."

"제게는 그렇겠지요. 하지만 그 사형수에게는?"

"그것도 꿈입니다. 다만 그자는 눈을 감고 있고 당신은 눈을 뜨고 있을 뿐이지요. 어느 쪽이 더 행복하다고 그 누가 말할 수 있겠습니까?"

"그 페피노란 사람은 어떻게 됐습니까?" 프란츠가 물었다.

"페피노는 상당히 분별심 있는 청년입니다. 자만심 따윈 털끝만큼도 없지요. 사람들이 자기에게 관심을 가져주지 않으면 화를 내는 사람들과 달리, 그는 사람들의 관심이 동료에게 향하는 것을 보고 반색을 하더군요. 그리고 모두의 정신이 다른 데 쏠려 있는 틈을 타서 군중 틈에 섞여버렸습니다. 자기와 함께 와 준 고마운 신부들에게 인사하는 것도 잊어 버렸지요. 물론 인간이라는 것이 더없이 배은망덕하고 이기적인 동물이긴 하지요……. 그런데 옷을 입지 않으실 겁니까? 보세요, 알베르 씨는 모범적이게도 벌써 옷을 입고 계시는군요."

사실 알베르는 자신의 검은 바지와 에나멜 구두를 착용한 채, 그저 무의식적으로 호박단 바지를 입고 있었다.

"이봐, 알베르." 프란츠가 말했다. "자네도 저들과 같이 저 미친 소동을 벌일수 있겠나? 솔직하게 대답해 보게."

"못해." 알베르가 대답했다. "하지만 그래도 역시 보길 잘한 것 같아. 백작님이 하신 말씀이 이해가 되더군. 한 번만 익숙해지면 감동을 주는 것은 저런 광경밖에 없다는 것 말이네."

"게다가, 저런 경우에 비로소 여러 가지 성격을 연구할 수 있지요." 백작이말했다. "단두대의 첫 번째 계단에서, 죽음은 사람이 일생 동안 써 온 가면을완전히 벗기고 맙니다. 그리고 거짓 없는 얼굴이 나타나지요. 맞아떨어지지 않습니까, 안드레아라는 놈은 볼만하게 생긴 얼굴이 아니었으니까요…… 추악한놈……. 자, 여러분, 의상을 입으시죠, 의상을!"

프란츠가 앞에 있는 두 사람을 따르지 않으면 여자 같은 행동이라고 조롱거리가 될 상황이었다. 그래서 자기도 옷을 입고 가면을 썼다. 그러나 그의 얼굴은 가면보다도 훨씬 창백했다.

준비가 끝나자 모두 아래층으로 내려갔다. 콘페티와 꽃다발을 가득 실은 마차가 입구에서 기다리고 있었다.

마차는 행렬 속에 끼어들었다.

포폴로 광장에서는 좀전에 일어났던 일과는 완전히 반대되는, 상상하기조차 어려울 정도로 놀라운 광경이 벌어지고 있었다. 음침하고 가라앉아 있었던 사형 장면 대신 미친 듯한 광란의 광경이 펼쳐져 있었다. 가면을 쓴 사람들의 물결이 모든 골목에서 넘쳐나고, 문에서 흘러나오고, 창문에서 내려와, 거리로 쏟아지고 있었다. 피에로와 아를르캥, 도미노 가장복, 후작과 트란스테베레의 복장을 한 사람들, 우스꽝스러운 옷을 입은 사람들, 기사, 농부, 그런 사람들을 가득 실은 마차가 곳곳에서 몰려들고 있었다. 그 모든 사람들은 소리를 지르면서 몸을 흔들고, 밀가루를 채운 계란과 콘페티, 꽃다발을 던지고 있었다. 친구이든 모르는 사람이든, 아는 사람이든, 상대를 가리지 않고 욕설과 험담을 퍼부으면서 서로 던지는 것이다. 그러나 누구도 그것에 대해 화를 낼 권리가 없으며, 다만 웃어넘기도록 되어 있었다.

　프란츠와 알베르는 지독히 불쾌한 기분을 풀어버리고 싶었기 때문에 그런 광란의 향연에 이끌렸는지도 모른다. 두 사람은 술을 마시고 취기가 오를수록 과거와 현재 사이의 장막이 점점 두꺼워지는 것 같았다. 두 사람에겐 여전히 아까 보았던 광경이 눈에 아른거렸다. 아니 오히려 그 장면이 자신들 내부에 비춰지고 있다는 느낌을 계속 받았다. 그러나 주위의 열기가 두 사람에게도 점점 다가오기 시작했다. 두 사람이 느끼기엔 이성이 비틀거리다가 결국 자기들을 버리고 가버린 것만 같았다. 두 사람은 그러한 소동과 움직임, 혼돈 속에 같이 휩쓸리고 싶은 이상한 욕망을 느꼈다. 밀가루를 뒤집어쓴 옆 마차에서 알베르를 겨냥하여 한 줌의 콘페티를 던지자, 그와 동행한 두 사람까지 마치 한 번에 백 개의 바늘에 찔린 것처럼 가면으로 가려지지 않은 목덜미와 얼굴 부분이 따끔거렸다. 이렇게 되자 그들도, 지금까지 만난 가면 쓴 사람들 사이에서 벌어지고 있는 싸움에 가담하지 않을 수 없었다. 알베르는 마차 안에 서서 자루 속에 들어 있는 계란과 사탕을 두 손 가득 꺼내 교묘하게 겨냥한 다음, 가까이 있는 사람들에게 힘껏 던졌다.

그것이 시작이었다. 불과 30분 전에 본 광경은 두 청년의 마음에서 이제 완전히 사라지고 없었다.

그렇게 눈앞에서 움직임을 멈추지 않는 온갖 광란과 소동은 두 사람의 마음을 완전히 사로잡고 말았다. 한편 몬테크리스토 백작은 앞에서도 말했듯이 여전히 조금도 동요하지 않는 모습이었다.

실제로 이때의 넓고 아름다운 코르소 거리를 떠올려보기 바란다. 거리의 한쪽 끝에서 다른 쪽 끝까지 이어져 있는 4, 5층짜리 대저택들, 그곳의 발코니들마다 장식천이 걸려 있고 창문들에는 천이 늘어져 있다. 그런 발코니와 창문마다 30만 명의 구경꾼들이 가득 차 있다. 로마 시민과 이탈리아인, 그리고 세계 구석구석에서 찾아온 외국인, 혈통 있는 귀족들, 재산 있는 귀족들, 재능 있는 귀족들이 모두 모여 있는 것이다. 아름다운 여자들도 모두 이 거리의 광경에 넋을 빼앗겨, 발코니 위로 몸을 굽히거나 창밖으로 몸을 반쯤 내민 채 지나가는 마차에 안개처럼 콘페티를 뿌린다. 마차에서는 꽃다발을 던져 이에 화답한다. 위에서 던지는 사탕과 밑에서 던지는 꽃다발이 그리는 선들이 허공에서 점점 조밀해진다. 포석 깔린 거리에서 군중은 미친 듯이 기뻐하며 자기들이 입고 있는 미치광이 의상과 함께 점점 미쳐간다. 커다란 양배추가 걷고 있는가 하면, 물소의 얼굴을 가진 인간이 울부짖으며 지나가고, 뒷발로 서서 걷는 개도 지나간다. 그 가운데 한 사람이 가면을 쳐든다. 칼로가 생각해 낸 《성 안토니우스의 유혹》 같은 그림 속에서, 아스타르테가 그 황홀한 맨얼굴을 보여준다. 그러면 그 뒤를 따라가는 자가 나타난다. 그러나 곧 꿈속에 나오는 악마 같은 자들이 나타나 그녀와의 사이를 가로막는다. 이렇게라도 상상해 보면, 로마 사육제의 분위기를 어렴풋하게나마 느낄 수 있을 것이다.

두 번째로 거리를 돌았을 때 백작은 마차를 세웠다. 프란츠가 고개를 들어 쳐다보니 바로 로스폴리 저택 앞이었다. 가운데 창문을 보니 붉은 십자가가 그려진 하얀 천이 늘어져 있고, 거기에 푸른 도미노 가장복을 입은 사람이 있었다. 프란츠는 곧 상상력을 동원하여 아르헨티나 극장에서 본 아름다운 그리스 여자를 떠올렸다.

백작은 마차에서 내리며 프란츠와 알베르에게 말했다.

"저는 여기서 잠시 실례하겠습니다. 두 분은 실컷 노시다가 지쳐서 구경만 하고 싶으실 때 제가 자리를 잡아둔 창가로 오십시오. 그때까지는 마부든 마차든 하인이든 마음대로 쓰십시오."

설명을 빼먹었는데, 백작의 마부는 흑곰 가죽을 중후하게 걸치고 있었다. 마치 《곰과 파샤》에 나오는 오드리가 입은 것과 흡사했다. 한편 마차 뒤의 두 하인은 몸에 딱 붙는 연두색 원숭이 모습의 의상을 입고 있었다. 그리고 용수철이 장치된 가면을 쓰고 지나가는 사람들에게 찌푸린 표정을 지어 보였다.

프란츠는 백작의 호의에 대해 감사를 표했다. 알베르로 말하자면, 옆마차에 가득 타고 있는 로마의 시골 처녀들과 농담하는 것에 열중해 있었다. 그 마차는 이렇게 행렬을 지어갈 때 으레 있는 일처럼, 행렬이 잠시 멈춰 선 사이에 백작의 마차와 나란히 멈춰 섰는데, 이때 서로 꽃다발 싸움이 일어나기도 한다.

유감스럽게도 행렬이 다시 움직이기 시작했다. 알베르의 마차는 포폴로 광장 쪽으로 내려가는데, 그의 주의를 끈 마차는 베네치아 저택 쪽으로 올라갔다.

"프란츠!" 알베르가 말했다. "자네도 봤나?"

"뭘 말인가?" 프란츠가 물었다.

"방금 로마의 시골처녀들을 가득 태우고 가던 마차 말이야."

"못 봤는데."

"예쁜 아가씨들이 가득하던데."

"그렇다면 하필 자네가 가면을 쓰고 있었던 게 아깝게 됐군. 지금까지의 실패를 만회할 좋은 기회였는데 말이야."

"아!" 알베르는 반은 웃으면서, 반은 확신이 있는 듯이 대답했다. "틀림없이 이번 사육제가 지금까지 내가 손해 본 것을 보상해 줄걸?"

하지만 알베르의 이러한 희망에도 불구하고, 그날은 두세 번 그 로마 시골처녀들을 태운 마차를 만난 것 말고는 이렇다 할 성과도 없이 지나갔다. 딱 한 번 그런 식으로 마주쳤을 때, 우연인지 아니면 일부러 그랬는지 그의 가면이 벗겨진 적이 있었다.

그때 그는 남아 있던 꽃다발을 모두 긁어모아 그 마차 속으로 던져 넣었다.

시골처녀 의상을 입고 있기는 하지만 알베르가 분명히 미인으로 상상했던 한 여자가 그 우아한 방법에 마음이 끌린 모양이었다. 두 사람의 마차가 다시 맞닥뜨렸을 때 그 여자가 제비꽃 한 다발을 이쪽으로 던졌다.

알베르가 그 꽃다발에 달려들었다. 프란츠는 그것이 특별히 자신에게 던져진 것인지 아닌지 생각할 이유도 없어서 알베르가 집어가도록 그대로 두었다. 알베르는 그것을 자랑스럽게 단춧구멍에 꽂았고 마차는 그대로 의기양양하게 길을 계속 갔다.

"드디어 좋은 일이 생기려나보군." 프란츠가 말했다.

"웃으려거든 실컷 웃게." 알베르가 대답했다. "하지만 사실 나도 그렇게 생각해. 이제부터 이 꽃다발을 버리지 않고 달고 있어야지."

"그래야겠지!" 프란츠가 웃으면서 말했다. "그것으로 알아보도록 말이지?"

그러나 농담은 이윽고 사실이 될 기미를 보였다. 왜냐하면 여전히 행렬을 지어 나아가다가 프란츠와 알베르가 다시 시골처녀들의 마차와 스쳐 지나갔을 때, 아까 알베르에게 꽃을 던진 여자가 그의 단춧구멍에 그 꽃이 꽂혀 있는 것을 보고 손뼉을 치며 좋아했기 때문이다.

"축하하네!" 프란츠가 말했다. "생각대로 잘 되어 가는 것 같은데! 그렇다면 이쯤에서 내가 사라져 줄까? 혼자 있는 게 낫겠지?"

"아니야." 알베르가 말했다. "서두르다간 일을 망쳐. 첫 시도로 오페라극장 무도회 때 시계*¹ 밑에서 만나기로 약속하는 바보가 되고 싶진 않으니까. 만약 저쪽에서 좀더 진행시킬 마음이 있다면 내일 다시 만나게 되겠지. 아니 어쩌면 저쪽에서 나를 발견하고 신호할지도 몰라. 그 뒷일은 나에게도 생각이 있어."

"역시." 프란츠가 말했다. "자네는 네스토르처럼 현명하고 율리시스처럼 신중하단 말이야. 그런 자네를 어떤 동물로든 바꿀 수 있는 여자라면 뛰어난 수완가이거나 꽤 똑똑한 여자일 거야."

알베르의 말이 옳았다. 그 미지의 미녀는 분명히 그날은 더 이상 진전시키지 않기로 작정한 것 같았다. 그 뒤에도 몇 바퀴나 마차로 돌아 봤지만 원하는 마차는 전혀 보이지 않았다. 마차는 틀림없이 근처의 어느 골목으로 모습을 감춰버린 것이 분명했다.

---

*1 오페라극장의 무도회에서 사람들이 흔히 사용하는 만남의 장소.

두 사람은 로스폴리 저택으로 돌아왔다. 그러나 백작도 푸른 도미노 가장복을 입은 사람도 어디론가 자취를 감추고 없었다. 그래도 노란 색 천이 드리워진 창문만은 여전히 사람들로 가득했다. 백작의 초대를 받은 사람들이 틀림없었다.

바로 그때 가장행렬의 시작을 알렸던 그 종소리가 이번에는 끝남을 알리는 신호를 보내왔다. 코르소 거리의 행렬은 얼마 가지 않아 무너지고 눈 깜짝할 사이에 모든 마차가 골목 안으로 사라졌다.

프란츠와 알베르는 바로 그때 마라테 거리 앞에 있었다. 마부는 아무 말 없이 그 거리로 들어가더니, 로스폴리 저택을 끼고 에스파냐 광장까지 가서 호텔 앞에 멈췄다.

호텔 주인 파스트리니가 자기 손님들을 마중하러 현관으로 나왔다. 프란츠는 맨 먼저 백작에 대해 물었다. 그리고 시간에 맞춰 백작을 모시러 가지 못해서 미안하다고 말했다. 그런데 파스트리니는, 몬테크리스토 백작이 자기가 쓸마차를 한 대 더 주문했고, 그 마차가 4시에 로스폴리 저택으로 백작을 태우러 갔으니 걱정할 필요 없다고 말했다. 백작은 주인에게 아르헨티나 극장에 있는 자신의 특별석 열쇠를 두 청년에게 전해주라는 부탁까지 했다는 것이다.

프란츠는 알베르의 의향을 물어보았다. 그러나 알베르에게는 연극을 보러가기 전에 실행해야 할 커다란 계획이 있었다. 따라서 거기에 대답하는 대신, 양복 재단사를 구해줄 수 없는지 주인에게 물었다.

"양복 재단사요?" 주인이 다시 물었다. "무슨 일로 그러시는지요?"

"내일까지 될 수 있는 대로 멋진 로마 농부 의상을 만들게 하려고 그러오." 알베르가 말했다.

주인은 고개를 저으며 대답했다.

"아니, 내일까지 옷 두 벌을 만들게 하신다고요? 나리들, 죄송합니다만 바로 이런 것이 그 프랑스식 주문이라는 건가 보군요. 두 벌이라뇨! 그리고 이제부터 일주일 동안은 조끼에 단추 여섯 개 달아 줄 재단사도 없을 겁니다. 설령한 벌에 1에퀴를 준다 해도 말입니다!"

"그럼, 아무래도 옷을 주문하는 건 포기해야 한다는 말이오?"

"아닙니다, 기성복에는 그런 옷이 있을 겁니다. 저에게 맡겨 주십시오. 내일 아침에 일어나시면 만족하시도록 모자, 윗도리, 바지까지 한 벌을 모두 갖춰 준비해 두겠습니다."

"그렇다면," 프란츠는 알베르에게 말했다. "그 의상에 대한 건 주인장에게 모두 맡기는 게 어때, 지금까지도 뛰어난 수완을 보여준 것 같으니. 그럼 천천히 저녁 식사나 하도록 하세. 식사가 끝나면 〈알제리의 이탈리아 여인〉을 보러 가자고."

"알제리의 이탈리아 여인, 그거 좋지." 알베르가 프란츠를 향해 말했다. "하지만 주인장, 나도 그렇고 이 친구도 그렇고 지금 부탁한 옷을 반드시 내일 손에 넣어야 하오. 그 일이 우리에게 매우 중요하다는 걸 잊지 마시오."

주인은 다시 한 번 두 사람에게, 원하는 것을 구해오겠으니 염려하지 말라고 했다. 그 말을 들은 프란츠와 알베르는 광대 옷을 벗기 위해 방으로 갔다. 알베르는 옷을 벗으면서, 깊은 감정을 담아 제비 꽃다발을 꼭 쥐었다. 그것은

다음 날 그 여인을 다시 만났을 때 자신을 나타내는 표식이 될 터였다.

두 청년은 식탁에 앉았다. 식사를 하면서 알베르는 파스트리니가 데리고 있는 요리사와 몬테크리스토 백작이 데리고 있는 요리사의 실력 차이를 느끼지 않을 수 없었다. 백작에 대해 선입견을 가지고 있었던 프란츠도 진실을 외면할 수는 없었다. 굳이 비교를 하자면 파스트리니의 요리사가 전혀 승산이 없다고 고백할 수밖에 없었다.

디저트가 나왔을 때, 하인이 몇 시에 마차가 필요한지 물으러 왔다. 알베르와 프란츠는 너무 폐를 끼치는 게 아닌가 생각하면서 서로 얼굴을 마주보았다. 하인이 그것을 눈치채고 말했다.

"백작님은 두 분이 마차를 온종일 마음대로 쓰시게 하라고 분부하셨습니다. 그러니 아무쪼록…… 사양 마시고 마음대로 쓰셔도 괜찮습니다."

두 청년은 백작의 호의를 끝까지 받기로 결심하고 마차에 말을 매어달라고 부탁했다. 그런 다음 두 사람은 낮에 있었던 여러 소동으로 구김이 간 의상을 저녁에 어울리는 의상으로 갈아입으러 갔다.

채비가 끝나자 두 사람은 아르헨티나 극장으로 가서, 백작의 특별석에 자리를 잡았다. 제1막이 상연되는 동안 G 백작부인이 부인의 전용석으로 들어왔다. 부인의 시선은 바로 전날 처음으로 백작의 모습을 보았던 쪽으로 향했다. 그러자 24시간 전에 자기가 그렇게도 이상한 사람이라고 주장했었던 바로 그 사람의 자리에 프란츠와 알베르가 나란히 앉아 있는 모습이 보였다.

부인의 오페라글라스가 집요하게 자신을 향하고 있다는 사실을 안 프란츠는, 더 이상 부인의 호기심을 모르는 척하는 건 잔인한 일이라고 생각했다. 그래서 두 친구는, 이탈리아에서는 관객석을 사교장으로 생각해도 된다는 관객에게 주어진 특권을 이용하여, 자신들의 자리를 떠나 백작부인에게 인사하러 갔다.

두 사람이 부인의 자리에 들어서자마자 부인은 프란츠에게 앞좌석에 앉으라는 눈짓을 보냈다. 이번에는 알베르가 뒤에 앉았다.

"어떻게 된 일이에요?" 부인은 프란츠가 자리에 채 앉기도 전에 그렇게 물었다. "당신은 아무래도 그 현대판 루드벤 경하고 가까워지려고 애쓰는 것 같군요. 벌써 좋은 친구가 되신 모양이죠?"

"아닙니다. 그렇게 친해진 건 아닙니다. 하지만 오늘 하루는 솔직히 말해서 백작님 덕을 톡톡히 봤지요."

"뭐라고요? 오늘 하루?"

"예, 그렇게 말씀드리는 게 낫겠군요. 오늘 아침에는 식사에 초대 받았고, 가장행렬 때는 백작님의 마차로 코르소 거리를 돌아다녔지요. 또 밤에는 이렇게 백작님의 특별석에서 연극을 구경하니."

"그럼 그분을 아시나요?"

"안다고도 할 수 있고 모른다고도 할 수 있습니다."

"그게 무슨 말씀이죠?"

"얘기하자면 좀 길어집니다."

"그래도 들려주지 않겠어요?"

"하지만 틀림없이 무서워하실 텐데요."

"그렇다면 더 듣고 싶군요."

"적어도 얘기가 다 끝날 때까지는 기다려 주십시오."

"좋아요. 전 완전히 끝나는 얘기가 좋으니까. 하지만 도대체 어떻게 친해진 거예요? 누구의 소개로?"

"누구의 소개도 아닙니다. 그분이 우리를 불렀으니까요."

"언제요?"

"어제 저녁 부인과 헤어진 뒤에요."

"어떤 계기로요?"

"아, 그 호텔 주인인 매우 촌스러운 친구가 다리를 놔 줬지요."

"그럼 함께 런던 호텔에 머물고 계신 거예요?"

"같은 호텔일 뿐만 아니라 같은 층에 묵고 있습니다."

"그분의 이름을 아시고요?"

"물론 알고 있지요. 몬테크리스토 백작입니다."

"그건 무슨 이름인가요? 태어난 집안 이름인가요?"

"아닙니다. 그 사람이 사들인 섬의 이름이라고 하더군요."

"그리고 그분이 백작이고요?"

"토스카나의 백작이죠."

"그렇다고 해 두죠." 백작부인이 말했다. 부인은 베네치아 부근의 오래된 가문 출신이었다. "그래, 도대체 어떤 분이던가요?"

"그건 모르세르 자작에게 물어보십시오."

"들으셨죠? 당신에게 물어보라는군요." 백작부인이 알베르에게 말했다.

"부인, 아무래도 그분은 멋진 분이라고 할 수밖에 없겠군요." 알베르가 대답했다. "10년이나 교제한 친구라도 그분이 저희에게 해 준 것만큼은 못할 겁니다. 정말 너무나 우아하고 고상하고 정중해서 그야말로 사교계의 신사라고 할 수 있죠."

"자," 부인이 웃으면서 말했다. "이제 곧 알게 되겠죠. 제가 흡혈귀라고 말한 사람은 틀림없이 벼락부자일걸요, 그래서 그렇게 번 돈으로 속죄를 하려는 걸 거예요. 그리고 로트쉴트 같은 사람하고 혼동할까 봐 일부러 라라*² 같은 눈빛을 하는 거죠. 그래서 당신들은 그 여자분도 만났나요?"

"누구 말입니까, 그 여자분이라니?" 프란츠가 미소 지으면서 되물었다.

"어제 보았던 그 아름다운 그리스 여자 말이에요."

"아니오, 전혀 보이지 않았습니다. 하지만 그 사람이 켜는 구즐라 소리는 들은 것 같아요."

"자네는 지금 보이지 않았다고 말하는데, 프란츠," 알베르가 말했다. "생각해 보니, 그건 단순히 신비스럽게 여기도록 그렇게 한 것 같아. 그 하얀 천을 늘어뜨린 창문에 서 있던 파란 도미노 가장복 차림의 사람을 자네는 도대체 누구라고 생각하나?"

"그 하얀 천을 친 창문은 어디에 있는 건가요?" 백작부인이 물었다.

"로스폴리 저택입니다."

"그럼 백작님이 로스폴리 저택에 창문을 세 개나 빌린 거예요?"

---

*2 바이런의 시에 나오는 음울한 주인공.

"그렇습니다. 부인도 코르소 거리를 지나가셨습니까?"

"물론이에요."

"그렇다면 노란 천을 늘어뜨린 두 개의 창문과 붉은 십자가가 그려진 하얀 천을 늘어뜨린 창문을 보셨겠군요? 그 창 세 개가 백작님의 것이었습니다."

"어머나! 거 봐요, 역시 그분은 벼락부자라니까요! 그런 창문 세 개가, 사육제 일주일 동안 코르소 거리에서 가장 위치 좋은 로스폴리 저택 같은 곳에서는 얼마나 하는지 아세요?"

"로마 화폐로 2, 3백 에퀴 정도 되겠죠?"

"2, 3천 에퀴는 할 거예요."

"뭐라고요!"

"그분의 그런 굉장한 수입은 모두 그 섬에서 나오는 건가요?"

"섬이라고요? 섬에서는 한 푼도 나오지 않습니다."

"그럼 왜 그런 섬을 사들였을까요?"

"나름대로 환상이 있었겠죠."

"그렇다면 괴짜군요?"

"내가 보기에도 무척 특이한 사람 같더군요. 만약 그가 파리에 살면서 극장에 자주 드나드는 사람이라면, 장난으로 그러는 건지 아니면 문학에 빠져 머리가 이상해진 건지 확실하게 말씀드릴 수 있겠지요. 사실 오늘 아침에도 디디에나 앙토니*³도 무색할 정도로 기지가 번뜩이는 걸 몇 번 보았거든요."

이때 새롭게 찾아온 손님이 있었다. 그래서 관례에 따라 프란츠는 손님에게 자리를 양보했다. 그것은 자리만 바꾸는 것이 아니라 대화의 주제까지 바뀌는 것을 의미한다.

한 시간 뒤, 두 청년은 호텔로 돌아왔다. 주인은 벌써 두 사람이 다음 날 입을 변장의상을 마련해 놓았다며, 자신의 세심한 활약이 두 사람을 틀림없이 만족시켜 줄 거라고 말했다.

바로 그 말대로, 이튿날 9시 주인은 로마 농부의 옷을 여덟 벌에서 열 벌 남짓 가지고 있는 재단사를 데리고 프란츠의 방에 들어왔다. 두 청년은 그 중에서 각자의 몸에 맞을 것 같은 옷을 두 벌 골랐다. 그리고 주인에게 부탁하여

---

*³ 뒤마의 작품 속 인물.

20미터가량의 리본을 모자에 달게 하고, 흔히 마을 사람들이 축제일에 허리를 조를 때 쓰는, 가로줄 무늬가 들어간 화려한 색깔의 비단 띠 두 개를 구해 오게 했다.

알베르는 서둘러 그 새로운 옷이 어울리는지 확인해 보았다. 그것은 푸른 벨벳 상의와 짧은 바지, 양쪽에 수를 놓은 양말, 버클이 달린 구두, 그리고 비단 조끼로 이루어져 있었다. 알베르는 그 아름다운 옷을 입으니 더욱 훤칠해 보였다. 날씬한 허리에 띠가 둘러져 있고, 가볍게 옆으로 기울여 쓴 모자에서 내려온 리본이 어깨 위에서 출렁이고 있었다. 그 모습을 본 프란츠는 어떤 민족이 아름답다고 할 경우, 거기에는 복장이 상당히 중요한 역할을 한다는 사실을 인정하지 않을 수 없었다. 옛날에 화려한 색깔의 긴 옷을 입어서 그토록 아름다웠던 터키인도, 오늘 보았던 사람들처럼 리본을 단 푸른 프록코트를 입고, 마치 붉은 마개가 달린 포도주 병 비슷한 그리스식 모자를 쓰고 있다면 정말 꼴불견이 아니고 무엇이겠는가?

프란츠는 알베르를 위해 기뻐하면서 찬사를 보냈다. 알베르도 거울 앞에 서서 완전히 만족하는 기색이었다. 그러고 있는데 몬테크리스토 백작이 찾아왔다.

"두 분," 백작이 말했다. "같이 어울릴 수 있는 친구가 있다는 건 정말 유쾌한 일이지만, 자유라는 건 그것보다 더욱 유쾌하지요. 그래서 실은 오늘을 위해, 또 나머지 며칠을 위해, 어제의 마차를 마음대로 쓰시라고 말씀드리러 왔습니다. 주인한테서도 들으셨겠지만, 저는 이곳에 마차 서너 대를 가지고 있어서 조금도 불편하지 않습니다. 놀러 나가시든 아니면 볼일을 보러 나가시든 걱정 마시고 마음대로 쓰십시오. 의논할 일이 있다면 로스폴리 저택에서 만나기로 하지요."

두 청년은 뭐라고 대답해야 할지 몰라 잠시 망설였다. 그러나 제안을 거절해야 할 적당한 이유도 찾을 수 없었고, 사실 크게 도움이 되는 일이기에 두 사람은 그 제안을 쾌히 승낙했다. 몬테크리스토 백작은 그로부터 15분쯤 두 사람과 한가롭게 잡담을 나눴다. 전에도 알고 있었지만, 그는 모든 나라의 문학에 조예가 깊었다. 또 그의 방의 벽을 얼핏 보아도 그가 그림 애호가임을 알아볼 수 있었다. 자연스럽게 흘러나오는 몇 마디 말에도 그가 과학에 대해 문외한이 아니라는 것이 나타나 있었고, 화학에 대해서는 특히 깊게 연구한 적이

있는 것 같았다. 역시 두 사람은 백작에게 식사에 초대받은 데 대한 답례를 하려는 생각은 그만두기로 했다. 그 훌륭한 식사 대신, 이 호텔의 보잘것없는 평범한 식사를 대접하는 건 아무리 생각해도 예의에 어긋나는 것 같았다. 두 사람은 그런 마음을 백작에게 솔직하게 얘기했다. 백작도 두 사람의 마음을 이해하고, 그들의 변명을 매우 정중하게 받아주었다.

알베르는 백작의 태도에 완전히 매료되어 있었다. 다만 백작의 너무나 빈틈없는 점만이 그를 진짜 귀족으로 인정하는 것을 방해하고 있었다. 그러나 마음대로 마차를 쓸 수 있게 된 것은 그에게는 특별히 기쁜 일이었다. 그 매력적인 시골처녀를 계속 생각하고 있었던 그는, 어제 그녀들이 굉장히 멋진 마차를 타고 있었던 것을 떠올리며, 이제부터 그녀들과 경쟁할 수 있게 된 것을 나쁘지 않게 생각하고 있었다.

1시 반에 두 청년이 아래층으로 내려가자, 마부와 두 사람의 하인은 모피 옷 위에 제복을 입고 있었다. 어제보다 더욱 희한한 그 모습에 프란츠와 알베르는 큰 찬사를 보냈다.

　알베르는 단춧구멍에 약간 시든 제비 꽃다발을 감상적으로 꽂아 놓았다.

　종이 울리기 시작하자, 모두 집을 나서서 빅토리아 거리를 지나 쿠르소 거리로 달려갔다. 두 번째로 거리를 누비고 있을 때, 여자 광대들을 태운 어느 마차에서 싱싱한 제비꽃다발이 날아와 프란츠와 알베르가 탄 마차 안으로 떨어졌다. 그것을 본 알베르는 처녀들을 태운 마차 쪽으로 시선을 돌렸다. 그리고 곧 어제 그 시골처녀들이 오늘은 자신과 프란츠가 어제 입었던 것과 같은 의상으로 바꿔 입었음을 알아챘다. 우연인지 서로 마음이 맞아서 그랬는지, 알베르가 약삭빠르게 어제 그녀들이 입었던 복장을 흉내 냈는데, 그녀들도 어제 그들이 입었던 복장을 흉내 낸 것이다.

　알베르는 새로운 꽃다발을 어제의 것과 바꿔 가슴에 꽂았다. 그리고 색 바랜 어제의 꽃다발도 손에 들고 있다가, 다시 마차가 스쳐 지나갔을 때 반갑다는 듯이 그 꽃을 입술에 대어 보였다. 그런 행동이 꽃다발을 던진 여자뿐만 아니라 명랑한 그녀의 친구들까지 즐겁게 해 준 것 같았다.

　그날도 전날 못지않게 야단법석이었다. 냉정한 관찰자의 눈으로 본다면 소동은 전날보다 더욱 심했다고 할 수 있었다. 잠깐 백작의 모습이 창가에 나타났다. 그러나 마차가 다시 그 앞을 지나갈 때는 사라져 있었다.

　알베르와 광대 차림을 한 제비꽃 여인의 희롱이 그날도 하루 종일 계속되었다는 것은 말할 것도 없다.

　저녁에 호텔로 돌아가니 대사관에서 프란츠 앞으로 보낸 편지가 와 있었다. 이튿날 교황 알현을 허가한다는 내용이었다. 프란츠는 지금까지 로마에 올 때마다 알현을 신청했고, 그 신청은 언제나 허가되었다. 그는 이 그리스도교 국가의 수도에 발을 들여놓을 때마다, 모든 덕행의 보기 드문 모범을 보여주었던 성 베드로를 계승하여 교황이 된 사람의 발아래 자신의 정중한 경의를 표해야만 직성이 풀렸다.

　그리하여 그날 그에게는 사육제 같은 건 문제가 아니었다. 왜냐하면 자신이 아무리 따뜻한 마음과 위대함을 품고 있다 해도, 그레고리우스 16세로 불리는 높고 거룩한 노인 앞에 고개를 숙일 때면, 그는 언제나 깊은 감동과 함께 존경심으로 가슴이 벅차오르기 때문이다.

교황청에서 나온 프란츠는 일부러 쿠르소 거리를 지나가지 않고 곧장 호텔로 돌아왔다. 마음속에 보물을 담아가기라도 하듯 머릿속이 경건한 생각으로 가득 차 있는데, 그런 마음으로 가장행렬의 유치한 소동 속에 끼어든다는 건 아무래도 신성을 모독하는 일이었다.

알베르는 5시 10분이 되어서야 돌아왔다. 그는 한껏 들떠 있었다. 어릿광대로 변장했던 여자가 다시 원래대로 시골처녀의 복장을 했고, 알베르가 탄 마차와 스치고 지나가면서 가면을 벗어 얼굴을 보여줬기 때문이었다.

여자는 아름다웠다.

프란츠는 알베르에게 진심으로 축하 인사를 건넸다. 알베르는 당연하다는 듯이 그것을 받아들였다. 그리고 남이 따를 수 없는 그 우아한 거동으로 보아, 그 미지의 미인은 틀림없이 귀족사회에서도 상류에 속하는 사람일 거라고 말했다.

그는 이튿날 그 여자에게 편지를 보내기로 결심했다.

프란츠는 그 고백을 들으면서, 알베르가 뭔가 자신에게 부탁하고 싶은 것이 있는데 차마 말을 꺼내지 못하고 있음을 눈치챘다. 그는 친구의 행복을 위해서라면 얼마든지 희생할 마음이 있다고 미리 말하면서, 하고 싶은 얘기가 무엇인지 물어보았다. 알베르는 친구 사이의 의리를 의식하고 계속 사양하는 듯했는데, 결국엔 만약 가능하다면 내일 자기 혼자 마차를 쓸 수 있도록 해주면 고맙겠다고 털어놓았다.

알베르는 그 아름다운 시골처녀가 가면을 벗는 호의를 보여준 것도 그때 프란츠가 옆에 없었기 때문이라 생각하고 있었다.

프란츠도 친구인 알베르가 모처럼 자신의 호기심을 만족시키고 자부심을 되찾을 수 있는 기회를 만났는데, 그것을 방해할 만큼 이기적인 남자는 아니었다. 프란츠는 알베르가 모든 걸 솔직하게 다 얘기한다는 것을 알고 있었다. 그러므로 그 행운에 대해서도 미주알고주알 다 보고할 것이라고 믿었다. 게다가 2, 3년 전부터 이탈리아 이곳저곳을 돌아다니면서도 여태까지 한 번도 그런 연애사건을 만난 적이 없었기 때문에, 이번 기회에 그런 일이 어떻게 전개되는지 관찰하는 것도 나쁘지 않다고 생각했다. 그래서 알베르와 약속하고, 이튿날 로스폴리 저택의 창문에서 그 광경을 지켜보기로 했다.

이튿날 프란츠는 알베르가 저택 앞을 왔다 갔다 하는 모습을 보았다. 커다란 꽃다발과 함께 편지를 전하려는 것 같았다. 잠시 뒤 장밋빛 공단 옷을 입은 아름다운 광대 여인의 품에 흰 동백꽃으로 에워싼 화려한 꽃다발이 안겨 있는 것을 본 프란츠는, 지금까지 설마 했던 일이 역시 사실임을 알았다.

그래서 그날 밤 알베르의 기분은 기쁜 정도를 넘어 미쳐 날뛰는 환희의 도가니였다. 알베르는 그 아름다운 여자가 자기와 같은 방법으로 답장을 줄 거라고 믿어 의심치 않았다. 프란츠는 알베르의 기분을 헤아려, 자기는 너무 시끄러워서 이튿날도 집에서 앨범을 보거나 노트를 정리하면서 보내겠다고 말했다.

한편 알베르의 예상은 빗나가지 않았다. 이튿날 저녁, 프란츠는 알베르가 방 안에 뛰어들면서 네모로 접은 종이쪽지를 의기양양하게 흔드는 것을 보았다.

"어때!" 그가 말했다. "착각이 아니었지?"

"답장이 온 건가?" 프란츠가 소리쳤다.

"읽어 봐."

알베르의 목소리는 말로 표현할 수 없는 감격에 젖어 있었다. 프란츠는 편지를 읽어보았다.

화요일 저녁에 폰테피치 거리 앞에서 마차를 내려 주세요. 그리고 로마의 시골처녀를 뒤따라가세요. 그 여자가 당신의 양초를 빼앗을 것입니다. 산 자코모 성당 첫 번째 돌계단까지 오시면, 당신이라는 걸 알아볼 수 있도록 광대 옷 어깨에 장밋빛 리본을 묶어주세요. 오늘부터 그날까지는 뵙지 못할 거예요. 마음이 변하시면 안 돼요. 그리고 비밀을 지켜 주세요.

"어떻게 생각하나!" 알베르는 프란츠가 다 읽기를 기다렸다가 물었다. "어떻게 생각해?"

"엄청나게 매력적인 모험이 될 만한 모든 조건을 갖추고 있는 것 같은데?"

"나도 그렇게 생각해." 알베르가 말했다. "혹시 자네 혼자 브라치아노 공작의 무도회에 가야하는 건 아닌지 그게 걱정이네."

프란츠와 알베르는 그날 아침에 유명한 로마의 은행가에게 초대를 받은 상태웠다.

"잘 생각해야 할 거야, 알베르. 귀족사회 사람들은 빠짐없이 공작의 집에 갈 거거든. 그러니 자네가 모르는 그 여자도 정말로 귀족사회의 일원이라면 아무래도 거기에 가야할 테니까."

"그녀가 나타나든 안 나타나든 그녀에 대한 내 생각은 변함없어." 알베르는 계속해서 말했다. "편지를 읽어 봤지?"

"그럼."

"그렇다면, 다시 한 번 읽어 봐. 글자 하나하나를 자세히 보면서 틀린 문장과 철자가 있는지 살펴보란 얘기야."

정말 글씨도 훌륭하고, 철자도 틀린 데가 하나도 없었다.

"자넨 정말 행운아로군." 프란츠는 편지를 다시 알베르에게 돌려주면서 말했다.

"웃고 싶으면 웃어도 좋아. 실컷 놀리라고. 난 사랑에 빠졌으니까."

"아니 자네, 어지간히 불타오른 모양이군!" 프란츠가 소리쳤다. "난 아무래도 브라치아노 공작의 무도회에 혼자 가는 건 물론이고, 피렌체에도 혼자 돌아가야 할 것 같네."

"그러니까 만약 그 여자가 그 아름다운 얼굴처럼 마음씨도 곱다면 말이야. 미리 말해 두겠어. 난 6주일 동안 로마에 있을 거야. 난 로마가 아주 마음에 들어. 게다가 고고학에도 무척 취미가 있거든."

"이봐, 이런 일 한두 번만 더 있으면 아카데미 회원이라도 될 기세군그래."

알베르는 아카데미 회원이 되는 자격에 대해 진지하게 토론해 보려는 기색이 역력했다. 하지만 바로 그때 식사가 준비되었다는 전갈이 왔다. 알베르의 사랑은 절대 식욕을 잃을 정도의 것은 아니어서, 그는 토론을 미루고 친구와 함께 서둘러 식탁에 앉았다.

식사가 끝나자 이틀 동안 보이지 않던 몬테크리스토 백작이 찾아왔다는 전갈이 왔다. 주인의 말에 의하면 백작은 볼일이 생겨서 치비타베키아에 갔다가 전날 밤에 그곳을 출발하여 불과 한 시간 전에 돌아왔다는 것이었다.

백작은 참 괜찮은 사람이었다. 스스로 자기를 자제할 줄 알고 독기 있는 기질을 내보이는 경우가 절대 없었다. 그의 신랄한 말 속에서 그런 성격이 이미 두세 번 엿보인 적도 있었지만, 보통 사람과 거의 다르지 않았다. 백작은 프란츠에게 하나의 수수께끼였다. 이 젊은 여행객이 자기의 얼굴을 알고 있다는 것을 백작이 모를 리가 없었다. 그런데도 백작은 두 사람과 다시 만난 뒤로 지금까지 전에 서로 만난 적이 있는 것에 대해서는 입도 벙긋하지 않았다. 한편 프란츠도 처음 만났을 때의 일을 어떻게든 암시하고 싶었지만, 이렇게 친절을 베풀어 주는 상대에게 불쾌감을 줄 것 같아서 꾹 참고 백작과 마찬가지로 아무 내색도 하지 않았다.

백작은 두 청년이 아르헨티나 극장에 특별석을 잡으려고 했지만 완전히 매진되었더라는 얘기를 들었다. 그래서 자신의 전용 특별석 열쇠를 가지고 온 것이었다. 적어도 그것이 그가 방문한 표면상의 이유였다.

프란츠와 알베르는 자기들 때문에 백작이 못 가게 되어서는 안 된다고 생각하여 극구 사양했다. 그러나 백작은 오늘 밤에 자기는 팔리 극장에 갈 예정이므로, 만약 두 사람이 이용하지 않는다면 아르헨티나 극장의 특별석은 아깝게도 그냥 비어 있게 될 거라고 말했다. 이 확실한 말에 결국 두 청년은 호의를 받아들이기로 했다.

프란츠는 백작을 처음 만났을 때 그토록 섬뜩했던 그 창백한 얼굴에 점점 익숙해져서, 지금은 그의 얼굴이 단정하고 아름답다는 것을 인정하게까지 되었다. 창백함은 백작의 얼굴에서 유일한 결점인 동시에 어쩌면 가장 중요한 특징이기도 했다. 프란츠는 바이런의 진정한 주인공들의 얼굴—그가 그 얼굴들을 본 것은 아니고 단지 생각해 낸 것뿐이지만—즉, 맨프레드의 어깨 위나 라라의 모자 밑에서 보일 법한 그런 음울한 얼굴을 상상하지 않을 수 없었다. 이마에는 괴로운 생각이 끊임없이 깃들어 있음을 나타내는 주름이 잡혀 있고, 타는 듯한 눈빛에는 사람의 마음속을 깊숙하게 꿰뚫어보는 그의 성품이 드러나 있으며, 입술은 오만하게 사람을 조롱하는 듯했다. 그리고 그 입술에서 흘러나오는 말에는 듣는 사람의 기억에 깊이 각인되는 특별한 울림이 있었다.

백작은 이제 젊다고는 할 수 없는 나이였다. 적어도 마흔 살은 되었을 것이다. 그런데도 그가 만나는 청년들과 비교했을 때 오히려 우월하다는 것이 놀라울 정도였다. 사실 그는 영국 시인 바이런이 묘사한 공상적 주인공과 매우 흡사하다는 점에서 사람을 매료하는 힘을 가지고 있는 듯했다.

알베르는 자신과 프란츠가 이러한 인물을 만나게 된 건 커다란 행운이라고 계속 강조했다. 프란츠의 감격은 그에 비해 덜했지만, 그래도 뛰어난 사람들이 주변에 미치는 영향 같은 것을 받지 않을 수 없었다.

그는 지금까지 백작이 몇 번 얘기한 적 있는 파리 여행 계획에 대해 생각하고 있었다. 그 특이한 성격과 특색 있는 얼굴, 그리고 막대한 재산으로 보아 파리에서도 대단한 반향을 불러일으킬 것이 분명했다. 그러면서도 한편으론 백작이 파리에 갈 때, 자기는 파리에 있고 싶지 않았다.

그날 밤 이탈리아의 극장은 평소와 다름없이, 가수의 노래를 듣기 위해 찾아온 사람들보다는 아는 사람을 만나거나 수다를 떨러 온 사람들로 가득했다. G 백작부인은 어떻게든 백작에 대한 이야기로 화제를 돌리고 싶어 했지만, 프란츠는 새로운 얘기를 하고 싶다면서 사흘 전부터 두 친구 사이에서 화제가 되고 있는 그 대사건에 대해 얘기해 주었다. 프란츠는 이야기를 하면서도 알베르가 마음에도 없이 겸손을 떨고 있는 모습을 곁눈으로 지켜보고 있었다.

프란츠가 들려 준 알베르의 연애 사건은 적어도 여행자들의 말을 믿는다면 이탈리아에서는 그다지 드문 일이 아니었으므로, 백작부인도 그런 사실을 조금도 의심하지 않았다. 그녀는 알베르가 그런 기회를 얻은 것과 그것이 순조롭게 진행되어 가는 것을 기뻐해 주었다. 세 사람은 브라치아노 공작의 무도회에서 만나기로 약속하고 헤어졌다. 로마 사람들 모두가 그곳에 초대를 받았던 것이다.

꽃다발의 여인은 약속을 어기지 않았다. 이튿날도 그 이튿날도 알베르 앞에 모습을 나타내지 않은 것이다.

이윽고 화요일이 되었다. 그날은 사육제 기간 중에 가장 마지막이자 가장 화려한 날이었다. 화요일에는 아침 10시에 극장이 열리게 되어 있다. 저녁 8시가 지나면 사순절이 시작되기 때문이다. 이 화요일이 되면, 지금까지 시간이 없거나 돈이 없거나 마음이 내키지 않아서 축제 소동에 끼어들지 않았던 사람들도, 일제히 이 미친 소동 속에 뛰어들어 그 물결에 휩쓸려 다니기 때문에, 흥청거리는 분위기가 더욱 고조되게 마련이었다.

2시부터 5시까지 프란츠는 행렬을 지어 나아가면서, 반대 방향으로 가는 마차와, 말의 다리와 마차 바퀴 사이를 누비며 걸어가는 사람들과 서로 콘페티를 던지면서 싸웠다. 걸어 다니는 사람들은 그렇게 무서운 혼잡 속에서도 어떤 분쟁을 일으키거나 싸움을 하는 일이 전혀 없었다. 그런 점에서 이탈리아 사람들은 정말 훌륭한 국민이라고 할 수 있을 것이다. 그들에게 축제는 정말

말 그대로 축제였다. 이 이야기를 쓰고 있는 작자 자신도 이탈리아에서 그럭저럭 5, 6년을 살았지만, 프랑스 같은 데서 늘 볼 수 있는 싸움질이나 사고 때문에 축제 행사가 방해를 받는 일은 단 한 번도 본 적이 없었다.

광대 의상을 입은 알베르는 생각과 달리 굉장히 멋져 보였다. 어깨 위에 장밋빛 리본을 매었는데 그 끝자락이 발꿈치까지 늘어져 있었다. 프란츠는 그와 혼동되지 않도록 로마 농부 옷을 입고 있었다.

시간이 지날수록 소동은 점점 더 커져갔다. 거리 위며, 마차 안에서며, 창문에서며 가만히 다물고 있는 입이 없고, 아무것도 하지 않고 놀고 있는 손도 없었다. 고래고래 지르는 고함소리는 우레와 같고, 사탕과 꽃다발, 계란, 오렌지, 꽃잎으로 된 안개는 그야말로 사람이 일으키는 광풍이었다.

3시가 되자 포폴로 광장과 베네치아 광장에서 한꺼번에 터지는 폭죽 소리가 그 지독한 난리법석을 간신히 뚫고 경마가 시작됨을 알려주었다.

경마는 모콜리와 마찬가지로 사육제가 끝나는 마지막 며칠을 장식하는 볼거리였다. 그 폭죽 소리를 듣자, 모든 마차들은 즉시 대열을 이탈하여 가장 가까운 골목 안으로 피했다.

그 모든 일들은 상상도 할 수 없이 능란한 행동과 놀라운 속도로 이루어졌다. 그렇다고 경찰관이 배치되어 있어서 사람들에게 자리를 지정해 주거나 가야할 길을 알려주는 것도 아니었다.

보행자들은 커다란 건물 옆에 몸을 딱 붙이고 섰다. 그때 요란한 말발굽 소리와 칼집이 울리는 소리가 들려왔다.

말머리를 나란히 하고 오는 15명의 헌병대가 쿠르소 거리를 구보로 달리면서, 경마의 말들이 지나갈 수 있도록 거리를 비워주는 것이다. 그 분대는 베네치아 광장까지 와서, 또 한 번 폭죽을 터뜨려 사람들을 모두 피신시켰음을 알렸다.

그러자 곧 한 번도 들어본 적이 없는 아우성 속에 30만 명의 사람들이 지르는 함성이 넓은 거리 전체를 울리며 터져 나오더니, 등에 떨어지는 폭죽 파편에 한층 자극을 받은 7, 8마리의 말들이 마치 망령처럼 달려가는 것이 보였다. 이윽고 산탄젤로 성의 대포가 세 번 울렸다. 그것은 3번 말이 우승했음을 알리는 소리였다.

그 대포 소리 말고는 특별한 신호가 없는데도 마차들이 다시 움직이기 시

작하더니 코르소 거리 쪽을 향해 역류하며 모든 거리에서 넘쳐나기 시작했다. 그 모습은 마치 잠시 막아두었던 급류가 다시 한꺼번에 강으로 쏟아지는 것 같았다. 거대한 물결은 양쪽에 화강암 건물이 늘어선 사이로 전보다 더욱 빠르게 흘러갔다.

단지 이 군중 속에는 더욱 새로운 소란과 움직임이 섞여 있을 뿐이었다. 그것은 모콜리 상인들의 등장이었다.

모콜리 또는 모콜레토라고 하는 것은 부활절의 대형 초에서 가느다란 실초에 이르기까지 크고 작은 여러 양초를 가리키는 것으로, 로마의 사육제에 종지부를 찍는 이 대연극의 등장인물들은 다음과 같이 서로 모순되는 두 가지 행동을 해야 했다.

1. 자신의 촛불은 꺼지지 않게 할 것.

2. 남의 촛불은 끌 것.

이 촛불이야말로 사람의 생명과 같은 것이다. 생명을 전하기 위해서 사람은 아직도 한 가지 방법밖에 발견하지 못했다. 그 방법은 신으로부터 받는 것이다. 그런데 인간은 생명을 빼앗는 데는 온갖 방법을 다 발견했다. 그리고 이 최후의 거친 수단을 위해서는 틀림없이 악마의 도움도 어느 정도 받았을 것이다. 초는 어떤 불에라도 가까이 가져가면 불이 붙는다. 그런데 촛불을 끄기 위해 발명된 방법은 거인이 쓸 만한 풀무, 괴물이 쓸 만한 불끄개, 초인적인 부채 등, 일일이 들자면 끝도 없다.

사람들은 앞다투어 초를 샀다. 프란츠와 알베르도 초를 샀다.

밤은 빠른 속도로 다가왔다. 수많은 양초 장수들이 '모콜리!'라고 외치는 날카로운 소리와 함께, 군중의 머리 위에 별이 두세 개 반짝이기 시작했다. 그것이 신호였다. 10분쯤 지나자 5만 개의 불빛이 환하게 빛나면서, 베네치아 저택에서 포폴로 광장을 향해 내려갔다가 포폴로 광장에서 베네치아 궁전 쪽으로 다시 올라갔다. 마치 도깨비불의 축제 같았다. 직접 보지 않은 사람은 도저히 상상도 할 수 없는 광경이었다.

이를테면 모든 별이 하늘을 떠나 지상에 내려와서 미친 듯이 추는 춤 속에 들어간 모습을 상상하면 된다. 이 모든 것에는 사람의 귀가 아직까지 이 지상의 다른 곳에서는 들어본 적이 없는 아우성이 뒤따른다.

이때쯤 되면 신분과 지위를 떠나 축제는 절정에 이른다. 짐꾼은 공작의 팔에 매달리고, 공작은 트란스테베레의 사내와 함께 어울리며, 트란스테베레 사내는 마을 사람들과 한패가 되어 다 같이 촛불을 켜고, 끄고, 다시 불을 붙인다. 만약 저 늙은 에올*⁴이 이때 나타났다면, 아마 '모콜리의 왕'으로 추대되었을 것이 분명하다. 그리고 아킬롱*⁵은 그 후계자가 되었을 것이다.

그 미친 듯한 촛불의 행렬은 거의 두 시간이나 계속되었다. 코르소 거리는 대낮처럼 환하게 밝혀져서 4, 5층에 있는 구경꾼들의 얼굴까지 똑똑히 알아볼 수 있었다.

알베르는 5분마다 시계를 꺼내보았다. 드디어 7시가 되었다. 두 친구가 바로

*4 바람의 신.
*5 북풍.

폰테피치 거리로 접어들었을 때, 알베르는 촛불을 손에 든 채 마차에서 뛰어
내렸다. 그러자 가면을 쓴 두세 명의 남자가 그에게 다가와서 촛불을 끄거나
그것을 빼앗으려고 했다. 그러나 알베르는 능숙한 권투실력으로 그런 패들을
차례차례 물리치면서 산자코모 성당 쪽으로 걸어갔다.

　돌계단 위에는 구경꾼과 가면을 쓴 사람들이 무리지어 있다가 서로 먼저 촛
불을 빼앗으려 다투고 있었다. 프란츠는 눈으로 알베르의 뒷모습을 쫓고 있었
다. 그가 마지막 돌계단에 발을 내려놓자마자, 제비꽃 여인의 옷을 입고 가면
을 쓴 사람이 알베르에게 손을 내미는 것이 보였다. 프란츠에게도 낯익은 얼
굴이었다. 알베르는 아무런 저항도 하지 못하고 그 손에 촛불을 빼앗기고 말
았다.

　프란츠가 있는 곳은 두 사람이 나누는 말을 알아듣기에는 너무 멀리 떨어

져 있었다. 그러나 별로 거친 말이 오가지 않는 것만은 확실했다. 그는 알베르
와 시골처녀가 팔짱을 끼고 저쪽으로 걸어가는 모습을 보았다. 잠시 군중 속
에서 두 사람의 모습을 눈으로 따라가던 프란츠는 마첼로 거리에서 그들을 놓
치고 말았다.

곧 사육제가 끝났음을 알리는 종소리가 울려 퍼졌다. 그 소리와 함께 모든
촛불이 마치 마법처럼 일제히 꺼졌다. 한 줄기의 거대한 바람이 불어와 한꺼번
에 모든 촛불을 다 꺼버린 듯한 느낌이었다.

프란츠는 깊은 어둠 속에 남겨졌다.

동시에 모든 함성도 딱 멎었다. 마치 불빛과 함께 소리마저 바람에 휩쓸려
가버린 것 같았다. 귀에 들리는 것은 가면을 쓴 사람들을 집으로 실어다 주는
마차 바퀴소리뿐이었으며, 눈에 보이는 건 창문 뒤에서 반짝이는 몇 개의 불
빛뿐이었다.

사육제는 끝났다.

산세바스티아노 성당 지하 묘지

프란츠가 태어나서 그때까지, 이때만큼 뚜렷하게 인상이 환락에서 비애로 급격하게 변하는 것을 경험한 적은 아마 없었을 것이다. 로마는 마치 밤이라는 어떤 악마의 마술 같은 입김에 닿아, 금방 거대한 묘지로 변해 버린 것 같았다. 우연은 깊은 암흑을 더욱 어둡게 만들었다. 달이 이미 이지러지기 시작하여 밤 11시 전에는 뜨지 않게 된 것이었다. 그리하여 청년이 지나간 거리는 모조리 깜깜한 어둠 속에 가라앉아 있었다. 그나마 먼 길이 아니어서 불과 10분 뒤에 그의 마차, 아니 백작의 마차가 런던 호텔 앞에 멈춰 섰다.

저녁 식사가 기다리고 있었다. 알베르는 그렇게 빨리 돌아올 것 같지 않다고 미리 말하고 갔기 때문에, 프란츠는 알베르를 기다리지 않고 혼자 식탁에 앉았다.

언제나 둘이 함께 식사하는 것을 보았던 주인은 어째서 알베르가 없느냐고 물었다. 프란츠는 알베르가 그저께 다른 데서 초대를 받아 그곳에 갔다고 대답해 두었다. 갑자기 꺼져버린 촛불, 불빛을 대신하는 어둠, 소음을 대신하는 침묵이 프란츠의 마음속에 불안을 동반한 쓸쓸한 기분을 불러일으켰다. 그래서 그는 필요한 것이 없느냐고 몇 번 물으러 온 주인의 친절도 외면하고 묵묵히 식사를 마쳤다.

프란츠는 되도록 늦게까지 알베르를 기다릴 생각으로, 11시에 마차를 준비해 달라고 주문했다. 그리고 주인에게는 알베르가 호텔에 나타나면 곧 알려달라고 부탁해 두었다. 그러나 11시가 되어도 알베르는 돌아오지 않았다. 프란츠는 옷을 입고 호텔을 나서면서, 주인에게 오늘 밤은 브라치아노 공작의 집에서 보낼 거라고 말해 두었다.

브라치아노 공작의 저택은 로마에서 가장 호사스러운 저택의 하나이고, 콜로나 집안의 마지막 상속인인 그의 부인이 손님들을 극진하게 대접했기 때문에, 그 저택에서 베푸는 연회는 유럽에서 큰 평판을 얻고 있었다. 프란츠와 알베르는 공작에게 보내는 소개장을 지니고 로마에 도착했었다. 따라서 공작이 프란츠에게 한 첫 번째 질문은 같이 여행 온 친구는 왜 함께 오지 않았느냐는 것이었다. 프란츠는 촛불이 꺼질 무렵에 친구와 헤어졌는데 마쳴로 거리에서 모습을 놓쳤다고 대답했다.

"그럼 그 뒤로 아직 돌아오지 않았군요?" 공작이 물었다.

"예, 그래서 조금 전까지 기다려 보았습니다." 프란츠가 대답했다.

"그럼 어디에 계시는지는 아십니까?"

"아닙니다, 확실한 것은 모릅니다. 하지만 누군가를 만나기 위해 나간 것 같은데."

"저런! 늦도록 다니기에는 좋지 않은 날, 아니 좋지 않은 밤입니다. 그렇지 않습니까, 부인?"

이 마지막 말은 마침 그곳을 지나가던 G 백작부인에게 한 말이었다. 부인은 공작의 친구 토를로니아 씨의 팔짱을 낀 채 걷고 있었다.

"오히려 아주 멋진 밤이라고 생각하는데요." 백작부인이 대답했다. "이곳에 오시는 분들은 아마 단 한 가지밖에 불만이 없을 거라고 생각해요. 그건 이 밤이 너무 빨리 지나간다는 것이죠."

"그런데," 공작이 웃으면서 말했다. "제 말은 여기 오시는 분들에 대한 얘기가 아닙니다. 여기 오시는 분들에게는 물론 아무런 위험도 없지요. 위험이 있다고 해도 남자들이라면 남의 연인을 좋아하게 되는 것, 그리고 부인들이라면 남의 아름다움에 질투를 느끼는 것, 그 정도겠지요. 그런데 제 말은 로마 거리를 걸어 다니는 분들을 두고 하는 말입니다."

"어머," 백작부인이 물었다. "누가 이런 시간에 무도회에 가지 않고 로마 거리를 돌아다닌다는 말씀이세요?"

"제 친구 알베르 드 모르세르입니다, 백작부인. 저녁 7시쯤 모르는 여자를 따라간다면서 헤어졌습니다. 그때부터 보이지 않고 있습니다."

"뭐라고요! 어디 계시는지 모르시나요?"

"모릅니다."

"무기를 가지고 계신가요?"

"광대 옷을 입고 있을 뿐입니다."

"말렸어야 했어요." 공작이 말했다. "그 사람보다 당신이 로마에 대해 더 잘 알고 있으니."

"그럴 걸 그랬습니다. 하지만 그건 오늘 경마에서 우승한 바르베리의 3번 말을 도중에 멈추게 하는 것만큼이나 어려운 일이었습니다. 그런데 무슨 좋지 않은 일이라도 일어날 거라고 생각하시는 겁니까?"

"그걸 누가 알겠소? 밤이 너무 어두운 데다 마첼로 거리 바로 옆에 테베르 강이 흐르고 있으니까요."

프란츠는 공작과 백작부인의 생각이 자기가 느끼고 있던 불안한 기분과 맞아떨어지는 것을 느끼고 몸을 떨지 않을 수 없었다.

"호텔에는 오늘 밤 이곳에 있을 거라는 말을 남기고 왔으니 그가 돌아오면 곧 알려 줄 겁니다."

"저길 봐요!" 공작이 말했다. "제 하인 가운데 한 사람이 아무래도 당신을 찾는 것 같군요."

공작의 말은 사실이었다. 프란츠를 보자 하인이 다가와서 말했다.

"나리, 런던 호텔 주인한테서 모르세르 자작님이 보내는 편지를 가진 사람이 호텔에서 기다리고 있다는 전갈이 왔습니다."

"자작의 편지를 가지고?" 프란츠가 소리를 질렀다.

"예."

"어떤 사람인데?"

"저는 모릅니다."

"왜 그 편지를 이곳에 가지고 오지 않았을까?"

"심부름 온 사람은 더 이상은 아무 말도 하지 않았습니다."

"그 심부름꾼은 어디 있나?"

"제가 이 말을 전하려고 무도장에 들어오는 것을 보고는 바로 돌아갔습니다."

"어머나, 저런!" 백작부인이 프란츠에게 말했다. "어서 가보세요. 이를 어째, 틀림없이 무슨 일이 일어난 거예요."

"가보겠습니다." 프란츠가 말했다.

"나중에 소식을 알려주실 거죠?" 백작부인이 물었다.

"예, 일이 심각하지 않다면요. 만약 그렇지 않을 경우에는 나 자신도 어떻게 될지 모르니까요."

"어쨌든 부디 조심하세요." 백작부인이 말했다.

"아닙니다! 걱정 마십시오."

프란츠는 모자를 집어 들고 서둘러 밖으로 나갔다. 그는 2시에 데리러 오라 이르고 마차를 돌려보내 놓았었다. 그러나 다행히 한쪽은 코르소 거리, 한쪽 은 산티아포스톨리 광장을 향하고 있는 브라치아노 저택은 런던 호텔에서 불 과 10분정도 되는 곳에 있었다. 호텔 근처까지 왔을 때, 프란츠는 긴 외투를 입은 사내가 길 한복판에 서 있는 것을 보았다. 한눈에 알베르가 보낸 사람임 을 알 수 있었다. 프란츠가 사내에게 다가가자 놀랍게도 사내 쪽에서 먼저 말 을 걸어왔다.

"얘기해 보시죠, 나리?" 사내는 마치 방어하는 듯한 자세로 한 걸음 물러서 면서 말했다.

"혹시 모르세르 자작의 편지를 가지고 온 사람이오?" 프란츠가 물었다.

"그럼 나리가 파스트리니의 호텔에 머무시는 분이군요?"

"그렇소."

"나리는 자작과 함께 여행하는 분인가요?"

"그렇소."

"나리 성함은 어떻게 되시나요?"

"프란츠 데피네 남작."

"그럼 이 편지는 분명히 나리께 보내는 것이 맞군요."

"답장이 필요한가?" 프란츠는 사내의 손에서 편지를 받아들면서 말했다.

"아마도. 친구분은 틀림없이 그것을 간절하게 기다리고 있을 테니까요."

"올라오게, 답장을 써줄 테니."

"여기서 기다리는 것이 더 좋습니다." 심부름꾼은 웃으면서 말했다.

"왜?"

"편지를 읽어보시면 압니다."

"그럼 여기서 기다리겠나?"

"물론이죠."

호텔 안으로 들어간 프란츠는 계단에서 주인을 만났다.

"어떻게 됐습니까?" 주인이 물었다.

"뭐가 말이오?"

"친구분이 보낸 사람이라고 하면서 나리를 만나러 온 남자를 만나셨습니까?" 주인이 물었다.

"만나서 이 편지를 받았소. 내 방에 불을 켜 주시오."

주인은 종업원에게 촛불을 들고 앞장서서 프란츠를 모시고 가라고 지시했다. 청년은 주인이 뭔가 안절부절못하는 것을 보고 더욱더 그 편지가 궁금해졌다. 그는 불이 켜지기를 기다렸다가 촛불 옆에 가서 편지를 뜯었다. 편지는 알베르가 직접 쓰고 서명까지 한 것이었다. 프란츠는 그것을 두 번이나 읽었다. 그만큼 뜻밖의 내용이 적혀 있었기 때문이다.

친구여, 이 편지를 받는 대로 책상 서랍 속에 있는 내 지갑에서 신용장을 꺼내 주게. 만약 그래도 모자라거든 자네 것도 보태 주게. 토를로니아 씨

댁에 가서 당장 4천 피아스트르의 돈을 마련하여 이 남자에게 주게. 그 돈이 최대한 빨리 내 손에 도착해야 하네.

더는 아무 말 하지 않겠네. 자네가 나를 신뢰해 주듯이 나도 자네를 신뢰하고 있네.

추신 I now believe in Italian banditti.(나도 이제는 이탈리아의 산적에 대한 얘기를 믿는다네)

자네의 친구
알베르 드 모르세르

이 편지 밑에는 다른 필체로 다음과 같은 이탈리아어가 적혀 있었다.

만약 아침 7시까지 4천 피아스트르가 내 손에 들어오지 않을 때는, 알베르 드 모르세르 자작은 이 세상 사람이 아닐 것이오.

루이지 밤파

이 두 번째 서명이 프란츠에게 모든 것을 설명해 주었다. 그리고 심부름 온 사내가 방까지 올라오지 않는 이유도 비로소 알 수 있었다. 밖에 있는 편이 프란츠의 방에 있는 것보다 훨씬 안전하기 때문이었다. 알베르는 자기가 그토록 믿으려 하지 않았던 유명한 산적 두목의 손아귀에 어이없이 걸려든 것이었다.

한시도 지체할 수가 없었다. 그는 책상에 달려가서 편지에 적혀 있는 서랍에서 지갑을 찾아 그 안에 든 신용장을 꺼냈다. 전부 6천 피아스트르. 하지만 알베르는 그 중에서 이미 3천 피아스트르를 써 버린 뒤였다. 한편 프란츠는 신용장은 가지고 있지 않았다. 피렌체에 살고 있는 데다 로마에는 7, 8일 정도 있을 예정으로 왔기 때문에, 돈이라고 해야 1백 루이 정도밖에 없었다. 그나마 그 돈도 지금은 50루이밖에 남아 있지 않았다.

요구한 액수를 채우려면 프란츠와 알베르가 가진 돈을 모두 합쳐도 7, 8백 피아스트르가 모자랐다. 물론 이런 경우에 토를로니아 집안의 호의를 기대할 수 있었으므로, 프란츠는 지체 없이 브라치아노의 저택으로 돌아가려고 했다. 그런데 바로 그때 한 사람이 머릿속에 떠올랐다.

몬테크리스토 백작이 떠올랐던 것이다. 그래서 주인을 부르려고 하는데, 어느새 주인은 방문 앞에 와 있었다.

"아, 주인장." 그는 다급하게 소리쳤다. "백작님이 방에 계실까요?"

"예, 방금 돌아오셨습니다."

"벌써 주무시는 건 아니겠지요?"

"아마 아직 안 주무실 겁니다."

"그럼 방의 초인종을 울려보고 찾아가도 되는지 여쭤봐 주시오."

주인은 충실하게 프란츠가 시키는 대로 했다. 그는 5분 뒤에 돌아왔다.

"백작님께서 나리를 기다리고 계십니다."

프란츠는 층계참을 건너갔다. 하인이 그를 백작이 있는 곳으로 안내했다.

백작은 프란츠가 처음 보는, 사방이 완전히 소파로 에워싸인 작은 서재 안에 있었다. 백작이 그를 맞이하려고 일어서서 다가왔다.

"아니, 이 시간에 웬일이십니까? 잘 오셨습니다." 백작이 말했다. "혹시 야식을 함께하자고 오신 것 아닙니까? 그렇다면 정말 반가운 일입니다만."

"아닙니다, 좀 중대한 사건이 생겨서 상의드리러 왔습니다."

"사건이라!" 백작은 평소와 다름없는 깊은 눈길로 프란츠를 응시했다. "도대체 무슨 사건입니까?"

"백작님 혼자 계십니까?"

백작은 입구에 가보더니 다시 돌아와서 말했다.

"우리 둘뿐입니다."

프란츠는 알베르의 편지를 내밀었다.

"읽어 보십시오."

백작은 편지를 읽더니 "오, 이런!" 하고 소리쳤다.

"추신의 뜻을 아시겠습니까?"

"알고말고요. '만약 아침 7시까지 4천 피아스트르가 내 손에 들어오지 않으면 알베르 드 모르세르 자작은 이 세상 사람이 아닐 것이오. 루이지 밤파.'"

"어떻게 생각하십니까?" 프란츠가 물었다.

"저들이 요구한 돈을 가지고 계십니까?"

"예, 그런데 8백 피아스트르가 모자랍니다."

백작은 책상에 가서 금화가 가득 든 서랍을 열었다.

"나 말고는 누구에게도 의논하지 않으셨겠지요?"

"보시다시피 저는 곧장 이리로 올라왔습니다."

"고맙게 생각합니다. 자, 가져가십시오."

이렇게 말하면서 그는 프란츠에게 서랍 안에서 필요한 만큼 돈을 가져가라고 눈짓했다.

"이 돈을 정말로 루이지 밤파에게 주어야 한다는 말씀입니까?"

이번에는 프란츠가 백작을 가만히 응시하면서 말했다.

"무슨 말씀이십니까! 생각해 보십시오. 추신은 지극히 명확합니다."

"하지만 만약 백작님이 조금만 애써 주신다면, 이 거래를 좀더 간단하게 처리할 방법을 찾을 수 있을 것 같은데요."

"어떻게 한다고요?" 백작이 놀라서 말했다.

"이를테면, 우리가 함께 루이지 밤파를 만나러 가는 겁니다. 그러면 틀림없이 알베르의 석방을 거절하지 않을 거라고 생각합니다만."

"내가요? 하지만 내가 그런 산적에게 무슨 힘이 있겠습니까?"

"백작님은 그자에게 절대 잊을 수 없는 도움을 주셨습니다."

"무슨 도움을요?"

"백작님이 페피노의 목숨을 구해 주셨으니까요."

"아니, 누가 그런 소릴 하던가요?"

"그게 뭐가 중요합니까? 전 알고 있습니다."

백작은 잠시 말없이 미간을 찌푸리고 있었다.

"그럼 내가 밤파를 만나러 가면 당신도 함께 가시겠소?"

"함께 가도 폐가 되지 않는다면 그렇게 하겠습니다."

"좋소. 날씨도 좋고, 로마 교외에 나가보는 것도 나쁘지 않겠군요."

"무기를 가져갈까요?"

"그런 건 뭐하려고?"

"돈은?"

"필요 없습니다. 편지를 가져온 사람은 어디 있습니까?"

"밖에 있습니다."

"답장을 기다리고 있나요?"

"예."

"어디로 가면 되는지 불러서 물어봅시다."

"그건 안 됩니다. 안에 들어오려고 하지 않아요."

"그거야 당신 방이니까 그렇겠죠. 이 방에 오는 건 문제없을 겁니다."

백작은 거리로 나 있는 서재 창문으로 가더니 특이한 방법으로 휘파람을 불었다. 그러자 외투를 입은 사내가 벽에서 떨어져 길 한복판으로 나왔다.

백작은 이탈리아어로 마치 하인에게 명령하듯이 말했다.

"올라와!"

사내는 아무런 주저도 없이 명령대로 고분고분, 입구의 돌계단 네 개를 뛰어올라 호텔 안으로 들어왔다. 그리고 5초 뒤에는 벌써 서재 입구에 서 있었다.

"페피노, 너였구나." 백작이 말했다. 그러나 페피노는 대답은 하지 않고 와락 몸을 던져 백작의 손을 잡더니 수없이 입을 맞췄다.

"오! 넌 아직도 목숨을 구해준 일을 기억하고 있는 모양이군! 하지만 벌써 일 주일이나 지난 일이 아니냐?"

"아닙니다, 나리. 전 평생 그 일을 잊지 못할 겁니다." 페피노는 깊은 감사를 나타내며 말했다.

"평생이라고? 그건 너무 길어! 하지만 자네가 그렇게 생각해 주는 것만으로 충분해. 자 일어나게, 그리고 대답해 보게."

페피노는 불안한 시선으로 프란츠를 보았다.

"아, 저 나리 앞에서는 얘기해도 괜찮다." 백작이 말했다. "내 친구들 중에 한 분이시니까." 그리고 프란츠를 돌아보면서 프랑스어로 말했다. "이렇게 부르는 것을 용서해 주십시오. 신뢰를 주기 위해서 그런 것이니까요."

"얘기해도 괜찮네. 난 백작의 친구니까." 프란츠가 말했다.

"좋습니다." 이번에는 페피노가 백작에게 말했다. "각하, 물어보십시오. 뭐든지 대답하겠습니다."

"어쩌다가 알베르 자작이 루이지 밤파에게 붙잡혔나?"

"각하, 자작님이 탄 마차가 테레자가 탄 마차와 몇 번 마주쳤습니다."

"두목의 여자 말이지?"

"예. 자작님 쪽에서 마음이 있는 듯한 눈치를 보여서, 테레자도 재미삼아 자작님이 꽃다발을 던지시면 이쪽에서도 던져주었지요. 물론 같은 마차에 타고 있던 두목의 허락을 받아서요."

"뭐!" 프란츠가 소리를 질렀다. "그럼 루이지 밤파도 그 로마 시골처녀의 마차에 타고 있었단 말인가?"

"마부로 변장해서 마차를 몰고 있었습니다." 페피노가 대답했다.

"그래서?" 백작이 물었다.

"그래서 말입니다. 자작님이 가면을 벗으셨습니다. 테레자도 두목의 허락을 얻어 마찬가지로 가면을 벗었습니다. 자작 쪽에서 만나기를 청하자 테레자도 승낙했습니다. 단, 그 산자코모 성당 돌계단 위에서 기다리고 있었던 건 테레자가 아니라 베포였습니다."

"뭐라고!" 프란츠는 또다시 그 말을 가로막았다. "알베르한테서 촛불을 빼앗은 그 시골처녀가……?"

"그건 열다섯 살 된 사내아이였습니다." 페피노가 대답했다. "속기는 하셨지만 그다지 체면이 깎이는 일은 아닙니다. 베포는 자작님 말고도 많은 사람들을 꾀어냈으니까요."

"그래, 베포가 성 밖으로 데려갔다는 말이냐?" 백작이 말했다.

"예. 마첼로 거리 끝에 마차가 한 대 기다리고 있었지요. 베포가 그 마차에 올라 프랑스분에게도 타라고 말하니 두말없이 타셨습니다. 그분은 여자에 대한 친절을 베풀어서 베포를 오른쪽에 앉히고, 자신은 그 옆에 앉았습니다. 베포가 로마에서 4킬로미터 떨어진 곳의 별장에 가는 거라고 말하자, 프랑스분은 세상 끝까지라도 따라가겠다고 하셨습니다. 마부는 곧장 리페타 거리를 내려가 산파올로 문까지 왔습니다. 교외로 나가 2백 걸음쯤 가자 그 프랑스분이 맹렬하게 저항하기 시작해서, 베포가 권총 두 자루를 그분의 목에 들이댔습니다. 그러자 마부도 당장 말을 세우고 뒤돌아보면서 마찬가지로 권총을 겨누었지요. 동시에 알모 강변에 숨어 있던 동료 네 명이 마차 문에 달려들었고요. 프랑스 분은 저항해 보았지만 허사였지요. 베포의 목을 조르려고 했다던데, 무기를 가진 다섯 명을 혼자서 어떻게 당해 내겠습니까? 당연히 항복하셨지요. 마차에서 끌어내려 강기슭을 따라 끌고 가서 산세바스티아노 성당의 지하 묘지 속에서 기다리고 있던 테레자와 루이지 앞에 세웠습니다."

"그래서? 하지만," 백작이 프랑츠를 돌아보면서 말했다. "꽤 흥미진진한 얘기 같지 않습니까? 어떻습니까, 이런 일에 밝은 남작께서는 어떻게 생각하시는지?"

"아주 재미있는 얘기 같군요. 단, 알베르가 아니라 다른 사람에게 일어난 일이라면 말입니다."

"만약 내가 없었다면 타격이 좀 클 뻔했어요. 하지만 안심하십시오. 조금 무서운 경험을 한 것으로 끝날 것 같으니까요."

"그럼 역시 우리가 데려와야겠지요?" 프랑츠가 물었다.

"물론입니다! 게다가 무척 경치가 좋은 곳입니다. 산세바스티아노의 지하묘지에 가보신 적이 있습니까?"

"아직 내려가 본 적은 없습니다. 하지만 언젠가 한번쯤 가보고 싶었던 곳이지요."

"그렇다면 이번이 절호의 기회이겠군요. 이런 기회는 두 번 다시 오지 않을 테니까요. 마차는 있습니까?"

"지금은 없는데요."

"상관없습니다. 밤낮없이 저를 위해 말을 맨 마차가 대기하고 있으니까요."

"온종일 말을 매어 두신단 말입니까?"

"그렇습니다. 지극히 변덕스러운 성격이라서요. 저녁 식사를 마치고 한밤중에 식탁에서 일어서다가도 갑자기 어디론가 나가고 싶어질 때가 있거든요. 그때는 그대로 떠나 버리는 거지요."

백작이 초인종을 한 번 울리자 급사가 나타났다.

"마차를 내오게. 그리고 마차 안의 주머니에 들어 있는 권총은 모두 꺼내놓게. 마부는 깨울 필요 없어. 알리가 몰 테니까."

잠시 뒤 현관 앞에 마차를 갖다 대는 소리가 났다.

백작은 시계를 꺼냈다.

"12시 반이군요. 여기서 아침 5시에 출발해도 되지만, 우리가 늦게 가면 친구분이 불쾌한 하룻밤을 보내야 할 테니, 한시바삐 가서 그분을 놈들의 손에서 구해드립시다. 여전히 함께 가실 의향이 있으신 거지요?"

"물론입니다."

"그럼 바로 가십시다."

프란츠와 백작이 나가고 그 뒤를 페피노가 따라갔다. 마차는 문 앞에서 기다리고 있었다. 마부석에는 알리가 앉아 있었다. 프란츠는 그가 몬테크리스토 섬의 동굴에 있었던 그 말 못하는 노예라는 것을 알아보았다.

프란츠와 백작은 마차에 올라탔다. 마차는 2인승인 쿠페였다. 페피노가 알리 옆에 자리를 잡자 마차는 쏜살같이 달리기 시작했다. 미리 분부를 받은 알리가 마차를 코르소 거리 쪽으로 몰았다. 마차는 코르소 거리를 지나 바치노 광장을 가로지른 다음, 산그레고리오 광장을 올라가 산세바스티아노 성당의 문 앞에서 섰다. 그곳에서는 문지기가 좀 까다롭게 굴었다. 그러나 몬테크리스토 백작이 밤낮 구별 없이 자유로운 출입을 인정하는 로마 총독의 허가증을 보여주자 철문은 어렵지 않게 올라갔다. 수위는 수수료로 1루이를 받았다. 일행은 문을 통과했다.

마차가 지나가는 길은 옛날 아피아 가도로, 양쪽에 무덤이 이어져 있었다. 가끔씩 프란츠의 눈에, 떠오르기 시작한 달빛 아래로 희미하게 한 보초가 폐허에서 떨어져 나오는 듯한 모습이 보였다. 페피노와 보초 사이에 무슨 신호가 교환되자, 보초는 다시 어둠 속으로 자취를 감췄다.

카라칼라 황제의 원형경기장 조금 앞에서 마차가 섰다. 페피노가 문을 열자 백작과 프란츠가 마차에서 내렸다.

"여기서 10분이면 저쪽에 도착할 겁니다." 백작이 프란츠에게 말했다.

그는 페피노를 옆으로 불러 작은 목소리로 뭔가 지시했다. 페피노는 마차의 상자에서 횃불을 꺼내들고 걸어갔다.

다시 5분이 흐르는 동안 프란츠는 그 양치기 청년이 오솔길을 따라 울퉁불퉁한 지면 한가운데로 빠져드는 것을 보았다. 그는 그 뒤로 아예 모습을 감추어 버렸다. 대지는 로마의 평원답게 기복이 심한 모양새였다. 그곳의 키 크고 불그스름한 풀들은 마치 어떤 거대한 사자가 갈기를 곤두세우고 있는 것 같았다.

"자, 따라 갑시다." 백작이 말했다.

프란츠와 백작은 그 오솔길을 따라갔다. 백 걸음 정도 간 뒤 어느 언덕길을 내려가서 작은 골짜기 바닥에 내려섰다. 이윽고 어둠 속에서 얘기를 나누고 있는 두 사내의 모습이 눈에 들어왔다.

"더 가야 합니까?" 프란츠가 말했다. "아니면 여기서 기다려야 할까요?"

"갑시다. 페피노가 보초에게 우리가 왔다고 알렸을 겁니다."

과연 두 사람 가운데 한 사람은 페피노였고, 또 한 사람은 보초를 서고 있는 산적이었다. 프란츠와 백작이 다가가자 산적이 먼저 인사를 했다.

"나리," 페피노가 백작에게 말했다. "똑바로 가시면 됩니다, 지하묘지 입구는 여기서 금방입니다."

"좋아." 백작이 말했다. "자네가 앞장서게."

정말 대숲이 높게 우거진 곳, 몇 개의 바위 사이에 사람이 간신히 지나갈 만한 입구가 있었다. 페피노는 앞장서서 그 틈새로 미끄러져 들어갔다. 몇 걸음 더 들어가자 조금 넓은 통로가 나왔다. 그는 그곳에서 멈춰 서더니 횃불을 켜고 두 사람이 뒤에 따라오는지 돌아보았다.

백작은 앞장서서 환기창 같은 곳으로 들어갔다. 프란츠가 그 뒤를 따랐다.

지면은 완만한 경사를 이루며 아래로 내려갔고 내려갈수록 넓어졌다. 그래도 프란츠와 백작은 여전히 몸을 구부리고 걸어야 했다. 두 사람이 나란히 걷는 것조차 어려웠다. 그렇게 쉰 걸음 정도 나아가자, "누구냐!" 하는 목소리가 두 사람을 가로막았다.

동시에 두 사람은 어둠 속에서 자기들이 들고 있는 횃불에 기총의 총열이 반사되고 있는 것을 보았다.

"어이, 친구!" 페피노가 그렇게 말하면 혼자 앞으로 나가더니 그 두 번째 보초에게 뭔가 낮은 목소리로 속삭였다. 그러자 그 보초는 앞의 보초와 마찬가지로 야밤에 나타난 손님들을 향해 계속 가라는 신호를 보냈다.

보초 뒤에는 약 스무 단 정도의 계단이 있었다. 프란츠와 백작은 그 계단을 내려가 지옥의 갈림길 같은 곳으로 나왔다. 다섯 갈래의 길이 별빛처럼 사방으로 뻗어 있었고, 관 모양의 벽감이 서로 겹치듯이 벽면에 패여 있었다. 마침내 지하 묘지 속에 들어온 것이었다. 얼마나 넓은지 알 수 없는 이런 굴속에도 낮 동안에는 약간의 빛이 비쳐들었다. 백작은 손을 프란츠의 어깨 위에 올리면서 말했다.

"어떻습니까, 산적들이 쉬고 있는 곳을 보고 싶지 않습니까?"

"물론 보고 싶습니다." 프란츠가 대답했다.

"그러면 따라 오십시오……. 페피노, 횃불을 끄게."

페피노가 횃불을 껐다. 프란츠와 백작은 깊은 어둠 속에 남겨졌다. 그러나 두 사람 앞으로 쉰 걸음쯤 떨어진 곳에서, 불그스름한 빛이 벽면을 따라 너울거리고 있었다. 페피노가 횃불을 끄자 더 잘 보이게 되었던 것이다.

두 사람은 조용히 나아갔다. 백작은 마치 어둠 속에서도 사물을 볼 수 있는 이상한 능력을 가진 사람처럼 프란츠를 안내하면서 나아갔다. 프란츠도 길잡이 역할을 해주고 있는 밝은 빛을 향해 다가갈수록 길이 점점 뚜렷하게 보이기 시작했다.

세 개의 아치형 통로 중에서 가운데 있는 것이 문과 같은 역할을 하고 있었다. 두 사람은 그곳을 빠져나갔다. 그 아치형 통로들의 한쪽 끝은 백작과 프란츠가 있는 복도 쪽으로 뚫려 있고, 다른 쪽 끝 앞에 벽감으로 에워싸인 네모난 큰방으로 뚫려 있었다. 그 방 한가운데에는 돌 네 개가 서 있었는데, 그 위에 십자가가 놓여 있는 것으로 보아 옛날에는 제단으로 쓰였으리라고 짐작되었다.

기둥 밑에 놓인 단 하나뿐인 램프는 그 창백하고 가물가물한 빛으로, 어둠 속에 선 두 사람의 눈앞에 이상한 광경을 드러내기 시작했다. 앉아 있는 한 사

내가 그 기둥에 팔꿈치를 괴고 아치형 통로를 등진 채 무언가를 계속 읽고 있었다. 통로 입구로 들어온 두 사람은 그 사내의 뒷모습을 본 셈이었다. 그가 바로 산적 두목 루이지 밤파였다.

주위에는 스무 명 정도의 산적들이 각자 제멋대로 패를 지어 외투 속에 몸을 웅크리고 있거나 납골당 주위에 있는 돌 의자에 몸을 기대고 앉아 있었다. 각자 손이 닿는 곳에 기총을 두고 있었다. 안쪽에는 보초 하나가 겨우 들릴까 말까 할 정도로 조용하게, 입구인 듯한 곳 앞을 그림자처럼 왔다갔다 하고 있었다. 그것이 입구라는 것은 그곳만 유난히 더 어두워서 겨우 알아볼 수 있을 정도였다.

프란츠가 그 이색적인 광경을 충분히 즐겼다고 생각할 무렵, 백작은 입술에 손가락을 대어 프란츠에게 잠자코 있으라고 신호했다. 그들은 복도에서 납골당으로 이어지는 계단을 세 개 올라가서 한가운데의 아케이드를 통해 방 안으로 들어가, 밤파를 향해 걸어갔다. 밤파 쪽으로 걸어갔다. 밤파는 책 속에 완전히 빠져 있어 발소리도 듣지 못한 모양이었다.

"누구냐!" 밤파만큼 정신이 팔려 있지는 않았던 보초가 그렇게 소리쳤다. 두목의 뒤를 비추고 있던 불빛 속에서 어떤 그림자가 점차 커다란 모습을 드러내며 다가오는 것이 보였기 때문이다. 목소리를 듣고 밤파가 벌떡 일어나더니 허리띠에서 권총을 빼들었다. 그와 동시에 모든 산적들도 일어섰다. 일제히 백작에게 총구를 겨냥하고 있었다.

"어허, 이게 무슨 일인가!" 백작은 침착한 목소리로 표정 하나 바꾸지 않고 말했다. "왜 이러나 밤파, 친구를 맞이하는데 이렇게 요란하다니!"

"무기를 내려라!" 두목은 한 손으로 부하들에게 명령을 내리면서 다른 한 손으로는 공손하게 모자를 벗었다. 그리고 이런 광경을 내려다보고 서 있는 미지의 인물을 힐끗거리면서 말했다.

"죄송합니다, 백작님. 설마 이런 곳에 오실 줄은 몰랐습니다. 미처 알아보지 못해 죄송합니다."

"자네는 매사에 기억력이 별로 좋지 않은 것 같군, 밤파. 단순히 사람의 얼굴만 잊어버리는 게 아니라, 그 사람과 나눈 약속까지 잊어버리는 걸 보면."

"제가 무슨 약속을 잊었습니까, 백작님?" 두목은 만약 실수가 있다면, 지체없이 그것을 바로잡겠다는 각오를 보이면서 물었다.

"아니, 나뿐만 아니라 내 친구에게도 손가락 하나 대지 않겠다고 약속했을 텐데?"

"하지만 저는 그런 약속을 어긴 적이 없는데요?"

"자넨 오늘 밤 알베르 드 모르세르 자작을 납치해서 이곳으로 데려오지 않았나. 그런데," 백작은 프란츠조차도 소름이 쫙 끼칠 듯한 차가운 목소리로 말했다. "그 청년은 '내 친구들' 가운데 한 사람이네. 나와 같은 호텔에 머물고 있고, 내 마차를 타고 1주일 동안 코르소를 구경했단 말일세. 그런데, 다시 한 번 말하자면 자네가 이곳으로 내 친구를 납치해 왔다더군. 그리고," 백작은 주머니에서 편지를 꺼냈다. "자네는 이렇게 전혀 모르는 사람에게 하듯이 몸값을 요구하지 않았나?"

"너희는 왜 그걸 진작 나에게 말하지 않았지?" 두목은 부하들을 돌아보면서 말했다. 부하들은 그의 찌르는 듯한 눈길에 움찔 뒤로 물러섰다. "어째서 나에게 이 백작님과의 약속을 어기는 짓을 하게 만든 거냐? 우리 목숨은 전적으로 백작님의 손에 달렸다는 걸 잊었어? 농담 아니야, 만약 너희 가운데 누군가 그분이 나리의 친구라는 걸 알고 있었던 놈이 있으면 그놈의 대가리는 내 손에 박살날 줄 알아!"

"어떻습니까!" 백작이 프란츠를 돌아보면서 말했다. "제가 뭔가 착오가 일어난 것 같다고 하지 않았습니까?"

"혼자 오신 게 아닙니까?" 밤파가 불안한 기색으로 물었다.

"이 편지를 받은 분과 함께 왔네. 루이지 밤파는 약속을 소중히 여기는 사람이라는 것을 보여드리고 싶어서 말이야. 자, 나리." 백작이 프란츠에게 말했다. "루이지 밤파가 직접 엉뚱한 실수를 한 것에 대해 사과할 겁니다."

프란츠는 앞으로 나갔다. 두목도 프란츠를 맞이하기 위해 몇 걸음 앞으로 나오면서 말했다.

"나리, 어서 오십시오. 방금 백작님의 말씀과 제가 말씀드린 대답을 들으셨을 줄 압니다. 그런 분인 줄도 모르고 친구의 몸값으로 4천 피아스트르를 요구하여 큰 폐를 끼쳤군요. 뭐라고 사죄의 말씀을 드려야 할지 모르겠습니다."

"하지만," 프란츠는 불안한 듯이 주위를 둘러보았다. "잡혀온 사람은 어디 있소? 보이지 않는데."

"아무 일도 없어야 할 텐데!" 백작이 찌푸리면서 말했다.

"친구분은 저기 계십니다." 밤파는 조금 구석진 안쪽을 가리켰다. 그 앞을 한 산적이 지키면서 왔다갔다 하고 있었다. "제가 가서 자유의 몸이 되셨다는 것을 말씀드리겠습니다."

두목은 알베르를 가둬 둔 곳으로 걸어갔다. 프란츠와 백작도 그 뒤를 따라갔다.

"뭘 하고 계시나?" 밤파가 보초에게 물었다.

"전 잘 모릅니다. 한 시간 전부터 아무 소리도 나지 않았습니다."

"나리, 이리 오십시오!" 밤파가 말했다. 백작과 프란츠는 이번에도 두목의 뒤를 따라 일고여덟 단을 올라갔다. 밤파가 빗장을 벗기고 문을 밀었다.

그러자 바로 그 납골당을 비추고 있던 것과 똑같은 램프 불빛 아래서, 어느 산적에게 빌린 외투를 걸친 채 한구석에 누워 쿨쿨 잠들어 있는 알베르의 모습이 보였다.

"아니, 저런!" 백작이 특유의 미소를 지으면서 말했다. "아침 7시에 총살당할 사람이 배짱 한번 대단하군요."

밤파는 잠자고 있는 알베르를 감탄하는 듯한 기색으로 바라보고 있었다. 그도 분명히 그런 두둑한 배짱에 탄복한 눈치였다.

"과연," 밤파가 말했다. "백작님, 역시 백작님의 친구가 될 만한 분이군요." 그리고 알베르에게 다가가서 어깨에 손을 걸치더니, "나리!" 하고 불렀다. "일어나십시오."

알베르는 팔을 뻗어 눈을 비비면서 눈을 떴다.

"어, 자넨가! 뭐야, 좀 더 자게 내버려 두지 않고. 마침 아주 멋진 꿈을 꾸고 있었는데 말이야. 토를로니아 씨 댁에서 G 백작부인과 갤럽을 추고 있었거든!"

알베르는 시계를 꺼냈다. 직접 시간을 보기 위해 지니고 있었던 것이었다.

"1시 반이군! 뭐하러 이런 시간에 사람을 깨운 거지?"

"석방되신 것을 알려드리려고요."

"이봐, 자네." 알베르는 아주 태평하게 말했다. "앞으로는 그 위대한 나폴레옹의 말을 잘 기억해 두게. '나쁜 소식이 아니면 깨우지 마라'. 자게 내버려 뒀으면 갤럽을 끝까지 출 수 있었잖아. 그랬으면 평생 고맙게 생각했을 텐데……. 그럼 내 몸값은 다 지급된 건가?"

"아닙니다, 나리."

"그럼 도대체 왜 나를 풀어주는 건가?"

"제가 무슨 명령이든 복종해야 하는 분이 당신을 모시러 오셨습니다."

"여기까지 나를 데리러 왔다고?"

"그렇습니다."

"아, 거 고마운 일인데? 매우 친절하신 분인 모양이군!"

주위를 둘러보는 알베르의 눈에 프란츠의 모습이 들어왔다.

"아니, 프란츠 자네였나? 나에게 이런 친절을 베푼 사람이?"

"내가 아니야." 프란츠가 대답했다. "옆에 계시는 몬테크리스토 백작님이 자네를 도와주신 걸세."

"아, 백작님." 알베르는 넥타이와 커프스를 바로잡으면서 쾌활하게 말했다. "정말 은인이십니다. 제가 평생 두고 갚아야 할 은혜를 베푸셨다는 걸 기억

해 주십시오. 지난번에 빌려주신 마차도 감사한데 이런 일까지 해결해 주시다니!"

그렇게 말하면서 그는 백작에게 손을 내밀었다. 그러자 백작도 반사적으로 자신의 손을 내밀려고 하다가, 한 순간 몸을 떨었다. 그래도 결국은 손을 내밀었다.

두목은 이 광경을 어안이 벙벙해서 바라보고 있었다. 그는 지금까지 잡혀 온 사람들이 모조리 자기 앞에서 벌벌 떠는 모습만 보아 왔다. 그런데 이 사람은 눈썹 하나 까딱 않고 익살스러운 면모를 보여주고 있는 것이다. 프란츠로서는 악명 높은 산적 앞에서도, 알베르가 프랑스인의 명예를 살려주는 것을 보고 기분이 좋아졌다.

"알베르, 자네만 서둘러 준비하면 오늘 밤에 토를로니아 씨 댁에 갈 수 있네.

그러면 자네는 그 갤럽을 계속 출 수 있을 거야. 또 이번 일에서 신사적으로 행동한 밤파를 더는 원망하지 않아도 될 거고."

"그렇군!" 알베르가 말했다. "자네 말이 맞아. 2시면 그곳에 도착할 수 있겠군. 밤파 님," 알베르가 말을 계속했다. "물러가는 데 더 필요한 절차가 있습니까?"

"아니, 없습니다." 산적이 대답했다. "이제는 바람처럼 자유로우십니다."

"어쨌든 행복하게 잘 사시길. 자, 여러분, 갑시다!"

이렇게 말하면서 알베르는 프란츠와 백작보다 먼저 계단을 내려가 네모난 큰방을 지나갔다. 산적들은 모두 모자를 들고 서 있었다.

"페피노," 두목이 말했다. "횃불을 이리 줘."

"뭐하려고 그러나?" 백작이 물었다.

"배웅해 드리겠습니다. 나리를 위해 해드릴 수 있는 최소한의 마음입니다."

그렇게 말하면서 밤파는 양치기의 손에서 횃불을 받아들고 앞장서서 걷기 시작했다. 그 모습은 비굴한 행동을 하는 하인이 아니라 마치 대사들을 이끌고 가는 왕과 같았다.

입구에 오자 밤파가 머리를 숙였다.

"백작님, 다시 한 번 사죄드립니다. 오늘 일에 대해서는 부디 잊어 주십시오."

"물론이네, 밤파. 자네는 참으로 신사답게 자네의 실수를 보상했어. 실수하기를 잘했다는 생각이 들 정도로 말이야."

"두 분께는," 두목은 두 청년을 향해 말했다. "그다지 기분 좋은 초대는 아니겠지만, 만약 다시 제가 있는 곳에 찾아와 주실 생각이 있으시다면, 언제 어디서든 기꺼이 환영하겠습니다."

프란츠와 알베르도 인사를 했다. 백작이 먼저 밖으로 나갔다. 알베르가 그 뒤를 잇고 프란츠가 마지막이었다.

"뭔가 궁금하신 게 있으십니까?" 미소를 지으면서 밤파가 물었다.

"그렇소." 프란츠가 대답했다. "우리가 왔을 때 그렇게 열심히 읽고 있던 책은 도대체 무슨 책이었소?"

"카이사르의 갈리아 전쟁기였습니다. 제가 특히 즐겨 읽는 책이지요."

"뭐하고 있나! 안 올 텐가?" 알베르가 물었다.

"가네, 가." 그렇게 대답하면서 프란츠도 환기창 밖으로 나갔다.

세 사람은 들판 속을 걷기 시작했다.

"아, 잠깐만!" 알베르는 왔던 길을 되돌아가면서 말했다. "불 좀 빌려도 될까요?" 그러면서 밤파의 횃불로 자기의 궐련에 불을 붙였다.

"그럼 백작님," 알베르가 말했다. "되도록 서둘러 갑시다! 오늘 밤엔 꼭 브라치아노 공작 댁에 가고 싶어서요."

마차는 아까 내린 곳에서 기다리고 있었다. 백작이 알리에게 뭔가 속삭였다. 말은 전속력으로 달리기 시작했다.

두 사람이 무도장에 들어갔을 때 알베르의 시계로 정각 2시였다. 두 사람이 돌아온 것은 그야말로 하나의 '사건'이었다. 그러나 두 사람이 함께 들어온 순간, 지금까지 모든 사람들이 알베르에 대해 갖고 있던 불안은 금세 사라지고 말았다.

"부인," 알베르는 백작부인 쪽으로 다가가면서 말했다. "어제 갤럽을 같이 춰주시겠다고 말씀하셨죠? 그 친절한 약속을 지켜주십사 해서 좀 늦었지만 이렇게 찾아왔습니다. 여기에 제 친구가 있습니다만, 이 친구가 거짓말을 못한다는 건 부인도 잘 아시고 계실 겁니다. 오늘 늦은 건 제 탓이 아니었다는 사실을 이 친구가 보장해 줄 겁니다."

바로 그때 음악이 왈츠로 바뀐다는 신호가 있었다. 알베르는 백작부인의 허리에 팔을 감고 부인과 함께 춤의 소용돌이 속으로 미끄러져 들어갔다.

그동안 프란츠는 몬테크리스토 백작이 어떻게 보면 거의 억지로 알베르에게 손을 내밀었던 순간, 이상한 전율이 그를 뒤흔들고 지나갔던 것을 떠올리고 있었다.

다시 만날 약속

　이튿날 일어났을 때 알베르가 프란츠에게 맨 처음 한 말은, 백작의 방에 찾아가자는 것이었다. 물론 어제도 인사는 했지만, 그런 일은 이튿날 다시 감사 인사를 해야 할 만한 가치가 있는 일이라고 생각한 모양이었다.

　몬테크리스토 백작에게 공포 섞인 매력을 느끼고 있던 프란츠는, 알베르 혼자 백작에게 보내고 싶지 않아서 자기도 따라나섰다. 두 사람은 객실로 안내되었다. 5분쯤 지나자 백작이 나왔다.

　"백작님," 알베르가 백작에게 다가가면서 말했다. "오늘 아침에 다시 사례의 말씀을 드려도 되겠는지요. 어제는 제대로 감사 인사를 드리지 못했습니다. 그런 상황에서 저를 도우러 오셨던 것을 절대로 잊지 않겠습니다. 그리고 제가 목숨이나 거의 목숨과 다름없는 것을 백작님께 빚지고 있다는 것도 평생 기억하겠습니다."

　"아닙니다." 백작은 웃으면서 말했다. "그렇게 대단한 일을 한 것도 아닌데 이러시면 오히려 제가 민망합니다. 제 덕분이라고 해봐야 댁들의 여행경비에서 기껏해야 2만 프랑 덜 쓰게 해드린 것뿐입니다. 그런 걸 가지고 거듭 인사하실 필요는 없습니다. 오히려 내 쪽에서 당신에게 고맙다는 말을 해야겠군요. 그 거리낌 없고 거침없는 배짱에는 정말 놀랐습니다."

　"무슨 말씀을요, 백작님!" 알베르가 말했다. "저는 별 것도 아닌 싸움을 걸었다가 결투까지 하게 된 것 정도로 생각하고 있었습니다. 사실 산적들에게 싸움은 전 세계 어느 나라에 가도 흔히 있는 일이지만, 그것을 웃으면서 할 수 있는 건 프랑스 사람밖에 없다는 것을 알려주고 싶기는 했지요. 그런데 백작님께는 적지 않은 은혜를 입고 말았군요. 그래서 뵈러 왔는데, 저나 제 친구, 또는 제가 알고 있는 사람을 통해 뭔가 도움이 되어 드릴 만한 일이 없을까요? 저의 아버지 모르세르 백작은 원래 에스파냐 혈통이라, 프랑스와 에스파냐 양쪽에서 꽤 높은 지위에 계십니다. 저나 저를 아끼는 모든 사람들이 뭔가 도움이 되어 드릴 일은 없는지, 그것을 여쭤보러 왔습니다."

"아, 솔직하게 말하면," 백작이 말했다. "당신이 그런 말을 해주시기를 기다리고 있었습니다. 기꺼이 그 호의를 받아들이기로 하지요. 그렇지 않아도 생각하고 있는 것이 하나 있는데, 부탁을 드려도 괜찮겠습니까?

"어떤 부탁인데요?"

"나는 아직 파리에 가 본 적이 없습니다. 전 파리에 대해서도 아무것도 모릅니다……."

"아니, 그게 정말입니까!" 알베르가 소리쳤다. "여태까지 파리를 모르신단 말씀입니까? 믿을 수가 없군요!"

"그런데 사실입니다. 그래서 저도 당신이 생각하듯이, 더 이상 그 문화의 도시를 모르고 있어서는 안 되겠다 싶어서요. 그런데 전 그쪽 사교계에 아는 사람이 아무도 없습니다. 누군가 소개해 줄 사람이라도 있었다면, 벌써 옛날에, 누구나 한번쯤 가봐야 하는 파리에 갔을 겁니다."

"설마 백작님 같은 분이!"

알베르가 소리쳤다.

"당신은 정말 친절하신 분이군요. 저 자신도 인정하는 일이지만, 저의 단 한 가지 능력이라고 해봐야 아마도 씨나 로트쉴트 씨와 부를 겨루는 정도일 뿐이지요. 게다가 저는 투자를 하기 위해서라면 파리에는 가지 않습니다. 그런 사소한 사정 때문에 아직 못 가고 있었던 거지요. 그런데 당신의 말을 듣고 마음을 정했습니다. 어떻습니까, 모르세르 씨(백작은 이 말을 하면서 이상한 미소를 입술에 띠었다), 이번에 제가 파리에 가면 제게 파리 사교계의 문을 열어주겠다고 약속해 주시겠습니까? 그곳에서 저는 휴런이나 인도차이나에서 온 외국인과 다를 바 없습니다."

"아, 그런 일이라면 백작님, 기쁜 마음으로 그리고 멋지게 해드릴 수 있습니다." 알베르가 대답했다. "특히 기쁜 마음으로 그렇게 해드릴 수 있는 건(프란츠, 날 우습게 보지 말라고!) 실은 오늘 아침에 편지가 왔는데, 파리에 돌아가게 될 것 같습니다. 사실은 제 문제로 어느 화목한 가정, 파리 사교계에서 매우 영향력이 있는 집안과 어떤 일이 생겨서 말입니다."

"결혼 얘긴가?" 프란츠가 웃으면서 말했다.

"맞았어! 그래서 다음에 자네가 파리로 돌아올 무렵에는 나도 가정을 꾸리고 어쩌면 아버지가 되어 있을지도 몰라. 어때, 난 원래 진지한 사람이거든, 잘 어울릴 것 같지 않나? 어쨌든 백작님, 다시 한 번 말씀드리지만 저도 제 가족도 백작님을 위해서라면 무슨 일이든 해드릴 용의가 있습니다."

"그 깊은 호의, 고맙게 받겠습니다. 지금까지 오랫동안 생각하고 있던 계획을 실천하기 위해서 말입니다. 지금까지는 그런 기회가 없었으니까요."

프란츠는 그 계획이라는 것이 몬테크리스토 섬 동굴 속에서 백작이 얼핏 내비쳤던 그 계획임에 틀림없다고 생각했다. 그리고 백작의 입을 응시하면서 파리에 가려는 것이 어떤 계획 때문인지 엿보려고 했다. 그러나 백작의 마음을 꿰뚫어보는 건, 특히 그것이 미소에 가려져 있을 경우에는 매우 어려운 일이었다. 그런데 백작은 그것을 미소로 숨기고 있었다.

"하지만 백작님," 알베르는 몬테크리스토 백작 같은 인물을 사람들 앞에 소개할 수 있게 된 것을 기뻐하며 말했다. "사람들이 여행 중에 세우는 계획들이 늘 그렇듯이 이 계획도 모래 위에 세워지고 바람 불면 사라져 버리는 그런 공중누각처럼 되는 건 아닐까요?"

"아닙니다, 결코." 백작이 말했다. "저는 파리에 가고 싶습니다. 아니 가야만 합니다."

"그럼 언제쯤?"

"당신은 언제 파리에 계실 겁니까?"

"저 말입니까?" 알베르가 말했다. "오, 이런! 앞으로 2주, 늦어도 3주 뒤지요, 이건 돌아가는 데 걸리는 시간입니다."

"그럼 석 달 뒤로 하겠습니다. 충분히 여유를 드리는 거지요."

"그럼 석 달 뒤에는 저희 집 문을 두드리고 계시겠네요?" 알베르는 기쁜 듯이 소리쳤다.

"어떨까요, 같은 날 같은 시간으로 약속하면? 미리 말씀드리지만, 저는 시간에는 괴팍할 정도로 정확해서."

"같은 날 같은 시간," 알베르가 말했다. "좋습니다."

"그럼 그렇게 결정합시다." 백작은 거울 옆에 걸려 있는 달력으로 손을 뻗었다. "오늘은 2월 21일(이렇게 말하면서 그는 시계를 꺼냈다). 지금은 오전 10시 반. 그럼 5월 21일 오전 10시 반에 기다려 주시겠습니까?"

"좋습니다!" 알베르가 말했다. "점심을 준비해 두겠습니다."

"그런데 주소는?"

"엘데 거리 27번지입니다."

"아직 부모님과 함께 사실 텐데 폐가 되지 않을는지?"

"아버지의 집에 살고 있지만, 제 방은 완전히 동떨어진 뜰 한 구석에 있는 걸요."

"좋습니다."

백작은 수첩을 꺼내 그 속에 몇 글자 써넣었다.

'엘데 거리 27번지, 5월 21일, 오전 10시 반'

백작은 메모한 수첩을 주머니에 도로 넣으면서 말했다. "그럼, 안심하십시오. 댁의 시계바늘도 저만큼 정확하지는 않을 겁니다."

"떠나기 전에 한 번 더 뵐 수 있을까요?" 알베르가 물었다.

"그건 봐야 알겠습니다. 언제 떠나실 겁니까?"

"내일 저녁 5시입니다."

"그럼 지금 인사를 해야겠군요. 나폴리에 볼일이 있어서 토요일 저녁이나 일요일 아침이나 되어야 돌아올 테니까요. 그러면 당신은?" 백작은 프란츠를 보면서 말했다. "당신도 역시 떠나십니까, 남작?"

"예."

"프랑스로?"

"아닙니다. 베네치아입니다. 전 아직 1, 2년은 더 이탈리아에 있을 겁니다."

"그럼 파리에서는 만나지 못하겠군요?"

"유감이지만 그럴 것 같습니다."

"그럼 두 분 다 안녕히 가십시오." 이렇게 말하면서 백작은 두 청년에게 차례대로 손을 내밀었다. 처음으로 그의 손을 만진 프란츠는 자기도 모르게 움찔놀라고 말았다. 백작의 손이 마치 죽은 사람의 손처럼 얼음장같이 차가웠던 것이다.

"그럼 다시 한 번 말씀드립니다만," 알베르가 말했다. "분명히 약속하신 겁니다. 엘데 거리 27번지, 5월 21일, 오전 10시 반."

"5월 21일, 오전 10시 반, 엘데 거리 27번지." 백작이 되풀이했다.

그런 다음 두 청년은 백작에게 인사를 하고 자기 방으로 돌아갔다.

"왜 그러나?" 방에 돌아오자마자 알베르가 프란츠에게 물었다. "무척 걱정하

는 눈치던데."

"그래," 프란츠가 말했다. "난 솔직히 말해서 백작님이 정말 이상한 사람이
라고 생각해. 그래서 자네가 파리에서 만날 약속을 잡은 것이 나는 좀 불안
하네."

"그 약속이…… 불안하다고! 무슨 소리야, 자네 정신이 좀 이상해진 거 아닌
가, 프란츠?" 알베르가 소리쳤다.

"흠," 프란츠가 말했다. "미쳤는지 어쨌는지 모르겠지만, 어쨌든 사실은 사실
인 걸."

"내 말 좀 들어봐." 알베르는 말을 계속했다. "말이 나온 김에 한 마디 하겠
는데, 내가 보니 자넨 백작에게 상당히 쌀쌀하게 구는 것 같더군. 그에 비해
백작 쪽에서는 정말 더할 나위 없이 완벽한 태도였어. 그래서 말인데 자네 혹
시 백작과 뭔가 특별한 일이라도 있었던 것 아닌가?"

"그럴지도 모르지."

"여기서 만나기 전에 어디 다른 데서 만난 적이 있나?"

"그래."

"어디서?"

"얘기해 줄 순 있지만 누구에게도 절대로 말하지 않겠다고 약속하게."

"물론이지."

"맹세할 수 있어?"

"맹세하네."

"좋아, 그렇다면 얘기하지."

그리하여 프란츠는 알베르에게, 자기가 몬테크리스토 섬에 갔던 일, 어쩌다가 밀수업자들과 함께 어울리게 되었고, 또 그들 가운데 코르시카 산적 두 명을 만나게 된 일, 그리고 특히 그 《아라비안나이트》의 동굴 속에서 백작에게 마치 꿈에서나 일어날 법한 대접을 받았던 일에 대해 자세히 얘기해 주었다. 또 만찬에 대한 것과 해시시, 조각상, 현실과 꿈 사이를 오갔던 일들을 덧붙여 말했다. 그리고 깨어났을 때, 그런 사건에 대한 기억과 증거로는, 그림자 같은 여운을 남기며 포르토베키오를 향해 수평선 멀리 나아가던 작은 요트뿐이었음을 얘기했다.

그 다음엔 이야기의 무대가 로마로 옮겨졌다. 밤에 콜로세움에서 백작과 밤파가 페피노에 대해 얘기하는 것을 엿들은 일, 얘기 속에서 백작은 페피노의 특사를 약속하고, 그 약속이 독자 여러분도 이미 알고 있듯이 완벽하게 이행된 것도 얘기해 주었다. 이야기가 이제 전날 밤에 있었던 일까지 이르자 프란츠는 몸값을 마련하는 데 6, 7백 피아스트르가 모자라는 걸 알았을 때의 당혹감, 문득 생각이 나서 백작에게 부탁하러 갔던 일, 그것이 그렇게 훌륭하고 만족스러운 결과를 가져온 것 등을 이야기했다.

프란츠가 하는 얘기를 전부 귀 기울여 듣고 나서 알베르가 말했다.

"그래서 어쨌다는 얘긴가? 지금까지 얘기 가운데 어디가 이상하다는 거지? 백작은 여행을 하고 있고, 자기 배를 가지고 있어. 그건 그 사람이 부자이기 때문이지. 포츠머스나 사우샘프턴 같은 곳에 가봐, 영국 부자들의 요트로 항구가 북적댈 테니까. 그들도 백작과 비슷한 환상을 가지고 있는 거라고. 여행 중에 들르는 곳으로 삼으려고, 그리고 내가 지난 4개월간 그런 것처럼 넌덜머리나는 끔찍한 음식을 먹지 않으려고, 또 자네가 지난 4년간 그랬던 것처럼 자고 싶어도 잠을 이룰 수 없는 형편없는 침대에서 자지 않으려고, 백작님은 몬테크리스토 섬에 임시거처를 꾸민 것뿐이잖아? 임시거처를 꾸며놓고 두려워졌겠지. 왜냐하면 토스카나 정부가 허가를 내주지 않으면 들인 비용을 날릴 수도 있으니까. 그래서 아예 섬을 사들이고 그 섬에 자기 이름을 붙인 거지. 기억을 더듬어 보게, 친구. 자네가 아는 사람들 중에 얼마나 많은 사람들이 전혀 알지도 못하는 지명을 따서 자기 성으로 삼는지 말이야."

"하지만 일행 중에 코르시카 산적이 있었던 건 어떻게 하고?"

"그게 뭐가 이상해서 그러나? 자네도 알겠지만, 코르시카의 산적들은 도둑이 아니란 말일세. 그들은 다만 뭔가 복수를 하고 도시와 마을에서 쫓겨나게 된 도망자에 지나지 않아. 그러니까 그런 자를 만났다고 해서 신분에 해가 될 일은 없다는 말이야. 이를테면 나만 해도, 만약 코르시카에 갈 일이 있다면, 총독이나 지사에게 소개를 받기 전에, 그럴 기회만 있다면 콜롱바의 산적을 만나보게 해달라고 할 생각이네. 난 산적을 좋아하거든."

"하지만 밤파와 그 일당은? 놈들은 사람을 잡아가고 도둑질을 하네. 그것에 대해선 자네도 부인하지 않겠지. 그런데도 백작이 그런 자들에게 실력을 행사하고 있는 것에 대해선 어떻게 생각하나?"

"난 바로 그 힘 덕분에 목숨을 건졌어. 그러고 보면 나는 더더욱 그 점에 대해 정면으로 이러쿵저러쿵 말할 자격이 없군. 그러니 내가 자네처럼 백작을 크게 비난하지 않고 너그럽게 봐줘도 하는 수 없는 일이잖아? 좀 과장일지 모르지만 생명의 은인까지는 아니더라도 어쨌든 4천 피아스트르, 즉 프랑스 돈으로 2만4천 프랑이라는 거금을 안 써도 되게 해줬으니까. 프랑스에서라면 누가 나에게 그만한 값을 매겨 주겠어? 말하자면," 알베르는 웃으면서 덧붙였다. "예언자가 자기 고향에서는 대접을 받지 못하는 격이지."

"그런데 문제는 바로 그거야. 도대체 백작은 어느 나라 사람일까? 어느 나라의 언어를 사용하고 있지? 어떤 방식으로 지위를 유지하는 걸까? 그 막대한 재산은 어디서 났고? 대체 그 사람의 지난 인생이 어땠기에 그렇게 세상을 싫어하고, 음울하면서도 신비에 싸인 인간이 되었을까? 내가 자네라면 꼭 알고 싶은 것은 바로 그런 것이야."

"프란츠, 자네가 내 편지를 받고 아무래도 백작의 도움이 필요하다고 생각했을 때, 자넨 그 사람에게 가서 이렇게 말했겠지. '제 친구 알베르 드 모르세르가 위험에 처했습니다. 제발 도와주십시오'라고."

"그랬지."

"그럼, 백작은 자네에게 이런 걸 묻던가? 알베르 드 모르세르 씨는 누구입니까? 어떻게 그런 이름을 가지게 되었습니까? 재산은 어디서 손에 넣었습니까? 어떤 생활을 하고 있습니까? 그리고 국적은? 태어난 곳은? 그런 걸 묻던가?"

"묻지 않았네."

"그렇다면 백작이 구해주러 왔다는 것, 그것만으로도 충분하지 않은가? 그는 나를 밤파의 손에서 구해 주었어. 실은 지금이니까 고백하지만, 그때 겉으로는 태연한 척했지만 속으로 무서워서 떨고 있었지. 그런데 말이야, 난 그만한 일을 해준 데 대한 보답으로, 파리에 오는 그렇고 그런 러시아 공작이나 이탈리아 공작에게 해주는 정도의 일을 부탁받았을 뿐이야. 그저 사교계에 나가서 소개해 달라는 것이잖아. 그것을 거절하란 말인가! 어떻게 그럴 수가 있겠나?"

지금까지와는 달리 이번에는 알베르의 말이 옳았다.

"하는 수 없군." 프란츠는 한숨을 내쉬었다. "자네 마음대로 하게. 물론 자네가 하는 말도 맞지만, 그래도 몬테크리스토 백작이 수상한 인물인 건 틀림없어."

"몬테크리스토 백작은 자선가야. 왜 파리에 가는 건지 자기 입으로 말하지는 않았지만, 그건 바로 몽티옹 상*1을 타기 위한 거야. 그리고 그것을 받는 데, 내 표와 그 못생긴 사내*2의 후원만 있으면 된다고 말한다면, 좋아, 기꺼이 내 표를 던져 주고 후원도 맡아 줄 생각이야. 자, 이제 이 이야기는 그만두고 밥을 먹으러 가지 않겠나? 그리고 관광의 마지막 코스로서 성베드로 대성당에 가세나."

모든 건 알베르의 제안대로 진행되었다. 그리고 이튿날 오후 5시 두 청년은 헤어졌다. 알베르 드 모르세르는 파리로 돌아가기 위해, 그리고 프란츠 데피네는 1주일가량 베네치아에 다녀오기 위해서였다.

---

*1 18세기 프랑스의 유명한 자선가 이름을 딴 덕행상.
*2 그 무렵 아카데미 프랑세즈의 사무총장. 몽티옹 상의 수상에 관여했다.

　그러나 마차에 오르면서 알베르는 호텔보이에게 부탁하여 몬테크리스토 백
작 앞으로 명함을 한 장 남겼다. 그는 자기가 초대한 손님이 약속을 잊지 않을
까 걱정한 것이다. 명함 위에는 '자작 알베르 드 모르세르'라는 이름 밑에 연필
로 다음과 같은 글이 적혀 있었다.
　'엘데 거리 17번지, 5월 21일 오전 10시 반.'

오찬에 참석한 손님들

알베르 드 모르세르가 로마에서 몬테크리스토 백작과 만날 약속을 정했던 엘데 거리의 그 집에서는, 5월 21일 오전에 젊은이의 약속을 이행하기 위한 만반의 준비가 갖춰져 있었다.

알베르는 넓은 안뜰 한쪽, 하인들이 지내는 건물과 마주보는 별채에 살고 있었다. 그 별채의 창은 두 개만 거리 쪽으로 나 있고, 다른 창문들은, 세 개는 안뜰 쪽으로, 두 개는 반대로 정원 쪽으로 뚫려 있었다.

그 안뜰과 정원 사이에 모르세르 백작 부처가 지내는 최신 유행의 넓은 저택이, 제정시대의 보기 흉한 건축양식으로 지어져 있었다. 저택에서 거리를 향한 쪽에는 끝에서 끝까지 군데군데 꽃 화분이 놓여 있는 담장이 높이 솟아 있고, 그 담장은 한가운데쯤 뾰족한 창끝 모양의 창살 끝에 금빛을 칠한 커다란 철문으로 단절되어 있었다. 이것이 그 집의 정문이었다. 따로 경비실에 붙어 있다시피 한 작은 문이 있는데, 이것은 저택의 주인과 하인들이 걸어서 출입할 때 사용하는 쪽문이었다.

알베르의 거처가 이러한 별채로 되어 있다는 점에서, 자식과 떨어지고 싶지는 않지만 그렇다고 자작 정도의 나이가 있는 청년에게는 완전한 자유를 줘야 한다는 것을 이해하는 어머니의 섬세한 배려를 볼 수 있다. 그런 한편, 거기에는 이것도 미리 얘기해 두어야 하는 일이지만, 아름답게 채색된 조롱 속의 새처럼 부모 밑에서 편안하게 지내면서도 자유를 구가하는, 아들의 영리한 이기주의도 인정하지 않을 수 없었다.

알베르는 거리로 향한 두 창문을 통해 밖을 지나가는 사람들을 볼 수 있었다. 밖을 바라보는 것은, 언제나 자신의 시야를 가로질러 가는 사람들을 보고 싶어 하는 청년들에게는 꼭 필요한 일이다. 설령 시야가 거리의 풍경에 한정되어 있다 해도 전혀 문제가 되지 않았다. 그리고 그렇게 밖을 내다보는 동안 더욱 면밀히 관찰할 만한 가치가 있는 대상이 나타나면, 알베르는 경비실 옆에 있는 작은 출입문으로 나가서 자세한 탐색을 계속할 수 있었다. 이제 그 출입문에 대해 좀 더 자세히 설명하기로 하자.

그것은 이 저택이 지어진 날부터 모든 사람한테서 잊혀 있어서, 그대로 영원히 닫혀 있을 것만 같은 작은 여닫이문이었다. 사람들 눈에 띄지 않은 채 조용히 먼지가 쌓여 있지만, 꼼꼼하게 기름칠이 되어 있는 자물쇠와 경첩으로 보아, 이 문이 끊임없이 남몰래 사용되고 있음을 알 수 있었다. 이 작은 문은 다른 문 두 개와 반대 방향으로 나 있었다. 그리고 문지기의 감시와 권한을 비웃으며 가시영역에서 벗어나 있으면서, 마치 《아라비안나이트》에 나오는 유명한 동굴의 문처럼, 그러니까 알리바바의 신비한 주문 '열려라, 참깨!'처럼, 비할 데 없이 상냥한 목소리로 주문을 외거나 부드러운 손가락으로 가볍게 두드리면 저절로 열렸다.

이 작은 문을 들어서면 조용하고 넓은 복도가 나오는데 그곳이 곧 대기실이고, 그 끝의 오른쪽에는 안뜰을 바라보는 알베르의 식당, 왼쪽에는 정원을 바라보는 그의 작은 객실이 있었다. 창 앞에 부채꼴로 뻗어 있는 나무와 덩굴풀은 단 두 개의 방으로 이루어진 1층 내부를 안뜰과 정원으로부터 가려주고 있어서, 무례한 사람들이 들여다 볼 우려도 없었다.

2층에도 아래층처럼 방이 두 개 있고, 그 밖에 아래층의 대기실 위로 방 하나가 더 있었다. 그 세 개의 방들은 각각 객실과 침실과 거실이었다. 아래층의 객실은 애연가들을 위해 알제리풍의 커다란 소파를 놓은 방이었다. 2층의 거실은 침실로 통하고 있고, 눈에 띄지 않는 입구를 통해 계단으로 나갈 수 있게 되어 있었다. 그만큼 그곳은 세심한 주의를 기울여 설계되었다고 할 수 있었다.

3층은 넓은 아틀리에가 차지하고 있었다. 그곳은 낮은 벽과 칸막이벽을 터서 넓혀 놓은 곳으로, 예술가 기질과 멋쟁이 한량의 기질이 한판 승부를 벌이는 대혼란의 장소였다. 그곳에는 알베르가 기분 내키는 대로 사들인 물건들이 가득 쌓여 있었다. 그 가운데에는 사냥 나팔 여러 개 베이스, 플루트 등 관현악단 하나를 만들 수 있을 만큼의 악기들도 있었다. 그것은 알베르가 한때 음악에 대해 취미를 넘어 허무맹랑한 공상에 빠져 있었기 때문이다. 이젤과 팔레트, 파스텔도 있었는데 그것은 음악에 대한 공상에 이어 그림에서 자기만족을 찾은 적이 있었기 때문이다. 그리고 펜싱용 칼, 권투 글러브, 목검, 그리고 여러 가지 지팡이가 있었는데, 이것은 그 무렵 청년들이 누구나 그랬던 것처럼, 그림이나 음악과는 비교도 되지 않을 정도로, 무사로서의 교육을 완성하는 데 필요한 세 가지 기술, 즉 검도와 권투와 봉술에 열중했던 적이 있었기 때문이다. 그는 신체의 단련을 위해 마련된 이 방에서 그리시에르, 쿡스, 샤를 르부셰 같은 사람들에게 수업을 받은 적도 있었다.

그 밖에 이 특별한 방 안에 있는 것이라고 하면, 프랑수아 1세 시대의 오래된 궤짝이 있는데, 그 안에는 중국 자기와 일본의 꽃병, 루카 델라 로비아의 도기, 베르나르 드 팔리시의 접시가 가득 들어 있었다. 또 앙리 4세나 쉴리, 루이 13세 또는 리슐리외 같은 사람들이 앉았을지도 모르는 옛날의 안락의자도 있었다. 감청색 바탕으로 이루어진 그 의자 두 개에 프랑스의 백합꽃 세 송이가 빛나고 있고, 그 위에 왕관이 그려진 문장(紋章)이 새겨져 있는 것으로 보아, 명백하게 루브르궁의 집기창고나 적어도 어느 왕궁의 창고에서 나온 것이 틀림없었다. 가운데 부분이 심하게 거무칙칙한 안락의자 위에는 고급 천들이 아무렇게나 던져져 있었다. 그 천의 강한 색깔들은 페르시아의 태양 빛을 머금고 있어서, 콜카타나 찬데르나고르 같은 지방 여자들의 손으로 짠 것이 분명했다. 그런 천들을 어디다가 쓰는 건지는 굳이 언급할 필요도 없었다. 그 천들은 그걸 갖다놓은 사람도 어디에 써야 할지 모르는 그 쓰임새를 기다리면서, 다만 사람들의 시선을 끌고, 그 황금빛 비단광택으로 별실을 빛내주고 있었던 것이다.

가장 눈에 잘 띄는 곳에는 피아노가 한 대 놓여 있었다. 롤레에블랑셰 사(社)가 장미목으로 재단한 그 피아노는 걸리버 여행기의 소인국에 나올 법한 이 살롱의 크기에 맞추어, 좁은 그 울림통 속에 오케스트라를 담아내긴 하지만, 베토벤·베버·모차르트·하이든·그레트리·포르포라 같은 걸작들의 기에 눌려 신음하고 있었다.

그리고 문 위쪽과 천장과 벽을 따라서는 칼과 단검, 철퇴, 또는 금빛을 칠하고 상감으로 세공한 갑주들이 장식되어 있었다. 또 식물 표본과 광석, 부동(不動)의 비상(飛翔)을 위해 불꽃 같은 색깔의 날개를 펼치고, 벌린 채 다물 줄 모르는 부리를 보여 주는 박제한 새도 있었다.

이 방이 알베르가 특별히 마음에 들어 하는 방임은 더 말할 나위도 없었다. 그러나 청년은 약속한 그 날에는 일반적인 예복을 입고 아래층의 작은 객실에 자리 잡았다. 그곳에는 넓고 푹신한 침대의자가 멀리서 에워싸고 있는 테이블 위 또는 네덜란드 사람들이 좋아하는 잔금이 나게 구운 도기 항아리 속에, 상트페테르부르크의 노란 담배부터 메릴랜드, 푸에르토리코, 라타키아, 시나이의 검은 담배에 이르기까지 이름 있는 담배란 담배는 모두 들어 있었다. 그 옆에는 향나무 함 속에 크기와 품질 순으로 피로스, 레갈리아, 하바나, 마닐라 담배가 들어 있고, 문이 열려 있는 찬장 속에는 다양한 독일산 파이프와 호박 물부리에 산호로 장식된 터키식 긴 담뱃대들, 또 모로코가죽으로 만든 기다란 관이 뱀처럼 말려 있고 금박을 입힌 물담배통들이 가지런히 진열되어 있어서, 흡연자들이 각자 기분과 취향이 내키는 대로 꺼내가기만을 기다리고 있었다. 그러한 정돈, 아니 정돈이라기보다는 뒤죽박죽인 그 나열은 알베르가 직접 계획한 것이었다. 좀 신식이라는 오찬 손님들은 커피를 마신 뒤에, 입 밖으로 새어나온 연기가 천장을 향해 올라가며 길고 변화무쌍하게 원을 그리는 모습을 바라보기 좋아한다는 점을 고려한 것이었다.

10시 15분이 되자 하인이 들어왔다. 15살짜리 그 시동은 영어밖에 할 줄 몰라서 존이라고 불러야만 반응을 보였는데, 모르세르가 부리는 유일한 하인이었다. 물론 보통 때는 안채의 요리사를 부릴 수도 있고, 큰 모임이라도 있는 날엔 아버지 모르세르 백작의 하인을 부릴 수도 있었다.

제르맹으로 불리면서 젊은 주인의 신임을 한 몸에 받고 있는 그 시종은 신문을 한 뭉치 들고 와서 테이블 위에 내려놓은 뒤, 편지 한 다발을 알베르에게 건넸다. 알베르는 그 다양한 편지를 무심하게 훑어보다가 그 속에서 필적이 아름답고 향기 나는 봉투에 든 것을 두 통 골라 봉투를 뜯더니 마음이 끌리는 듯 읽어내려 갔다.

"이 편지는 어떻게 왔지?" 그가 물었다.

"한 통은 우편으로 왔고 한 통은 당글라르 부인의 하인이 가져왔습니다."

"당글라르 부인께서 자기 특별부스로 초대하겠다니 기꺼이 가겠다고 전해…… 아, 잠깐만…… 그리고 낮에는 로자 씨 댁에 들러서, 초대해 주신 대로 오페라를 보고 돌아가는 길에 함께 야식을 하러 가겠다고도 전하고. 포도주는 키프로스, 헤레스, 말라가산(産)을 종류대로 섞어서 여섯 병 가져가고, 오스탕드산 굴을 한 통 가져가…… 굴은 보렐 씨 가게에서 사도록 하고, 내가 먹을 거라고 꼭 말하게."

"식사는 몇 시쯤 하시겠습니까?"

"지금, 몇 시지?"

"10시 15분 전입니다."

"그럼 10시 반 정각에 먹게 해주게. 드브레는 청사에 나가봐야 할 거고……." 알베르는 수첩을 살펴보더니 말을 이었다. "게다가 5월 21일 오전 10시 반, 그래, 분명히 이 시간이야. 크게 기대는 하지 않지만 나만은 정확하게 지키고 싶어. 그런데 어머니는 일어나셨을까?"

"보고 오겠습니다."

"음…… 리큐어 좀 주시라고 말씀드리게, 내 술창고엔 없거든, 3시쯤 어머니 방에 가서 손님 한 분을 소개하고 싶다고 전해 줘."

하인은 나갔다. 알베르는 침대의자 위에 몸을 던지고 신문을 두세 가지 뜯어서 공연란을 살피다가, 발레가 아니라 오페라를 하고 있는 것을 알고 얼굴을 찌푸렸다. 이어서 화장품 광고란에서 사람들이 말하던 치약 광고를 찾아봤지만 어디에도 없었다. 그는 파리에서 가장 많이 읽는 세 장의 신문을 차례차례 던져 버리고, 크게 하품을 한 번 한 뒤 중얼거렸다.

"이 신문들도 점점 재미가 없어지는군."

이때 소형 마차 한 대가 문 앞에 멈춰 섰다. 잠시 뒤 하인이 다시 방에 들어와서 뤼시앵 드브레 씨가 왔음을 알렸다. 늘씬한 금발머리의 이 청년은 창백한 안색과 침착한 잿빛 눈, 차갑게 보이는 얇은 입술을 갖고 있었다. 조각이 새겨진 금단추가 달린 청색 연미복에 하얀 넥타이를 매고 있었으며, 비단 끈이 매달린 대모갑 테 코안경을 눈썹과 광대뼈 근육을 이용하여 오른쪽 눈의 움푹한 곳에 끼고 있었다. 그는 미소도 짓지 않고 입을 다문 채, 반쯤 격식을 차린 딱딱한 태도로 들어왔다.

"오, 드브레…… 왔나?" 알베르가 말했다. "이렇게 시간을 딱 맞춰서 오다니 놀랐는걸! 정말 정확하군! 자네가 가장 늦게 올 줄 알았는데 15분 전 10시에 오다니. 게다가 약속 시간은 10시 반이잖나! 이건 기적인데! 혹시 내각이 무너지기라도 했나?"

"그럴 리가." 청년은 긴 의자에 몸을 묻으면서 말했다. "안심하게. 늘 위태위태하긴 해도 내각이 뒤집히는 일은 없을 테니까. 반도(에스파냐) 사건도 우리의 지반을 튼튼하게 다져 줄 것이니 영원히 파면될 우려도 없을 거고 말이야."

"그렇지 참, 카를로스를 에스파냐에서 추방하려고 했으니까."

"그렇지 않아. 혼동하면 곤란해. 우리는 카를로스를 프랑스 국경 저편에서 데려올 생각이야. 그리고 부르주에서 왕의 대우를 해주려는 거지."

"부르주라니?"

"그래, 카를로스도 할 말 없을걸! 부르주는 샤를 7세 때의 수도잖아. 아니, 자넨 그걸 모르고 있었던 거야? 어제부터 파리 시내가 온통 들끓고 있어. 게다가 이 정보는 그저께 주식 거래소까지 소문나고 말았어. 왜냐하면 당글라르 씨가 주가 상승을 내다보고 주식을 사들여서 1백만 프랑이나 벌었거든. 나로서는 그 사람이 언제 어떤 수단으로 우리와 거의 동시에 그 사실을 알아냈는지 도무지 알 수 없지만 말이야."

"그리고 자네는 새로운 훈장을 받은 것 같고. 자네 훈장 꽂는 핀에 푸른 띠가 추가된 것이 보이는군."

"아, 샤를 3세 대훈장을 받았네." 드브레는 별일 아니라는 듯이 대답했다.

"뭐 그렇게 관심 없는 듯이 말할 게 뭐 있나. 받아서 좋다고 얼른 털어놓게."

"그건 그래. 패션을 완성해 주니까. 단추 달린 검은 연미복에 훈장이 있으면 아주 그만이지, 멋지잖아."

"게다가," 모르세르가 미소 지으며 말했다. "웨일스의 왕자나 라이히슈타트의 공작처럼 보이게 하지."

"그런데 내가 왜 빨리 왔는지 그 이유를 알겠지?"

"샤를 3세 대훈장을 받아서? 그 기쁜 소식을 알려주고 싶어서인가?"

"아니야, 발송업무로 밤을 샜기 때문이라네. 외교전보가 25통이었어. 오늘 아침 먼동이 터오를 때 집에 돌아갔는데, 자려고 했지만 머리가 아파서 견딜 수가 있어야지. 그래서 일어나서 한 시간가량 말을 탔지. 그런데 불로뉴 숲으로 가니까 이번에는 피로와 공복감으로 도저히 견딜 수가 없는 거야. 이 두 가지 적이 함께 찾아오는 일은 좀처럼 없는데, 오늘만큼은 그 두 가지가 동맹을 맺고 협공을 해온 거지. 말하자면 카를로스당과 공화당의 동맹군 같은 거라고나 할까. 그때 문득 오늘 오전에 자네 집에서 오찬을 하기로 한 것이 생각나더군. 그래서 이렇게 찾아온 거라네. 배가 고파 죽겠어. 뭐든 먹을 걸 좀 주게. 그리고 기분이 울적해서 견딜 수가 없으니 뭔가 재미있는 얘기라도 들려주게나."

"그건 주인으로서의 내 의무야, 친구." 알베르는 그렇게 말하면서 하인을 부르는 초인종을 울렸다. 그동안 뤼시앵은 터키석이 박히고 사과모양을 한 금 손잡이의 단장 끝으로 접힌 신문들을 쳐올렸다.

"제르맹, 헤레스 한 잔과 비스킷을 내오게. 뤼시앵, 자네는 그게 나올 때까지, 물론 밀수입품이긴 하지만 여기 퀼련이 있으니 한번 피워 봐. 자네의 대신한테 가서 국민들에게 그런 호두나무 잎사귀 같은 것이나 억지로 피우게 하지 말고 이런 걸 좀 팔라고 하게나."

"쓸데없는 소리 마! 그런 건 사양하겠어. 정부의 손에서 나온 것이라면 덮어놓고 불평을 한다니까. 뭐든지 나쁘게 보고 말이야. 게다가 그건 내무성이 할 일도 아니야. 재무성 소관이지. 관세과의 위망 씨한테나 말해 보게. 재무성 26호실."

"과연!" 알베르가 말했다. "놀랍군. 뭐든지 다 알고 있군그래. 그건 그렇고 퀼

런은 어떤가?"

"아!" 드브레는 도금된 촛대에서 타오르고 있는 분홍색 양초로 마닐라 궐련에 불을 붙이더니, 소파에 기대앉으면서 말했다. "아, 아무 할 일도 없는 자작님은 행운아라니까! 그런데도 자넨 자네 자신의 행복을 모르고 있지!"

알베르도 가벼운 야유를 담아서 말했다.

"그럼, 자네같은 왕국의 중재자께서 아무것도 하지 않겠다면 뭘 하시겠다는 건가, 응? 대신 특별비서관으로서 유럽의 거대한 음모 속에 뛰어들기도 하고, 파리에서 일어나는 사소한 일에도 얼굴을 내밀어야 하지. 보호해야 할 왕들과, 아니, 그보다 더한 왕비님들과 규합해야 할 정당과 지휘해야 할 선거가 있는 데다, 나폴레옹이 칼과 승리로 전쟁터를 좌우한 것 이상으로 펜과 전보로 내각을 마음대로 주무르고 있지 않나. 직책에 대한 봉급 말고도 2만5천 리브르의 연수입이 있고, 샤토 르노가 4백 루이를 주겠다는데도 팔지 않는 근사한 말도 있고, 바지를 짓는 데 있어서는 단 한 번도 실수한 적이 없는 재단사도 있고, 오페라극장도 있고, 경마클럽도 있고, 바리에테 극장도 있지 않은가? 그래도 자네는 재미없다고 불평하는 거야? 정 그렇다면 내가 재미있는 일을 하나 만들어주지."

"어떻게?"

"새로운 인물을 소개할게."

"남자, 여자?"

"남자야."

"뭐야, 남자! 남자라면 지겨울 정도로 아는 사람이 많다네."

"하지만 내가 말하는 이런 남자는 아마 없을걸."

"어디 사람인데? 세상 끝에서라도 온 남자인가?"

"어쩌면 더 먼 데서 왔는지도 모르지."

"흥! 그렇다고 설마 그자가 우리의 오찬을 가지고 오는 건 아닐 테지?"

"그건 걱정 안 해도 돼, 오찬은 어머니의 부엌에서 준비되고 있으니까. 그렇게 배가 고픈가?"

"응, 털어놓고 말하기는 좀 거북하지만, 사실은 그래. 어제 빌포르 씨 댁에서 저녁식사를 했는데, 자네는 이게 무슨 말이냐고 하겠지? 법조계 사람들 집에서 하는 만찬은 아주 불편하다네. 그 사람들은 늘 양심의 가책을 받고 있는 것 같거든."

"아! 물론 다른 분야 사람들의 만찬을 헐뜯어야겠지. 자네 상관인 국무대신들 집의 만찬이 훌륭하다는 말을 곁들여서 말이야."

"그래, 하지만 우린 적어도 제대로 된 사람들은 초대 자체를 안 하지. 우리가 잘 보여야 하거나, 특히 좋은 표를 던져줄 몇몇 촌놈들을 저녁 식탁에 맞이해야 할 의무만 아니라면, 우리는 식사 자리에 흑사병이라도 와서 앉은 것처럼 서로 경계할걸. 믿어주게."

"자, 친구, 헤레스도 한 잔 더하고, 다른 비스킷도 먹어 보게."

"그러지. 자네 집의 에스파냐 포도주는 정말 맛있군. 그 나라를 평화로운 나라로 만들어 준 건 정말 잘한 일이라고 생각하지 않나?"

"그래. 하지만 돈 카를로스*는 어쩌고?"

"뭘, 돈 카를로스는 보르도 포도주를 마시면 되지. 그리고 10년 뒤에는 우리가 그의 아들을 공작의 딸과 결혼시켜주면 될 게 아닌가."

"그렇게 되면 황금양털 훈장을 받을 만도 하겠는걸. 만약 자네가 그때까지 내각에 있다면 말이야."

"그런데 알베르, 자넨 오늘 아침 내 배를 취기로 채울 방안을 채택한 것 같군."

"이봐! 그게 또 위장을 가장 즐겁게 해주는 거잖나, 거기에 맞추라고. 아니, 그런데 옆방에서 보샹의 목소리가 들리는군. 둘이서 언쟁을 해보게. 그러면 좀 참을 만할 테니."

"뭐에 대해서?"

"신문에 대한 얘기라도."

"이봐, 알베르." 드브레는 더없는 모멸의 빛을 보이면서 말했다. "내가 신문 따위를 읽을 거라고 생각하나!"

"그렇다면 더 잘 됐군, 언쟁이 더 심해질 테니까."

"보샹 씨가 오셨습니다." 하인이 알렸다.

"자, 자, 어서 오게, 멋진 글쟁이 녀석!" 알베르는 일어나서 손님을 맞이하러 나갔다. "이봐, 여기 있는 드브레가 뭐랬는지 아나. 자네가 너무 싫고, 자네가

---

*1 에스파냐의 왕자.

쓴 기사는 읽지도 않는다는 거야. 이건 적어도 드브레가 직접 한 말이라고."

"그야 그럴 수 있지," 보샹이 말했다. "그건 나도 마찬가지야. 나도 이 사람이 하는 일에 대해 잘 알지도 못하면서 그저 비난만 하고 있으니까 말이야. 잘 있었나, 3등 훈장 수훈자님."

"아니, 벌써 그걸 알고 있었군?" 특별 비서관은 신문기자와 악수와 미소를 주고받으면서 말했다.

"당연하지!" 보샹이 말했다.

"그래 세상에선 뭐라고 말들 하던가?"

"어느 세상 말인가? 이 1838년에는 여러 세상이 있으니까 말이야."

"말하자면! 비판 정치적 세계지. 자네도 거기 몸담고 있는 사자들 가운데 한 마리잖나."

"그래, 매우 당연한 일이라고들 하지. 자네들이 붉은 피를 많이 뿌렸기 때문에 파란 것*2도 조금 거두는 거라고."

"좋게 좀 넘어가세." 드브레가 말했다. "보샹, 자네는 왜 우리 내각에 들어오지 않나? 자네 같은 재능이면 3, 4년 안에 한몫 잡을 수 있을 텐데 말이야."

"자네 충고를 따른다고 하면 내가 기다리는 건 오직 하나야. 6개월은 보장되는 내각이지. 그건 그렇고, 알베르, 불쌍한 뤼시앵을 안심시켜 줘야 될 것 같아서 그러는데, 한 가지만 물어보세. 도대체 우린 오찬을 먹는 건가 아니면 만찬을 먹는 건가? 난 의회에 가야 해서 말이야. 우리 직업에서 벌어지는 일들이 자네가 생각하는 것처럼 모두 유쾌한 것만은 아니거든."

"물론 오찬이지. 이제 두 사람만 기다리면 돼. 그 사람들이 오면 곧 식탁에 앉을 걸세."

"그래, 오찬을 위해 기다리고 있는 그 사람들은 어떤 부류의 사람들인가?" 드브레가 말했다.

"귀족 한 사람과 외교관 한 사람." 알베르가 대답했다.

"그럼 귀족 기다리는 데에 그럭저럭 두 시간, 또 외교관 기다리는 데에 지루한 두 시간은 걸리는 일이겠군. 난 디저트 때 돌아올게. 딸기와 커피와 궐련을 남겨 놓게. 의회에 가서 커틀릿이나 먹어야겠다."

_____

*2 훈장.

"그럴 것 없어, 보샹. 설령 그 귀족이 몽모랑시이고, 그 외교관이 메테르니히라 하더라도, 정각 10시 반에는 식사를 시작할 테니까. 그때까지 드브레처럼 헤레스를 마시고 비스킷이라도 들지 그래."

"그래, 좋지. 그렇다면 있어보겠어. 오늘 아침엔 어떻게든 울적한 기분을 좀 풀어야겠어."

"아하, 자네도 드브레와 같군! 내각이 의기소침할 때 야당은 우쭐할 줄 알았는데."

"이것 봐, 친구, 자넨 모르고 있어. 내가 지금 어떤 어려움에 처해 있는지 말이야. 오전에는 프랑스 하원에 가서 당글라르 씨의 연설을 듣고, 저녁에는 그 사람 부인을 찾아가 프랑스 귀족원 의원의 비극을 경청해야 된다네. 망할 놈의 입헌정부라니까. 우리한테는 선택권이 있었는데 어쩌다가 입헌정부를 선택한 거지?"

"알았어. 자넨 즐거운 일을 어디 가서 만들어서라도 가져올 필요가 있겠는데."

"당글라르의 연설에 대한 험담은 그 정도로 하는 게 어때?" 드브레가 말했다. "그는 자네 아군이야. 야당이라고."

"그러니까 곤란하다는 거지! 그래서 자네들이 그를 상원으로 연설하러 보내기만을 기다리고 있잖은가. 그러면 마음껏 웃어주려고."

"자네," 알베르가 보샹에게 말했다. "그러니까 에스파냐 문제가 해결되어서, 그래서 오늘 아침 그렇게 화가 난 거로군. 그런데 '파리 통신'난에 나와 외제니 당글라르 양의 결혼 기사가 나온 것을 잊지 말게. 이다음에 '자작, 내 딸에게 2백만 프랑을 물려주겠소' 하고 말해줄 사람의 연설을 헐뜯는 소릴 그냥 듣고만 있을 수는 없지."

"무슨 소린가!" 보샹이 말했다 "그런 결혼이 어떻게 가능해? 물론 왕은 그자를 남작으로 만들어 주었고 또 앞으로 귀족으로도 만들 수 있겠지. 하지만 그를 신사로 만들 수는 없을걸. 자네 아버님이신 모르세르 백작님은 2백만 프랑의 돈에 결혼을 승낙하기에는 너무나 귀족적인 집안이란 말이야. 모르세르 자작쯤 되면 후작 집안의 규수가 아니면 결혼해선 안 되지."

"하지만 2백만이면 상당한 액수야." 모르세르가 말을 이었다. "큰길에 극장을 짓고 식물원과 라페 사이에 철도를 놓을 수도 있는 자본이잖아."

"됐네, 모르세르." 드브레는 마음이 내키지 않는 듯이 말했다. "그냥 결혼해. 어차피 자네는 그 집 돈주머니에 붙은 라벨하고 결혼하는 거잖아, 안 그래? 그러니 중요할 게 뭐가 있어! 그 라벨에 그려진 문장(紋章)은 좀 뒤떨어지더라도 그 대신 '영'이 하나라도 더 붙어있는 게 낫지 않겠나. 자네 집안 문장에는 티티새가 일곱 마리니까 세 마리를 자네 부인에게 주는 거야. 그래도 여전히 네 마리나 남지. 그건 프랑스 왕도 될 뻔하고, 또 사촌이 독일 황제였던 그 기즈 씨의 문장보다도 한 마리가 더 많은 숫자네."

"듣고 보니 자네 말이 맞는 것 같군." 알베르는 멍하니 대답했다.

"그렇다니까! 사생아가 그렇듯이 백만장자라면 다 귀족인 거지. 무슨 말이냐면, 마음만 먹으면 귀족이 될 수 있다는 소리지."

"쉿! 그렇게 말하지 말게." 보샹이 웃으면서 말했다. "샤토 르노가 왔어. 저 녀석, 자네의 그 독설하는 버릇을 고쳐 주려고 자기 조상인 르노 드 몽토방의 칼로 푹 찌를지도 모르니까 말이야."

"그런 짓을 한다면 귀족의 자격이 없는 거지." 뤼시앵이 말했다.

"이런!" 보샹이 소리쳤다. "정부관리가 베랑제의 시 같은 소릴 하고 있네, 도대체 우리나라가 어떻게 되려고 이러는 겁니까, 하느님?"

"샤토 르노 씨와 막시밀리앙 모렐 씨가 오셨습니다."

하인이 손님 두 사람이 왔음을 알렸다.

"그럼 이제 다 모인 셈이군!" 보샹이 말했다.

"자, 그럼 식사를 시작해야지? 내가 잘못 들은 게 아니라면 두 사람만 기다리면 된다고 했으니까, 안 그런가, 알베르?"

"모렐?" 알베르가 놀란 듯이 중얼거렸다. "모렐이 도대체 누구지?"

그러나 그 말이 채 끝나기도 전에, 샤토 르노는 벌써 알베르의 손을 잡고 있었다. 서른 살 가량의 잘생긴 그 젊은이는 머리부터 발끝까지 신사였다. 말하자면 기슈 가 사람의 용모와 모르트마르 가 사람의 기풍을 가지고 있었다.

"이보게," 샤토 르노가 말했다. "내 친구이자 생명의 은인인 알제리 기병대위 막시밀리앙 모렐 씨를 소개하겠네. 하기는 이런 말을 할 필요도 없이 한눈에 그런 줄 알아보았겠지만. 자작, 나의 영웅에게 경의를 표해주게나."

그러면서 그가 옆으로 비켜서자, 가려져 있던 그 훌륭한 젊은이가 모습을 드러냈다. 그는 넓은 이마와 예리한 눈과 검은 수염을 가진, 기품 있는 청년이었다. 독자 여러분은 마르세유에서 보았던 그를 기억하고 있을 것이다. 당시 아주 극적인 상황이었기 때문에 모두들 아직까지 잊지 않았으리라고 생각한다. 모렐은 감탄이 나올 만큼 잘 어울리는 군복을 차려입고 있었다. 반은 프랑스풍 반은 동양풍의 화려한 군복은 레지옹도뇌르 훈장으로 장식된 넓은 가슴을 돋보이게 해주면서, 굴곡을 그리며 당당히 내민 그의 상체를 잡아주고 있었다. 청년장교는 정중하고 예의 바른 태도로 몸을 숙였다. 모렐은 동작 하나하나가 모두 매력적이었는데 그것은 그가 늠름한 젊은이였기 때문이었다.

알베르는 친밀하면서도 격식 있는 태도로 이렇게 말했다.

"샤토 르노 남작은 제가 당신과 친구가 되는 것을 얼마나 기뻐할지 다 알고 있었나 봅니다. 남작과 친구이신 것 같으니 저하고도 부디 친구가 되어 주십시오."

"아주 좋아." 샤토 르노가 말했다. "자작, 필요로 할 때는 나에게 해주셨던 일을 자네에게도 해주십사고 부탁드려 보게나."

"도대체 무슨 일을 하셨기에?" 알베르가 물었다.

"아닙니다." 모렐 대위가 대답했다. "특별히 얘기할 만한 일도 아닌데 좀 과장해서 말씀하신 겁니다."

"예?" 샤토 르노가 말했다. "얘기할 만한 일이 아니라고요? 생명과 관련된 일이 얘기할 만한 일이 아니라면…… 모렐 씨, 그건 아무래도 철학자 같은 말씀이군요……. 매일같이 목숨을 내던지고 사시는 당신께는 그럴지 몰라도 하마터면 목숨을 잃을 뻔한 저에게는……."

"남작, 보아하니 모렐 대위께서 자네 목숨을 구해주신 듯한데?"

"오! 맞아. 정말이라네." 샤토 르노가 말했다.

"어떤 상황이었는데?" 보샹이 물었다.

"보샹, 난 배가 고파 죽을 것 같아!" 드브레가 말했다. "얘긴 제발 그만하면 안 될까."

"하지만 자네, 식탁에 앉는 걸 방해하는 사람은 아무도 없는 것 같은데……. 식사하면서 샤토 르노의 이야기를 듣는 게 어떨까?"

"자, 여러분." 알베르가 말했다. "다시 한 번 양해를 구하겠는데, 아직 10시 15분이네. 그리고 마지막 손님이 아직 오지 않았어."

"그래 맞아, 외교관이 한 사람 올 예정이었지." 드브레가 말했다.

"외교관인지 뭔지 그건 모르겠고, 내가 알고 있는 건 나를 위해 더할 나위 없이 사명을 완수해 주셨다는 거야. 내가 만약 국왕이었다면 황금양털훈장이든, 가터훈장이든, 그 자리에서 가능한 모든 훈장을 주었을 텐데 말이야."

"아직 식사를 시작하지 않을 거면," 드브레가 말했다. "아까처럼 헤레스를 한 잔 더 주게. 그리고 샤토 르노 남작, 자네 이야기를 들어 볼까?"

"내가 아프리카로 떠났던 건 알고 있지?"

"자네 조상도 아프리카에 간 적이 있었잖아, 샤토 르노." 알베르가 상대의 마음을 떠보듯이 말했다.

"맞아, 하지만 내 생각엔 설마 자네가 조상들처럼 그리스도의 무덤을 구하려고 간 건 아니었을 것 같은데."

"물론이야, 보샹." 젊은 귀족이 말했다. "단순히 취미로 권총이나 쏘러 갔던 거지. 결투는 영 싫어져서 말이야. 자네들도 알잖아. 어떤 사건을 조정하려고 내가 선정한 두 입회인 때문에 어쩔 수 없이 친한 친구의 팔을 쏜 뒤로는…… 그래! 가엾게도 그 친구가 프란츠 데피네였잖은가, 자네들도 다 아는 친구지."

"그래 맞아." 드브레가 말했다. "언젠가 결투한 적이 있었지……. 사건의 발단이 뭐였더라?"

"그 일은 떠올리고 싶지도 않아!" 샤토 르노가 말했다. "다만 지금도 기억하고 있는 건, 그만한 솜씨를 그냥 썩히는 게 아까워서, 마침 그때 누가 선물해 준 새 권총을 아랍인을 상대로 시험해 봐야겠다고 생각한 거지. 그래서 오랑까지 배를 타고 가서, 오랑에서 콩스탕틴에 도착했어. 그런데 마침 공위군이 철수하려던 때여서, 나도 그들과 함께 퇴각하게 되었다네. 48시간 내내 낮에는 비, 밤에는 눈에 시달리더니, 사흘째 아침에 결국 내 말이 추위에 얼어 죽고 말았지 뭔가. 가엾은 녀석! 마구간에 있을 때는 늘 담요를 씌워 주고 난로도 넣어 주었었는데……. 그러던 아라비아말이 아라비아에서 10도의 추위를 만났으니 적응을 못한 거지."

"그래서 내 영국 말을 사려는 거로군." 드브레가 말했다. "자네의 아라비아말보다 추위에 강할 거라고 생각하고서?"

"잘못 짚었어, 난 아프리카 같은 곳에는 두 번 다시 가지 않을 생각이니까."

"그럼 아주 호된 일이라도 당했던 건가?" 보샹이 물었다.

"그렇다네." 샤토 르노가 대답했다. "적어도 그렇게 느낄 만한 일이 있었지.

지금도 얘기한 것처럼 말이 죽어버렸기 때문에 난 걸어서 퇴각을 계속했어. 그런데 6명의 아라비아인이 내 목을 노리고 말을 타고 쫓아온 거야. 그 가운데 두 사람은 소총으로, 다른 두 사람은 권총으로 쓰러뜨렸지만, 그래도 두 사람이 남아 있었지. 나는 무기를 빼앗기고 말았어. 한 놈이 내 머리채를 거머쥐었어. 그래서 지금도 머리를 짧게 깎고 있는 거라네, 언제 무슨 일이 일어날지 모르니까. 또 한 놈은 내 목에 둥글게 휜 칼을 갖다 대는 거야. 칼이 닿기가 무섭게 그 차가운 감촉이 섬뜩하게 느껴지더군. 바로 그때 여기 계신 분이 두 사람에게 달려들어서 내 머리채를 붙잡고 있던 놈은 권총으로 쏴 죽이고, 내 목을 베겠다던 놈의 머리를 단칼에 날려 보내셨지. 이분은 바로 그날 사람을 구해 주겠다는 원을 세우고 계셨는데, 우연히 내가 그 행운의 대상이 된 셈이지. 부자가 되면 클라그망이나 마로케티*³에게 '우연'의 동상이라도 하나 세워달라고 부탁할 생각이야."

"맞습니다." 모렐이 웃으면서 말했다. "그날은 9월 5일, 바로 제 아버지가 기적적으로 목숨을 구한 날과 같은 날짜였습니다. 전 제가 할 수 있는 범위에서, 해마다 그날을 기념하기 위해 뭔가 행동을 취하기로 마음먹고 있었지요……."

"어떤가, 정말 용감한 일 아닌가?" 샤토 르노가 끼어들었다. "요컨대 난 운 좋게 그 차례가 돌아온 셈이었지. 그런데 그뿐만 아니야. 나를 칼날에서 구해 주었을 뿐만 아니라 추위로부터도 구해 주셨어. 그것도 성 마르탱*⁴처럼 외투의 반을 준 것이 아니라 외투를 몽땅 주셨으니까. 게다가 굶주림에서도 구해 주셨다네. 나에게 무엇을 나눠주셨을 것 같나?"

"펠릭스 레스토랑의 파이였나?" 보샹이 물었다.

"아니야, 그건 바로 자신의 말이었어. 우리는 그 말고기를 서로 한 토막씩 게걸스럽게 먹었네. 정말 강했었지."

"그 말고기가 말인가?" 알베르가 웃으면서 말했다.

"아니, 희생정신 말이야." 샤토 르노가 대답했다. "알지도 못하는 사람을 위해 자신의 영국 말을 희생시킬 수 있는지, 어디 드브레에게 물어보게."

"모르는 타인이라면 몰라도 친구를 위해서라면 나도 아마 그렇게 했을 걸." 드브레가 말했다.

---

*3 프랑스 조각가들.
*4 4세기 자비의 성자.

"남작, 전 당신이 틀림없이 친구가 되어 주실 거라고 생각했습니다." 모렐 대위가 말했다. "그리고 이미 얘기했듯이 그건 무용이나 희생정신 때문이 아니라, 그날은 제가 불운에 대해 액땜을 하면서, 예전에 우리 집에 있었던 행운에 보답해야 하는 날이었지요."

"모렐 씨가 방금 암시한 것은," 샤토 르노가 말을 이었다. "참으로 훌륭한 이야기라네. 하지만 그건 좀 더 친해지고 나면 얘기해 주실 거네. 그런데 오늘은 추억보다도 위장을 좀 채우자고. 알베르, 자넨 몇 시에 식사를 하나?"

"10시 반."

"그 시간에 딱 맞춰서?" 드브레가 시계를 꺼내면서 물었다.

"부탁이야. 제발 5분만 기다려 주게." 알베르가 말했다. "실은 나도 생명의 은인을 기다리고 있다네."

"도대체 누구의 은인인데?"

"당연히 나의 은인이지." 알베르가 대답했다. "나라고 생명의 은인이 없으란 법 있나? 꼭 아랍인만 목을 베가는 건 아니라네! 즉, 오늘의 오찬은 인류애를 기리는 오찬이라고 할 수 있겠군. 오늘 이 식탁에는 적어도 인류의 은인이 두 분이나 참석해 주시는 셈이지."

"그건 곤란한데. 몽티옹 상은 하나밖에 없으니 말이야." 드브레가 말했다.

"그렇다면 그 상을 바라지 않고 행동한 사람에게 주면 되지." 보샹이 말했다. "학사원은 난처할 때는 늘 그렇게 하고 있거든."

"그래서 그 사람은 도대체 어디서 오는 건가?" 드브레가 물었다. "자네의 대답은 전에도 잠깐 들은 적이 있지만 확실하지 않아서 말이야. 그래서 다시 한 번 묻는 거네만."

"사실 그건 나도 몰라." 알베르가 말했다. "석 달 전에 그 사람을 초대했을 때는 로마에 계셨다네. 하지만 거기서 또 어디로 갔을지!"

"분명히 오기는 오는 건가?" 드브레가 물었다.

"뭐든지 할 수 있는 분이니까." 알베르가 대답했다.

"5분만 기다리자고 했지만, 자, 보게, 앞으로 10분밖에 남지 않았어."

"그럼 그 10분 동안 그 손님에 대해 좀 더 얘기해 줄까?"

"아니, 잠깐만." 보샹이 끼어들었다 "그 이야기 속에 뭔가 기삿거리가 될 만한 것이 없을까?"

"물론 있지. 그것도 아주 이상한 일이." 알베르가 말했다.

"그걸 얘기해 보게. 이젠 의회에 가기도 틀렸으니 그걸로 벌충해야겠어."

"작년 사육제 때 난 로마에 갔었네."

"그건 알고 있어." 보샹이 말했다.

"그래, 하지만 내가 산적에게 납치당한 일은 모를걸?"

"요즘 세상에 산적이 어디 있어?" 드브레가 말했다.

"천만에, 있는 게 사실인 걸 어떡하나. 게다가 아주 무섭고 당당한 놈들이 버젓이 있더란 말이야. 아니 무섭다기보다는 무척 근사한 놈들이었지."

"이봐, 알베르," 드브레가 말했다. "솔직하게 말하는 게 어때? 요리사가 꾸물거리고 있다거나, 마렌이나 오스탕드에서 굴이 아직 도착하지 않았다거나, 아니면 멩트농 부인을 흉내 내어 요리 대신 이야기로 때울 생각이라고 말이야. 툭 털어놓고 얘기해 봐. 어차피 우린 다들 마음씨가 너그러운 사람들이니, 별의별 터무니없는 일이 일어났다고 이유를 대도 비난하지 않고 들어줄 테니까."

"그런데 내가 자네들한테 하는 이야기가 모두 터무니없게 들릴지는 모르겠지만 진짜 있었던 일이야. 자네들한테 사실을 처음부터 끝까지 말해 주겠네. 난 산적에게 납치되어 산세바스티아노 지하묘지라는 무섭고 호젓한 곳으로 끌려갔어."

"거긴 나도 알고 있어." 샤토 르노가 말했다. "거기서 하마터면 열병에 걸릴 뻔했었거든."

"내 경우는 열병보다 훨씬 더한 것에 걸렸다네." 알베르가 말했다. "산적들이 몸값이 올 때까지 날 볼모로 잡아두겠다더군. 그 몸값은 로마 돈으로는 4천 에퀴, 투르 돈으로 치면 2만6천 리브르였어. 그런데 공교롭게도 난 1만5천 리브르밖에 남지 않은 상태였다네. 게다가 여행도 끝나가던 무렵이어서 신용장의 돈도 사라진 뒤였지. 그래서 프란츠에게 편지를 썼네. 아, 그렇지, 프란츠도 나와 함께 있었어. 내 말에 조금이라도 거짓이 있는지 어떤지 그 친구에게 물어보면 알 수 있을 거야. 난 프란츠에게 편지를 썼네. 만약 아침 6시까지 4천 에퀴를 가져오지 않으면, 6시 10분에는 내가 영광스럽게도 여기 같이 있는 성자들과 성스러운 순교자들을 만나 그들과 한 무리가 될 것 같다고 말이야. 루이지 밤파라는 자가 산적 두목인데, 한 번 입 밖에 낸 말은 절대로 번복하지 않는 사람이라네, 정말이야."

"그래서 프란츠가 4천 에퀴를 가지고 왔단 말인가?" 샤토 르노가 말했다. "프란츠 데피네나 알베르 드 모르세르 같은 사람이 4천 에퀴의 돈 때문에 쩔쩔매지는 않을 테니까."

"그런데 말이지, 그 친구가 한 손님을 데리고 왔더란 말이야. 그 사람이 바로 이제부터 얘기할, 그리고 오늘 자네들에게 소개하려는 사람이네."

"그렇다면 그 사람은 카쿠스를 죽인 헤라클레스나, 안드로메다를 구한 페르세우스 같은 인물이겠군?"

"그런데 나와 키가 비슷한 보통 사람이었어."

"그럼 아마 무기를 단단히 갖추고 왔겠지?"

"아니, 뜨개질바늘 하나 없이 왔다네."

"그리고 몸값을 흥정해 주었나?"

"그 사람이 한두 마디 두목에게 귓속말을 하자 난 풀려난 거야."

"게다가 그 사람에게 자네를 납치한 일을 사과하게 했겠군그래?" 보샹이 말했다.

"그렇다네." 알베르가 대답했다.

"이건 완전히 아리오스토*5 같은 사람이잖아."

"그런데 그냥 몬테크리스토 백작이라는 이름의 사람이야."

"몬테크리스토 백작, 그런 이름이 어디 있어?" 드브레가 말했다.

"그러게." 유럽의 귀족사회를 손바닥처럼 훤히 알고 있는 샤토 르노가 차분하게 맞장구를 쳤다. "몬테크리스토 백작이라는 이름을 누가 알고나 있을까?"

"아마 성지(聖地)에서 온 모양이지."*6 보샹이 말했다. "모르트마르 집안이 사해를 가지고 있었던 것처럼, 그 사람의 조상 중 한 사람이 골고다*7 산이라도 가지고 있었나 보군."

"끼어들어서 미안하지만," 막시밀리앙이 말했다. "아무래도 제가 지혜를 조금 빌려드릴 수 있을 것 같아서요. 사실 그 몬테크리스토라는 건 저의 아버지가 고용하고 있던 선원들이 자주 말하던 작은 섬인데, 지중해 한복판의 모래 한 알, 우주 속의 원자 하나 같은 정도의 섬입니다."

---

*5 의협심이 강한 15세기 이탈리아의 시인.
*6 '몬테크리스토'는 이탈리아어로 '그리스도의 산'임.
*7 그리스도가 십자가에 못 박힌 언덕.

"맞습니다!" 알베르가 말했다. "그 사람은 바로 그 한 알의 모래, 그 원자만 한 섬의 영주이자 왕이라고 할 수 있다네. 백작 작위는 토스카나 어디에서 사 들인 것 같아."

"그럼, 그 백작이라는 사람 부자인가?"

"그런 것 같아."

"그거야 보면 알 수 있을 텐데?"

"그렇게 생각하는 것이 오해의 시작이지, 드브레."

"점점 무슨 소릴 하는 건지."

"자네 《아라비안나이트》를 읽은 적 있나?"

"당연하지! 질문도 참!"

"그럼 그 속에 나오는 사람들이 부자인지 가난뱅이인지 자넨 알고 있나? 그 사람들이 가지고 있다는 밀알들이 루비나 다이아몬드일 거라는 것도 알고 있 고? 그 사람들이 초라한 어부 모습을 하고 있어서 어부로 생각하고 있는데 갑 자기 신기한 동굴을 열어 보여주지. 그 안에는 인도도 살 만한 재물이 들어 있 잖은가."

"그래서?"

"그러니까 내가 알고 있는 몬테크리스토 백작도 그런 어부 중에 한 사람이 라는 거네. 그 이야기에 나오는 이름을 따서 선원 신드바드라고 자처하면서도 황금으로 가득한 동굴을 하나 가지고 있네."

"그럼, 그 동굴도 봤어, 모르세르?" 보샹이 물었다.

"난 보지 못했어. 하지만 프란츠는 확실히 보았지. 하지만 그 일에 대해선 입 을 다물어 주게. 그분 앞에서 그 얘기를 조금이라도 내비치면 안 되니까. 프란 츠는 눈가리개를 하고 동굴 안으로 내려갔거든. 그리고 벙어리 남자들과 몇몇 여자들의 시중을 받았는데, 그 여자들은 클레오파트라도 무색할 만큼 미인이 었다더군. 다만 여자들에 대해서는 확실하게 말할 수 없다고 했어. 무슨 말이 냐면, 그 친구가 해시시를 마신 뒤에 그 여자들이 나타났다고 하니까. 그러니 프란츠가 본 네 명의 여자들이 사실은 네 개의 조각상이었을지도 모른다네."

모두가 '뭐야, 이 친구, 머리가 이상해지기라도 한 건가, 아니면 우리를 놀리 고 있는 건가?' 하는 듯한 눈빛으로 알베르를 바라보았다.

"아, 그러고 보니," 막시밀리앙이 뭔가 생각에 잠긴 듯한 기색으로 말했다.

"저도 페늘롱이라는 늙은 선원한테서 방금 알베르 씨가 얘기한 내용을 들은 적이 있습니다."

"오, 이렇게 모렐 씨의 한 마디가 저를 도와주는군요. 자네들은 아직도 못 믿겠나 보지? 모렐 씨가 이렇게 내 미로 같은 이야기 속에 실마리를 던져주고 있는데도? 한 줄기 빛이 비쳐든 것처럼. 어떤가, 자네들, 이젠 할 말 없겠지?"

"그거야 물론, 자네가 하는 이야기가 도무지 있을 수 없는 일 같아서 말이야……." 드브레가 말했다.

"뭐라고! 대사와 영사들이 하는 얘기가 아니라서 그러는 건가? 그자들한테는 그런 얘길 할 시간이 없어! 여행을 하고 있는 동포를 괴롭히는 게 고작인 작자들이라고."

"어허! 자네는 우리 같은 불쌍한 공무원들에게 화를 푸는군. 하지만 그들이 어떻게 자네들을 보호할 수가 있겠나? 의회는 매일같이 공무원들의 봉급을 삭감하고 한 푼도 주지 않으려 하는데. 이봐, 알베르, 대사가 되고 싶어? 내가 콘스탄티노플에 부임하게 해주지."

"난 사양하겠네! 무하마드 알리에게 호의가 있는 듯한 기색이라도 보이면 술탄은 당장 밧줄을 던질걸. 그러면 내 서기관들이 그것으로 내 목을 조를 테고."

"잘 알고 있군그래." 드브레가 말했다.

"그래, 하지만 몬테크리스토 백작이 존재한다는 사실만은 뒤집을 수 없네."

"당연하지! 누구나 존재하고 있잖아. 멋진 일이지."

"누구나 존재한다, 물론 그래. 하지만 같은 조건으로는 아니지. 누구나 흑인 노예들, 왕궁 같은 회랑, 카사우바 같은 무기, 한 마리에 6천 프랑이나 하는 말, 그리스인 애인을 가질 수는 없다고!"

"그리스인 애인이라는 여자를 직접 보았나?"

"물론 보기도 했고 목소리도 들었네. 발레 극장에서 그녀를 보았지. 그리고 백작의 오찬에 초대를 받았을 때는 그녀의 목소리까지 들었다네."

"그럼, 그 이상한 남자가 음식도 먹는군?"

"그래. 먹긴 먹는데 아주 조금이지. 먹는다고 말할 수 없을 만큼."

"그것 봐, 분명히 흡혈귀일 거야."

"웃으려거든 웃어. G 백작부인도 그런 말을 하더군. 자네도 알다시피, 부인은 루드벤 경과도 아는 사이였어."

"아! 기가 막혀서!" 보샹이 말했다. "신문기자도 아닌 남자가 《콩스티튀시오넬》 신문의 그 유명한 바다뱀 이야기에 비할 만한 기삿거리를 제공하는군. 흡혈귀라니 훌륭해!"

"그자는 창백한 얼굴과 매우 뚜렷한 얼굴 윤곽과 번듯한 이마를 가졌을 테고, 맹수 같은 눈 속의 눈동자는 자유자재로 커졌다 작아졌다 할 테지. 또 수염은 검고, 이는 하얗고 날카롭겠지? 게다가 언제나 한결같은 공손함을 보이고 말이야."

"바로 맞혔어, 뤼시앵." 모르세르가 말했다. "얼굴은 정말 자네가 말한 그대로야. 그래, 태도에는 날카로운 느낌이 있고 어딘가 공격적인 데가 있었어. 난 이따금 오싹한 기분이 들더군. 특히 어느 날 함께 처형하는 장면을 보면서, 아무렇지도 않게 지상에서 일어나는 모든 고문에 대해 얘기하는 백작의 모습을 보고 있으니, 진짜 사형 집행인이 직무를 수행하고 사형수가 마지막 비명을 지르는 것을 보는 것보다 더 소름이 끼치더군."

"콜로세움의 폐허로 가자고는 하지 않던가? 자네 피를 빨려고 말이야, 모르세르." 보샹이 물었다.

"아니면, 자네를 구해준 뒤에 새빨간 양피지를 내밀고, 영혼을 넘겨준다는 서명을 하라고 하지는 않던가? 성서의 에서가 장자의 권리를 넘겨준 것처럼 말이야."

"자네들 날 놀리고 있군! 얼마든지 놀리게!" 알베르가 조금 발끈하여 말했다. "자네들이, 드강 대로변에 살면서 불로뉴 숲이나 거니는 멋진 파리지앵들을 바라볼 때, 나는 그 사람을 떠올린다네. 내겐 그 사람이 우리와 같은 인종으로 보이지가 않거든."

"난 그걸 오히려 자랑으로 여기는데!" 보샹이 말했다.

"그러니까," 샤토 르노가 덧붙였다. "그 몬테크리스토 백작이라는 사람은 이탈리아의 산적들을 상대할 때를 제외하면, 언제나 어엿한 신사였다는 얘기로군?"

"무슨 소리! 이탈리아에 산적 같은 게 있을 게 뭐야!" 드브레가 말했다.

"흡혈귀 따위도 없고 말이야!" 보샹이 덧붙였다.

"몬테크리스토 백작 따위도 있을 리가 없지!" 드브레가 말했다. "자, 알베르,

시계가 10시 반을 치고 있는데?"

"솔직하게 말해, 말도 안 되는 꿈을 꾼 거라고. 자, 이제 식사나 시작하지." 보샹이 말했다.

그런데 시계 소리가 채 끝나기도 전에 문이 열리더니, 제르맹이 들어와서 손님이 왔음을 알렸다.

"몬테크리스토 백작님이 오셨습니다!"

그 말을 듣고 모두가 자기들도 모르게 움찔했다. 선입견을 가질 만한 모르세르의 이야기가 그들의 감정 속에 스며들어 있었던 것이다. 알베르마저도 갑작스런 감정을 숨길 수 없었다.

분명 길에서 마차 소리도 나지 않았고, 옆방에서 발자국 소리도 들린 적이 없는데, 방문이 소리 없이 열리고 있었다.

백작은 너무나 자연스러우면서도 아무리 까다로운 멋쟁이라도 흠 하나 잡을 수 없는 옷차림으로 문 앞에 나타났다. 모든 것이 뛰어난 취향으로 넘치고 있었고, 옷과 모자와 속옷 모두 최고의 솜씨를 가진 전문가의 손으로 만든 것들이었다. 나이는 겨우 서른다섯 정도로 보였다. 그들은 조금 전에 드브레가 묘사했던 풍모와 조금도 다르지 않은 백작의 모습을 보고 깜짝 놀랐다.

미소 띤 얼굴로 살롱의 한가운데로 걸어온 백작은 자기를 맞이하면서 열의가 담긴 손을 내밀고 있는 알베르에게 곧장 다가갔다.

"매사에 정확해야 하는 것이 왕자의 예의라고, 아마 우리의 국왕 가운데 한 분이 말씀하신 것 같군요." 몬테크리스토 백작이 말했다. "허나, 아무리 성의를 가지고 있다 해도 그런 예의는 여행자에게는 적용되지 않는다고 생각합니다. 알베르 자작, 제 성의를 봐서라도 약속 시간에 2, 3초 늦은 것을 부디 용서해 주시기 바랍니다. 무려 5천 리 길을 오자니 장애가 생기는 것도 당연하지 않겠습니까. 특히 프랑스에서는 역마차의 마부를 재촉해서는 안 되는 모양이더군요."

"백작님," 알베르가 대답했다. "백작님께서 오신다는 것을 지금 막 제 친구들에게 알려주던 참이었습니다. 백작님께서 제게 거듭 당부하셨던 대로 약속한 날에 맞춰 친구들을 모이게 했습니다. 그러면 친구들을 소개해 드리겠습니다. 이쪽은 가문에 귀족이 열두 명이나 있고, 조상은 원탁의 기사였다고 하는 샤토 르노 남작입니다. 이쪽은 내무대신의 비서관 뤼시앵 드브레 씨. 이쪽은 신랄한 언론인이자 프랑스 정부에는 위협적인 존재로서 국내에서는 유명하지만, 그 신문이 들어가지 않는 이탈리아에서는 아마 알려지지 않았을 겁니다. 바로 보샹 씨입니다. 그리고 이분은 알제리 기병대 대위 막시밀리앙 모렐 씨입니다."

모렐이라는 이름을 듣자, 지금까지 정중하기는 하지만 완전히 영국인처럼 냉정한 태도로 인사하고 있던 백작이 자기도 모르게 한 걸음 앞으로 나섰다. 그 창백한 뺨 위에 희미한 혈색이 번개처럼 스치고 지나갔다.

"정복군 프랑스의 신식 군복을 입으셨군요." 그가 말했다. "멋진 군복입니다."

그것이 과연 어떤 감정이었는지는 불분명하지만, 그 감정은 백작의 목소리를 깊이 울리게 하고, 백작 자신도 모르는 사이에 그의 눈을 무척이나 아름답고 고요하고 맑게 빛나게 했다. 그때는 그것을 숨겨야 할 아무런 이유가 없던 것이다.

"그럼 우리 아프리카 장병들을 한 번도 보신 적이 없으십니까?" 알베르가 물었다.

"한 번도 못 봤습니다." 다시 평정을 되찾은 백작이 대답했다.

"그러시군요! 이 군복 속에는 우리 군의 가장 용감하고 가장 고결한 심장들이 뛰고 있습니다."

"오, 백작님." 모렐이 알베르의 말을 가로막았다.

"제가 말씀드리겠습니다, 대위님……" 알베르는 얘기를 계속했다. "사실 저희는 이분이 얼마나 용감한 행위를 하셨는지에 대해 막 얘기를 듣고 있던 참이었습니다. 오늘 처음 만났지만, 이분 역시 제 친구로 소개해 드리고 싶습니다."

그 말을 듣는 몬테크리스토 백작의 얼굴에는 다시 눈에 띌 정도로 동요가 일었다. 그 이상하게 고정된 시선과 순간적인 홍조, 그리고 미세하게 떨리는 눈꺼풀이 그의 감정을 드러내고 있었다.

"오! 이분은 매우 고결한 마음을 지니셨군요. 훌륭하십니다!" 백작이 말했다.

그 말은 알베르가 한 말에 대한 대답이라기보다 백작 자신이 가슴속에 품고 있는 생각인 것 같았다. 환성에 가까운 이 말에 모두가, 특히 모렐이 매우 놀랐다. 모렐은 어리둥절한 표정으로 몬테크리스토 백작의 얼굴을 가만히 응시했다. 하지만 그 순간의 어조는 참으로 온화하여, 말하자면 감미롭게 들려, 그렇게 탄성을 터뜨린다는 것이 조금 이상하긴 해도 전혀 불쾌하게 느껴지는 않았다.

"왜 새삼스럽게 저런 말을 하는 걸까?" 보샹이 샤토 르노에게 말했다.

"글쎄 말이야." 사람들과 많이 접하다 보니 사람 보는 눈을 갖게 된 샤토 르노는 몬테크리스토 백작에 대해 자기가 볼 수 있는 데까지 파악하고 있었다. "정말 알베르가 말한 그대로군. 백작은 역시 이상한 인물이야. 모렐 씨, 어떻게 생각하십니까?"

"글쎄요." 대위가 대답했다. "거짓을 모르는 눈과 친밀함이 느껴지는 목소리군요. 저에 대해 약간 이상한 견해를 보이셨지만 호감이 가는 분입니다."

"여러분," 알베르가 말했다. "제르맹이 식사가 준비되었다고 하는군요. 백작님, 안내해 드리겠습니다."

사람들은 말없이 식당 안으로 들어갔다. 그리고 저마다 자리에 앉았다.

"여러분," 자리에 앉자마자 백작이 이렇게 말했다. "어쩌면 제가 실수를 할지도 모르는데, 그 변명을 위해 미리 말씀드리고 싶은 것이 있습니다. 저는 외국인이고 파리에는 이번에 처음 온 시골뜨기입니다. 따라서 프랑스 생활에 대해서는 아는 것이 전혀 없습니다. 전 여태까지 훌륭한 파리의 전통과는 거리가 먼 동양식 생활 말고 경험한 것이 별로 없습니다. 그래서 제 태도에 터키풍, 나폴리풍, 아라비아풍인 데가 다소 있더라도 널리 양해해주시기 바랍니다. 말씀드리고 싶은 건 이것뿐입니다. 그럼 여러분, 식사를 시작하십시다."

"꽤 멋진 인사군!" 보샹이 중얼거렸다.

"대 귀족인 게 확실해."

"대 귀족이고말고." 드브레가 덧붙였다.

"어디에 가더라도 부끄럽지 않을 대 귀족이네, 드브레." 샤토 르노도 한 마디 했다.

이희승맑시아

고려대학교 불어불문학과 대학원에서 불문학 석사학위를 받았다. 19세기 사실주의와 자연주의의 과도기적 사조에 대해 연구하였다. 공쿠르 문학상 창립자인 공쿠르 형제의 문학을 한국에서 처음으로 심도 있게 연구하고, 그들의 소설《필로멘느 수녀》를 또한 국내 최초로 번역하였다. 옮긴책에 하위징아의《중세의가을》등이 있다.

세계문학전집059
Alexandre Dumas père
LE COMTE DE MONTE−CRISTO
몬테크리스토 백작Ⅰ
알렉상드르 뒤마/이희승맑시아 옮김
동서문화창업60주년특별출판
1판 1쇄 발행/2016. 11. 30
1판 4쇄 발행/2024. 3. 1
발행인 고윤주
발행처 동서문화사
창업 1956. 12. 12. 등록 16−3799
서울 중구 마른내로 144(쌍림동)
☎ 546−0331~2 Fax. 545−0331
www.dongsuhbook.com
✳

사업자등록번호 211−87−75330
ISBN 978−89−497−1524−7 04800
ISBN 978−89−497−1515−5 (세트)